KB122339

운양집

이 책은 2011년도 정부(교육과학기술부)의 재원으로 한국고전번역원의 지원을 받아
수행된 '권역별거점연구소협동번역사업'의 결과물임.

This work supported by institute for the Translation of Korean Classics - Grant funded by the Korean Government

한국고전번역원 한국문집번역총서

운양집 8

雲養集

김윤식 지음
金允植

기태완 옮김
백승철
이지양

일러두기

1. 이 책의 번역 대본은 한국고전번역원에서 간행한 한국문집총간 328집 소재《운양집(雲養集)》으로 하였다. 번역 대본의 원문 텍스트와 원문 이미지는 한국고전종합DB (http://db.itkc.or.kr)에서 확인할 수 있다.
2. 내용이 간단한 역주는 간주(間註)로, 긴 역주는 각주(脚註)로 처리하였다.
3. 한자는 필요한 경우 이해를 돕기 위하여 넣었으며, 운문(韻文)은 원문을 병기하였다.
4. 맞춤법과 띄어쓰기는 한글 맞춤법과 표준어 규정을 따랐다.
5. 이 책에서 사용한 부호는 다음과 같다.

   ( ) : 번역문과 음이 같은 한자를 묶는다.

   [ ] : 번역문과 뜻은 같으나 음이 다른 한자를 묶는다.

   " " : 대화 등의 인용문을 묶는다.

   ' ' : " " 안의 재인용 또는 강조 부분을 묶는다.

   「 」 : ' ' 안의 재인용을 묶는다.

   『 』 : 「 」 안의 재인용을 묶는다.

   《 》 : 책명 및 각주의 전거(典據)를 묶는다.

   〈 〉 : 책의 편명 및 운문·산문의 제목을 묶는다.

차례

운양속집 제3권

기記

찬贊

서書

서후제사書後題辭

운양속집 제4권

묘지명墓誌銘

묘갈명墓碣銘

묘표墓表

제문祭文

추도문追悼文

애사哀辭

잡문雜文

운양속집

제2권

교유서 敎諭書
서 序

교유서 敎諭書

우의정 문익공 박규수[1] 묘정 배향[2] 교유서 신유년(1921) 봄

右議政文翼公朴珪壽廟庭配享敎諭書 辛酉春

동원(東園) 이재곤(李載崑)[3]이 지은 것을 먼저 입감(入鑑)[4]하였으므로 이 글은 여기에 실어 둔다.

1 박규수(朴珪壽) : 1807~1877. 본관은 반남(潘南), 자는 환경(瓛卿)·정경(鼎卿), 호는 환재(瓛齋)·환재거사(瓛齋居士), 시호는 문익(文翼)이다. 연암 박지원의 손자이다. 1848년(헌종14)에 증광시에 병과로 급제하여 여러 관직을 거쳤다. 1861년(철종12)과 1872년(고종9) 중국에 다녀왔다. 두 번에 걸친 중국사행을 통하여 그는 서양의 충격에 대응하는 청국의 양무운동(洋務運動)을 목격, 개국(開國)·개화(開化)에 확신을 가지게 되었다. 1873년 5월 형조 판서에 임명되고, 그해 12월 우의정으로 승진되었다. 저서로 《환재집(瓛齋集)》·《환재수계(瓛齋繡啓)》가 있고, 편저로 《거가잡복고(居家雜服攷)》가 있다.

2 박규수(朴珪壽) 묘정(廟庭) 배향 : 《순종실록》부록 14년 3월 31일 기사에 고종 묘정에 배향할 공신을 확정한 기록이 보인다. 묘정 배향 공신(廟庭配享功臣)은 우의정(右議政) 문익공(文翼公) 박규수, 우의정 문경공(文敬公) 신응조(申應朝), 행 좌찬성(行左贊成) 문정공(文貞公) 이돈우(李敦宇), 참정(參政) 충정공(忠正公) 민영환(閔泳煥)이다. 실록에 수록된 교유서(敎諭書)는 김윤식이 지은 것이 아니다.

3 이재곤(李載崑) : 1859~1943. 본관은 전주(全州), 자는 사옥(士玉), 호는 동원(東園), 대한제국의 황족, 즉 흥완군(興完君) 이정응(李晸應)에게 입적된 완순군(完順君) 이재완(李載完)의 친동생이다. 정미칠적(丁未七賊)의 한 사람이다.

4 입감(入鑑) : 웃어른께 보이는 것을 뜻하나, 여기서는 임금께 보이는 것을 말한다.

태실(太室)[5]에 제부(躋祔)[6]하는 의식을 거행하니 바야흐로 제수(祭需) 향기에 슬픔을 느끼며, 원로대신을 배향하는 반열에 올리니 다시 풍운(風雲)[7]의 밝은 화합을 보겠다. 진실로 동덕동심(同德同心)을 지니지 않았다면 그 어찌 능히 재앙을 짓고 복을 지었겠는가? 오직 경(卿)은 드물게 산하의 호걸스러운 기운[8]을 타고난 데다 훌륭한 덕성을 갖춰 아름다운 명성이 있었다. 아우답고 벗답고 아들답고 신하다움은 고영인(顧寧人)[9]의 참된 학문에 근접하였고, 강호에서나 조정에서나 항상 범 문정(范文正)[10]의 깊은 우국충정을 품고 있었다. 행동에 원망이 없고 말에 허물이 없으니 사대부의 아름다운 모범이 되었고, 유약해도

5 태실(太室) : 종묘의 중앙에 있는 큰 방이다.

6 제부(躋祔) : 승부(陞祔), 혹은 부묘(祔廟)와 같은 뜻으로, 삼년상이 지난 뒤에 임금의 신주를 종묘에 올려 모시는 것이다.

7 풍운(風雲) : 풍운제회(風雲際會)의 준말로, 임금과 신하가 의기투합하는 것을 말한다. 《주역》〈건괘(乾卦) 문언(文言)〉의 "구름은 용을 따르고 바람은 범을 좇는다.〔雲從龍 風從虎〕"라는 말에서 나온 것이다.

8 산하의 호걸스러운 기운 : 원문은 '간기(間氣)'이다. 영웅호걸은 천지신명의 특별한 기운을 받아 나오기 때문에 "세대를 걸러 나온다.〔間世而出〕"라고 한다. 이로 인하여 '간기'는 호걸의 훌륭한 기운을 의미하게 되었다. 《太平御覽 卷360 春秋孔演圖》

9 고영인(顧寧人) : 명(明)나라 고염무(顧炎武, 1613~1682)로, 자는 영인, 호는 정림(亭林)이다. 명나라 말에 양명학이 공리공론을 일삼는 데 환멸을 느끼고 경세치용(經世致用)에 뜻을 두었으며 실증적(實證的) 학문을 추구하였다. 《일지록(日知錄)》, 《천하군국이병서(天下郡國利病書)》 등의 저서가 있다.

10 범 문정(范文正) : 북송(北宋) 범중엄(范仲淹, 989~1052)으로, 자는 희문(希文), 시호는 문정이다. 인종(仁宗) 때 간관(諫官)을 지냈다. 1038년에 이원호(李元昊)가 서하(西夏)에서 제위(帝位)에 오르자, 섬서경략안무초토부사(陝西經略安撫招討副使)가 되어 서하 대책을 맡고, 그 침입을 막았다. 그 공으로 추밀부사(樞密副使)·참지정사(參知政事)로 승진하여 내정개혁에 힘썼다. 《범문정공집(范文正公集)》이 있다.

삼키지 않고 강해도 뱉지 않았으니[11] 홀로 옛 명신(名臣)의 풍모를 견지하였다. 문사(文詞)로써 스스로 이름 내는 것을 부끄럽게 여겼고 국가 경영에 계책이 넉넉하였으며 효도와 우애를 정치하는 데에 펼치고[12] 부친의 훈도[13]로 시(詩)와 예(禮)를 익혔다. 명성이 구고(九皐)에 들리자[14] 이에 세자께서 몸을 낮춰 방문하셨으니[15] 절구(絶句) 시 백 수(首)[16]를 이루어 봉소(鳳韶)[17]의 여음(餘音)을 기록하여 진상하

11 유약해도……않았으니 : 약자를 업신여기지 않고 강자를 용서하지 않는다는 뜻이다. 《시경》 〈증민(烝民)〉에 "중산보는 유약해도 삼키지 않고 강하여도 뱉지 않는다.〔維仲山甫 柔亦不茹 剛亦不吐〕"라는 구절에서 인용한 말이다.

12 효도와……펼치고 : 공자가 효도하고 우애하는 것도 정치라고 한 말을 인용한 것이다. 공자가 "《서경》에 효에 대해 말하면서 '어버이에게 효도하고 형제간에 우애하여 그것을 정치하는 데에 미루어 행한다.'라고 하였으니, 이것도 정치를 하는 것이다. 어찌 꼭 벼슬을 해야만 정치를 하는 것이겠는가?〔書云孝乎 惟孝 友于兄弟 施於有政 是亦爲政 奚其爲爲政〕"라고 말한 바 있다. 《論語 爲政》

13 부친의 훈도 : 원문은 과정(過庭)이다. 이 말은 흔히 아들이 아버지의 가르침을 받는 것을 의미한다. 공자의 아들 백어(伯魚)가 뜰을 가로질러 갈 때〔過庭〕, 공자가 그를 불러 세우고 시(詩)와 예(禮)를 공부하라고 가르침을 내렸던 고사에서 나온 것이다. 《論語 季氏》

14 명성이 구고(九皐)에 들리자 : 구(九)는 가장 큰 수(數)를 의미하고, 고(皐)는 못 가운데 물이 넘쳐 나와 웅덩이가 된 것으로, 매우 멀고 깊숙한 곳을 의미한다. 《시경》 〈학명(鶴鳴)〉에 "학이 구고의 늪에서 우니, 그 소리가 하늘에 들린다.〔鶴鳴于九皐 聲聞于天〕"라고 하였다. 재덕(才德)이 깊고 두터운 군자는 비록 비천한 환경에 처해 있더라도 그 빛이 절로 드러나 명성이 임금에게까지 들린다는 것을 비유하는 말이다.

15 세자께서……방문하셨으니 : 김윤식이 쓴 《환재집(瓛齋集)》 권1 〈환재선생행장초(瓛齋先生行狀草)〉에 의하면 "을유년(1825, 순조25) 여름에 효명세자(孝明世子)가 공의 집에 이르러 공을 만나 밤이 늦도록 이야기를 하다가 야루(夜漏)가 3고(鼓)를 알리자 환궁했다"라고 하였다.

16 백 수(首) : 《환재집(瓛齋集)》 권2 〈봉소여향절구(鳳韶餘響絶句)〉를 가리킨다.

였다. 인물(人物)과 사실(事實)을 논평한 《상고도설(尙古圖說)》[18]은 뜻이 풍속과 교화를 부식(扶植)하는 데에 있었고 종정(鍾鼎)·의기(儀器)·잡복고(雜服考)의 저술[19]은 모두 성인 경전에 보탬이 되는 것들이었다. 이 모두 훌륭하다는 칭찬을 받고 필묵(筆墨)의 도구를 하사받았으니, 장차 중용되어 국가의 동량이 될 재목이었다. 역수(曆數)와 구가(謳歌)가 돌아가는 곳이 있어[20] 구산(緱山)의 영가(靈駕)[21]가 돌

조선 왕조 역대 임금들의 성덕을 기리는 장편 연작시로 모두 100수이다.

17 봉소(鳳韶) : 성군(聖君) 혹은 태평성대를 의미하는 말이다. 《서경》 〈익직(益稷)〉에 "소소를 아홉 번 연주하니 봉황이 와서 춤을 춘다.〔簫韶九成 鳳凰來儀〕"라고 한 데서 온 말이다. 소(韶)는 순(舜) 임금 때의 음악인데, 일반적으로 제왕의 궁전에서 연주하는 음악을 의미한다.

18 상고도설(尙古圖說) : 1828년 봄에 효명세자가, 평소에 저술한 것을 숨김없이 바치라고 하교하였으므로 환재공이 약관 시절에 저술한 《상고도설》을 바쳤다. 《상고도설》은 모두 10칙(則)으로 구성되어 있는데, 전한(前漢) 이래의 인물과 사실에 대해 채록하고 의론(議論)을 붙인 것이다.

19 종정(鍾鼎)……저술 : 종정과 의기(儀器)에 관한 것은 그의 아우인 박선수(朴瑄壽)의 저술인 《설문해자익징(說文解字翼徵)》을 가리킨다. 이를 박규수의 저술처럼 기록한 것은 김윤식의 착오로 보인다. 이 점은 《환재집(瓛齋集)》 권10 〈여왕하거헌(與王霞舉軒)〉 중 6번째 편지, 그리고 《국역 하재일기》 권5 무술년(1898) 7월 3일 조를 보면 알 수 있다. 김윤식 또한 이 책의 존재 및 저자에 대해 정확히 알고 있었다. 《운양속집(雲養續集)》 권3 〈이기관지첩에 적다〔題彛器款識帖〕〉를 참조하기 바란다. 잡복(雜服)에 관한 저술이란 《거가잡복고(居家雜服攷)》를 가리킨다.

20 역수(曆數)와……있어 : 효명세자가 임금이 되어야 하나 1830년(순조30) 5월에 효명세자가 서거하여 그 운수가 다른 사람에게 돌아갔다는 뜻이다. 박규수는 이 일로 크게 충격을 받고 과거 응시를 포기, 자(字)를 환경(桓卿)에서 환경(瓛卿)으로 바꾸고, 호(號)도 환재(桓齋)에서 환재(瓛齋)로 바꾼 뒤 42세가 될 때까지 벼슬길에 나가지 않고 독서하였다. 역수는 왕위를 전하는 것을 말하니, 《논어》 〈요왈(堯曰)〉에서 요(堯) 임금이 순(舜)에게 제위(帝位)를 전할 때 "아! 순아. 하늘의 역수가 너의 몸에 있다.〔咨爾舜 天之曆數在爾

아오지 못하게 될 줄을 어찌 알았겠는가. 이로써 밝은 임금과 어진 신하가 서로 만나기 어려움을 알겠으니 하서(河西)의 지극한 아픔[22]이 점점 깊어졌다. 예조(睿藻 임금, 또는 세자의 글)를 안고 오래 울부짖으니 끼치신 은택을 잊지 못한 것이었다. 그러고는 한매(寒梅)를 읊으며 스스로를 고요히 다스려 외로이 고고한 향기를 지켰다.[23] 만년에 급제하여 조정에 올랐으니 어찌 따뜻이 입고 배불리 먹는 것에 뜻이 있어서이겠는가? 신하의 도리가 관직을 맡아 직임을 다해야 하니 일에 있어서는 어렵고 쉬운 것을 가리지 않았다. 고삐를 잡고 수레에 오른 일에서는 범방(范滂)[24]의 고상한 뜻보다 훌륭했고[25] 하절사(賀節使)로 길

躬]"라고 하였던 데서 유래한 말이다. 구가(謳歌)는 덕을 칭송하여 노래하는 것이다. 《맹자》〈만장 상(萬章上)〉에, 백성들이 우(禹)의 아들인 계(啓)에게 모두 귀의하여 노래를 부르면서 "우리 임금님의 아들이다."라고 칭송하였다는 기록이 보인다.

21 구산(緱山)의 영가(靈駕) : 왕자가 신선이 되어 가버린 것, 즉 효명세자의 죽음을 의미한다. 구산은 하남성(河南省)에 있는 구지산(緱氏山)의 준말이다. 주 영왕(周靈王)의 태자 진(晉)이 도사 부구공(浮丘公)을 따라 숭산(嵩山)에 올라가 30여 년 동안 수도(修道)를 한 뒤, 환량(桓良)이라는 사람을 만나 이르기를 "7월 7일에 구지산 꼭대기에서 나를 기다리라고 우리 집에 말해 달라."라고 하고서 그때에 이르러 백학(白鶴)을 타고 날아갔다는 고사가 있다. 《列仙傳上》

22 하서(河西)의 지극한 아픔 : 효명세자, 즉 익종(翼宗)이 세자 시절에 일찍 서거한 일을 가리킨 듯하다. 하서는 서하(西河)를 바꿔 표기한 듯하다. '서하의 지극한 아픔〔西河至痛〕'이라는 말은 자식을 잃은 아픔을 의미한다. 《사기(史記)》 권67 〈중니제자열전(仲尼弟子列傳)〉에 "공자가 세상을 떠난 뒤에 자하(子夏)는 서하에 살면서 제자들을 가르치고 위 문후(魏文侯)의 스승이 되었는데, 그의 아들이 죽자 통곡하다가 눈이 멀었다."라고 한 데서 나온 말이다.

23 한매(寒梅)를……지켰다 : 《환재집(瓛齋集)》 권3 〈세모기인(歲暮寄人)〉 시에 자신의 이러한 생활을 읊은 것이 있다. "山人索居久 志業近何如 冷眼看時務 虛心讀古書漁樵歲月晩 著述經綸疎 最愛寒梅樹 淸芬自有餘"라고 한 것이 그 전문(全文)이다.

을 나선 일에서는[26] 포은(圃隱)[27]의 정충(精忠)보다 탁월했다. 화란(禍亂)의 싹이 없어지자[28] 남방(南方)에 칩거[29]하였고 청빈의 절조를 굳게 지켜 북산(北山)[30]에서 원숭이 학과 벗하였다.

24 범방(范滂) : 137~169. 여남(汝南) 정강(征羌) 사람으로, 자는 맹박(孟博)이다. 후한(後漢) 때의 관리이다. 그가 기주 자사(冀州刺史)로 나갈 적에 "수레에 올라 고삐를 잡고서는 천하를 정화시킬 뜻을 개연히 품었다.〔登車攬轡 慨然有澄淸天下之志〕"라는 '남비(攬轡)'의 고사가 전한다. 왕명을 받들고 지방에 나가서 난리를 평정하고 민심을 안정시킬 때 이 고사를 인용하곤 한다. 《後漢書 卷67 黨錮列傳 范滂》

25 고삐를……훌륭했고 : 용강 현령, 부안 현감, 곡산 부사, 평안도 관찰사 등을 지낸 이력을 말한다. 특히 평안도 관찰사의 경우 만 3년 2개월간 부임했던 것은 이례적인 경우였다.

26 하절사(賀節使)로……일에서는 : 박규수는 1861년(철종12) 약 6개월에 걸쳐 연행사절(燕行使節)의 부사(副使)로, 1872년(고종9) 진하사(進賀使)의 정사(正使)로 청나라에 다녀왔다.

27 포은(圃隱) : 정몽주(鄭夢周, 1337~1392)로, 본관은 영일(迎日), 자는 달가(達可), 호는 포은이다. 초명은 몽란(夢蘭)・몽룡(夢龍)이다. 1357년(공민왕6) 감시(監試)에 합격하고, 1360년 문과에 장원하여 벼슬길에 올랐다. 의창(義倉)을 세워 빈민을 구제하고 유학을 보급하였으며, 성리학에 밝았다. 이성계 일파와 정치적 입장을 달리한 까닭에 선죽교(善竹橋)에서 이방원의 문객 조영규(趙英珪) 등에게 죽음을 당했다. 문집 《포은집》이 전한다. 여기서는 그가 1384년(우왕10) 명나라에 성절사(聖節使)로 가서 긴장상태에 있던 양국의 국교를 회복시킨 일로 인해 언급된 것이다.

28 화란(禍亂)의 싹이 없어지자 : 1866년 진주민란의 진상 조사를 위해 안핵사(按覈使)로 임명되었던 것을 말한다.

29 칩거 : 원문은 '용사(龍蛇)'이다. 용과 뱀처럼 칩거했다는 의미이다. 《주역》 〈계사전 하(繫辭傳下)〉에 "용사가 칩거하는 것은 존신(存身)하기 위해서이다."라고 하였다. 1862년 2월에 진주에서 민란이 일어나자 박규수는 경상도 안핵사로 파견되었다. 삼정(三政)의 문란(紊亂)이 민란을 야기했다고 보고하여 조정 신하들의 비난을 받아 삭직되었다가, 그해 10월에 이조 참의로 서용되었다.

영고(寧考)[31]를 계승한 초기에 문조(文祖)[32]에게 지우(知遇)를 받던 옛 친구를 방문하시니 공은 감히 다른 말을 올리지 못하고서 연촉(蓮燭)[33]을 받들고 오열하였다. 이는 선제(先帝)의 은혜를 추모하여 충성을 다하여 보답할 것을 도모하려 해서일 것이다. 공경(公卿)의 반열[34]에 발탁되니 측근 중신(重臣)의 일을 맡기셨고 문원(文苑)에서 종장(宗匠)이 되어[35] 생용(笙鏞)과 보불(黼黻)로 아름답게 장식하였다.[36]

30 북산(北山) : 은사(隱士)의 생활을 말한다. 남조(南朝) 제(齊)나라의 공치규(孔稚珪)가 지은 〈북산이문(北山移文)〉에 은사의 풍모와 일상이 잘 묘사되어 있는데, 이로 인하여 은사의 생활을 지시하게 되었다.

31 영고(寧考) : 아버지를 말한다. 천명(天命)을 받아 천하를 평안하게 만든 선왕(先王)이라는 뜻에서 '영고'라고 하는데, 여기서는 고종이 1864년에 익종 즉 효명세자의 후사로서 즉위함을 가리킨다. 이때 박규수는 익종의 지우를 두텁게 입었던 인물이라 하여 익종의 비인 조대비(趙大妃)에 의해 특별히 중용되었다.

32 문조(文祖) : 순조의 세자, 곧 익종(翼宗)이다. 1830년(순조30)에 승하하고 시호를 효명(孝明)이라 했으며, 1832년에 입묘(入廟)할 때 묘호를 문호(文祜)라 하였다. 그 뒤 헌종이 즉위하여 왕으로 추존하고 묘호를 익종이라 했는데, 1899년(광무3)에 익황제(翼皇帝)로 추존하고 묘호를 문조(文祖)라고 하였다.

33 연촉(蓮燭) : 《신당서(新唐書)》 권166 〈영호도열전(令狐綯列傳)〉에 "영호도가 궁중에서 밤늦게 황제를 뵈었는데, 초가 다 타버렸다. 황제가 자신의 수레와 금으로 장식한 연화등을 내려 주어 돌려보내니 관리들이 멀리서 보고 천자가 오는 것으로 착각하였다.〔夜對禁中 燭盡 帝以乘輿 金蓮華炬送還 院吏望見 以爲天子來〕"라는 말에서 유래한 고사로, 임금이 신하에 대해 특별히 우대함을 의미한다.

34 공경(公卿)의 반열 : 원문은 '원반(鵷班)'이다. 원(鵷)은 질서 있게 날아다니는 새이므로 공경의 반열을 원반이라 한다. 원행(鵷行)·원로(鵷鷺)로도 쓴다.

35 종장(宗匠)이 되어 : 원문은 '집우이(執牛耳)'이다. 고대에 제후들이 회맹할 때에 소의 귀를 베어 그 회맹을 주도하는 자가 다른 제후들에게 나누어 주면서 맹약을 지킬 것을 약속하였으므로, 집우이는 우두머리가 되어 주도권을 잡는 것을 의미한다.

감당나무 그늘에서 쉬면서 덕화(德化)를 펼쳐[37] 잠시 서번(西藩 평안도)을 위무하였고, 여러 현인들이 무리지어 나가[38] 태평 시대를 보좌하여 동합(東閤)을 활짝 열었다.[39] 백관의 위에서 모범이 되어 홀(笏)을 바르게 하고 인끈을 드리웠으며, 정무[40]의 마땅함을 보좌하여 아름답게 수놓아 문채 나게 하였다.[41] 평상시에 깊이 생각하여 나라의 위태로움[42]

36 생용(笙鏞)과……장식하였다 : 문명 교화를 보필했다는 의미이다. 생용은 악기인 생황(笙簧)과 대종(大鐘)이다. 왕정을 행하는 도구, 혹은 조정의 귀한 인재를 비유하는 말로 쓰인다. 보불은 임금이 예복으로 입는 치마에 수놓은 무늬이다. 보(黼)는 흑백색(黑白色)으로 도끼 모양을 수놓은 것이고, 불(黻)은 검정색과 파랑색으로 '아(亞)' 자 모양을 수놓은 것이다.

37 감당나무……펼쳐 : 주나라 무왕의 아우인 소공(召公)은 연(燕)나라에 책봉되었는데, 여러 고을을 순행하면서 감당나무 그늘에 앉아 정사를 처리했다고 한다. 그의 선정에 힘입어 연 땅이 잘 다스려졌는데, 그가 죽은 후 백성들이 그를 추모하여 감당나무를 감히 베지 않고 〈감당(甘棠)〉이라는 시를 지어 노래했다고 한다. 《시경》 〈감당(甘棠)〉이 바로 그 노래이다. 이로 인하여 감당, 혹은 당음(棠陰)은 순리(循吏)의 어질고 훌륭한 정사를 칭찬하는 말로 쓰이게 되었다.

38 여러……나가 : 원문은 '발모여(拔茅茹)'이다. 뜻을 같이하는 현인들이 때를 만나 한꺼번에 나아온다는 의미이다. 《주역》 〈태괘(泰卦) 초구(初九)〉의 "서로 뒤엉켜 있는 잔디 뿌리를 뽑아 올리듯, 어진 사람들과 어울려서 함께 나아오니 길하다.〔拔茅茹 以其彙征吉〕"라는 말에서 나온 것이다.

39 동합(東閤)을 활짝 열었다 : 동합은 동쪽으로 난 작은 문〔小門〕을 말한다. 한 무제(漢武帝) 때 공손홍(公孫弘)이 승상(丞相)이 되고 나서는 객관(客館)을 짓고 객관의 동쪽으로 작은 문을 열어 놓고 현사(賢士)들을 맞아들였던 데서 온 말로, 전하여 재상이 현사를 초빙하는 것을 의미한다. 여기서는 박규수가 우의정이 된 일을 가리킨다.

40 정무 : 원문은 '만기(萬幾)'이다. 임금이 보살피는 정무로, 그 기무(機務)가 많기 때문에 일컫는 말이다. 고요(皐陶)가 우 임금에게 고하기를 "안일과 욕심으로 나라를 다스리지 마시어 경계하고 두려워하소서. 하루 이틀에 기무가 만 가지나 되나이다.〔無教逸欲有邦 兢兢業業 一日二日萬幾〕"라고 하였다. 《書經 皐陶謨》

을 근심하였고 홀로 서서 의지함이 없었으니 거센 물결에 지주(砥柱)[43] 가 되었다. 어찌 다만 지위와 명망이 혁혁(赫赫)했을 뿐이겠는가! 참으로 여기 강직한 정론(正論)이 있었다.

조천(祧遷)을 논의할 때는 승통(承統)의 차례를 따라 오세(五世)로 제한하여 옮기게 했고,[44] 국서(國書)로 교제하는 의전(儀典)에 대해서는 어떻게 8년 동안이나 약관(約款)을 거절했던가?[45] 잘못 없는 곳으로

41 아름답게……하였다 : 원문은 치수작회(絺繡作繪)이다. 치수는 아름답게 수를 놓아 장식한다는 뜻으로 글이 아름다운 것을 비유한다. 치구회장(絺句繪章)으로도 쓰는데, 시문의 자구를 다듬어 아름답게 만드는 것을 의미한다. 《新唐書 卷201 文藝列傳序》

42 위태로움 : 원문은 철류(綴旒)이다. 철류는 면류관에 매달린 수술인데, 그것이 이리저리 흔들리는 것을 위태로움에 비유한다. 《문선(文選)》에 유비(劉玭)의 〈권진표(勸進表)〉에 "국가의 위태로움이 철류와 같다."라는 표현이 있다.

43 지주(砥柱) : 하남(河南) 삼문협(三門峽) 동북쪽 황하 중심에 있는 산 이름이다. 황하의 물결이 아무리 거세게 흘러도 이 산을 무너뜨리지 못하고 이 지점에 와서 갈라져 두 갈래로 산을 싸고 흐른다. 흔히 난세에 지조를 지키는 선비의 비유로 쓰인다.

44 조천(祧遷)을……했고 : 조천이란 5세(世) 이상이 되어 기제(忌祭)를 모시는 순서가 끝나, 신주를 가묘(家廟)에서 모셔 내어 조묘(祧廟)로 옮기는 것을 말한다. 조묘는 먼 조상의 신주를 모시는 사당이다. 헌종이 승하하고 철종이 즉위하였을 때 조천에 대한 의론이 있었고, 박규수가 여기에 참여하여 의견을 낸 사실이 《환재집(瓛齋集)》 권6 〈헌종대왕을 부묘할 때에 진종대왕을 조천해야 하는가에 대한 의논〔憲宗大王祔廟時眞宗大王祧遷當否議〕〉에 실려 있다.

45 어떻게……거절했던가 : 1868년 메이지유신에 성공한 일본은 조선에 통상교섭 및 개항을 요구하였는데, 이때 문제가 된 것이 일본이 보내온 서계(書契)의 표현들이었다. 박규수는 표현에 구애받음 없이 서계를 수리하자고 주장하였으나 대원군이 중심이 된 쇄국파는 이를 거부하였다. 결국 일본은 1875년 운양호사건을 일으켜 1876년 2월 26일 강화도조약이 체결되기에 이르렀다. 일본이 서계를 보내온 때로부터 결국 통상조약을 맺을 때까지 8년이 걸렸으므로 이렇게 표현한 것이다.

임금을 인도해 묘례(廟禮)가 밝아지게 하였고 위태로운 일이 생기기 전에 나라를 보존하여 이웃국가와 우호가 다시 돈독해지게 하였다. 어찌하여 황천(皇天)은 한 원로를 남겨두지 아니하여[46] 고령이 겨우 칠순에 그치도록 하였는가? 삼태성(三台星, 정승을 상징하는 별)의 광채가 가려지니 거리에는 절구질 노래가 그쳤고[47] 한복판서 배의 노를 잃으니 사람들은 강을 건네주던 훌륭한 솜씨[48]를 그리워하였다. 그러므로 성상이 조정에 임하여 탄식하시고 특별한 은총으로 역명(易名)의 은전(恩典)[49]을 베풀었다. 후한 부의[50]를 내리시니 영광이 무덤 속까지 미치었고 승하할 때 따라가지 못함을 슬퍼하니[51] 한이 하늘까지 사무쳤

46 한 원로를 ……아니하여 : 원문은 일로(一老)로 되어 있지만, 여기서는 국가의 원로 대신을 가리키는 말이다. 《시경》 〈시월지교(十月之交)〉에 "원로 한 분을 아껴 남겨 두어서 우리 임금을 지키게 하지 않는구나.〔不慭遺一老 俾守我王〕"라는 말에서 나온 표현이다.

47 절구질 노래가 그쳤고 : 대신의 죽음을 애도하는 말로, 선생이 갑자기 세상을 떠났음을 의미한다. 전국 시대 진(秦)나라의 어진 재상 오고대부(五羖大夫) 백리해(百里奚)가 죽자, 진나라 남녀가 눈물을 흘리며 동자는 노래 부르지 않고 방아를 찧는 사람은 절구질 노래를 하지 않았다고 한다. 《史記 卷68 商君列傳》

48 강을……솜씨 : 원문은 제천(濟川)인데 험난한 물길을 거뜬히 건넌다는 뜻으로, 재상의 역할을 수행하는 것을 비유할 때 쓰는 표현이다. 은 고종(殷高宗)이 명재상 부열(傅說)에게 "내가 만일 큰 냇물을 건너게 되면 그대를 배와 노로 삼겠다.〔若濟巨川 用汝作舟楫〕"라고 한 말에서 유래한 것이다. 《書經 說命上》

49 역명(易名)의 은전(恩典) : 공덕과 학덕(學德)이 높은 선비에게 조정에서 시호(謚號)를 내려 주는 것을 말한다.

50 부의 : 원문은 부수(賻襚)인데 부의(賻儀)의 일종으로 물품을 보내는 상황과 물품의 종류에 따라 구별하여 부른다. 재화는 '부(賻)', 수레와 말은 '봉(賵)', 의복은 '수(襚)', 가지고 노는 물건은 '증(贈)', 패옥은 '함(唅)'이라 한다. '부'와 '봉'은 살아 있는 이를 돕는 데 쓰는 것이고, '증'과 '수'는 죽은 이를 송별하는 데 쓰는 것이다.

51 승하할……슬퍼하니 : 원문은 궁검막반(弓劍莫攀)이다. 궁검은 임금이 승하한 것

도다. 바야흐로 종묘에 부묘(祔廟)하는 날에 이르러 드디어 은정(殷庭)에 배향(配享)할 신하로 간택되었다. 실로 3백 년에 한번 나올 인재로 그 시기에 적절히 응하여 나왔으니 당대 제일의 명망가를 논할 때 경을 두고서 누가 있겠는가? 자문하고 의논함에 여론에 부합되니 제사[52]를 의당 일체(一體)로 받들어야 한다. 이에 경(卿)을 고종 태황제(高宗太皇帝) 묘정(廟庭)에 배향한다.

아아, 성대한 의식을 거행하니 훌륭한 공로 더욱 빛난다. 갱가(賡歌)[53]와 도유(都兪)[54]가 우정(虞廷)의 소악(簫樂)[55]을 듣는 듯한데 세

을 의미한다. "황제(黃帝)가 수산(首山)의 동(銅)을 캐어 형산(荊山) 아래서 솥을 만들었는데, 그 솥이 완성되자 하늘에서 수염을 드리운 용(龍)이 내려와서 황제를 맞으니 황제는 올라탔으나, 그때 황제를 시종한 여러 신하와 후궁(後宮) 70여 명은 타지를 못했다. 용이 마침내 올라가니 나머지 소신(小臣)들이 모두 용의 수염을 잡고 늘어졌으나 용의 수염이 뽑히면서 신하들과 황제의 활과 칼을 떨어뜨렸다. 황제가 하늘로 올라가 버리니 백성은 그 궁검과 용의 수염을 안고 울었다."라고 하였다. 《史記 卷28 封禪書》

52 제사 : 원문은 증상(烝嘗)인데 상(嘗)은 추제(秋祭)이며 증(烝)은 동제(冬祭)로 종묘의 제사를 통칭한 것이다.

53 갱가(賡歌) : 임금의 노래에 신하가 화답하는 노래를 의미한다. 《서경》〈익직(益稷)〉에 나오는데, "대신들이 즐거우면 임금이 흥성하고 백관도 화락하리라.〔股肱喜哉 元首起哉 百工熙哉〕"라는 순 임금의 노래에 고요(皐陶)가 화답한 "임금님이 밝으시면 신하들도 훌륭하여 만사가 안정되리이다.〔元首明哉 股肱良哉 庶事康哉〕"라는 노래와, 또 이어서 부른 "임금님이 잗달게 굴면 신하들도 해이해져서 만사가 실패하리이다.〔元首叢脞哉 股肱惰哉 萬事墮哉〕"라는 노래를 갱가라고 한다.

54 도유(都兪) : 임금과 신하가 마음을 합쳐서 서로 토론한다는 뜻으로 도유우불(都兪吁咈)의 준말이다. 도유는 찬성의 감탄사이고, 우불은 반대하는 뜻을 나타내는 감탄사이다.

55 우정(虞廷)의 소악(簫樂) : 우정은 순 임금의 조정으로, 성군의 태평한 치세를 의미한다. 《서경》〈익직(益稷)〉에 "순 임금이 창작한 음악인 소소를 연주하자, 봉황이

시(歲時)에 따른 향기로운 제수로 함께 한가(漢家)의 납의(臘儀)[56]를 거행하노라. 충애(忠愛)하는 마음 유명(幽明) 간에 차이가 없으리니 추운 겨울의 송백(松栢)[57]임을 알겠고 영령(英靈)이 곁에 계신 것처럼 하여 월유(月遊)의 의관[58]을 모시리라. 약(禴)·사(祀)[59] 어김이 없으리니 시식(侍食)의 은총 많이 입고 시사(時事)가 어려움이 많을 적에 아름다운 음덕[60]을 힙 입기를 바라오. 이에 열 줄의 글[61]로 교유하니, 무덤에서 부디 강림하여 흠향하길 바라오.

듣고 찾아와서 춤을 추었다.〔簫韶九成 鳳凰來儀〕"라는 내용이 나온다.

56 납의(臘儀) : 섣달에 올리는 제사이다. 동지로부터 셋째 술일(戌日)에 지내는 제사를 납향제(臘享祭)라고 한다.

57 추운 겨울의 송백(松栢) : 《논어》〈자한(子罕)〉에 "나는 해가 저물어 날씨가 추워진 다음에야 소나무와 잣나무가 늦게 시든다는 것을 알았다.〔歲寒然後, 知松柏之後彫也〕"라고 하였으니, 군자의 굳은 지조는 환난을 당해야 알 수 있음을 비유한 것이다.

58 월유(月遊)의 의관 : 한 달에 한 번씩 돌아가신 분의 의관을 꺼내어 바람을 쐬는 것이다. 《한서(漢書)》 권43 〈숙손통전(叔孫通傳)〉에, 매달 초하룻날에 고제(高帝)의 의관을 꺼내서 법가(法駕)에 싣고 능궁(陵宮)에서 고묘(高廟)로 옮긴 일이 나온다.

59 약(禴)·사(祀) : 약(禴)·사(祀)·증(蒸)·상(嘗)을 줄인 말로, 중국 주대(周代)의 종묘에서 지내던 제사의 이름이다. 약은 여름, 사는 봄, 상은 가을, 증은 겨울 제사이다.

60 음덕 : 원문은 음즐(陰騭)이다. 남몰래 베푸는 덕행을 말한다. 《서경》〈홍범(洪範)〉 첫머리에 "하늘이 암암리에 음덕을 백성에게 내리시어 그 삶을 돕고 화합하게 한다.〔惟天陰騭下民 相協厥居〕"라는 말이 나온다.

61 열 줄의 글 : 원문은 '십행(十行)'으로, 임금의 조서(詔書)나 교서(敎書) 따위의 나라에서 내리는 글을 말한다. 수적(手迹)으로 나라에서 내리는 문서는 모두 10행으로 쓰기 때문에 나온 말이다.

서 序

환재 박규수 선생이 열하로 가는 것을 받들어 전송하는 서

철종 신유년(1861, 철종12)

奉送瓛齋朴先生 珪壽 赴熱河序 哲宗辛酉

보유(補遺)이다.

함풍(咸豐) 10년(1860) 겨울, 의주 부윤(義州府尹)이 장계했는데, "양인(洋人)이 연경(燕京)을 침범하여[62] 청나라 군대가 대패하고 황제는 열하(熱河)로 피난갔습니다."라고 하였다. 이에 조정에서 사신을 엄선해 파견하여 열하에 있는 황제를 위로하고자 하였고, 승선(承宣)[63] 박공(朴公)이 여기에 선발되었다. 공의 친척과 친구들이 모두

62 양인(洋人)이……침범하여 : 청(淸)과 영국・프랑스 연합군 사이에 전쟁이 벌어져 1860년에 연합군이 북경을 점령한 사건을 말한다. 제2의 아편 전쟁(The Second Opium War)이라 불리는 1856년 애로호(Arrow號) 사건 이후, 1858년에 천진(天津) 조약이 체결되었고, 1860년에 앞서의 두 사건을 토대로 연합군이 북경을 점령하여 북경 조약이 체결되었다. 그 후 외국 공사의 북경 주둔이 허용되고, 그리스도교 포교 공인, 외국인의 내륙 여행, 아편 판매가 공인되었다.

63 승선(承宣) : 승지(承旨)이다. 고려와 조선 시대에 왕명의 출납을 맡아보던 관직이다. 고려 때 승선, 조선조 세종 때 승지, 1894년(고종31) 갑오개혁 때 다시 승선으로 개칭되었다. 1869년 박규수는 좌부승지에 제수되었고, 곧이어 동부승지에 제수되었다.

공을 위해 걱정하면서 "저들끼리 싸우는 것이니[64] 우리와 무슨 상관인가? 고기 먹는 자[65]들은 편안히 거처하면서 도리어 공만 고생시킨다."라고 하였다. 초계(苕溪)[66] 김윤식(金允植)은 그 말을 듣고 다음과 같이 말한다.

이는 작은 일이 아니다. 조정의 처분이 타당하며 또 그 적임자를 얻었으니, 한 사람 개인의 입장에서 불쑥 걱정해서는 안 된다. 사신으로 파견하는 것이 마땅함을 논해 보면 다섯 가지 이유가 있다.

우리나라는 상세(上世) 이래로 대국을 잘 섬긴다고 칭찬을 받았다. 역사서에 보이는 것으로 예를 들어보면 당(唐) 명황(明皇)이 떠돌다가 파촉(巴蜀)으로 피신했을 때[67]와 송나라가 거란(契丹)의 위협을 받았을 때,[68] 그리고 원(元)나라의 멸망과 명(明)나라의 말년에 모두 험한

64 저들끼리 싸우는 것이니 : 원문은 구난(搆難)인데, 원수를 맺고 교전하는 것을 말한다. 《韓非子 內儲說下》

65 고기 먹는 자 : 고관대작들을 가리킨다. '콩잎 먹는 자'는 야인(野人), '고기 먹는 자'는 관리를 비유한 말이다. 옛날 조조(祖朝)라는 백성이 진 헌공(晉獻公)에게 글을 올려 나라 다스리는 계책을 듣기를 요청하자, 헌공이 사자(使者)를 시켜, "고기 먹는 자가 이미 다 염려하고 있는데, 콩잎 먹는 자가 정사에 참견할 것이 뭐 있느냐."라고 했던 말이 《설원(說苑)》 〈선설(善說)〉에 보인다. 《춘추좌씨전(春秋左氏傳)》 장공(莊公) 10년 조에도 "고기 먹는 자들이 꾀한 일인데, 무엇 때문에 또 참견하려 하는가.〔肉食者謀之 又何間焉〕"라는 표현이 보인다.

66 초계(苕溪) : 김윤식의 고향인 남양주의 귀천(歸川)을 가리킨다. 우천(牛川), 혹은 소천(蘇川)이라고도 부른다.

67 당(唐)……때 : 당 현종(唐玄宗)이 안녹산(安祿山)의 난을 피하여 파촉(巴蜀)으로 파천하였다가 수복한 뒤에 환도한 것을 가리킨다. 현종은 왕의 묘호(廟號)이고 명(明)은 시호이므로 명황이라 한다.

길을 분주히 달려가 위로하여 정성을 다했다. 지금 신하로서 청국(淸國)을 섬긴 지 또한 2백여 년이다. 저쪽이 흥성할 때에 그들과 더불어 매우 잘 지냈는데, 쇠망할 때에 어찌 한 통의 짤막한 글을 보내어 환난을 함께 하며 끝까지 우호를 유지할 뜻을 보이지 않을 수 있겠는가? 이것이 파견하지 않을 수 없는 첫 번째 이유이다.

우리나라는 청국에 대하여 크기는 비록 다르지만 실은 입술과 치아 같은 형세의 나라이니, 청국의 불행은 우리나라에 복이 아니다. 지금 중국은 물이 끓듯 어수선하고 산천은 갈라져 찢기고 있다. 변방의 웅걸(雄傑)들은 군대를 거느리고 변화를 관망하고 있고 그 첩자들이 분주히 왕래하면서 밤낮으로 특이한 사항을 보고하고 있다. 유독 우리나라만 압록강 한 줄기를 경계로 삼아 아무 일도 없는 듯이 고요하여 나라 밖의 일을 알지 못해서야 되겠는가? 가령 안다고 해도 일에 아무 도움이 안 되겠지만 어찌 답답한 마음이 없겠는가? 이것이 파견하지 않을 수 없는 두 번째 이유이다.

양이(洋夷)가 창궐한 지 오래여서 천하가 그 해를 입었는데 우리나라는 다행히 대국의 지원으로 아직은 능멸을 당하지 않았다. 그러나 지금 중국이 쇠잔해졌으니 장차 우리에게 미칠 것이다. 작금의 형세로 보건대 저들이 침입해 온다면 우리는 응당 손을 모은 채 처분만을 기다려야 할 것이다. 그러나 약하다고 스스로 선을 긋고 방어할 방도가 없음을 보인다면 무슨 수로 여론을 진정시키고 백성들의 수모를 막겠

68 송나라가……때 : 북송(北宋)이 거란이 세운 요(遼), 여진이 세운 금(金)나라의 세력에 밀려 남송(南宋)으로 옮긴 다음에도 고려는 송나라와 사신 왕래를 했고, 송나라가 원나라로 교체될 때까지 사신왕래를 중단하지 않았다.

는가? 응당 먼저 공격받은 곳으로 가서 그 이해(利害)와 허실(虛實)을 살펴봐야 할 것이다. 비유컨대 사람이 병이 나기 전에 미리 조섭하고 예방하고자 한다면, 응당 먼저 병에 걸린 사람에게 가서 그 병의 원인과 약의 효해(效害)를 물어보고 그 증세가 심해지는지 그치는지를 관찰하고 그 맥박이 어떤지를 살펴서 나의 몸과 비교해 본 뒤에 좋은 의원을 불러서 딱 맞는 처방을 의논해야 하는 것과 같다. 그런 뒤에야 병이 닥쳐와도 우왕좌왕하지 않을 수 있을 것이다. 내가 듣건대 양인(洋人)은 물을 제집처럼 여기고 화기(火器)를 잘 다룬다고 하니, 참으로 천하의 강병(强兵)이라 할 것이다. 그러나 그들 역시 분명 꺾이고 소멸(消滅)하는 때와 두려워하고 겁내어 뜻대로 하지 못하는 장소가 있을 것이다. 그 습속의 편리함 여부, 지기(志氣)의 크기, 기용(器用)의 예리한 정도, 군대를 움직이는 규율, 백성을 다스리는 도(道), 이런 것을 그들이 지나간 자취로 징험해본다면 비록 그 은밀한 일을 다 캐내어 알 수는 없을지라도 그 정상(情狀)의 만분의 일은 알 수 있을 것이니, 훗날 서로 맞닥뜨렸을 때 분명 까맣게 모른 채 처음 보는 것과는 큰 차이가 있을 것이다. 또 지혜로운 자로 하여금 치밀하게 계획을 세울 수 있게 한다면 어찌 좋지 않겠는가? 이것이 파견하지 않을 수 없는 세 번째 이유이다.

대저 작은 나라는 의(義)로 하고 큰 나라는 힘으로 하는 것이 이것이 서로 돕고 의지하는 방법이다. 청인(淸人)은 우리가 그들의 근본이 되는 지역에 가깝다고 하여 시종 후하게 대우하고 이백여 년에 이르도록 그 변방민을 잡도리하여 감히 우리를 침범해 소란을 피우지 못하게 하여 함께 태평한 복을 누렸으니, 그 은혜를 받은 것이 실로 많다. 저들이 비록 일시적으로 곤란을 만났지만 만약 천심이 바뀐 것이 아니어서 환도(還都)한 후에 옛 정치를 수복한다면 신의(信義)를 지킨 곳은 상(賞)주고 번복(反覆)한 곳은 관계를 끊어버릴 것이니 우리가 위급하고 어지러운 때에 배반하지 않았다 하여 그들의 대우가 반드시 더욱 후해질 것이고, 위급할 때 호소하면 아마도 그 힘을 얻을 수 있을 것이다. 이것이 파견하지 않으면 안 될 네 번째 이유이다.

아아! 앞 시대의 흥망이 서책에 밝게 실려 있는데도 후인들은 여전히 경계할 줄을 모른다. 그러므로 주(周)나라는 은(殷)을 거울삼아야 한다[69]고 하였고 한(漢)나라는 진(秦)나라를 교훈으로 여겼으며 성도(成都)를 지키지 못했다는 소식에 화핵(華覈)은 오(吳)나라 임금을 경계하였고[70] 노왕(潞王)이 나라를 잃자 민인(閩人)이 가만히 탄식하였으니[71] 그 직접 보고 가깝게 들어서 경계할 줄을 알았기 때문이다.

69 은(殷)을 거울삼아야 한다 : 문왕(文王)이 은나라 주(紂)의 실정을 경계한 말이다. 은왕조의 운명은 하(夏)왕조를 멸망시킨 걸(桀)에서 교훈을 삼을 수 있는 것처럼 폭정을 개혁하고 정치를 잘 해야만 천명을 받을 수 있다고 했다.《詩經 湯》

70 성도(成都)를……경계하였고 : 화핵은 오군(吳郡) 무진(武進)사람으로, 자는 영선(永先)이다. 삼국시대 오(吳)나라 말기의 신하이다. 그는 촉한이 위나라에게 병탄되자 임금을 권계하기 위해 다음과 같은 표문을 올렸다. "마침내 성도를 지키지 못하고 군신이 도망하였으며 사직이 무너졌다는 육항의 표문이 이르렀다고 들었습니다. 옛날 위(衛)나라는 적(翟)에게 멸망당하였지만 환공(桓公)이 되살려 보존해 주었는데, 지금은 거리가 너무 멀어 구원해줄 수가 없어서 우리의 속지(屬地)와 조공(朝貢)하는 나라를 잃게 되었습니다. 초개(草芥)와 같은 신도 마음이 편치 않은데 폐하께선 성스럽고 인자하여 은택이 멀리까지 미치시니 이 소식을 들으시고는 아마 반드시 애도하실 것입니다. 신은 슬픈 마음을 이기지 못하고 삼가 표문을 올립니다.〔成都不守 臣主播越 社稷傾覆 昔衛爲翟所滅 而桓公存之 今道里長遠 不可救振 失委附之土 棄貢獻之國 臣以草芥竊懷不寧 陛下聖仁 恩澤遠撫 卒聞如此 必垂哀悼 臣不勝忡悵之情 謹拜表以聞〕"《三國志 吳志 華覈傳》

청인(淸人)은 중화의 문물로써 오랑캐 습속을 변화시켜 능히 천명(天命)을 소유하여 6~7대에 이르기까지 백성들이 편안할 수 있었다. 지금 그 자손이 그 모범을 전복시켜 마침내 황제가 도성(都城)을 떠나 이리저리 떠돌기에 이르렀다. 이는 내가 일찍이 보고 들은 것이다. 지금 조정에서 공(公)을 파견하는 것은 그 뜻이 옛일을 감안하여 예의를 지키는데 있을 뿐이겠는가? 어쩌면 척연(惕然)히 두려움을 느껴 앞 수레의 경계[72]를 삼고자 하는데 있는 것이 아니겠는가? 그렇다면 국가의 복일 것이니, 하늘이 우리나라를 돌보아주심이 두터운 것이다.

71 노왕(潞王)……탄식하였으니 : 노왕은 주상방(朱常淓, 1608~1646)이다. 1645년에 남경(南京)이 함락됨으로써 복왕(福王) 정권이 무너지자 잔존세력은 항주(杭州)에 집결하여 노왕을 옹립한다. 그러나 허무하게도 옹립한 지 6일 만에 노왕 스스로 임박한 청군에게 항복함으로써 항주 정권마저 무너지게 된다. 민인(閩人)의 탄식이란 명(明) 최후의 거유(巨儒)인 유종주(劉宗周)를 말하는 것으로 보인다. 그는 항주마저 함락되었다는 소식을 듣고 통곡하며 다음과 같이 말하였다. "북경의 변고는 자결해도 옳고 자결하지 않아도 옳으니, 몸이 시골에 있어 그래도 중흥을 기대할 수 있기 때문이다. 남경의 변고는 주상께서 그 사직을 스스로 버린 것이지만, 그래도 여전히 자결해도 옳고 자결하지 않아도 옳다. 그 뒤를 이어 흥기할 사람을 기다렸기 때문이다. 지금 우리 월(越) 지방이 또 항복하였으니 이 늙은 신하가 죽지 않고 또 무엇을 기다리겠는가?〔北都之變 可以死 可以無死 以身在田里 尙有望於中興也 南都之變 主上自棄其社稷 尙曰可以死 可以無死 以俟繼起有人也 今吾越又降矣 老臣不死 尙何待乎?〕" 그리고 백이와 숙제의 고사를 따라 스스로 식음을 전폐한 끝에 20일 만에 죽었다. 유종주는 회계(會稽) 산음(山陰) 사람이니 엄밀히 말하면 민(閩) 사람이 아니라 인접지역인 월(越) 사람이라고 해야 옳은데, 여기서 김윤식은 이를 크게 구별하지 않은 듯하다. 《明史 卷255 劉宗周列傳》

72 앞 수레의 경계 : 후인이 경계해야 할 지나간 일들이다. 《순자(荀子)》 〈성상(成相)〉에 "앞 수레가 이미 전복되었는데도 뒤에 가는 수레가 그것을 모른다면 깨달을 때는 언제일 것인가."라고 하였다.

저들은 상하가 편안히 놀아서 기강(紀綱)이 무너졌는가? 예악(禮樂)과 정벌(征伐)이 황제로부터 나오지 못하는 것인가? 시비(是非)가 전도(顚倒)되고 염치(廉恥)가 모두 없어졌는가? 소인이 활개를 치고 군자는 초췌해졌는가? 지나치게 탐욕스럽고 사치스러워 재용(財用)을 모두 소모했는가? 들에는 삶을 즐겁게 여기는 백성이 없고 조정에는 바른말 하는 신하가 없는 것인가? 만약 이중에 한 가지라도 해당된다면 어지러움과 멸망을 초래하기에 충분할 것이다. 공은 마음을 다해 묻고 의논하여 돌아와서 조목조목 폐하께 아뢰고, 또 "오직 임금님께선 이것을 거울삼으십시오."라고 하실 것이다. 우리 성상께서도 또한 조령(詔令)을 반포하여 조정에 있는 신하들에게 널리 알리시기를 "오직 여기에 있는 여러 신하들은 공경히 천직(天職)을 닦아 저들과 같은 행실을 고쳐 모두 빠져들지 않도록 하라."라고 하여, 이에 상하가 서로 삼가고 백관이 서로 경계하면 삼황오제의 성대(盛大)함을 눈을 씻고 바라보면서 기다릴 수 있게 될 것이다. 이것이 파견하지 않아서는 안 되는 다섯 번째 이유이다.

또 지금 박공(朴公)을 파견하는 것이 적임자인 이유를 논하자면 세 가지가 있다. 옛날에 자공(子貢)이 사(士)에 대해 물으니[73], 공부자(孔夫子)께서 사방으로 사신 보낼 만해야 한다고 답하셨다. 한(漢)나라 때 찰거(察擧)[74]에 반드시 단절된 지역에 사신으로 보낼 만한 사람을

73 자공(子貢)이……물으니 : 《논어》 〈자로(子路)〉에 보인다. 자공이 "어떠한 사람이라야 '사(士)'라고 할 만합니까" 하니, 공자가 "몸가짐에 부끄러워함이 있고, 사방에 사신으로 가서 군주의 명(命)을 욕되게 하지 않으면 사(士)라고 할 만하다."라고 답하였다.

74 찰거(察擧) : 사람의 현부(賢否)를 살펴 거용(擧用)함을 말한다.

구하였으니 사신가는 일의 어려움이 예로부터 그러하였다. 피차간에 근심 없는 때의 평범한 세폐사(歲幣使, 동지사)도 오히려 그 적임자를 선택하지 않을 수 없는데 하물며 오늘날과 같은 형세임에랴? 저들은 바야흐로 힘겹게 떠돌고 있고 우리는 내실이 약하여 혼자 힘으로 지탱하지 못하니, 창졸간 응대할 때에 의리를 상하지 않으면 계책을 그르치기 쉬울 것이다. 이는 국가의 존망(存亡)과 영욕(榮辱)이 달려있는 일이다. 일의 기미를 알고 임기응변하여 의(義)와 계책 양쪽 모두 온전하게 할 수 있는 자는 아마도 박공뿐일 것이다. 내가 일찍이 공이 하는 일을 보았는데, 그 행실을 굳이 남보다 다르게 하고자 하지 않아도 저절로 남이 미치지 못할 점이 있었다. 이는 대사(大事)를 맡을 만한 사람이다. 그러므로 내가 박공을 파견하는 것이 마땅하다고 하는 첫 번째 이유이다.

앞에서 사신을 보내는 것이 타당함을 논한 것 다섯 가지 가운데 정탐(偵探)이 그 세 번째에 있었다. 그러나 우리나라 사람은 본디 허술하여 정탐하는데 어둡다. 그러니 실속 없이 갔다가 오는 것보다는 차라리 보내지 말아서 비용을 생략하는 것이 낫지 않겠는가? 반드시 문(文)은 세밀히 관찰하기에 충분하고 무(武)는 경략(經略)에 충분해서 눈길이 닿는 곳마다 마음이 뒤따라 이해하고, 귀에 스치는 것마다 정신이 더불어 해석하며 이것을 보면 반드시 저것을 헤아리고 그 그림자를 보면 반드시 그 형체를 살필 수 있어야 하니, 대체로 이와 같아야 거의 그 대강을 얻어서 돌아올 수 있을 것이다. 예전에 공의 조부이신 연암(燕巖) 선생은 일찍이 포의(布衣)로서 상국(上國)을 유람하다가[75] 청(淸)

75 연암(燕巖) ……유람하다가 : 연암 박지원은 1780년(정조4)에 동지사 정사(正使)

세종(世宗)이 호승(胡僧)을 숭상하여 받드는 것을 보고 그가 서번(西番)의 강함을 두려워하여 겉으로는 존모하는 척하며 속으로는 인질 잡고 있음을 알았고, 그들의 신하가 굽실거리며 순종하는 것을 보고 군주의 도가 날로 높아짐을 알았고, 다른 나라의 국서를 속여 만든 것을 보고 그것이 서반(序班)[76]의 손에서 나왔음을 알았고, 똥 덩어리와 기와조각을 보고 그 규모의 굉대(宏大)함을 알았다.[77] 이것이 이른바 이웃나라를 잘 살핀 것이 아니겠는가? 오직 공만이 능히 그 가르침을 소술(紹述)할 수 있으니 이 임무를 감당할 수 있을 것이다. 그러므로 내가 박공을 파견하는 것이 마땅하다고 하는 두 번째 이유이다.

지금 만 리 험한 길을 가다 보면 전쟁지역도 지날 것이니 그 사이에 마주치게 되는 것 중에는 분명 처음 겪어 경악할 일이 많을 것이고 또한 뜻밖의 근심도 있을 것이다. 그러한 때를 당하면 비록 수레를

박명원(朴明源)을 따라 자제군관의 자격으로 연행길에 올랐다. 사행을 다녀온 후 《열하일기》를 남겼는데, 그 중 특히 〈황교문답〉과 〈심세편〉에서 외국 여행을 하며 그 나라 정세를 잘 살피는 방법에 대해 직접 일목요연하게 설명했다.

76 서반(序班) : 청(淸)나라 제독부(提督府)의 서리를 가리킨다. 우리나라 사신들이 그들의 형편을 알려고 하면 주로 이들을 통해서 알았는데, 서반들은 종종 위조문서를 만들어 많은 값을 받고서 역관들을 속이기도 하였다. 이의현(李宜顯)의 《경자연행잡지(庚子燕行雜識)》에도 서반의 그러한 면모가 기록되어 있다.

77 똥……알았다 : 《열하일기》 〈일신수필(馹汛隨筆)〉의 7월 15일 일기에 나오는 내용으로, 지금까지 중국에 다녀온 사람들은 중국의 천하 장관을 성지(城地), 궁실(宮室), 누대(樓臺), 시포(市舖), 사관(寺觀), 목축(牧畜), 광막한 원야(原野), 변환하는 연수(煙樹)같은 것으로 손꼽았지만 자신이 보기에는 중국의 장관은 기와조각이나 똥부스러기에 있다고 했다. 그 이유는 깨어진 기와조각이 천하에 쓸모없는 물건이지만 그것을 담을 쌓을 때 활용하고 땅에 깔아서 길이 진흙 수렁이 되는 것을 막으며, 말똥 소똥을 연료로 활용하고 있기 때문이라고 했다.

함께 탄 사람이라도 그 마음을 헤아리지 못할 수 있다. 공처럼 충의심(忠義心)이 남을 감동시킬 수 있는 사람이 강개(慷慨)하여 격려하지 않는다면 함께 난관을 넘어 왕명(王命)을 전할 수 없을 것이다. 그러므로 내가 박공을 파견하는 것이 마땅하다고 하는 세 번째 이유이다.

지금 진술한 여덟 가지 타당함은 모두 나라의 대사(大事)이니 어찌 한 개인의 사정으로 국가의 대사를 폐할 수 있겠는가? 서슬 퍼런 칼날을 밟을 수 있고 작록(爵祿)을 사양할 수 있으나 지금 세상에서 그 본분을 행하여 시종 마음을 변치 않을 사람은 아마도 오직 공 한 사람뿐일 것이다. 공은 이미 그 어려운 것을 실천하였으니, 쉬운 일에야 무슨 어려움이 있겠는가? 그런 까닭에 나는 "그 적임자를 얻었으니, 조정의 처분이 타당하다."라고 한 것이다. 〈북문(北門)〉 곤궁한 선비의 시름[78]과 〈북산(北山)〉 독현(獨賢)의 탄식[79]은 이는 당대 시인의 책무이지 박공의 마음은 아닐 것이다[80]. 앞길의 엎어지고 자빠지는 어려움에 대해서는 공이 따지지 않을 것이니, 우리는 배표(拜表)[81]하는 날에 공이

78 북문(北門)……시름 : 북문은 《시경》의 편명으로, 왕사(王事)와 국사(國事)가 모두 자기에게 쏟아져서 힘에 부친다는 표현이 있다. 곧 박규수가 너무 많은 임무를 맡은데 대한 한탄이다.

79 북산(北山)……탄식 : 북산은 《시경》의 편명으로, 역시 땅이 넓고 사람이 많은데도 왕이 균평하지 못해 자신에게만 부역이 많이 돌아옴을 비판하는 표현이 있다. 곧 박규수가 너무 많은 임무를 맡은데 대한 한탄이다.

80 당대……것이다 : 과중한 일을 맡은 것에 대한 한탄은 주변에서 이 정황을 객관적으로 보고 비판할 사람들의 몫이요, 당사자는 전혀 불만이 없다는 것이다. 이는 마치 〈북산(北山)〉이나 〈북문(北門)〉편의 주인공이 직접 그 시를 쓴 것이 아니라 상황을 풍자하기 위한 시인이 이들의 노고를 보고 대신 시를 쓴 것과 같다.

81 배표(拜表) : 천자에게 올리는 표(表)를 점검하여 봉함하고 절하고 보내는 것이

장차 기쁜 마음으로 출행하는 것을 볼 것이다.

〔별지〕

대저 중주(中州 중국)는 요순〔唐虞〕 삼대(三代)가 이어서 전해온 곳이다. 하늘의 이치와 사람의 마음을 살펴서 제도를 만들고 뭇 성인을 거치면서 훼손된 곳마다 수리하고 보완하여 오직 그것을 잃을까 염려해왔다. 주(周)나라가 쇠퇴하고 신령한 성인 돌아가신 뒤[82]로부터 성현의 말씀이 거의 끊어지고, 다만 그 지엽적인 예절과 미세한 제도가 거마(車馬)·복식(服飾)·기용(器用)의 사이에서 조금 보일 뿐이다. 진(秦)의 분서(焚書)[83]와 항우(項羽)의 불태움[84]에 이르러 한(漢)나라가 그러한 폐단을 답습하니 가면 갈수록 더욱 어두워졌다. 그러나 오호(五胡)[85]가 중화를 어지럽히는 중에도 강좌(江左)[86]는

다.

82 신령한……뒤 : 원문은 성복신조(聖伏神徂)이다. 한유(韓愈)의 〈남양 번소술 묘지명(南陽樊紹述墓誌銘)〉에, "신령한 성인 돌아가시고 도가 끊기고 막혔으나, 궁하면 통하는지라 우리 소술을 일으켰네.〔神徂聖伏道絶塞 旣極乃通發紹述〕"라는 구절이 나온다.

83 진(秦)의 분서(焚書) : 진 시황(秦始皇)이 재상 이사(李斯)와 함께 분서갱유(焚書坑儒) 정책을 쓴 것을 말한다. 선비들의 비판과 비방을 막기 위하여 시서(詩書)를 불사르고 유생(儒生)들을 구덩이에 묻어 죽였다.

84 항우(項羽)의 불태움 : 항우가 진(秦)의 수도 함양(咸陽)을 정복하고 아방궁을 불살랐는데, 그 불길이 두 달 동안이나 꺼지지 않았다고 한다. 그때 귀중한 문헌과 문물들이 대부분 소실되었다.

85 오호(五胡) : 후한(後漢) 때로부터 남북조(南北朝) 시대에 이르기까지 북쪽으로부터 중국 중심부에 이주하여, 열여섯 나라를 세운 다섯 종족, 즉 흉노족, 갈족, 선비족, 저족, 강족을 가리킨다.

그래도 문물을 지키고 있었고, 원(元)나라도 오랑캐의 풍속을 버리고 의관(衣冠)을 모두 중화의 제도를 따랐다. 청인(淸人)이 화하(華夏)에 들어옴에 이르러서는 천하에서 장보(章甫)[87]를 몰아내고 그 털모자로 바꾸었다. 이에 앞 시대의 성인(聖人)들의 위의(威儀)와 문장(文章)이 또한 씻은 듯이 없어져버렸다. 그렇지만 저들은 여전히 성인을 으뜸으로 여기고 경행(經行)[88]을 흠모할 줄 알아서, 그들이 시행하고 조치하는 것이 종종 한당(漢唐)에서 하던 것을 능가하였다. 그런 까닭에 중국의 선비들은 오랑캐의 옷은 입었지만 중화문명을 실천하였으므로 2백여 년간 천하가 평안하였다. 이는 군신(君臣)과 부자(父子)의 도가 아직도 밝기 때문이니, 부자(夫子)께서 목공(繆公)의 맹서[89]를 삭제하지 않으셨던 이유이다.

저 서양의 종교는 어찌하여 확산되는가? 떳떳한 윤리를 싫어하여 끊고 별도로 그 교(敎)를 수립하여 밖으로는 큰소리치면서 안으로는

86 강좌(江左) : 강북에서 오호 십육국이 난립할 때에도 강남은 송(宋)·제(齊)·양(梁)·진(晉) 등 한족 정권을 유지하였음을 말한다. 강좌는 강남(江南)이나 강동(江東)과 같은 말이다.

87 장보(章甫) : 은(殷)대의 예관(禮冠) 이름이다. 공자도 장보관을 썼으며, 유자(儒者)들이 주로 이 관을 썼다. 여기서는 중국 전통의 의관을 상징한다.

88 경행(經行) : 경명행수(經明行修)의 약칭으로 경서에 밝고 행실이 바르다는 뜻이다.

89 목공(繆公)의 맹서 : 춘추(春秋) 시대 중국의 남쪽에 위치한 오(吳)와 초(楚)나라는 제후국인데도 왕으로 참칭(僭稱)하였다. 북방 오랑캐이긴 하지만 진(秦)의 목공은 왕을 참칭하지 않고서 '진나라가 어찌 오나라 초나라와 같겠는가.'라고 하였는데, 그것을 삭제하지 않고 공자가 《춘추(春秋)》에 기록한 것은 동문(同文)에 무해하다고 여긴 때문이라는 것이다.

실로 기교·사기·힘·속임수와 같은 술책을 가지고 사람을 승복시킨다. 만약 이 도가 행해진다면 인류는 분명 멸망할 것이다. 저들이 꼭 중국을 차지하고 만민에게 황제 노릇을 할 것이라고 기필할 수는 없으나 중화를 능멸하고 해치며 선성(先聖)의 자취를 오염시킬 것이니 그 해가 됨이 크다. 비유하자면 진(秦)의 분서(焚書)와 같으니 비록 모든 경전을 다 사라지게 하진 못하였지만 그 해독의 여파 때문에 지금까지도 소생하지 못하니 매우 한탄스럽다. 이런 까닭으로 더욱 청국을 돕는 일을 그만두지 말아야 한다. 우리나라는 다행하게도 좌임(左衽)의 세상에서 치발(薙髮)을 면했다.[90] 또 국내에서 서양 종교 금지가 아직 느슨해지지 않았다. 이것은 사위어가는 등불 한 점과 같으니 모든 거리를 환히 비추기에는 부족하지만 그래도 스스로 한 귀퉁이를 밝힐 수 있는 것이 기쁘다. 만약 기름을 더 부어주지 않는다면 그 밝은 빛을 오래도록 보존하는 것은 보장하기 어려울 것이니, 이것이 또한 큰 걱정이다.

사방 오랑캐가 번갈아 흥하고 쇠함이 또한 운수에 관계된다. 그들이 처음 시작할 적에는 미미한 데서 일어나니, 예컨대 목자(牧子)·단노(鍛奴)[91]의 무리가 점차 침략으로 자기들 부락을 병합하여 스스

90 좌임(左衽)의……면했다 : 좌임은 오른쪽 옷깃을 왼쪽 옷깃 위로 여미는 것이고, 치발은 상투를 틀지 않고 머리카락을 깎아 흐트러지게 두는 것이다. 오랑캐의 풍속을 따라, 오랑캐로 전락되는 것을 면했다는 의미이다. 《논어》〈헌문(憲問)〉에 "관중(管仲)이 아니었더라면 나도 피발좌임(被髮左衽)을 하게 되었으리라.〔微管仲 吾其被髮左衽矣〕"라고 한 말이 있다.

91 목자(牧子)·단노(鍛奴) : 목자는 유목민, 단노는 대장장이를 말한다. 목자는 몽골제국의 칭기즈칸이 유목부족으로서 이웃부족을 정벌하여 대제국을 건설한 것을 가리

로 그들 중 으뜸이 되는 것과 같다. 그들이 흥성하면 중국의 근심이 되었으니 멀게는 몇 세대 가깝게는 한두 세대 동안 보인다. 사물이 흥성하면 쇠퇴하는 것은 또한 하늘의 이치이다. 지금 서양 오랑캐가 천하의 근심이 된 지가 이미 오래되었다. 황제가 있는 수도를 유린하기에 이르렀고 사해(四海)를 종횡으로 누비며 물건들을 만들어내어 온 세상에 두루 퍼졌으니 그 흥성함이 극에 달했다. 또 어찌 이보다 더할 수 있겠는가? 비평하는 자들이 말하기를 "서양 오랑캐는 천하에 대적할 자가 없으니, 그 위력이 청나라를 몰아내고 스스로 그 자리에 건국하기에 충분하다. 그런데도 지금 화친을 허락하고 전쟁을 그만두는 까닭은 그 뜻이 서교(西敎)를 행하는 데 있고, 천하를 탐하는 데에 있지 않아서이다."라고 한다. 이는 반드시 그 실정에 밝은 말은 아닌 듯하다. 저 천하의 신기(神器 임금 자리)는 예로부터 힘이 있는 자가 누군들 침을 흘리며 염모(艶慕)하지 않았겠는가? 다만 힘이 부족했을 뿐이다. 그래서 거란(契丹)이 석경당(石敬塘)[92]을 세우고 금인(金人)이 장방창(張邦昌)[93]을 세울 적에 모두 그 생사

키고, 단노는 돌궐(突厥)의 제1대 가한인 이리가한(伊利可汗)을 가리킨다. 돌궐이 복속되어 있던 유연(柔然)이 북방 흉노족의 하나인 철륵장(鐵勒將)의 공격을 받자, 돌궐 추장 토문(土門)이 그들과 싸워 물리쳐주고서 그 힘을 믿고 유연에 혼인을 요구하였다. 유연의 두병가한(頭兵可汗)이 크게 성을 내며 사람을 보내 꾸짖고 욕하기를 "너는 나의 단노인데, 어찌 감히 이와 같은 말을 하는가.〔爾我之鍛奴也 何敢發是言〕"라고 하였다. 이에 돌궐의 이리가한은 유연을 공격하여 추장을 자살하게 하고, 스스로 가한으로 즉위, 유연 대신에 유목국가인 돌궐제국을 건설하였다. 《資治通鑑 卷164》

92 석경당(石敬塘) : 892~942. 후진(後晋)의 고조(高祖)이다. 오랑캐 효렬계(梟捩雞)의 아들이자 후당(後唐) 명종(明宗)의 사위로서, 모반하여 후당을 찬탈해 국호를 진(晉)이라 하였다.

의 목숨을 제어할 수 있었으면서도 병갑을 거두어 돌아가고 오래 머물 수 없었던 것은, 그 족류(族類)가 서로 다르고 인심이 복종하지 않아서 사방에 간섭하고 방해하는 근심이 많았기 때문이다. 그러므로 사방의 오랑캐들 가운데 중국을 차지한 자들은 감히 그들의 소굴에서 멀리 떨어지지 못하고 반드시 가까운 변두리 쪽에 도읍해서 힘에 의지해 멀리까지 다스렸을 뿐이다.

지금 양이(洋夷)가 만 리 밖에 있으면서 바다에 떠돌며 장사를 하다가 요행히 중국의 어지러움을 틈타 그 맹독을 멋대로 뿜으니 득의(得意)했다고 이를 만하다. 그러나 생각해보면 주군(州郡)의 수비(守備)가 여전히 엄격하니 창졸간에 이길 수 없고 시일을 끌며 오래 머물고 있으면 종적(踪跡)이 점차 드러날 것이므로 곧 다시 화친하고 떠난 것이다. 이는 겉으로는 그들 종교를 외치고 속으로는 간교하게 이익을 탐하는 마음을 품어서 남에게 여유 있음을 보여 중국인의 마음을 사려는 것에 불과할 뿐이다. 대저 거래를 요청하고 뇌물을 요구하는 것은 이적(夷狄)의 일상적인 정이다. 일찍이 들으니 서양은 땅의 토질이 척박하여 오곡이 생산되지 못해 주민은 살아갈 비용이 부족하고 행인은 떠돌며 근거지가 없으므로 그 음식과 일용 사물을 모두 타국에 의지한다고 한다. 만약 그 상호 거래를

93 장방창(張邦昌) : 1081~1127. 영정군(永靜軍) 사람으로, 자는 자능(子能)이다. 북송(北宋) 흠종(欽宗) 때의 재상이다. 정강(靖康) 원년(1126)에 후금(後金)이 남하하여 흠종을 항복시키고 그 이듬해에 휘종(徽宗)과 흠종을 포로로 잡아 금(金)의 내지로 보내고 수도에는 재상 장방창을 내세워 초국(楚國)을 만들게 함으로써 북송이 멸망하였다. 그러나 고종(高宗)이 즉위한 뒤, 참립(僭立)하여 궁정을 어지럽힌 죄로 사사되었다.

끊는다면 저들은 크게 곤란하여 남을 침략하지 않을 수 없을 것이다.

지금 저들이 약탈하며 토색질하는 것은 바로 기세를 타고 입에 풀칠할 방책을 삼으려는 것이다. 그런데 군대를 명분 없이 출동시키면 인심을 승복시키기 어렵다. 그러므로 우선 포교를 행한다는 명분을 빙자하여 그들의 도를 높이고 신령스럽게 하려는 것이다. 만약 비평자의 말과 같다면 이는 서양 오랑캐가 사람마다 허소(許巢)[94]의 지조를 품고 백이(伯夷)의 절개를 지켜 천하를 지푸라기처럼 보는 것이다. 이에 백성의 뜻이 유혹되고 이끌려서 그들의 도(道)에 정말로 천하제일의 즐거움이 있으며 탕·무(湯武)도 그들에 비하면 손색이 있다고[95] 의심하게 될 것이다. 이러한 의견이 손권(孫權)[96]은 야망

94 허소(許巢) : 요 임금 때의 고사(高士)인 허유(許由)와 소부(巢父)이다. 허유와 소부가 기산(箕山)에 들어가 숨어 살았는데, 요 임금이 허유를 불러 구주(九州)의 장(長)으로 삼으려고 하였다. 그러자 허유가 그 소리를 듣고는 더러운 말을 들었다고 하면서 영수(潁水)의 물에다가 귀를 씻었다. 소부가 소를 끌고 와서 물을 먹이려고 하다가 허유가 귀를 씻는 것을 보고는 그 까닭을 물으니, 허유가 "요 임금이 나를 불러 구주의 장을 삼으려고 하므로 그 소리가 듣기 싫어서 귀를 씻는 것이다."라고 하였다. 그러자 소부가 그 귀를 씻은 물을 먹이면 소의 입을 더럽히겠다고 하면서, 소를 끌고 상류로 올라가서 물을 먹였다.《高士傳 許由》

95 탕·무(湯武)도……있다고 : 원문은 참덕(慙德)이다. 덕이 미치지 못함을 부끄럽게 여긴다는 말이다. 탕·무는 리(利)는 전혀 고려하지 않고 오직 의(義)를 위해 정복전쟁을 벌인 왕들이다. 그런데 만약 비평하는 자의 말처럼 서양인들이 오직 종교적 이유로 공격을 감행하는 것이요, 또 힘과 재력이 중국을 정복하기에 충분하면서도 오히려 점령하지 않고 있는 것이라면 이는 오히려 탕·무를 능가하는 것이 된다.

96 손권(孫權) : 182~252. 오군(吳郡) 부춘(富春)사람으로, 자는 중모(仲謀). 삼국시대 오나라의 왕이다. 유비(劉備)와 동맹하여 적벽(赤壁)의 싸움에서 조조(曹操)의 군사를 무찌르고 강남을 확보하여 건업(建業)에 도읍하고 유비·조조와 함께 천하를

이 이미 충족되었으니 장강을 건너 북쪽을 공격할 마음이 없다고 판단한 촉인(蜀人)의 억측[97]과 무슨 차이가 있겠는가. 또 그 종교가 비록 해외 여러 오랑캐들에게 행해지더라도 반드시 중국과 우리나라에서는 능히 행해지지 못할 것이다. 어째서인가? 그 상도(常道)를 굳게 지키는 마음이 천성에 근본하여 중정(中正)하여 치우치지 않고 또 성인(聖人)의 말씀을 실컷 들어 항상 떳떳한 윤리를 실천하고 있으니, 하루아침 하루저녁에 빼앗고 바꿀 수 있는 것이 아니기 때문

삼분했다.

97 손권(孫權)은……억측 : 형식상 촉한(蜀漢)의 속국이던 오(吳)가 스스로 황제국을 칭하게 되자 촉의 조정에선 우호관계를 단절하고 그들을 공격하여 병탄하자는 의견이 대두되었다. 이는 오가 힘이 충분히 있으면서도 현재 상태에 만족한 나머지 촉과 협력하여 북쪽으로 진격할 의지가 없다는 판단에 근거한 것이었다. 후주 유선은 이에 대해 제갈량(諸葛亮)에게 질문하였고, 그는 이렇게 답하였다. "지금 의논하는 자들이 모두 오나라 손권은 삼국(三國)의 정립(鼎立)의 형세를 유리하게 여기므로 우리가 그들과 협력할 수 없고, 게다가 그의 야망은 이미 충족되어서 장강을 건너 북벌할 뜻이 없다고 합니다. 이는 모두 옳은 것 같지만 실은 그른 의견입니다. 손권의 지모와 힘이 일을 도모할 만하지 못하므로 장강을 한계로 스스로를 보존하는 것입니다. 그가 장강을 넘지 못하는 것이 위나라 도적놈들이 한수를 넘지 못하는 것과 같으니, 역량에는 여유가 있지만 취하지 않음을 이롭게 여겨서 그런 것이 아닙니다.〔今議者 咸以權利在鼎足 不能幷力 且志望已滿 無上岸之情 推此皆似是而非也 何者 其智力不侔 故限江自保 權之不能越江 猶魏賊之不能渡漢 非力有餘而利不取也〕"《文體明辯彙選 卷150 絶盟好議》
김윤식은 서양인들이 중국을 침공한 진정한 목적을 경제적인 것으로 보았기에 서양인들이 당장 정복하지 않고 물러간 것을 힘의 부족 때문으로 판단하고 있다. 설령 중국에서 종교의 자유가 보장된다 하더라도 역량과 기회가 닿는 이상 반드시 재삼 침공해올 것이라고 판단했다. 손권 역시 그 역량과 시기가 좋지 않아서 강을 건너 북벌을 감행하지 못했던 것일 뿐이니, 여건이 좋아진다면 반드시 북벌을 감행할 것이다. 김윤식은 이러한 유비를 통해 제갈량과 자신의 견해를 유비시키고, 제갈량의 반대자와 자신의 반대자를 한 범주로 묶고 있다.

이다. 만약 세대를 기다린 후에 변화시키려 한다면 그 세력 또한 마땅히 점점 미약해질 것이다. 저들은 사기와 폭력으로 그 종교를 유행시키니 어찌 세력이 미약한데 종교가 흥성할 이치가 있겠는가?

아아! 그 강한 것은 약해지기가 쉽고, 그 간사한 것은 폭로되기가 쉽다. 만일 참된 군주가 일어난다면 이들은 아마도 내몰리고 제거될 것이다. 다만 이제부터 그 종족 부락이 중원에 뒤섞여 살며 오랜 세월 번식할까 걱정이다. 회이(淮夷)·서융(徐戎)[98]이 주(周)의 기전(畿甸)에 들어와 살고 강호(羌胡)·선비(鮮卑)[99]가 진(晉)나라 땅에 가득 퍼져 후일의 근심거리가 되었음은 이루 다 말할 수가 없다. 하물며 천공(天公)[100]·두미지교(斗米之敎)[101]·대진(大秦)의 탄검지술(呑劍之術)[102]·불모(佛母)의 종이인간〔楮人〕의 속임수[103]

98 회이(淮夷)·서융(徐戎) : 회이는 중국 남방 지역 오랑캐이고 서융은 서쪽 지역 오랑캐이다. 주 선왕(周宣王) 때 이들이 반란을 일으켰으므로 소호(召虎)가 선왕의 명을 받아 회이를 평정했다. 《시경》〈강한(江漢)〉에 보인다.

99 강호(羌胡)·선비(鮮卑) : 모두 중국 5호 16국(五胡十六國) 시대 5호의 하나로, 서장(西藏) 티베트(Tibeth) 계통의 북방 유목민족이다. 진(晉)나라 무제(武帝)가 강호와 선비들을 내군(內郡)에 살게 했는데, 그들이 마침내 관원들을 해치고 진나라를 멸망시켰다.

100 천공(天公) : 후한(後漢) 영제(靈帝) 때의 신하 장각(張角)이다. 그는 스스로를 천공 장군이라 하고, 두 아우를 지공(地公)·인공(人公) 장군으로 임명한 후, 한(漢)나라를 대신하여 제위에 오른다고 예언하고 황건을 표지로 거사를 기도, 도교 사상을 습합하여 '황건의 난〔黃巾之亂〕'이라 불리는 농민 반란을 주도하였다.

101 두미지교(斗米之敎) : 오두미도(五斗米道)를 말한다. 중국 후한(後漢) 말기에 장릉(張陵)이 사천(四川) 지방에서 창시한 종교, 또는 그 교단이다. 사천의 곡명산(鵠鳴山)에서 장생(長生)의 도를 닦고, 그 가르침을 받는 사람에게 오두미(五斗米)를 내게 한 데서 이런 이름이 생겼다.

가 모두 환상으로 어리석은 백성을 미혹시키고 공정함을 방해하기에 충분한 것이겠는가? 앞 단락에서 이른 바 진(秦)의 분서(焚書)보다 심하다고 한 것이 바로 이것이다. 삼가 주제넘은 근심[104]을 덧붙

102 대진(大秦)의 탄검지술(呑劍之術) : 서역 승려인 구마라습(鳩摩羅什)은 남북조 시대의 전진(前秦), 후진(後秦)에서 살면서 수많은 경전을 중국어로 번역하였다. 후진의 황제 요흥(妖興)은 구마라습의 재능을 아껴서 그를 국사로 대접하였는데, 그에게 후사가 없다는 사실을 안타깝게 여겨 기녀 10명을 선발하여 밤낮으로 그의 수발을 들게 하였다. 구마라습의 제자들 및 다른 승려들이 이 사실을 보고 하나 둘 여자를 취하자 그는 이 점을 염려하게 되었다. 그래서 하루는 제자들을 모아놓고 철침 한 사발을 모두 삼켰다가 다시 토해내는 묘술을 보여준 후, 이 정도는 되어야 여자와 함께 하여도 불법에 누가 되지 않는다고 가르쳐 제자들을 올바른 길로 인도하였다고 한다. 대진(大秦)은 본래 로마제국을 일컫는 말이지만, 여기서는 전후의 진(秦)나라를 가리킨 것인지 아니면 로마를 가리킨 것인지 분명치 않다.

103 불모(佛母)의……속임수 : 불모는 당새아(唐賽兒, 1399~?)의 별칭이다. 당새아는 명(明) 초에 백련교(白蓮敎)의 조직을 이용하여 영락제(永樂帝)에게 반기를 든 실존인물이다. 그녀에 대해서는 여러 가지 전설이 있는데, 그 중 하나가 바로 종이를 잘라 병마(兵馬)를 만들어냈다는 것이다. 일설에 의하면 그녀는 어릴 때부터 무예를 익히고 불경을 외웠고, 18세 때 임삼(林三)이란 남자에게 시집을 갔다고 한다. 그런데 임삼이 관원의 핍박에 의해 죽게 되고 그녀의 부모 역시 영락제의 학정에 고통 받게 되자 그 복수를 위해 봉기하게 됐다는 것이다. 후에 체포되어 목과 손발에 형구(刑具)를 씌우고 굵은 철사로 묶이게 되었는데, 요술(妖術)을 부려 모두 벗어던지고 달아났다 한다.《萬斯同明史 卷407》

104 주제넘은 근심 : 원문은 칠실지우(漆室之憂)로, 당국자가 아닌 처지에서 나랏일을 걱정하는 것이다. 노(魯)나라 칠실읍의 과년한 여자가 기둥에 기대어 슬퍼하므로 이웃 여인이 물으니 "노나라의 임금은 늙었고 태자는 어리기 때문이다." 했다. "그것은 경대부(卿大夫)가 근심할 일이다." 하니, "그렇지 않다. 예전에 손님의 말이 달아나 내 남새밭을 밟아서 내가 한 해 동안 남새를 먹지 못하였다. 노나라에 환난이 있으면 군신·부자가 다 욕을 당할 것인데 어찌 여자만 피할 곳이 있겠는가?" 하였다는 고사에서 나온 말이다.《列女傳 魯漆室女傳》

여 우러러 황화(皇華)[105]로 가는 사행에게 묻는다. 공의 명철함으로 그러한 지역을 친히 살필 것이니 비록 정황이 백번 변한다 해도 어찌 진경(秦鏡)[106]의 조명(照明)을 피할 수 있겠는가?

우리나라가 사교(邪敎)를 금한 것은 매우 훌륭한 조치이다. 그러나 죽는 자가 줄을 잇는데도 그 교가 더욱 치성하니 한(漢) 무제(武帝)가 백성들이 몰래 돈을 주조하는 것을 금지하여 죽인 자가 수만 명을 헤아리는데도 범법자가 더욱 많아져 다 죽이지 못했던 것과 같다. 대저 이익이 쏠리는 곳에 법이 행해지지 못하는 것은 금지하는 방법이 적절하지 못하기 때문이다. 지금 사교가 행해지는 것은, 그 처음에는 기이한 것을 좋아하고 새로운 것을 힘쓰는 자가 그 허탄함을 즐거워하여 그것을 따르기 때문이고, 그 나중에는 곤궁하고 한미한 사족(士族)과 몽매한 소민(小民)이 마음을 썩이며 글을 읽더라도 벼슬길이 끊기고 힘써 농사를 지어도 쌀독에 식량이 모자라 드디어 더불어 산골짜기에 숨어 들어가 그 가르침을 받기 원하고 남몰래 무리를 결성해 빈궁과 결핍을 서로 구제하기 때문이다. 이는 그 입교(立敎)의 처음에 작은 이익을 마련하여 그들을 유혹하였기 때문이니 장구한 술책이 아니다.

그 도는 본래 이적(夷狄)에게서 나온 것이니 반드시 예절 법도를 없애버리고 곧이곧대로 행동하여 충과 효가 본래 이와 같은 것이라

105 황화(皇華) : 사신, 혹은 사신으로 떠남을 말한다.

106 진경(秦鏡) : 남의 속마음이나 사정을 잘 감식하는 눈을 의미한다. 진 시황에게 신령한 거울이 있어 능히 사람들의 오장(五腸)을 비추어 보는데 여자가 사심이 있으면 곧 쓸개가 부풀고 심장이 두근거린다 하였다. 《西京雜記》

고 여긴다. 간사한 속임수와 요사한 술법으로 그것을 전파하여 백성들의 귀를 미혹시키고 어지럽힌다. 이에 나라 안의 무뢰배와 간사한 무리가 몰래 서양인과 서로 내왕하여 그 도를 터득한 자를 교주(教主)로 삼아 서울의 네거리에 살 곳을 정하고, 사방에서 그 학문을 배우려는 자가 달려와 받들기를 군주와 부친을 섬기듯이 한다. 산골에 흩어져 있다가 한번 부르면 즉시 모이고 끓는 물과 불길 속이라도 뛰어드는 것을 마음에 달게 여겨 사양치 않는다. 무릇 우리나라의 동정(動靜)이며 먹고 숨 쉬는 것까지 서양인이 알지 못하는 것이 없으니 이것이 어찌 작은 근심이겠는가? 그러나 사대부로서 예(禮)를 아는 집안은 아직 발을 들여놓지 않았다. 비록 한번 보고서 명백히 변별하고자 해도 국법에 구애되어 감히 눈길조차 주지 못한다. 어리석은 백성은 다만 융숭히 받들 줄만 알고, 군자는 빈 말로 배척하기만 한다. 그러므로 나라 안의 사람들이 다만 금지함이 있다는 것만 알고 금지하는 까닭을 알지 못한다. 무릇 인정은 보기 드문 것을 귀하게 여기는 것이니, 만일 그 책을 사람마다 얻어 볼 수 있게 한다면 그 허망함을 숨길 곳이 없을 것이다.

마땅히 조정에서 그 상자에 감춰둔 것을 찾아내어 간행하여 나라 안에 배포하고 이치에 밝고 도를 아는 선비로 하여금 사이비[107]의 언어를 분별케 하여 천박하고 고루한 술책을 논파하게 해야 한다. 그런 다음에 서둘러 과거(科擧)의 규칙을 바꾸고 전리(田里) 제도를

107 사이비(似而非) : 원문은 난주(亂朱)이다. 《맹자》 〈진심 하(盡心下)〉에, 공자가 사이비를 미워한다면서 "자주색을 미워함은 붉은색을 어지럽힐까 두려워해서이다."라고 한 말에서 나온 표현이다.

정하여 한미한 선비로 하여금 그 재주를 버리지 않게 하고 농민으로 하여금 끼니를 거르지 않게 해야 할 것이다. 상숙(庠塾 학교)에서 공부에 근면함과 태만함을 살피고 이웃 간에 서로 돕는 법을 시행한다면, 산골에 숨어있는 백성이 모두다 논밭으로 돌아올 것이고 음험하고 사악한 취지가 남김없이 다 드러날 것이다. 이에 엄격하게 과조(科條)를 마련해서 그 교리(敎理)를 따르는 자에게 의관을 갖춰 말을 타지 못하게 하고 과거를 보러가지 못하게 하며, 그가 속한 군현(郡縣)에서 그 세금을 갑절로 바치게 하고 그 이름을 모두 기록하여 장부에 올린다. 만약 자수하여 개교(改敎)를 원하는 자는 그 책을 바치고 그들로 하여금 스스로 불태우게 한다. 그런 다음에 스스로 새로워지도록 하고 그 장부에서 삭제한다. 만약 이름이 장부에 있으면서 금지법을 범한 자는 반드시 죽이고 용서하지 말아야 한다. 이와 같이 하면 온 나라가 깨끗하게 맑아져서 요사한 도깨비가 소멸되고 달아날 것이니, 비록 교활하고 사나운 양이(洋夷)라 하더라도 어찌 도(道)가 있는 나라에 해(害)를 끼칠 수 있겠는가?

대저 과거라는 것은 인재를 얻기 위한 것이다. 과거제도가 밝으면 온갖 법도가 모두 행하여지고 과거제도가 밝지 못하면 온갖 법도가 모두 무너진다. 지금의 과거가 천만인 가운데 한 명의 인재도 얻기 어려운 까닭은 가르치고 길러내는 준비를 미리 하지 않았기 때문이요, 인재가 있다 하더라도 능히 뽑을 수 없는 것은 선발에 원칙이 없기 때문이요, 인재를 뽑는다 하더라도 그 쓰임에 알맞지 않은 것은 학업을 닦음에 실질을 놓쳤기 때문이다. 어차피 이 사람이나 저 사람이나 모두 똑같기 때문에 유사(有司)가 오로지 사적인 관계가 있는 사람을 뽑고, 응시자들은 속이 텅 빈 상태로 과장(科場)에 들어간다.

이에 선비라는 자가 경전(經傳)과 사서(史書)를 조금도 들춰보지 않기 때문에 뜻을 세움이 안정되지 못하고 재기(才器)가 능통하지 못하다. 제도(制度)가 이치에 근본을 두고 있지 않기 때문에 무수한 잘못과 폐단[108]을 서로 답습하여 백성이 날로 더욱 곤궁해진다. 문관은 자리에 부임해도 물정에 어둡고 무관은 진지(陣地)에 임하여 허둥댄다. 아아! 이것은 세상이 쇠미한 때문이 아니면 곧 법을 세움이 잘 못되었기 때문이다. 예로부터 어지러워져 망한 나라에도 또한 늘 훌륭한 사람이 있었던 것은 어찌 가르치고 길러냄에 미리 준비가 있었고 선발하여 취하는데 법도가 있었기 때문이 아니겠는가! 예전 명(明)나라 선종(宣宗)이 한 말에 "백성이 복을 받지 못하는 것은 수령(守令)이 그 적임자가 아니어서 그런 것이요, 수령이 적임자가 아닌 것은 학교의 교육이 밝지 못해서 그런 것이다."[109]라고 하였다. 위대하다, 왕의 말씀이여! 대저 나무는 먼저 썩은 뒤에야 벌레가 생기고,[110] 사람은 반드시 스스로를 업신여긴 뒤에야 남이 업신여긴다.[111] 지금 저 사교(邪敎)를 금지하고자 한다면 어찌 먼저 우리 유교(儒敎)를 세워 높이 밝힐 것을 생각하지 않는가?

108 무수한……폐단 : 원문은 백공천창(百孔千瘡)으로 백 개의 구멍과 천 개의 종기라는 뜻이다. 즉 여러 가지 폐단으로 엉망진창이 된 것을 의미한다.

109 백성이……것이다 : 《명사기사본말(明史紀事本末)》 권28에서 인용한 말이다.

110 나무는……생기고 : 《동파전집(東坡全集)》 권105 〈범증론(范增論)〉에서 인용한 말이다.

111 스스로를……업신여긴다 : 《맹자》 〈이루 상(離婁上)〉에서 인용한 말이다.

《길운유고》 서

吉雲遺稿序

옛날에 진(晉)나라 조무(趙武)가 정(鄭)나라의 칠경(七卿)과 술을 마실 적에 시를 읊어 뜻을 말했는데[112] 모두 좋은 평을 얻었다. 진(晉)과 정(鄭)의 교류가 이에 더욱 친밀해졌으니, 시(詩)와 사(辭)가 국가의 교제에 있어 어찌 중차대(重且大)하지 않겠는가? 길운자(吉雲子)[113]는 어렸을 때부터 영특한 재주가 있어 시문에 뛰어났다. 장성하여 정치에 종사하매 국내에 있을 때엔 외교 문서를 윤색하였으나

112 조무(趙武)가……말했는데 : 조무는 춘추 시대 진(晋)나라의 명재상이다. 시호는 조문자(趙文子)이다. 그는 초(楚)·제(齊)·정(鄭)·송(宋) 등 주변 여러 나라들과 전쟁을 중지하고 강화를 실현시켰다. 열국(列國)이 빙향(聘享)할 때 참석자들이 시의 구절을 인용해 뜻을 말하는데, 조리 있게 하지 못하면 비난을 받는다. 그때 인용한 시구가 정(鄭)나라와 위(衛)나라의 음분시(淫奔詩)라고 일컬어지는 시들에서 인용한 것이었지만, 아무 문제가 없었고 화친을 이루고 헤어졌음을 얘기한 것이다. 《春秋左氏傳 襄公27》

113 길운자(吉雲子) : 변원규(卞元圭)로 본관은 초계(草溪), 자는 대시(大始), 호는 길운자이다. 다른 호는 주항(蛛魧)이다. 1880년(고종17) 별뢰자관(別賚咨官)으로 청나라에 가서, 이홍장(李鴻章)과 조선국원변래학제조조련장정(朝鮮國員辨來學製造操練章程)을 체결, 유학생 파견을 가능하게 하였다. 1881년 한역관(漢譯官)으로서, 영선사(領選使) 김윤식(金允植)의 별견당상(別遣堂上)이 되어 청나라에 수행하여, 이홍장과의 회담에 통역을 맡아보았다. 귀국 후 참의교섭(參議交涉) 통상사무(通商事務)를 거쳐, 1884년 기계국방판(器械局幫辦)이 되었다. 이어 돈령부지사·한성부 판윤을 지냈다. 《길운유고》의 현전여부는 확인되지 않고, 청국인 유지개(游智開)의 《장원시초(藏園詩抄)》에 그가 써준 서문이 남아 있다.

국경을 벗어나서는 분주히 다니며 자문(咨問)을 구하여 실사구시(實事求是)[114]하고 구차하게 글을 짓지 않았다. 그러므로 그의 시문은 맑고 아름다우며 곡진하고 충정(衷情)을 담아내어 사람들로 하여금 즐겁고 기뻐하여 남은 흥미가 있게 하였다.

나는 군과 평소 서로 알지를 못하였다. 늘그막에 연(燕)·조(趙) 지역이었던 요동·계주의 들에서 잠깐 만났는데 스스로 천재일우(千載一遇)라 여겨 서로 늦게 알게 된 것을 한스러워 했다. 다닐 때는 나란히 달리며 시를 주고받았고 머물 때는 등불을 켜고 이야기를 나누었다. 대화의 내용은 모두 세계의 정세와 국가 간의 교제에 관한 일이었는데, 늘 들어도 질리지 않았다. 천진(天津)에 도착하여 그곳의 여러 공들과 마음을 헤아려 교분을 맺어 이르는 곳마다 다 신을 거꾸로 신고 나와 반갑게 맞이하고 우리를 위해 먼저 수용하게 하여 일에 장애가 생기거나 지체됨이 없었다. 이리하여 다행히 군명(君命)을 욕되게 하지 않을 수 있었으니 진실로 군(君)의 힘이었다.

우리나라로 돌아온 후에 나와 함께 외부(外部)에서 근무했고 또 견책[115]도 똑같이 받았다. 이로부터 나그네로 충청도 바다를 떠돌며 각자

114 실사구시(實事求是) : 실제 사실에서 옳은 바를 구한다는 뜻이다. 여기서는 국가의 외교문서나 외국 인사와의 교류를 위해 글을 지었을 뿐, 순수하게 문학적 목적으로 글을 지은 적은 없다는 말이다. 이 용어는 《전한서(前漢書)》 권53 〈하간헌왕전(河間獻王傳)〉에 나오는데, 안사고(顔師古)가 "힘써 일의 실질을 얻고 매양 참되고 올바름을 구하는 것이다.〔務得事實 每求眞是也〕"라고 주석을 붙여 두었다.

115 견책 : 원문은 은견(恩譴)이다. 임금이 명한 견책을 높여서 말한 것이다. 1886년(고종23)에 김윤식은 외부독판이었고, 변원규는 그 휘하에서 협판으로 재직 중이었다. 그해 10월에 부산 첨사 김완수(金完洙)가 일본인에게 돈을 차용하는데, 변원규의 부탁으로 외부직인을 찍어 보증했다가 빚이 상환되지 않자 일본인이 정부에 항의하는 바람

하늘의 한 모퉁이에서 지내느라 다시는 서로 만날[116] 기약이 없었다. 갑인년(1914) 봄에 군(君)의 아들 종헌(鍾獻)[117] 보(甫)가 군의 유고(遺稿)를 가지고 와서 내게 서문〔弁文〕을 청하였다. 한번 책을 펼쳐보니 원습(原濕)[118]에서 함께 일하던 자취가 역력히 눈앞에 있건만 어느덧 30여 년이 지나버렸다. 그 사이에 여러 번 강산이 바뀌어 만사(萬事)가 모두 꿈같은 일이 되어 미루어 말할 수가 없다.

그러나 생각해보면 그 당시 국세(國勢)가 빈약하기가 마치 춘추 시대에 정국(鄭國)이 처한 것과 같았으니, 자산(子産)을 비롯한 여러 현인이 수사(修辭)로 미봉(彌縫)해주지[119] 않았다면 어찌 너끈히 진(晉)과 초(楚) 사이에서 자립할 수 있었겠는가? 그 외롭고 위태로움이

에 김윤식이 면천에 정배되었으며, 변원규와 김완수도 유배되었다.《김윤식, 속음청사, 김익수 역, 제주문화원, 2010, 110쪽 주 156》

116 서로 만날 : 원문은 합잠(盍簪)이다. 뜻이 맞는 이들이 서로들 달려와 회동하는 것을 말한다.《周易 豫卦 九四》

117 종헌(鍾獻) : 변종헌(卞鍾獻, 1857~?)으로, 자는 문경(文卿)이다. 변원규(卞元圭)의 아들이다. 1883년에 당하역관, 1884년에 장악원 주부, 정릉 영(貞陵令)을 지냈다. 1892년(고종29) 문과 별시 병과(丙科)에 급제했다.

118 원습(原濕) : 언덕과 습지로, 사신가는 길을 말한다.《시경》〈소아(小雅)·황황자화(皇皇者華)〉에 "밝고 고운 꽃은 저 언덕과 저습한 곳에 피어 있고, 부지런히 가는 사신 일행은 매양 미치지 못할세라 염려하도다.〔皇皇者華 于彼原隰 駪駪征夫 每懷靡及〕"라고 한 데에서 나온 말이다.

119 자산(子産)과……미봉(彌縫)해주지 : 자산은 춘추 시대 정(鄭)나라의 재상이다. 외교 문서를 잘 맡아 처리하여 정나라가 주변 강대국들의 공격과 정벌을 받지 않도록 하였다. 정나라의 외교문서는 비심(裨諶)이 초창(草創)을 하고, 세숙(世叔)이 토론하고, 자우(子羽)가 수식(修飾)하고, 자산이 윤문(潤文)을 해서 자세히 살피고 정밀하게 하였으므로 제후들과 교제, 교섭할 때 실패가 적었다고 한다.《論語 憲問》

이와 같았는데도 온 나라는 오히려 태연하여〔晏然〕 별 생각을 하지 않았다. 오직 길운자(吉雲子)가 연회하는 사이에서 주선하여 외교를 펼쳐 마침내 우리나라의 국제 교류의 길을 열었으니 그 공(功)이 어찌 정나라의 현인들보다 아래에 있겠는가? 옛 자취를 회고하며 책을 열어 읽어보니 감회가 일어, 병든 몸으로 힘을 다해 책의 서두에 쓴다.

《청풍세보》 속간 서

清風世譜續刊序

저 많고 많은 사람들은 그 형체와 정신을 모두 조상에게서 물려받은 것이다. 종당(宗黨) 친척(親戚)의 경우는 멀고 가까움을 막론하고 똑같이 물려주신 것을 받았으니 상호간에 서로 친애하는 것은 바로 그 조상을 잊지 않는 것이다. 비유컨대 초목의 수많은 가지와 잎이 똑같이 한 뿌리에서 나왔으되 다 자란 뒤에는 반대로 그 뿌리를 비호하는 것과 같다. 이것이 바로 조상을 존숭하고 종족을 공경하는 뜻이 아니겠는가? 그런 까닭에 아비만 알고 할아비를 모르는 자를 가리켜 야인(野人)이라 하니 이는 초목만도 못한 것이다. 대저 조상을 존숭하면 종족을 공경하고 종족을 공경하면 효도하고 공손하며 친밀하고 화목한 기풍이 그로 말미암아 일어나게 된다.

만약 그 연원(淵源)의 유래와 계파(系派)가 분리된 곳을 알지 못하여 팔을 흔들며 모른 체 지나쳐서 마치 길가는 사람 보듯 한다면 친애하는 마음이 장차 어디로부터 생겨나겠는가? 이것이 옛 사람이 보첩(譜牒)을 중시한 까닭이다. 사람이 태어나 서른 해가 지나는 것을 일세(一世)라고 하니, 그 사이에 어린 자는 장년이 되고 장년인 자는 노년이 되고 노년인 자는 사라지게 된다. 세상의 도리[120]와 집안의 일들이 시절

120 세상의 도리 : 원문은 세체(世諦)이다. 본래 불교의 전문 용어로, 체(諦)는 이(理)와 같다. 속세를 벗어난 출세간의 법에 비하여 손색이 있는 세속적 도리를 말한다. 본 맥락에서는 불교와는 무관하게 사용되었을 것으로 간주하고 이 같이 풀이하였다.

을 따라 변하고 바뀌어 점차 기존의 면목을 바꾸다가 또 한 세대를 거치게 되면 완전히 변하게 된다.

우리 김가의 족보는 정축년(1637, 인조15)에 시작하여 경자년(1780, 정조4)[121] · 정사년(1857, 철종8)[122]에 이르기까지 229년[123] 동안에 모두 세 번 수찬(修撰)되었다. 정사년에서 지금(1918)까지가 61년이니 거의 두 세대가 지났으니, 이름이 옛 족보에 실린 자 가운데 아직 살아 있는 이는 백에 하나 둘도 안 될 것이다. 이 족보에 마땅히 실려야 할 불어난 후손들의 수는 옛날에 비하여 몇 배 더 많은 정도가 아닐 것이다. 그런데도 보첩(譜牒)을 아직 속수(續修)하지 못해 후생(後生) 신진(新進)이 그 연원과 계파를 까맣게 알지 못하여 야인(野人)이라느니 길가는 사람 보듯 한다느니 하는 조롱을 면할 수 없게 되었으니, 어찌 다른 사람들에게 부끄럽지 않을 수 있겠는가?

근래에 서울과 지방의 여러 종파가 모여 일족을 합하여 족보를 수찬할 방법을 의논하였다. 이에 널리 파(派)별로 단자(單子 명단)를 모으고 재물을 모아 일을 시작하여 옛 관행을 따라 확장하여 삼파(三派)를 합해 하나로 만들었다. 일은 큰데 힘은 부족하고 재정이 군색하니 어렵다는 논의가 없지 않았다. 그러나 옛날에 선조(先祖) 문정공(文貞

121 경자년 : 1780년(정조4)에 편찬된 청풍 김씨의 세보(世譜)는 없다. 아마도 경오(庚午)의 오기인 듯하다. 경오년은 1750년이고, 이 때 세보 편찬을 주도한 사람은 김재로(金在魯)였다.

122 정사년 : 1857년에 만들어진 세보(世譜)를 가리킨다. 김경선(金景善) · 김익문(金益文) 부자와 김진교(金晋敎) · 김세호(金世鎬) 부자가 족보 편찬 일을 주도하여 완성한 것이다.

123 229년 : 220년이 되어야 하는데 계산이 잘못되어 있다.

公)[124]께서 정축년(1637, 인조15) 전쟁 때를 당하여 옥하관(玉河館)[125]에서 족보를 수찬하셨는데 그것이 우리 족보의 기원이 되었다. 그때는 온 나라가 요동쳐서 사람마다 다 자기 자리를 잃었을 때이니 어느 겨를에 재정 모을 것을 도모했겠는가? 오직 공(公)이 마음과 힘을 다해 추진해 완성시킨 것이다.

지금 온 세상이 가난하고 고달픈데 그 중에 우리 집안이 더욱 심하다. 하지만 다행하게도 난리로 어지럽게 분열되거나 굶어죽어 산골짜기에 버려지는 우환(憂患)이 없어서 각자 자기 가택을 보전하고 논밭을 지킬 수 있으니, 서울 및 지방의 종파들이 진실로 그 심력을 하나로 모은다면 족보를 만드는 일이 비록 큰일이라 해도 어찌 재정(財政)이 충분치 못함을 걱정하겠는가? 종족 사람들이 모두 "그렇다. 감히 함께 힘써 선인(先人)의 서업(緖業) 완성하지 않을 수 있겠는가!" 하고는 마침내 나에게 서문을 부탁하였다. 나는 아침저녁을 약속할 수 없는 노인일 뿐이지만, 몇 세대 동안 할 겨를이 없었던 일을 다행히 내 몸에서 그것을 보게 되었기 때문에 늙음을 핑계대어 사양하지 못하고 이렇게 서문을 짓는다.

124 문정공(文貞公) : 김육(金堉, 1580~1658)으로, 본관은 청풍(淸風), 자는 백후(伯厚), 호는 잠곡(潛谷), 시호는 문정이다. 1636년(인조14) 7월~1637년 6월까지 성절사(聖節使)로서 명(明)나라에 다녀와 《조천일기(朝天日記)》를 남겼는데, 족보의 수찬도 이 때 이루어진 것이다.

125 옥하관(玉河館) : 명나라 초기에 외국 사신의 숙소로 사용하기 위해 북경에 설치한 관소로, 청나라 때도 그대로 이용되었다. 조선조의 사신들도 연경(燕京)에 갔을 때 이곳에 머물며 활동하였다.

구당만시 서
矩堂挽詩序

예로부터 현명하고 지혜로운 선비가 난세를 만나 국정에 임해 정치를 하면 처음에는 비록 비방을 받지만 나중에는 영예를 거두었다. 그러므로 자산(子産)[126]이 정(鄭)나라에서 정승을 할 때에 사람들이 모두 그를 원망하기를 "누가 자산을 죽일꼬? 내가 그와 함께 하리라."라고 했지만 그가 성공한 뒤에는 백성들이 모두 기뻐하고 즐거워하여 노래하며 그 공을 칭송하였다. 가령 자산(子産)이 자피(子皮)[127]와 같은 현인을 만나 주인을 삼지 못하고 다시 소인이 이간질하여 방해를 받아 정치에 실패했다면, 지금까지도 비방이 전해져서 나라를 병들게 한 사람이 되었을 것이니 어찌 매우 애석하지 않을 수 있겠는가?

구당(矩堂) 유공(兪公)[128]은 갑오(1894, 고종31)・을미(1895)년간

126 자산(子産) : 춘추 시대 정(鄭)나라의 대부 공손교(公孫僑)이다. 자산의 노래는 《춘추좌씨전》 양공(襄公) 30년 조에 나온다. 자산에 대해서는 52쪽 주 119 참조.

127 자피(子皮) : 춘추 시대 정나라 상경(上卿)이었던 한호(罕虎)의 자이다. 그는 국정을 잘 다스려 명성이 높았고, 일찍이 자산의 어짊을 알아보고 그에게 정사를 맡겼다. 《춘추좌씨전》 양공 29년 조에 자피가 덕으로 국정을 맡은 일이, 양공 30년 조에 자산을 살해하려는 일부의 주장을 막아 그를 보호한 사실이, 양공 31년 조에 마침내 "자피는 자산을 충후하다 여겨 정사를 위임하였다."는 기록이 보인다.

128 유공(兪公) : 유길준(兪吉濬, 1856~1914)으로, 본관은 기계(杞溪), 자는 성무(聖武), 호는 구당(矩堂)이다. 1894년 갑오개혁 때 외무참의(外務參議) 등을 역임하며 개혁을 주도하였고, 1895년 김홍집(金弘集) 내각의 내무협판(內務協辦)을 역임하면서 태양력 사용, 종두법 실시, 우체사 설치, 소학교 설치 등을 추진하였다. 또한 1896년

에 많은 사람이 비난의 화살을 겨누는 중에도 우뚝하게 홀로 서서 무너진 기강을 정리하고 잘못된 정치를 힘써 청산하였다. 이에 상하가 시기하고 방해하여 마침내 전복되는 환난을 초래해 그 은택이 백성들에게 미치지 못하게 했고 그 자신 또한 불우하게 죽었다. 죽는 날에도 백성들은 아무 칭송할 만한 것이 없었다. 그러나 최근 20년 사이에 국시(國是)가 차츰 변하여 앞서 공을 죽이려 했던 자들이 지금은 한 목소리로 그를 으뜸으로 여겨 우러러 보기를 마치 태산북두(泰山北斗)와 같이 하니 이는 또 무슨 까닭인가? 혹시 백성들의 마음이 선(善)해져서인가? 아마도 공의 우국애민의 정성이 지극한 성품에서 발휘되어 사람들을 감동시켰고, 그의 심사가 청천백일과 같아서 가렸던 구름이 사라지니 비록 비복들조차도 그 맑고 밝음을 알 수 있었기 때문일 것이다. 이는 참으로 관 뚜껑 덮기를 기다릴 필요도 없이 그 사람에 대한 평가가 정해진 것이다.

아아! 공의 한결 같은 대절(大節)이 환히 빛나 사람들의 이목에 비추니, 비록 자산(子産)이 이룩한 것과 같은 공적은 없지만 자산이 남긴 것과 같은 사랑은 있다. 훗날 백성들의 지혜가 크게 열리고 교화가 융성해져 대동(大同)의 경지에 오르게 된다면 이는 공(公)이 앞장서서 이끌어준 공(功) 덕분일 것이다. 어찌하여 하늘은 나이를 더 빌려주지 않아서 그가 친히 그런 세상을 볼 수 있게 해주지 않았는가! 이른바 "태평성대는 본래 장군(將軍)이 이룩하나 장군으로 하여금 태평성대를 보게 해주지는 않는다."[129] 하니, 이것이 천고의 뜻있는 선비가 옷깃을

독립신문 창간을 적극 후원하였고 그해 내부대신에 올랐으나 아관파천(俄館播遷)으로 내각이 해산되자 겨우 목숨을 건져 일본으로 망명했다.

흠뻑 적시도록 눈물을 떨어뜨리는 까닭이다.

아아, 애석하다, 운명이로구나! 윤식(允植)은 늙고 병들어 상여 줄을 잡지 못하고 슬피 눈물을 흘리며 남쪽을 바라보매 마음을 진정할 수가 없어 애오라지 짤막한 만사를 엮어 역부(役夫)의 수고를 덜게 한다.

푸른 하늘 뜻이 있는 듯 蒼天若有意
말세에 이 사람을 태어나게 했는데 衰季生此人
태어난 후 다 쓰지 않으니 既生不究用
천리를 어찌 논해야 하나 天理詎堪論
세상에 드문 탁월한 인재 卓犖曠世才
좋은 시절 만나지 못한 것이 애석하다오 惜哉遇不辰
차라리 동포 위해 죽을지언정 寧爲同胞死
아첨하는 신하는 되지 않아서 不作容悅臣
백번을 꺾였어도 후회 안 하니 百折猶靡悔
몸은 괴로웠어도 명절은 폈네 身蹇名愈伸
늙어 조호정[130]에 돌아와서는 投老歸湖亭

129 태평성대는……않는다 : 《오등회원(五燈會元)》 권8 〈수룡부선사법사(睡龍溥禪師法嗣)〉에 보인다. 이 말은 《수호전》이나 《삼국지연의》에도 표현은 한두 글자 다르지만, 같은 뜻으로 등장한다.

130 조호정(詔湖亭) : 유길준이 1908년 즈음에 순종황제로부터 하사받은 정자다. 원래는 용산의 옛 독서당 터에 세운 용양봉저정(龍驤鳳翥亭)이었는데, 유길준이 이름을 조호정이라 고치고, 만년까지 이곳에 살았다. 외람되다 하여 정당(正堂)에 어진(御眞)을 모셔두고 사용하지 않았다 한다. 김윤식이 1909년(융희3)에 쓴 〈조호정기(詔湖亭

황관 쓰고 일민이 되어버렸네 黃冠作逸民
평생의 구국제민 뜻 못 이루지고 平生拯救志
한을 품고 구천으로 돌아갔으니 斂恨歸重泉
굳센 마음 응당 식지 않아서 壯心應未灰
울창한 송백 사이에 서려 있으리 鬱鬱松栢間

記)〉가 있다.

《구당유고》[131] 서

矩堂遺稿序

내가 이미 《구당시초(矩堂詩鈔)》[132]에 서문을 쓴 다음해인 갑인년(1914)에 구당(矩堂) 공이 세상을 떠났다. 공의 조카 옥겸(鈺兼)[133]이 책 상자에 갈무리 된 것을 수습하여 시(詩)와 문(文) 약간 편을 얻어 대략 남길 것은 남기고 삭제할 것은 삭제하여 세 권으로 엮어 장차 조판공에게 맡기려 하면서 또 나에게 서문을 지어달라고 부탁하였다. 나는 책을 덮고 크게 한숨을 쉬면서 말했다.

"구당이 이미 고인이 되어버렸구나! 큰일을 해낼만한 재주와 천하를 구제할만한 그의 역량을 이제 다시는 볼 수가 없구나! 오직 이 쓸쓸히 남아있는 몇 편의 원고가 어찌 족히 만 분의 일이라도 그에 근접할 수가 있겠는가? 애석하다. 살아서 때를 만나지 못해 가슴 속에 품은 웅지를 백 분의 일도 펼치지 못하고, 또 화려하기만 하고 실속이 없는 것을 싫어하여 문인(文人)으로 자처하는 것을 수치스럽게 여겼다. 그러므로 문묵

131 구당유고(矩堂遺稿) : 《구당시초》의 내용을 포함하여 3권으로 편찬된 유길준의 시문집이다. 처음의 형태가 어떠했는지 알 수 없으나, 그 내용은 《유길준전서》에 그대로 실려 있다. 《유길준전서, 유길준전서편찬위원회, 1971, 제5책》

132 구당시초(矩堂詩鈔) : 유길준(兪吉濬)의 시고(詩稿) 가운데서 김윤식이 110편을 골라 엮은 시집이다. 1912년에 연활자본(鉛活字本)으로 간행되었다.

133 옥겸(鈺兼) : 유옥겸(兪鈺兼)으로 유길준의 조카이다. 기호흥학회(畿湖興學會)에서 교사로 활동, 1922년 충청남도 부여군 은산면장(恩山面長)을 지냈다. 편역서로 《간명교육학(簡明敎育學)》, 편저로 《동양사교과서》가 있다.

(文墨)에 관한 일은 겸양하여 자처하지 않았다. 그러나 이따금 좋은 경관을 만나면 감흥을 일으키고 경물을 접하면 정을 기탁하니 그 영화(英華)가 밖으로 드러나는 것을 숨길 수 없었다.

공(公)은 약관(弱冠)시절부터 멀리 유람하려는 뜻을 지니고 있어서, 동쪽 일본으로부터 서쪽 구미(歐美) 여러 나라들에 이르기까지 발자취가 두루 미치었다. 이르는 곳마다 개연(慨然)히 영웅호걸의 지나간 자취를 상상하며 나라의 장래를 슬퍼하여 한숨을 쉬는 것으로 부족하면 영탄을 발하였으며 여관의 등불 앞과 눈 내리는 역참에서 눈물지며 바삐 쓰느라 자구(字句)를 다듬을 여가도 없었다. 그러나 애쓰지 않아도 저절로 정교하여 그 묘한 시구는 곧장 도잠(陶潛)[134]이나 사영운(謝靈運)[135]과 자리를 다툴 만하니 남의 것을 흉내내고 다듬어 꾸민 자들과는 비할 바가 아니다. 예로부터 문인(文人)으로는 오직 양자운(揚子雲)[136]이 문자를 안다고

134 도잠(陶潛) : 365~427. 구강(九江) 사람으로, 자는 연명(淵明)·원량(元良), 호는 오류선생(五柳先生), 시호는 정절(靖節)이다. 중국 육조시대 동진(東晉)의 시인이다. 〈귀거래사〉를 지어 부르며 팽택 현령(彭澤縣令)에서 물러나 고향으로 돌아와 전원생활로 일관했다. 문집 《도연명집(陶淵明集)》이 있다.

135 사영운(謝靈運) : 385~433. 절강(浙江) 회계(會稽) 사람이며, 자는 선명(宣明), 봉호는 강락공(康樂公)이다. 남북조 시대 송(宋)나라의 시인이다. 강남(江南)의 명문에서 태어나 여러 벼슬을 지냈으나 정무(政務)를 돌보지 않았다 하여 사형을 당했다. 그는 종래의 서정(抒情)을 주로 하는 중국 문화(文化) 사상에 산수시의 길을 열었다 하여 산수시인(山水詩人)으로 일컬어진다. 문집 《사강락집(謝康樂集)》이 있다.

136 양자운(揚子雲) : 양웅(揚雄, 기원전 53~18)으로, 성도(成都) 사람이며, 자는 자운이다. 한(漢) 성제(成帝) 때 문인이자 학자로 사천성(四川省) 성도(成都) 출생이다. 왕망(王莽)이 정권을 찬탈한 뒤 새 정권을 찬미하는 문장을 썼기 때문에, 지조가 없는 사람으로 송학(宋學) 이후에는 비난의 대상이 되기도 하였으나, 그의 식견은 한나라의 대표적 존재로 일컬어졌다. 성제의 여행에 수행하며 쓴 〈감천부(甘泉賦)〉 〈하동

일컬어졌고 한유(韓愈)[137]는 그 다음이었다. 이 두 분은 글자를 운용하는 묘리를 깊이 알아서 표현이 생경한 것[138]을 피하지 않고 오직 뜻한 대로 글자를 사용하였는데 후세 사람들은 누구도 그 경지에 이를 수가 없다.

근세의 시인들은 진부한 말과 익숙한 어휘를 가장 싫어하여 일부러 신기(新奇)한 말을 하여 동시대 사람들의 눈을 기쁘게 하려고 힘쓴다. 그런데 공만은 그렇지 않아서 시에 생소한 글자를 잘 사용했지만 아주 자연스러워서 인위적으로 깎아 다듬은 흔적이 없다. 안개와 구름을 부리고 바람과 천둥을 채찍질하여 그 침울(沈鬱)하고 장려(壯厲)한 기운과 충애(忠愛) 감분(感憤)의 회포를 쏟아내어 청신(淸新)하고 고고(高古)하여 남들이 잘 말하지 못하는 것을 잘 말하였다. 공과 같은 분은 문자를 잘 아는 동시에 기이한 것을 좋아하는 병통을 벗어났다고 할만하다. 글은 평소 군이 애써서 짓지 않았으나, 짓게 되면 붓을 잡고 술술 이어나가는

부(河東賦)〉〈우렵부(羽獵賦)〉〈장양부(長楊賦)〉를 비롯해 〈해조(解嘲)〉〈해난(解難)〉등 개인적 처지를 담은 작품도 남겼다. 각 지방의 언어를 집성한《방언(方言)》, 《역경》에 기본을 둔 철학서《태현경(太玄經)》,《논어》의 문체를 모방한《법언(法言)》등을 저술하였다.

137 한유(韓愈) : 768~824. 회주(懷州) 수무현(修武縣) 사람으로, 자는 퇴지(退之), 호는 창려(昌黎), 시호는 문공(文公)이다. 당송팔대가(唐宋八大家)의 한사람으로 고사를 많이 인용하고 까다로운 격식을 지켜야 하는 변려문을 배척하고, 동시대의 언어로 쉽고 평이하게 글을 쓰자는 고문(古文)운동을 창도했다. 유학을 존중하고 도교, 불교를 배격하였으며, 후에 송학(宋學)의 선구자로 추앙받았다.《창려선생집(昌黎先生集)》이 있다.

138 표현이 생경한 것 : 원문은 생할(生割)이다. 생할은 옛 표현을 진부하게 답습하지 않고 새롭고 창의적으로 글을 만들다가 너무 생소하고 기이하게 되는 것을 비판적으로 묘사하는 표현이다.《鳳棲集 卷2 答李公五》《性齋集附錄 卷3 諡狀》

것이 마치 생각하지도 않고 쓰는 것처럼 거침없이 붓을 달려 문장의 틀에 구애되지 않고 한결같이 뜻이 잘 전달되는 것을 위주로 하였다.

또 일본글을 모방하여 선한문(鮮漢文)[139]을 취하여 성어(成語)를 잇대어 철해서 사람들로 하여금 이해하기 쉽도록 하여 만물의 실정에 잘 통하게 하였다. 그 방법은 실로 공으로부터 시작되어 드디어 사회에 수용하는 자료가 되었다. 그런 글들은 비록 문집에는 실리지 않았으나 본래 세상에 공포(公布)된 것이 많다. 편말(篇末)에 덧붙여 수록한 국권(國權)에 대한 논의 및 동경(東京)의 여러 고위 관료들[140]과 문답한 이야기들은 운치가 있고 조리(條理)가 있으며, 국제간 외교 사정(事情)과 우리나라의 형편에 대해 쓴 글들은 뜻이 명료하고 말마다 시의(時宜)에 적절히 부합되었다. 후세 사람이 공의 시를 읽으면 시인이 생동하는 작법〔活法〕을 잘 사용하여 옛 것에 얽매이지 않았음을 알게 될 것이고, 공의 문장을 읽으면 문장이 세상에 도움이 되고 빈말을 하여 나라를 어지럽게 하지 않았음을 알게 될 것이다.

갑인년(1914)[141] 동짓날에 청풍(淸風) 김윤식(金允植)이 서(序)를 쓰다.

139 선한문(鮮漢文) : 한자 구결(口訣)로가 아니라 우리말로 한문에 토를 단 것처럼 한문 중심으로 쓴 국한문 혼용문을 가리킨다.

140 동경(東京)의……관료들 : 총리대신 이토 히로부미(伊藤博文), 외무대신 무쓰 무네미쓰(陸奧宗光), 육군대신 에노모토 다케아키(木下武揚), 체신대신 구로다 기요타카(黑田淸隆), 외무차관 하야시 다다쓰(林董), 후쿠자와 유키치(福澤諭吉)와 주고받은 문답(問答)을 가리킨다.《유길준전서, 일조각, 1971》

141 갑인년 : 원문은 알봉섭제격(閼逢攝提格)이다. 고갑자(古甲子)로 알봉은 갑이고 섭제격은 인이다. 여기서는 1914년 갑인년을 가리킨다.

석년 서

石年序

참봉 이철용(李哲鎔)[142]의 호(號)이다.

나의 벗 석년자(石年子)가 석년(石年)으로 자호(自號)하고 나에게 서문(序文)을 요구하니, 내가 그 뜻을 미루어 부연하여 그를 위해 호설(號說)을 짓는다.

무릇 만물 중에 움직여서 쉬지 않는 것은 반드시 장수한다. 그러므로 흐르는 물은 썩지 아니하고 문의 지도리는 좀먹지 않는 것이니 이런 것들은 움직여서 장수하는 것들이다. 오직 바위만은 우뚝하게 서서 움직이지 않으면서 천만 겁(刦)을 거치면서도 무너지지 않으니 이것은 고요하여 장수하는 것이다. 움직여서 장수하는 것은 밤낮 흐르고 회전하여 항상 그 신선한 기운을 보존하는 것이니 이는 움직임 속의 고요함이요, 고요하여 장수하는 것은 구름을 일으키고 안개를 뿌려 그 온축된 기운을 잘 발산하는 것이니 이는 고요함 속의 움직임이다. 만약 고요하면서 움직이지 않고 움직이면서 고요하지 않는다면 그런 것은 오래 지속될 수 없으니 이것은 떳떳한 이치이다.

전(傳)에 이르기를 "어진 이는 산을 좋아하고 지혜로운 이는 물을

142 이철용(李哲鎔) : 1845~? 본관은 전주(全州)이다. 1873(고종10) 식년시(式年試) 진사 3등 합격 출신이다. 신소설 작가 이해조(李海朝)의 부친이다. 경기도 포천군 신북면 신평리 121번지에서 살았으며, 이해조도 이곳에서 태어났다. 이철용의 딸인 이아지가 김윤식의 며느리로 왔으니, 김윤식과 사돈 간이다.

좋아한다."[143]라고 하였는데, 각각 그 타고난 성품에 따라 자기가 좋아하는 것을 즐김을 말한 것이다. 석년자는 젊어서 시예(時藝)[144]를 연마하여 과장(科場)에 명성이 떠들썩하였다. 이윽고 신평(莘坪)이라는 시골에서 밭을 갈며 살았는데 지역이 후미지고 한적하니 집에는 잡된 속세의 기운이 없었다. 영욕(榮辱)을 모두 잊고 담담하게 스스로 분수를 지키니 지극히 고요하게 사는 사람이라고 할만하다.

오직 사계절의 경치가 변화하는 모습과 몸소 겪은 세상일의 정황은 때로 마음에 감촉되어 스스로 멈출 수 없는 경우가 있었으나 그때마다 마음을 시가(詩歌)에 부쳐서 그 불평(不平)한 기운을 발산하고 울적한 마음을 쏟아내어 가슴속에 막히는 것이 없이 시원하게 하였다. 그리하여 질병이 빌미가 되지 못하고 우환이 걱정거리가 되지 못하였으니 이 어찌 고요함 속의 움직임이 아니겠는가?

이런 까닭으로 나이가 고희를 넘었는데도 몸이 건강하고 기운이 왕성하여 소년이나 장년처럼 나날이 진보하는 기세가 있다. 오래도록 끝이 없는 것이 거의 금석(金石)의 수명(壽命)과 같아서 헤아릴 수가 없으니 석년(石年)으로 호를 삼은 뜻이 바로 여기에 있는 것이다. 그러나 나는, 석년자가 속세〔塵世〕에 연연하여 장생불사의 방술을 사모한 것이 아니고 한 세상에 형체를 붙여 초목과 함께 썩어 사라짐을 애석히 여긴 것이다. 그러므로 닳지도 않고 부서지지도 않는 산석(山石)을 취하여 스스로를 빗댄 것임을 아니, 아마 그 타고난 성품을 따라 그것을 좋아한 것이리라. 내가 장차 미전(米顚)[145]의 고사(故事)를 따라

143 어진……좋아한다 : 《논어》 〈옹야(雍也)〉에서 인용한 말이다.

144 시예(時藝) : 시문(時文), 즉 팔고문(八股文)을 말한다. 과거시험 문체이다.

의관을 갖추고 절을 올릴 것이니 석년자(石年子)도 기꺼이 고개를 끄덕이리라.

145 미전(米顚) : 북송(北宋)의 서화가 미불(米芾)의 별호이다. 그는 매우 기이하게 생긴 거석(巨石)을 보고는 크게 기뻐한 나머지 의관을 갖춰 절을 하면서〔米顚拜石〕 형(兄)이라고 불렀다는 고사가 전한다. 《宋史 卷203 文苑列傳 米芾》

이묵오[146] 명우 유고 서
李默吾 明宇 遺稿序

글을 짓는 방법은 다른 것이 없다. 먼저 그 뜻을 정하고 필묵으로 그 것에 부응할 따름이다. 그러므로 본령(本領)에 뜻을 둔 사람은 충효의 자취를 말하기를 좋아하고, 세상일에 뜻을 둔 사람은 경세제민의 방책을 얘기하기를 좋아하고, 초야에 뜻을 둔 사람은 농상(農桑)의 일을 말하기를 좋아한다. 만약 이러한 뜻과 일이 없으면서 공허한 문장을 화려하게 꾸미는 사람이라면 이는 글을 짓는 것으로 기쁨을 삼는 사람이니 어찌 귀할 것이 있겠는가? 내가 전에 묵오자(默吾子)와 더불어 일찍이 고금인물들의 문(文)을 논하면서 이것을 기준으로 삼았는데 거의 취사선택의 권형(權衡)을 잃지 않았다.

정해(1887)·무자(1888)년 사이에 내가 면천(沔川)의 영탑선방(靈塔禪房)[147]에서 기거하였는데 묵오(默吾) 형제가 나란히 가까운 고

146 이묵오(李默吾) : 이명우(李明宇, 1836~1904)로, 본관은 전주(全州), 자는 경덕(景德), 호는 묵오(默吾)이다. 유년시절에 김정희(金正喜)에게 수학하였다. 1868년(고종5) 울산 감목관(蔚山監牧官)에 제수된 이래 한성부 주부, 장악원 주부, 덕산 군수, 연풍 현감, 하양(河陽)·음죽(陰竹)·학림(鶴林)·단양·영월·은진 등 각지의 목민관을 지내면서 치적을 남겼다. 박규수(朴珪壽)·김병학(金炳學)·신석희(申錫禧) 등과 깊이 교유하였다. 1894년 동학농민전쟁이 일어나자 아우 시우(時宇)와 함께 벼슬을 그만두고 가야산에 들어가 귀래정(歸來亭)을 짓고서 저술에 전력하였다. 저서로 《묵오유고(默吾遺稿)》, 《경구수록(警瞿收錄)》, 《역학제요(易學提要)》, 《임사편고(臨事便考)》 등이 있다.

147 영탑선방(靈塔禪房) : 영탑사(靈塔寺)를 말한다. 충청남도 당진군 면천면(沔川

을[148]의 수령이 되어 잘 다스린다는 명성이 날마다 들렸다. 매양 봄·가을의 날씨 좋은 날이면 문득 시중꾼들을 물리고 산사에 찾아와서 낮부터 밤이 새도록 지칠 줄 모르고 얘기가 이어져 그치지 않았다. 하루는 나에게 이야기하기를 "우리는 피로해서 쉬려고 한다. 가야산 아래에 집을 사서 그 정자의 이름을 '귀래(歸來)'[149]라 하고, 또 '수초(遂初)'[150]라고 하였으니 이는 우리 형제가 물러나 노년을 보낼 곳이다. 자네가 어찌 한마디 말이 없을 수 있겠는가?" 하였다. 나는 그 말을 듣고 기뻐서 흔연히 써주기로 하고 또 후일에 함께 밭을 갈자는 약속도 했는데, 지금 어느덧 28년이나 되었다.

을묘년(1915) 봄에 공의 아우 우방(藕舫)[151]군이 공의 유고를 가져와서 보여주며 나에게 교정을 부탁하므로 내가 드디어 끝까지 읽어볼 수가 있었다. 비로소 공의 평소 언론(言論)이 모두 실천한 끝에 나온 것이고 빈 말에 그치는 것이 아니었음을 알게 되었다. 묵오는 본래 타고난 성품이 겸손하여 학문(學問)으로 자처하지 않았으나 그 왕복한

面) 성하리 상왕산(象王山)에 있는 절이다. 대한불교조계종 제7교구 본사인 수덕사의 말사이다. 통일신라 말기 도선국사(道詵國師)가 창건하였다.

148 가까운 고을 : 덕산(德山)이다. 1887년에 이명우는 안산 군수(安山郡守)로 있었는데 덕산 군수 송익로(宋益老)와 서로 임지를 바꾸라는 전지를 받고 옮겨갔다. 이때 아우인 이시우(李時宇)는 천안 군수(天安郡守)로 있었다.

149 귀래(歸來) : 도잠(陶潛)의 〈귀거래사(歸去來辭)〉에서 따온 말로, 전원으로 돌아가 소요자재함을 말한다.

150 수초(遂初) : 손작(孫綽)의 〈수초부(遂初賦)〉에서 따온 말로, 평소에 은거하고 유람하고자 하였던 소원을 마침내 이루게 되었다는 뜻이다.

151 우방(藕舫) : 이시우(李時宇)의 호이다. 1886년에 통진 부사(通津府使)를 지냈다. 자세한 인적 사항은 미상이다.

편지 내용을 살펴보면 선현(先賢)의 격언(格言)이 아니면 감히 말하지 않았다. 다른 사람에게 충효와 근검을 권면하여 정성스럽고도 간절하며 진지하고 돈독한 뜻이 말 밖에 넘쳐흘렀으니, 여기서 평소에 본령(本領)을 보존하고 있었음을 알 수 있다. 음관(蔭官) 출신으로 제한을 받아 비록 그 천리마의 재능을 펼치지 못했지만 그가 부임했던 아홉 군(郡)의 치적을 살펴보면 모두 실질적 혜택이 백성에게 미쳐서 남긴 은애(恩愛)가 지금까지도 사라지지 않고 있으니 여기서 경세제민의 한 부분을 볼 수가 있다. 만년에는 용감히 물러나 길게 읍(揖)하고 시골로 돌아가 숲과 샘이 있는 전원에서 거닐며 스스로 즐겼으니 이는 초야에 은거하려는 평소의 뜻을 이룬 것이다.

대저 세상에서 글을 잘한다고 일컫는 사람 가운데 그 말과 행동이 부합되는 사람은 드물다. 오직 묵오자의 말은 폐부(肺腑)로부터 흘러나오는데다 또 능숙하게 실천에 옮겼으므로 그 글은 전아하고 순정하며 실제에 들어맞아 부화한 병통이 없고, 시 또한 온유(溫柔)하고 돈후(敦厚)하여 시인다운 맛을 얻었으니, 묵오자는 '언행이 부합하는 군자'[152]라고 할 수 있다. 내가 교정을 마친 뒤에 때로 다시 한 번 읽어보니 마치 다시 영탑산방(靈塔山房)에 있는 듯 황홀하다. 팔을 잡고 마주보며 얘기하고 불등(佛燈)을 밝힌 채 종소리를 듣던 일이 마치 어제 일인 것만 같아서 마음이 동하는 것을 금할 수 없다. 이에 옛날에 글을 논하던 뜻을 추억하며 서술하여 책머리에 쓴다.

152 언행이 부합하는 군자 : 원문은 언행상고지군자(言行相顧之君子)인데, 이는 《중용장구》 제13장에 "말할 때는 행동을 돌아보고 행동할 때는 말을 돌아보니 군자가 어찌 독실하지 않겠는가?〔言顧行 行顧言 君子胡不慥慥爾?〕"라고 한 구절에서 인용한 말이다.

《서법진결》 서
書法眞訣序

글씨라는 것은 마음의 그림이다. 유공권(柳公權)[153]이 "마음이 바르면 필획도 바르다[154]"라고 하였으니, 이 한마디가 충분히 설명을 다했다 하겠다. 그렇지만 글씨를 배우는 사람이 오직 마음을 미덥게 하고 행동을 바르게 할 뿐, 법도가 있음을 알지 못하다면 그 폐단이 촌스러워서 함께 육예(六藝)[155]의 기예를 의논할 수 없을 것이다. 장욱(張旭)[156]은 "글씨를 잘 쓰는 묘법은 붓을 잡고 원만하게 전환하는 데 달려 있으니 뻣뻣하게 하지 말아야 하고, 그 다음은 법을 알아야 하니 법도를 무시하지 말아야 하고, 그 다음은 배치를 적절히 해야 한다."[157]라고

153 유공권(柳公權) : 778~865. 경조(京兆) 화원(華原)사람으로, 자는 성현(誠懸)이다. 당대(唐代) 후기의 화가로, 목종(穆宗)에게 그 필적을 인정받아 우십유・한림시서학사를 배명하고, 목종・경종・문종 3대에 걸쳐 봉직했다. 대표작은《신책군비(神策軍碑)》《현비탑비(玄秘塔碑)》 등이 있다. 그의 형 유공작(柳公綽)도 서예에 능했다.

154 마음이……바르다 :《구당서》에서 인용한 것이다.《舊唐書 卷165 柳公權傳》

155 육예(六藝) : 예(禮)・악(樂)・사(射)・어(御)・서(書)・수(數) 이상 여섯 가지 항목을 가리킨다. 선비들의 필수적 기초 교양에 해당되는 공부과목이다.

156 장욱(張旭) : 675~? 오군(吳郡)사람으로, 자는 백고(伯高), 당대(唐代) 중엽의 서예가이다. 관직은 금오장사(金吾長史)를 지냈다. 서법(書法)에 정통했으며, 초서(草書)로 가장 이름을 떨쳤다. 광초(狂草)로 명성을 얻고 후세에 큰 영향을 끼쳤으며, 회소(懷素)가 그의 초서법을 계승・발전시켰다. 그의 서법은 이백(李白)의 시가(詩歌), 배민(裵旻)의 검무(劍舞)와 함께 '3절(三絶)'로 불렸다. 해서(楷書)로는 비각(碑刻) 〈낭관석기(郎官石記)〉가 있으며, 〈초서고시사첩(草書古詩四帖)〉이 전한다.

157 글씨를…… 한다 :《서법정전(書法正傳)》에 안진경(顔眞卿)이 어찌해야 서법이

말했다. 주자(朱子)는 "법에 속박되려 하지 말고 법에서 벗어나기를 구하지 마라."[158]라고 말했다. 이 몇 가지 말을 살펴보면 서예를 배우는 방법을 헤아려 짐작할 수 있을 것이다.

우리 반도의 문물(文物)은 중화로부터 수입해 온 것이 많다. 신라·고려 시대에는 교통이 빈번하여 문인 묵객들과 서로 함께 연마하였는데 지금은 세대가 이미 멀어져 그 남긴 서찰이나 필적을 구해 볼 수가 없다. 그러나 역사서에 기재된 것을 살펴보면 종종 명가(名家)로 일컬어지는 사람들이 많이 있다. 하지만 최근 오백년 동안에 사대부는 도덕(道德)만 숭상하여 육예(六藝)를 닦지 않고 붓을 잡은 선비는 서법을 알지 못하고 경솔하게 마음대로 썼다.

일찍이 시바노 리쓰잔(柴野栗山)[159]이 지은 〈설봉대소자발(雪峯大小字跋)〉을 보니, '조선 사신이 오면 호사자(好事者)는 그 조선 사람이

묘해질 수 있느냐고 묻자 장욱이 답해준 말로 기록되어 있다.

158 법에……말라 : 《회암집(晦庵集)》 권84 〈발십칠첩(跋十七帖)〉에 나온 말이다.

159 시바노 리쓰잔(柴野栗山) : 시바노 구니히코(柴野邦彦, 1736~1807)로, 사누키국(讚岐國) 미키군(三木郡) 무레촌(牟禮村) 사람이며, 자(字)는 히코스케(彦輔), 호는 리쓰잔·고구켄(古愚軒)이다. 에도 중후기의 유학자로 비토 지슈(尾藤二洲), 고가 세이리(古賀精里)와 함께 '관정삼박사(寬政三博士)'로 손꼽히는 사람이다. 농가에서 태어나 10세경부터 고토 시잔(後藤芝山)에게 공부를 배우고 에도[江戶]로 가서 쇼헤이자카학문소(昌平坂學問所)의 교관이 되었다. 훗날 노중(老中) 마쓰다이라 사다노부(松平定信)에게 간세이이학(寬政異學)의 금지를 건의했다. 시와 문장으로도 이름이 높았으며, 《리쓰잔문집(栗山文集)》《리쓰잔도시집(栗山堂詩集)》《리쓰잔도문집(栗山堂文集)》을 남겼다. 그밖에 막부정치 전반에 대한 의견을 올린 〈율산상서(栗山上書)〉, 산릉수복(山陵修復)의 필요성을 역설한 〈산릉의(山陵議)〉, 교토(京都)에 학교를 건립해야한다고 논한 〈경학의(京學議)〉등의 의견서, 막부의 명에 의해 편수된 통사 《국감(國鑑)》, 한시문의 색인인 《잡자유편(雜字類編)》 등의 편저서가 있다.

중국 사람들과 사신 왕래가 끊이지 않았기 때문에, 아마도 능히 당송(唐宋)의 기풍과 운치를 전수받았을 것이라고 생각하여 서로 모여들어 글씨를 요구하고, 저들 또한 자신의 글씨를 거드름피우고 흘겨보지만 유치한 글씨[160]가 종이를 가득 채우는데 추하고 속됨을 면치 못하였다.' 라고 했다. 이 말은 실로 우리의 병통을 적중한 것이니 내가 그 글을 읽을 때마다 얼굴이 붉어지고 땀이 남을 금치 못했다.

그 얼마나 다행인가! 서법(書法)의 한 갈래가 인현(仁賢)의 교화가 남은 이 땅에[161] 흘러 전해졌다. 근세에 눌인(訥人)[162]·소남(少南)[163] 두 분 선생이 서예로 세상에 이름이 났다. 지금 해강(海岡) 김규진(金

160 유치한 글씨 : 원문은 도아(塗鴉)인데 글씨가 유치한 것을 이르는 말로 흔히 겸사(謙辭)로 쓰인다. 당(唐)나라 노동(盧仝)의 시 〈첨정에게 보여줌[示添丁]〉에, "홀연히 서안(書案) 위에 먹물을 끼적이며 시서(詩書)를 지우고 고친 것이 마치 늙은 까마귀 같네.[忽來案上飜墨汁 塗抹詩書如老鴉]"라는 구절에서 비롯된 말이다. 《玉川子集 卷1》

161 인현(仁賢)의……땅에 : 은(殷)의 세 인자(仁者) 중 하나인 기자(箕子)의 교화가 남은 곳으로서의 우리나라를 지칭한 것이다.

162 눌인(訥人) : 조광진(曺匡振, 1772~1840)으로, 본관은 창녕(昌寧), 자는 정보(正甫), 호는 눌인·구눌(口訥)이다. 이광사(李匡師)의 글씨를 배우고 만년에는 안진경(顔眞卿)의 서체를 터득하였다. '쾌재정(快哉亭)' 편액(扁額)의 글씨가 그의 예서였는데 중국 사신이 보고 크게 놀라 한 번 만나보기를 청하니 죽었다고 하자 섭섭히 여겨 100본을 찍어 갔다고 한다. 신위(申緯), 김정희(金正喜) 등과 교분이 두터웠다. 서첩으로 《조눌인법첩(曺訥人法帖)》《눌인서첩(訥人書帖)》이 있다.

163 소남(少南) : 이희수(李喜秀, 1836~1909)로, 본관은 경주(慶州), 자는 지삼(芝三), 호는 소남·경지당(景止堂)이다. 산수화와 난초·대나무 그림에 모두 능하였고 7세에 벌써 전(篆)·예(隷)·해(楷)·행(行)을 모두 잘 썼으며, 칠흑 같은 밤에 글을 베껴 써도 모두 한 결 같이 규격에 맞았다고 한다. 남종화풍에 토대를 두고 있는 〈설경산수도(雪景山水圖)〉, 그리고 1916년 경성(京城) 애동서관(滙東書館)에서 간행한 《이소남서첩(李少南書帖)》이 전한다. 김규진(金圭鎭)이 편(編)하고, 발(跋)을 썼다.

圭鎭)[164] 군은 소남(少南)의 생질[165]이다. 어려서부터 그 외숙에게 배워서 소남의 묘법을 다 터득했다. 그리고 다시 서쪽으로 중국에 유학하여 널리 명인의 서법을 살펴보고 그 원류를 찾아서 그 정화(精華)를 엮어 《서법진결(書法眞訣)》[166] 1권을 저술하였다. 장차 이것으로써 생도들을 가르치고 또한 세상에 널리 퍼뜨려서 후학의 나침반이 되게 하려는 것이니, 참으로 잘한 일이라 하겠다. 그 법은 붓을 잡는 것에서 시작하여 획을 운용하는 것을 거쳐 배치하는 것에서 마쳤으니, 여기서 더

164 김규진(金圭鎭) : 1868~1933. 본관은 남평(南平), 자는 용삼(容三), 호는 해강(海岡)·백운거사(白雲居士)·취옹(醉翁)·만이천봉주인(萬二千峯主人)이다. 청나라 유학으로 연마한 대륙적 필력과 호방한 의기(意氣)를 폭넓게 발휘하여 전서(篆書)·예서(隸書)·해서(楷書)·행서(行書)·초서(草書)에 모두 묘경(妙境)을 이루었고, 특히 대필서(大筆書)는 독보적이었다. 서화연구회를 창설하는 한편, 서화전을 개최하여 서화 예술의 계몽에도 진력하였다. 김윤식은 1912년 9월에 해강이 창립한 서화연구회의 회장으로 추대되었다. 그림으로는 산수화와 화조화(花鳥畵)를 잘 그렸고, 사군자(四君子)도 즐겨 그렸으며, 묵죽(墨竹)과 묵란(墨蘭) 등이 독보적 경지라고 일컬었다. 창덕궁 희정당(熙政堂)의 벽화 〈내금강만물초승경(內金剛萬物肖勝景)〉과 〈해금강총석정절경(海金剛叢石亭絶景)〉(1920)같은 본격적인 채색화도 그렸다. 《해강난죽보(海岡蘭竹譜)》《육체필론(六體筆論)》《서법진결(書法眞訣)》 등의 저서와 다수의 작품이 전한다.

165 생질 : 원문은 택상(宅相)이다. 진(晉)의 사도(司徒) 위서(魏舒)가 어려서 고아가 되어 외가인 영씨(甯氏) 집안에서 양육되었다. 영씨가 집을 지었는데, 그 지관[宅相]이 "귀한 생질이 나올 상이다.[當出貴甥]"라고 하면서, 위서를 집에서 내보내는 것이 좋겠다고 하므로, 위서가 외가를 위하여 '택상'의 말대로 하겠노라고 하면서 집을 나갔다는 고사가 있다. 이후 택상, 혹은 상택(相宅)이 생질 또는 외손을 가리키는 말로 사용되었다. 《晉書 卷41 魏舒列傳》

166 서법진결(書法眞訣) : 김규진(金圭鎭)이 저술한 서예법서이다. 1921년에 신연인본(新鉛印本) 1책으로 경성(京城) 회동서관(匯東書館)에서 간행하였다. 한국학중앙연구원에 소장되어 있다.

나아가 신(神)으로 화(化)하는 것[167]은 각자에게 달려 있다.

맹자(孟子)가 말하기를 "큰 장인(匠人)이 다른 사람에게 규구(規矩 법도)를 가르쳐 줄 수는 있지만, 남에게 솜씨를 공교롭게 해주지는 못한다."[168]라고 하였다. 이 책이 바로 규구(規矩)이다. 마치 강을 건너는데 맨몸으로 건널 수 없는 것과 같으니 이 책이 그 나룻배가 되어줄 것이다. 지금 학생 제군은 이미 규구와 나룻배를 얻었으니 방향을 잃지 않을 것이다. 만약 여기에다 깊이 나아가는 공부(工夫)와 자득(自得)의 묘(妙)를 더한다면 아마도 훗날 안목을 갖춘 자의 비웃음을 면할 수 있을 것이니, 힘쓰지 않을 수 있겠는가!

167 여기서……것 : 《주역》 〈계사전 하(繫辭傳下)〉의 "이를 지난 이후는 혹 알 수 없으니, 신을 궁구하여 조화를 앎이 덕의 성함이다.〔過此以往 未之或知也 窮神知化 德之盛也〕"와 〈계사전 상(繫辭傳 上)〉의 "신묘하여 밝히는 것은 사람에게 달려 있다.〔神而明之 存乎其人〕"에서 인용한 말이다. 《맹자》 〈진심 하(盡心下)〉의 "대인이면서 저절로 화한 것을 성인이라 하고, 성인이면서 측량할 수 없는 것을 신인이라 한다.〔大而化之之謂聖 聖而不可知之之謂神〕"를 함께 인용한 것이다. 서예의 모범적 법도는 배워서 익힐 수 있는 것이나 그것을 완전히 소화함으로써 그것에 얽매이지도 그렇다고 벗어나지도 않는 화신(化神)의 경지에 들어가는 것은 각자에게 달려 있다는 뜻이다.

168 큰……못한다 : 《맹자》 〈진심 하(盡心下)〉에서 인용한 말이다.

《청수집》[169] 서

聽水集序

예전에 농암(農巖 김창협(金昌協)) 선생이 계곡(溪谷)[170]·택당(澤堂)[171]의 문장을 논하기를 "계곡은 천부적 재능이 우월하고 택당은 인공(人工)이 빼어났다."라고 하셨다. 저 두 분의 문장 중 어느 쪽이 더 나은지는 알지 못하겠지만 그 지극한 경지에 이르게 되면 똑같다. 그것을 그림 그리는 것에 비유하면 산천·초목과 연운(烟雲)·조수(鳥獸)는 천연의 그림이요, 붓과 종이를 사용해 실물에 가깝게 본떠 그리는 것은 인공(人工)의 그림이다. 천연과 인공의 나뉨이 비록 서로 현격한 것 같지만 그림을 그릴 때에 마음속으로 정성을 다해 계획하

169 청수집(聽水集) : 홍재정(洪在鼎)의 문집이다. 현전 여부 미상이다.

170 계곡(溪谷) : 장유(張維, 1587~1638)로, 본관은 덕수(德水), 자는 지국(持國), 호는 계곡, 시호는 문충(文忠)이다. 효종비 인선왕후(仁宣王后)의 아버지이다. 김장생(金長生)의 문인으로 광해군 때 문과에 급제하였다. 1623년 인조반정 이후 청요직(淸要職)을 두루 거쳤다. 문장이 뛰어나 조선 중기의 사대가(四大家)로 손꼽혔다. 문집《계곡집》외에《계곡만필(谿谷漫筆)》·《음부경주해(陰符經註解)》가 전한다.

171 택당(澤堂) : 이식(李植, 1584~1647)으로, 본관은 덕수(德水), 자는 여고(汝固), 호는 택당, 시호는 문정(文靖)이다. 광해군 때 문과에 급제, 1623년 인조반정 후 대제학, 예조판서 등을 역임하였다. 1642년(인조20) 김상헌(金尙憲) 등과 함께 척화(斥和)를 주장하여 심양(瀋陽)으로 잡혀갔다가 돌아올 때 다시 의주(義州)에서 구치(拘置)되었으나 탈주하여 돌아왔다. 장유(張維)와 더불어 당대의 이름난 학자로서 한문4대가(漢文四大家)의 한 사람으로 꼽힌다.《선조실록(宣祖實錄)》의 수정을 담당하였다. 문집《택당집(澤堂集)》외에《초학자훈증집(初學字訓增輯)》등이 전한다.

고 구상함이 입신(入神)의 경지에 이르게 되면 인공(人工)의 영묘함이 어쩌면 천조(天造)보다도 나을 수 있으니, 문장(文章)이라 해서 어찌 유독 그렇지 않겠는가?

지금의 문장가는 경솔히 붓을 놀려 천박하고 소홀한 데로 흘러 귀결되는 곳이 없으니 여전히 삼불후(三不朽)[172]의 반열에 놓고 더불어 논의할 수 있겠는가? 나는 사우(社友) 선배들 가운데 청수(聽水) 홍공(洪公)[173]이 일가를 이룬 문장이라고 추대하니, 아마도 인공(人工)을 터득하여 깊은 경지에 들어간 사람일 것이다. 공(公)은 출중하여 구속받지 않는 재주로 일찍부터 부친의 가르침을 받아 자신을 낮추어 학문을 하고 낙민(洛閩)[174] 성명지학(性命之學)[175]을 추존(推尊)하였지만 담론을 숭상하지 않고 오직 실천하는 것을 귀하게 여겼다. 경서와 사서를 널리 섭렵하고 팔가(八家)[176]를 본받았으니 그의 글은 형식과 내용

172 삼불후(三不朽) : 영원히 썩지 아니하는 세 가지를 말한다. 덕(德), 공(功), 언(言)을 이른다. 여기서는 언(言)을 가리킨 것이다.

173 청수(聽水) 홍공(洪公) : 《음청사(陰晴史)》 1881년 9월 18일 기록에 "장동(壯洞) 청수댁(聽水宅)"이란 글귀가 있고 '홍재정(洪在鼎)'이라는 편자 주가 있다. 홍재정은 1879년에 무안 현감, 이후로 장흥 부사·회덕 현감 등을 지냈다. 자세한 인적 사항은 미상이다.

174 낙민(洛閩) : 염락관민(濂洛關閩)의 학문을 말한다. 염계(濂溪)의 주돈이(周敦頤), 낙양(洛陽)의 정자(程子), 관중(關中)의 장재(張載), 민중(閩中)의 주자를 통칭한 것으로, 곧 송대의 성리학을 뜻한다.

175 성명지학(性命之學) : 성리학을 가리킨다. '염락성명지학(濂洛性命之學)'이라고도 한다. 송대(宋代) 염계(濂溪)와 낙양(洛陽)에 살던 성리학자들, 곧 주돈이(周敦頤)·소옹(邵雍)·사마광(司馬光)·정호(程顥)·정이(程頤)·장재(張載) 같은 학자들의 성리학설을 가리킨다.

176 팔가(八家) : 당송(唐宋)의 고문(古文) 문장가 8인을 가리킨다. 명(明)나라 사람

이 모두 훌륭하고 간략함과 세밀함이 알맞음을 얻었으며, 구절마다 잘 연결되고 위로 보거나 아래로 보거나 모두 운치가 있다. 특히 시무(時務)에 마음을 두어 정치의 득실과 백성과 국가의 이롭고 해로움을 연구하지 않은 것이 없으니, 마치 등불로 비추어 보고 숫자로 계산하는 듯[177] 정확하였다. 조정(朝廷)에 큰일이 있을 때마다 문단의 여러 공들이 반드시 공에게 초안을 작성하도록 부탁하였다. 그리하여 당시의 고문대책(高文大冊)[178]이 대부분 공의 손에서 나왔다.

그러나 음관(蔭官) 출신으로 낮은 관직에 맴돌아 천리마의 행보를 펴지 못하고, 만년에 벼슬을 그만두고 고향으로 돌아갔으나 또 시국의 어려움을 만났다. 시고(詩稿) 목록〔藁目〕을 보면 근심·분노·격정의 회포와 슬픔·기쁨·이별·만남의 정(情)을 한결같이 시에 부쳤다. 성령(性靈)을 도야하고 자유롭게 소요하며 풍월을 읊어서 사기(辭氣)가 풍부하면서도 시원하고 성운(聲韻)이 유창하고 힘이 있었다. 비록 보통 때 시와 술로 한때의 흥을 돋우는 작품이라 하더라도 반드시 다듬고 정련하는 솜씨를 더하여 한 글자도 구차스럽지 않았다. 비록 평(評)을 잘 하는 사람도 지적할 만한 것이 없었으니 어찌 인공(人工)에 지극

모곤(茅坤)이 《당송팔가문초(唐宋八家文抄)》를 지으며 '당송팔가'라는 명칭을 처음 사용했고, 한유(韓愈)·유종원(柳宗元)·구양수(歐陽修)·소순(蘇洵)·소식(蘇軾)·소철(蘇轍)·왕안석(王安石)·증공(曾鞏)의 문장을 선택하여 실었다.

177 마치……듯 : 원문은 촉조수계(燭照數計)이다. 한유(韓愈)의 〈송석홍처사서(送石洪處士序)〉에서 유래한 표현으로, 도리와 고금의 일의 당부(當否)에 대해 논하고, 다른 사람의 품평, 사후(事後)에 그 성패가 어떻게 될 것인지 등에 대해 논할 때의 정밀함이 마치 점이 들어맞듯 정확하고 분명하다는 말이다.

178 고문대책(高文大冊) : 교서나 법령처럼 중대한 국가의 문서이다.

한 것이 아니겠는가?

나는 늘그막에 공을 만나 외람되이 지우(知遇)를 입고 장려를 받았다. 매양 술을 마시고 시를 읊는 모임에서 문예로써 서로 추양(推讓)하며 풍도(風度)를 서로 높이 여겼다. 신사년(1881) 가을에 내가 천진(天津)에 일이 있었는데 공이 서(序) 2편을 보내주었고 임오년(1882) 우리나라로 돌아온 뒤에 또 편지를 보내 시사(時事)를 논했는데, 반복하여 편지를 보냄이 대단히 친절하였다. 나라를 걱정하는 충성심과 붕우에 대한 간절하고도 자상하게 권면하는 정이 늙을수록 더욱 돈독하였다. 내가 지금까지 마음에 새겨 잊지 못하니 어찌 유독 문예일 뿐이겠는가? 근래 공의 아들 안협(安峽) 군으로부터 그 상자에 갈무리한 것을 얻어서 유묵(遺墨)을 어루만지니 옛 감회가 더욱 절실하다. 보잘것없고 졸렬함을 살피지 못하고 그 책에 서문을 쓴다.

《자림보주》 서
字林補注序

대저 책이란 온갖 사물의 통기(統紀)이다. 서계(書契 문자)가 있은 이후 수천 년을 지나는 동안에 인물이 많아지고 하는 일이 복잡해 졌다. 그것을 언어와 필묵 사이에 형용하는 것도 날로 더욱 번잡하고 많아져서 구름이 피어오르고 안개가 변화하듯 하였다. 또 지방의 말이 각각 다르고 옛날과 지금이 동일하지 않아 획일적으로 가지런하게 정리하려고 하면 일을 하기가 매우 어렵다. 그런 까닭에 《자휘(字彙)》[179]의 간략함과 《정자통(正字通)》[180]의 광범위한 것이 모두 전인(前人)들의 비판을 면하지 못하였으니 문자학(文字學)을 어찌 쉽게 논할 수 있겠는가?

우리나라의 문자사용은 중국으로부터 전래되었다. 예전 삼국시대에는 해마다 자제를 파견하여 당나라에 들어가 태학에서 학업을 익히게

179 자휘(字彙) : 명나라의 학자 매응조(梅膺祚)가 1615년에 편찬한 중국자서명이다. 해서를 기본으로 하여 214부의 부수와 거기에 부속되는 한자 33,179자를 수록하였다. 획수에 의하여 글자를 찾는 최초의 자서로 그 후의 자서에 큰 영향을 끼쳤다. 《정자통(正字通)》, 《강희자전(康熙字典)》 등도 모두 이것을 원용(援用)하고 있다.

180 정자통(正字通) : 명나라 말의 장자열(張自烈)의 저서이다. 12집(輯)으로 되어 있는데 청나라 초 요문영(廖文英)이 이 원고를 입수하여 새로 편집, 간행하였다. 체재는 《자휘(字彙)》의 형식을 따랐으며 '일(一)'부에서 '약(龠)'부까지 214부를 부수 배열로 하였고 한자는 획으로 찾게 하였다. 해설, 즉 훈고해석(訓詁解釋)은 《자휘》를 구본(舊本) 또는 구주(舊注)로 삼고 인용하나, 이것은 다시 그것을 크게 보완하여 출전(出典)을 명시하였다.

했다. 그러다 간혹 과거에 급제하여 벼슬자리에 보임되었다가 귀국하였는데, 그런 사람은 대체로 문장이 고상하여 편장(篇章)이 간결하고 편벽되거나 비루한 흠이 없었다. 국초(國初)에는 질정관(質正官)을 요동(遼東)에 파견하여 글자의 뜻과 사물의 명칭을 상세히 질의하여 와전되고 잘못된 것을 바로 잡았는데, 그 뒤로는 상호 교통함이 점차 소원해져서 옥백(玉帛)과 준조(樽俎)[181]를 겨우 역관[182]의 입에 의지하고 문자(文字)의 의의(義意)를 다시 연구하지 않으니 점점 오차가 커지고 잘못된 것을 서로 답습하여 그 본뜻을 잃은 것이 많았다.

유한익(劉漢翼)[183] 군은 집에서 종정지학(鍾鼎之學)[184]을 전수받았고 본디 경학[185]을 숭상했다. 근세에 과학(科學)[186]이 날로 왕성해지고

181 옥백(玉帛)과 준조(樽俎) : 외교 활동을 의미한다. 옥백은 외교 사절단이 주고받는 옥과 비단 같은 예물을 가리키며, 준조는 만찬 자리, 즉 술과 안주가 차려진 연회자리를 가리킨다.

182 역관 : 원문은 상서(象胥)로 원래 오랑캐에게 왕명을 전하는 관직명이었으나 후대에는 역관을 가리키는 말로 굳어졌다.

183 유한익(劉漢翼) : 호는 해관(海觀)이다. 1902년에 중추원의관(中樞院議官), 1903년에 경무국장을 지냈다. 김영기(金永基)가 편(編)한 해관 유한익의 인집(印集) 《해관인존(海觀印存)》 1책(1979년 간행)이 국립중앙도서관에 소장되어 있다.

184 종정지학(鍾鼎之學) : 주(周)나라 때의 청동기에 새겨진 문자인 금문(金文)인 종정문(鐘鼎文)이나 북 모양의 돌에 새겨진 석고문(石鼓文) 같은 옛 문자를 연구하는 학문이다. 곧 금석학을 말한다.

185 경학 : 원문은 분소(墳素)이다. 분은 삼분(三墳)으로 삼황(三皇)의 글을 가리키고, 소는 소왕(素王)으로 공자(孔子)를 가리키는바, 고대의 전적에 대한 범칭이다.

186 과학(科學) : 이 시기에 사용된 '과학'이란 용어는 자연과학〔science〕의 의미가 아니라, 여러 분과의 학문이라는 의미이다. 또 과거시험을 준비하는 데만 치중하는 학문경향을 말하기도 한다.

한문(漢文)이 장차 폐지되려는 것을 개탄스럽게 생각했다. 심지어 관계가 매우 절실한 육서(六書)[187]까지도 쓸모없는 물건[188]을 보듯 하니 이는 공부하는 사람의 큰 병통이다. 《강희자전(康熙字典)》[189]은 자학(字學)을 집대성한 것이지만 권질(卷秩)이 너무 거대하여 초학자(初學者)가 열람하기에는 불편하다. 또 방각(坊刻)한 《신본 옥편(新本玉篇)》 등의 책이 있지만 종종 소략한 곳이 있어서 사물의 뜻을 다 말해주지 못한다. 이에 여러 대가의 책을 참고하고 열람하여 번잡한 부분은 잘라내고 간략한 부분은 보충해서 모두 우리 말로 주해(注解)하여 아낙이나 어린아이들에게 한번 보면 환히 알 수 있어 '어(魚)'자와 '노(魯)'자를 구별하지 못한다는 놀림을 면할 수 있게 하고, 그 책 이름을 《자림보주(字林補注)》[190]라고 명명하였다.

또 첩문(疊文)·쌍자(雙字)[191] 종류를 취하여 별도로 하나의 편(編)

187 육서(六書) : 한자의 여섯 가지 구성 원리이다. 후한(後漢)의 학자 허신(許愼)은 《설문해자(說文解字)》에서 상형(象形)·지사(指事)·회의(會意)·형성(形聲)·전주(轉注)·가차(假借)로 분류하여 설명하였다.

188 쓸모없는 물건 : 원문은 변모(弁髦)이다. 변(弁)은 치포관(緇布冠)으로 관례(冠禮)를 행하기 전에 잠시 쓰던 갓이요, 모(髦)는 총각의 더벅머리로, 관례가 끝나면 모두 소용없어 버리게 되므로, 쓸데없는 물건이라는 의미가 된다.

189 강희자전(康熙字典) : 청나라 때 장옥서(張玉書) 등이 강희제(康熙帝)의 칙명으로 편찬한 자전이다. 총 12집, 4만 545자를 수록하고 있다.

190 자림보주(字林補注) : 유한익(劉漢翼)이 저술한 한문 옥편이다. 1915년에 김윤식이 서문을 쓰고 민영휘(閔泳徽)가 발문을 썼다. 1922년에 상해 천경당서국(千頃堂書局)에서 간행된 석판본 2권 1책이 국립중앙도서관, 계명대학교 동산도서관에 소장되어 있다. 또 1921년 경성(京城)에서 간행된 《자림보주》 2권 1책이 동국대학교 도서관에 소장되어 있다. 3곳 소장본 모두 《자림척기(字林摭奇)》가 부록으로 들어 있다.

191 첩문(疊文)·쌍자(雙字) : 망망(茫茫)·울울(鬱鬱)·소소(蕭蕭)처럼 같은 자

을 만들어 말미에 붙여두었다. 이는 비록 심심풀이삼아 붓을 놀린 것에 가깝지만, 또한 앞 사람이 아직 해놓은 것이 없다. 세심하게 음미하며 찾아보면 옛사람이 글자를 만든 묘미를 알 수 있으니 마치 병가(兵家)에 정법(正法)이 있고 변법(變法)이 있는 것과 같으니, 보주(補注)는 정법이고 이 편(編)은 변법이다. 그러므로 명칭을 〈자림척기(字林摭奇)〉라고 하였다.

책이 완성되자 나에게 서문을 지어달라고 부탁했다. 대저 알지 못하면서 창작하는 것[192]은 우리 부자(夫子)께서 경계하신 바이다. 나는 평소 육서학(六書學)에 무지한데다 늙고 또 혼몽하여 붓을 댈 수가 없다. 하지만 유군이 사문(斯文)을 돕고 후인을 계몽하니, 그 고심한 뜻을 저버릴 수가 없어서 드디어 병든 몸을 무릅쓰고 이와 같이 써서 돌려준다.

를 중복해서 사용하여 문자 구사 방식을 말한다.

192 대저……것 : 원문은 부지이작(不知而作)이다. 공자께서 "나는 전술(傳述)만 하고 창작하지 않으며 옛것을 믿고 좋아함을 가만히 우리 노팽(老彭)에게 견준다.〔述而不作 信而好古 竊比於我老彭〕"라고 하였다. 《論語 述而》

《서경당시초》[193] 서

鋤耕堂詩鈔序

나의 집이 예전에 자하동(紫霞洞)에 있었는데 이동저(李東渚)[194]와 어울려 노닐었다. 동저는 사람들과 사귈 때에 서로 부화뇌동하여 친밀하게 지내지 않고 담담하여 재미가 없는 듯하였다. 그러나 그가 떠난 뒤에 사람들에게 계속 그리움이 남아 오래도록 잊을 수 없게 하였으니, 이는 정신과 정서를 마음속에 쌓고 겉으로 사귀지 않기 때문이다.

자하동(紫霞洞)은 귀척(貴戚)들이 사는 동네[195]이다. 매양 사계절 날씨가 화창한 날이면 공경대인(公卿大人)들이 술을 마련하고 고아한 모임을 열어 하삭음(河朔飮)[196]을 한다. 고관대작[197]들이 좌중에 가득

193 서경당시초(鋤耕堂詩鈔) : 이동저(李東渚)의 시문집이다. 이동저는 김윤식이 자하동(紫霞洞)에 살던 때 가까이 종유하던 인물로 소개되어 있으나, 인적 사항이 파악되지 않고 이 시문집도 현전 여부가 파악되지 않는다.

194 이동저(李東渚) : 인적사항 미상이다.

195 귀척(貴戚)들이……동네 : 원문은 가리(珂里)이다. 가(珂)는 귀인(貴人)이 쓰는 마구(馬具)의 구슬 장식이다. 당나라 때 장가정(張嘉貞)이 재상이 되고 그의 아우인 가우(嘉祐)가 금오장군(金吾將軍)이 되어, 형제가 함께 조정에 들어갈 적이면 수레와 추종(騶從)들이 마을에 가득 찼으므로, 그들이 사는 곳을 가를 울리는 마을이란 뜻으로 '명가리(鳴珂里)'라고 한 데서 유래한 말이다. 《新唐書 卷127 張嘉貞列傳》

196 하삭음(河朔飮) : 무더운 여름철에 피서(避暑)한다는 명분으로 마련한 술자리를 말한다. 후한(後漢) 말에 유송(劉松)이 원소(袁紹)의 자제와 하삭(河朔)에서 삼복(三伏) 무렵에 술자리를 벌이고 밤낮으로 정신없이 마셔댄 고사에서 유래하였다. 《初學記

하고 하인들[198]이 거리를 꽉 메워 술잔과 산가지가 서로 뒤섞이고[199] 풍류가 질탕하였다. 동저는 포의(布衣)로 그 사이에 참석하여 손뼉을 치며 웃고 이야기하며 화락하고 자득한 모습이 마치 세도가를 전혀 의식함이 없는 듯[200] 하였다. 매양 운자(韻字)를 불러 시를 지을 적에 반드시 다른 사람에게 먼저 쓰도록 양보하여 자기의 장점을 자랑하지 않고 남의 단점을 찾아내지 않았다. 뜻을 겸손히 가질수록 명성은 더욱 빛나서 시사(詩社)의 제현(諸賢)이 감히 그보다 훌륭하다고[201] 자처하지 못했다. 그 후 나는 세상일에 얽매이고 공도 또한 실의(失意)하여

歲時部上 夏避暑飮》

197 고관대작 : 원문은 금초(金貂)이다. 금초는 임금을 측근에서 모시는 시신(侍臣)의 관에 붙이는 장식이다. 한(漢)의 시중(侍中)과 중상시(中常侍)가 황금당(黃金璫)에 매미를 붙이고 초미(貂尾)로 관식(冠飾)하였다.

198 하인들 : 원문은 추기(騶騎)이다. 추기는 고관을 수행하는 말몰이꾼과 말을 타고 호종하는 하인을 말한다.

199 술잔과……뒤섞이고 : 원문은 굉주교착(觥籌交錯)이다. 굉주(觥籌)는 술잔과 그리고 누가 많이 마시나 내기를 하기 위하여 마신 술잔의 수를 세는 댓가지를 말하며, 교착(交錯)은 술잔을 주고받아 끊임없이 오고감을 말한다.

200 세도가를……듯 : 원문은 무헌자지가(無獻子之家)이다. 맹헌자(孟獻子)는 노(魯)나라의 어진 대부인 중손멸(仲孫蔑)로 백승(百乘)의 집안이다. 그는 친구가 다섯 사람이 있었는데, 이 다섯 사람은 헌자와 벗할 적에 헌자의 집안을 의식함이 없었으며, 헌자도 자기 집안 세력을 의식하지 않고 이들과 교제하였다는 말이 《맹자》 〈만장 하(萬章下)〉에 나온다.

201 그보다 훌륭하다고 : 원문은 노전(盧前)이다. 초당(初唐) 때 왕발(王勃)·양형(楊炯)·노조린(盧照鄰)·낙빈왕(駱賓王)은 모두 시명(詩名)이 높아 사걸(四傑)로 일컬어졌는데, 양형은 노조린을 가장 높이 여겨 "나는 노조린의 앞에 있기는 송구스럽고, 왕발의 뒤에 있기는 수치스럽다."고 했던 데서 온 말이다. 《舊唐書 卷201 文苑傳上 楊炯》

풍파에 한 번 제자리를 잃으매 마침내 물고기와 새가 서로 잊고 지내는 것 같았다.

병진년(1916) 봄, 공의 아들인 전 군수(前郡守) 중현(中鉉)[202] 보(甫)가 공의 유시(遺詩) 약간 권(卷)을 베껴 써서 가지고와 내게 보이며 교정을 봐 달라고 부탁하고 또 서문을 구하였다. 내가 의리상 감히 사양치 못하고 받아서 읽어보니 자하동의 옛 자취가 눈앞에 가득한데, 어느덧 40여 년이나 지났다. 시편 속의 창수했던 제현(諸賢)은 지금 생존한 사람이 한 명도 없으니 인간사의 변화에 슬픔을 느끼지 않을 수 있겠는가? 내가 일찍이 공의 시를 평하여 말했다.

"시가 그 사람과 같아 간략하고 담담한 가운데 무르익고 무성한 기운을 머금었다. 비축한 재료가 풍부한데다 풍격이 온자(蘊藉)하니 씹어 맛보고 읊조려봄에 오래도록 남는 맛이 있다. 시구와 글자를 연마하고 다듬는 것이 비록 당송(唐宋)을 모방한 듯해도 뜻을 의탁함이 심오하고 원대하니 실로 시인의 정수를 얻었다 하겠다. 또 농가의 풍요(風謠)에 더욱 특장이 있었으니 백성들의 괴로움을 다 표현하여 정치 교화에 보탬이 될 수 있을 것이다. 문(文) 또한 전아(典雅)하고 순정(純正)하며 정결하고 간략하여 진부한 속태를 씻어내어 주선하고 치달리매 화란(和鸞)[203]의 절주(節奏)를 잃지 않았다."

애석하다! 공은 훌륭한 재능을 지녔으나 국가의 성대함을 노래하지

202 중현(中鉉) : 이중현(李中鉉, 1865~?)이다. 1882년 진사에 급제, 상공학교 교관을 역임, 1909년~1912년까지 충청남도 천안군수를 지냈다.

203 화란(和鸞) : 화와 난은 모두 제후의 수레에 다는 방울로, 출세함을 의미한다. 식(軾)에 있는 방울을 화라고 하고 재갈에 있는 방울을 난이라 한다.

못하고 낭관으로 침체되어 한세상을 영락(零落)하게 보냈으니 후세엔 불후(不朽)에 속할 것이 오직 이 소략한 잔편(殘篇)에 있음을 누가 알겠는가?

때는 병진년(1916) 초여름 하순, 같은 시사(詩社)의 오랜 친구인 청풍(淸風) 김윤식이 서(序)하다.

《공성유훈강화》 서
孔聖遺訓講話序

성인(聖人)의 가르침은 평이하고 절실하니 은미하고 심오하여 이해하기 어려운 말이 아니며, 성인의 도(道)는 날마다 쓰는 떳떳한 윤리이니 높고 멀어 실천하기 어려운 일이 아니다. 그런 까닭에 그 평이한 점을 말하면 어리석은 필부필부(匹夫匹婦)라도 다 알 수 있고, 그 지극한 점을 말하면 천지간에 유행하여 드러나고 만물을 화육하는데 참여하니 만약 그 필부필부가 쉽게 알 수 있는 것을 놓아두고 먼저 천지에 드러나고 화육에 참여하는 이치를 궁구하려 한다면, 차례를 따라 차근차근 나아가는 방법이 아니다.

곽산군(郭山郡) 학교(學校) 훈도(訓導) 이승현(李承鉉)[204] 군은 교학(教學)에 뜻이 있어 후진을 계도하는 것을 자기의 임무로 삼았다. 그는 늘 향촌의 어린 생도들이 경전의 글자 뜻을 이해하지 못해 칠서(七書)[205]의 언해(諺解)가 있어도 옛날의 과업(科業)에나 쓰인 것으로 여겨 더 연구하지 않는 것을 걱정하더니 마침내 《공성유훈강화(孔聖遺訓講話)》[206]라는 책 한 권을 찬술하였는데 모두 3편(編) 58칙(則)이다. 그 내용은 성문(聖門)의 사제 간에 문답한 것이고 그 일은 효제충신(孝

204 이승현(李承鉉) : 자세한 인적 사항은 미상이다. 이후, 1923년에 평안북도 위원군에서 7급으로 근무한 사실이 있다.

205 칠서(七書) : 사서(四書) 삼경(三經), 즉 유교 경전을 가리킨다.

206 공성유훈강화(孔聖遺訓講話) : 현전 여부가 확인되지 않는다.

弟忠信)이며 그 공부는 지혜롭고 어리석으며 현명하고 불초함의 구별 없이 모두 힘써서 도달할 수 있는 것이니 이것을 대본(大本)이라고 한다. 대본이 확립되면 그것에 더하여 시무(時務)와 과학(科學)[207]을 힘써야 비로소 재주와 덕을 겸비한 사람이 될 것이니, 나아가면 세상에 쓰일 수 있고 물러나면 향리에 모범이 될 수 있다. 만약 이러한 근본 없이 오직 말단에만 힘쓰면 마치 근원 없는 물과 같아서 즉시 고갈되고 말 것이다.

근래 본원(本院)-경학원(經學院)[208]이다- 에서 각 도에 강사를 파견하여 돌아가면서 강설(講說)하는 것은 곧 이 취지를 부연(敷演)한 것이니, 어찌 평범한 독본으로 볼 수 있겠는가. 이군이 본원에 급히 편지를 보내어 나에게 서문을 구하니 내가 그 뜻을 가상히 여기고 다시 근본과 말단에 관한 설을 적어 권면하노라.

207 과학(科學) : 81쪽 주 186 참조.

208 경학원(經學院) : 성균관(成均館)을 1911년 6월 경학원으로 개칭하였다. 김윤식은 1916년 7월에 경학원 대제학(經學院大提學)에 임명되었다.

원서암 서
猿棲庵序

원(猿)과 원(袁)은 음이 같다. 옥전(玉田)이 원서(猿棲)로 옥호를 한 것은 아마도 붕우의 정에 대해 느낌이 있기 때문일 것이다.

나의 벗 옥전자(玉田子)[209]는 동경(東京) 원락정(猿樂町)에서 객지 생활을 하고 있다. 그 거처하는 방을 원서암(猿棲庵)이라 이름 짓고, 나에게 편액을 써 달라고 하고 또 서문도 요구했다. 무릇 옛사람의 기물과 의복 제도는 반드시 물상(物象)을 본떠 뜻을 취했다. 예를 들어 의복에 꿩[210]을 그려 넣은 것은 그 문채(文采)를 취한 것이요, 술통에 범과 원숭이를 그려 넣은 것은 그 효성과 지혜를 취한 것이다. 거처하는 곳의 경우는 이와 다르다. 전(傳)에 이르기를 "새나 짐승과는 함께 무리지어 살 수 없다"[211]라고 하였다. 옥전(玉田)이 그 집에

209 옥전자(玉田子) : 육종윤(陸鍾倫)이다. 《속음청사》 권1, 1887년 12월 3일 기록에 육종윤이 그의 부친인 의전(宜田) 육용관(陸用觀)을 위해 김윤식에게 〈육의전유거기(陸宜田幽居記)〉를 받아간 사실이 나온다.

210 꿩 : 원문은 화충(華蟲)인데 꿩의 이명(異名)이다. 고대 면복(冕服)에 장식으로 그려 넣은 것이다. 《서경》 〈익직(益稷)〉에 "해와 달과 별과 산과 용과 꿩을 무늬로 만들라.〔日月星辰 山龍華蟲 作會〕"라고 하였다.

211 새나……없다 : 춘추 시대 초(楚)나라의 은자(隱者)인 장저(長沮)와 걸닉(桀溺)이 도(道)를 행하려고 애쓰는 공자(孔子)를 매우 못마땅하게 여긴 데 대하여, 공자가 답한 말이다. "사람이 조수와는 함께 무리 지어 살 수 없다. 내가 이 세상 사람들과 함께하지 않고 누구와 함께 하리오.〔鳥獸不可與同群 吾非斯人之徒與而誰與〕"《論語 微子》

살면서 더불어 교유한 사람은 모두 해내(海內)의 유명하고 뛰어난 문인·묵객들인데 어찌 원숭이를 취했는가.

무릇 원숭이라는 놈은 오충(五蟲)[212]의 반열에 들지 못하고 미후(獼猴)나 성성(猩猩)이와 더불어 따로 한 족속이 되니, 말을 잘하지만 인간의 시비를 간섭하지 않고 달리기를 잘하지만 사람과 경쟁하지 않는다. 나무 열매를 따 먹고 바위틈의 물을 마시며 산림 속에서 소요(逍遙)하며 한가롭게 지내니 속세를 벗어난 고답적인 사람과 비슷함이 있다. 혹은 사람에게 팔려서 성시(城市)에서 재주를 부리기도 하고 더러운 환경에 처해도 수치스러워하지 않으며 밥을 발로 차면서 주더라도 거절하지 않으니 세상을 우습게 보는 불손한 선비와 유사함이 있다. 때로 길게 휘파람 불고 슬피 울면서 옛 친구를 그리워하니 또 친구 간에 정이 두터운 자와 유사하다. 나는 모르겠다. 옥전이 취한 점은 고답적인 면인가, 세상을 우습게 보는 불손함인가, 아니면 벗을 그리워하는 정이 있어 사물에 의탁해 감상을 부친 것인가? 일찍이 유자후(柳子厚)의 글[213]을 보니 원숭이의 덕은 조용하면서 너그러운 것이었다. 생활할 때는 서로 사랑하고 먹을 때는 서로 먼저 먹게 하고 다닐 때는 줄을 서고 마실 때는 차례가 있으며 불행히 어긋나 헤어지면 울음소리가 구슬프니, 어질고 양보하고 효도하고 자애하는 기풍이 있다고

212 오충(五蟲) : 다섯 종류의 동물이다. 새를 우충(羽蟲), 짐승을 모충(毛蟲), 물고기를 인충(鱗蟲), 게〔蟹〕나 자라〔鼈〕 같은 갑각류를 개충(介蟲), 누에나 지렁이 종류를 나충(倮蟲)이라 한다.

213 유자후(柳子厚)의 글 : 유자후는 당나라 때 문장가 유종원(柳宗元, 773~819)으로, 장안(長安) 사람이며, 자는 자후, 호는 하동(河東)이다. 여기서 언급된 글은 그의 문집인 《유하동집(柳河東集)》에 실린 〈증왕손문(憎王孫文)〉을 가리킨다.

하였다. 옥전이 취한 바가 아마도 여기에 있는 것인가 보다.

그렇지만 옥전은 청산에 사는 사람이다. 젊어서 정계(政界)에 노닐다가 풍파에 떠밀려 타국에서 객지 생활을 한 지 거의 24년이고, 지금은 노인이 되려 한다. 소산(小山)의 무리는 항상 초은(招隱)의 생각을 품고 있지만[214] 옥전은 상황을 따라 마음을 편히 하여 노닐면서 돌아올 것을 잊었다. 고인(高人)・달사(達士)가 떠나고 머무는 것에 집착이 없음은 본래 알고 있다. 그러나 어찌 고향 산천의 원숭이와 학[215]이 떠난 사람을 기다리며 원망하고 슬퍼함을 생각하지 않을 수 있겠는가!

214 소산(小山)의……있지만 : 회남왕(淮南王) 유안(劉安)의 문객(門客)들이 지은 사부는 크게 소산(小山)과 대산(大山)으로 나눌 수 있는데 이는 《시경》에 〈대아(大雅)〉와 〈소아(小雅)〉가 있는 것과 같다고 한다. 그중 소산의 무리는 굴원(屈原)을 깊이 추모하여 그가 죽어 없어진 것을 마치 현자가 은거하여 나오지 않고 있는 것처럼 간주하고 그를 부르는 작품을 지었는데 그것이 바로 〈초은사(招隱士)〉이다. 여기서는 옥전(玉田)을 굴원에 비기고, 그를 불러내려는 지인들을 소산의 무리에 비겼다.

215 고향……학 : 남제(南齊) 때 공치규(孔稚圭)가 지은 〈북산이문(北山移文)〉의 정서를 염두에 둔 표현이다. 그 글의 내용은 일찍이 북산에 은거하다가 벼슬길로 나간 주옹(周顒)을 몹시 책망하는 뜻을 담고 있다. 그 표현에 "혜초 장막은 텅 비어 밤 학이 원망하고, 산중 사람이 떠나가매 새벽 원숭이가 놀란다.〔蕙帳空兮夜鶴怨 山人去兮曉猿驚〕"라고 하여, 원숭이나 학도 고향 떠난 은자를 원망하며 기다린다는 뜻으로, 옥전이 돌아오기를 바라는 지인들의 마음을 비긴 것이다. 《古文眞寶後集 卷2》

이씨의 《농림방법성적표》 서

李氏農林方法成績表序

이기승(李基升)[216]은 서산(瑞山)에 살고 있다.

옛날에 맹자(孟子)는 제(齊)·양(梁)의 군주에게 유세하여 왕도(王道)를 행하도록 권장했는데 그 요점이 다만 농상(農桑)과 산림(山林)에 있고 상(庠)·서(序)[217]의 가르침으로 계승하는 것이었으니, 이는 천고(千古)의 제왕(帝王)도 바꿀 수 없는 도(道)이다. 그렇지만 만약 후생(厚生)을 하고자 한다면 모름지기 이용(利用)을 먼저 해야 한다.[218] 옛날 성인이 쓰기에 편리한 기물을 창조하셨을 때 처음에는 백성을 편하게 하고 쓰기에 적합하지 않은 것이 없었다. 그러나 민지(民智)가 점차 열리어 뒤에 나온 것이 더욱 정교하니 또 때를 따라 변혁하지 않을 수 없었다. 예컨대 배와 수레가 증기선과 기차가 되고 창과 활이 포화(砲火)가 된 것 같은 것이 그것이다. 어찌 유독 농림

216 이기승(李基升) : 1872~1953. 호서 지방의 대지주로 자세한 인적 사항은 미상이다. 1935년 조사 당시 조선총독부 중추원 참의에 있었으며, 1931년 호서은행의 설립에 출자했다는 기록이 있다. 친일반민족행위자 704인 명단에 올라 있다.

217 상(庠)·서(序) : 고대 국가의 고을 단위 교육기관이다. 주(周)나라 때는 상, 은(殷)나라 때는 서라고 하였다. 《孟子 滕文公上》

218 후생(厚生)을……한다 : 후생은 비단옷을 입고 고기를 먹으며 굶주리지 않고 춥지 않게 하는 따위이니 백성들의 삶을 후하게 하는 것이고, 이용은 공인(工人)은 집기(什器)를 만들고 상인은 재화를 소통하는 따위이니 백성들의 씀을 이롭게 하는 것을 말한다. 《서경》 〈대우모(大禹謨)〉에서 우가 순 임금에게 "정덕, 이용, 후생을 조화롭게 이루도록 하소서.〔正德 利用 厚生 惟和〕"라고 아뢴 데서 나온 말이다.

(農林)만 예외이겠는가.

오직 우리 반도(半島)는 본래 농업국이라 일컬었으나 수천 년 이래로 문호를 닫고 항구를 폐쇄하여 굳게 고법(古法)을 지키며 다만 이목(耳目)과 수족(手足)에 익숙한 것만 행하였을 뿐 마음으로 연구해 낸 결과를 한 권의 책으로 써서 후세에 전한 경우는 없었다. 옛 관습을 구차하게 따라서 거칠고 지리멸렬하여 끝내 기름진 옥토를 점점 메마르고 척박하게 만들고 울창한 산림을 다 민둥산이 되게 하였다. 나라가 병들고 백성이 가난한 것이 실로 여기에 말미암은 것이니 한탄스러움을 이루 다 말할 수 있겠는가? 지금 집정자(執政者)가 행할 것은 모두 이런 점에 착안해야 하니, 최선을 다해 미혹한 백성을 계몽하고 교도하여 경각시키려고 하고 있으나 묵은 습성이 고질적 병폐가 되어 크게 진보할 가망이 없으니 어찌하랴?

다행히 한 점 서광이 먼저 바다 모퉁이를 비추었으니, 서산군(瑞山郡) 농민독지가 이기승(李基升) 군이 크게 실업(實業)을 창도하였다. 군은 농촌에서 일어나 근검절약으로 저축하고 힘껏 농사지어 집안을 일으켰다. 여유 자금을 가지고 가난한 백성들에게 후하게 베풀고, 여러 번 거금을 출연하여 공익 사업을 보조하니 원근에서 모두 그 덕을 칭송하였다. 오히려 베푼 것이 작아서 두루 미치기에 부족하다고 여겨 이에 널리 농상(農桑), 산림(山林), 직기(織機), 제염(製鹽) 등의 사업을 설립하였다. 또 농장(農場)의 농계(農禊)를 마련하여 저축하는 법을 권장하였는데 모두 새로운 방식을 써서 성대한 성적을 거뒀다. 물산공진회(物産共進會)[219]에 출품했을 때에 금·은·동의 패와 공로를 표창

219 물산공진회(物産共進會) : 《동아일보》 1962년 4월 23일 '횡설수설'란에 다음과

하는 상을 받은 것이 여러 고을 가운데 으뜸이었다.

또 개인적으로 화양의숙(華陽義塾)[220]을 설립하고 경비를 부담하여 걸출한 인재를 양성하였으니[221] 여러 가지 많은 선행을 일일이 거론할 수 없다. 가정 경제에 있어서도 또한 조리가 있어 문란하지 않았다. 형제 네 사람이 집안일을 나누어 맡아 함께 그 어버이를 봉양하였는데, 재물을 각각 사사로이 하지 않고 출납(出納)을 오직 공정하게 해서 그 예산(豫算), 배당(配當), 수지(收支), 결산(決算)이 질서 정연(井然)하니, 가도(家道)가 날로 번창해서 슬퍼하거나 한탄하는 기색이 없었다. 또《농림방법성적표(農林方法成績表)》한 권을 저술하여 세상에 간행 유포하였다.

우리 일가 사람 미산자(嵋山子)[222]는 남의 훌륭한 일을 말하기 좋아하는 사람이다. 신속히 한 권을 가지고 와서 나에게 보이고 또 그런 사실을 서술해 달라고 청하였다. 내가 열람해 보고 감탄하여 말했다.

같은 설명이 있다. "1915년 9월에 총독정치(總督政治) 5주년을 기념한다는 물산공진회가 열렸다. 일제는 농민들을 13도에서 모조리 강제 동원했다. 남녀노소 할 것 없이 찬밥덩이에 떡 부스러기를 꾸려 가지고 공진회 구경을 하러 서울로 몰려들었다. 속담에 '공진회 보따리'라는 말도 여기서 나왔다." 규장각에, 김정순(金廷淳)이 1915년 가을 경복궁에서 개최된 조선물산공진회를 관람하고 쓴 시 31수를 모아 1책으로 엮은《공진회축하시(共進會祝賀詩)》가 소장되어 있다.

220 화양의숙(華陽義塾) : 충청남도 태안군 최초의 근대적 사학(私學) 교육기관이다. 1905년 9월에 설립된 태안국민학교의 전신으로 태안읍 남문리에 세워졌다.

221 걸출한 인재를 양성하였으니 : 원문은 성취모준(成就髦俊)이다. 원문의 모(耄)는 모(髦)와 통하니 모준은 재주와 지혜가 걸출한 선비를 말한다.

222 미산자(嵋山子) : 김진한(金鎭漢)의 호(號)이다.《속음청사》에 호가 자주 보이고, 이름은 1회 나올 뿐, 다른 인적 사항은 알려진 바가 없다.

"내가 요즘 사회단체를 본 것이 많은데 그 취지(趣旨)와 규칙(規則)은 찬연하여 볼만하지만 그 업적이 있다는 말은 아직 듣지 못했고 한갓 공언(空言)으로 돌아갔을 뿐이다. 지금 이 표(表)를 보면 방법이 있고, 성적(成績)도 있으니, 이는 아마 그가 이미 시험해 거둔 효과를 가지고 세상 사람에게 널리 권하고자 한 것이니, 사람이라면 누가 분발하여 흥기하려는 마음이 없겠는가? 자신을 이롭게 하고 남도 이롭게 하니 그 공이 매우 넓다. 이군과 같은 자는 '부유하면서도 예를 좋아하는 자'[223]라고 할 만하다."

223 부유하면서도……자 : 《논어》〈학이(學而)〉에서 인용한 말이다. 자공(子貢)이 공자에게 묻기를 "가난하여도 아첨하지 않고 부유하여도 교만하지 않으면 어떠합니까?〔貧而無諂 富而無驕 何如〕" 하니, 공자가 이르기를 "그도 괜찮으나, 가난해도 도를 즐기고 부유하면서도 예를 좋아함만은 못하다.〔可也 未若貧而樂 富而好禮者也〕"라고 답한 데서 온 말이다.

청풍김씨종약 서

清風金氏宗約序

강물이 민산(岷山)[224]에서 나오는데 그 시초는 잔 하나에 넘칠 정도에 지나지 않으나 온갖 샘이 합쳐지고 도도하게 쉼 없이 흘러서 드디어 장강(長江)과 한수(漢水)를 이룬다. 가령 강(江)의 근원이 온갖 냇물과 서로 만나지 못했다면 졸졸 방울져 흐르다가 그 흐름이 반드시 끊겼을 것이고, 만약 온갖 냇물이 강에서 만나지 못했다면 어지럽게 흐르다가 말라버려 바다에 이르기를 바랄 수 없었을 것이니, 이것이 서로 의지하는 형세이다.

우리 김씨는 시중공(侍中公)[225] 이하로 20여 세(世)를 거쳤으니 지손(支孫)이 나뉘고 지파(支派)가 구별되어 각처에 흩어져 있는데 거의 1만 명을 헤아린다. 그 1만 명을 헤아리는 일가를 우리 조상에서 본다면 똑같은 자손인데, 후손들이 서로 멀어져서 길가는 사람 보듯 하고 죽든 살든 서로 소식을 알지 못하고 근심을 하든 즐거워하든 서로 관심을 갖지 않는다. 어떤 사람은 정처 없이 옮겨 다녔기 때문에 그 계파(系派)를 잃어버려 혈속(血屬)의 손이면서 묘에 참배도 하지 못하고, 어떤

224 민산(岷山) : 중국 촉 지방에 위치한 산이다. 사물의 시초를 비유하는 말로 쓰인다. "강이 처음 민산에서 시작될 때 그 근원은 잔에 넘칠 만큼이다.〔江始出於岷山 其源可以濫觴〕"란 말이 있다.《孔子家語 三恕》

225 시중공(侍中公) : 김대유(金大猷)이다. 신라 56대 경순왕 김부(金傅)의 후예인 대장군 김순웅(金順雄)의 12세손으로, 고려 말에 벼슬이 문하시중(門下侍中)에 이르렀고 청성부원군(淸城府院君)에 추봉(追封)되었다.

사람은 소식과 기운이 이어지지 않아 각기 문호를 세우고 종중(宗中) 모임에 참여하지 않으니, 이것은 모두 우리 종족이 쇠미해진 탓이다. 그러면서도 도리어 문명하다고 자랑하면서 "지금 사해(四海) 안이 모두 형제인데 어찌 골육(骨肉)만을 친척이라 여기는가?"라고 하고, 또 "지금 세상은 문벌을 봐서 등용하지도 않는데 족보를 수찬(修撰)해서 무엇에 쓰나?"라고 한다.

대저 인류(人類)가 부모 없이 태어난 것[226]이 아닌데 세상에 어찌 근본 없는 사람이 있겠는가? 이런 이유로 비록 억조(億兆)의 사람이 있다 해도 오직 억조의 마음이어서 각자 하고 싶은 대로 하여 돌아보고 꺼리는 바가 없다. 어떤 사람은 묘전(墓田)을 훔쳐 팔아 시향(時享)을 빠뜨리고 지내지 않으며, 어떤 사람은 선산의 나무를 맘대로 벌목하여 온 산이 벌거숭이가 되는데도 산 아래 종인(宗人) 또한 앉아서 구경만 할 뿐 금지하지 않으며, "어찌 나만의 산이겠는가? 무엇 때문에 괴롭게 다른 사람과 척(隻)[227]을 지겠는가?" 한다. 그러면 팔아치우는 자와 벌목하는 자와 앉아서 구경만 하고 금지하지 않는 자가 선조에게 죄를 짓는 것은 마찬가지이니, 결국 그 근본을 잊은 것이다. 가정 안에서도

226 부모……것 : 원문은 공상(空桑)이다. 이윤(伊尹)의 어머니가 임신하였는데, 꿈속에서 신이 "절구에서 물이 나올 것이니, 동쪽으로 달아나라."라고 하므로, 다음 날 절구에서 물이 나오는 것을 보고 동쪽으로 달아나, 10리쯤에서 동네가 물에 모두 잠긴 것을 보고 그대로 속이 빈 뽕나무가 되어버렸다. 얼마 후에 어떤 여인이 뽕잎을 따다 우연히 그 나무 안에서 갓난아이인 이윤을 발견하고 그 임금에게 헌상하게 되었다. 이로 인하여 부모에게서 태어나지 않고 다른 데서 뚝 떨어진 사람을 말할 때 '공상에서 났다'라고 말하게 되었다. 《呂氏春秋 本味》

227 척(隻) : 소송에서 피고이다. 원고와 피고를 대질하는 것을 대척(對隻)이라 한다.

변고가 여러 가지로 나타나 골육 간에 서로 소송하고 편을 나누어 서로 공격하여 담장 안에서의 싸움이 원수보다도 심하다. 그 종족(宗族)은 비록 많지만 합심하는 힘과 친밀하고 화목한 기풍이 없는 것을 남들이 보았기 때문에, 깔보고 업신여기고 깔아뭉개고 짓밟아서 못하는 짓이 없다. 우리 일족이 된 자는 고개를 숙이고 엉금엉금 기면서 그 수모를 달게 받을 뿐이니 또 누구를 감히 원망하고 탓할 수 있겠는가?

또 경성(京城)은 도회지(都會地)인 까닭에 대체로 종중의 일이 있으면 모두 서울 종중에서 판단 처리하고 각 지방 종중에 알려준다. 이는 지방 종중을 제압하려는 것이 아니고 사무를 편리하게 하기 위한 것이다. 시대의 형세가 차츰 변하자 지방 종중에서 평소에 불평을 품은 자가 이에 주장하기를, "지금 이후로 서울 종중이 또다시 종중의 일을 전담해서 관장할 수 있겠는가?"라고 한다. 말은 비록 그렇게 하지만 또한 자신이 나서서 일을 맡아 조상을 위하는 일을 주선하는 사람을 보지 못했으니, 다만 방해하고 저지할 계책을 할 따름이다. 아아! 사람들이 양심을 잃고 미혹되어 근본을 잊음이 이런 지경에 이르렀으니 어찌 종중의 일을 다시 논할 수 있겠는가?

속담에 "발이 백 개 달린 벌레는 죽어도 쓰러지지 않는다."[228]라고 하였으니, 도와주는 것이 많음을 말한 것이다. 지금 1만 명을 헤아리는 우리 종인이 마음을 합하고 힘을 같이하면 무슨 일인들 이루지 못하겠으며, 삼가 종규(宗規)를 지키고 법률에 저촉되는 일이 없으면 어찌

228 발이……않는다 : 백족(百足)은 노래기〔馬陸〕 또는 지네〔蜈蚣〕의 다른 이름이다. 노래기나 지네는 모두 발이 많기 때문에 그런 이름이 붙여진 것이며, 또 발이 많아서 죽어도 엎어지지 않는다 한다. 여럿이 도우면 안 될 일이 없다는 의미이다.

외부의 업신여김을 근심하겠는가? 오늘날 모든 사회단체는 개인으로는 성립할 수 없다. 매양 하나의 일을 경영할 때는 반드시 먼저 단체를 조직하고 조약을 명확히 확립하여 대중과 함께 지켜야 한다. 그런 다음에야 모임의 실체가 비로소 성립된다. 우리 일가는 평소 약속한 것이 없고 흩어져서 계통이 없었다. 비록 만으로 헤아리는 다수 대중이 있긴 하지만 고립된 것과 다름이 없다. 이런 상태로 자연〔天演〕 경쟁[229]의 세상에 살면서 선업(先業)을 계승하여 지키고 종족을 온전히 보전할 수 있겠는가? 생각이 여기에 미치니 나도 모르게 두려워 마음이 오싹해진다. 다행히 올해 12월 초 10일, 봉익동(鳳翼洞)에서 종회(宗會)를 할 때에 종약(宗約)의 의안(議案)을 회석(會席)에 제출하니 여론이 모두 찬성하였다. 생각건대 이와 같이 하면 경향(京鄕)의 여러 종인이 상호 연락해서 성기가 서로 호응하여 골육을 서로 보존하고 합하여 단체를 이뤄서 반석처럼 튼튼한 종회가 될 것이니, 우리 김씨가 비로소 근본이 있는 사람이 될 것이다.

무릇 선조의 자손이 된 자는 멀고 가까움과 곤궁하고 현달함을 막론하고 똑같이 한 집안으로 보아 시기하거나 서먹하게 보는 것을 타파하고 더욱 친애하는 마음을 돈독히 해야 할 것이다. 집에 있을 때는 삼가 종규(宗規)를 지키고 사회생활을 할 때는 법률에 저촉됨이 없도록 하여 서로 더욱 면려하여 만인이 한마음이 되어야 하니, 이것이 일족(一族)의 자치제도가 되는 것이다. 그리하면 하늘에 계신 우리 선조들의 영령이 어찌 어두운 저 세상에서 기뻐하여 풍성한 복을 내려주시지

229 자연〔天演〕 경쟁 : 진화론에서 말하는 적자생존(適者生存)을 가리킨다. 이 당시에 진화론을 천연론(天演論)이라고 표현했다.

않겠는가? 그렇게 하지 않으면 시냇물과 같아서 근원을 등지고 제각기 달려 곧장 마를 것이니 어찌 크게 두려워할 일이 아니겠는가? 예로부터 명가(名家)와 대족(大族) 중에 가문의 지체가 다른 집안보다 높은 자로 예컨대 산동(山東)의 최씨(崔氏)·노씨(盧氏)[230]와 포강(浦江)의 정씨(鄭氏)[231]같은 경우라도 어찌 반드시 집집마다 훈벌(勳閥)이 있고 사람마다 문망(聞望)이 있었겠는가? 온 종족이 합심하여 함께 선조들이 정한 규약을 지킨 까닭에 능히 좋은 명성을 보존하여 한 세상의 모범이 된 것이다. 우리 종중의 여러 군자들은 힘쓰고 힘써야만 하리라.

230 최씨(崔氏)·노씨(盧氏) : 위진(魏晉) 시대로부터 당대(唐代)에 이르기까지 산동(山東) 지방의 사족(士族) 가운데 대성(大姓)으로서 오랫동안 고현(高顯)한 지위를 누린 최씨와 노씨를 가리킨다.

231 포강(浦江)의 정씨(鄭氏) : 포강 정씨는 여러 세대 동안 함께 살았는데, 선조 정기(鄭綺)로부터 정제(鄭濟)에 이르기까지 10대를 전하니, 식구가 천여 명에 이르렀고 화목했다고 한다.《皇明啓運錄》

이방산 육십 일세 생신 서
李方山六十一歲初度序

옛날에 수명을 논하는 자는 반드시 강녕(康寧)과 아울러 일컬었다. 만약 세상에 살면서 환난을 만나거나 몸에 질병이 있거나 빈천하고 고생하여 오래도록 슬픈 근심을 안고 사는 자는 그 사람이 비록 백세의 수(壽)를 누리더라도 강녕이라고 말할 수 없다. 오직 군자는 몸을 닦고 행동을 조심하여 하루아침의 근심이 없고 기욕(嗜欲)을 절제하고 일상생활을 삼가서 질병의 괴로움이 없다. 부유해도 방탕하지 않고 가난해도 뜻을 바꾸지 않으며 상황에 따라 마음을 편안히 하고 항상 평탄한 마음을 품어 정신이 소광(昭曠)의 영역[232]에 노닌다. 이와 같은 사람은 마음이 평안하고 몸이 건강하니 이에 오래도록 천수를 누림이 귀함을 안다.

나의 벗 방산자(方山子)[233]는 암혈(巖穴)에서 생활하며 행실을 돈독히 하는 선비이다. 그의 학문은 육경(六經)에 뿌리를 두고 낙민(洛閩)[234]을 기준으로 삼아 시의(時宜)에 통달하고 지론(持論)에 구애되지 않아 개연(介然)히 절조를 지키고 발이 도성 문에 이르지 않았다.

232 소광(昭曠)의 영역 : 밝고 넓은 본원지이다. 즉, 현상적이고 상대적 세계를 초월한 우주의 절대적 세계를 가리키는 말로, 유교에서 도달하고자 하는 최고의 경지를 뜻한다.

233 방산자(方山子) : 자세한 인적 사항은 미상이다. 《속음청사》 권4에 자주 등장하는 방산자(方山子)는 안기원(安基遠)이라는 사람으로, 호만 동일하다.

234 낙민(洛閩) : 송대의 성리학을 뜻한다. 77쪽 주 174 참조.

일찍이 나와 영탑선방(靈塔禪房)[235]에서 만났는데 잠시의 만남이 오랜 친구와 같아서[236] 바늘이 자석에 끌리듯 이끌리는 정감이 있었는데, 면천을 떠난 뒤로 만나지 못한 것이 24년이나 되었다. 매양 남쪽으로 오는 붕우들로부터 방산자가 책을 저술하고 도를 이야기하여 늙어가면서 더욱 독실하다는 말을 듣곤 하였다. 그는 아들 둘, 손자 다섯을 두었는데, 밭 갈고 책 읽는 것을 가르치고 가난을 편안히 여기고 천명(天命)을 즐거워하여 외부에 구하는 것이 없었다.

금년에 회갑[237]을 맞았는데 그 안색과 모발이 예전보다 못하지 않다. 마음이 외물에 부림을 당하지 않고 정신과 기운을 늘 확충하여 양성하니 강녕(康寧)의 복을 받고 무강(无疆)한 수(壽)를 누리는 것이 당연하다. 나에게는 고산(高山)에 시골집이 있는데 율리(栗里)와 서로 바라보는 곳[238]이다. 훗날 권속(眷屬)을 데리고 향리로 돌아가면 마음이

235 영탑선방(靈塔禪房) : 영탑사(靈塔寺)로, 충청남도 당진군 면천면(沔川面) 성하리 상왕산(象王山)에 있는 절이다. 대한불교조계종 제7교구 본사인 수덕사의 말사이다. 통일신라 말기 도선 국사(道詵國師)가 창건하였다.

236 잠시의……같아서 : 원문은 경개여구(傾蓋如舊)이다. 길가에서 처음 만나 수레 덮개를 기울이고 잠깐 이야기하는 사이에 오랜 벗처럼 여기게 된다는 말로, 한 번 만나보자마자 의기투합하여 지기(知己)로 받아들이는 것을 가리킨다. 《사기》 권83 〈추양열전(鄒陽列傳)〉에 "흰머리가 되도록 오래 사귀었어도 처음 만난 사이처럼 생소하기만 하고, 수레 덮개를 기울이고 잠깐 이야기하면서도 오랜 옛 친구를 대하는 것처럼 느껴진다는 속담이 있는데, 이것은 무슨 뜻이겠는가? 바로 상대방을 알고 모르는 차이를 말해주는 것이다.〔諺曰 有白頭如新 傾蓋如故 何則 知與不知也〕"라는 말이 나온다.

237 회갑 : 원문은 상봉구갑(桑蓬舊甲)이다. 상봉은 옛날에 남자 아이가 태어나면 세상에 큰 뜻을 펴도록 상목(桑木)으로 활을 만들고 봉초(蓬草)로 화살을 삼아 천지사방에 쏘았다고 한 데서 생일을 뜻한다. 《禮記 內則》 구갑은 옛 갑자가 되돌아왔으므로 회갑이 된 해를 가리킨다.

깨끗한 사람과 더불어 며칠을 즐길 텐데 방산자를 위해 한 갈래 길을 내 줄 것이다.[239] 하늘이 노년의 즐거운 일을 기꺼이 허락하실지 모르겠다. 드디어 서문을 지어 축하하는 술잔을 대신하고 또 후일의 약속을 맺는다.

238 고산(高山)에……바라보는 곳 : 《속음청사》 권4, 권5에 보면 고산은 고산리(高山里), 율리는 면천(沔川) 율리촌(栗里村)이라고 기록되어 있다. 영탑사에서 그리 멀지 않은 곳인데, 그 당시의 지도를 확인해보면 고산리는 고산동(高山洞)으로 나오고 율리촌이라는 지명 대신 율사동(栗寺洞)이라는 지명이 보인다. 두 지역이 인접해 있다.

239 한……것이다 : 은거하면서 마음 맞는 친구와만 왕래하는 것을 말한다. 한(漢)나라 장후(蔣詡)는 자가 원경(元卿)으로 왕망(王莽)이 집권하자 벼슬에서 물러나 향리인 두릉(杜陵)에 은거하였다. 그 뒤로 집의 대밭 아래에 세 개의 오솔길을 내고 벗 구중(求仲)과 양중(羊仲) 두 사람하고만 교유하였다. 《蒙求 蔣詡三逕》

강동 서

崗桐序

오동(梧桐)은 세상에 항상 있는 것이지만 봉황은 항상 있는 것은 아니다. 대저 봉황은 반드시 지극히 잘 다스려지는 시대를 기다려 시기에 응하여 출현한다. 또 반드시 높은 산마루의 아침 해가 비치는 동산의 오동나무를 택하여 서식한다. 이는 천고에 만나기 어려운 것이요 드물게 있는 상서로움이라 일컫는다. 주(周)나라가 흥성했을 때에 이런 일이 있었는데, 문왕(文王)과 무왕(武王)이 남기신 공열〔餘烈〕을 이어받아 재덕이 출중한 인재들을 여러 직위에 나열하니, 다스림과 교화가 크게 융성하여 초목과 조수(鳥獸)에게까지 입혀졌다. 이에 봉황이 나타나니 소공(召公)[240]이 〈권아(卷阿)〉[241] 시를 지어 어진 인재가 많으니 나라의 상서로움이 된다고 비유하였다. 그 마지막 장(章)에 또 다시 길게 소리 늘여서 영탄하기를 "오동나무 자라기를 무성히 하니 봉황새 우는 소리 평화롭도다."라고 하였다. 대개 그 밝은 군주와 어진 신하가 서로 만나 더욱 빛나니 그 즐거움을 말로 다 할 수 없었던 것이다. 그 이후 수천 년 동안 봉황이 우는 소리를 듣지 못했으니 어찌 세상에 오동이 없어서이겠는가? 어찌 이처럼 적막한

240 소공(召公) : 주(周)나라의 공후로 이름은 석(奭)이다. 문왕(文王)의 서자라고 하며 주공(周公)과 함께 무왕(武王)·성왕(成王)을 도와 많은 선정(善政)을 남겼다.

241 권아(卷阿) : 《시경》의 편명으로 〈권아〉편은 "봉황새가 우네, 저 높은 언덕에서, 오동나무 자라났네, 해 뜨는 저 동산에서. 오동나무 자라기를 무성하니, 봉황새 소리 평화롭도다.〔鳳凰鳴矣 于彼高岡 梧桐生矣 于彼朝陽 菶菶萋萋 雝雝喈喈〕"라는 내용이다.

것이겠는가?

김시학(金時學)[242] 군은 재주가 높고 식견이 넓어 당세의 일에 뜻을 두면서도 바닷가 외진 곳에서 밭을 갈며 남이 알아주기를 구하지 않고 꿈에 삼영(三英)[243]을 그리며 호탕하게 스스로 즐거워하였다. 일찍이 그 서재에 편액을 '강동(崗桐)'이라 하고 나에게 서문을 청하였다.

나는 말한다.

오동(梧桐)이 인가 정원에 있으면 일반 초목과 다를 것이 없으니 봉황이 깃들 곳이 아니다. 만약 그것이 천 길 산꼭대기 아침 해가 비치는 곳에서 자라서 죽실(竹實)이 그 곁에 있고 예천(醴泉)[244]이 그 밑에서 솟아난다면 그런 다음에야 봉황이 와서 울 것이다. 현명하고 지혜로운 선비가 빈궁함과 곤액을 겪더라도 세상에 구차히 영합하지 않고서 반드시 그 때를 만나고 그 처할 곳을 얻은 뒤에야 훌륭한 재능을 펼 수 있는 것과 같다. 지금 그대가 강동(崗桐)으로 자호(自號)하였으니 스스로 처함인즉 옳았으나 다만 그 때를 만남이 어떤지는 알지 못하겠다. 옛날에 영척(甯戚)[245]이 〈백수가(白水歌)〉[246]를 부르자 관이오(管

242 김시학(金時學) : 김윤식의 《속음청사》에 여러 차례 이름이 보이지만, 자세한 인적 사항을 알 수 있는 기록은 없다. 다만 1920년 2월 5일자 기록에 "제주인(濟州人) 김시학(金時學)"이라는 표현이 있다.

243 삼영(三英) : 삼대(三代)의 지치(至治)를 말한다.

244 예천(醴泉) : 예천은 단맛이 나는 샘물을 이르는데, 예로부터 이것을 상서(祥瑞)의 응험으로 일컬어왔다. 《예기》 〈예운(禮運)〉편에 "하늘은 기름진 이슬을 내리고, 땅은 단 샘물을 내보낸다.〔天降膏露, 地出醴泉〕"라고 하였으며, 《이아(爾雅)》에서는 "단비가 제때에 내려 만물을 아름답게 한 것을 예천(醴泉)이라 한다.〔甘露時降 萬物以嘉 謂之醴泉〕"라고 하였다.

245 영척(甯戚) : 춘추 시대 위(衛)나라 영척은 본디 수레 아래에서 일하던 종이었지

夷吾)[247]가 그 뜻을 알고서 환공(桓公)에게 천거하여 드디어 패업(霸業)을 보좌하게 하였다. 지금 세상에는 이오(夷吾)가 없으니 누가 강동(崗桐)의 뜻을 알아주겠는가? 군은 마땅히 스스로 힘써야 할 것이다.

정사년(1917) 석류화가 피는 달〔榴花月 음력 5월〕 병신일(丙申日)에 83세 노인 운양이 쓴다.

만 우각(牛角)을 두드리며 요순(堯舜)의 시대를 만나지 못한 한스러움을 노래하는 것을 듣고 제(齊)나라 환공(桓公)이 그를 등용했다는 고사가 전한다.《蒙求 甯戚扣角》

246 백수가(白水歌) : 영척(甯戚)이 제 환공(齊桓公)에게 등용되기를 바랐으나 길이 없게 되자, 남의 하인이 되어 제나라 동문(東門)에서 소의 뿔을 두드리며 노래를 했는데, 마침 제 환공이 듣고 이상히 여겨 관중(管仲)을 시켜 맞아 오게 하였다. 관중이 맞이하러 가니, 영척이 '드넓구나, 백수여〔浩浩乎白水〕'라 하니, 무슨 뜻인지를 몰라 5일을 조회하지 않고 근심했다 한다. 관중의 첩(妾)이 그 말을 듣고, 일시(逸詩) 〈백수(白水)〉 편에, '드넓은 백수에 빠르게 헤엄치는 물고기〔浩浩白水 儵儵之魚〕'라 한 것을 인용하면서 '영척이 제(齊)나라에 등용되기를 바라는 것이다.' 했다. 관중이 이를 듣고서 환공에게 아뢰니 환공은 영척을 등용했다.《烈女傳》

247 관이오(管夷吾) : 관중(管仲)이다. 이오(夷吾)는 이름이고 자(字)가 중(仲)이다. 춘추 시대 제(齊)나라 환공(桓公)을 도와 제나라가 오패(五霸)의 으뜸이 되게 한 재상이다.

김장계 영표 회근시[248] 서
金長溪 永杓 回巹詩序

가정에 드문 경사(慶事)로 반드시 '3회(三回)'를 일컫는다. 회갑(回甲)·회방(回榜)[249]·회근(回巹)이 그것인데, 3회(三回) 가운데서도 회근(回巹)이 가장 어렵다. 이는 부부 두 사람이 모두 장수[250]를 누려야 하기 때문이니, 천백 명 가운데 한두 명도 보기 어렵다. 비록 그러나 눈앞에 가업을 능히 이어갈 아들이 없고 슬하에 기쁨을 제공하는 손자가 없다면 비록 회근 잔치를 만나더라도 처량하게 서로 마주보고 있을 것이니 또한 즐거움이 될 수 없다. 이러한 수(壽)를 누리고 이러한 즐거움이 있은 후에야 복(福)이 있다고 말할 수 있을 것이니, 선행을 닦고 덕을 심어 신명(神明)이 도와주심을 입은 자가 아니면 얻을 수 없는 것이다.

장계(長溪) 김군(金君)은 나의 30년 된 오랜 친구이다. 사람됨이 옛 것을 좋아하고 선행을 즐거워하며 남과 다투는 일이 없다. 부지런하

248 회근시(回巹詩) : 회근(回巹)은 다른 말로 회혼(回婚)이니, 즉 혼인한 지 만 60년이 됨을 이른다. 이는 인생에 있어 보기 드문 일로 음식을 마련하고 빈객을 초청하여 큰 잔치를 벌인다. 회근시는 바로 초청된 빈객들이 이 경사를 축하하는 시이다. 이유원(李裕元)의 《임하필기(林下筆記)》에는 이 풍속이 우리나라에만 있는 풍속이라고 기록되어 있다.

249 회방(回榜) : 과거에 급제하여 만 60년이 되는 해이다.

250 장수 : 원문은 모기(耄期)이다. 모(耄)는 70세, 80세, 90세의 세 가지 설이 있고, 기(期)는 100세를 말하는 것으로 모두 장수를 뜻하는 말이다.

고 검소함으로써 집안을 다스리고 충성되고 미더움으로써 다른 사람을 대해왔다. 비록 세상이 백번 변하고 인정이 점점 메말라가더라도 군만은 꿋꿋이 지조를 지켜 처음부터 끝까지 변하지 않았다. 뜻이 사물에 부림을 당하지 않고 정신과 기운을 안으로 온축한 까닭에 장수를 누리었고 정력(精力)이 건강하고 왕성하다. 그리고 맹광(孟光)[251]의 현명한 내조가 있어 늙어서도 더욱 공경하고 〈남해(南陔)〉[252]의 효성스러운 봉양이 있어 가난해도 근심이 없다. 〈홍범(洪範)〉에 이른바 "그 자신이 편안하고 건강하며 자손이 길하게 된다."[253]는 것을 굳이 점을 치지 않고도[254] 징험하여 알 수 있을 것이다.

올해 가을에 회근(回巹)을 맞아 구갑(舊甲)의 예식을 거행할 때 여러 아들과 손자들이 음식과 술을 풍성히 마련하여[255] 잔치를 벌이려

251 맹광(孟光) : 동한(東漢)의 은사(隱士) 양홍(梁鴻) 처의 이름이다. 밥상을 들고 올 때에도 양홍을 감히 마주 보지 못하고 이마 위에까지 들어 올렸다는 '거안제미(擧案齊眉)'의 고사가 유명하다. 어진 아내를 비유해 맹광이라고 일컫는다. 《後漢書 卷130 逸民傳 梁鴻》

252 남해(南陔) : 《시경》의 편명이다. 지금은 그 제목만 전하고 시 내용은 전하지 않는다. 그 서(序)에 의하면 "남해는 효자가 부모를 봉양할 일로써 서로 경계한 노래이다.〔南陔 孝子相戒以養也〕"라고 하였다.

253 홍범(洪範)에……된다 : 《서경》 〈홍범(洪範)〉에 수(壽), 부(富), 강녕(康寧), 유호덕(攸好德), 고종명(考終命)을 다섯 가지 복이라고 하였고, 또 "대동(大同)의 시기를 맞으면, 자신이 편안하고 건강하며 자손들도 길함을 만날 것이다.〔是之謂大同 身其康彊 子孫其逢吉〕"라는 말이 나온다.

254 점을……않고도 : 원문은 부대시귀(不待蓍龜)이다. 시귀는 모두 점칠 때에 쓰는 도구로, 시는 점대로 쓰는 시초 줄기요, 귀는 귀갑(龜甲)이니 부대시귀는 곧 점을 쳐보지 않고도 알 수 있다는 뜻이다.

255 음식과……마련하여 : 원문은 세전(洗腆)이다. 세전은 음식을 정갈하고 풍성하

고[256] 하자, 군(君)이 크게 떠벌리지 말라고 경계하면서 다만 나의 보잘것 없는 글과 졸렬한 시를 청하여 그 일을 기록하게 하였다. 실질에 힘쓰고 화려함에 힘쓰지 않으며 가까운 즐거움을 도모하지 않고 반드시 장구하고 원대한 계획을 생각하는 것은 군의 본래 성품이니, 그 또한 세상에 모범이 될 만하다. 드디어 그를 위해 서문을 쓴다.

게 장만하여 공경히 부모를 봉양함을 이른다. 《서경》〈주고(酒誥)〉에 "효도로 그 부모를 봉양해서 부모가 기뻐하시거든 스스로 음식을 정갈하고 풍성하게 장만하여 술을 올리도록 하라.〔用孝養厥父母 厥父母慶 自洗腆 致用酒〕"라고 하였다.

256 잔치를 벌이려고 : 원문은 식희(飾喜)이다. 부모의 경사에 잔치를 베푸는 것을 뜻한다.

김남파[257] 효찬 시고[258] 서

金南坡 孝燦 詩稿序

남파(南坡) 김군(金君)은 어려서 문예를 공부하여 이름이 온 고을에 떠들썩하였다. 군청에서 수십 년을 근무했는데 울적해하고 즐거워하지 않더니, 만년에 벼슬을 그만두고 집에서 생활하면서 모든 세상일과 집안의 걱정거리를 일체 마음에 두지 않았다. 그리고 오직 시 짓는 것만을 좋아하여 시인·고승과 더불어 시를 주고받으며 한가로이 소일하며 고민을 해소하였으니, 그의 고상한 풍모를 상상해 볼 수 있다. 나와는 일찍이 뜻을 같이하는 친구[259]의 정분이 있었는데 풍파에

257 김남파(金南坡) : 김효찬(金孝燦)으로, 본관은 김녕(金寧), 자는 대겸(大兼), 호는 남파이다. 1908년 전라남도 순천군 주사(主事), 1910년 전라남도 지도군(智島郡) 서기로 근무했다. 황현(黃玹)의 《매천집(梅泉集)》 권2 〈김효찬의 용성음 시고에 쓴다〔題金孝燦龍城吟稿〕〉라는 제목의 시에 이런 설명이 있다. "겸산(兼山) 백낙윤(白樂倫)이 순천부사로 부임했을 때 효찬이 주연(主椽)으로서 그를 섬겼다. 겸산이 남원부로 승진되어 갔을 때 주사로 그를 불렀는데, 병신년 가을에 부가 혁파되자 사직하고 돌아갔다. 하루는 그가 막중(幕中)에서 지은 율시(律詩) 1권을 기록하여 나에게 찾아와 비평을 청했다. 효찬은 시재가 있는 데다 겸산의 지도를 거쳐 솜씨가 더욱 정교해져서 볼만하였다.〔白兼山樂倫莅順天時 孝燦以主椽事之 及兼山陞按南原府 辟以主事 丙申秋 府罷辭歸 一日 錄其幕中所著律詩一卷 謁余評點 孝燦有詩才 及經兼山指授 益精工可觀〕"

258 남파시고(南坡詩稿) : 《남파시집(南坡詩集)》이란 제목으로 계명대학교 동산도서관에 소장되어 있다. 1917년 정사년에 김윤식이 서문을 쓴 것으로 석판본(石版本) 5권 2책이다.

259 뜻을 같이하는 친구 : 원문은 태잠지계(苔岑之契)이다. 태잠은 이태동잠(異苔同岑)의 약어로, 취향이 같은 벗이다. 진(晋)나라 곽박(郭璞)의 〈증온교(贈溫嶠)〉시에

서로 헤어져 마치 물고기와 새처럼 서로 잊고 지낸 지 오래되었다.

근래에 조계산(曹溪山) 경운장로(擎雲長老)[260]가 중개해준 덕분에 다시 한성(漢城)의 봉항서옥(鳳衖書屋)[261]에서 머리를 맞댈 수 있었으니, 마치 신검(神劍)이 다시 합쳐지고[262] 상종(霜鍾) 소리가 서로 응하는 것[263] 같았다. 손뼉을 치며 옛날 일을 이야기하고 술을 마시며 글을 논하니 오래 사귀었어도 처음 만난 듯 새로운 정이 있었다.[264] 하루는

"사람에겐 또한 말이 있고, 송죽은 숲이 있네. 그대와 나는 취미와 맛이 이끼는 달라도 산은 같다네.〔人亦有言 松竹有林 及余臭味 异苔同岑〕"에서 나온 말로, 서로 취향이 같아 알아주는 사람을 말한다.

260 경운장로(擎雲長老) : 1852~1936. 속명은 김원기(金元奇)이다. 말년에는 석옹(石翁)이라는 호를 주로 사용했다. 17세에 지리산 연곡사의 환월화상에게 출가, 선암사의 대승강원(大乘講院)에 들어가서 30세에 경붕익운(景鵬益運)의 강석을 물려받았다. 명필로 이름이 나서 29세 때에 명성황후의 뜻으로 양산 통도사에서 금자 법화경을 사경하기도 하였다. 1911년 조선불교임제종(朝鮮佛教臨濟宗) 관장으로 선출되고, 1929년에 조선불교선교 양종교무원이 창립되어 교정(教正)으로 추대되었다. 현재 순천 조계산 선암사에 경운스님의 비와 진영, 그리고 화엄경사경 등 많은 유품이 전한다.

261 봉항서옥(鳳衖書屋) : 운양 김윤식의 거처를 가리키는 듯하다.

262 신검(神劍)……합쳐지고 : 용천(龍泉)과 태아(太阿) 두 검의 고사를 말한다. 진(晉)나라 무제(武帝) 때 두우(斗牛) 사이에 자기(紫氣)가 있자 장화(張華)의 부탁으로 뇌환(雷煥)이 그 검을 발굴해 낸 뒤 용천검은 장화에게 보내고 태아검은 자기가 차고 다녔다. 그 뒤에 장화가 복주(伏誅)되고 나서 용천검의 소재가 알려지지 않았고, 태아검 역시 뇌환이 죽고 나서 그 아들이 차고 다니다가 연평진(延平津)을 지날 때 칼이 물속으로 뛰어들었는데, 잠수부를 시켜 찾아보게 한 결과 칼은 보이지 않고 두 마리 용이 사라지는 것만을 보았다고 한다.《晉書 卷36 張華列傳》

263 상종(霜鍾)……것 : 상호 긴밀하게 반응하는 것을 말한다. 상종이란 중국 풍산(豐山)에 있는 천연의 옛 종(鐘)을 말하는데, 당(唐)나라 교담(喬潭)의 〈상종부(霜鐘賦)〉에 가을이 되어 하늘이 맑게 개고 선선한 바람이 불면 상종은 치지 않아도 저절로 운다고 하였다.

그 행협(行篋)을 열어 시고(詩稿) 1권을 꺼내 보이고, 또 말하기를 "'비록 노둔한 말을 가지고 있더라도 백락(伯樂)이 한번 돌아봐 줌을 얻는다면 값이 3배로 뛴다.'라고 하였으니 부디 말씀을 아끼지 말고 책머리에 서문을 써주시기를 바란다."라고 했다.

내가 사양했지만 되지 않아 책을 펼쳐 한번 읽어보니, 갑자기 임낭(琳琅)[265]이 눈에 들어오고 성운(聲韻)이 귀에 가득 차는 것을 느꼈다. 세차게 꿋꿋하고 굳세고 아름다워 장경(長慶)·대력(大曆)[266]의 기풍이 있었다. 수심 가득하지만 격렬하지 않고 담담하고 원대하면서도 운치가 있었으니 공부가 깊이 나아가지 않았다면 어찌 능히 여기에 이르렀겠는가? 대저 세상에 시를 잘 짓는 자는 매우 드물고 그것을 아는 자도 또한 적다. 비유컨대 아름다운 옥을 밭 가운데 버려두어

264 오래……있었다 : 원문은 백두여신(白頭如新)이다. 백두여신은 원래는 오래 사귀었어도 처음 만난 사이처럼 생소함을 뜻하는 말이다. 그런데 여기서는 생소하다는 뜻과 어울리지 않는 듯하므로 새로운 정으로 해석했다. 《사기(史記)》 권83 〈추양열전(鄒陽列傳)〉에 "흰머리가 되도록 오래 사귀었어도 처음 만난 사이처럼 생소하기만 하고, 수레를 처음 맞댄 사이이면서도 오랜 옛 친구를 대하는 것처럼 느껴진다는 속담이 있는데, 이것은 무슨 뜻이겠는가. 바로 상대방을 알고 모르는 차이에 있는 것이다.〔諺曰 白頭如新 傾蓋如故 何則 知與不知也〕"라는 말이 있다.

265 임낭(琳琅) : 아름다운 옥석(玉石)이란 뜻으로, 아름다운 시구(詩句)를 비유한 말이다.

266 장경(長慶)·대력(大曆) : 장경은 당(唐) 목종(穆宗)의 연호로, 그 당시 문단을 풍미했던 백거이와 원진(元稹)의 시체(詩體)를 장경체(長慶體)라고 부른다. 대력은 당 대종(代宗)의 연호로, 이 시기에 시로 명성을 날렸던 십재자(十才子)의 시를 일컬어 대력체(大曆體)라고 부른다. 대력십재자는 노륜(盧綸), 길중부(吉中孚), 한굉(韓翃), 전기(錢起), 사공서(司空曙), 묘발(苗發), 최동(崔峒), 경위(耿湋), 하후심(夏侯審), 이단(李端)이다.

쌓아둔 채 팔리지 않는 것과 같다. 한번 안목이 있는 사람을 만나 채집되면 홍벽(弘璧)·완염(琬琰)[267]이 종묘(宗廟) 회동(會同)의 보기(寶器)가 될 것이니, 우(遇)·불우(不遇)가 어떠한가에 달려 있을 뿐이다. 돌아보건대 나 같은 늙은이의 말이 어찌 중시될 것이 있겠는가!

267 홍벽(弘璧)·완염(琬琰) : 커다란 옥구슬의 이름이다. 진귀한 보물로《서경》〈고명(顧命)〉에 "옥을 오중으로 하며 보물을 진열하니, 적도와 대훈과 홍벽과 완염은 서서에 있고 대옥과 이옥과 천구와 하도는 동서에 있다.〔越玉五重陳寶 赤刀大訓弘璧琬琰在西序 大玉夷玉天球河圖在東序〕"라고 하였다.

《신편 해강[268] 난죽보》 서

新編海岡蘭竹譜序

맹자(孟子)께서 "공수자(公輸子)[269]의 솜씨로도 규구(規矩)[270]를 쓰지 않으면 네모난 형태와 둥근 형태를 능히 이루지 못한다."라고 하셨다. 서화(書畵)도 또한 그러하다. 처음 배우는 사람은 스승에게서 법규(法規)를 이어받지 않으면 손을 댈 수가 없다. 마음과 손이 서로 응하여[271] 귀신처럼 변화해야 비로소 법(法) 이외의 묘리를 터득하게

268 해강(海岡) : 김규진(金圭鎭, 1868~1933)으로, 본관은 남평(南平), 자는 용삼(容三), 호는 해강 · 백운거사(白雲居士) · 취옹(醉翁) · 만이천봉주인(萬二千峯主人)이다. 청나라 유학으로 연마한 대륙적 필력과 호방한 의기(意氣)를 폭넓게 발휘하여 전서(篆書) · 예서(隸書) · 해서(楷書) · 행서(行書) · 초서(草書)에 모두 묘경(妙境)을 이루었고, 특히 대필서(大筆書)는 독보적이었다. 서화연구회를 창설하는 한편, 서화전을 개최하여 서화 예술의 계몽에도 진력하였다. 김윤식은 1912년 9월에 해강이 창립한 서화연구회의 회장으로 추대되었다. 그림으로는 산수화와 화조화(花鳥畵)를 잘 그렸고, 사군자(四君子)도 즐겨 그렸으며, 묵죽(墨竹)과 묵란(墨蘭) 등이 독보적 경지라고 일컬었다. 창덕궁 희정당(熙政堂)의 벽화 〈내금강만물초승경(內金剛萬物肖勝景)〉과 〈해금강총석정절경(海金剛叢石亭絶景)〉(1920) 같은 본격적인 채색화도 그렸다. 《해강난죽보(海岡蘭竹譜)》 《육체필론(六體筆論)》 《서법진결(書法眞訣)》 등의 저서와 다수의 작품이 전한다.

269 공수자(公輸子) : 춘추 시대 노(魯)나라 사람으로 이름은 반(班), 나무를 잘 다루는 훌륭한 장인(匠人)이다. 《맹자》 〈이루 상(離婁上)〉에 보인다.

270 규구(規矩) : 규는 원을 그리는 도구, 즉 그림쇠이고, 구는 네모난 모서리를 그리는데 쓰는 곱자이다. 목수가 쓰는 특수한 자〔尺〕의 일종인 도구들로, 흔히 표준이나 법도, 또는 본보기라는 의미로 사용한다.

271 마음과……응하여 : 기예(技藝)가 숙련되어 마음먹은 대로 되는 것을 말한다.

되니 이것을 어찌 쉽게 말할 수 있겠는가?

대저 서화는 당(唐)·송(宋)시대 보다 왕성했던 때가 없으니 우리나라는 신라·고려 이후로 여러 명가(名家)가 모두 이 방법을 썼다. 근대 서화가 중에 대〔竹〕 그림으로 탄운(灘雲),[272] 난(蘭) 그림으로 완당(阮堂 김정희(金正喜)) 같은 분들은 모두 삼가 구율(彀率)[273]을 지키면서도 자태가 거침없이 생동하였으니 법을 놓아버리고도 능히 오묘한 경지에 이르는 사람은 없다. 일찍이 요즘 사람들이 어려운 것은 피하고 쉬운 것은 간과해버려 옛 사람이 마음을 쏟아 고심한 것을 알지 못하고 대담하게 그림을 그려서 경로(經路)를 말미암지 않고 세속의 기호에 투합하니, 마치 물고기 눈[274]이나 기린의 모형[275]과 같아서 안목을 갖춘 자에게 한번 감상하도록 제공할 만한 것이 못됨을 걱정하였다.

만일 법을 본받되 법에 구애되지 않고 필세가 더욱 굳세고 기운(氣

272 탄운(灘雲) : 미상이다. 묵죽화로 유명한 탄은(灘隱) 이정(李霆, 1541~1622)의 오기일 가능성이 있다.

273 구율(彀率) : 활을 당기는 적절한 정도이다. 표준이나 법도라는 의미로도 사용한다.

274 물고기 눈 : 진짜 가짜를 식별 못하는 눈을 말한다. 전하여 인재를 시기하는 사람들을 비유하는 말이다. 고기 눈깔이 겉모양은 구슬 같지만 사실은 구슬이 아니라는 데서 진위(眞僞)가 혼동된 것을 말한다.《文選 卷40 到大司馬記室牋》

275 기린의 모형 : 기린훤(麒麟楦)이다. 겉만 그럴듯하고 속은 별것이 아니라는 뜻이다. 훤(楦)은 사물의 모형(模型)을 말한다. 당(唐)나라 때 양형(楊炯)이 매양 겉치레만 하는 무능한 조관(朝官)들을 조롱하여 부른 말이다. 그가 일찍이 말하기를 "지금 거짓 기린을 희롱하는 자들은 그 형체를 수식(修飾)하며 나귀〔驢〕의 위에 덮어씌워서 완연한 이물(異物)로 만들기 때문에 그 껍데기를 벗겨 내면 다시 나귀일 뿐이다."라고 한 데서 온 말이다.《古今事文類聚後集 卷18》

韻)이 생동하여 힘껏 옛 명가(名家)의 궤적을 추적하는 사람이 있다고 하면 해강(海岡) 김군이 그런 사람일 것이다. 김군은 성품이 소탈하고 무엇에 얽매이지 않았으며 서예가들 가운데서도 뛰어났다. 젊어서는 그의 외숙 이소남(李少南)[276]에게서 배워 그 묘법을 다 터득했고, 약관(弱冠)에는 중국에 가서 연조(燕趙)의 교외[277]를 두루 돌아보고 배를 타고 황하(黃河)를 건너 원상(沅湘)[278]에 가서 명사(名士)・대가(大家)들과 종유하며 널리 고금(古今)의 진적(眞蹟)을 채집하였다. 이에 가슴 속이 풍부해지고 붓과 먹을 휘두르고 뿌림이 더욱 공교해졌다. 십년을 지내고 귀국하자 예원(藝苑)에서 명성이 높아졌다. 왕궁의 조명(詔命)을 기다리고 왕자에게 서법을 가르쳤으니 특별한 은혜와 보살핌을 받은 것이다.

얼마 후에 병으로 물러나 경성의 옛 집에 가서 서화루(書畫樓)를 짓고 도서(圖書)와 사서(史書)를 좌우에 두고 날마다 더욱 부지런히 서예를 연마하니, 사방의 인사들이 붓을 필낭에 넣고서 배움을 청하러 온 자가 거의 수백 인이었다. 군이 이에 난(蘭)과 죽(竹) 가운데 초보자들이 시작할 때 변체(變體)의 여러 법첩을 수집(蒐輯)하여《신편해강난죽보(新編海岡蘭竹譜)》라고 이름하고, 나에게 서문으로 쓸 글을 지어달라고 부탁하였다.

보(譜)는 모두 2권으로 권마다 각각 50조(條)인데, 가지〔枝〕마다

276 이소남(李少南) : 이희수(李喜秀, 1836~1909)이다. 73쪽 주 163 참조.

277 연조(燕趙)의 교외 : 전국 시대의 연나라와 조나라가 있던 지역을 가리킨다. 지금의 하북성(河北省) 북부와 산서성(山西省) 서부 지역이다.

278 원상(沅湘) : 굴원(屈原)이 빠져 죽은 소상강(瀟湘江) 일대를 말한다.

법이 있고 마디〔節〕마다 법도가 있어서 초학자에게 한번 보게 하면 일목요연하여 입으로 가르치고 획을 지시하기를 기다릴 필요가 없고 향배와 배치가 자연히 규구(規矩)에 들어맞을 것이니, 예림(藝林)의 비보(秘寶)요 화가의 나침반이라고 할 만하다. 참으로 이 책에 의지하여 공력을 쏟으면 신묘해지고 변화하는 것은 그 사람에게 달려있다. 이미 그 정신의 정수(精髓)를 터득했다면 비록 그 법을 잊더라도[279] 괜찮을 것이니, 만약 이 보(譜)에 구애되고 변화를 알지 못하는 자는 또한 해강의 뜻이 아니다.

279 그 법을 잊더라도 : 원문은 전제(筌蹄)이다. 전(筌)은 물고기를 잡는 기구, 제(蹄)는 토끼를 잡기 위한 기구이다. 물고기를 잡고 나면 전은 잊어버려야 하고, 토끼를 잡은 뒤에는 제를 잊어버려야 하듯이, 목적을 얻기 위한 방편으로 사용했던 것은 목적을 달성한 뒤에는 아무런 의미가 없다는 말이다.

《양평군 오씨효행록》 서

楊平郡吳氏孝行錄序

무릇 열(烈)이라는 것은 부인의 첫째 절개이다. 세상에서 칭하는 부인의 열은 어떤 경우는 배필의 소중함 때문이며, 어떤 경우는 과부로 살아가는 고통 때문에 갑작스레 목숨을 버려 그 몸을 정결하게 지키는 것이니, 이는 이미 어려운 일이다. 그러나 만약 일찍 과부가 되어 지조를 지켜 가난한 살림에 많은 고통을 겪으면서도 힘을 다해 시부모를 봉양하여 죽은 남편의 뜻을 이룬다면 하늘의 이치와 사람의 정에 모두 완벽하여 유감이 없을 것이니, 어찌 한때의 열절(烈節)[280]과 비교할 수 있겠는가?

아아! 양평군(楊平郡)의 오씨(吳氏) 같은 경우는 규방의 모범을 보인 사람이라 할 만하다. 오씨는 양지군(陽智郡) 사족(士族)의 딸인데, 나이 열다섯에 시집을 와서 양평 강씨(姜氏)의 부인이 되었다. 집안에 들어오자 집안을 화순(和順)하게 하였다[281]는 칭송이 있었으나 그 다음

280 열절(烈節) : 열(烈)은 열녀, 즉 남편이 죽은 뒤 아내도 따라 죽은 경우이고, 절(節)은 수절(守節), 즉 남편이 죽은 뒤 아내가 개가하지 않고 절개를 지키며 사는 경우를 말한다.

281 집안을……하였다 : 원문은 의가(宜家)이다. 의가는 의기실가(宜其室家)의 줄임말이다. 《시경》 〈도요(桃夭)〉에, "작고 예쁜 복숭아나무여, 꽃이 매우 곱게 피었도다. 그녀가 시집감이여, 그 집안을 화순하게 하리로다.〔桃之夭夭 灼灼其華 之子于歸 宜其室家〕"라고 하였는데, 이 시는 여자가 현숙하여 출가하여 집안을 화순하게 할 것을 탄식한 노래이다.

해에 시부모 및 시조모의 상을 아울러 당하였다. 씻은 듯 가난한 살림에 초상이 거듭 겹쳐 난 것이다. 오씨는 어린 나이인데도 홀로 집안〔內政〕 살림을 맡아 돌보며 상사(喪事)를 주선하여 치러내고 집안일을 처리하니, 동네 사람들이 칭찬하지 않는 이가 없었다. 열여덟 살에 이르러 불행하게도 또 남편을 잃는 아픔[282]을 만났다. 이때에 이르러 집안 식구가 다 죽고 오직 늙으신 시조부만이 당상(堂上)에 살아계셔서 서로 의지하여 목숨을 부지하였다. 그 시조부 전 진사(前進士)[283] 강유회(姜有會)는 또한 고을의 학식 있는 선비이다. 팔순이 다된 나이에 마을 아이들에게 글을 가르쳤으나 여전히 자급할 수가 없었다.

오씨는 주곡(晝哭)[284]이후 여러 번 자살하려 하였으나 늙으신 시조부가 살아계셨기 때문에 연연해하며 결행하지 못했다. 그 부모가 그 정황을 딱하게 여겨 집으로 데려오려고 하니, 오씨가 울면서 거절하기를 "제가 죽지 못하는 것은 시조부가 계시기 때문입니다. 제가 떠나면 시조부를 누가 봉양합니까? 남의 부인이 되어 양심을 저버리는 일을 어

282 남편을 잃는 아픔 : 원문은 붕성지통(崩城之痛)이다. 붕성지통은 남편을 여의었을 때 쓰는 말이다. 춘추 시대 제(齊)나라 사람 기량(杞梁)이 전사하자, 그의 아내가 시체를 얻어 성 아래에서 10일 동안을 서글피 우니 성이 무너졌다〔崩城〕는 고사에서 유래한 말이다. 《春秋左氏傳 襄公23年》

283 전 진사(前進士) : 당나라 때 과거에 급제하고서 관직에 제수되지 않은 자를 일컫던 말이다. 여기서는 관직 제수 여부보다는 1894년 갑오개혁 이후 이전의 과거제도가 폐지되었기 때문에 이렇게 표현한 것이 아닌가 한다.

284 주곡(晝哭) : 남편을 여읜 것을 말한다. 춘추 시대에 경강(敬姜)이 남편 목백(穆伯)의 상을 당해서는 낮에만 곡을 하고, 아들 문백(文伯)의 상을 당해서는 주야로 곡을 하였는데, 공자(孔子)가 이를 두고 예(禮)를 안다고 평했던 고사에서 나온 것이다. 《禮記 檀弓下》

찌 차마 할 수 있습니까? 죽음을 맹세코 따를 수 없습니다."라고 하였다. 이로부터 밭을 갈고 방아를 찧으며 밤이면 남의 길쌈을 하여 그 품값을 받아서 매양 음식[285]을 봉양하였는데 일찍이 하루도 거른 적이 없고, 자신은 옷이 몸을 가리지 못하고 음식이 굶주림을 채우지 못하며 손발이 트고 굳은살이 박였지만 스스로 고생됨을 알지 못했다. 추위와 더위를 여러 해 지냈으나 시종 일관되게 하니 원근의 소문을 들은 사람들이 감탄하여 그 덕을 사모하지 않는 이가 없었다.

고을의 양반들이 일제히 한목소리로 칭찬하고 찬양하여 재차 도보(道報)에 올려 사람들이 보고 들을 수 있게 했다. 이에 쇠퇴하여 끊어지려던 문호가 은연중에 명문법가(名門法家)가 되어 사람들의 존경과 흠모를 받게 되었다. 옛말에 "딸을 낳으면 문미(門楣)가 된다.[286]"라고 한 것이 어찌 유독 부귀만을 일컬은 것이겠는가? 양평은 우리 고장이다. 그 사실을 매우 자세히 알기 때문에 특별히 그 행실을 기록하여 천하의 뜻있는 부인들에게 두루 권한다.

285 음식 : 원문은 숙수(菽水)인데 콩과 물로 변변치 못한 음식을 뜻한다.

286 딸을……된다 : 문미(門楣)는 본디 문 위에 높다랗게 가로댄 나무를 말한 것으로, 전하여 가문이 현창(顯昌)함에 비유한다. 《전당시(全唐詩)》 권435에 수록된 진홍(陳鴻)의 〈장한가(長恨歌)〉에 "사내는 봉후 못 되고 딸은 왕비가 되었으니, 딸을 도리어 문 위의 횡목으로 봐야겠네.〔男不封侯女作妃 看女却爲門上楣〕"라고 하여, 문미를 가문을 빛내는 아녀(兒女)에 비유했다. 또 양귀비(楊貴妃)가 한창 현종(玄宗)의 총애를 입을 적에는 민간에서 노래하기를 "사내 낳았다고 기뻐 말고 여아라고 슬퍼 말지니, 그대는 지금 딸을 문미로 간주하라.〔生男勿喜女勿悲 君今看女作門楣〕" 했다 한다. 《全唐詩 卷878 楊氏謠》

무부쓰 옹 아베 미쓰이에[287]가 도쿄로 돌아감을 전송하는 서

送無佛翁阿部充家東還序

올해 무오년(1918) 여름, 경성 매일신보 사장 아베 무부쓰 옹(阿部無佛翁)이 국민사장(國民社長)으로 전임(轉任)되어 도쿄로 돌아가려하니 승려와 속인(俗人)들이 모여들어 모두 실의하여 이별을 슬퍼하면서 눈물을 뿌리며 송별하였다. 무부쓰 옹도 또한 처연(悽然)히 기뻐하지 않으면서 눈물이 떨어져 옷깃을 적셨다. 어떤 사람이 말했다. "무부쓰 옹은 선문(禪門) 교리를 깊이 깨달아 이미 형해(形骸)를 잊었건만 유독 정(情)을 잊지 못해 떠날 즈음에 연연해하니 어찌 그리 얽매이는가?"

내가 그 말을 듣고서 탄식하며 말했다.

"이는 무부쓰 옹이 불법(佛法)을 잘 활용하는 것이다. 무릇 불씨는 인정에 인연하여 교(敎)를 설립하였기 때문에 인정 밖에 더 이상의 불법이란 없는 것이다. 만약 암혈(巖穴) 속에서 홀로 지내면서 근심과

287 아베 미쓰이에(阿部充家) : 1861~1936. 호는 무부쓰 옹(無佛翁)이다. 일본 국민신문(國民新聞) 부사장을 지냈다. 사이토 마코토(齋藤實) 총독의 정치 참모였으며, 조선총독부 일어판 기관지인 《경성일보(京城日報)》·《매일신보(每日申報)》 사장을 역임했다. 그가 사장에 재임할 시기인 1916년에 두 편의 연작 기행문 〈호남유력(湖南遊歷)〉 및 〈무불개성잡화(無佛開城雜話)〉를 발표하였다. 3·1운동 후에는 사이토 총독의 정책 참모로 활약하면서 장지연, 이광수, 손병희, 윤치호 등 조선의 지식인들을 체제 내로 회유하는 작업에 결정적 역할을 수행하였다.

즐거움을 모두 잊고 담담하게 한 가지 물건도 마음에 얽매임이 없게 한다면 스스로를 위함인즉 가하나, 남을 위하는 일에 무슨 소용이 있겠는가? 그런 까닭에 옛날의 명승(名僧)은 간혹 성시(城市)의 번화한 구역에 은거하였고 또한 방외(方外)의 사귐[288]을 많이 하여 외물과 더불어 동화(同化)하였으나 외물에 뜻을 빼앗기지는 않았다. 이것이 그 상승(上乘)의 공부[289]이니 무부쓰 옹이 아마도 그런 사람일 것이다.

옹(翁)은 응화(應化)[290]하여 세상에 나와서 백성을 이끌고 풍속을 교도하는 것을 자기의 책임으로 삼았는데, 백성을 이끌고 풍속을 교도하는 데는 신문만한 것이 없다. 그런 까닭에 갑인년(1914) 가을에 석장(錫杖 승려가 짚는 지팡이)을 짚고 서쪽으로 와서 한성(漢城)의 서쪽에 건물을 짓고 신문국(新聞局)을 설립하여 옹이 사장이 되고 소호(蘇峯)[291]군이 감독을 하였다. 두 사람은 모두 한 시대의 명망을 지닌 사람

288 방외(方外)의 사귐 : 방외는 구역의 밖이란 뜻으로 승려가 수도 생활하는 범주 밖의 딴 세상을 이르는바, 유학(儒學)하는 선비나 도사들과의 사귐을 이른다.

289 상승(上乘)의 공부 : 불교 용어로 고명(高明)하고 원만(圓滿)한 교법(敎法)을 말한다. 문학작품 가운데 최고의 작품을 가리키는 말로도 쓰인다.

290 응화(應化) : 불보살(佛菩薩)이 중생의 기근(機根)에 따라 현신(現身)하여 여러 가지로 변화하는 것이다.

291 소호(蘇峯) : 도쿠토미 이이치로(德富猪一郎, 1863~1957)이다. 소호는 필명인데, 도쿠토미 소호(德富蘇峯)로 널리 알려져 있다. 평론가이며 민우사(民友社)를 창립하여 〈국민지우(國民之友)〉 〈국민신문(國民新聞)〉을 간행했다. 진보적 평민주의에 입각하여 시론가(時論家)로 활동했으나 청일전쟁 후 국권주의(國權主義)로 전환하였다. 제2차 세계대전 때 일본언론보국회의 회장을 지냈고, 전후에 공직에서 추방되었다. 《근세일본국민사(近世日本國民史)》《소호자전(蘇峰自傳)》 등의 저서가 있다. 1910년대에 조선에 와서 금강산 유람을 했으며, 한문에 익숙한 조선 문사들과 일정한 교유가 있었다.

으로 몸과 마음을 같이하여 함께 신문사 일을 해나갔다. 개업한 지 얼마 되지 않아 화마(火魔)의 재앙을 만났지만 옹은 온갖 장애와 고난을 극복하고 흔들리거나 후퇴하지 않고 새롭게 하여 굳게 만들었다. 이에 사방의 기이한 소식을 수집하여 거기에 필삭(筆削)을 더하니 아름다운 이야기가 날마다 쏟아져 나와 머리를 적셔주고 가슴에 스며들었다. 대체로 의논(議論)이 정대하고 충후한 마음을 지녀 악한 일을 숨기고 선한 일을 드러내며 부지런함을 장려하고 게으름을 배척했다. 현자들로 하여금 사랑하여 읽게 만들고 불초한 자들로 하여금 두려워하되 감히 원망하지 못하게 하여 점점 문화의 영역으로 들어가게 했으니, 그 세도(世道)를 보조한 공로가 어찌 얕고 적겠는가?

옹은 또 오늘날 불교가 공적(空寂)에 빠져 쇠퇴하여 떨치지 못하는 것을 고민해서 승려들에게 권고하여 미진(迷津)[292]을 지시해 주었다. 이에 임제(臨濟)[293]의 종풍이 세상에 다시 일어났다. 대저 옹이 서쪽으로 건너온 지가 겨우 4년인데 이룬 공적이 이와 같으니, 만일 몇 해를 더하여 공이 이루어지고 행이 갖추어진다면 그 공덕을 다 기술할 수 없었을 것이다. 그런데 지금 갑자기 일본으로 돌아가니, 전송하는 자는 실망하여 섭섭해 하고 떠나는 사람은 미련을 남기는 것이 진실로 인정

292 미진(迷津) : 번뇌(煩惱)와 미망(迷妄)의 세계, 삼계(三戒)와 육도(六道), 현실의 세계, 피안(彼岸)에 대응한 차안(此岸)의 세계를 말한다. 여기서는 차안의 나루를 건너서 피안의 세계로 가는 것을 비유한 것이다.

293 임제(臨濟) : 불교 종파의 하나로서 선종 제6조(祖) 혜능(慧能)으로부터 남악(南嶽)·마조(馬祖)·백장(百丈)·황벽(黃檗)을 거쳐 임제(臨濟) 의현(義玄)에 이르러 일가(一家)를 이룬 종파이다. 송나라 이후 원(元)·명(明)나라에까지 상당한 세력을 뻗쳤다. 한국의 선종은 대개가 이 임제종이다.

에 당연한 것이지만 어찌 한 때의 정든 얼굴 때문에 구구하게 아녀자 같은 태도를 보이겠는가? 비록 그러하나 옹이 무부쓰(無佛)라 자호하였으되 부처가 아닌 적이 없었으니, 옹은 비록 일본으로 돌아가더라도 그 정신이 향하는 곳은 항상 내청각(來青閣)[294]일 것이다. 이는 또한 무불(無佛)이로되 유불(有佛)인 것이다. 옹이 여장을 꾸린 지 여러 날이 되었다고 들었는데 나는 병중이라 전송하러 갈 수가 없어서 애오라지 이 글로 이별을 아쉬워하는 여러분의 마음을 위로한다."

294 내청각(來青閣) : 경성일보사 건물의 명칭이다.

동운 최옹[295]의 육십 일세를 축하하는 서

賀東雲崔翁六十一歲序

옛날에 소광(疏廣)[296]이 천금(千金)의 하사금을 얻었으나 자손을 위한 계책을 하지 않고 말하기를, "현명한데 재물이 많으면 그 뜻을 손상하고 어리석은데 재물이 많으면 허물을 더하게 된다."라고 하였는데, 후세에 전하여 명언이 되었다. 그러나 만약 소광에게 현명한 자손이 그 재물을 잘 사용해 훌륭한 이름을 잃지 않고 그 어버이를 현양할 자가 있었다면, 또 어찌 뜻을 손상할까 근심할 필요가 있었겠는가?

나는 본디 동운(東雲) 옹이 선을 즐거워하고 의를 좋아하는 사람인 줄을 알았다. 부지런하고 검소하게 생활하여 집에는 일천 상자의 많은 곡식이 있었다. 그러나 자신을 위한 씀씀이를 검박하게 하고 빈궁한

295 동운 최옹(東雲崔翁) : 최헌규(崔獻圭)로 본관은 동주(東州), 호는 동운이다. 최남선(崔南善)의 아버지이다. 관상감(觀象監) 기사(技師)였으며 한약방을 경영하였다. 《승정원일기》에 그의 이름이 종종 보이는데, 1905년(고종42) 음력 2월 16일조에 "관상소 기사에 정3품 최헌규를 임용하였다"는 기사가 보인다. 그리고 1920년 6월 17일자 《동아일보》에 〈조선녀자교육회사업에 최헌규(崔獻圭) 최창선(崔昌善)씨 동정금(同情金)〉이라는 제목의 기사에, 최헌규가 일금 이십원을 기탁했다는 내용이 보인다.

296 소광(疏廣) : ?~기원전 45. 태산군(泰山郡) 거평(鉅平)사람으로, 자는 중옹(仲翁)이다. 한(漢)나라 선제(宣帝) 때 황태자의 태부(太傅)를 지냈다. 그가 사직하니, 천자와 태자가 황금 70근을 하사하였는데, 그 황금을 다 팔아서 빈객(賓客)들과 함께 술 마시며 즐기는데 모두 사용하고 자식에게는 재물을 물려주지 않았다. 위에 언급한 말은 그의 전(傳)에 나온다. 《漢書 卷71 疏廣傳》

사람을 구휼하기를 좋아하였는데, 오히려 널리 베풀지 못하는 것을 병통으로 여겼다. 그의 아들 남선(南善)[297]군은 어려서부터 공부하기를 좋아하였다. 이제 막 성동(成童)[298]이 되었는데, 옹(翁)은 그가 큰 인물이 될 줄을 미리 알고 온 가산(家産)을 모두 그에게 맡기고서, 그가 돈을 마음껏 쓰는 대로 맡겨두고 재물의 출납에 대해 관여하지 않았다.

군은 널리 서적을 구입하여 연구에 더욱 박차를 가하고 부지런히 학문에 힘써 마침내 명사(名士)가 되었다. 그는 학문을 함에 화려함을 버리고 실질을 숭상하여 사람의 지혜와 지식을 개발하는 것을 책무로 삼았다. 대저 서적이 세상에 보탬이 될 수 있는 것이면 재물을 아끼지 않고 책을 인쇄하여 널리 배포해 한 시대의 이목을 새롭게 하였으니, 그 공리(功利)의 큼이 어찌 금전 보시〔布施〕[299]에 비할 수 있겠는가? 이로 말미암아 가계(家計)는 차츰 줄어들었으나 명성은 날로 더욱 높아졌다.

세상에서 남선(南善)군을 논하는 자는 반드시 그 가정의 훌륭함을

297 남선(南善) : 최남선(崔南善, 1890~1957)으로, 본관은 동주(東州), 자는 공륙(公六), 호는 육당(六堂)이다. 김윤식의 《속음청사》 1917년 1월 23일, 1919년 2월 9일, 6월 7일, 1921년 12월 12일 기록에 최남선의 이름이 보인다. 최남선은 종종 김윤식에게 시국과 관련된 일을 문의하러 왕래했으며, 3·1 독립선언서와 관련된 서명 문제로도 왕래했음을 볼 수 있다.

298 성동(成童) : 15세 이상의 소년을 말한다.

299 보시〔布施〕: 남에게 재물이나 은혜를 베푸는 것이다. 육바라밀의 하나로, 가난한 사람에게 재물을 베풀어주는 재시(財施), 설법을 하여 남을 구제하는 법시(法施), 남의 재난을 구해주는 무외시(無畏施) 등 세 가지가 있다.

일컫는다. 최옹의 명성이 드디어 온 세상에 가득하니 현명하다고 이르지 않을 수 있겠는가? 옹이 재물을 아들에게 맡긴 것과 소광이 자손을 위해 계책을 세우지 않은 것은 그 일은 비록 다르지만 그 자식에 대해 잘 알았다는 점에서는 똑같다. 현명하지 않고서 그럴 수 있겠는가? 지금 옹은 상봉(桑蓬)의 구갑(舊甲)이 다시 돌아왔건만,[300] 몸이 튼튼하고 기운도 왕성하여 소장(少壯)의 시절보다 못하지 않다. 금슬이 자리에 있고[301] 훌륭한 자손들이 뜰에 가득하니 늘그막의 청복(淸福)이 세상에 드문 경우이다. 어찌 선행을 닦아 후손들을 여유롭게 해준 보답이 아니겠는가? 나는 늙고 병들어 몸소 가서 축하하지 못하고 애오라지 보잘것없는 글을 써서 세상의 부형(父兄)된 자들에게 권면한다.

300 상봉(桑蓬)……돌아왔건만 : 상봉은 상호봉시(桑弧蓬矢)의 준말이다. 옛날에 사내아이가 태어나면 뽕나무로 활을 만들고 쑥대로 화살을 만들어 천지 사방으로 쏘아 아이가 온 세상을 다스릴 뜻을 갖기를 축원하였는데, 상봉의 구갑이 다시 돌아왔다는 것은 회갑이 되었음을 이른 말이다. 《禮記 內則》

301 금슬이 자리에 있고 : 《시경》 〈여왈계명(女曰雞鳴)〉에 "금슬이 자리에 있는 것도 고요하고 아름답지 않음이 없도다.〔琴瑟在御 莫不靜好〕"라고 하였다. 집안에서 부부의 금슬이 좋음을 비유한 것이다.

회령향교 모성계 서

會寧鄕校慕聖稧序

성현을 추모하는 것은 그 덕을 추모하는 것이다. 효도와 공경을 돈독히 행하여 인륜의 도리를 바로 세우는 것은 성현을 추모하는 실심(實心)이고, 희생(犧牲)과 폐백(幣帛)을 올리고 제기(祭器)를 진열하며 제수를 올리고 강신제를 지내며[302] 몸을 굽혔다 폈다하며 절을 하는 것은 성현을 사모하는 의식이다. 비록 그렇더라도 의식(儀式)을 갖추지 않으면 사람들이 공경하고 우러르는 마음이 없어지게 되어 성현을 사모하는 실심(實心)을 행할 수가 없다. 이것이 옛날의 밝은 임금이 상(庠)·서(序)[303]의 제도에 힘을 기울였던 까닭이다. 성현의 시대가 멀어지고 말씀이 인멸되면서부터 교화가 쇠퇴하여 성현을 추모하는 실심(實心)이 없어졌을 뿐만 아니라 아울러 그 의식마저도 폐지되려 한다. 지금 군(郡)과 현(縣)에 남아있는 향교(鄕校)는 전당과 복도가 황량(荒凉)하고 제수가 부족하다. 비록 뜻이 있는 선비라 하더라도 혼자의 힘으로 지탱하기 어려워서 대책 없이 지붕만 쳐다보며 길게 한숨을 짓고 있고, 경박하고 불령(不逞)한 무리들은 성현을 업신여기고 윤리를 멸시하여 짓밟으며 꺼리는 것이 없어 퇴폐한 물

302 제수를……지내며 : 원문은 천관(薦祼)이다. 천(薦)은 제수(祭需)를 올리는 것을 말하고, 관(祼)은 신의 강림(降臨)을 바라며 모사(茅沙)를 담은 그릇에 술을 조금씩 세 번 따르는 것을 말한다.

303 상(庠)·서(序) : 고대 국가의 고을 단위 교육기관이다. 주(周)나라 때는 상, 은(殷)나라 때는 서라고 하였다.《孟子 滕文公上》

결이 하늘까지 도도하니 만회하기가 대단히 어렵다.

그런데 참으로 다행스럽게도 회령(會寧)이라는 한 지역은 사문(斯文)이 추락되지 않았다. 온 군(郡)의 관리와 선비들이 이런 점을 우려해서 서로 더불어 의연금을 모으고 장인(匠人)을 불러서 무너지고 파손된 건물을 수리하여 보완하였다. 그리고 본전은 남겨두고 이자를 가지고서 봄가을로 올리는 두 차례 제사 비용을 충당하고, 규칙을 마련해 영구히 준수할 방도를 세웠다. 그 계(稧)의 명칭을 '모성계(慕聖稧)'라 하고, 그 기록부의 제호를 '청금록(靑襟錄)'이라고 하였다. 이에 선비들이 모두 경쟁하듯 스스로 덕행을 닦아서 권장하지 않아도 흥기하여 자기 이름이 청금록에 수록되지 못하는 것을 부끄럽게 여겼다. 무릇 청금록에 기입된 자가 천이백여 명인데, 모두 고을의 준재요 의관을 갖춘 명족(名族)이니 어찌 성대하지 않겠는가? 그 일이 중대하니 당연히 책머리에 서문이 있어야 한다고 하여, 전 부윤(前府尹) 이지춘(李之春)[304] 군이 유림대표(儒林代表)로 추대되어 나에게 와서 의논하였다. 내가 비록 늙어 귀가 어둡지만 경원(經院)[305]에서 직책을 맡고 있으니 어찌 그 아름다운 뜻을 이룰 수 있도록 찬미하는 말을 한마디 하지 않을 수 있겠는가?

아아! 문(文)이 장차 폐할 것이라면 이 일은 마치 등잔불이 꺼지려고 하다가 잠깐 밝은 것에 불과할 것이니 다행스러운 일이 되지 못할 것이다. 그러나 문이 장차 일어날 것이라면 이것은 마치 한줄기 양기(陽氣)

304 전 부윤(前府尹) 이지춘(李之春) : 인적 사항을 자세히 알 수 없다.

305 경원(經院) : 경학원(經學院)이다. 성균관(成均館)을 1911년 6월 경학원으로 개칭하였다. 김윤식은 1916년 7월에 경학원 대제학(大提學)에 임명되었다.

가 땅속에서 솟아나는 것과 같을 것이니, 봄에 우레가 크게 울리기를 기다려 보면 천만 문호가 차례로 열릴 것이다. 노부(老夫)는 앞으로 눈을 비비며 그렇게 되기를 기다릴 것이다.

신천향약계 서
信川鄕約稧序

주관(周官) 대사도(大司徒)[306]의 직책은 주장(州長)이 각각 그 주(州)의 교치(敎治)와 정령(政令)의 법을 관장하여, 정월 초하룻날〔吉日〕에 각각 그 고을에 사는 백성들을 모아놓고 법을 읽히고 그들의 덕행과 도학과 기예를 조사 시험하여 권장하고 그 과오를 규찰하여 경계하였다. 당정(黨正)과 족사(族師)[307]도 또한 그와 같이 하여, 백성들로 하여금 보고 들은 것에 익숙해져서 자신도 모르는 사이에 날로 선한 데로 옮겨가고 죄를 멀리하게 하였다.

306 대사도(大司徒) : 주(周)나라 관직명으로, 국가의 토지와 백성을 관장하였다. 《주례(周禮)》 지관(地官) 대사도에 "황정(荒政) 12가지로 만민(萬民)을 모으니, 첫 번째는 이익을 흩어주는 것〔散利〕, 두 번째는 세금을 감면해 주는 것〔薄征〕, 세 번째는 형벌을 너그럽게 하는 것〔緩刑〕, 네 번째는 부역을 늦추어 주는 것〔弛力〕, 다섯 번째는 산림(山林)과 천택(川澤)에 대한 금지를 풀어주는 것〔舍禁〕, 여섯 번째는 관문(關門)과 시장에 대한 기찰(譏察)을 제거하는 것〔去幾〕, 일곱 번째는 길례(吉禮)의 의식을 줄이는 것〔眚禮〕, 여덟 번째는 흉례(凶禮)의 의식을 줄이는 것〔殺哀〕, 아홉 번째는 악기를 보관해 두고 사용하지 않는 것〔蕃樂〕, 열 번째는 흉년에 굶어죽어 배우자를 잃은 자들에게 혼례를 많이 치러 주는 것〔多婚〕, 열한 번째는 귀신(鬼神)들에게 제사를 지내주는 것〔索鬼神〕, 열두 번째는 도적을 제거하는 것〔除盜賊〕이다." 하였다. 황정은 흉년을 구제하는 정사이다.

307 당정(黨正)과 족사(族師) : 중국 고대 주(周)나라 육직(六職)의 하나인 지관(地官) 소속의 관원이다. 당정은 한 당(黨), 즉 500호(戶)의 장으로서 소속 당의 정령(政令)·교치(敎治)를 맡아보고, 족사는 당정의 차석으로 계령(戒令)·정사(政事)를 맡아보는 관직이다. 《周禮 地官》

옛날 태평성대에 정치 교화가 융성하고 민속이 순후했던 것은 바로 여기에 말미암은 것이다. 후현(後賢)들이 그 물려주신 뜻을 바탕으로 삼아 고을에 시행하였는데, 이것이 향약(鄕約)이 생기게 된 연유이다. 관청에서는 '법(法)을 읽는다.'라고 하고 향리에서는 '향약(鄕約)을 읽는다.'라고 하는데 그 뜻은 같은 것이다.

율곡(栗谷) 선생[308]이 왕도(王道)가 행해지지 않고 민심이 선하지 않은 것을 개탄하여 이에 멀게는 주관(周官)의 옛 법을 따르고 가깝게는 남전(藍田)[309]과 동안(同安)[310]의 남긴 제도〔遺制〕를 모방하여 해주(海州) 고을에 향약(鄕約)을 시행하여 사방(四方)의 표준이 되게 하였다. 그 규모(規模)가 정밀, 상세하고 조리가 명료하여 원근을 막론하고

308 율곡(栗谷) 선생 : 이이(李珥, 1536~1584)로, 본관은 덕수(德水), 자는 숙헌(叔獻), 호는 율곡, 시호는 문성(文成)이다. 1574년에 황해 감사로 부임하여 해주 석담 지방에서 향약을 실시하였다. 중국의 여씨향약(呂氏鄕約)의 강령과 이황(李滉)의 예안향약(禮安鄕約)의 강령을 증보하여 강령과 조항을 만들었는데, 마을 사람들끼리 좋은 일을 서로 권하고, 잘못은 서로 바로 잡아주며, 예의 바른 풍속을 서로 권장하고, 어려운 일이 있으면 서로 도와준다는 취지를 지닌 것이다.

309 남전(藍田) : 남전여씨향약(藍田呂氏鄕約)을 가리킨다. 송(宋)나라 때 섬서성(陝西省) 남전현(藍田縣)에 살던 여대균(呂大均) 형제에 의해 만들어진 향약이다. '여씨향약'이라고도 하는 이 향약은 주희에 의해 그 가치가 인정되어 그의 증손(增損)을 거쳐 《주자증손여씨향약(朱子增損呂氏鄕約)》으로 완성되었다. 그것이 주자학의 전래와 함께 우리나라에 소개되었다.

310 동안(同安) : 동안현(同安縣)이다. 1153년~1157년까지 주희(朱熹)가 복건성(福建城) 동안현에 주부(主簿)로 재임할 때 그 고을에서 학문을 일으키고 인재를 교육하고자 애쓴 사실을 가리킨다. 훌륭한 선생을 확보하고, 대도독부에 간청하여 천여 권의 책을 하사받고, 경사각(經史閣)이라는 서고를 짓고, 학생들을 가르치는 등 여러 가지 노력을 기울였다.

본받지 않는 곳이 없었으니 백성을 교화하고 풍속을 선하게 하는 일이 이에 성대하게 되었다.

신천(信川)은 해주에서 가까운 까닭에 가장 먼저 본받아 시행하였으니 노위(魯衛) 형제[311]의 정치처럼 문질(文質)이 찬란한 군자의 고을이 되었다. 그런데 연대가 점점 멀어져서 옛 자취가 황무해지니 후생 소년들이 향약이 무슨 일을 하는 것인지도 모른다.

근래에는 교과 학문이 비록 진전되었으나 수신(修身) 한 과목(課目)에 있어서는 거의 구두선(口頭禪)[312]과 같아서 손을 댈 수가 없다. 이로 말미암아 풍기가 경박해지고 윤리 기강이 무너져 착한 풍속이 유실되고 세도(世道)가 무너지는 데도 구제할 길이 없으니 어찌 슬픈 일이 아니겠는가?

고을의 선비들과 원로 유학자들이 서로 더불어 걱정하고 탄식하면서, 바로잡을 방도는 근본으로 돌아가는 것 만한 것이 없고 근본으로 돌아가는 실질적 방법은 향약을 강론하여 밝혀서 백성들로 하여금 보고 느끼게 하여 그 돈후(敦厚)한 풍속을 회복시키는 것이 최선이라고 생각했다. 이에 구계(舊稧)를 다시 닦고 독약 법을 자세히 밝히니 온 고을이 바람에 흔들리듯 따라서 앞 다투어 권면하지 않는 이가 없으니

311 노위(魯衛) 형제 : 노(魯)에 봉해진 주공(周公)과 위(衛)에 봉해진 강숙(康叔) 형제를 말하는데, 강숙은 위에 봉해진 뒤 항시 형인 주공의 정사를 본받아 국정(國政)도 마치 형제같이 잘한 데서 온 말이다. 《논어》 자로(子路)에 "노와 위의 정사는 형제간이로다."라고 한 것은, 쇠하고 혼란한 당시 정사도 서로 비슷하였기 때문에 공자가 탄식하여 한 말이다.

312 구두선(口頭禪) : 선(禪)이 이치를 알지 못하고 입으로만 늘 지껄여 대는 일을 말한다.

선정(先正)[313]의 교화가 사람들에게 깊이 스며든 것을 볼 수 있다.

계회(稧會)를 열려고 절목(節目)을 수정(修正)하고 나에게 글로써 그 사실을 기록해주기를 요구하였다. 대저 향약의 요지는 덕업(德業)으로 근본을 삼는 것이니, 이는 진실로 인(仁)을 행하는 일이다. 전(傳)에 이르기를 "인(仁)을 당해서는 사양하지 않는다.[314]"라고 하였다. 내가 비록 늙어 정신이 혼미하나 어찌 인을 당하여 사양하고서 찬미하는 한마디 말이 없을 수 있겠는가? 이에 보잘 것 없는 말을 적어서 그 책머리에 얹어 돌려준다.

313 선정(先正) : 선대(先代)의 현인, 혹은 어진 신하이다. 여기서는 율곡(栗谷) 선생을 가리킨다.

314 인(仁)을……않는다 : 《논어》 〈위령공(衛靈公)〉에 "인을 당하여는 스승에게도 사양하지 않는다.〔當仁不讓於師〕"라는 말이 있다.

이마제키 덴포[315] 도시마로 가 서쪽으로 중화에 유람 가는 것을 전송하는 서
送今關天彭 壽麿 西遊中華序

좋은 책을 읽고 좋은 사람을 사귀는 것은 인생의 즐겁고 유쾌한 일이다. 그러나 책은 본래 구입해서 읽을 수 있지만 사람은 앉아서 오게 할 수 없다. 그의 시를 외우고 그의 글을 읽으면서도 그의 사람을 알지 못한다면 되겠는가? 이것이 예로부터 뜻이 있는 선비가 멀리 유람하기를 좋아하는 까닭이다.

이마제키 덴포(今關天彭) 군은 일본의 고사(高士)이니 박학(博學)하면서도 요점을 알고 옛 것을 좋아하면서도 그것에 구애되지 않았다. 일찍이 말하기를 "지나(支那 중국)는 우리 동아시아의 인문(人文)이 생겨난 곳이니 그 산천이 넓고 아득하며 풍속이 순박하고 돈후하다. 성현의 시대와 거리가 비록 멀지만 경학자(經學者)와 학사(學士)가 여전히 선왕(先王)의 도를 잘 말하니, 이는 내가 교류하기를 원하는 사람들이다."라고 하였다.

315 이마제키 덴포(今關天彭) : 1882~1970. 지바현(千葉縣)에서 출생, 본명은 도시마로(壽麿)이다. 한시인(漢詩人)이자 중국문학 연구가이다. 이시카와 고사이(石川鴻齋)·모리 가이난(森槐南) 등에게서 배웠다. 조선총독부 촉탁직을 한 적이 있다. 1918년 북경(北京)에서 이마제키 연구실(今關研究室)을 설립, 1942년 외무대신 시게미쓰 마모루(重光葵)의 고문(顧問)을 맡았다. 2차 대전 후 한시 잡지《아우(雅友)》를 창간하였다.《근대 중국의 학예(近代支那的學藝)》,《중지한만유화(中支汗漫游話)》,《지나 인문강화 및 부록(支那人文講話及附錄)》등의 저서가 있다.

지금 장차 서쪽으로 중국에 가서 그곳의 어질고 호걸스런 장자(長者)들과 교분을 맺고 속마음을 털어놓고 이야기하여 정화(精華)를 채집하려 하니 반드시 유익한 친구를 사귈 수 있는 길이 있을 것이다. 도덕을 일치시키고 풍속을 동일하게 하는 일이 아마도 여기에 달려있을 것이다. 옛날에 공부자께서 일찍이 부해(桴海)[316]하려는 뜻을 가지셨고, 또 서양인의 수레바퀴 자국이 지구상에 두루 미쳤으니 만일 조금이라도 장점이 있다면 나의 집념을 버리고 따르기를 꺼리지 말고, 풍속이 다르다고 하여 다른 시각으로 보지 말아야 할 것이다. 하물며 우리는 같은 인종으로 같은 문자를 쓰는 국가임에랴?

어느 날 관직을 버리고 행장을 꾸려 말머리를 서쪽으로 향하면서 나에게 와서 작별을 고하기를 "내가 오늘에야 비로소 내 뜻을 이루게 되었다. 그대가 나의 행색을 장려하는 한마디 말을 해주지 않아서야 되겠는가?"라고 하였다. 나는 그때 병상에 있었는데 벌떡 일어나 이렇게 말했다.

"나는 본래 자네가 사방(四方)을 돌아다닐 뜻을 품고 있는 것을 알았다. 참으로 남자다운 일이다. 비록 그렇긴 하나 지금 사해가 구름처럼 어지러워서 무력을 서로 숭상하고 강역(疆域)에 공명을 드리우는 것을 사람들이 부러워하고 사모한다. 그대는 홀로 그러한 것을 돌아보지 않고 문약(文弱)하며 오래되어 쇠락한 국가에 가서 유일(遺逸)을 방문

316 부해(桴海) : 뗏목을 타고 바다를 항해한다는 말이다. 공자는 본래 도(道)를 노(魯)나라에 행하려 하였는데, 노나라에서 받아들여지지 않으니, 다른 나라로 가겠다고 탄식하면서 "도가 행해지지 않으니 뗏목을 타고 바다를 항해하려 한다.〔道不行 乘桴浮于海〕"라고 하였다.《論語 公冶長》

하고 고전(古典)을 습득하려 하니 또한 오활하지 않은가? 아! 나는 알겠노라. 대저 문약하다는 것은 문(文)의 병통이 아니고 바로 문명(文明)이 말세에 잘못된 것[317]일 뿐이다. 전(傳)[318]에 이르기를 '적합한 사람이 있으면 정치가 행해진다.'라고 하였으니, 진실로 그 적임자를 얻어 한번 변해 도에 이른다면 약(弱)한 것이 강(强)하게 되어 천하에 적수가 없을 것이니 성인이 어찌 우리를 속였겠는가?

자네가 대륙에 뜻을 두고 현인을 구하기에 급급한 것은 아마도 동아시아의 대국(大局)을 보존하여 태평한 복을 함께 누리고자 하는 것이요 괜히 목적도 없이 유람하려는 것은 아닐 것이다. 대저 사람이 궁하면 근본으로 돌아가려 하고 어지러우면 다스릴 것을 생각한다. 지금 온 세상 백성들이 똑같이 전쟁의 피해를 입어 괴롭고 무료하니, 지금이 근본으로 돌아가고 다스릴 것을 생각해야 할 때이다. 무력(武力)을 남용해서도 안 되고 능력을 과시해서도 안 되며 마땅히 약석(藥石)의 말을 조금 베풀고 고량진미를 고르게 나눠야 하리니 장구히 치안할 수 있는 길은 여기에 있고 저기에 있지 않다. 그대가 가서 초야에 만일 시무(時務)를 아는 자가 있거든 한번 나아가 물어보면 반드시 내 말을 허황된 말로 여기지 않을 것이다."

317 말세에 잘못된 것 : 원문은 말실(末失)이다. 말실은 말세의 실례, 즉 예의에 어긋난 행동이나 세태를 가리킨다. 《예기》〈단궁 상(檀弓上)〉에 "소렴의 전(奠)을 서쪽에서 행하는 것은 노나라 예가 말세에 잘못된 것이다.〔小斂之奠在西方魯禮之末失也〕"라고 하였는데, 정현(鄭玄)의 주(注)에, "말세에 예를 잃었음을 말한다.〔末世失禮之爲〕"라고 하였다.

318 전(傳) : 《중용장구》 제20장이다.

청호 선사 회갑 수연 서

淸昊禪師回甲壽宴序

장수하는 것은 인생 오복(五福) 중의 으뜸이라 세속에서 부러워하고 흠모하지만 오직 부처는 본래 나고 죽는 것이 없으므로 수자상(壽者相)[319]이 없다. 만약 마음속에 수자상이 있다면 곧 망상(忘想)에 속하여 윤겁(輪劫)[320]에 떨어질 것이니 도리어 어찌 축하할 일이겠는가?

선암사(仙岩寺)[321]의 청호 선사(淸昊禪師)[322]는 호남의 고승이다. 입

319 수자상(壽者相) : 《금강경(金剛經)》에 나오는 사상(四相)의 하나이다. 사상은 아상(我相)·인상(人相)·중상(衆相)·수자상안데, 수자상은 수명에 집착하는 생각이다.

320 윤겁(輪劫) : 순환하는 겁을 말한다. 겁(劫)은 불경에 천지의 일성일패(一成一敗)를 말하여 1겁이라 이른다.

321 선암사(仙岩寺) : 전라남도 순천시 승주읍 죽학리에 있는 사찰이다. 《선암사사적기(仙岩寺寺蹟記)》에 따르면 542년(진흥왕3) 아도(阿道)가 비로암(毘盧庵)으로 창건하였다고도 하고, 875년(헌강왕5) 도선 국사(道詵國師)가 창건하고 신선이 내린 바위라 하여 선암사라고도 한다. 이 절은 선종(禪宗)·교종(敎宗) 양파의 대표적 가람으로 조계산을 사이에 두고 송광사(松廣寺)와 쌍벽을 이루었던 수련도량(修鍊道場)으로 유명하다. 경내에는 보물 제395호 선암사 삼층석탑과 보물 제1311호 순천 선암사 대웅전 등 다수의 중요문화재가 있다.

322 청호 선사(淸昊禪師) : 선암사의 주지 김청호(金淸昊) 스님이다. 1911년 6월 3일 조선총독부에 의하여 〈사찰령(寺刹令)〉이 발표, 같은 해 7월 8일 〈사찰령시행규칙〉에 따라 30본사가 정해질 때 선암사 또한 30본사 중의 하나로 지정되어 승주군과 여수시·여천군의 말사를 통섭하였다. 당시의 주지 스님이 방홍파(方洪坡)였고, 그 뒤를 이어 장기림(張基林)·김청호(金淸昊) 순으로 주지직을 맡았다.

산수도(入山修道)하여 물을 마시며 불경을 읽고 꽃이 피고 잎이 지는 것으로 춘추를 삼았으니 그의 나이가 몇 살인지 기억하지 못한다. 그런데 총림(叢林)의 여러 도우(道友)들이 선사의 회갑이 올해 오늘이라는 것을 알고서 그를 위해 소사(素食)를 마련하여 기쁨을 표하자, 선사도 굳이 거절하지 못하고 많은 사람들과 즐거움을 같이 하였으니, 아마도 속인과 구차히 차이를 두고 싶지 않아서일 것이다.

선사의 사촌형 학산 노숙(鶴傘老宿)[323]이 나에게 수연서(壽宴序)를 지어 산문(山門)의 성대한 일을 기록해 달라고 요청하였다. 나는 선사와 한번 만나 교분을 나눈 적은 없지만 오랫동안 고명(高名)을 들어와서 항상 향모하는 마음이 간절했다. 그러나 나는 속사(俗士)이다. 세속의 정으로써 선사를 위해 기도하고 축원하는 것은 비록 백세토록 강녕(康寧)한 복을 누리라고 해도 도리어 유한한 수에 속하는 것이니 어찌 귀함이 될 수 있겠는가? 제한할 수 없는 것은 법신(法身)일 뿐이다. 나는 선사가 도가 높고 법세(法歲)도 높아 이미 형해(形骸)의 누(累)를 해소했음을 안다. 세간의 일체 만물이 모두 공(空)으로 돌아가는데 오직 법신만은 항상 머물러있어 괴멸되지 않으니 이것이 무량수(无量壽)이다. 이는 세속 장수(長壽)로 한정할 수 없는 것이다. 그래서 이것으로 축수 드린다.

323 학산 노숙(鶴傘老宿) : 1912년 11월 22일 《조선총독부 관보》 제95호에 '주지취직인가(住持就職認可)'라는 제목의 기사에 전라남도 장흥군(長興郡) 보림사(寶林寺)의 주지로 김학산(金鶴傘)이란 이름이 있고, 1915년 8월 20일자 《조선총독부 관보》 제915호에 '주지이동(住持異動)'이라는 기사에도 동일한 내용이 보인다.

소당 인군[324] 동식 수서

紹堂印君 東植 壽序

비와 구름이 뒤집듯[325]이 아침저녁으로 모습을 변하는 것은 권세와 이익으로 사귀는 것이요, 소나무와 잣나무처럼 우뚝 서서 날씨가 추워져도 시들지 않는 것[326]은 군자의 사귐이다. 대저 사람의 마음이 같지 않고 시대의 형편이 자주 변하니 흥망성쇠를 겪고도 지조를 바꾸거나 빼앗기지 않는 자는 드물다. 그러므로 공자(孔子)께서 칭찬하시기를 "안평중(晏平仲)은 남과 더불어 사귀기를 잘하는구나! 오래

324 소당 인군(紹堂印君) : 인동식(印東植, 1858~?)으로, 본관은 교동(喬桐)이며, 호는 소당이다. 영회원 봉사(永懷園奉事)를 지낸 인영철(印永哲)의 아들이다. 한성(漢城) 중서(中署) 정선방(貞善坊) 수문동(水門洞)에 살았다. 1881년(고종18)에 김윤식이 영선사(領選使)로 청국에 다녀와서 청국 관료들과 나눈 필담을 기록한 《천진담초(天津談草)》를, 1892년(고종29)에 김윤식이 면천에 유배되어 있을 때 인동식에게 부탁하여 편찬하여 1책으로 만들었다. 1894년 외부아문 주사(外務衙門主事), 1897년 탁지부 주사(度支部主事), 1903년 주일공사관(駐日公使館) 서기(書記)를 지냈다. 《속음청사》에, 1907년 11월에 주일공사(駐日公使) 고영희(高永喜)가 인동식을 서기로 불렀던 사실이 보인다. 1911년 충청북도 회인군 군서기를 지냈다.

325 비와 구름이 뒤집듯 : 원문은 번운복우(翻雲覆羽)이다. 세상 사람들의 변화무상한 친구 사귐을 비유한 말이다. 두보(杜甫)의 〈빈교행(貧交行)〉에 "손 뒤집어 구름을 짓고 손 엎어 비를 짓는다.〔翻手作雲覆手雨〕"라고 한 데서 나온 표현이다. 《杜甫詩集 卷2》

326 소나무와……것 : 어려운 상황을 만나도 지조를 변하지 않는다는 의미이다. 《논어》〈자한(子罕)〉에 "날씨가 추워진 뒤에야 소나무와 잣나무가 늦게 시듦을 안다.〔歲寒然後 知松柏之後彫也〕"라고 한 데서 나온 표현이다.

되어도 서로 공경하네."[327]라고 하였고, 또 "오래된 언약에 평소에 했던 말을 잊지 않는다면 성인(成人)이 될 수 있을 것이다."[328]라고 하였다. 지금 술을 마시며 서서 이야기 하는 사이에 의기가 서로 투합하여 지기(知己)로써 허여하다가 몇 달 동안 서로 만나지 못하면 정과 뜻이 문득 소원해지나니, 이런 것을 사귐의 도로 논할 수 있겠는가? 오래도록 변하지 않아야 비로소 진정한 붕우라 할 것이다.

소당(紹堂) 인군(印君)은 나의 40년 사귄 오랜 벗이다. 군은 일찍이 가정교육[329]을 승습하여 시례(詩禮)의 가르침을 신봉하였다. 장년(壯年)에는 부친의 명으로 경성(京城)에 와서 노닐 적에 안국방(安國坊) 집으로 나를 찾아왔었는데, 한번 만나보고서 마음으로 호감을 가졌다. 얼마 후 또 면천(沔川) 적소(謫所)로 나를 따라와 영탑선방(靈塔禪房)에서 임시로 거처하였는데 담박함을 달게 여기고 노고를 참기를 8년을 하루같이 하였다. 매양 벗들이 술을 마시며 탄식하고 외치는 자리에선 군은 홀로 한 구석에 피해 앉아서 종일토록 진흙으로 빚어놓은 인형처럼 있었다. 어리석은 모습은 아는 것이 없는 듯하였고 어눌한 모습은 말을 잘 못하는 듯하였다. 그러나 물러간 뒤에 그 사생활을 살펴보니 그는 천품이 매우 고상하여 좋아하고 미워함이 공정하고 취하고 버림이 분명하여 사계절의 기운이 모두 갖추어졌다. 흉금을 토한 글은 청아(淸

327 안평중(晏平仲)……공경하네 : 《논어》 〈공야장(公冶長)〉에 나오는 말이다.

328 오래된……것이다 : 《논어》 〈헌문(憲問)〉에 나오는 말이다.

329 가정교육 : 원문은 정훈(庭訓)인데 부친의 훈계를 의미한다. 공자의 아들 백어(伯魚)가 뜰을 가로질러 갈 때〔過庭〕, 공자가 그를 불러 세우고 시(詩)와 예(禮)를 공부하라고 가르침을 내렸던 고사에서 나온 것이다. 《論語 季氏》

雅)하고 붓을 대면 사람을 놀라게 하였다. 대체로 그가 내면에 축적했다가 영화(英華)가 밖으로 드러난 것이 이와 같았다.

정유년(1897, 고종34) 이후로 나는 해도(海島)에 표박하고[330] 군은 사방으로 벼슬살이 하러 다니느라 다시 만날 기약이 없었다. 그런데도 여전히 서신을 끊지 않고 종종 적막한 물가로 안부를 물어주었다. 그 편지 내용은 그다지 자세하지 않았으나 진의(眞意)가 독실하고 진지하여 질장구에 가득 차는 미더움[331]이 있었다. 펼쳐놓고 어루만지며 읽노라니 의연(依然)히 옛날 풍우 속에서 책상을 마주하였을 때와 같았다.

아, 수십 년을 헤어져 사는 동안에 세상의 변고가 많고 인정은 백번 변했으니 옛날 벗에 대한 도리를 다시 따져 물을 수가 없다. 그런데 군만은 그 평소의 마음가짐을 변하지 않았으니 세월이 그 정을 소원하게 하지 못했고 산천이 그 그리움을 이간하지 못했으며 성쇠(盛衰)도 그 뜻을 바꾸어놓지 못하였다. 그의 아우 원유(元有) 군과 함께 선인(先人)의 정의를 서로 권면하면서 세월이 오랠수록 더욱 돈독히 하여 늙음이 닥쳐오는 것도 알지 못하니 어찌 이른바 '오래도록 우정을 변하지 않는 벗'[332]이 아니겠는가?

330 해도(海島)에 표박하고 : 김윤식이 1897년부터 1901년까지 제주도에서 유배생활을 했던 것을 말한다.

331 질장구에 …… 미더움 : 《주역》 〈비괘(比卦) 초육(初六)〉에 "믿음을 둠이 질장구에 가득하면 종말에 다른 길함이 있으리라.〔有孚盈缶 終來有他吉〕" 하였는데, 정이(程頤)의 전(傳)에 "미더움이 가운데에 꽉 차 있으면 비록 다른 사람이라도 모두 감동하여 와서 따를 것이다."라고 하였다.

332 오래도록……벗 : 원문은 내구지붕(耐久之朋)이다. 오래도록 우의를 지키는 벗을 가리킨다. 《구당서(舊唐書)》 권87 〈위현동열전(魏玄同列傳)〉에 "당나라 위현동(魏

군(君)의 회갑이 한 달밖에 남지 않았는데, 나는 까맣게 기억하지 못하고 지내다가 동지 닷새 후에 군의 편지를 받고서야 비로소 알게 되었다. 탄식하기를 "친구는 나를 잊지 않았는데 내가 친구를 저버렸구나."라고 하였다. 내가 다른 사람을 위해 수서(壽序)를 지은 것이 많다. 지금 비록 늙어 정신이 혼몽하지만 어찌 소당(紹堂)의 수연(壽筵)에 축하하는 말 한마디가 없을 수 있겠는가? 병든 몸을 무릅쓰고 초안을 잡아 평소 서로 알고 지낸 정분과 오랠수록 변함없는 우의에 대해 대략 서술하고 직접 써서 봉증(奉贈)하여 세모의 벗을 그리워하는 회포[333]를 위로한다. 세속의 축수(祝壽)와 송복(頌福) 같은 말은 모두 언급할 겨를이 없으니 후일로 미루어 남겨둔다.

玄同)이 배염(裴炎)과 우정을 맺어 시종일관 우정을 지키니, 당시 사람들이 '내구붕'이라고 불렀다.〔玄同素與裴炎結交 能保終始 時人呼爲耐久朋〕"라고 한 데서 나온 말이다.

333 벗을 그리워하는 회포 : 원문은 정운지회(停雲之懷)이다. 벗을 그리워하는 마음을 뜻한다. 도잠(陶潛)이 친우를 생각하며 지은 〈정운(停雲)〉이라는 제목의 사언시에 "뭉게뭉게 제자리에 서 있는 구름이요, 부슬부슬 제때에 내리는 비라.〔靄靄停雲 濛濛時雨〕"라는 표현에서 나온 말이다. 《陶淵明集 卷1》

《박씨존의록》 서

朴氏存疑錄序

신라 시조왕(始祖王)은 신성(神聖)으로 개국(開國)하여 삼성(三姓)[334]이 주고받으면서 천년을 이어왔다. 그 천하를 공변되게 하여 태평한 자취를 연 것은 요순〔唐虞〕보다 훨씬 나았다. 그러나 개화되기 전 어둡고 혼란한 때여서 문자로 기술한 것이 없으니 그 크고 원대한 계책을 후세에서 칭송할 수 없다. 비록 그렇긴 하나 왕의 덕이 크기가 하늘과 같아서 말하지 않아도 믿고 행함이 없어도 교화되어[335] 백성들이 안락하고 사방 이웃나라가 화목하게 지냈다. 그 훌륭한 덕과 지극한 선(善)을 지금까지 잊지 못하니, 어찌 문자를 기다려야 비로소 전해질 수 있겠는가?

단양(丹陽) 선비 박용성(朴鏞成) 군은 왕의 먼 후예이다. 일찍이 후예들이 소원(疏遠)해서 선조의 사적에 대해 어두운 것을 개탄하고 널리 유적을 기록해서 후손들에게 알리려고 생각했다. 그러나 일이 까마득한 옛날에 속하여 문헌을 고증할 수가 없었다. 일찍이 다시 경주에 가서 성궐(城闕)의 유허(遺墟)를 두루 돌아보고 능침(陵寢)의 옛 제도를 깊이 연구하였다. 혹은 옛 노인들의 전언에 의지하고 혹은 시골

334 삼성(三姓) : 박(朴), 석(昔), 김(金) 세 성씨를 가리킨다.

335 행함이 없어도 교화되어 : 원문은 무위이화(無爲而化)이다. 성군(聖君)의 무위지치(無爲之治)를 뜻한다. 《논어》 〈위령공(衛靈公)〉에, 공자가 "함이 없이 다스린 이는 순 임금이실 것이다. 대저 무엇을 하셨으리오? 몸을 공손히 하고 바르게 남면하셨을 뿐이다.〔子曰 無爲而治者 其舜也與 夫何爲哉 恭己正南面而已矣〕"라고 하였다.

사람들의 말을 채집하여 듣는 대로 그때그때 기록하여 그것을 모아서 책을 만들었다.

무오년(1918) 겨울에 경성으로 나를 찾아와서 그가 편찬한《존의록(存疑錄)》1권을 가지고 와서 나에게 보여주며 말했다. "성조(聖祖)의 사실(事實)은 허공의 뜬구름과 같아서 자취를 찾을 수가 없으니 제가 어찌 감히 서술하겠습니까? 이 책에 기재된 것은 오직 옛 도읍지의 유허(遺墟)와 고적(古蹟)에 관한 것일 뿐이나 그래도 그 만분의 일이나마 상상해볼 수 있을 것입니다. 우리 종파(宗派)의 계보를 부록으로 붙여 선대(先代)의 남은 경사를 밝히려고 합니다. 다만 그 가운데 전해 들은 이야기는 대부분 매우 기이하여 불합리한 이야기와 감여(堪輿)[336]와 같이 천박하고 고루한 술법이 많아 다 믿을 수가 없기 때문에 책 제목을 '존의(存疑)'라고 명명하였으니, 이는 후세 사람이 더욱 자세히 바로잡아주기를 기다리고 한편으론 그 근본을 잊지 말게 하려는 것이니 책의 서문을 써주시기를 청합니다. 돌아가서 집에 갈무리해 두려합니다."

나는 군의 조상을 추모하는 정성이 노년에 이르기까지 나태해지지 않은 것을 아름답게 여겨 드디어 서문을 썼다.

336 감여(堪輿) : 집터나 묘지의 형세 또는 그것을 보아서 길흉을 판단하는 일이다.

《난거시초》[337] 서

蘭居詩鈔序

시(詩)라는 것은 사람의 성정(性情)을 감발시키는 것이다. 대저 눈으로 어떤 상황을 만나면 그 느끼는 것이 얕고 마음으로 어떤 상황을 만나면 그 느끼는 것이 깊다. 만약 마음과 눈을 사용하지 않고도 상황 밖으로 초탈할 수 있는 것은 오직 정신이 그것이다. 비유하면 거울이 텅 비고 밝은데 만물이 다가오는 대로 저절로 비춰져서 삼라만상이 그 참모습을 숨길 수 없는 것과 같다. 이것이 정신의 묘함이다. 그 정신을 얻는 것은 시인의 상승(上乘)이니 배워서 될 수 있는 것이 아니다.

난거자(蘭居子)는 어려서 병을 얻어 마침내 시력을 잃었다. 그러나 성품이 총민하고 기억력이 좋아 집안일을 처리함에 조금도 빈틈이 없이 하니 하인들이 감히 속이지 못했다. 매양 사람을 시켜 책을 읽게 하고 그 소리를 듣고서 종신토록 잊지 않았다. 그런 까닭에 문학과 역사에 있어 쓰이기에 충분한 실력을 갖추었다. 그러나 뛰어난 재능을 지니고도 세상에 쓰이지 못함을 스스로 상심하고, 마음 쓸 곳이 없어 오직 시를 읊는 것으로 시름을 달랬다.

337 난거시초(蘭居詩鈔) : 국립중앙도서관에 《난거시고(蘭居詩稿)》 1책(도서번호 BA3643-210)이 필사본으로 전하는데, 같은 사람의 것인지 자세히 알 수 없다. 난거자(蘭居子)라든가, 난거자의 동생에 대해서는 《음청사》나 《속음청사》는 물론, 《운양집》 전체에서도 이 글에 한번 등장하기 때문에 인물을 파악하기 곤란하다.

매양 봄가을 화창한 날씨에 손님이며 벗들과 산에 올라 술 마시고 시 읊으며 즐거워하면서 피곤함을 잊었는데, 시상(詩想)이 샘솟듯 하여 마치 생각도 하지 않는 것 같았다. 산천의 형승(形勝)과 초목의 정화(精華), 인물과 조수(鳥獸)의 변태와 바람에 날리는 꽃잎과 눈 위에 비친 달빛의 아름다운 경치를 극도로 잘 묘사하여 각기 그 참모습과 같았다. 풍격과 기운이 강건하고 성운(聲韻)이 쟁쟁하니, 보는 사람마다 모두 놀라며 탄식하여 신의 도움이 있다고 여겼다. 군이 지은 시편(詩篇)이 매우 많다. 중년 이전에 지은 근체시가 수만 수(首)가 되었는데 불행하게도 화재에 타버렸다. 그런데 그 이후의 속고(續稿)가 또한 그 이전의 수와 서로 비슷하니 어찌 그리 많은가?

군이 죽은 뒤 동생 승지(承旨) 군이 흩어진 원고를 수합해서 산정하여 백에 한두 수만 남겨서 장차 인쇄[338]에 부쳐 오래 전하려고 하였다. 어느 날 그 선본(選本)을 가지고 와서 나에게 보여주고 또 서문을 청하였다. 나는 난거자(蘭居子)와 본래 서로 알지 못하나 평소에 앙모하여 정신적 교유의 정분이 있다. 그 사람은 죽었으나 그 정신은 여기에 남아 있으니 남긴 시편을 어루만지매 오래 사귄 친구인 듯한 감회가 있다. 드디어 졸렬한 재주를 헤아리지 않고 서문을 쓴다.

경신년(1920) 초여름 하순에 청풍(淸風) 김윤식(金允植)은 경성(京城) 봉익동(鳳翼洞) 강설산관(絳雪山館)[339]에서 쓴다.

338 인쇄 : 원문은 수민(手民)이다. 수민은 본래 인쇄할 때 조판(彫版), 혹은 식자(植字) 작업을 하는 인쇄공을 가리키는 말인데, 여기서는 출판의 뜻으로 사용했다.

339 강설산관(絳雪山館) : 서울 종로구 봉익동(鳳翼洞) 시절 김윤식의 당호이다. 《가승(家乘)》의 김윤식 연보에, 1911년 5월에 묘동(廟洞), 즉 봉익동으로 이사하였다고 기록되어 있다.

유긍재[340] 협판 성준 육십 일세 서
兪兢齋協辦 星濬 六十一歲序

경신년(1920) 구월 상순(上旬)은 바로 나의 벗 긍재자(兢齋子)의 회갑일[341]이다. 이때 바람은 맑고 날씨가 화창하며 집안이 단란하였다. 손님들이 자리를 가득 메우고 술동이에는 술이 가득하니 시사(詩社)의 여러 명사들이 시(詩)와 문(文)으로써 축하해 주는 이가 많았다. 나는 늙고 귀가 먹어서 붓을 들고 글을 지어 술잔을 건네며 축하하는 자리에서 소리 높여 읊지 못한다. 그렇지만 또 친구의 은덕에 보답하는 축사를 한마디 하지 않을 수 없다. 생각해보니 나는 세상을 산 지 이미 오래 되었으니 마치 길을 잘 아는 늙은 말과 같아서[342] 인생의

340 유긍재(兪兢齋) : 유성준(兪星濬, 1860~1934)으로, 본관은 기계(杞溪), 호는 긍재로, 유길준(兪吉濬)의 동생이다. 1883년 10월에 일본으로 가 게이오의숙(慶應義塾)에 입학, 1885년에 귀국하여 통리교섭통상사무아문(統理交涉通商事務衙門) 주사, 1891년에는 전운서(轉運署) 사무관, 이후 일본에 왕래하며 여러 관직을 거쳐 1907년에는 내부협판, 법부 법제국장이 되고, 문관전고소위원장을 역임했다. 1907년 12월에는 보성전문학교 교장 신해영(申海永)의 후임으로 제2대 교장이 되었다. 1908년 법전조사국위원, 1910년 충청북도 참여관(參與官), 1926년에 충청남도지사, 1927년에 강원도지사를 역임, 조선물산장려회 1·2대 이사장을 지냈다. 저서로 한국 최초의 《법학통론》(1905)과 국한문 《신약전서》(1916)가 있다.

341 회갑일 : 원문은 주갑호신(周甲弧辰)이다. 주갑은 회갑의 딴 말이며, 호신은 남자의 생일을 가리킨다. 옛 풍습에 아들이 태어나면 세상에 큰 뜻을 펴도록 뽕나무로 활을 만들고 봉초(蓬草)로 화살을 만들어 천지 사방에 쏘았던 데서 나온 말이다. 《禮記 內則》

342 길을……같아서 : 춘추 시대 제(齊)나라의 관중(管仲)과 습붕(隰朋)이 일찍이

화(禍)와 복(福)이 오는 것이 모두 사람이 불러오는 것이고 우연히 이르는 것이 아님을 대충 알고 있다. 그것을 불러오는 것은 무슨 방법이 있는 것인가? 오직 실제〔實〕일 뿐이다.

실제〔實〕라는 것은 신뢰의 증표이며 사물의 시초이자 끝이다. 그런 까닭에 초목은 결실(結實)이 있어야 생식이 번성하고, 오곡(五穀)은 결실이 있어야 한 해의 일을 완성하는 것이다. 만일 그 결실이 없다면 비록 울긋불긋 천만 가지로 곱게 피더라도 한갓 한 때의 영화로움을 빛낼 뿐으로 눈으로 스쳐 지나면 즉시 소멸되고 마는 것이니, 어찌 귀함이 될 수 있겠는가? 사람에 있어서도 역시 그러하다. 자여(子輿 맹자의 자) 씨가 말하기를 "인(仁)의 실제는 어버이를 섬기는 것이 그것이요, 의(義)의 실제는 형에게 순종하는 것이 그것이다. 예(禮)의 실제는 이 두 가지를 절도에 맞게 하고 빛나게 하는 것이 그것이요, 지(智)의 실제는 이 두 가지를 알아서 버리지 않는 것이 그것이요, 악(樂)의 실제는 이 두 가지를 즐거워하는 것이니, 즐거워하면 이러한 마음이 생겨날 것이니, 생겨난다면 이러한 행실을 어찌 그만 둘 수 있겠는가. 그만둘 수 없다면 자신도 모르는 사이에 손으로 춤추고 발로 뛰게 될 것이다."라고 하였으니,[343] 이것은 실제의 극치를 말한 것이다. 더욱 효(孝)와 제(弟)로 근본으로 삼아야 하는 것이니 만약 그 실제가 없다면 인의예지(仁義禮智)가 모두 공허한 말에 속하여 한갓 번거로운 수

환공(桓公)을 수행하여 고죽국(孤竹國)을 정벌했는데 봄에 길을 떠났다가 겨울에 오면서 길을 잃었다. 이에 관중이 "늙은 말의 지혜를 쓸 만하다.〔老馬之智可用也〕" 하고 늙은 말을 풀어 놓아 그 뒤를 따라가다가 마침내 길을 찾게 되었다는 고사에서 나온 말이다. 《韓非子 說林》

343 자여(子輿)……하였으니 : 《맹자》 〈이루 상(離婁上)〉에 나온다.

식과 억지로 꾸며대는 폐단만 불어나게 할 뿐이니, 사람에게 무슨 유익함이 있겠는가?

나는 긍재자가 실제〔實〕를 실천하는 사람임을 안다. 그의 효우(孝友)의 성품은 천부적으로 타고났고, 사랑과 공경은 마음에서 우러난 것이니 겉으로 거짓 꾸민 것이 아니며 추모하는 정성은 노년에 이르러 더욱 돈독하였다. 한평생 말을 함부로 하지 않았고 마음을 속이지 않아서 말을 할 때는 반드시 행동을 돌아보았고 절조가 곧으면서도 세상과 절연(絶緣)하지 않았으며 실사구시(實事求是)[344]하여 구차히 뭔가 하려는 뜻이 없었다. 비록 떠돌며 곤경에 처했을 때라도 마음가짐을 더욱 굳건히 하였고 안과 밖을 깨끗이 하여 하늘과 땅에 부끄러워할 일이 없었다. 그러므로 가깝게는 집안과 고을로부터 멀게는 다른 지역에 이르기까지 이름을 들은 사람은 오직 긍재(兢齋)의 말을 금석(金石)처럼 믿어서 마치 주인(邾人)이 노국(魯國)은 믿지 않으면서 중유(仲由)의 한마디 말은 믿은 것[345]과 같이 하였으니, 실제가 있지 않다면 그와 같을 수 있겠는가?

대저 실제란 것은 이(理)에 순종하는 것이며 덕(德)에 미덥게 하는 것이니, 신명(神明)이 돕는 것이다. 《주역》에 이르기를 "하늘이 도와

344 실사구시(實事求是) : 사실에 의거하여 사물의 진리를 찾는 것을 뜻한다. 《漢書 卷53 河間獻王傳》

345 주인(邾人)이……것 : 《춘추좌씨전》 애공(哀公) 14년 조에, "소주(小邾)의 대부(大夫)인 역(射)이라는 사람이 구역(句繹) 지방을 가지고 노(魯)나라로 도망해 와서 말하기를 '자로로 하여금 와서 나와 함께 서약하게 한다면 내 노나라의 맹서는 요구하지 않겠다.'〔小邾射 以句繹奔魯曰 使季路要我 吾無盟矣〕"라고 했다는 기록에 근거한 말이다.

주는 것은 순종하기 때문이요, 사람이 도와주는 것은 신실하기 때문이다."[346]라고 하였고, 신실함을 실천하며 순종을 생각하면 "하늘이 보우(保佑)해 주시니 길하여 이롭지 않음이 없다."[347]라고 하였으니, 아마도 긍재를 두고 한 말인 듯하다.

어떤 사람이 말했다. "긍재가 일생을 곤궁하게 지냈고 만년에 조금 편안함을 얻었다. 그러나 시대의 어려움을 멀리 내다보고[348] 근심스런 생각으로 마음을 졸여 편안히 즐길 겨를이 없으니, 하늘이 착한 사람에게 보답함이 너무 인색하지 않은가?" 내가 말했다. "고생하면 복을 받고 고생하지 않으면 큰 복을 받을 수 없다. 또 세상의 복은 유한하고 하늘의 복은 무궁한 것이니, 복을 구하는 방법을 긍재는 이미 잘 알고 있을 것이다."

346 하늘이……때문이다 : 《주역》 〈계사전 상(繫辭傳上)〉에 나오는 말이다.

347 하늘이……없다 : 《주역》 〈대유괘(大有卦) 상구(上九)〉에 나오는 말이다.

348 멀리 내다보고 : 원문은 호목(蒿目)이다. 호목은 멀리 바라보며 세상의 환란을 근심한다는 뜻이다. 《장자(莊子)》 〈변무(駢拇)〉에 "지금 세상의 인인(仁人)은 멀리 바라보며 세상의 환란을 근심한다.〔今世之仁人 蒿目而憂世之患〕"라고 한 데서 온 말이다.

월봉정사 서
月峯精舍序

가정에 숙(塾)을 두고 마을에 상(庠)을 두었던 것은 옛날 제도이다.[349] 세상이 쇠퇴하고 도가 미약해져서 학교의 행정이 닦이지 않고 사숙(私塾)에 있어서는 더욱 등한시하여, 수신(修身) · 제가(齊家) · 치국(治國) · 평천하(平天下)의 도가 쇄소(灑掃) · 응대(應對) · 진퇴(進退)의 예절[350]에서 시작됨을 알지 못한다. 만약 시작에서 바르게 하지 않으면 그 끝에 가서 사특하고 편벽되며 방탕한 지경으로 흐르기가 쉽다. 그런 까닭에 《주역》에서 "어렸을 때 바름으로 기른다.[351]" 고 하였으니 어찌 믿지 못하겠는가?

349 가정에……제도이다 : 인구의 비례에 따라 학교를 설치했던 옛 제도이다. 《예기》 〈학기(學記)〉에 "옛날의 교육에는 가(家)에는 숙(塾)을 두고, 당(黨)에는 상(庠)을 두고, 술(術 : 州)에는 서(序)를 두고 나라에는 학(學)을 둔다." 하였는데, 정현(鄭玄)의 주(注)에 "25가(家)가 여(閭)이고, 5백가가 당(黨)이고, 2천 5백가가 술(術)이다." 라고 하였다.

350 쇄소(灑掃)……예절 : 물 뿌리고 쓸며, 응하고 대답하며, 나아가고 물러나는 예절이다. 주희(朱熹)의 〈대학장구서(大學章句序)〉에 "사람이 태어나 8세가 되면, 왕공 이하로부터 서인의 자제에 이르기까지 모두 소학에 입학시켰다. 그리고는 물 뿌리고 쓸며 응하고 대답하며 나아가고 물러나는 예절과 예 · 악 · 사 · 어 · 서 · 수에 관한 글을 그들에게 가르쳤다.〔人生八歲 則自王公以下 至於庶人之子弟 皆入小學 而教之以灑掃應對進退之節 禮樂射御書數之文〕"라는 말이 나온다.

351 어렸을……기른다 : 《주역》 〈몽괘(蒙卦) 단(彖)〉에 "어렸을 때에 올바름으로 기르는 것이 성인의 공부이다.〔蒙養以正 聖功也〕"라고 한 데서 나온 표현이다.

대저 교육의 방법은 오직 스승을 선택하는 데 달려 있다. 비단 학교만 그러한 것이 아니라, 숙사(塾師)는 더욱 신중히 선택해야 한다. 어(語)[352]에 "경서를 가르치는 스승〔經師〕은 만나기 쉬워도 숙사(塾師)[353]는 얻기 어렵다."라고 했으니, 이는 지나친 말이 아니다. 지금의 몽사(蒙師)[354]는 고루(固陋)하고 과문(寡聞)해서 어(魚)와 노(魯)를 분별치 못하는[355] 사람이 많고, 또한 경서의 구두를 떼고 취향의 사정(邪正)을 분변하지[356] 못하니, 어찌 인재를 성취시키기를 바랄 수 있겠는가? 이런 이유로 세상 여론이 "향숙(鄕塾) 때문에 남의 자제를 그르치니 모두 폐지하느니만 못하다."고 한다. 이 또한 통하지 않는 주장이다. 목이 멘다고 밥 먹기를 그만두는 것과 같은 것이니 그렇게 해서 되겠는가? 만일 단정하고 유식한 선비를 얻어서 스승을 삼고, 거듭 학규(學規)를 밝혀서 먼저 그 본령(本領)을 바로잡고, 그런 다음에

352 어(語) : 《후한기(後漢紀)》 권23 〈효령황제기(孝靈皇帝紀)〉에, 위소(魏昭)가 곽태에게 시중을 들겠다고 간청하면서 "경서를 가르치는 스승은 만나기 쉬워도 타인의 모범이 되는 스승을 만나기는 어렵다.〔經師易遇 人師難遭〕"라고 한 말이 보인다.

353 숙사(塾師) : 고을이나 그 고을의 구심점을 이루는 가문에서 '의숙(義塾)' 혹은 '가숙(家塾)'이라 하여 사학(社學)을 창립하여 항상 그곳에 상주하면서 마을의 아동들을 가르칠 수 있도록 모셔오는 스승이다.

354 몽사(蒙師) : 동몽(童蒙), 즉 아동들을 가르치는 스승이다.

355 어(魚)와……못하는 : 원문은 불변어로(不辨魚魯)로, 어(魚) 자와 로(魯) 자는 글자꼴이 서로 비슷하여 틀리기 쉬운 데서 온 말로, 무식함을 지적한 말이다.

356 경서의……분변하지 : 원문은 이경변지(離經辨志)이다. 《예기》 〈학기(學記)〉 주에, "변지(辨志)는 추향(趨向)의 사정(邪正)을 분별하는 것이고 이경(離經)은 경서(經書)의 구두(句讀)를 떼는 것이다."라고 하였고, 주자(朱子)는 "변지는 바로 소득처(所得處)를 말하고 이경은 바로 학(學)을 말한다."라고 하였다.

학과목별 초기 과정으로 교도하여 소학・중학・대학에 이르게 한다면, 장차 막힘없이 진보하여 반드시 유용한 인재를 성취시킬 수 있을 것이다. 비유하면 근원이 있는 물이 구덩이를 가득 채우고는 사해로 흘러가는 것[357]과 같으니 근원이 없다면 그와 같을 수 있겠는가?

이규선(李奎宣) 군은 뜻 있는 선비이다. 항상 근래에 인재가 흥기하지 않는 것이 교육이 마땅함을 잃었기 때문이라고 근심해왔다. 교육의 방법은 반드시 가숙으로부터 시작되는데 자금이 조달되지 않으면 처리할 수가 없다. 이에 종학계(宗學稧)를 새로 만들어 돈을 거두고 이자를 놓아 재물을 저축하니 십여 년 사이에 계(稧)의 재정이 자못 넉넉해졌다. 기묘년(1879) 중춘(仲春, 4월)에 비로소 강당(講堂)을 월봉산(月峰山)[358] 아래에 건립하고 편액을 걸기를 '월봉정사(月峯精舍)'라 하였다. 왼쪽에는 보인재(輔仁齋)를 두고 오른쪽에는 육영당(育英堂)을 두어 장수유식(藏修遊息)[359]하는 장소를 삼고, 현명한 스승을 초빙하여

357 근원이……것 : 맹자가 "근원이 있는 샘물은 위로 퐁퐁 솟아 나와 아래로 흘러내리면서 밤이고 낮이고 멈추는 법이 없어 구덩이를 채우고 난 뒤에 앞으로 나아가 사방의 바다에 이르게 된다.〔源泉混混 不舍晝夜 盈科而後進 放乎四海〕"라고 말한 내용이 《맹자》〈이루 하(離婁下)〉에 나온다.

358 월봉산(月峰山) : 경상남도 거창군 북상면(北上面)과 함양군 서상면(西上面)의 경계에 있는 산이다.

359 장수유식(藏修游息) : 열심히 공부한다는 뜻이다. 《예기》〈학기(學記)〉에 "군자는 학문할 적에 장(藏)하고 수(修)하고 유(游)하고 식(息)한다." 하였는데, 정현(鄭玄)의 주(注)에 "장이란 마음에 항시 학업을 생각함이요, 수란 수습(修習)을 폐하지 않음이요, 유란 일없이 한가하게 노닐 때에도 마음이 학문에 있음이요, 식이란 일을 하다 쉴 때에도 마음이 학문에 있음을 이른 것이니, 군자가 학문에 있어서 잠시도 변함이 없음을 말한다."라고 하였다.

계몽(啓蒙)의 책임을 맡겼다. 가까이는 종족들의 자제로부터 고장 이웃들의 준수한 자제에 이르기까지 모두 입학하게 하여 해가 뜰 무렵에 북을 울려 책보를 펴게 하고[360] 반(班)을 배정해 학과공부를 가르치니 질서정연하여 차례가 있게 되었다. 아마도 보고 느끼는 사이에 추향(趨向)이 바루어질 것이니, 훗날 학교에 진학할 적에 막고 받아들이지 않는 것〔扞格〕에 대한 근심이 저절로 없어질 것이다. 남전향약(藍田鄉約)[361]과 백록강규(白鹿講規)[362]를 한 번의 조치로 두 가지를 다할 수 있게 되었으니 어찌 훌륭한 일이 아니겠는가?

나는 근일의 서당을 폐지해야 한다는 잘못된 논의를 싫어하고 또 이군의 독실한 뜻이 배움을 장려하는 것을 기뻐하여, 그를 위해 그러한 사실을 서술해 학생 여러분에게 힘쓰도록 권면한다.

360 북을……하고 : 원문은 고협(鼓篋)이다. 고협은 북을 쳐서 선비를 모으고 책 상자를 풀어 책을 펴놓게 하는 것을 뜻한다. 《예기》〈학기(學記)〉에 "학궁에 들어와 고협(鼓篋)을 한다."라는 표현이 있다.

361 남전향약(藍田鄉約) : 남전(藍田)에 살던 여씨(呂氏) 4형제 즉 대충(大忠), 대방(大防), 대균(大勻), 대림(大臨)이 같은 고을 사람들과 지키기로 약속한 규약이다. 4형제는 장재(張載)와 정자(程子)에게 배웠다 한다. 《小學 善行》

362 백록강규(白鹿講規) : 백록동서원(白鹿洞書院)의 규약이다. 백록동서원은 송나라 4대 서원의 하나로, 강서성(江西省) 성자현(星子縣)에 있다. 1179년 주희가 남강군 태수(南康軍太守)로 부임하여 예전의 학관을 중수하고, 직접 강학을 하던 곳이다. 그가 여기에 정한 동규(洞規)는 오륜(五倫), 오교(五敎), 수신(修身), 처사(處事), 접물(接物)에 대한 요령을 정해 놓은 것이다.

귀석정 서
龜石亭序

일선군(一善郡)[363] 비봉산(飛鳳山) 밑에 정자가 있으니 귀석정(龜石亭)이라 한다. 높은 멧부리와 무성한 숲이 앞뒤로 비치어 둘러 있고 옥천(玉泉)이 곁에서 솟아나와 못〔沼〕과 시내를 이루었다. 뜰 가에 거북모양의 돌이 있기 때문에 정자 이름을 그렇게 지은 것이니, 박관옥(朴冠玉) 군이 은거하여 소요할 곳이다.

박군은 평소에 장대(壯大)한 뜻을 품어 종각(宗慤)[364]의 풍모를 사모하고 자방(子房)[365]의 떨쳐 일어난 기개를 그리워하였으니 한 지방에서 뒤웅박처럼 매여 지내는 것을 즐거워하지 않았다. 일찍이 남쪽으로는 오송강(吳淞江)[366]을 건넜고, 서쪽으로는 요동과 만주를 유람했는데 덫과 함정에 여러 차례 걸려들어 구속되는 재액(災厄)을 당하였다.

363 일선군(一善郡) : 지금의 경상북도 선산군(善山郡)이다. 고려시대까지는 '일선'으로 불리다가 조선조에 '선산'으로 개칭되었다.

364 종각(宗慤) : 남양(南陽)사람으로, 자는 원간(元幹)이며, 남조(南朝) 송(宋)의 좌위장군(左衛將軍)이다. 종각이 소년 시절에 자신의 뜻을 이야기하면서 "장풍을 타고서 만리의 파도를 깨부수고 싶다.〔願乘長風破萬里浪〕"라고 했다는 고사가 유명하다. 《宋書 卷76 宗慤列傳》

365 자방(子房) : 장량(張良, 기원전 250~기원전 186)으로, 자는 자방이다. 한(漢) 고조(高祖)의 명신으로 그를 도와 천하를 통일하였다. 뒤에 유후(留侯)에 봉해졌으나 은거 생활을 하였다.

366 오송강(吳淞江) : 중국 강소성(江蘇省)에 있는 강이다. 남강(南江)·송릉강(松陵江) 등의 다른 이름도 있다.

얼마 있다가 속세의 그물[367]을 헤쳐 나와 고향 정원에서 한가로이 지내고 있다. 산수가 좋은 한적하고 외진 곳을 택해 그윽한 정자를 지으려 하니 몸소 밭 갈아 어버이를 봉양하려는 것이다. 산에서 나물 캐고 물에서 고기 낚으면 맛있는 음식을 봉양할 수 있고 산에 올라 휘파람 불고 시를 읊조리면 세상 근심을 잊을 수 있다.

정자가 완공된 뒤에 나에게 글을 구하므로 그를 위해 기문(記文)을 짓는다. 대저 선비가 이 세상에 태어나 마땅히 힘써야 할 것은 충과 효뿐이다. 지금 자네는 나아가 나라에 충성하고자 하였으나 그 뜻을 얻지 못하였고 장차 물러나 어버이에게 효도하여 그 봉양을 극진히 하려하니, 나아가고 물러남에 평소 자신의 뜻을 저버리지 않았다. 지금 여기서 무엇을 더 구하겠는가? 비록 그러하나 자네는 앞길이 아직 창창하다. 옛날에 자장(子長)[368]은 남쪽을 유람하고서 《사기(史記)》를 저술했고, 강총(江摠)[369]은 귀국한 뒤에도 검은 머리가 여전히 새로 났다. 그대는 나이가 아직 젊고 재주가 훌륭한데 어찌 끝내 이 정자에서 늙겠는가?

367 속세의 그물 : 원문은 진망(塵網)이다. 인간 세상에 살면서 여러 가지 속박을 받는 것이 마치 물고기가 그물에 걸려 있는 것과 같다는 데에서 나온 말로, 일반적으로 속세를 비유적으로 표현할 때에 사용한다.

368 자장(子長) : 사마천(司馬遷, 기원전 145~기원전 87)으로, 자는 자장이다. 그는 태사령(太史令)·중서령(中書令)의 벼슬을 지냈고, 《사기(史記)》 130권을 저술하였다. 20세 때부터 남쪽의 회계(會稽)와 우혈(禹穴)과 구의(九疑)로부터 북쪽의 문수(汶水)와 사수(泗水)에 이르기까지 중국 각지를 거의 빠짐없이 종횡무진 유력(遊歷)하면서 비범한 기상을 길러 두었기 때문에, 마침내 《사기》라는 불후의 명작을 남기게 되었다는 고사가 전한다.

369 강총(江摠) : 남조(南朝) 진(陳) 때의 시인으로 벼슬은 상서령(尙書令)에 이르렀다. 그는 32세 때에 난리를 피해 그로부터 14, 5년 동안을 외국에 떠돌아다니다가 45세가 되어서야 조정(朝廷)에 돌아왔는데, 그때까지도 머리가 아직 검었다고 한다.

《석암시초》 서

石庵詩草序

면천(沔川)에 사는 박종헌(朴宗憲)의 호(號)가 석암(石庵)이다.

내가 일찍이 면양(沔陽)에 귀양살이할 적에 영탑사(靈塔寺)[370]에서 우거(寓居)하였다. 그 고을에 박씨(朴氏) 형제가 있었는데 때때로 와서 글자를 묻곤 했다. 두 사람은 모두 어린 나이에 학문에 뜻을 두고 법도와 규율에 따라 행하여 법가(法家)나 불사(拂士)[371]의 풍모가 있었다. 석암(石庵)은 성품이 침착하고 과묵하여 말이 적어서 온종일 멍청한 사람 같았다. 그러나 정신과 기백을 내면에 온축하고 있어 스스로 은연중에 날로 진보하는 훌륭한 면이 있었다. 그 아우는 총명하고 묻기를 좋아하며 문장과 사상이 볼만하고 민첩하였으니, 형제 모두 쉽게 볼 수 없는 재사(才士)였다. 영탑사를 떠난 뒤로 풍파에 서로 헤어져 수십 년이 흘렀다. 지난날의 끊임없이 서로 찾았던 일을 다시 할 수 없고 석암(石庵)은 이미 고인(古人)이 되었다. 밤에 달빛

370 영탑사(靈塔寺) : 충청남도 당진군 면천면(沔川面) 성하리 상왕산(象王山)에 있는 절이다. 대한불교조계종 제7교구 본사인 수덕사의 말사이다. 통일신라 말기 도선국사(道詵國師)가 창건하였다. 1887년 5월에 김윤식은 민비(閔妃)의 미움을 받아 면천군(沔川郡)에 유배되어 1893년 2월에 향리(鄕里)로 방송(放送)되었다. 그때 영탑사에서 5년간 머물다가 절 아래 화정리(花井里)로 옮겨 거처하였다. 그 무렵의 시를 《면양행음집(沔陽行吟集)》으로 남겼다.

371 불사(拂士) : 임금을 정도(正道)로써 보필하는 현사(賢士)로, 필사(弼士)라고도 한다.

이 빈 들보에 비치면 문득 그의 약관시절 모습을 떠올리니, 아직도 눈에 삼삼하여 슬픈 마음을 금할 수 없다.

신유년(1921) 여름, 청단군(靑丹君)[372]이 그 형의 유사(遺事) 및 시고(詩稿)를 가지고 와서 내게 보여주며 말했다.

"이것은 작고한 형이 남긴 원고입니다. 차마 그대로 사라지게 할 수 없어 약간 권(卷)을 거두어 모아서 후손들에게 보여주려고 하니 공(公)께서 부디 한 말씀하시어 서문을 써 주시기 바랍니다."

내가 받아서 읽어보니, 그가 집에 있을 때의 행실은 한결 같이 부친의 가르침을 따라서 삼가하며 분수를 지키고 몸가짐을 조심하고 행실을 도탑게 하였으니 모두 후손들의 모범이 될 만하였다. 시(詩)는 아우와 책상을 마주하고 읊은 것이 많았는데 형제간에 주고받은 것으로 남이 알아주기를 구하지 않고 그 천륜의 취미를 즐긴 것이니, 그 타고난 성품이 충막(沖漠)[373]한데다 마음속에 외모(外慕)[374]를 끊었기 때문일 것이다. 만년에는 더욱 시사(時事)에 관해 듣기를 싫어하였고 총명과 지혜를 버리고 깊이 은둔하여 세상에 드러내지 않았다. 매양 감회가 일어나면 오직 시로써 표현했으나 또한 원망하고 비방하는 말과 꾸미고 장식하는 태도가 없고 그의 천취(天趣)를 표현하면 저절로 시인의 돈후(敦厚)한 취지에 부합되었으니 조예가 깊은 것을 알 수 있다.

372 청단군(靑丹君) : 석암(石庵) 박종헌(朴宗憲)의 동생 박종열(朴宗烈)을 가리킨다. 청단은 그의 호인 것으로 보인다.

373 충막(沖漠) : 텅 비고 고요하여 아무 것도 없는 듯하지만 사실은 본연의 모든 것이 갖춰져 있는 상태를 의미한다.

374 외모(外慕) : 부귀공명을 사모하는 마음이다.

들으니 군(君)이 평소에 나의 글을 매우 좋아했다고 하는데, 나의 재주는 모두 비단을 돌려주어서[375] 다시 옛날과 같은 정신이나 사고가 없음을 어찌 알겠는가? 지금 억지로 서문[376]을 지으려 함에 평소에 서로 알고지낸 정분을 저버림이 없겠는가? 드디어 병을 무릅쓰고 서문을 쓴다.

(옮긴이 이지양)

375 비단을 돌려주어서 : 원문은 환금(還錦)이다. 문재(文才)가 이제 바닥이 났다는 뜻의 겸사(謙辭)이다. 남조(南朝)의 문장가 강엄(江淹)이 꿈속에서 장경양(張景陽)에게 비단을 돌려준 뒤로는 글 짓는 실력이 날로 퇴보하였다는 고사가 전한다. 《南史 卷59 江淹列傳》

376 서문 : 원문은 현안(玄晏)이다. 현안은 진(晉)나라 황보밀(皇甫謐)의 호(號)이다. 진나라의 좌사(左思)가 10년 동안 구상하여 〈삼도부(三都賦)〉를 지었는데, 황보밀이 서문을 써서 칭찬을 하자 부자와 귀족들이 서로 다투어 베끼는 바람에 낙양의 종이값이 일시에 폭등했다는 고사가 전한다. 이후 다른 사람의 글을 귀하게 만드는 서문을 가리키는 말로 사용한다. 《晉書 卷92 文苑列傳 左思》

운양속집

제3권

기 記
찬 贊
서 書
서후제사 書後題辭

기 記

환선정 백련사기

喚仙亭白蓮社記

순천(順天) 읍치(邑治) 동쪽에 환선정(喚仙亭)이라는 정자가 있다. 이 정자는 우리나라 초기의 읍지(邑誌)에 실려 있는데, 명승으로 호남에서 손꼽혔다고 한다. 정자 좌측으로 한 줄기 맑은 강이 물결을 출렁거리며 흐르는데, 배도 띄울 수 있고 헤엄도 칠 수 있어서 늘 양반네들과 남녀가 노니는 장소가 되었기에 작은 서호(西湖)[1]라고 불렸다. 다만 십 리에 펼쳐진 연꽃[2]이 그윽한 아치를 돋우지 못하는 것이 아쉬웠다. 계축년(1853, 철종4) 여름에 흰 연꽃 수십 송이가 홀연 물속에서 솟아났는데, 천연의 아름다운 꽃이 난만히 피어나 맑은 향기가 사방으로 풍겼다. 원근에서 찾아온 구경꾼들 중에 이를 기이하게 여기면서 불교에 대한 신심(信心)을 일으키지 않는 이가 없었다. 조계

1 서호(西湖) : 중국 절강성 항주(杭州)에 있는 호수 이름이다. 예로부터 명승지로 유명하다.

2 십 리에 펼쳐진 연꽃 : 남송(南宋) 때에 유영(柳泳)이 항주의 풍경을 읊은 사(詞)의 처음에 "가을 내 피어있는 계화, 십리에 펼쳐진 연꽃.〔三秋桂子十里荷花〕"이라는 구절이 있다.

산(曹溪山)의 금봉 화상(錦峯和尙)[3]이 석장(錫杖)을 짚고 찾아와 감상한 뒤 이곳에 불지(佛地)의 인연이 있음을 알고는 군수에게 청하여 정사(亭舍)를 짓고, 뜻을 함께한 승려 및 일반인들과 백련사(白蓮社)를 결성했다. 대개 여산(廬山)의 옛일[4]을 따른 것이다. 일찍이 《연사고현전(蓮社高賢傳)》[5]을 보니 사영운(謝靈運)[6]이 여산에서 원공(遠公)[7]을 한 번 배알하더니 대(臺)를 쌓고 불경을 번역하고 또 연못을 파 흰 연꽃을 심은 다음 원공 및 여러 현인들과 더불어 정토종(淨土宗)을 닦았는데, 이로부터 여산의 연사(蓮社)는 천고의 이름난 고적이 되었다고 한다. 지금에 와서 보자면 동일한 연사이지만 한쪽은 사

3 금봉 화상(錦峯和尙) : 전남 승주군 조계산 선암사에 주석했던 승려 금봉 기림(錦峯基林, 1869~1916)을 말한다.

4 여산(廬山)의 옛일 : 진(晉)나라 혜원 법사(慧遠法師)가 여산에 동림사(東林寺)를 창건하고 혜영(惠永), 혜지(惠持), 유유민(劉遺民), 뇌차종(雷次宗) 등과 함께 백련사(白蓮社)를 결성하여 불도에 정진했다.

5 연사고현전(蓮社高賢傳) : 원제목은 《동림십팔고승전(東林十八高賢傳)》으로, 저자는 미상이다. 북송(北宋) 희령(熙寧) 연간(1068~1077)에 진순유(陳舜兪)의 교정을 거쳐 1권으로 간행되었다.

6 사영운(謝靈運) : 385~433. 절강(浙江) 회계(會稽) 사람이며, 자는 선명(宣明), 봉호는 강락공(康樂公)이다. 남북조 시대 송(宋)나라의 시인이다. 강남의 명문에서 태어나 여러 벼슬을 지냈으나 정무를 돌보지 않았다 하여 사형을 당했다. 그는 종래의 서정(抒情)을 주로 하는 중국 문화 사상에 산수시의 길을 열었다 하여 산수 시인(山水詩人)으로 일컬어진다. 문집 《사강락집(謝康樂集)》이 있다.

7 원공(遠公) : 혜원 법사(慧遠法師, 334~416)로, 집안은 본래 안문(雁門) 누번(樓煩)인데, 대주(代州)에서 태어났고 속성은 가(賈)이다. 처음에는 유가(儒家)와 노장(老莊)을 배웠으나, 나중에 출가하여 여산 동림사를 창건하고 불도에 정진했다. 특히 중국의 정토종을 창립한 초조(初祖)이기도 하다.

람이 만든 것이고 한쪽은 천연의 것이라 서로 같지 않다. 강락(康樂)[8]이 이처럼 솟아나온 백련의 이적(異蹟)을 보았다면 반드시 기뻐하며 찬탄했을 것이다. 일찍이 없었던 일이 일어난 것이니, 그 신령함이 준 아름다운 징조가 어찌 인공으로 직접 심은 것에 비할 수 있겠는가? 갑인년(1914) 가을에 금봉 화상이 경성으로 놀러왔다가, 내가 이 정자와 동향(桐鄕)[9]의 숙연이 있다고 여겨 나의 집에 방문하여 기(記)를 써 달라고 청했다. 다만 나는 재능이 열등하여 혜업문인(慧業文人)[10]도 못 되고, 불경에 대해 평소에 연구한 바도 없어서 오묘한 연꽃의 뜻을 깨달을 수 없는 터라, 일단 그 이적을 기록하여 돌려보낸다.

8 강락(康樂) : 사영운의 봉호이다.

9 동향(桐鄕) : 중국 안휘성 동성현(桐城縣) 북쪽에 있었던 옛 지명이다. 《한서(漢書)》 권89 〈순리전(循吏傳) 주읍(朱邑)〉에 보면, 한나라 때 주읍이라는 이가 동향의 관리가 되어 선정을 베풀어 동향 백성들에게 사랑을 받았는데, 임종 시에 자손들에게 유언하기를, 동향에 묻어 달라고 하였다. 여기서는 주읍이 동향에서 지방관을 한 것처럼 김윤식도 일찍이 호남에서 지방관을 역임한 인연이 있음을 비유한 말이다.

10 혜업문인(慧業文人) : 천부적인 문재를 지니고 문자로 업연(業緣)을 맺은 사람을 말한다. 《송서(宋書)》 권67 〈사영운열전(謝靈運列傳)〉에 "득도하려면 모름지기 혜업문인이어야 하니, 난 것은 영운보다 앞이겠지만 성불은 분명 영운보다 뒤일 것이다.〔得道應須慧業文人 生天當在靈運前 成佛必在靈運後〕"라고 한 데서 비롯되었다.

문회당 중수기 병진년(1904, 광무8)
文會堂重修記 丙辰

현인에게 남겨진 집이 있는 것은 나라에 교목(喬木)[11]이 있는 것과 같으니, 성대하게 만민의 우러르는 바가 되어 사람들이 그 명성을 앙모한다. 이에 성명한 왕과 어진 제후들이 반드시 찾아가 예를 올리나니, 일국의 모범이 되는 존재인 것이다. 경성의 서부(西部) 사직동(社稷洞)에 1무(畝)의 집이 있는데, 고(故) 문간공(文簡公) 봉서(鳳棲) 유 선생(兪先生)[12]께서 지팡이 짚고 한가히 노닐던 곳이다. 선생께서는 일찍이 도를 품은 선비로서 시골에서 분발하여 노력하면 명성이야 높고 훌륭해지겠지만 세상에는 아무런 보탬이 되지 못하고 그저 자기 몸만 깨끗이 할 뿐이라 여기시고는, 연곡(輦轂) 아래[13]에서 도를 강론하셨다. 그러나 도학으로써 자부하지 않고 글로 사람들을 접하고 이끌었기에 후생들이 그 집 문미에 문회당(文會堂)이라는

11 교목(喬木) : 여러 세대에 걸쳐서 크게 자란 나무로서 여러 대에 경상(卿相)를 배출한 명가를 비유한다. 《맹자》〈양혜왕 하(梁惠王下)〉에 "이른바 고국이란 교목이 있음을 말한 것이 아니요 세신이 있음을 말한 것입니다.〔所謂故國者 非謂有喬木之謂也 有世臣之謂也〕"라고 한 데서 나온 말이다.

12 유 선생(兪先生) : 유신환(兪莘煥, 1801~1859)으로, 본관은 기계(杞溪), 자는 경형(景衡), 호는 봉서(鳳棲)이다. 주자학자로서 윤병정(尹秉鼎), 서응순(徐應淳), 김윤식(金允植), 윤치조(尹致祖) 등 많은 제자를 길러냈으며, 학문적으로는 이기신화론(理氣神化論)을 주장하였다.

13 연곡(輦轂) 아래 : 황제의 수레 아래, 즉 경성(京城)을 말한다.

편액을 걸었다. 한 시대의 어진 사대부들이 그 문하에서 많이 배출되어 경전을 강론하고 의리를 탐색하니, 직하(稷下)의 문풍(文風)이 이에 성대해졌다. 그러나 선생께서 돌아가시고 나니 문도들이 여기저기 흩어져버렸으며, 60년간 도성이건 변읍(邊邑)이건 강송하는 소리가 끊기고, 유자들은 돌아갈 곳을 잃고 말았다. 당(堂)도 여러 번 주인이 바뀌었는데, 무너지고 부서져도 수리하지 않았다. 하지만 얼마나 다행인지 유림의 공의(公議)가 아직 민멸되지 않아서, 서로 돈을 추렴하여 집을 사들이고 재목을 갖추어 수선한 끝에 형문(衡門)이며 평상이며, 당시 노닐고 휴식하던 자취를 고스란히 드러냈다. 아! 무이(武夷)의 도가(櫂歌)[14]는 비록 그쳤으나 강산의 문채는 여전히 남아 있으니, 후생들이 우러러 사모하며 감흥을 일으킬 바가 곧 여기에 있지 않겠는가? 옛날 고려의 최 문헌공(崔文憲公)[15]은 도학으로써 우리 유학을 앞장서 일으키고 후진을 가르쳐 깨우치셨다. 당시 조적(朝籍)에 오른 자들은 모두 문헌공의 문도라고 칭했다. 후인들이 유택(遺宅)의 터에 비석을 세워서 경모하는 마음을 담았는데 지금까지도 송경(松京)의 고사로 전한다. 우리 선생께서 깨우쳐주시고 이끌어주

14 무이(武夷)의 도가(櫂歌) : 무이는 중국 복건성(福建省) 숭안현(崇安縣) 남쪽에 있는 산 이름이다. '도가'는 '도가(棹歌)'라고도 하는데, 뱃노래라는 뜻이다. 송나라 주희(朱熹)는 무이산을 유람하며 〈무이구곡가(武夷九曲歌)〉를 지었는데, 이 도가는 주희를 존숭하는 조선의 학자들 사이에서 크게 유행하였다.

15 최 문헌공(崔文憲公) : 최충(崔沖, 984~1068)으로, 본관은 해주(海州), 자는 호연(浩然), 호는 성재(惺齋)·월포(月圃)·방회재(放晦齋), 시호는 문헌이다. 구재학당(九齋學堂)을 세워 유학을 보급하고 인재를 양성함으로써 문교(文敎)의 진흥과 사학(私學) 발전에 크게 공헌하여 해동공자(海東孔子)로 불렸다.

신 공이 문헌공보다 못하지 않으며, 거주하셨던 유택이라면 옛 터에 비할 바 아닐 터, 때에 맞춰 온전히 수리하여 현인의 자취가 사라지지 않게 함으로써 문헌공의 유비(遺碑)와 나란히 후세에 전해지게 하는 것이 마땅하지 않겠는가? 이에 뜻있는 인사들이 힘을 합하여 찬성한 것이니, 우리 도가 굳건히 뿌리내리게 하는 데에 일조하는 일인 것이다. 공사가 이미 끝나고 그 일을 기록하려고 할 때, 지난날 공손하게 이 당에 올랐던 사람들 중에 살아남은 자는 오직 우리 한두 명의 늙은 문생들뿐인지라 중지를 모아 나에게 편지를 보내왔기에 감히 병들어 쇠약하다는 말로 사양하지 못하고 기를 짓는다.

진양 강씨 효열정려각기

晉陽姜氏孝烈旌閭閣記

융희(隆熙)[16] 3년(1909) 1월에 어가가 남쪽을 순행하다 잠시 마산항(馬山港)에 머물었는데, 남다른 행실이 있는 효열을 널리 찾아오라고 명하셨다. 이에 경남 관찰사(慶南觀察使) 황철(黃鐵)[17]이 진주(晉州)의 고(故) 감찰(監察) 김준섭(金俊燮)의 처 강씨(姜氏)의 효열을 아뢰었다. 임금께서는 그 아름다운 행실을 가상히 여기시고서 행재소(行在所)[18]로 불러 만나신 후, 돈과 비단을 상으로 내리셨다. 또 많은 선비들의 청을 굽어 따르시어 거듭 정려(旌閭)의 전례를 내리셨으니, 실로 전에 없었던 특별한 예우였다. 작설(綽楔)[19]이 세워지자 그 아들 김기태(金琪邰)가 문미에 걸어 둘 글을 마련하려고, 행장(行狀)을 갖추어 와서 나에게 부탁했다. 생각건대 예로부터 전적(典籍)에 실린 효열의 기록은 이루 다 헤아릴 수 없지만 〈백주(栢舟)〉의 자서(自誓)[20]나 의환(義桓)의 정문(旌門)[21] 같은 것은 실로 어려운 일이다.

16 융희(隆熙) : 순종(純宗)의 연호(1907～1910)이다.

17 황철(黃鐵) : 1864～1930. 본관은 창원(昌原), 자는 야조(冶祖), 호는 어문(魚門)・무명각주(無名閣主)이다. 강원도 관찰사와 경상도 관찰사 등을 지냈다.

18 행재소(行在所) : 임금이 궁궐을 떠나 머무는 장소를 말한다.

19 작설(綽楔) : 정문 양쪽에 세워서 효의(孝義)를 표창하는 나무 기둥이다.

20 백주(柏舟)의 자서(自誓) : 〈백주〉는 《시경》의 편명이다. 남편을 잃은 아내가 절개를 지키기를 스스로 맹세한 내용이다.

21 의환(義桓)의 정문(旌門) : 의환은 후한(後漢) 패군(沛郡) 사람 유장경(劉長卿)

《예기(禮記)》에 "한번 함께하면 죽을 때까지 바꾸지 않기 때문에 남편이 죽어도 재가하지 않는다"[22]라고 했으니, 부인이 정절을 지키면 길하고 한 지아비를 따라야 하는 것[23]은 예(禮)인 것이다. 성이 무너져 가슴 부여잡고 발을 구르는 때[24]를 당하여 죽기를 맹세하여 목숨을 맡기고, 한뜻으로 남편을 따라 죽는 것은 참으로 열부의 행실이요 정절의 품성이다. 비록 그러하나, 시부모가 당(堂)에 계신데 봉양할 사람이 없고 자녀가 무릎에 있는데 양육을 맡길 데가 없다면, 슬픈 감정을 억누른 채 어른에게 효도하고 아비 잃은 자식을 사랑하는 것이 의리의 권형(權衡)인 것이다. 장숙(莊叔)이 약으로 시어머니를 구한 것[25]과 노씨(盧氏)의 송백 같은 충심과 절개[26]는 모두 천고에 뚜렷

의 처 환씨(桓氏)이다. 5살 난 아들을 두고 남편이 세상을 떠나자, 스스로 자신의 귀를 잘라버리고 정절을 지키기로 맹세하고 실천하여 나라에서 '행의환리(行義桓嫠)'라고 쓴 정문(旌門)의 표창을 내리고, 현에서 제사를 올리게 했다. 《後漢書 卷84 烈女傳 劉長卿妻》

22 한번……않는다 : 《예기(禮記)》 〈교특생(郊特牲)〉에 나오는 구절이다.

23 부인이……것 : 《주역》 〈항괘(恒卦) 상(象)〉에 나온다.

24 성이……때 : 남편이 죽자 아내가 가슴을 치고 땅에 구르며 슬퍼하는 것을 말한다. 춘추 시대 제(齊)나라 사람 기량(杞梁)이 전사하자, 그의 아내가 시체를 얻어 성 아래에서 10일 동안을 섧게 우니 성이 무너졌다[崩城]는 고사에서 유래한 말이다. 《春秋左氏傳 襄公23年》

25 장숙(莊叔)이……것 : 장숙은 당나라 기양장숙공주(岐陽莊淑公主, 799~837)이다. 헌종(憲宗)의 11번째 딸로 재상 두우(杜佑)의 손자 두종(杜悰)에게 시집을 갔는데, 검약하고 시부모를 극진히 모셨다고 한다. 또 시어머니가 병에 걸렸을 때 손수 약을 올려서 낫게 했다고 한다. 《新唐書 卷83 諸帝公主》

26 노씨(盧氏)의……절개 : 노씨는 수(隋)나라 원무광(元務光)의 어머니 범양 노씨(范陽盧氏)이다. 《수서(隋書)》 권80 〈열녀열전(烈女列傳) 원무광모(元務光母)〉에

이 드러나 있다. 이는 열부란 참으로 어렵지만 효(孝)와 열(烈)을 겸비하기란 더욱 어렵기 때문이리라. 아! 강씨는 절개와 효행을 겸비했다고 할 만하다. 남편이 병들자 약으로 살리고 지키고자 갖은 수를 다 썼고, 구제하지 못하게 되자 닷새 동안 식음을 전폐하였으니, 남편을 따라 죽으려는 뜻이 굳었던 것이다. 그러나 결국 시어머니의 눈물 어린 타이름에 마음을 돌리고 깨달아 죽을 마음을 참고, 살아서 악점(堊苫)[27]에서 삼년상을 마쳤으니, 그 아름다운 행실은 옛날의 열부에게 비춰 부끄러움이 없다. 시어머니가 이질에 걸려서 위독했을 때에는 대변을 맛보아 병세를 살피고, 한밤중에 하늘에 기도하여 끝내 쾌차의 기쁨을 얻었다. 그러니 시어머니가 일흔까지 강건하신 것이 효부의 정성스러운 효도 덕분이 아닌 줄 어찌 알겠는가. 지금 그 가정에 화목이 넘치고, 자손이 번성하니, 강씨가 누리는 복 또한 후하다 하겠다. 하늘이 착한 이에게 보답을 베푼다는 것을 나는 강씨에게서 징험하였다.

"인수(仁壽) 말(末)에 한왕(漢王) 량(諒)이 군사를 일으켜 반란했는데, 장수 기량(綦良)을 파견하여 산동(山東)을 점령하게 했다. 기량은 원무광(元務光)을 기실(記室)로 삼았다. 기량이 패하자, 자주 자사(慈州刺史) 상관정(上官政)이 원무광의 집을 조사하다가 노씨를 보고 반하여 겁탈하려고 했다. 노씨가 죽음으로써 스스로 맹서하니, 상관정은 사람됨이 흉한(凶悍)해서 몹시 노하여 그 몸을 횃불로 태웠다. 노씨는 뜻을 굽히지 않고 더욱 굳게 지켜 끝내 절개를 굽히지 않았다."라고 하였다.

27 악점(堊苫) : 상복을 입은 자가 지내는 거실이다.

울산향교 중수기
蔚山鄕校重修記

우리나라는 유교로써 나라를 세웠는데, 향교(鄕校)는 유교가 보존되어있는 곳이다. 위로는 성현의 도를 존숭하고, 아래로는 생민의 기강을 세우니, 안으로는 국도(國都)로부터 밖으로는 여러 읍에 이르기까지 향교를 세우지 않은 곳이 없다. 전당과 복도와 향청과 재실의 제도 및 조두보궤(俎豆簠簋)[28]의 법식은 모두 옛날의 모범을 본받아 그 성대함이 볼 만하다. 여기서 마음을 쏟아 학습하고 노닐고 휴식하며, 여기서 어진 사람과 재능 있는 이가 흥기하니 왕정(王政)에서 실로 폐지할 수 없는 곳이다. 그러나 교학의 도가 쇠퇴한 이후로 각지의 학궁(學宮)은 황폐해진 채 수리하지 않고, 봄가을의 이정(二丁)의 제사[29]도 더 이상 지난 날의 성대한 의식만 같지 않으니, 탄식을 금할 길 없다. 울산(蔚山)의 신사(紳士) 김진수(金振守)[30] 군은 뜻을 지니고 선을 행하기 좋아하는 사람이다. 그는 본군(本郡) 교임(校任)으로

28 조두보궤(俎豆簠簋) : 여러 제기(祭器)들이다. 조는 희생을 올려두는 작은 소반이나 도마 모양이고, 두는 위는 반구형이고 아래는 납작하게 퍼진 다리가 있다. 보는 기장이나 쌀을 담는 안은 둥글고 바깥은 네모난 제기이고, 궤는 기장이나 쌀을 담는 안이 네모나고 바깥은 둥근 제기이다.

29 이정(二丁)의 제사 : 음력 2월과 8월 첫 번째 정일(丁日)에 공자(孔子)에게 올리는 제사이다.

30 김진수(金振守) : 자세한 인적 사항은 미상이며, 경남 울산의 유지로서 1915년 그의 외손 고기철(高基鐵)과 각각 2만금과 1만금을 내어 향교를 중수하였다고 한다.

서 여러 해 동안 업무를 봐왔는데, 향교가 무너진 모습과 황량한 광경을 보고는 마음속으로 개탄했다. 그러나 향교의 재정이 부족하여 수리할 비용을 마련할 길이 없었다. 마침내 스스로 감당하기로 결심하고 몸소 경영을 맡아 천금도 아끼지 않더니, 공사한 지 여러 달 만에 완공하였다. 그의 마음은 도를 존숭하고 성인을 사모하는 데서 나온 것이지 향당(鄕黨)의 명예 때문은 아니었다. 사람마다 이런 마음을 지닐 수 있다면, 어찌 우리 유학에 있어 다행한 일이 아니겠는가? 이는 군(君) 생전의 일이며 군의 택상(宅相)[31] 고기철(高基鐵)이 실제로 그 일을 맡았다. 지금 군은 이미 세상을 떠났지만, 고군은 차마 외조부의 위대한 업적이 민멸되게 할 수 없어서 서쪽으로 서울을 찾아와 나에게 글을 부탁해 기(記)로 삼고자 했다. 내가 늙어서 붓을 잡을 수 없다고 사양했더니 고군이 말하기를 "공께선 태학에서 먼저 모범을 세우는 지위에 계시는 데다가 사림들이 우러러보는 바입니다. 백성을 권면하고 학교를 일으키는 일은 집집마다 깨우쳐 말해 줄 수 없지만, 한 사람을 장려하여 천백 사람을 권면할 수 있다면 어찌 그만둘 수 있겠습니까?"라고 했다. 나는 그 말에 감동하여 그 대강을 들어서 기록한다.

31 택상(宅相) : 외손을 말한다. 진(晉)나라 위서(魏舒)가 어려서 외가인 영씨(寧氏) 집에서 자랐는데, 그 집터의 미래를 점친 자[相宅者]가 '장차 귀한 외손(外孫)이 나오게 될 것'이라고 한 예언대로 위서가 나중에 사도(司徒)의 지위에 올랐다는 고사에서 비롯되어, 상택(相宅) 혹은 택상이 외손의 뜻으로 쓰이게 되었다. 《晉書 卷41 魏舒列傳》

약사암 중건기
藥師庵重建記

옛날에 서석산(瑞石山)[32]에 작은 암자가 하나 있었는데, 이름이 약사암(藥師庵)[33]이다. 언제 창건되었는지 알 수 없으나, 지금은 부서진 집 몇 칸만이 남았고 찾아오는 이도 없다. 학산 선사(鶴傘禪師)[34]는 젊어서 사방 유람하기를 좋아하여 명산 고찰(古刹)에 발자취가 두루 미쳤다. 이윽고 중생 제도에 지쳐서[35] 조용히 쉴 만한 궁벽한 장소를 얻어 편히 앉아서 도를 닦으려고 생각하던 차에, 약사암 옛 터를 보고는 흔연히 마음에 들어 "여기라면 노년을 마칠 만하다."라고 말하고는 마침내 그곳에 머물렀다.[36] 군(郡)의 신사(紳士)와 원근의 시주들 중 선사의 풍모를 사모하는 자들이 다투어 재물을 바쳐 약사암 건

32 서석산(瑞石山) : 광주(光州) 무등산(無等山)의 옛 이름이다.

33 약사암(藥師庵) : 광주광역시 동구 운림동 무등산에 있는 절로, 통일신라 시대의 석조여래좌상이 보물 제600호로 지정되어 있다.

34 학산 선사(鶴傘禪師) : 함명 태선(涵溟 太先, 1824~1902)이 지은 〈무진주 무등산 원효암중수상량문(武珍州無等山元曉庵重修上樑文)〉에 의하면 1894년 학산 대사(鶴傘大師)가 관청에 호소하여 100금의 재력을 시주받고 고을의 유지들의 도움으로 사찰(元曉寺)을 중건하였다는 기록이 있다.

35 중생 제도에 지쳐서 : 원문의 '진량(津梁)'은 중생을 제도(濟渡)함을 비유한다. 《세설신어(世說新語)》 〈언어(言語)〉에 "유공(庾公)이 일찍이 불도(佛圖)를 들여왔는데 와불(臥佛)을 보고 말하기를 '이 부처는 진량에 피곤했구나'라고 했다"고 했다.

36 머물렀다 : 원문의 '탁석(卓錫)'은 석장(錫杖)을 꽂는 것으로, 승려가 머무는 것을 말한다.

축 비용을 도왔다. 이에 기와 조각과 자갈을 쓸어 제거하고 다시 기초를 다지니, 새 날개처럼 날아갈 듯한 용마루며 길게 울려 퍼지는 종소리 풍경소리며, 의젓한 한 구역의 사찰이 되었다. 마침내 암자의 공사가 끝나자 선사께서 내게 청하여 글을 써 기록하게 하고 이를 산중의 고실(故實)로 전하려고 했다. 내가 말하기를 "지난 날 경신년(1860, 철종11) 가을에 서석산을 유람한 적이 있는데, 그 꼭대기에 올라가서 이백(李白)의 시 〈낙안봉(落鴈峯)〉[37]을 큰 소리로 읊고는 산중의 장관이 여기에 다 있다고 여겼습니다. 하지만 여전히 약사암이 어디 있는지 몰랐는데, 지금 60년 후에야 비로소 그 이름을 들었고 또 우리 선사께서 차지하셨습니다. 사물이 드러나고 감춰지는 것과 땅이 참 주인을 만나고 만나지 못하는 것은 각각 그 때가 있습니다. 이로부터 암자의 이름이 이 나라에 알려질 것이니, 이 어찌 땅이 사람으로 인해 드러나는 것 아니겠습니까?"라고 하였다.

암자에서 바라본 경치에 대해서는 내가 상세하게 말할 길 없지만, 삼황봉(三皇峯)[38]의 소탈하고 깨끗하고 맑고 탁 트인 모습과 입석대(立石臺)와 광석대(廣石臺)의 빼어나고 우뚝한 모습은 지금도 눈앞에 삼삼한 게 잊혀지지 않는다. 암자가 그 사이에 있다니, 분명 온갖 아름다움을 다 끌어 모아 온 산의 승경을 독차지하고 있을 것이다. 내가 지금 기를 지으니, 초당(草堂)의 신령들이여, 부디 낯선 사람이라고 내치지 말기를!

37 낙안봉(落鴈峯) : 섬서성 화산(華山)의 남봉(南峰)이다. 《화산지(華山志)》에 "이백(李白)이 낙안봉에 올라 말하기를 '이 봉우리가 가장 높은데 호흡하는 기가 상제(上帝)의 좌석에 닿을 것 같다. 사조(謝脁)의 경인시(驚人詩)를 가져오지 못한 것이 한스러운데, 머리 긁적이며 푸른 하늘에 물어볼 뿐이다'라고 했다"고 했다.

38 삼황봉(三皇峯) : 무등산의 천황봉(天皇峰), 지황봉(地皇峰), 인황봉(人皇峰)이다.

효사재기
孝思齋記

옛날에는 조상에게 제사를 올리고 귀신을 섬기는 예절을 사당에서 담당했지 분묘에서 담당하지 않았다. 후세에 사당의 제도가 갖추어지지 않아서 효자의 마음을 다 표현할 수 없고, 또 조묘(祧廟)[39]의 기제사를 분묘의 뜰에서 거행하게 되면서 분묘의 암자가 생겨났다. 제기를 보관하고 제사를 수행하고 종족을 모았으니, 조상을 존숭하고 종족을 공경하는 뜻이 실로 여기 깃들어 있다. 사당의 터는 이따금 훼손되지만 분묘의 암자는 항상 남아 있으니, 그 중함이 집안의 사당보다 더해 폐지할 수 없는 것이다. 양주(楊州)의 김씨 마을은 우리 김씨 여러 세대의 묘지가 있는 고을이다. 옛날에는 분묘의 암자에서 계절 제사를 공설하였기에 민간에서는 제청(祭廳)이라 불렀다. 제사에 참석하러 온 사방의 종친들이 이곳에 머물렀는데, 항렬과 나이의 서열을 정하고 친애를 강화하고 화목을 닦으면 온 당(堂) 안에 온화한 기운이 가득 찼다. 그러나 세월이 오래되어 용마루와 집이 무너져 내리고 비바람조차 막지 못하게 되어, 매번 향사(享祀) 때를 만나면 일에 구차함이 많았다. 헌관(獻官) 이하는 기숙할 곳도 없어서 체통이 서질 않아 항상 개탄해 왔다. 정사년(1857, 철종8) 겨울, 여러 종친들이 산 아래 모여 다시 수리하기로 계획하고, 각자 금액을 기부하여 목재와 기와를 갖추고 날짜를 택해 공사를 시작했다. 종친 유광

39 조묘(祧廟) : 원조(遠祖)를 합사(合祀)하는 사당이다.

(裕光)과 유승(裕承)이 실제 공사를 맡아 이듬해 무오년(1858, 철종 9)에 끝마쳐 건물이 그럭저럭 완성되었는데, 비록 건물에 장대함이나 화려함은 없었지만 우리의 정수가 집약된 곳이어서 절로 견고한 터전을 이루었다. 마침내 원(元)나라 사람 우집(虞集)이 지은 장씨(張氏) 묘정(墓亭)의 명칭[40]을 취하여 효사재(孝思齋)라 편액을 달았다. 또 사실을 기록하여 묘청 벽에 걸어 후세의 자손들에게 보이니, 아마도 조상을 그리워하는 마음 잊지 않고 당구(堂構)[41]의 뜻에 힘쓸 수 있을 것이다.

40 우집(虞集)이……명칭 : 우집(1272~1348)은 원나라 인수(仁壽)사람으로, 자는 백생(伯生), 호는 도원(道園)·소암선생(邵庵先生)이다. 국자감 조교(國子監助教)·박사(博士), 한림대제(翰林待制), 규장각 대서학사(奎章閣侍書學士) 등을 지냈다. 시로써 원나라 4대가라고 평가된다. 우집의 《도원학고록(道園學古錄)》에 〈효사정기(孝思亭記)〉가 있는데 일평(茌平)의 장씨 3형제가 세운 묘정인 효사정에 기문을 쓴 것이다.

41 당구(堂構) : 아버지의 사업을 아들이 이어 받음을 말한다. 《서경》〈대고(大誥)〉의 "아버지가 집을 지으려고 모든 방법을 강구해 놓았는데 아들이 집터를 닦으려고도 하지 않는다면, 나아가 집을 얽어 만들 수가 있겠는가.〔若考作室 既底法 厥子乃不肯堂矧肯構〕"라는 말에서 유래한 것이다.

영사각기
永思閣記

운봉군(雲峯郡)[42] 동쪽 취암(鷲巖) 기슭에 마렵봉(馬鬣封)[43]이 있다. 고(故) 통정대부(通政大夫) 경주(慶州) 김결(金潔) 공(公)이 묻힌 곳이다. 김씨의 계통은 신라에서 나왔다. 공의 9대조 충한(冲漢)은 호가 수은(樹隱)이고, 7대조는 우찬성(右贊成) 종직(從直)이며, 조부 복(輻)은 호가 완서정(翫逝亭)이고, 부친은 통정대부 정근(廷謹)이다. 9대조 아래로 용성(龍城)에서 대대로 살았는데, 공에 이르러 비로소 운봉군으로 옮겨 살았다. 그 후 후손이 번성하여 마침내 한 군(郡)의 큰 문벌이 되었다. 그러나 종족들이 모두 청빈하여 묘정(墓庭)에 힘을 쏟을 수 없었고 해마다 한 번 올리는 제사마저도 음식을 풍성히 올리지 못하였기에 이를 늘 안타깝게 여겼다.

공의 10세손 전 원외랑(員外郎) 김기태(金琪部)는 평소 효성스럽고 우애 있고 화목하고 신임이 있어서[44] 고을에서 칭송을 받았다. 그의 조상을 받드는 정성은 천성에서 나왔다. 그가 일찍이 탄식하며 말하기를 "우리 종족이 창성한 것은 실로 조상들이 쌓아놓은 경사로부터 비롯

42 운봉군(雲峯郡) : 전북 남원 옆에 있는 지명이다.

43 마렵봉(馬鬣封) : 분묘 봉토(封土)의 한 형태로, 말의 목덜미 같은 모양의 무덤을 지칭한다.

44 효성스럽고……있어서 : 효도, 우애, 친족 화목, 외척 친목, 친구의 믿음, 구휼〔孝友睦姻任恤〕을 육행(六行)이라 부른다.

된 것인데, 어찌 세대가 멀어졌다고 하여 그 근본을 잊을 수 있겠는가?" 라고 했다. 이에 힘껏 경영하고 마련한 뒤, 묘소의 길을 닦고 석상을 안치하는 의례와 시절마다 제사 올리는 물자들을 차례로 정리하니 갖추어지지 않은 것이 없었다. 기미년(1919) 봄에 또 많은 돈을 내어서 재각(齋閣)을 세웠는데, 여러 종족들도 그 정성에 감동하여 자재(資材)를 모으는 데 힘을 합쳐 비용에 보탰다. 공의 7세손 김창선(金昌先)이 실제 그 일을 맡았는데, 무릇 7개월 만에 날아갈 듯한 건물이 완성되었다. 건물은 정교하고 규모는 크게 탁 트였으며 소나무와 잣나무 사이로 은근히 모습이 비추이니, 이곳에서 가곡(歌哭)[45]할 만하고 이곳에서 종족을 모을 만하여 제아무리 찬송에 능한 장로(張老)[46]라도 더 보탤 바가 없을 정도다. 경신년(1920) 여름에 김씨 문중의 여러 종족들이 장차 사실을 취해 문미에 편액을 걸고 이를 후진들에게 내보이고자, 나에게 글을 지어 기록해 달라고 요청했다. 나는 원외(員外) 군이 부유하면서도 예(禮)를 좋아하는 사람임을 안다. 먼 조상을 추념하고 근본에 보답함이 아득히 10대까지 미치고, 수백 년 동안 미처 하지 못했던

45 가곡(歌哭) : 신령에게 노래하고 곡(哭)을 하는 것이다. 《주례》 〈춘관종백(春官宗伯)〉에 "나라에 큰 재앙이 있으니 노래와 곡을 하기를 청합니다.〔凡邦之大烖 歌哭而請〕"라고 하였는데, 정현의 주(注)에 "노래하는 자가 있고, 곡을 하는 자가 있는 것은 슬픔으로써 신령을 감동시키고자 한 것이다.〔有歌者 有哭者 冀以悲哀感神靈也〕"라고 하였다.

46 장로(張老) : 춘추 시대 진(晉)나라 대부(大夫) 장맹(張孟)의 다른 이름이다. 《예기》 〈단궁 하(檀弓下)〉에 "진나라 헌문자(獻文子)가 궁실을 완성하자, 진나라 대부가 발표했다. 장로(張老)가 '아름답도다! 높고 크구나! 아름답도다! 건물이 많구나! 여기에서 노래할 수 있고, 여기에서 곡(哭)을 할 수 있고, 여기에 종족을 모을 수 있네.'라고 했다."라고 하였다.

일을 거행하는 것이 어찌 어렵지 않겠는가? 김창선(金昌先)은 일을 맡아서 처음부터 끝까지 태만하지 않고 공사를 마쳤으니, 모두 후인들의 모범이 되고 장래에 끝도 없는 복을 불러올 것이다. 마침내 기를 짓는다.

원모정기
遠慕亭記

서석산(瑞石山)은 아득히 드넓게 휘감아 솟아 올라 우뚝하니 광주(光州)의 진산(鎭山)이 되었다. 예로부터 이름난 이들과 통달한 선비들이 이 고을에서 많이 배출되었는데, 가까운 옛날로 거슬러 살펴보면 재략이 뛰어난 금남(錦南)[47]과 충성스럽고 용맹한 석저(石底)[48]가 모두 한미한 처지에서 떨쳐 일어나 후세에 명성을 드리웠다. 이른바 '땅이 신령스러우면 호걸이 난다'[49]는 말이 참으로 그렇지 아니한가? 듣자니 정씨(鄭氏)의 선조인 휘(諱) ○○[50]가 진주(晉州)에서 이곳으로 호적을 옮기고 서석산 아래 터를 잡아 집을 지었는데, 이곳에 분묘가 있다고 한다. 후손들이 번성하여서 해마다 제사가 끊어지지 않는다. 지금 정씨의 여러 종족들이 함께 계획하여 냇가에 정자를 세우

47 금남(錦南) : 정충신(鄭忠信, 1576~1636)으로, 본관은 광주(光州), 자는 가행(可行), 호는 만운(晩雲), 봉호는 금남이다. 조선 중기의 무신으로 북방 여진족에 대해 항상 경계하고 방비할 것을 주장했으며, 지략과 덕을 갖춘 명장으로 명성이 높았다. 이괄의 난 때 공을 세워서 금남군(錦南君)으로 봉해졌다.

48 석저(石底) : 김덕령(金德齡, 1567~1596)으로, 본관은 광산(光山), 자는 경수(景樹), 시호는 충장(忠壯), 광주(光州) 석저촌(石低村) 출신으로 임진왜란 때 공을 세웠지만 모함으로 인해 죽임을 당했다.

49 땅이……난다 : 인물의 걸출함은 대개 땅의 영수(靈秀)한 기운으로 인한다는 것으로, 광주의 신령한 땅 기운이 걸출한 인물을 배출하는 근본이 되었음을 말한다.

50 ○○ : 저본에 두 글자가 빠져 있는데, 고의로 뺀 것인지 잘못하여 누락된 것인지는 확실치 않다.

고 원모정(遠慕亭)이라 편액을 달았다. 아마도 선조의 덕을 잊지 않고 효성의 뜻을 바치려는 것이리라. 그들이 사람 편에 내게 기문을 부탁해왔다.

나는 지난 경신년(1860, 철종11) 가을에 호남을 유람하면서 서석산 삼황봉(三皇峯)에 오른 적이 있었는데, 시원한 바람 아득히 흘러가는 구름에 가슴이 맑게 확 트이면서 회고의 상념에 젖어들었다. 내 탄식하여 말하기를 "이 산의 맑은 기운은 고금에 다를 바 없으니 여기 분명 광황 이인(光黃異人)[51]이 있었을 터인데 지금 만나볼 수는 없는 것인가?"라고 하면서 한참을 서성였다. 그게 지금으로부터 61년 전의 일인데, 정씨의 정자 기문이 내 손에서 나오게 되었으니, 이제야 비로소 알겠구나! 지난날 만나 보기를 소원했던 사람이 바로 이 사람이 아니었을까. 어렴풋한 중에 미리 정해진 듯하니 참으로 우연이 아니다. 오랜

51 광황 이인(光黃異人) : 광황은 중국 광주(光州)와 황주(黃州) 일대를 말한다. 소식(蘇軾)의 〈방산자전(方山子傳)〉에 "방산자는 광주 황주 지역의 은자이다.……나는 광주 황주 지역에 이인(異人)이 많다고 들었는데 종종 거짓 미친 채하고 남루한 의복을 걸치고 있어서 만나 볼 수 없었다. 방산자는 혹시 그들을 만났던 것인가?〔方山子光黃間隱人也……余聞光黃間多異人 往往陽狂垢汙 不可得而見 方山子儻見之與〕"라고 했다. 방산자는 송나라 진조(陳慥)인데 자는 계상(季常)이다. 만년에 광주 황주 일대의 기하(岐下)에 은거했다. 소식(蘇軾)이 봉상첨판(鳳翔簽判)으로 있을 때 그와 서로 알았다. 또 광황 이인으로서 유명한 은사(隱士)인 장감자(張憨子)가 있다. 그는 뚱뚱하고 바보스럽게 생겼으나 매우 총명하여 천문지리며 유불도 및 병법에 모두 밝았다. 홀로 구라산(九螺山) 연하동(烟霞洞)에 은거했다. 소식이 황주로 귀양 가 기정(歧亭)에 갔을 때 그의 기운이 범상치 않은 것을 보고 그를 관부로 불렀는데, 그 또한 흔연히 약속에 응해 서로 만났다. 그러나 끝내 한 마디 말도 하지 않다가 홀연 떠나 버렸다. 장감자가 세상을 떠난 후에 기정의 명사 주유거(周維柜)가 구라산으로 찾아가 보았더니 바위에 그가 새긴 시 한 수만 적혀 있었다고 한다.

뒤에도 잊지 않고, 선조 사모하는 정성을 정자에 기탁하였다면 그 자손이 많고도 어질다는 것을 알 수 있다. 자손이 많고 어질다는 것으로 미루어 보면 그 선조가 쌓았을 덕 또한 알 만하다. 이 산에 영(靈)이 있다면 반드시 덕을 지닌 가문에 아름다움을 모아 주었을 터인데, 그것이 혹 정씨 가문 아닐까?

영신재 중수기
永新齋重修記

인재를 교육함에 학교보다 좋은 것이 없고 아이들을 교육하는 효과는 사숙(私塾)보다 적절한 것이 없다. 사숙은 지금의 이른바 서당이다. 옛날의 이름난 이들과 통달한 선비들은 모두 서당을 통해 나왔으니 서당을 어찌 소홀히 여길 수 있겠는가? 만약 어진 스승을 얻어 그들이 성심껏 가르치고 지식을 열어 주고 또 나아갈 방향을 바로잡아 준다면, 훗날 학교에서의 업무는 일이 반으로 줄되 효과는 분명 배가 될 것이다.

장흥군(長興郡) 내동리(內洞里) 두봉산(斗峯山) 아래 옛날에 서당 하나가 있었는데, 이름이 영신재(永新齋)다. 누가 세웠는지는 알 수 없으나, 50년의 오랜 세월을 겪으면서 집의 마룻대와 추녀가 무너지려 하고 비바람도 막지 못하는 터라, 총명한 어린아이들이 고협(鼓篋)[52]할 장소가 없는 것을 식자들이 늘 근심하며 탄식해 왔다. 사문(斯文) 김익철(金益喆)은 경전과 예법을 대대로 전해온 집안 출신이다. 자제들이 학업하지 못하게 된 것을 근심하다가 수리할 방도를 앞장서 의론하니, 마을의 벼슬아치와 부로(父老)들이 모두 찬성하였다. 재목을 모으고 공인을 찾아 완전히 새로운 모습으로 거듭나니, 이에 형창설옥(螢窓雪屋)[53]에서 글 읽는 소리가 들렸다. 저들이 다투어 과정(課程)을 따라가

52 고협(鼓篋) : 북을 쳐서 책 상자를 열게 하는 것으로, 옛날 입학 때 치렀던 일종의 의식이었다.

며 혹여 남보다 뒤쳐질세라 두려워하니, 그 성취를 헤아릴 길 없다.

공사가 이윽고 끝난 후 김군(金君)이 한성으로 나를 방문하여 벽에 걸어 두고자 하니 이에 대한 기(記)를 지어 달라고 청했다. 내가 말하기를 "훌륭하지 아니한가. 지금 논자들은 서당의 교육규정이 그저 옛날의 진부한 습속이나 지켜서 계발하는 방도에 무익하므로 차라리 폐지함만 못하다고 여기는데, 이 또한 고루하고 막힌 논의이다. 지금 학교가 있는 곳이 몹시 적은데 서당을 모두 폐지한다면, 배움을 원하는 생도들이 학업에 전념할[54] 길이 없어져 매일 몽매한 중에 놀며 어리석게 방탕을 일삼으면서 세월을 헛되이 보낼 것이니 어찌 애석하지 않겠는가? 기존의 이름을 그대로 두고 신학문을 참조한다면 또한 안 될 것이 없는데, 왜 꼭 다 없애고야 말려고 하는가. 오직 좋은 스승이 어떻게 가르치느냐에 달려 있을 뿐이다."라고 하였다. 김군은 우리 종족 중의 빼어난 인재다. 나는 그에게 학문을 장려하는 공이 있음을 가상하게 여겨 이 글을 지어서 권면한다.

53 형창설옥(螢窓雪屋) : 어려운 환경에서 힘써 면학함을 뜻한다. 진(晉)나라 차윤(車胤)은 가난하여 수십 마리 반딧불을 비단주머니에 넣어서 그 빛으로 독서하였고, 손강(孫康)은 눈에 반사된 달빛으로 독서했다고 한 데서 유래한 고사이다.

54 학업에 전념할 : 원문의 '장수(藏修)'는 《예기》 〈학기(學記)〉에서 나왔다. "군자는 학업에 있어, 품고 닦고 쉬고 노니는 것이다.〔君子之於學也 藏焉 脩焉 息焉 游焉〕"라는 글에 있는데, 정현(鄭玄)은 주를 달아 "장은 뜻을 품는 것이고, 수는 학업을 익히는 것이다.〔藏 謂懷抱之 脩 習也〕"라고 하였다.

창녕 조씨 삼강 유적기

昌寧曺氏三綱遺蹟記

사람에게 삼강(三綱)이 있는 것은 하늘에 해와 달과 별의 삼광(三光)이 있는 것과 같다. 삼광이 어둡고 흐릿하면 천지가 막히고 만물이 질서를 잃는다. 삼강이 무너져 느슨해지면 사람의 기강이 문란해져서 모두 금수의 영역으로 떨어지고 만다. 그러니 현명한 왕이 다스릴 때 반드시 인륜의 상도(常道)를 세우는 것을 급선무로 삼은 것은 참으로 까닭이 있는 것이다.

호남 나주(羅州) 고을에 창녕 조씨(昌寧曺氏)의 삼강 유적(三綱遺蹟)이 있다. 나는 그 실기(實紀)를 읽은 적이 있는데, 한 가문 네 사람의 절개가 찬란하게 이어졌으니 얼마나 성대한가? 지난날 선조(宣祖) 임진왜란 당시, 송암(松庵) 조언수(曺彦壽) 공은 포의로서 떨치고 일어나서 대중을 고무시켜 군사를 모집했다. 나중에 조중봉(趙重峰)[55] 선생과 함께 금산(錦山) 전투에서 순국하여, 포상으로 아경(亞卿)에 추증되고 곧 맹부(盟府)[56]에 공훈이 실렸다. 공의 아들 참봉(參奉) 조성복(曺成福)의 부인인 숙부인(淑夫人) 문화 유씨(文化柳氏)는 남편이 병들자 손가락을 자르고 넓적다리를 베었으며, 남편이 죽자 맹세하

55 조중봉(趙重峰) : 조헌(趙憲, 1544~1592)으로, 본관은 배천(白川)이며, 자는 여식(汝式), 호는 중봉·후율(後栗), 시호는 문열(文烈)이다. 이이(李珥)·성혼(成渾)의 문인으로 임진왜란 때 의병장으로 금산 전투에서 순국했다.

56 맹부(盟府) : 충훈부(忠勳府)의 다른 이름이다.

여 스스로 절개를 지켰다. 자식을 가르쳐서 가정을 이루게 하고, 죽은 남편의 뜻을 이루었기에 정려(旌閭)의 포상을 받기에 이르렀다. 부인의 아들 통정(通政) 순악(舜岳)은 효성을 다하여 어머니를 봉양했는데, 효행에 감응하여 물고기를 얻는 이적(異蹟)[57]이 일어날 정도였기에 고을 사람들은 아직도 그 일을 칭송한다. 순악의 아들 후건(厚建) 또한 효로 이름났다. 삼년 동안 시묘살이를 하는데, 호랑이가 와서 지켜주었다. 어사가 포상을 내려주십사 아뢰어준 덕에 특별히 동몽교관(童蒙教官)에 임명되었다. 이로써 조씨 집안에는 정려문이 이어져 백 년 동안이나 전해졌으며, 또한 향리의 모범이 되었다.

후에 무신년(1908, 융희1) 난리를 당하여 온 마을이 불타면서 정려문 또한 불속에 사라져 버리니, 종족과 향당이 모두 상심해하며 안타까워했다. 13년이 지난 경진년(1920)에 모여서, 옛 터에 누각을 세우고 잊지 않고자 하는 뜻을 내보이자고 계획하였다. 그해 가을, 공의 11세손 규완(圭浣)이 보따리를 짊어지고 상경하여 내게 글을 지어 기록해 달라고 부탁했으니, 그 일을 중히 여겼기 때문이다. 나는 병들고 늙어 오래도록 필연(筆硯)을 멀리해 왔었다. 그러나 이 일만은 윤상에 관계된 터라, 감히 늙고 병듦을 이유로 사양할 수 없기에, 마침내 그 일을 대략 기록하고서 가지고 돌아가 문미에 걸도록 한다.

57 물고기를 얻는 이적(異蹟) : 진(晉)나라 왕상(王祥)이 겨울철에 모친이 물고기를 먹고 싶어 하자 얼어붙은 강으로 가서 얼음을 깨고 물고기를 잡으려고 했는데, 얼음이 절로 녹고 그 안에서 산 잉어가 뛰어나왔다고 한다.

구운서실기
龜雲書室記

가락왕(駕洛王)[58]은 옛날의 신령한 성인이다. 홍몽(鴻濛)[59]을 처음 열고 구간(九干)[60]의 수령과 사국(四國)[61]의 스승이 되었으며, 경사를 넓히고 복을 길러서 크고 원대한 가르침을 남겼다. 그 자손의 번성함으로 말하자면 거의 한 나라의 반을 차지할 정도이다. 김종한(金鍾漢) 군은 그 후손 중 한 명이다. 군은 젊은 나이에 학문에 뜻을 두어 경서와 역사에 대한 지식이 풍부했다. 자신의 서재에 구운(龜雲)이라 편액을 달았는데, 이는 왕이 막 탄생할 적에 구봉(龜峯)[62]의 구름의 기운이 신이했기에 그렇게 이름 붙여 근본을 잊지 않고자 한 것이다.

숭산(崇山)의 큰 바위는 반드시 구름의 기운을 잉태하는데, 부촌(膚寸)[63]에서 올라서 널리 육합(六合)[64]에 가득해 진다. 바야흐로 그것이

58 가락왕(駕洛王) : 김수로(金首露)로, 김해 김씨의 시조이다.

59 홍몽(鴻濛) : 우주가 형성되기 전의 혼돈상태를 말한다.

60 구간(九干) : 《삼국유사(三國遺事)》에 나오는 가야국(伽倻國) 초기의 아홉 추장(酋長)으로, 곧 아도간(我刀干)·여도간(汝刀干)·피도간(彼刀干)·오도간(五刀干)·유수간(留水干)·유천간(留天干)·신천간(神天干)·오천간(五天干)·신귀간(神鬼干)이다. 나중에 김수로왕(金首露王)에 의해 통합(統合)되었다고 한다.

61 사국(四國) : 고구려, 신라, 백제, 가야를 말한다.

62 구봉(龜峯) : 경남 김해시 구산동에 있는 구지봉(龜旨峰)으로, 김수로왕의 탄생지라고 한다.

63 부촌(膚寸) : 매우 작은 단위로, 극소량을 상징한다. 《춘추공양전(春秋公羊傳)》

산골짜기에서 나와 천하에 두루 퍼질 때면, 종종 기이한 봉우리와 가파른 바위처럼 현란하고 상서로운 오색구름이 높이 치솟아 숭산의 모습을 형상화하곤 한다. 이에 보는 자들은 그것이 강 구름, 들 구름, 연못의 구름이 아니고 숭산의 구름임을 안다.

지금은 왕의 시대로부터 2천 년이 지났다. 비록 전형은 아득히 멀어졌지만 그 후손들 가운데 군과 같은 자가 있어 힘써 배우고 스스로를 세우며 탁한 세상에서 고아하게 훨훨 날아다니고 있어 영지(靈芝)와 예천(醴泉)에 남다른 근원이 있음을 알겠거니와, 구봉의 구름은 실로 징험이 있구나![65] 김군이 나에게 장차 문미에 걸겠다며 기문을 지어달라 청했다. 나는 그 뜻을 가상히 여겨 힘써 선조의 덕을 권면하고 적어서 그에게 보낸다.

희공(僖公) 31년 조에서 '큰 비구름도 산에서 발생하는 작은 구름 기운이 모여서 만들어지는 것'이라고 설명한 데서부터 아주 적은 양의 구름 기운을 가리키게 되었다.

64 육합(六合) : 천지와 사방, 곧 우주 전체를 말한다.

65 영지(靈芝)와……있구나 : 영지는 특별한 약용 식물이고 예천은 특이하고 좋은 샘물이다. 여기서는 훌륭한 물건은 역시 훌륭한 근원에서 나온다는 말로, 김군의 훌륭함이 실로 훌륭한 조상으로부터 나온 것임을 가리킨다. 구봉의 구름의 비유는, 구봉에서 유래한 구름은 그 형상이 구봉의 훌륭함을 방불케 하는 것처럼, 김군의 훌륭함이 그 뿌리가 되는 조상의 훌륭함을 방불케 한다는 의미이다.

신안 주씨 효열기

新安朱氏孝烈記

나는 늙었는지라 문을 걸어 닫고 고질병을 다스리며 세상일에 간여하지 않은 지 오래다. 하루는 북청(北靑)의 사인(士人) 전병종(全秉鍾) 군이 행장을 안고 와서 그의 선조모(先祖母) 주씨(朱氏)의 원통함을 밝혀 주기를 요청했다. 그의 모습은 마치 편치 않은 듯 근심을 띠고 있었으며, 입으로 우물쭈물 거리면서 할 말을 다하지 못했다. 내 이를 이상히 여겨 그가 가져온 글을 읽어 보았더니, 무릇 십 수 폭이었는데 모두 전씨의 친족과 군(郡)의 이름 난 인사들이 부인의 효열을 칭찬하고 모함 당한 원통함을 증빙하는 것들이었다.

예로부터 밝혀지기 어려운 깊은 원통함 중에 규방의 일 만한 것이 없다. 주씨의 평소 행실과 남편 임종 시에 처신한 의리를 살펴보니, 고요(皐陶)[66]의 숙문(淑問)[67]을 기다리지 않아도 그 흑백을 변별할 수 있었다. 주씨는 신안(新安) 사람이고, 고(故) 사인(士人) 전단룡(全瑞龍)의 처이다. 어려서부터 현숙함과 효성으로 향리에서 알려졌으며, 과부가 되어 시부모를 봉양하면서는 정성과 공경을 다하여 망부의 뜻을 이루어 주었으니 효도라고 할 만하지 않겠는가? 그러나 졸지에 이웃의 말 많은 종족 아낙에게 모함을 당했는데, 끝도 없는 날조한 모함이 마치 화려한 비단무늬마냥 펼쳐졌다.[68] 그 시동생 서봉(瑞鳳)이 그

66 고요(皐陶) : 요(堯)의 신하로 옥사(獄事)를 잘 다스렸다고 한다.

67 숙문(淑問) : 심판(審判)을 잘하는 것이다.

말을 편파적으로 믿고 큰 형수를 쫓아내니, 억울해도 호소할 곳이 없었다. 그러나 위아래 집안 사람들과 친척 및 이웃들이 모두 나서 결백을 입증해 주고 원통함을 말해 주었다. 원통함이 생전에 이미 밝혀졌으니 죽을 이유가 없었지만, 부인은 속으로 "남의 부인이 되어서 이런 오명을 쓰고도 죽지 않는다면 스스로를 밝힐 길이 없다."라고 생각하고는 마침내 조용히 목을 매 약한 풀에 앉은 가벼운 먼지를 털어버렸다.[69] 이는 아녀자의 가벼운 죽음을 태산같이 값어치 있는 죽음과 나란히 한 것이니,[70] 이 어찌 열렬한 대장부의 행동이 아니겠는가? 그의 곧고 의연한 혼백이 오랫동안 흩어지지 아니하고 종종 집안 사람들의 꿈에 나타나서 선악에 따라 화복을 준다고 하니, 밝은 신이 아니고서야 이와 같을 수가 있겠는가? 살아서는 효열을 이루고 죽어서는 밝은 신이 되었으니 여인의 사적(史蹟)으로 기록되어 빛날 만하다. 한때 무고 당한 것이야 다시 말할 필요 있겠는가?

비록 그렇지만 저 무고한 사람은 본디 말할 것도 없다 해도, 무고를

68 화려한……펼쳐졌다 : 교묘하게 참언하는 것을 말한다. 처비는 화문(花紋)이 섞인 모양으로 《시경》 〈항백(巷伯)〉에 "아름다운 화문으로 이 자개무늬 비단을 이루도다. 저 남을 참소하는 자는 또한 너무 심하도다.〔萋兮斐兮 成是貝錦 彼譖人者 亦已大甚〕"라고 하였다. 이로부터 처비는 주로 참언을 비유하게 되었다.

69 약한……털어버렸다 : 황보밀(皇甫謐)의 《열녀전(列女傳)》에 "인생이란 연약한 풀에 서린 가벼운 먼지 같은 것이다.〔人生世間 如輕塵棲弱草耳〕"라는 표현이 있다. 여기서는 주인공의 과감한 자결을 가리킨다.

70 이는……것이니 : 사마천(司馬遷)의 〈보임소경서(報任少卿書)〉의 "사람은 실로 한 번의 죽음을 갖지만, 혹은 태산보다 무겁고 혹은 홍모보다 가벼우니 그 어떻게 쓰기를 어떻게 하느냐에 따라 다른 것이다.〔人固有一死 或重於泰山 或輕於鴻毛 用之所趨異也〕"라고 한 데서 유래한 말이다.

믿은 서봉은 곧 병종의 생조(生祖)[71]여서 병종의 입장에서 부인의 원통함을 씻어 주고 싶었으나 차마 생조의 허물을 밝힐 수가 없었을 터이니, 그처럼 우물쭈물 하면서 말하기 어려워했던 것도 당연하다. 바라건대 그대가 변명할 필요도 없이 한 시대 사림(士林)의 공의(公議)가 절로 있으리니, 어찌 자손들이 변별하여 밝혀내기를 기다리겠는가? 아! 옛날 성대한 시대였다면 마땅히 정려의 은전이 내려와 명성을 세우고 향리의 본보기가 되게 하였을 것이나, 이제는 다시 볼 수 없으니 어찌 안타깝지 않으리오.

71 생조(生祖) : 양자 나간 사람의 본래 조부를 이른다.

찬 贊

공부자 화상 찬

孔夫子畫像贊

일본인으로 호가 지데키사이(自適齋)인 가노 슈메 나오노부(狩野主馬尙信)[72]가 그린 것인데, 지금 동양척식주식회사(東洋拓殖株式會社) 총재인 이시즈카 에이조(石塚英藏)[73]가 소장하고 있다.

바라보면 근엄하고	望之儼然
다가가면 온화하니	卽之也溫
무릇 혈기를 지닌 사람 중에	凡有血氣
존숭하고 친애하지 않는 이 없네	莫不尊親
한 편의 〈향당〉[74]	鄕黨一篇

72 가노 슈메 나오노부(狩野主馬尙信) : 가노 나오노부(狩野尙信, 1607~1650)로, 교토(京都) 태생이며, 통칭 슈메(主馬), 호는 지데키사이(自適齋)이다. 일본 회화 역사상 유명한 일파였던 가노파(狩野派)의 일원으로서, 주로 단유(探幽)로 통하는 그의 형 모리노부(守信), 동생인 야스노부(安信)와 함께 삼형제가 모두 뛰어난 화가였다.

73 이시즈카 에이조(石塚英藏) : 1866~1942. 후쿠시마현(福島縣) 출신으로 대만(臺灣) 13대 총독을 지냈다.

74 향당(鄕黨) : 《논어》의 10번째 편명으로 공자의 행동거지를 자세히 묘사하였다.

천추를 비추니	照映千秋
태화 원기[75]가	太和元氣
천지와 함께 흘러가네	天地同流

75 태화(太和) 원기(元氣) : 음양이 회합하는 충화(沖和)한 기(氣)를 말한다.

서 書

이릉[76]이 소무[77]와 이별하며 준 글을 본떠서 짓다 철종 을묘년(1855, 철종6) 봄

擬李陵別蘇武書 哲宗乙卯春

직하(稷下)에서 매달 써야했던 과문(課文)이다. 21세 때의 작품이다. 보유(補遺)이다.

나는 일찍이 이릉의 〈별소무시(別蘇武詩)〉[78]를 읽고서 마음이 아팠다. 후인이 두 사람의 시를 모작한 것을 보고서 시인이 사람의 뜻을 잘 표현하는 데에 감탄했다. 이릉에게 또한 〈소무에게 주는 편지〔與蘇武書〕〉가 있는데, 어떤 이는 육조(六朝) 때의 위작이라고 한다. 나

76 이릉(李陵) : ? ~기원전 74. 농서(隴西) 성기(成紀) 사람으로, 자는 소경(少卿)이다. 서한 때 이광(李廣)의 손자로, 일찍이 흉노와 전투를 하다가 중과부적으로 흉노에 투항하였다. 이로 인해 한나라에서는 그 삼족을 멸하였다.

77 소무(蘇武) : 기원전 140~기원전 60. 자는 자경(子卿)이다. 무제(武帝) 때 흉노에 사신을 갔는데 19년 동안 억류되었다가 생환한 고사로 유명하다.

78 이릉의 별소무시(別蘇武詩) : 이릉이 소무와 이별할 때 준 시이다. "만리를 지나 사막을 넘네. 군장이 되어 흉노를 치러 가네. 길은 막히고 끊어졌으며 칼날은 부서졌네. 병사들 모두 죽고 명예는 땅에 떨어졌네. 노모께서도 돌아가셨으니, 은혜를 갚고 싶어도 장차 어찌 돌아갈까?〔徑萬万里兮度沙幕 爲君將兮奮匈奴 路窮絶兮矢刃摧 士衆滅兮名已隳 老母已死 雖欲報恩將安歸〕"

는 고루하여서 아직 얻어 보지 못한 것을 늘 한스러워했다. 그 편지글도 시처럼 슬프지 않을까? 이에 삼가 그것을 본떠서 이릉과 소무 두 사람이 이별에 임하여 서로 주고 받은 글 2편을 지었는데, 그저 호랑이를 그리려다 개를 그리고 만 졸작 정도가 아니다.

자경(子卿) 족하(足下)께. 지난해 바닷가[79]에서 이별한 후 잘 지내셨는지요? 전에 벗 임입정(任立政)[80]이 사신으로 왔는데 자맹(子孟)[81]과 소숙(少叔)[82]이 정권을 잡았다면서 저를 한나라로 귀환시키려고 하였습니다. 생각건대, 제가 한 필의 말을 타고, 세 자의 검을 들고, 사냥을 위한 호복 차림으로 곧장 천산(天山)[83]을 넘어 안문(鴈門)[84]으

79 바닷가 : 흉노가 소무(蘇武)를 북해(北海)의 가 인적 드문 곳으로 옮겼었다.

80 임입정(任立政) : 자는 소공(少公)이며 이릉의 오랜 벗이다. 소제(昭帝)가 즉위하자 곽광(霍光)과 상관걸(上官桀)이 보좌했는데, 둘 다 이릉과 친한 사이여서 임입정에게 사신 두 명을 딸려 보내 흉노로 파견하면서 이릉을 소환하고자 했다. 흉노왕 선우가 베푼 연회에 이릉도 시위군과 함께 배석했는데, 임입정은 몇 차례 눈짓을 하다가 몰래 이릉의 발을 붙잡으며 이제 돌아갈 수 있게 되었음을 암시했다. 후에 틈을 타 이릉에게 귀국할 것을 권하며, 이미 대사면령이 내려졌다고 말했다. 그러나 이릉은 다시금 능욕을 입을까 두려워 끝내 돌아가지 않았다.

81 자맹(子孟) : 곽광(霍光, 기원전 130?~기원전 68)으로, 하동(河東) 평양(平陽) 사람이며, 자는 자맹이다. 소제(昭帝) 때 보정대신(補政大臣)을 지내며 20여 년 동안 권력을 장악했었다. 훗날 소무를 흉노로부터 귀환시킨 장본인이다.

82 소숙(少叔) : 상관걸(上官桀, ?~기원전 80)로, 농서(隴西) 상규(上邽) 사람이며, 자는 소숙이다. 거기 장군(車騎將軍)을 지내고, 상락후(桑樂侯)에 봉해졌다. 소제의 외척으로 대장군 곽광과 정권다툼을 벌이다가 실패하고 족주(族誅)를 당했다.

83 천산(天山) : 일명 기련산(祁連山)이라고 하며, 당나라 때 이주(伊州)와 서주(西州) 이북 일대의 산맥을 지칭한다.

로 들어간다면 몇 달이면 한나라에 도착할 수 있을 것이니, 이는 몹시 쉬운 일일 따름입니다. 그러나 마음의 상처가 하도 아파 차마 바로 결정하지 못하고 있었는데, 속내를 펼치기도 전에 위율(衛律)[85]에게 감시당하는 바람에 다시 입을 다물 수밖에 없습니다. 이윽고 임입정이 서쪽 한나라로 돌아가고 말았으니, 제가 또 누구에게 하소연할 수 있었겠습니까? 삼가 생각건대, 임입정이 떠나간 후 농서(隴西)의 벗인 자맹과 소숙은 분명 저를 믿음도 의리도 없고 흉노의 부귀를 누리느라 한의 은혜를 잊은 자라고 여겼을 것입니다. 아! 저는 감히 그런 사람이 아닙니다. 제가 아무리 수치심이 없을지라도 장부가 해야 할 바에 대해 들은 적이 있는데, 이 지경까지 거꾸로 살아 놓고서 차마 부귀를 영광이라 여겼겠습니까? 다만 형세가 어쩔 수 없어 그랬을 뿐입니다. 이 때문에 친구를 한 번 만나 마음을 꺼내 보이고 싶었는데, 이역 땅에 통할 수 있는 자가 전혀 없었습니다. 인생은 알 수 없는지라, 하루아침에 갑자기 영영 떠나가 버리면 한을 감추고 허물을 품은 채 펼 길이 없을까 두려웠습니다.

지금 하늘이 자경을 불쌍히 여기어 상국(上國)으로 돌아오라 하셨습니다. 저는 소인인지라 엎드린 채 감히 사신 깃발의 빛을 바라보지도 못하지만, 그간 쌓아온 사사로운 마음을 지금이야말로 풀어 놓을 수 있겠지요. 또한 자경은 저의 벗이니 제 마음은 자경만이 알고, 자경을

84 안문(雁門) : 안문관(雁門關)이다. 산서성(山西省) 흔현시(忻州市) 대현(代縣) 현성(縣城) 북쪽에 있는 안문산에 있는 관으로 장성(長城)의 중요 관문이다.

85 위율(衛律) : 본래 흉노족이나 한나라에서 나고 자라 관직까지 받았다. 이연년(李延年)·이광리(李廣利) 형제와 친했는데, 흉노에 사신을 갔을 때 이연년이 죽임을 당하자 돌아오지 않고 흉노에 투항하였다.

저만큼 아는 사람도 또 없습니다. 《시경》에 "마음속에 사랑하는데, 어찌 말하지 않는가? 마음속에 감춰두고, 어느 날에나 잊을 것인가?"[86]라고 했습니다. 지금 세상을 돌아봄에, 자경이 아니고 그 누구에게 말할 수 있겠습니까? 그래서 오래도록 침묵하지 못하고 구구한 마음을 대략 진술하는 것이니 부디 살펴주십시오.

저는 어려서 노둔하고 허약했는데, 선친의 음덕으로[87] 감히 시중(侍中)에 임용되었습니다. 주상께서 과한 칭찬을 해 주시며 저에게 병사를 거느리도록 허락하셨습니다. 저는 이에 감격하여 보답할 길을 도모하며, 결코 위로 누를 끼치지 않겠노라 맹세했습니다. 지난날 이사(貳師)[88]가 출정할 적에 저는 지금이야말로 나라에 보답할 때라 여기고는 병기를 짊어지고 용맹을 떨치며 작은 병력을 이끌고 호랑이 굴 깊숙이 들어갔습니다. 그러나 대수(大帥)는 저의 공적을 질투하였고, 동료들은 저의 패배를 다행으로 여겼습니다. 앞에는 의지할 군대가 없고, 뒤로는 지원병이 오지 않았습니다. 외롭고 힘들게 저항하여 죽음 직전에서 가까스로 빠져 나올 수 있었으나, 불행히 배반한 병졸들이 그 틈을 타는 바람에 끝내 대사를 그르치고 말았습니다. 이는 실로 저의

86 마음속에……것인가 : 《시경》 〈습상(隰桑)〉의 구절이다. 군자를 만나서 기뻐하는 시이다.

87 선친의 음덕으로 : 원문의 '임자(任子)'는 부형의 공훈으로 인해 자제에게 관직을 수여하는 것을 말한다.

88 이사(貳師) : 이광리(李廣利, ?~기원전 88)로, 중산(中山) 사람이며, 이사장군(貳師將軍)을 지냈다. 한 무제(漢武帝)의 총비(寵妃) 이부인(李夫人)의 오빠로, 위율과 친교가 있었다. 승상 유굴모(劉屈氂)와 함께 자신의 조카인 유박(劉髆)을 태자로 추대하려다가 일이 발각되자 흉노에 투항했으나 후에 피살되었다.

죄입니다. 지금에 와서 생각해 봐도 제 배꼽을 물어뜯고[89] 싶은 적이 많지만 이미 돌이킬 수 없으니 또한 다시 어찌하겠습니까? 이러한 때를 당하여 형세는 막다른 길에 몰리고 힘은 다 빠졌는데, 저의 벗 한연년(韓延年)[90]이 전사했습니다. 저도 또한 남아인데 어찌 가슴을 찌르고 목을 베어 한 번 죽음으로써 폐하께 보답하지 못하겠습니까? 머리를 숙이고 투항하면서 꾹 참고 구차히 살아 남았던 것은, 헛된 죽음은 무익할 뿐이라 여겨 장차 큰 일을 해내고자 함이었습니다. 나중에 한나라 사신의 말을 들으니, 제가 패하여 투항한 이후로 주상께서는 보고를 받고도 즐거워하지 않고 식사를 드시고도 맛을 느끼지 못하였다고 하였습니다. 진보락(陳步樂)[91]은 근심 속에 자진했고, 태사령(太史令) 사마천(司馬遷)은 부형(腐刑)[92]을 당했으며, 농서의 대부들은 이씨(李氏)를 부끄럽게 여긴다고 하였습니다. 이런 말을 듣고 난 후 두렵고 부끄러워 어찌할 바를 몰랐습니다. 다만 제가 막 투항할 당시의 상황에 대해 형편을 살폈다 뜻을 밝히지 못한 것이 한스러웠습니다. 뒤이어 또 조정에서 이씨의 계통이라는 이유로 저의 종족들을 죽였다는 소식

89 배꼽을 물어뜯고 : 원문의 '서재(噬臍)'는 스스로의 배꼽을 물려고 한다는 뜻으로, 후회해도 미치지 못함을 말한다.

90 한연년(韓延年) : ?~기원전 99. 겹성(郟城) 사람으로, 성안후(成安侯)에 봉해졌다. 무제(武帝) 천한(天漢) 2년(기원전 99)에 교위(校尉)로서 이릉의 북정을 수행했는데 보병 5천으로 흉노의 8만 기병에 저항하다가 패하여, 이릉과 함께 18여 인을 거느리고 포위를 뚫다가 전사했다.

91 진보락(陳步樂) : 이릉(李陵)의 휘하 기병으로 이릉의 북정 소식을 황제에게 전하여 낭(郎)이 되었으나, 이릉이 투항한 후 자살했다.

92 부형(腐刑) : 궁형(宮刑)을 말한다. 사마천은 이릉을 변호하다가 황제의 진노를 사서 궁형을 당했다.

을 듣고 그저 슬퍼할 뿐이었습니다. 제가 다시 무엇을 바라겠습니까?

제가 듣건대 옛날의 군자는 절교한 후에도 험담을 하지 않고, 충신은 나라를 떠나가도 명성을 더럽히지 않는다고 하였습니다. 산더미 같은 허물을 짊어진 자신을 돌아보며, 감히 옛사람의 의리에 빌붙지는 않겠습니다. 그러나 만약 저더러 은혜를 저버리고 생명을 탐하였다거나 흉노를 도와 한나라를 대비했다라고 한다면, 저 하늘의 해와 별이 위에서 밝게 비추고 있는 한 오늘날까지 살아있지 못했을 것입니다. 옛날에 증삼(曾參)과 동명이인인 사람이 살인을 했는데, 세 번 같은 소식이 전해지자 그 어머니는 베틀 북을 버리고 달아났고,[93] 윤백기(尹伯奇)가 계모 치마 위의 벌을 떼어 내자 그 부친이 의심했다고 합니다.[94] 증삼・백기의 어짊과 부모의 친애함으로도 서로 믿지를 못했는데, 하물며 저처럼 불초한 사람이야 뭐 이상하달 게 있겠습니까? 그러나 종족과

93 옛날에……달아났고 : 이 고사는 《전국책(戰國策)》 〈진책(秦策)〉에 보인다. 증삼(曾參, 기원전 505~기원전 432)은 노나라 사람이며, 자는 자여(子輿)이다. 공자의 제자다.

94 윤백기(尹伯奇)가……합니다 : 윤백기는 주(周)나라의 효자로, 이 고사는 명나라 장일규(蔣一葵)의 《요산당외기(堯山堂外紀)》에 보인다. "백기의 모친이 죽자 그 아비 윤길보는 후처를 얻었다. 후처가 윤길보에게 윤백기를 참소하기를 '소첩에게 미색이 있는 것을 보고 탐합니다.'라고 하자 윤길보는 '백기는 사람됨이 인자한데, 어찌 그러겠느냐?'라고 하였다. 후처가 말하기를 '저를 빈방에 두고 당신은 누대에 올라가 살펴보세요.'라고 하였다. 후처가 독벌을 가져다 옷깃에 놓았더니 백기가 앞으로 다가가 벌을 잡았다. 이에 윤길보는 크게 노하여 백기를 들판으로 쫓아 보냈다.〔伯奇母死 父吉甫更娶 後妻乃讒伯奇於吉甫曰 見妾有美色 有欲心 吉甫曰 伯奇爲人慈仁 豈有此也 妻曰 試置空房中 君登樓察之 後妻乃取毒蜂緣衣領 伯奇前持之 於是吉甫大怒 放之於野〕" 윤백기는 이를 비관하여 금곡(琴曲) 〈이상조(履霜操)〉를 작곡한 다음 자신의 심회를 붙이고 강에 투신하여 자살했다고 한다.

처자는 불쌍히 여길 겨를조차 없었으나, 노모께서 저의 불효에 연루된 것이 마음에 걸렸던지라, 마음이 너무도 아프고 한스러워 아침저녁으로 하늘을 우러르며 피눈물을 흘렸습니다.

저는 어떤 사람입니까? 위로는 천자를 근심시키고 아래로는 선조를 욕되게 하였습니다. 노모는 화를 입고 형제들은 죽임을 당했으며 붕우들은 형벌을 받았습니다. 처자와 종족들이 줄지어 저자에서 처형당했는데, 오직 저만 살아있습니다. 아, 슬프구나! 내가 살아있는 것이! 장부가 한 번 발을 잘못 디뎌 모든 사람들의 죽음이 이 한 몸에 모인 것은 전부 다 저의 죄입니다. 무엇을 탓하겠습니까, 무엇을 탓하겠습니까. 오늘 새벽바람이 몹시 세차 자경이 걸음을 멈추었기에 저는 자경을 위해 술을 마셨습니다. 듣건대 "삼군(三軍)의 장수는 빼앗을 수 있어도, 필부의 뜻은 빼앗을 수 없다."[95]라고 하였습니다. 《시경》에서는 "학(鶴)이 구고(九皐)에서 우니, 소리가 하늘에 들린다."[96]라고 했습니다. 이 때문에 지난날 자경이 곤궁에 처해 바닷가 멀고 깊은 곳으로 유배되어 먹을 것이 없어 쥐를 잡아먹고 마실 물이 없어 눈을 녹여 마셨는데도 저는 슬픔으로 여기지 않았던 것입니다.

오늘 네 필 말을 몰고 푸른 덮개를 휘날리며 고국으로 돌아가는데도 저는 기쁨으로 여기지 않는 것은 무엇 때문이겠습니까? 슬픔과 기쁨이란 일을 당하여 생겨나는 얕은 사람의 감정입니다. 저는 이미 자경의 마음을 알거니와, 또 천명이 이와 같이 참람하지 않음을 알고 있으니

95 삼군(三軍)의……없다 : 《논어》 〈자한(子罕)〉에 나오는 말이다.

96 학(鶴)이……들린다 : 《시경》 〈학명(鶴鳴)〉에 나오는 말오 구고(九皐)는 깊은 수택(水澤)이다.

제가 어찌 그 사이에서 슬퍼하고 기뻐할 수 있겠습니까? 그래서 "자경을 저만큼 아는 자도 없다."라고 했던 것입니다. 자경께서도 그렇다고 여기십니까? 멀리 바라보니 변방의 산들이 들쭉날쭉하고, 변방의 느릅나무는 을씨년스럽습니다.

자경께서 이 길로 떠나 옛 부절을 나부끼고 한나라 조정에 오른다면, 천자께서는 반드시 불쌍히 여기시어 위로하실 것이고, 귀척과 대신들은 겸손하게 읍하며 예를 다해 대할 것입니다. 공적은 사서(史書)[97]에 드리울 것이고 명성은 만 세대에 드러날 것입니다. 자경을 칭송하는 자는 반드시 저를 끌어다가 경계할 것입니다. 그러나 저는 기꺼이 달게 받아들이면서 자경을 위해 길잡이가 될 것이니, 또 어찌 사양하겠습니까?

저는 지난날 자경과 함께 효무 황제(孝武皇帝)[98]를 모실 때 활과 검 시범을 보이며 황제 앞에서 자랑하길 좋아했는데, 그러면 황제께서는 "잘하는구나!"라고 하셨고 자경 또한 뛰어나다고 하셨지요. 어느덧 20여 년이 흘렀습니다. 제가 말을 달리고 검 휘두르는 모습을 한번 보십시오. 아직도 한나라를 위해 쓸 만한지요? 또 제가 활을 당겨 과녁 맞추는 것을 한번 보십시오. 지난날 사냥하던 때와 비교하여 어떠한지요? 그럼 저는 또 검과 활을 내던진 채 줄줄 눈물을 흘리며 이렇게 말합니다. "내 다시는 한나라를 위해 쓰일 수가 없겠구나."

항적(項籍)[99]은 초(楚)나라의 필부(匹夫)일 뿐이지만 백전백승 끝

97 사서(史書) : 원문은 죽백(竹帛)으로, 죽간과 비단을 말한다. 역사(歷史)를 기록한 책의 대명사이다.

98 효무황제(孝武皇帝) : 한 무제 유철(劉徹, 기원전 156~기원전 87)을 말한다.

에 거의 천하를 얻을 뻔 하다가 한번 패배에 자결하여 오강(烏江)을 건너지 못했습니다. 저는 훤칠한 칠척장신으로 아무런 성취도 없이 한번 남에게 능욕을 당했습니다. 지금 만약 한나라로 들어가서 다시 도필리(刀筆吏)를 대한다면, 이는 다시금 능욕을 당하는 것입니다. 어찌 항적에게 비웃음을 당하지 않겠습니까? 설사 한나라가 넓고 큰 덕으로 선조의 공로를 생각해 저의 형벌을 면해 주시고, 저에게 개과천선을 허락하며 작위를 내리어 총애를 더하고 전택(田宅)을 주시어 부유하게 해주신다 하여도, 제가 다시 무슨 면목으로 거만하게 조정에 서서 의기양양하게 저자를 지나갈 수 있겠습니까? 하물며 쑥대와 삼이 뒤덮인 마을과 여전히 남아 있는 청산은 또 누구의 허물이라 하겠습니까? 그저 혼자 마음만 상하고 애간장만 탈 따름입니다. 원망하고 분노하는 혼백이 여전히 남아있는데, 그 누가 기꺼이 나를 반겨 도와주겠습니까? 이 때문에 북쪽으로 온 후 감히 머리를 들어 서쪽을 향하지 못하면서, 길을 가다가 외로워 머뭇거리고 마음은 미치기라도 한 듯 넋이 나간 채 어찌해야 할 바를 몰랐던 것입니다. 간혹 꿈속에서 놀라 갑자기 벌떡 일어나기라도 하면, 관새(關塞)의 달은 달무리 지려하고 북풍은 뱃속을 침범하였습니다. 그러면 지난 날의 성패를 곰곰이 생각하다 끝내 크게 탄식하며 뜬 눈으로 밤을 샜으니, 이런 적이 한두 번이 아니었습니다.

평상시에 호인(胡人)들과 말할 때는 매번 북쪽 말을 쓰는데, 한밤중

99 항적(項籍) : 기원전 232~기원전 202. 하상(下相) 사람으로, 자는 우(羽)이다. 진(秦)나라 말에 초(楚)나라에서 군사를 일으켜서 진나라를 무찌르고 유방(劉邦)과 천하를 다투다가 패하여 오강(烏江)에서 자결하였다.

에 사람이라곤 없고 사방을 둘러보아도 적막할 때면 혼자서 한나라 말을 합니다. 때론 혼자 주절대기도 하는데 이는 모두가 제정신이 나갔을 때의 이야기니, 친구에게 들려줄만한 게 못됩니다. 또한 저는 젊어서부터 변방 풍토에 익숙하여 스스로 병에 걸리지 않을 것이라 여겼습니다. 하지만 요 몇 년 동안 추위와 더위와 비와 눈발에 문득 풍토가 중원과 같지 않음을 느끼며, 양쪽 귀밑머리 아래 흰 머리는 이루 다 셀 수 없을 정도입니다. 이는 흔들리고 눈은 어둡고 모습은 마른 나무 같아서 이젠 더 이상 지난날의 제가 아니니, 이를 어찌합니까?

감히 자경이 제 말을 가져다가 세상 사람들에게 동정을 얻어다 줄 것을 바라는 것이 아닙니다. 제가 자경의 지기(知己)이기 때문에 말하는 것입니다. 앞으로 저는 입을 다문 채 노년을 마칠 것이며, 다시는 북쪽 오랑캐들의 말을 하지 않겠습니다. 슬프구나! 네 필 말이 모는 수레가 한 번 떠나가면 언제 다시 볼까? 어찌 해야 합니까? 눈물을 흘리며 밥 먹는 것도 잊었지만, 누가 나더러 이를 슬퍼하라 하였습니까? 가시는 내내 가호가 있기를 바랍니다.

소무가 이릉에게 답한 글을 본떠서 짓다

擬蘇武答李陵書

보유(補遺)이다.

소무(蘇武)가 재배 올립니다. 새벽이라 북방의 기운이 몹시 차가운데, 몸소 천한 몸을 전송해 주시니, 실로 많은 위로가 되어 말로 다 표현할 길 없습니다. 게다가 이어 편지로 나그네를 전별해 주셨는데, 말의 뜻이 슬프고 절절하여 옛 친구의 평소 마음을 충분히 알 수 있었습니다. 그러나 삼가 의중에 큰 잘못이 있는 것을 보니, 대왕(大王)[100]의 신혼(神魂)이 안정되지 못하여 두루 살피어 생각하지 못한 듯합니다.

제가 듣건대 옛 사람은 현자에게 모든 것을 겸비하도록 다그쳤다고 합니다. 《시경》에 이르기를 "자르는 듯, 다듬는 듯, 쪼는 듯, 가는 듯하다."[101]라고 했는데, 이는 붕우의 도(道)를 말한 것입니다. 제가 미혹하고 어리석으나, 어찌 한 마디 규간의 말씀도 올리지 않을 수 있겠습니까? 대왕께서는 지금 만약 한나라에 들어가 다시 도필리(刀筆吏)를 대한다면 두 번 욕을 당하는 것이니, 어찌 항적(項籍)에게 비웃음을 당하지 않겠느냐고 하셨습니다. 아! 생각이 짧으셨습니다. 이는 항적에게 비웃음 당하기엔 족하지만 천하 사람들에게 비웃음 당하지는 않

100 대왕(大王) : 이릉을 말한다. 흉노의 선우가 이릉에게 자기 딸과 결혼하게 하고 우교왕(右校王)에 봉했다.

101 자르는……듯하다 : 《시경》 〈기욱(淇澳)〉에 나오는 말이다.

을 것입니다. 옛 전적에 "반드시 참음이 있어야만 성공할 수 있다."[102]라고 했습니다. 또 듣건대 "작은 일에 굽힐 수 있는 자만이 큰일에서 펼 수 있다."라고 했습니다. 저 항적이란 자는 지극히 포악하고 지극히 사나워 너그러이 용인할 줄 몰랐기 때문에 그처럼 빨리 망해버렸던 것입니다. 또 옛 일을 후회하여 새 일을 도모하거나, 작은 수치를 버리고 큰일을 계획할 줄도 몰랐습니다. 때문에 패했을 때 "잘못 싸워서가 아니다"[103]라고 하면서 마침내 제 목을 베어 죽으며 스스로를 열장부(烈丈夫)라고 여겼습니다. 그러나 당시 천하 사람들은 모두 그를 비웃었으며 노예나 어린애·부녀자까지도 모두 항적과 나란히 하는 것을 수치로 여겼습니다. 그 까닭이 무엇이겠습니까? 그릇이 작았기 때문입니다. 지금 대왕께서 항적을 사모하고자 한다면 천하 사람들의 비웃음이 될 것임은 생각지 못하십니까?

맹자가 말하기를 "죽음은 내가 싫어하는 바이나 죽음보다 더 싫어하는 게 있다. 그래서 환난이 닥쳐도 피할 수 없을 때가 있다."[104]라고 했습니다. 이로 보건대 또한 이렇게 말해도 될 것입니다. "모욕을 당함은 내가 수치스럽게 여기는 바이지만, 모욕을 당하는 것보다 더 수치스러운 일이 있다. 그래서 모욕을 당해도 피할 수 없을 때가 있다."라는 것입니다. 성인인들 어찌 제 말을 바꿀 수 있겠습니까? 흉노는 언어가

102 반드시……있다 : 《서경》 〈군진(君陳)〉에 나오는 말이다.

103 잘못 싸워서가 아니다 : 《사기(史記)》 권7 〈항우본기(項羽本紀)〉에 "항우가 말하기를 '그러나 지금 이처럼 곤궁에 빠진 것은 하늘이 나를 망하게 하려는 것이지, 전쟁을 잘못한 죄가 아니다.'라고 하였다."라는 말이 나온다.

104 죽음은……있다 : 《맹자》 〈고자 상(告子上)〉에 나오는 말이다.

통하지 않고, 거처하는 곳에 따라 사는 방식도 다릅니다. 군신・부자의 윤리도 양생송사(養生送死)[105]의 예절도 없으며, 모피를 덮고 짐승 피를 마시며 약탈과 도둑질을 업 삼고 있습니다. 때문에 선왕께서는 그들을 금수 키우듯 대했던 것입니다. 지금 어떤 사람이 호랑이에게 잡혀 갔는데, 굴에 버려진 채 호랑이가 먹는 음식으로 사육 당한다면, 그 사람이 음식을 받아먹으며 편히 거하면서 호랑이를 섬기겠습니까, 아니면 틈을 엿보아 탈출을 시도하여 활을 당겨서 보복을 하겠습니까? 그 분별은 이처럼 아주 분명한 것입니다.

논자들은 범려(范蠡)[106]는 천하를 두루 유람했고 유여(由余)[107]는 융(戎)을 떠나 진(秦)으로 들어 갔다고 여깁니다. 이 말은 틀렸습니다. 옛날 전국 시대에는 천하가 어지러워서, 신하가 주군을 섬기는 것은 마치 훌륭한 새가 나무를 택하는 것과 같았습니다. 유여 같은 자는 언행이 그 주군에게 시행되지 못하였으니, 그가 떠난 것은 이상할 게 없습니다. 범려는 공을 이룬 후 스스로 물러났고 기미를 살펴 시행했으니, 그저 현자일 따름입니다. 지금 대왕께서는 한나라에 큰 공을 세운

105 양생송사(養生送死) : 웃어른을 살아 계실 때 잘 봉양(奉養)하고, 돌아가신 후에는 정중히 장사(葬事) 지냄을 이르는 말이다.

106 범려(范蠡) : 완(宛) 사람으로, 자는 소백(少伯)이다. 춘추 시대 월(越)나라 구천(句踐)의 모사로, 그를 도와 오(吳)나라를 멸망시킨 후 보답을 바라지 않고 물러나서 은거하였다.

107 유여(由餘) : 춘추 시대 천수(天水) 사람으로, 요여(繇餘)라고도 한다. 그 조상은 원래 진(晉)나라 사람인데, 서융(西戎)으로 피난을 갔다. 나중에 유여가 진(秦)나라로 사신을 갔는데 진 목공(秦穆公)이 그가 어질고 도량이 큰 것을 보고 진나라에 머물도록 하여 재상으로 삼았고, 마침내 목공을 도와서 서융을 정벌하고 진나라가 춘추오패(春秋五霸)가 되도록 하였다.

바 없는데 해내(海內)는 하나로 통일되어 물고기나 자라 같은 미물조차 모두 한나라를 경외하고 있으니, 한나라와 원수가 된 자는 오직 흉노뿐입니다. 범려와 유여가 만약 이 시대에 태어났다면, 한나라에서 기용되지 못했다고 해서 흉노로 들어가려 하겠습니까? 그렇게 한다면 후세에 아무런 칭송도 받지 못할 것입니다. 어찌 칭송이 없는 정도이겠습니까? 장차 만고의 허물이 될 터이니, 참으로 혀를 찰만 합니다.

대왕은 선대 때부터 한나라의 두터운 은혜를 받았습니다. 어머니와 아우와 처자들이 비록 죄 없이 죽임 당했지만, 그렇다고 하늘을 원망할 수는 없습니다. 하물며 금일의 일이 대왕에게 불행이긴 하나 나라를 저버린 것을 스스로 통탄하고 설욕할 길을 깊이 생각하여 가단(柯檀)의 맹약[108]을 실행하고 돌아와 천자에게 보고해야 마땅하니, 아직도 늦지 않았습니다. 만일 그렇게 할 수 없다면 필마로 틈을 타 돌아가서 머리를 조아리고 조정에 귀명해야 할 것입니다. 법을 집행하는 신하가 죄를 용서하지 않는다면, 마땅히 머리를 내밀어 죽음으로 나아가 죽어 한나라의 귀신이 되어야 합니다. 게다가 지금의 천자께서는 신성하시어 자맹(子孟)의 정치를 맡고 있어서, 저처럼 썩어 버려진 자도 빠뜨리지 않는데, 하물며 대왕 같은 재능이라면 어찌 부귀해지지 못할까 근심하겠습니까? 잠깐 기다리다가 변방에 전쟁이 터지면 손에 한나라 부월(斧鉞)을 들고 다시 사막으로 나가 공을 세우고 스스로를 충성을 바침

108 가단(柯檀)의 맹약 : 가(柯)는 지명으로, 춘추 시대 위(衛)나라 지역이다. 노(魯)나라 장공(莊公)과 제(齊)나라 환공(桓公)이 가(柯)에서 맹약을 맺었다. 노나라가 제나라에게 전쟁에 패하여 수읍(遂邑)을 바치기로 하고 화평을 요청했는데, 맹약하는 모임 때 노나라 조말(曹沫)이 단(檀) 위에서 환공을 비수로 위협하여 제나라가 이전에 빼앗아간 노나라 땅을 돌려주기를 강요하여 환공의 승낙을 받았다.

으로써 천추만세에 대의를 밝히시면 됩니다. 이것이야말로 전화위복의 기회라는 것입니다.

그런데 지금 작은 치욕에 얽매어 큰 대목을 생각지 않으시니, 외람되지만 대왕을 위해 취할 수가 없습니다. 그래서 말하는데, 대왕이 한나라로 돌아가는 것은 의리이지 치욕이 아닙니다. 만약 흉노 땅에서 늙는다면, 이는 호랑이 굴에서 늙는 것이나 마찬가지니 어찌 한심하지 않겠습니까? 이 때문에 저는 사명을 받들고 온 이래로 어둔 곳에 갇힌 채 근심과 고통 속에 지내면서 하마터면 왕명을 욕되게 할 뻔 했습니다만, 감히 두 마음을 갖지 않으면서 한나라의 덕에 누를 끼칠까 두려워하며 아침저녁으로 전전긍긍 지낸 지가 20여 년에 가깝습니다. 다행히 폐하의 신령하심 덕분에 노신(老臣)이 살아서 한나라 땅을 밟게 되었습니다. 이에 무거운 짐이라도 풀어 놓은 듯 휘릭 하고 길게 휘파람을 불면서 큰 허물을 모면한 것을 다행이라 여기고 있습니다.

제가 근심스럽고 고통스러운 감금 생활을 참아낼 수 있었던 것은 다름 아니라 그것보다도 더 싫어하는 바가 있었기 때문입니다. 광무군(廣武君)[109]이 말하기를 "어리석은 자도 천 번 생각하면 반드시 한 가지 얻음이 있다."[110]라고 했습니다. 저 또한 반복해서 생각하고, 옛날을 고찰하여 스스로에게 시행해보며, 확연히 자신이 생겨 하늘을 우러르고 땅을 굽어보아 부끄러움이 없는 연후에야 감히 이렇게 권면하는

109 광무군(廣武君) : 이좌거(李左車)로, 백인(柏人) 사람이며, 봉호(封號)는 광무군이다. 한(漢)나라와 초(楚)나라가 다툴 때 조(趙)나라 출신으로 한(漢)을 도왔다. 한신(韓信)의 원정대가 초(楚)의 부속국들을 차례로 격파하고 점령할 때 동행하며 큰 공을 세웠다.

110 어리석은……있다 : 《사기》 권92 〈회음후열전(淮陰侯列傳)〉에 보인다.

것이니, 대왕께서 잘 판단하시어 살피시기 바랍니다. 저는 이제 한나라로 들어가면 먼저 태묘(太廟)의 효무황제(孝武皇帝)를 알현하려고 하는데, 간곡히 하문하시기를 "이릉은 별탈이 없느냐? 이릉이 혹시 한나라에 대한 그리움을 지녔더냐?"라고 하시면 장차 무슨 말로 대답해야 합니까? 농서를 방문하면 농서에 선대부(先大夫)의 묘가 있는데, 선대부께서는 저를 위로하면서 "우리 이릉은 끝내 나를 잊었느냐?"라고 물으실 게 분명합니다. 농서의 대부들이 손을 붙잡고서 "소경이 농서의 수치를 맘에 두고 있지 않던가?"라고 물으면, 저는 또 장차 무슨 말로 대답해야 합니까? 소무가 아뢰었습니다.

원 총통[111] 세개 께 드리는 편지
與袁總統 世凱 書

조한근(趙漢根)[112]이 보낸 사자를 통해 삼가 섣달 추위에도 옥체에 만복이 깃들고 훈업(勛業)이 날로 새로워지심을 알게 되었습니다. 목을 길게 빼고 뵙고 싶은 생각에 기쁨을 이길 수 없었었습니다. 사자가 전하기를, 조한근은 총통을 직접 대면하는 광영을 입었는데, 아울러 미천한 저의 근황까지 상세히 물어 주셨다고 했습니다. 끊임없이 극진히 생각해 주시면서 관괴(菅蒯)[113] 같이 천한 저를 잊지 않으시니, 그 각별한 사랑에 감격하여 어찌 감사해야 할지 모르겠습니다. 저는 마고(麻姑)[114]도 아닌데, 앉은 채 상전벽해(桑田碧海)의 변화를 여러

111 원 총통 : 원세개(袁世凱, 1859~1916)로, 하남성 항성(項城) 사람이며, 자는 위정(慰亭)·위정(慰庭), 호는 용암(容庵)이다. 북양군벌(北洋軍閥)의 영도자로서, 신해혁명(辛亥革命) 시기에 중화민국(中華民國) 초대 대통령을 지냈다. 나중에 군주제를 회복하여 황제를 칭하여 많은 정치적 소란을 일으켰다.

112 조한근(趙漢根) : 1859~? 본관은 한양(漢陽), 자는 성배(聖培)이다. 18세 때인 1876년(고종13) 병자(丙子) 식년시(式年試) 1위로 합격하였다. 김윤식은 1881년 영산사로 북경에 가서 이홍장과 3차례 회담을 가졌고, 그 해 12월 6일 일행에 포함된 젊은 학도 38인을 데리고 천진(天津)에 도착하여 그들을 서양의 기술 및 언어를 가르쳐줄 학당에 입학시켰다. 조한근은 이 38인 가운데 포함되어 있었다. 후에 이때 배운 기술을 바탕으로 1887년 전보국 주사(電報局主事)가 되어 북로(北路)(서울-원산)전선(電線) 가설의 주무자(主務者)로 공을 세운다.

113 관괴(菅蒯) : 모초(茅草)의 종류로 천한 인물을 말한다.

114 마고(麻姑) : 전설 속의 선자(仙子)이다. 《신선전(神仙傳)》에 "마고(麻姑)가 스스로 말하기를 '접대한 후 이미 동해(東海)가 세 차례 상전(桑田)이 됨을 보았으니,

번 보면서 늙어도 죽지를 않았으니, 참으로 괴이한 일입니다.

기억해보니, 지난 임진년(1892, 고종29) 즈음 각하께서 온처도(溫處道)[115]에 결원이 생겨 보임되시어 곧 출발하려 하실 때, 저는 면천(沔川) 영탑사(靈塔寺)에 있어서 전별을 해드리지 못했기에 서글픈 마음을 금할 길이 없었습니다. 저는 그때 옥전(玉田) 육종윤(陸鍾允)[116] 편에 편지 한 통을 보냈는데, 그 안에 적기를, "훗날 다행히 죽지 않고 살아 있고 또 불편 없이 왕래할 수 있게 되면 만 리나 되는 먼 길이라도 저는 짚신을 신고 좇으렵니다. 설령 길에서 걸식하고, 도중에 엎어져 넘어지더라도 마다하지 않겠습니다."라고 했습니다. 각하께서는 혹시 기억하고 계신지요? 제 마음은 전과 다르지 않습니다. 다만 오고 가는 데 끝내 장애가 없을 수는 없는데, 움츠린 채 엎드려 지내던 노구가 하루 아침에 갑자기 먼 길을 떠난다면 남들의 의심을 크게 초래할 것이 분명한지라 해만 있고 이득은 없어, 이렇게 마음만 간직한 채 실행하지 못하고서 구름 낀 하늘만 바라보며 홀로 간절히 애태우고 있습니다.

그런데 조한근 군이 온갖 험난함을 무릅쓰고 알현하러 가서 결국 조정 섬돌에 도달했다니, 그 성의가 가상합니다. 이미 각하의 돌보심과 사랑을 입었는데, 각하께서는 객지 생활하는 이의 봉급까지 신경 써주셨습니다. 그러나 외국인이 직책을 맡는 데는 불편한 점이 있으니, 만약

봉래(蓬萊)에 도달하면, 물 또한 왔을 때 보다 얕아져서, 만날 때의 반 정도입니다. 어찌 다시 산릉과 평지가 되겠습니까?'라고 했다."라는 말이 나온다.

115 온처도(溫處道) : 절강성 온주와 처주를 중심으로 한 행정 단위이다.

116 육종윤(陸鍾允) : 육용정(陸用鼎, 1843~1917)의 아들이다. 외무 참의(外務參議) 등을 지냈고, 아관파천 때 유길준과 일본으로 망명했다.

전신철도원(電信鐵道員) 중에 보충할 자리가 있다면 분명 추천해 주신 신망을 저버리지 않을 것입니다. 어찌 생각하시는지 모르겠습니다.

외람되니 더럽혀 드려 부끄럼과 두려움을 이길 수 없습니다. 눈이 어둡고 손이 떨리는 탓에 글자가 반듯하지 못해 불경함을 범했고, 또 의식(儀式)에 어두운지라 분명 성글고 놓친 부분이 많을 것입니다. 광망한 늙은이의 추태[117]를 바다 같은 아량으로 용서받기 원하니, 황공함만 더해갑니다. 삼가 밝히 살펴주기를 바랍니다. 이만 줄입니다. 욕지생(辱知生)[118] 재배(再拜).

117 광망한 늙은이의 추태 : 광방불기(狂放不羈)와 같은 말로 광망한 선비의 늙은 습성이다. 광무제(光武帝)가 엄광(嚴光)을 평가한 말로 《후한서(後漢書)》 권83 〈일민열전(逸民列傳) 엄광(嚴光)〉에 보인다.

118 욕지생(辱知生) : 욕지(辱知)는 겸사(謙辭)로 남의 지우(知遇)를 받음을 말한다.

스에마쓰 자작[119] 겐초 께 드리는 편지

與末松子爵 謙澄 書

여하정(呂荷亭)[120]이 돌아온 후, 요즈음 각하께서 더욱 강건히 잘 지내신다 상세히 들었습니다. 그 기쁨과 위안을 어찌 헤아리겠습니까? 또한 말하기를 "서로 어울려 글 짓고 술 마시는 모임이 매우 성대한데, 이는 실로 각하께서 먼저 마음을 열어주시고 멀리서 온 사람도 이 좋은 유람에 참여할 수 있게 해 주신 덕분에 다시 지관(芝館)의 옛 인연[121]을 잇게 된 것이라 하면서, 그와 같은 우대에 끝없이 감사

119 스에마쓰 자작 : 스에마쓰 겐초(末松謙澄, 1855~1920)이다. 어릴 때 이름은 센마쓰(千松)이며 호는 세이효이다. 메이지·다이쇼 시대의 정치가로 1907년에 자작을 수여 받았다. 도쿄니치니치 신문사(東京日日新聞社) 기자로 사설을 집필하다가 이토 히로부미(伊藤博文)의 인정을 받아 외교관(外交官)으로 부임하였다. 중의원 의원·체신 대신·내무 대신 등을 역임했다. 이토 히로부미의 사위이다.

120 여하정(呂荷亭) : 여규형(呂圭亨, 1848~1921)으로, 본관은 함양(咸陽)이며, 자는 사원(士元), 호는 하정(荷亭)이다. 1892년 문과 급제하고, 외아문 주사를 잠시 지냈다. 관립 한성고등하고 주임교유로 한문과를 담당했다. 저서로《하정유고》가 있다. 친일파로 지목된 인물이다.

121 지관(芝舘)의 옛 인연 : 시바리큐(芝離宮)를 가리킨다. 일본 도쿄도(東京都) 항구 해안에 있는 도립 정원이다. 에도 막부를 연 도쿠가와(德川)가의 중신인 오쿠보(大久保)가가 1600년대 중반에 바다를 메운 이 일대의 땅을 하사 받아 이곳에 정원을 조성했는데, 메이지(明治)시대에 들어와 황실의 사무를 담당하는 궁내성이 정원을 구입했고, 시바리큐라 명명했다.《운양속집》권1에〈말송 자작이 소동파의 취성당 시를 차운하여 나에게 준 시에 대하여 다시 차운하여 화답함[末松子爵用坡公聚星堂詩韻贈余次韻和之]〉시에서 지관의 풍류가 좋다는 칭찬을 하였으며 또 같은 권의〈하정 여규형 학사

하게 된다."고 하였습니다. 저 역시 다행이라고 여깁니다.

뒤이어 우편으로 보내 주신 대작(大作) 여러 편을 받아 보았는데, 편마다 저에 대한 그리움의 말이 담겨 있었습니다. 오랜 벗을 잊지 않으시다니 그 두터운 정의(情誼)가 감격스럽습니다. 〈관설(觀雪)〉 두 편의 장편 고시를 보니 그 기세가 사내답고 거침이 없는 것이 삼협(三峽)[122]을 기울어 무너뜨릴 정도였습니다. 연로하실수록 힘이 넘치는 필력에 대해서는 선망과 경하의 마음 이길 길 없습니다.

아우는 날로 심히 쇠약해져 붓이며 벼루와 멀어진 지 오래입니다. 봄에는 몸져 누워 있었는데, 천문산(淺間山)[123]의 불꽃놀이 소식을 듣고 옛 유람을 회상하다 서글픈 감정이 울컥 일기에 웅얼거리는 중에 절구 한 편을 읊어 지었습니다. 또 근자에는 부쳐주신 '매(梅)' 자 운을 차운하였기에 함께 기록하여 올리니, 하나의 웃음거리로 여기시고 바로잡아 주시길 바라는데 어떠하신지요?

여하정은 거침없고 얽매인 데 없는 사람이라 만경(曼卿)[124]이 술에 은거한 것을 배웠습니다. 그러나 재주가 뛰어나 지식이 풍부하며, 아름다운 구상이 샘물처럼 솟아납니다. 한문(漢文)이 쇠해가는 이때에, 홀로 적치(赤幟)를 세우고 후진을 이끌어 가니, 그 뜻이 참으로 숭상할 만합니다. 서쪽으로 돌아온 후 제공들의 풍아를 깊이 사랑하여, 읊고

에 대한 만시〔呂荷亭學士圭亨輓〕〉에서도 지관의 승경에 대해 말하였다.

122 삼협(三峽) : 장강(長江) 삼협(三峽)을 말하니, 곧 구당협(瞿塘峽)·무협(巫峽)·서릉협(西陵峽)이다. 험요하기로 유명하다.

123 천문산(淺間山) : 일본 간토(關東)의 활화산 아사마산(淺間山)을 가리킨다.

124 만경(曼卿) : 석연년(石延年, 994~1041)으로, 유주(幽州)사람이며, 자는 만경이다. 시서화에 능했고, 특히 음주로 유명했다.

흠모하길 그치지 않습니다. 앞으로 한묵(翰墨)의 인연은 여하정 군에게 맡겨야 할 것 같습니다.

작년 이래로 여러 명사들이 간행한 시문을 많이 기증받았습니다. 《중주집(中洲集)》, 《독포루시문(獨抱樓詩文)》, 《추성창시초(秋聲窓詩鈔)》, 《등도여방(藤島餘芳)》, 《위촌유고(韡村遺稿)》, 《북륙유초(北陸遊草)》, 《제운취월집(梯雲取月集)》, 《벽당절구(碧堂絶句)》 등을 차례로 손에 넣었는데, 그 아름다움은 미처 다 거둘 수 없을 지경이었습니다. 가난한 부엌이 갑자기 부자가 되었으니, 각하의 소개 덕분임을 알 수 있겠지요. 문원의 성기(聲氣)[125]를 한 줄로 이어 이 고루한 견식을 깨뜨려주시고자 하시다니 얼마나 감격스러운지요! 날씨가 점차 무더워지니 건강하게 잘 지내시기를 바라며, 부디 살펴주시기를 바랍니다. 이만 줄입니다.

125 성기(聲氣) : 붕우간의 함께 하는 지취(旨趣)와 애호(愛好)함을 말한다.

백석우 진규 께 답하는 편지

答白石愚 鎭奎 書

의주(義州) 사람이다.

병으로 엎드려 가물가물한 가운데 갑자기 은혜로운 편지를 받드니, 아득하고 기뻐서 꿈이 아닌지 싶었습니다. 저는 좌하(座下)와 서로 하늘 반대편에 있어서 평소 친밀하게 담소를 나눌 기회도 없었는데, 이처럼 먼저 편지를 주시어 감추는 것 없이 속내를 펼쳐 주셨으니, 어찌 바늘과 자석의 끌림을 산과 바다라고 해서 가로막을 수 있겠습니까?

의견을 논하신 글은 참으로 공자의 문하에서 사람을 가르치던 적확한 뜻을 얻었습니다. 성인의 천만마디 말씀은 모두 여러 실천에서 드러난 것을 따라 말한 것일 뿐, 본원(本源)이나 심술(心術)의 은미한 바를 궁리하고 탐구한 적이 없었습니다. 변별함이 너무 심하면 오히려 미혹되는 폐단이 생깁니다. 이 때문에 부자께서 본원이니 심술이니 하는 것을 드물게 말씀하신 것입니다. 불교가 극성한 후로 웅위(雄偉)하고 괴이한 변론과 미묘한 요지는 진리를 혼란시키기에 족했습니다. 그래서 선유(先儒)들께서 힘써 그 근원부터 타파하기에 힘썼던 것입니다. 이에 성명이기(性命理氣)의 설이 유자들의 일상 담화가 되었습니다. 종신토록 연구하는 바는 오로지 주희가 단 사서의 각주일 뿐 사서 원문이 아니며, 이러한 폐단은 점차 커져 되돌릴 수가 없는 지경이 되었습니다. 이는 지식인들의 잘못이니, 공자 문하에서 사람을 가르치던 본래의 뜻이 아님이 분명합니다. 저 역시 늘 이런 논의에 주력하였으나, 세속에서 숭상한 바에 얽매어 저술로 드러내지 못하였습니다.

이제 죽음이 드리운 나이에 사리에 맞는 말과 고아한 논의를 듣게 되었습니다. 제가 생각하던 바를 먼저 깨달으셨으니, 우리 유자들은 그 덕에 외롭지 않을 것입니다. 또한 이런 논의가 비단 빈말로 그치는 것이 아니라, 장차 교육계에 이를 실시하여 후진들을 이끌어 낸다면, 어찌 사문(斯文)의 크나큰 행운이 아니겠습니까? 저는 늙어서 아무 일도 할 수 없고, 정신과 지력이 소모되고 달아나서 오랫동안 붓과 벼루를 버려두었기에 좌하를 위해 한 팔의 힘도 되지 못합니다. 얼마나 죄송스러운지! 바라건대 좌하께서 이에 힘써주지 않으시겠습니까?

성리학은 고려 말 조선 초부터 성행했습니다. 지금은 비록 쇠퇴하였다고 하나 경생(經生)과 학사(學士)들은 여전히 옛날에 보고 들은 것을 지키고 있습니다. 만약 이 의견서를 보면 화들짝 놀라고 이상하게 생각하며 성훈(聖訓)에 위배된다고 할 것이 분명합니다. 부자께서 가르치신 바가 오직 평상시의 말과 행동일 뿐, 이런 아득하고 미묘한 뜻은 있지 않다는 것을 모릅니다. 비록 그러하지만 선배들이 숭상한 바는 가볍게 배척할 수는 없으니, 그저 내가 아는 바를 행하면서 게으름 피우지 않고 부지런히 힘쓰고 지(知)와 행(行)을 함께 실천해가면 그것이 곧 유용한 학문이 될 것입니다. 《중용장구》에서 말하지 않았습니까? "만물은 함께 자라며 서로 해치지 않고, 도(道)는 함께 가며 서로 어그러지지 않는다."라고. 같으면 무리 짓고 다르면 공격하며, 한 방에서 창을 들고 다투는 것은 학자들의 큰 병폐이니 반드시 경계해야만 합니다. 고명하신 좌하이니 이점 잘 알고 계시리라 생각합니다.

힘이 부쳐서 글씨 쓰기가 어려울 뿐더러, 눈이 어둡고 손이 떨려서 하고자 하는 말을 다하지 못합니다. 봄추위에 잘 지내시기를 바랍니다. 이만 줄입니다.

스에마쓰 겐초께 답하는 편지
答末松謙澄書

문 걸어 닫고 병으로 신음하는데, 꽃이 한창 흐드러졌습니다. 이런 때는 풍경을 바라 보며 시 읊고 싶은 생각이 진정 간절합니다. 근래에 거듭 은혜로운 편지를 받고, 귀하께서 평안하시고 강건하시며 동원에 가득한 봄빛 속에서 읊조리며 유유자적하고 계심을 상세히 알게 되었기에 내심 기쁘고 위안이 됩니다. 아우는 쇠약하고 게으르며 좋은 상황이라곤 없습니다만, 조금 위로되는 일이라면 최근에 증손자 하나를 얻은 것입니다. 앞으로 가문의 제사를 맡을 아이인데, 밤낮으로 데리고 놀다보면 근심을 잊을 만합니다.

이제껏 제 문집을 발간해 온 것은 다만 날로 죽을 날이 가까워오기에 세상 빚을 갚고자 한 것일 뿐, 어찌 벌레나 새와 같은 소리로 남의 이목을 번거롭게 하려 했겠습니까? 그런데 외람되게 문원의 여러 공들의 추천과 장려를 입어 뜻밖의 천거를 받았으니, 불초한 제가 어떻게 이를 얻게 되었는지 모르겠습니다. 듣건대 이에 선발된 인사들은 경술에 박학한 선비가 아니면 반드시 전문적인 실학을 연구하는 대가들로서, 책을 지어 새로운 이치를 천명하였는바 그 요지가 모두가 세상에 보탬이 되는 것들이라 합니다. 저처럼 썩은 유자(儒者)의 진부한 말이 있건 없건 무슨 가치가 있다고 그 사이에 낀 것입니까? 이는 분명 각하께서 친구를 염려하는 돈독한 마음에 칭찬하고 추천해 주시고 아울러 여러 공들까지 이구동성으로 찬성한 것이리니, 가히 양성(襄城)에서 수레 몰고 가다가 일곱 성인이 모두 길을 잃은 것[126]이라 일컬을 만합니다.

억지로 헛된 명성만 더하고 내실은 이에 부합하기 어려우니, 스스로를 돌아봄에 부끄러워서 어찌 감사해야 할지 모르겠습니다. 내달에는 반드시 노쇠한 몸을 이끌고 억지로 수레를 몰아 몸소 찾아가서 직접 사례하고, 아울러 옛날 시문 즐기던 연회를 이어야지 생각했습니다.

그러나 요 몇 년 이래로 다리에 힘이 빠져서 오래도록 인사(人事)를 폐한 채 지내는 터라, 먼 여행은 더더욱 할 수가 없습니다. 동쪽으로 구름 낀 하늘을 바라보며 슬퍼 탄식함이 그 언제나 그치겠습니까? 감히 바라건대 각하께서 저를 대신해서 받아 주신다면, 제가 직접 가는 것과 무엇이 다르겠습니까? 늙어서 사리 없고 교만하게 군 죄 피할 길이 없습니다. 만약 그때 각하께서 일이 있거나 혹은 체면에 장애가 된다면 여기서 마땅히 대행할 사람을 파견할 것입니다. 형편대로 하시고 가르침을 주십시오.

저의 원고는 남은 것이 거의 없어서 잔본(殘本)을 모아 겨우 열 질의 숫자를 채웠습니다. 가르침대로 담아서 올리니 바라건대 살펴서 접수하시고 나누어 전해 주시면 어떠한지요? 제공들이 회답한 시문들을 일일이 받들어 열람했는데, 각하께서 노고를 꺼리지 않으시고 남을 위해 충심을 다해 도모하며 티끌도 빠뜨리지 않으셨다 하였으니, 그 정력에 미칠 길 없어 흠모와 감격의 마음 그칠 길이 없습니다.

봄추위가 여전히 대단하니, 건강을 잘 조섭하시기를 기원합니다. 이만 줄입니다.

126 양성(襄城)에서……것 : 《장자》 〈서무귀(徐无鬼)〉에, 황제(黃帝)가 방명(方明), 창우(昌寓), 장약(張若), 습붕(謵朋), 곤혼(昆閽), 활계(滑稽)와 함께 구자산(具茨山)으로 대외(大隗)를 만나러 가다가 양성의 들판에 이르러 일곱 성인이 모두 길을 잃었다가 마침 말 치는 어린이를 만나 구자산과 대외의 소재를 알았다고 나온다.

스에마쓰 겐초께 답하는 편지

答末松謙澄書

얼마 전 귀하의 편지를 받고서 귀하가 평안하시고 평소보다도 잘 지내신다는 것을 알게 되어 너무나 위안이 됩니다. 물버들과 같은 약질의 아우는 본래 남만 못하였는데, 근자에는 노쇠함이 심해져 반드시 누가 부축해 주지 않으면 움직일 수 없습니다. 그래서 인사(人事)를 전폐하고 문을 닫고 요양하고 있습니다. 지난 번 교육회(敎育會)의 여러 공들이 축하회를 발기했는데, 이는 오로지 저를 위해 베푸는 것이라서 감히 노병(老病)이라 사양하지 못하고 몸을 질질 끌고 가 참석했습니다. 종일토록 강연 내용이 넘치는 찬미와 과장된 칭찬의 말이 아닌 것이 없어서 등에서 땀이 나고 두렵고 불안했습니다. 비록 영광스런 일이라지만 저로서는 한바탕 억겁을 겪는 것만 같아서 스스로 실소와 부끄러움을 금하지 못했습니다.

7월에 대신 수령하는 절차에 대해서는 알려 주신 편지에 따라 고희경(高羲敬)[127] 군에게 부탁했습니다. 그 때가 되면 각하께 가서 상의하

127 고희경(高羲敬) : 1873~1934. 본관은 제주(濟州)이며, 1885년(고종22) 육영공원을 졸업하고, 1891년(고종28) 증광 진사시에 합격하였다. 초기에는 뛰어난 외국어 실력으로 1896년(건양1)부터 1899년(광무3)까지 주일본공사관 3등 참서관, 영국·독일·이탈리아 주재 공사관 3등 참서관 등을 역임하였다. 이후에는 궁내부 번역관·예식원 번역과장 등의 황실 관련 업무를 주로 담당하였다. 1916년 부친 고영희(高永喜)가 사망하자 자작 작위를 물려받았다가 1920년 백작으로 승급했고, 1926년에는 조선총독부 중추원고문에 임명되었다.

고 싶은데 온당하게 가르쳐 주시면 어떻겠습니까? 학술원 여러 공들이 늙고 추한 저를 만나보고 다시 이전의 교유를 잇고자 한다니, 이는 실로 늘그막의 영광이고 풍류 중에서도 으뜸인 일입니다. 아우 또한 훨훨 움직여 보고자 하는 뜻이 있으나, 날개 늘어진 병든 학이 하늘을 날고자 하는 뜻이 있어도 깃털 담요처럼 날 수가 없으니 어찌 합니까? 그저 절절히 슬퍼 탄식할 뿐입니다.

나머지 다른 이야기들은 잠시 접어 두고, 사랑과 관심을 늘 바라오며, 아울러 때에 따라 조섭 잘하시기를 바랍니다. 이만 줄입니다.

육옥전[128] 종윤 께 답하는 편지
答陸玉田 鍾允 書

봄에 감사의 편지를 마관(馬關 시모노세키)에 부쳐 보냈는데 얼마 안 되어 되돌아왔기에 그 사이 다른 곳으로 이주하신 것을 알았으나 그 곳이 어딘지 상세히 알 수가 없었습니다. 지금까지도 그 일을 마음에 두고 있었는데, 곧 음력 5월에 그대가 여행 중에 잘 지내고 계심을 알게 되었으니, 위안과 다행스러운 마음 이루 다 표현할 길이 없습니다.

아우는 흙과 나무처럼 굳어버린 몸뚱이지만 두 귀는 여전히 남아 있는데, 매일 들려오는 이야기는 상심하고 낙담할 일들이니 여생이 어찌 이리 고달픈지요? 위공(慰公)[129]의 일은 어찌나 끔찍한 악몽인지요? 이는 이른바 절규하는 소리가 고통스러워 뭐가 뭔지도 모르고, 머리를 긁적이지만 가려운 곳을 모른다는 것입니다. 가슴 속에 쌓여있는 것을 펴서 풀어 버릴 수가 없던 차에 보내신 편지를 받자마자 하고픈 말을 다했더니 청량산(淸凉散)[130] 한 첩을 복용한 것보다 낫습니다.

128 육옥전(陸玉田) : 육종윤(陸鍾允, 1863~?)으로, 본관은 옥천(沃川), 호는 옥전이다. 김윤식의 벗이었던 의전(宜田) 육용정(陸用鼎)의 아들이다. 1891년(고종28) 신묘(辛卯) 증광시(增廣試) 진사 3등(三等) 80위로 합격하였으며, 제중원 주사(濟衆院主事)·참의교섭통상사무(參議交涉通商事務) 등을 지냈다. 아관파천 때 유길준과 함께 일본으로 망명하였다.

129 위공(慰公) : 원세개(袁世凱)를 말한다. 213쪽 주 111 참조.

130 청량산(淸凉散) : 약의 일종으로 복용하면 입안을 상쾌하게 한다고 한다.

아! 위공의 말로가 이렇게 되고 말 줄을 누가 알았겠습니까? 처음에는 중망이 귀의하는 바라며 공화국의 총통으로 추대하더니, 다시 시세와 여론이라며 군주 정치를 회복하고자 했습니다. 위공에게는 편견이란 없었으며 오직 의리만을 따랐습니다. 또 과오를 범해도 멀리 가지 않아 돌아오고,[131] 허물을 고치는 데 인색하지 않아 일식이나 월식 같았으니,[132] 이는 제왕의 성대한 법도였습니다. 그 사이에는 단연코 추호의 사심도 없었으니, 그 뜻은 동족을 보호하고 규합하여 외국의 침범을 막고자 하는 데 있었을 뿐입니다. 그렇지 않았다면, 부하에 정예 병사가 수만이요 목숨 걸고 싸울 장군 및 사졸이 있는데, 어찌하여 한바탕 결전을 벌이지 않고 그 모욕을 참아가며 적의 세력을 키웠겠습니까? 지난번 한 번의 착오가 개혁당의 구실이 되고 만 것입니다.

그러나 광무제(光武帝)[133]처럼 총명한 이도 여전히 도참(圖讖)[134]을 믿지 않았습니까? 주안회(籌安會)[135]가 비록 좌・우찬성에서 나왔지

131 과오를……돌아오고 : 《주역》 〈복괘(復卦) 초구(初九)〉에서 나왔다. "과실을 범해도 그리 멀리가지 않아 돌아오면 후회하는 데 이르지 않으니, 크게 길하다.〔不遠復 無祗悔 元吉〕"

132 일식이나……같았으니 : 《논어》 〈자장(子張)〉의 "군자의 허물은 일식이나 월식과 같아서, 잘못을 하면 만인이 보고, 고치면 만인이 우러른다.〔君子之過也 如日月之食焉 過也人皆見之 更也人皆仰之〕"라고 한 데서 나왔다.

133 광무제(光武帝) : 유수(劉秀, 기원전 6~기원전 57)로, 남양(南陽) 채양(蔡陽) 사람이며, 자는 문숙(文叔)이다. 후한(後漢)을 개국한 황제이다.

134 도참(圖讖) : 왕자(王者)의 운명이나 인사(人事)의 미래를 예언하는 것으로 광무제가 이를 자못 중시했다고 한다.

135 주안회(籌安會) : 원세개가 황제 제도의 부활을 위한 준비로 1915년 8월에 양탁(楊度)에게 조직하게 한 단체이다.

만, 억조창생이 추대를 원하고 각 성(省)마다 한마디씩 하소연하였기에 본디 미혹되기 쉬운 당사자로서 어쩔 수 없이 따르고자 한 것입니다. 이때의 정세로 보아, 만약 대중의 의론을 억지로 배척했다면 필시 다른 변고가 생겼을 것입니다. 저 천박한 자들이 소인의 도량으로 군자의 마음을 헤아리면서 위공이 사욕을 드러내 천자의 자리를 차지하고자 탐한다고 하여 거군(巨君)[136]과 자양(子陽)[137]에 견주었으니, 이 어찌 심한 무고가 아니겠습니까?

듣자니, 임종 시 간곡한 말씀에서도 자신은 언급하지 않았으며, 부총통에게 인(印)을 주며 뒷일을 잘 처리하라고 권면했다 합니다. 그 청천백일과도 같은 마음은 죽을 때까지 변하지 않았던 것입니다. 여씨(黎氏)[138]가 어떤 법규이던 한결같이 따르고 위공이 이룬 성과에 기인하여 이를 넓혀 나간다면, 위공은 비록 죽었으나 죽지 않았다고 말할 수도 있을 것입니다. 지금 개혁당은 아직도 입을 함부로 놀려 욕을 해대지만 오래되면 가라앉아 소멸될 것이 당연하니, 훗날 위공을 그리워할 날이 오지 않으리라 장담할 수 있겠습니까?

136 거군(巨君) : 왕망(王莽, 기원전 45~23)으로, 위군(魏郡) 원성(元城) 사람이며, 자는 거군이다. 한나라를 찬탈한 것으로 유명하다.

137 자양(子陽) : 공손술(公孫述, ?~36)로, 부풍(扶風) 무릉(茂陵) 사람이며, 자는 자양이다. 왕망의 말년에 천하가 소요하자, 익주(益州)를 차지하고 백제(白帝)라고 칭하였다. 이는 왕망의 상징인 황(黃)색을 이어 스스로 건국조가 되고자 한 바람에서 나온 것이다.

138 여씨(黎氏) : 여원홍(黎元洪, 1864~1928)으로, 호북(湖北) 황피(黃陂) 사람이며, 자는 송경(宋卿)이다. 1883년에 천진 북양수사학당(天津北洋水師學堂)에 입학하고, 해군이 되어 1894년에 중일갑오해전(中日甲午海戰)에 참가했다. 원세개가 죽은 후 부총통으로서 총통을 계승했다.

부인이 정절을 지켜 죽은 것과 상(喪) 지키는 자식이 슬퍼하는 것을 보면 평소 집안의 법도가 엄정했음을 알 수 있으니, 천년이 지나도록 여전히 경모할만한 일입니다. 집안을 바로 다스리면서 부정한 방법으로 천하를 다스린 자가 있습니까?

아! 30년 교분을 맺어온 우리가 하루아침에 단절되어 생전에 한 번 마주하고 죽은 후에 한 번 곡을 하니, 이 모두 오랜 소원에 위배되는 것입니다. 하늘 끝에서 한 마음을 품고 있으니, 이 한이 어찌 그치겠습니까? 요컨대 지하에서라도 만날 것이니, 위공께서 영혼이 있다면 이 괴로운 충심을 비출 것입니다.

편지로 뜻을 다할 길 없어 눈물을 훔치며 여기까지 씁니다. 잘 살펴 주시기를 간절히 바라며, 무더위에 편안하시옵소서. 이만 줄입니다.

주옥산[139] 복 께 드리는 편지

與周玉山 馥 書

귀하의 가르침을 받지 못한 지가 벌써 36년이나 되었습니다. 펼 길 없는 정회 산처럼 쌓여있으니, 편지에 다 털어놓을 수도 없고 감히 구구절절 말할 수도 없습니다. 삼가 생각건대 봄추위가 아직 모진데, 존체 보양하심에 모두 편안하시고 귀댁 역시 모두 강건하시며 정신과 기력 역시 이전보다 줄지는 않으셨는지요? 구름 저 멀리 고개 들고 바라보니, 마음 실로 괴롭고 그립습니다.[140]

아우는 백겁의 풍상을 겪으며 겨우 몸뚱이의 일부만 보존하고 있을 뿐인지라, 이승에 대한 미련이 전혀 없습니다. 다만 친구들에 대한 정은 잊을 수가 없어서, 새벽녘에 이불 속에 누운 채로 옛 일들을 기억

139 주옥산(周玉山) : 주복(周馥, 1837~1921)으로, 안휘(安徽) 지덕(至德) 사람이며 자는 무산(務山), 호는 난계(蘭溪), 옥산이다. 현승(縣丞)·지현(知縣) 등을 지내고, 동치(同治) 9년(1870)에 북양해군(北洋海軍)을 건립하는 일과 천진 무비학당(天津武備學堂) 건립에 참여했다. 광서(光緖) 3년(1877)에 영정하도(永定河道)에 임명되고, 7년(1881)에 진해관도(津海關道)에 임명되었다. 또한 천진병비도(天津兵備道)를 겸했다. 14년(1888) 직예안찰사(直隸按察使)로 승진하고, 청일전쟁 후 전적영무처총리(前敵營務處總理)가 되고, 시모노세키 조약 후에 신병으로 물러났다.

140 마음……그립습니다 : 이 말은 《시경》에서 따온 것이다. 〈연연(燕燕)〉에 "바라보아도 미칠 수 없어 내 마음 실로 괴롭네.〔瞻望弗及 實勞我心〕"라는 구절이 있고, 〈백혜(伯兮)〉에 "그 이가 그리워서 머리 아픈 것도 좋아라.〔願言思伯 甘心首疾〕"라는 구절이 있다. 정현(鄭玄)은 전(箋)에서 "원은 그리움이다. 내가 그대를 그리워하는 것을 그치지 못하는 것이다.〔願念也 我念思伯 心不能已〕"라고 하였다.

해 보니 추억들이 울창한 나무숲마냥 펼쳐집니다. 지난날 가르침을 많이 받아서 가슴에 새기고 있는데, 막상 일에 임하여 실패하고서 고꾸라진 채 이 지경에 이르렀으니, 그 부끄러움을 어찌 말로 하겠습니까? 위정공(慰廷公)[141]의 일을 말을 하자니 답답하고 목이 멥니다.[142] 하늘이 이 사람에게 큰 임무를 내린 것은 우연이 아닐진대, 어찌 또 그리도 빨리 빼앗아 간단 말입니까? 이는 천지간에 관건이 되는 큰 운수이므로 아우 한 사람이 사사로이 통탄할 바가 아니니, 어찌 합니까?

오랫동안 계시는 곳을 한 번 찾아가려 했으나 좀체 마땅한 계기가 없었습니다. 그러다 마침 제 친구 안필중(安弼重)이 북경(北京)에 갔다가 상무(商務) 관계로 천진(天津)에 왕래가 있다고 하기에 편지 한 통을 부쳤습니다. 또 안군에게 직접 편지를 올리고, 또 아우가 친히 뵈옵듯 안색을 우러러 살피라 당부하였습니다. 부디 계단 앞 지척의 곳에서 만나 주시어 경모하는 마음을 펼 수 있도록 해주시면 어떻겠습니까? 이제 때에 따라 보중하시고, 미수(眉壽)[143]가 무강하시기를 축원합니다. 부디 굽어 살펴주시기를 바랍니다. 이만 줄입니다.

141 위정공(慰廷公) : 중국의 원세개(袁世凱)를 말한다.

142 답답하고 목이 멥니다 : 원문의 '어읍(於邑)'은 《초사(楚辭) 구장(九章)》 중 〈비회풍(悲回風)〉에서 나왔다. "애끊은 한숨소리, 그지없는 슬픔이 일어, 답답한 가슴 속의 울분을 금할 길이 없다.〔傷太息之愍憐兮 氣於邑而不可止〕"라는 글귀에 왕일(王逸)이 주(注)를 달아 "울분이 가득 차올라 맺힌 것을 풀 수 없는 것〔氣逆憤懣 結不下也〕"이라 하였다.

143 미수(眉壽) : 눈썹이 희고 길게 자라도록 오래 사는 수명(壽命)이라는 뜻으로, 남에게 축수(祝壽)할 때에 쓰는 말이다.

서후제사 書後題辭

권수암[144] 선생 유묵첩에 적다
題權遂庵先生遺墨帖

나의 벗 이계태(李啓泰) 군의 집에 수암(遂庵) 선생의 유묵을 소장하고 있는데, 이것은 선생이 손수 써서 고제자(高弟子) 윤병계(尹屛溪)[145] 선생에게 기증한 것이다. 모두 몇 폭(幅)이 있는데, 아마도 사문(師門)에서 마음을 전한 보훈(寶訓)이리라. 나는 임자년(1852, 철종3) 겨울에 그것을 볼 수 있었다. 글자가 손바닥보다 크고 힘 있고 예스러워서, 비록 오랜 세월에 퇴색되어 더럽혀졌지만 광풍제월(光風霽月)[146]의 기상이 종이와 먹 사이에서 은은히 드러나는 것이 함부

144 권수암(權遂庵) : 권상하(權尙夏, 1641~1721)로, 본관은 안동(安東), 자는 치도(致道), 호는 수암·한수재(寒水齋)이다. 유계(兪棨)에게 배운 뒤 송시열(宋時烈)과 송준길(宋浚吉)에게서 배웠다. 1689년(숙종15) 기사환국으로 송시열이 정읍에서 사사(賜死)되었을 때 유품(遺品)을 받고 그 유언에 따라 괴산 화양동에 명나라 신종과 의종을 제향하는 사당인 만동묘(萬東廟)를 세웠으며, 숙종의 뜻을 받들어 대보단(大報壇)을 세웠다.

145 윤병계(尹屛溪) : 윤봉구(尹鳳九, 1681~1767)로, 본관은 파평(坡平), 자는 서응(瑞膺), 호는 병계·구암(久庵)이다. 1714년 진사시에 합격하여 벼슬이 판서에 이르렀으며, 한원진과 함께 호론(湖論)을 주장하였고, 권상하의 문하에서 배운 다른 일곱 명과 함께 강문 팔학사(江門八學士)라 불린다. 저서에 《병계집》 등이 있다.

로 가지고 놀 수 있는 바가 아니었다.[147]

선생은 일찍이 선사문(先師門)[148]께서 남기신 부탁을 받아서 만동묘(萬東廟)[149]를 세우고 명나라 세 분 황제를 제향함으로써, 〈비풍(匪風)〉[150]과 〈하천(下泉)〉[151]의 뜻을 기탁했다. 지금은 명나라 사직이 무너진 지 이미 오래고 대륙은 누린내 나는 오랑캐에게 침몰 당하였는데, 유독 바다 동쪽 한 모퉁이만은 여러 선생들께서 의리로써 세교를 지켜주신 덕에 마음에서 마음으로 전해온 지 무릇 260년이 넘었다. 지금 중국〔神州〕이 다시 뒤집혀 옛날의 면모를 회복하였으니, 명나라 황실이 부흥했다 해도 틀린 말이 아니리라. 그때 참고 인내한 뜻이 이제야 끝을 고하게 되었는데, 마침 선인의 유묵이 이러한 때에 나왔으니, 이 어찌 대단히 기이한 일이 아니겠는가? 이를 위해 뒤에 감개의 마음을 적고 이군에게 다시 소장하도록 맡겼다. 숭정(崇禎) 후 4년, 임자년 동지 하루 전에, 후학 청풍(淸風) 김윤식(金允植)이 삼가 적다.

146 광풍제월(光風霽月) : 마음이 넓고 쾌활하여 아무 거리낌이 없는 인품을 비유적으로 이르는 말이다. 황정견(黃庭堅)이 주돈이(周敦頤)의 인품을 평한 데서 유래한다.

147 함부로……아니었다 : 이 말은 북송의 철학자 주돈이(周敦頤)의 〈애련설(愛蓮說)〉에 보인다. "멀리서 바라 볼 수는 있어도 함부로 가지고 놀 수 있는 바가 아니다.〔可遠觀而不可褻玩焉〕"라고 하였다.

148 선사문(先師門) : 스승인 송시열을 말한다.

149 만동묘(萬東廟) : 조선 19대 숙종 43년(1717)에 임진왜란 때 도와 준 명나라 신종(神宗)과 의종(毅宗)을 위하여 세운 사당이다. 송시열의 유명(遺命)으로 충청북도 청주 화양동(華陽洞)에 만동묘를 짓고 제사 지냈다. 대원군이 집권할 당시에 노론의 본거지로 지목하여 이를 철폐하였다가 1874년(고종11)에 부활되었다.

150 비풍(匪風) : 《시경》의 편명으로, 주(周)나라 왕실이 쇠미하여 현인(賢人)이 근심하고 탄식하여 지은 시이다.

151 하천(下泉) : 《시경》의 편명으로, 나라가 잘 다스려지기를 생각하며 지은 시이다.

백하[152] 서축 뒤에 적다

題白下書軸後

백하(白下)의 글씨를 세상에서는 명가라고 일컫는다. 그러나 그것이 문형산(文衡山)[153]으로부터 왔음을 알지 못하며, 또 문형산의 해서가 진(晉)나라 사람[154]의 묘법을 깊이 터득했음은 더욱 알지 못한다. 이는 모두 서예가들의 비법이라, 작자들이 직접 말하려 하지 않기 때문에 사람들도 알지 못하는 것이다. 완당(阮堂)[155]이 법안(法眼)으로써

152 백하(白下) : 윤순(尹淳, 1680~1741)으로, 본관은 해평(海平)이며 자는 중화(仲和), 호는 백하이다. 대제학・공조 판서를 지냈다. 중국의 왕희지(王羲之, 307~365)를 비롯하여 미불(米芾, 1051~1107)과 동기창(董其昌, 1555~1636) 등 송・명대 여러 명가들의 장점을 수용하여 자신만의 서풍을 완성하였으며, 특히 행서에서 높은 성취를 얻은 것으로 평가 받는다.

153 문형산(文衡山) : 문징명(文徵明, 1470~1559)으로, 선조 때 형산(衡山)에 살았기에 문형산이라 부른다. 본래 이름은 벽(壁)이며 호는 형산거사(衡山居士)다. 명나라의 유명한 서화가였으며 한림대조(翰林待詔)를 지냈다.

154 진(晉)나라 사람 : 본문 아래 구절에 나오는 이왕(二王)인 왕희지(王羲之)・왕헌지(王獻之) 부자를 말한다.

155 완당(阮堂) : 김정희(金正喜, 1786~1856)로, 본관은 경주(慶州)이며 자는 원춘(元春), 호는 완당・추사(秋史)다. 1809년(순조9) 생원이 되고, 1819년(순조19) 문과에 급제하여 세자시강원 설서(世子侍講院說書)・충청우도 암행어사・성균관 대사성(成均館大司成)・이조 참판 등을 역임하였다. 24세 때 연경(燕京)에 가서 당대의 거유(巨儒) 완원(阮元), 옹방강(翁方綱), 조강(曹江) 등과 교유, 경학(經學), 금석학(金石學), 서화(書畵)에서 많은 영향을 받았는데, 그의 예술은 시・서・화를 일치시킨 고답적인 이념미의 구현으로 고도의 발전을 보인 청나라의 고증학을 바탕으로 하였다.

원류(源流)를 감별해 냄에 이르러서야[156] 비로소 정평이 생겼다. 이 글씨를 보면 획이 가늘면서도 힘 있고 준일하며 글자 배치에 법도가 있어서, 멀리 이왕(二王)[157]이 남긴 뜻에 닿아있음을 알 수 있다. 태사공이 말하기를 "바위굴에 사는 은자가 청운지사(青雲之士)[158]에게 빌붙지 않는다면 무슨 수로 후세에 전해질 수 있겠는가?"[159]라고 했다. 완당 같은 사람이라면 청운지사가 아니겠는가?

156 완당(阮堂)이……이르러서야 : 《완당전집(阮堂全集)》 제8권 〈잡지(雜識)〉에 "윤백하(尹白下)의 글씨는 문형산(文衡山)에게서 나왔는데 세상이 다 알지 못하며 우선 백하(白下) 자신도 또한 말하지 않았다.〔白下書出於文衡山 世皆不知 且白下亦不自言〕"라고 하였다.

157 이왕(二王) : 진(晉)나라 왕희지(王羲之)와 그의 7번째 아들 왕헌지(王獻之)를 말한다. 모두 서법으로 뛰어났는데, 왕희지를 대왕(大王)이라 하고, 왕헌지를 소왕(小王)이라고 불렀다.

158 청운지사(青雲之士) : 청운지사는 고관대작이라는 뜻 이외에 고상하고 위망이 높은 사람을 가리키기도 한다.

159 바위굴에……있겠는가 : 이 말은 《사기》 권61 〈백이열전(伯夷列傳)〉에 나온다.

삼가 명나라 황제가 하사한 《소미통감절요》[160]의 뒤에 적다

謹書明朝御賜少微通鑑節要後

선조 문정공(文貞公)[161]께서 사신으로 명나라에 갔을 때, 숭정열황제(崇禎烈皇帝)[162]께서 하사하신 《소미통감절요(少微通鑑節要)》 한 질(帙)을 받았다. 문정공께서는 둘째 아들 충익공(忠翼公)[163]에게 나눠 주었고 충익공께서는 넷째 아들 판관공(判官公)[164]에게 소장하도록 명하여 마침내 우리 집안에서 대대로 지켜온 보물이 되었다. 나중에 누군가 훔쳐가 판 것을 종조(從祖) 학생공(學生公)께서 시장에서 발견하여 사가지고 돌아왔는데, 지금으로부터 또한 80여 년 전의 일이다. 나 윤식은 장정을 다시 해 갑 속에 보관하였다.

책은 본래 60권인데 29권이 빠져 있다. 남아 있는 것도 더럽혀지고 너덜너덜해져서 손을 댈 수조차 없다. 그러나 황제의 옥새와 사인(私印)은 여전히 새것처럼 휘황하다. 후세의 자손들은 마땅히 공경히 간직하며 잃어 버리지 말아야 할 것이다.

160 소미통감절요(少微通鑑節要) : 송나라 사마광(司馬光)이 편찬한 《자치통감(資治通鑑)》의 대요만을 뽑아 송나라 강지(江贄)가 편한 책이다. 모두 50권으로 명나라 정덕(正德) 연간에 간행되었다. 강지의 사호(賜號)가 소미선생(少微先生)이기 때문에 이러한 제목이 붙었다.

161 문정공(文貞公) : 김육(金堉)을 말한다.

162 숭정열황제(崇禎烈皇帝) : 명나라 사종(思宗) 주유검(朱由檢, 1611~1644)이다. 명나라 마지막 황제로 재위 기간은 1627~1644년이며 연호는 숭정이다.

163 충익공(忠翼公) : 김육의 차남인 김우명(金佑明)을 말한다.

164 판관공(判官公) : 김석달(金錫達)을 말한다.

밀아자[165]의 판어 뒤에 적다

書蜜啞子判語後

성명(性命)과 도덕(道德)은 형이상(形而上)의 것이고 육예(六藝)와 기술技術)은 형이하(形而下)의 것이다. 형이상의 것을 도(道)라 하고 형이하의 것을 기(器)라 한다. 도란 소리나 냄새를 찾을 수 없어서 그릇〔器〕이 아니면 도를 드러낼 바가 없다. 때문에 성인의 문하에서는 반드시 육예로써 사람을 가르치는 데 심혈을 다하고 힘을 다하여 실사구시하게 하는 것이다. 앉아 말하고 또 서서 행할 수도 있으니, 당세의 쓰임에 적합하기 위해 힘써야 한다. 만약에 그릇을 버리고 도를 논한다면, 이는 쓸모없는 본체다. 바위굴에 홀로 앉아 심신을 수련한다면 괜찮겠지만 가국(家國)과 천하에 펼친다면 쇠망하지 않는 자가 없을 것이다. 아아! 이는 후대 유자들의 허물이지 선성(先聖)의 본래 뜻이 아니다.

나는 일찍이 〈육예설(六藝說)〉을 짓고도 자신할 수 없었는데, 지금 밀아자(蜜啞子)의 〈판어(判語)〉를 보니 내가 속으로 하고자 했던 말을 먼저 얻었기에 내 말이 통달한 이의 견해와 어긋나지 않음을 다행으로 여기면서 마침내 권말(卷末)에 적는다.

165 밀아자(蜜啞子) : 유원표(劉元杓)의 호로, 자세한 인적사항은 미상이다. 다만 1900년부터 1905년 사이에 참위(參尉)와 부위(副尉)의 계급으로 황주(黃州)에 근무하였으며, 을사조약 체결 전후에 휴직한 군인이라는 점과 개성 근교에서 강단에 서는 한편 저술에 힘썼던 정황을 추측해볼 수 있을 뿐이다. 몽유록 소설을 본뜬 《몽견제갈량(夢見諸葛亮)》을 신채호의 서문과 함께 1908년(융희2) 단행본으로 간행하였다.

불수자[166]의 문초 뒤에 적다

書弗須子文鈔後

음식은 몸을 보양하는 것이지만, 다섯 개 솥에 산해진미를 잔뜩 쌓아 놓고 어지러이 갖다 바쳐 그 좋은 걸 이루 다 먹을 수 없게 한다면 도리어 비장(脾臟)을 상하게 하여 이내 탈이 나고 만다. 그러니 차라리 한두 가지 입에 맞는 음식을 배불리 먹고 그치는 편이 위도 편안하고 신체 또한 건강한 것만 못한 것이다. 문장을 짓는 것도 그러하다. 기록할 만한 일과 이야기할 만한 실마리가 아무리 많더라도, 하나도 빠뜨리지 않으려 한다면, 뒤죽박죽 깔끔하지 못하고 자질구레해져 도리어 본 뜻이 잘 드러나지 않는다. 한 편(篇) 중에서 가장 중요한 내용을 하나의 단서로 제기한 다음, 반복하고 여러 번 굴절을 준다면, 문장의 뜻도 충족되고 풍신(風神)[167]도 밝게 드러날 것이다. 옛 사람들은 이런 방법을 많이 사용했다.

지금 불수자(弗須子)의 글을 읽어 보니 한 폭을 채우지 못할 만큼 짧지만, 모두 정신이 주입되어 있어서 읽으면 싫증이 나지 않게 한다. 이 어찌 꽃봉오리를 씹어 먹어[168] 음식의 바름을 얻은 것이 아니겠는

166 불수자(弗須子) : 《운양속집(雲養續集)》 권1의 〈백소향은 애국사사 중 한 사람이다. 불수자 윤군이 그를 기념하는 시 한 편을 구하여 이 편을 지어 보낸다.〔白小香愛國死士中一人也 弗須子尹君求一詩記念 賦此贈之〕〉를 보면 그가 윤씨라는 것을 알 수 있다. 기타 자세한 인적사항은 미상이다.

167 풍신(風神) : 문장의 문채(文彩)와 신운(神韻)을 말한다.

168 꽃봉오리를 씹어 먹어 : 이 말은 종영(鍾嶸)의 《시품(詩品)》에서 나왔다. 종영은

가? 후세 작가들의 병폐는 아끼는 것을 없애지 못하는 데에 있다. 오직 아끼는 것을 없앤 연후라야 굴레를 벗어 던지고 자유로운 경지에서 노닐 수 있다. 불수자의 문장은 그것을 해냈다.

육기(陸機)의 문장을 평하면서, "꽃봉오리를 씹어 먹고, 윤기와 기름을 실컷 먹은 것이 그의 문장의 연원이다.〔其咀嚼英華 厭飫膏澤 文章之淵泉也〕"라고 했다.

경향관 타운첩에 적다

題經香舘朶雲帖

경향(經香)[169] 태사(太史)는 금의 정기와 옥의 매끄러움을 지니셨는데, 문장 또한 그 사람과 같았다. 함께 노닐던 사람들은 모두 이름난 사대부들로서, 한 시대의 최고로 꼽히던 인물이었다. 이 첩에 실린 것은 그가 교유하던 여러 공들과 주고받은 수필(手筆)들이다. 30년 사이에 사람도 금(琴)도 모두 사라지고[170] 전형(典型)은 아득히 파묻히고 말았지만, 오직 문채(文彩)와 풍류만이 여기저기 흩어진 짧은 글 속에 남아 있다. 유첩(遺帖)을 매만지며 허연 머리 떨치며 매만지자니, 우리의 도(道)가 나날이 곤궁해져 감에 대한 탄식을 금할 길 없다.

169 경향(經香) : 한장석(韓章錫, 1832~1894)으로, 본관은 청주(淸州). 자는 치수(穉綏)·치유(穉由), 호는 미산(眉山)·경향이다. 한필교(韓弼敎)의 아들이다. 이조판서, 예조 판서, 함경도 관찰사, 경기도 관찰사를 역임하였다.

170 사람도……사라지고 : 죽은 자를 애도하는 심정을 나타낼 때 사용하는 말로, 《진서(晉書)》 권80 〈왕휘지열전(王徽之列傳)〉의 "왕헌지의 금을 가져다 뜯었으나 한참이 지나도록 고르게 되지 않자 탄식하며 말하기를 '오호, 자경이여! 이젠 사람도 금도 모두 가버렸구나" 하였다.〔取獻之琴彈之 久而不調 嘆曰 嗚呼子敬 人琴俱亡〕"라고 한 데서 유래했다.

〈유연정〉시 뒤에 적다

題悠然亭詩後

경운 법사(擎雲法師)[171]는 나의 공문(空門) 벗이다. 일찍이 나와 함께 호남의 인물과 누대의 빼어남을 논하면서 언급하기를 "순천(順天) 연자루(燕子樓)는 호좌(湖左)의 유명한 누대입니다. 시인 남파(南坡) 김효찬(金孝燦)[172]의 집이 그 옆에 있는데, 그 문미에 유연정(悠然亭)이라는 편액을 달았습니다. 좌우엔 도서가 있고 키 큰 대나무가 우거졌는데, 술 한 잔 마시고 시 한 수 읊노라면 훌쩍 속세를 벗어나고픈 생각이 듭니다. 황매천(黃梅泉)[173]과 백겸산(白兼山)[174] 등 여러 사람

171 경운 법사(擎雲法師) : 속성은 김해 김씨이고, 이름은 운기(雲奇)이다. 17세에 구례 연곡사에서 출가하였고, 1881년(고종18) 경붕(景鵬) 익운(益運)의 법을 이었다. 1907년 선암사 대승암에서 개강을 하였고, 순천의 연선정에 포교당을 개설하기도 하였다. 각황사에서 7년여를 지내다 다시 선암사로 돌아와 선교 양종의 교정(敎正)으로 추대되었고 1936년에 85세로 입적하였다.

172 김효찬(金孝燦) : 본관은 김녕(金寧), 자는 대겸(大兼), 호는 남파(南波)이다. 1908년(융희2) 전라남도 순천군 주사(主事), 1910년 전라남도 지도군(智島郡) 서기로 근무했다. 황현(黃玹)의 《매천집(梅泉集)》 권2 〈김효찬의 용성음 시고에 쓴다〔題金孝燦龍城吟稿〕〉라는 제목의 시에 이런 설명이 있다. "겸산 백낙윤이 순천 부사로 부임했을 때 김효찬이 주연(主椽)으로서 그를 섬겼다. 겸산이 남원부로 승진되어 갔을 때 주사로 그를 불렀는데, 병신년(1896, 건양1) 가을에 부가 혁파되자 사직하고 돌아갔다. 하루는 그가 막중에서 지은 율시 1권을 기록하여 나에게 찾아와 비평을 청했다. 김효찬은 시재가 있는 데다 겸산의 지도를 거쳐 솜씨가 더욱 정교해져서 볼 만하였다.〔白兼山樂倫莅順天時 孝燦以主椽事之 及兼山陞按南原府 辟以主事 丙申秋 府罷辭歸 一日 錄其幕中所著律詩一卷 謁余評點 孝燦有詩才 及經兼山指授 益精工可觀〕"

들이 그곳을 오가며 시를 논하곤 했는데, 모두가 김효찬 군을 예원(藝苑)의 한 자리에 추대하여서 그 명성이 거의 연자루와 빼어남을 다툴 정도였지요."라고 하였다. 그런 다음 남파의 〈유연정〉시 2수를 보여주니, 일시에 많은 문인들이 이에 화답하였다.

참으로 옳구나! 명성 있는 선비에게는 반드시 내실이 있다는 말이![175] 대저 연자루 고적(故蹟)은 '누상가인(樓上佳人)'[176] 1구에서 비롯되었으니 한때의 유희에 불과하다. 근래 개성의 진사 한재렴(韓在濂)[177]이 〈연루팔영(燕樓八詠)〉을 지었는데, 매 수 전할 만하여 누대의 빼어남이 세상에 비로소 알려졌고, 지금 다시 남파의 〈유연정〉시까지

173 황매천(黃梅泉) : 황현(黃玹, 1855~1910)으로, 본관은 장수(長水), 자는 운경(雲卿), 호는 매천이다. 구한말의 문장 4대가로 꼽히고, 경술국치 때 절명시 4수를 남기고 음독 순국하였다.

174 백겸산(白兼山) : 백낙윤(白樂倫)으로, 본관은 수원(水原), 호는 겸산이다. 충남 공주 출신으로 순천 군수 등을 재냈다. 황현, 김윤식 등과 교류가 있었으며, 특히 1881년 김윤식이 영선사로 청나라에 가 이홍장과 접견하고 공학도를 훈련시킬 때 함께 간 인연이 있다.

175 명성……말이 : 명성 아래 속 빈 선비가 없다는 뜻으로, 명불허전(名不虛傳)과 같다.

176 누상가인(樓上佳人) : 고려 장일(張鎰)의 〈연자루(燕子樓)〉시에 "찬 달빛아래 처량한 연자루, 낭관 떠나고 나니 꿈만 아득해라. 이러한 때에 자리의 객들이여 늙음을 마다 마오, 누대 위의 가인도 백발이라오.〔霜月凄涼燕子樓 郎官一去夢悠悠 當時座客休嫌老 樓上佳人亦白頭〕"라고 하였다.

177 한재렴(韓在濂) : 1775~1818. 본관은 청주(淸州), 자는 제원(霽園), 호는 심원당(心遠堂)이다. 박지원(朴趾源), 정약용(丁若鏞), 신위(申緯) 등과 교유하였으며 시명(詩名)이 높았다. 벼슬은 하지 않았으며 저서로는《심원당시문초(心遠堂詩文抄)》, 《서원가고(西原家稿)》 등이 전한다. 특히《고려고도징(高麗古都徵)》을 저술하여 고려의 수도였던 개성의 산천과 사적에 연관된 사실들을 엮어 편찬한 것이 유명하다.

얻어 그 명성이 더욱 드러났다. 천년의 이름난 누각이 시에 의하여 드러나고 묻히다니, 어찌 기이한 일이 아니겠는가.

기억컨대, 지난 신사년(1881, 고종18)에 나는 이 고을의 수령으로 있으면서 매번 장부를 처리하고 난 여가에 누대에 올라 노닐며 감상하곤 했다. 당시 남파는 젊어서 이름을 아는 자가 없었다. 그게 지금으로부터 36년 전의 일인데, 남파의 시명(詩名)이 호남에 가득해지도록 나는 늙어 가면서 서로 만나질 못했다. 하지만 지금 그의 연자루 시를 읽어 보니 그 사람을 상상할 수 있다. 유연정은 내가 올라가 조망해본 적 없지만, 옛날 보았던 연자루의 모습을 통해 그 아름다운 운치를 상상할 수 있다. 그러니 나는 이 정자에 있어 여산(廬山)을 처음 찾은 객 처지는 면한 셈이다.[178] 원운(原韻)은 병 때문에 차운을 할 수 없고, 몇 마디를 엮어서 끄트머리에 적는다.

178 여산(廬山)을……셈이다 : 글을 통해 미리 접했기 때문에 그 해당하는 지역에 처음 찾아가더라도 낯설지는 않을 것이라는 말로, 어떤 글이 풍경을 잘 묘사했음을 칭찬하는 말이다. 소식(蘇軾)의 〈발자유서현당기후(跋子由栖賢堂記後)〉에 "자유가 〈서현당기〉를 지었는데, 읽어보니 당 안에 있으면서 수석과 어둔 숲, 초목과 칡을 눈으로 보는 것만 같았다. 나는 이 글을 적어 당의 비석에 새기고 여산과 인연을 맺고자 하나니, 그리하면 훗날 여산에 들어가도 처음 와보는 객 처지는 면할 것이다.〔子由作栖賢堂記 讀之便如在堂中 見水石陰森 草木膠葛 僕當爲書之 刻石堂上 且欲與廬山結緣 他日入山 不爲生客也〕"라고 하였다.

대희[179]의 산수도 족자에 적다

題戴熙山水圖幀

완당(阮堂)[180] 선생이 쓴 대희(戴熙)의 산수도(山水圖) 족자 하나는 소식(蘇軾)이 그림을 논한 한 구절을 들어 반복해서 추론하여 부연하였는데, 필세가 나는 듯하고 먹이 춤을 춘다. 기(器)로 나아가 이치를 구하고, 형(形)으로 인하여 묘(妙)에 들어야 한다고 결론짓고 있다. 글 속에 대희의 그림에 대해서는 한 구절도 언급하지 않았는데도, 대희의 그림이 지니고 있는 기(器)의 묘(妙)가 그 안에 있다.

179 대희(戴熙) : 1801~1860. 전당(錢塘) 사람으로 자는 순사(醇士), 호는 윤암(楡庵)·녹상(鹿床), 자칭 정동거사(井東居士)라고 하였다. 청나라의 화가이며 병부 우시랑(兵部右侍郎)을 지내고, 나중에 숭문서원(崇文書院)의 주강(主講)을 지냈다. 산수를 잘 그렸다.

180 완당(阮堂) : 김정희(金正喜)를 말한다. 233쪽 주 155 참조.

중봉 선생 건사사실록 뒤에 적다

書重峰先生建祠事實錄後

태평성대 500년 동안 어진 유자들이 많이 배출되어 제사가 줄을 잇지만, 그 명체적용(明體適用)[181]하고, 청렴한 풍격과 곧은 절의로써 탁월하게 백대의 스승이 될 만한 자를 구한다면 오직 조중봉(趙重峰)[182] 선생만이 그러한 사람이다. 선생의 도학(道學), 절의(節義), 사행(事行), 언론(言論)은 역사책에 모두 실려 해와 별처럼 빛이 나서, 부인이나 어린애들까지도 그 이름을 알 정도이다. 그가 지나간 곳은 산천초목도 모두 정채를 띠었으니, 비록 오랜 세월이 지났다 해도 인멸될 수 없는 것이다.

길주(吉州) 영동역(嶺東驛)은 선생이 귀양 살던 곳이다. 옛날에는 명천서원(溟川書院)[183]이 있어서 철마다 제사를 올렸지만, 지난번 서원철폐령[184]으로 인해 함께 폐지되었다. 서원 철폐는 중첩되게 설치하는 것을 잘라내기 위함이다. 하지만, 선생의 덕과 공의 경우, 집집마다 제사를 올린다 해도 안 될 것이 없다. 하물며 거칠고 먼 변방의 후미진 땅에 다행히 명현이 남긴 자취가 있어서 후학들이 애도하고 사모하는 장소가

181 명체적용(明體適用) : 도(道)를 밝히고 마음을 살핌을 근본으로 삼고 세상을 경륜하고 사물을 다스림을 용(用)으로 삼는 것을 말한다.

182 조중봉(趙重峰) : 조헌(趙憲, 1544~1592)이다. 188쪽 주 55 참조.

183 명천서원(溟川書院) : 함경북도 길주에 있었던 서원으로, 1670년(현종11)에 건립하여 조헌(趙憲)을 배향하였다.

184 서원철폐령 : 1871년(고종8) 대원군의 명에 의해 전국에 47개의 서원만 남기고 모두 철폐된 사건을 말한다.

되었는데, 어찌 다른 예(例)를 끌어다가 영원히 폐지할 수 있단 말인가. 이것이 본군의 사림들이 한목소리로 우러러 호소하며 사원(祠院)의 옛 의식을 회복하고자 하는 까닭이다. 비록 그러하지만 현인을 연모하는 정성은 조두(俎豆)나 의식용 문장과 같은 말단에 있지 않으니, 반드시 옛사람이 준칙을 세워 정사를 돌보던 바를 배움으로써 자기 몸을 훌륭하게 다스려야지만 바야흐로 현인을 연모하는 실질이 될 수 있다.

선생이 스승을 위해 무고를 변별한 것을 보면 유학을 지키고자 했던 공덕을 생각할 것이요, 《동환봉사(東還封事)》[185]를 보면 백성과 나라를 널리 구제하고자 했던 마음을 생각할 것이요, 여러 번 대궐 문에서 부르짖으며 병사를 준비하라 경고한 것[186]을 보면 선견지명과 우국지정을 생각해야 할 것이다. 끝내 의병을 규합하고[187] 적에 대항하다 나라 위해 목숨을 바치니, 의로운 명성이 울려 퍼져 중흥의 사업을 도왔다. 그 높고 빛나고 기이하고 위대한 자취를 따져 보니 모두 학문에서 나왔다. 지금 남긴 글이 모두 있으니 배우는 자라면 마땅히 자세히 음미해보고 가슴에 새겨야 할 것이다.

정사년(1917) 중춘(仲春)에 후학 청풍(淸風) 김윤식이 삼가 적다.

185 동환봉사(東還封事) : 조헌이 1574년(선조7) 질정관으로 명나라에 다녀와 그곳의 문물과 제도의 따를 만한 것을 조목별로 적어서 올린 것이다.

186 병사를……것 : 1591년 일본의 도요토미 히데요시(豊臣秀吉)가 게이테쓰 겐소(景轍玄蘇) 등을 보내 명나라를 칠 것을 전달하자 조정이 머뭇거리고 있을 때 조헌이 상소를 올려 겐소 등을 죽일 것을 청하였으나 받아들여지지 않았다. 조헌은 상경하여 일본군 대비책을 상소했으나 조정에서 받아들이지 않으므로 낙향해 왜란에 대비하였다

187 의병을 규합하고 : 1592년(선조25) 임진왜란이 발발하자, 조헌은 호서에서 최초로 의병을 일으켰다. 승장(僧將) 영규(靈圭)와 함께 청주성을 수복하는 전과를 올렸으나 끝내 금산 전투에서 7백 의사와 함께 순국했다.

길야은 선생 유적 뒤에 적다
書吉冶隱先生遺蹟後

야은(冶隱)[188] 선생은 조정에서 권세 있는 간신을 꾸짖고, 관직을 버리고 돌아가 은거하였다. 후인들이 그 풍채를 사모하니, 작은 글씨나 짧은 글이라도 얻는다면 족히 세상에 드문 보물이 될 터인데, 세상에 전하는 것이 없다. 그런데 이 글이 5, 6백 년 뒤에 나타났으니, 이 무슨 행운인가? 아마도 길씨(吉氏) 집안에서 간직한 것일 텐데 애석하게도 고찰한 만한 관지(款識)[189]가 없다. 종이 뒤에 작은 글씨로 적은 '길야은 서(吉冶隱書)' 4글자도 퇴색하고 해져서 분별할 수 없다. 생각건대, 선생의 문인이나 자제가 그대로 묻혀버릴까 두려워서, 사적으로 표시하여 적어 놓은 것이리라. 글자는 모두 28자인데, 자획이 가늘고 힘차며 자태는 웅건하고 빼어나 그 뛰어난 인덕과 높은 절개가 백 대(代) 후에 늠름하게 다시 나타난 듯하다. 이는 의심할 나위 없이 선생이 직접 쓴 것이니, 후인들은 마땅히 공손히 감상하고 진귀한 보배로 간직해야 한다.

188 야은(冶隱) : 길재(吉再, 1353~1419)로, 본관은 해평(海平), 자는 재보(再父), 호는 야은·금오산인(金烏山人)이다. 고려 말 조선 초의 성리학자로 목은 이색, 포은 정몽주와 함께 고려 말의 삼은(三隱)으로 불린다.

189 관지(款識) : 낙관(落款)과 같다. 글씨나 그림을 완성한 뒤 화면 안에 마무리와 자필(自筆)의 증거로 자신의 이름, 그린 장소, 제작 연월일 등의 관(款)을 적어 넣고 아호(雅號) 등의 도장을 찍는 일이다. '낙성관지(落成款識)'의 준말이다.

경운사가 손수 초록한 《화엄경》 책 뒤에 적다

題擎雲師手鈔華嚴經卷後

조계사 경운 화상(擎雲和尙)은 법문(法門)의 용상(龍象)[190]이다. 손수 초록한 《화엄경(華嚴經)》[191]이 전부 10억 9만 5천여 자인데, 한 글자 쓸 때마다 부처를 한 번씩 부르며, 5년 만에 마쳤다. 자획이 힘차고 정밀하여 털끝 하나도 놓친 것이 없다. 이 10억 9만 5천여 자는 모두 심혈을 쏟아 베껴낸 것이니, 옛날 손가락 피로 불경을 베낀 것과 비교하여 공덕이 댓 곱절에 해당한다. 그러나 공덕이라 말하는 순간 이미 공덕이 아니다. 무슨 까닭인가? 무심무불(無心無佛)하고 무문자(無文字)에 무공덕(無功德)이기 때문이다. 나는 본디 선리(禪理)를 이해하지 못해 겨우 이 불료의(不了義)[192]를 지었으니, 운공께서 이것을 보면 빙그레 웃을 것이 분명하다. 정사년(1917) 중춘(仲春)에 운양거사(雲養居士)가 칠십이구초당(七十二鷗草堂)에서 적다.

190 법문(法門)의 용상(龍象) : 법문은 불문(佛門)이다. 용상은 용과 코끼리이다. 불교에서 수행이 용맹하여 가장 능력이 있는 승려를 비유한다.

191 화엄경(華嚴經) : 대승불교(大乘佛敎)의 경전으로, 특히 화엄종의 소의경전이다. 석가가 깨달음을 얻은 후 최초로 행한 설법이라고 주장한다. 정식 이름은 대방광불화엄경(大方廣佛華嚴經)이다.

192 불료의(不了義) : 부처가 설교할 때 실지의 뜻은 덮어 놓고 알아 듣기 쉽도록 방편을 써서 말하는 일이다.

미시마 주슈[193]의 제4집 뒤에 적다
書三島中洲第四集後

주슈(中洲) 박사(博士)의 신간 제4집(第四集)이 갑자기 내 책상머리에 떨어졌다. 나는 베개에 엎드려 한 번 읽다가 머리를 들고 일어났는데, 나도 모르게 깊은 병이 몸 밖으로 빠져 나가는 것 같았다. 아! 공이 만난 시대는 어쩌면 그리도 성대한가? 일찍이 듣기를 공의 전후 여러 문집에는 비문에 새겨진 글이 많다고 했는데 모두 유신(維新) 이래 천지간에 뛰어난 인물들이었지만, 자연스럽고도 출중하게 그려내 붓이 춤추고 먹이 얼큰하게 달아올랐으니, 묘지에 아첨이나 하는[194] 일반 묘지명에 비할 바가 아니었다. 공은 이러한 시절을 만나 지금은 고령의 몸으로 목소리를 크게 냄으로써 국가의 성대함을 울리고 있다. 문인이 시대를 만남이 이와 같으면 여한이 없을 것이다!

193 미시마 주슈(三島中洲) : 1830~1919. 본명은 쓰요시(毅), 자는 엔슈쿠(遠叔), 통칭은 데이이치로(貞一郎), 별호는 도난(桐南)·가이소(繪莊)·바이카쿠(陪鶴)·바이류(陪龍)이다. 시게노 야스쓰구(重野安繹), 가와타 오코(川田甕江)와 함께 메이지 삼대 문종(明治三大文宗)의 한 사람으로 손꼽히는 한학자이다. 도쿄 고등사범학교 교수, 신야(新治) 재판소장, 대심원(大審院) 판사, 도쿄 제국대학 교수, 궁중고문관(宮中顧問官) 등을 역임했다. 니쇼가쿠샤 대학(二松學舍大學)의 전신인 한학의숙 니쇼가쿠샤(二松學舍)의 창립자이다. 대동문화협회(大東文化協會) 초대 이사장을 지냈다.

194 묘지에 아첨이나 하는 : 묘지명은 보통 죽은 이를 기리기 위해 쓰기 때문에 폄사보다는 칭송이 위주가 된다. 따라서 한나라 채옹(蔡邕)이나 당나라 한유(韓愈)처럼 묘지명을 많이 쓴 문인들은 당대에 혹은 후대에 '무덤에 아첨하는 글'을 많이 썼다고 조롱을 받기도 하였다.

옛날 주나라 선왕(宣王) 때 중흥명신(中興名臣)을 칭송한 작품은 윤길보(尹吉甫)[195]의 손에서 나온 것이 많은데, 관현(管絃)에 올려지고 〈대아(大雅)〉의 시에 편입되었다. 나는 공의 이 문집도 이에 필적할 만하다고 생각한다.

195 윤길보(尹吉甫) : 주(周)나라 방릉(房陵) 사람이다. 주나라 선왕(宣王)의 대신으로 내사(內史)를 지냈다. 《시경》의 시를 채집한 주요 인물 중 한사람이다.

곡성 이부인의 가장 뒤에 적다
書谷城李夫人家狀後

가난해도 원망하지 않고, 부자라도 베풀 수 있는 것은 사군자(士君子)의 덕행이다. 때를 알아 권도(權道)에 통달하고 나라를 사랑하고 백성을 구휼하는 것은 대장부가 뜻을 둘 일이다. 여자의 행실이라면 효로써 부모를 섬기고 공경으로써 남편을 섬기며 의리로써 자식을 교육하고 종족과 향당(鄕黨) 간에 화목하고 사랑하는 것, 그뿐이다. 그중 한 가지만 있어도 어진 부인이라 칭송받을 만한데, 하물며 이런 미덕을 모두 갖추어 남을 크게 뛰어넘는 자이겠는가?

나는 곡성 이부인의 행장을 읽고 나도 모르게 옷깃을 여미고 탄식하기를 "이는 군자이면서 장부로다! 예의를 어기지 않는 것이나 식견과 사려가 심원한 것이나, 비록 옛날의 경강(敬姜)[196]과 신영(辛英)[197]이라도 이를 넘지 못할 것이다."라고 하였다. 나는 이에 깊이 느낀 바가 있다. 만약 이 사람이 조정에 섰다면 국사(國事)는 쇠함에 이르지 않았을 것이고, 사회에 나갔다면 풍속이 구차하고 태만함에 이르지 않았을 것이다. 그러나 불행하게 시골 아녀자로 태어나서, 교화라야 가정을 벗어나지 못하고, 복과 은택이 자손에 그쳤으니 어찌 안타깝지 않겠는

196 경강(敬姜) : 춘추 시대 노(魯)나라 대부(大夫) 공문백(公文伯)의 모친이다. 현숙한 부인으로 유명하다.

197 신영(辛英) : 신헌영(辛憲英, 191~269)을 말한다. 이름은 불명이며, 헌영(憲英)은 그의 자이다. 삼국 시대 위(魏)나라 사람으로, 모신(謀臣)인 신비(辛毗)의 딸이자 양탐(羊耽)의 처이다. 총명과 견식으로 저명하였다.

가? 지금 백당(白堂) 현군(玄君)은 이치를 잘 아는 문사이다. 일찍이 내게 이씨의 일을 매우 자세하게 말해주었기에 마침내 강개하여 붓을 들고 행장 뒤에 적는다.

장음자의 시첩에 적다
題長歆子詩帖

경운 상인(擎雲上人)이 장음자(長歆子)가 병중에 읊은 1백 8수의 시첩을 보내어 보여주며 제문(題文)을 적어 품평해 줄 것을 부탁했다. 내가 보니 시의 어휘가 맑고 굳건하며, 필법이 고아했기에 반복하여 감상하면서 손에서 놓질 못했다. 이윽고 탄식하며 말하기를, "문예는 비록 작은 기예이지만 어느 시대인지를 살필 수 있다. 이 시첩의 경우, 이름을 가리고 연대를 묻는다면 나는 분명 2백 년 전의 명가가 지은 것이라고 대답했을 것이니, 동시대에 이런 사람이 있는 줄 어찌 알았겠는가? 생각건대 분명 박학하고 옛 것을 좋아하여, 더러움에 처하더라도 물들지 않을 그런 사람이리라! 그렇지 않고서야 어찌 여기에 이르렀겠는가?"라고 하였다. 나와 경운은 사는 방법은 비록 다르지만 취미는 같아서 경운이 좋아하는 사람은 나 또한 좋아한다. 비록 서로 만난 적은 없지만 용모와 행동, 그리고 풍채는 어렴풋 본 것만 같다. 훗날 장음자를 본다면, 한 번 웃으며 서로 거스름이 없을 것이다.

구양공의 선면상에 적다

題歐陽公扇面像

구양공(歐陽公)[198]은 후세가 함께 애모하는 자이니, 사모함이 그치지 않고 그 풍채를 그리워한다. 나는 일찍이 난타(蘭坨) 이군(李君)에게서 부채에 그려진 작은 초상을 보았는데, 그 바르고 곧은 기상과 너그러운 용모는 천년 후에도 공경하는 마음을 일으키게 했다. 진후산(陳后山)[199]이 말하기를 "구양공의 초상은 공의 집과 소미산(蘇眉山)이 각각 소장하고 있는데, 소미산이 가지고 있는 본은 운치가 뛰어나고 가장본은 형상이 흡사하다."[200]라고 했다. 지금 이 본은 아마 소미산의 옛 소장본을 얻어서 모사한 것이 아닐까? 어쩌면 풍신(風神)[201]이 이리도 사람을 감동시킨단 말인가?

198 구양공(歐陽公) : 구양수(歐陽脩, 1007~1073)로, 길안(吉安) 영풍(永豐) 사람이며, 자는 영숙(永叔), 호는 취옹(醉翁)·육일거사(六一居士)다. 북송 초 문단의 영수이며, 중요한 정치가이다.

199 진후산(陳后山) : 진사도(陳師道, 1053~1102)로, 팽성(彭城) 사람이며, 자는 이상(履常)·무기(無己), 호는 후산거사(後山居士)이다. 북송(北宋)의 시인으로, 비서성 정자(秘書省正字) 등을 지냈다. 소문 육군자(蘇門六君子) 중의 한 사람이며, 강서시파(江西詩派)의 중요 작가였다.

200 구양공의……흡사하다 : 진사도의 《후산담총(後山淡叢)》 권1에 "소본(蘇本)은 운치가 뛰어나지만 모습을 잃었고, 가본(家本)은 모습은 닮았지만 운치를 잃었다. 모습만 있고 운치가 없는 것은 그림자만 그려낸 것일 뿐 정신을 전달한 것이 아니다.〔蓋蘇本韻勝而失形 家本形似而失韻 夫形而不韻 乃所畫影爾 非傳神也〕"라고 하였다.

201 풍신(風神) : 예술작품의 문채(文彩)와 신운(神韻)을 말한다.

〈동현서독첩〉에 적다

題東賢書牘帖

사람을 살피는 법은 조정의 회동에서 예의를 꾸밀 때 있지 않고, 구속을 벗어 던지고서 술잔 들고 손바닥을 칠 때에 있다. 글을 살피는 것도 마찬가지다. 종정(鍾鼎)과 비석에 새겨진 문장은 모두가 전아하고 법도가 있지만, 보통의 서간문이 마음대로 붓을 휘둘러서 풍신(風神)이 자유롭고 천연한 풍취가 난만한 것만 못하다. 이것이 간독첩(簡牘帖)이 세상에서 중시를 받는 이유이다. 지금 이 첩에 실려 있는 간독은 거의 백 폭이 넘는데, 모두 3백 년 이래 명류(名流)들의 수필(手筆)이다. 당시에는 손 가는대로 써 내려가면서 일부러 경영하지 않았을 터인데, 지금 바라봄에 그 정신과 풍취를 역력히 상상할 수 있으니, 어찌 금석(金石)의 탑본이 견줄 바이랴? 후인들은 마땅히 어루만져 아끼고 감상하며, 진보로 보관해야 할 것이다.

〈이기관지첩〉에 적다
題彛器款識帖

박온재(朴溫齋)[202] 선생이 《설문익징(說文翼徵)》[203]이라는 책을 썼는데, 사주(史籒)[204] 이전의 금석고문(金石古文)을 인용해 가면서 허씨(許氏)[205]의 오류를 정정하였다. 내 일찍이 그 책을 고금 육서(六書)[206]의 뛰어난 학문으로 추켜세운 바 있는데, 이는 지나친 말이 아니다. 온 세상에 이를 알아 주는 이 없건만, 유독 청나라 사람 오대징(吳大澂)[207]만은 그 책을 매우 좋아했다. 임신년(1872, 고종9) 여름

202 박온재(朴溫齋) : 박선수(朴瑄壽, 1823~1899)로, 본관은 반남(潘南), 자는 온경(溫卿), 호는 온재이다. 실학자 박지원(朴趾源)의 손자, 박종채(朴宗采)의 아들이며 우의정 박규수(朴珪壽)의 아우이다. 1864년(고종1) 증광문과(增廣文科)에 장원, 경상도 암행어사(慶尙道暗行御史) 등 여러 관직을 역임하고 공조 판서·형조 판서에 이르렀다.

203 설문익징(說文翼徵) : 《설문해자익징(說文解字翼徵)》이다. 《설문해자(說文解字)》에 누락된 내용을 보충하기 위해 고대 종정(鍾鼎)의 유문(遺文)을 연구하고 모자(母字)의 원리와 본뜻을 고증하여 밝힌 책이다.

204 사주(史籒) : 주(周)나라 선왕(宣王) 때의 태사(太史)이다. 이전의 고문(古文)을 바꾸어서 대전(大篆)을 만들었다고 한다.

205 허씨(許氏) : 허신(許愼, 58?~147?)으로, 여남(汝南) 소릉(召陵) 사람이며, 자는 숙중(叔重)이다. 가규(賈逵)에게서 고학(古學)을 배워서 경서에 박통했다. 《설문해자(說文解字)》의 저자로 유명하다.

206 육서(六書) : 한자의 구조 및 사용에 관한 여섯 가지의 구별 명칭이다. 상형(象形), 지사(指事), 회의(會意), 형성(形聲), 전주(轉注), 가차(假借)를 말한다.

207 오대징(吳大澄) : 1835~1902. 강소성(江蘇省) 오현(吳縣) 사람으로, 초명은 대

에 그의 큰 형님 환재(瓛齋)[208] 선생이 사신으로 연경(燕京)에 들어갔을 때 청나라 사람이 선생과 주고받은 편지 중에 《설문익징》을 칭찬하는 말이 있었으며, 또 〈이기관지탁본(彝器款識拓本)〉 1첩을 온재에게 기증한 사람도 있었으니, 아마도 집안의 진보도 아까워 않고서 같은 기호를 지닌 자에게 공개한 것이리라.

지금 여러 현자들은 이미 황천으로 돌아가고, 이 첩은 세상에 떠돌다 젠안 고쿠부(漸庵國分)[209] 군의 수중에 들어갔다. 을미년(1895, 고종 32) 겨울에 가이엔 아유카이(槐園鮎貝)[210] 군이 경성 봉익동(鳳翼洞)[211]으로 나를 방문하여 이 첩을 가져와서 보였다. 또한 점암의 뜻을 전하

순(大淳), 자는 지경(止敬)·청경(淸卿), 호는 항헌(恒軒)이다. 청나라 금석학자로 그 저서에 《설문고주보(說文古籒補)》, 《고옥도고(古玉圖考)》, 《권형도량고(權衡度量考)》, 《각재집고록(愙齋集古錄)》, 《항헌소견소장길금록(恒軒所見所藏吉金錄)》, 《창재문집(愙齋文集)》 등이 있다.

208 환재(瓛齋) : 박규수(朴珪壽)를 말한다.

209 젠안 고쿠부(漸庵國分) : 고쿠부 산가이(國分三亥, 1863~1962)로, 빗추유미노초(備中弓之町) 출신이며, 호는 젠안이다. 1908년 검사총장(檢事總長)에 취임하였고, 궁중 고문관(宮中顧問官) 및 조선총독부 법무국장, 일본의 니쇼가쿠샤 대학(二松學舍大學) 이사장을 역임하였다. 한시를 잘 짓는 것으로도 유명하였다.

210 가이엔 아유카이(槐園鮎貝) : 아유카이 후사노신(鮎貝房之進, 1864~1946)으로 일본의 언어, 역사학자이다. 미야기 현 게센누마 시 출신으로 1894년 조선에 입국하여 서울에서 사립학교 설립을 위해 잠시 활동하였지만, 철도와 광산 사업에 주로 종사하였다. 1895년 명성황후 시해에도 관여한 것으로 알려져 있으며 일제하에는 조선총독부 박물관 협의원, 보물고적명승천연기념 보존위원 등으로 활약하면서 조선의 언어, 무속, 역사 등을 연구하였다. 임나일본부설 등을 주장한 식민주의 역사학자의 한 사람으로 일제의 조선 침략과 지배를 합리화하는 데 앞장섰다.

211 봉익동(鳳翼洞) : 지금의 서울 종로구에 있는 동네 이름이다.

면서 거기다 적을 말을 요청했다. 나는 일찍이 두 공 사이에서 교유하며 그 일을 상세히 알고 있었는데, 두루마리를 펼쳐놓고 읽어봄에 회고의 감개를 금할 수 없었다. 사물에는 정해진 주인이 없는 법, 끝내는 그것을 알아주고 사랑해 주는 사람 집에 돌아가게 되어 있다. 나는 점암이 옛 것을 좋아하고 박식한 인사임을 알고 있으니, 이 첩이 적당한 소장자를 얻었다고 할 만하다.

정축년《옥하보》뒤에 적다
丁丑玉河譜後識

우리 김씨는 옛날에는 족보가 없었다. 그 전에 비록 족보가 있기는 했지만 세대가 멀어지고 난리를 겪어서 고증할 수가 없었다. 선조 문정공(文貞公)[212] 부군(府君)이 이를 근심하여, 두루 수소문하고 샅샅이 찾아 여러 집안에 남겨진 기록을 수집한 다음, 그 중 믿을 만한 것을 골라서 한 가문의 역사를 완성시키려고 했다. 그러나 나랏일에 힘쓰느라 고달파서 교정할 겨를이 없었다.

인조(仁祖) 정축년(1637)에 부군이 사신으로 연경(燕京)에 들어갔을 때 옥하관(玉河館)[213]에 40일 동안 머물렀다. 공무를 수행하고 난 여가에 잠시 일이 없으면 여행 상자에 넣어온 족보 초고를 꺼내어 일일이 정밀하게 교감하고, 소목(昭穆)[214]의 순서를 잡고, 파계(派系)를 정리하여 마침내 완본을 이루었다. 동쪽으로 돌아온 이후 즉시 간행하여 배포하니, 이것이 곧 우리 족보의 시초이자 세상에서《옥하보(玉河譜)》라고 부르는 것이다. 그 뒤를 이어서 경오년, 정사년, 기미년에

212 문정공(文貞公) : 김육을 말한다.

213 옥하관(玉河館) : 명(明)나라 초기에 외국 사신의 숙소로 사용하기 위해 북경에 설치한 관소로, 청나라 때도 그대로 이용되었다. 조선조의 사신들도 연경(燕京)에 갔을 때 이곳에 머물며 활동하였다.

214 소목(昭穆) : 종묘나 사당에 조상의 신주를 모시는 차례이다. 왼쪽 줄을 소(昭)라 하고, 오른쪽 줄을 목(穆)이라 하여 1세를 가운데에 모시고 2세, 4세, 6세는 소에 모시고, 3세, 5세, 7세는 목에 모신다. 전하여 촌수에 따른 일가의 순서를 말한다.

속간(續刊)한 족보는 모두 《옥하보》를 원조로 삼았다.

우리 김씨라면 마땅히 집마다 한 본을 갖추어 놓고 영원히 대를 이어 진보로 받들어야 옳거늘, 어찌하여 283년 사이에 한 건도 남아 전하는 것이 없단 말인가? 설마 당시에 미처 많이 간행하여 널리 배포하지 못한 탓에 마침내 모두 소실되고 남은 것이 없단 말인가? 정말 모르겠다. 해주(海州)의 종인(宗人) 익성(益成)의 집에서 옛날에 소장한 1건을 얻었으니, 얼마나 다행인가?

익성은 판결사공(判決事公)의 후예이다. 판결사공은 일찍이 정축년 간행 일을 도왔는데, 발문(跋文)이 있으니 고증할 수 있다. 이 책이 이 집에 소장되어 있는 것은 실로 당연한 일이다. 내가 빌려와서 받들어 열람해 보니, 비록 먼지로 퇴색하고 몹시 낡았지만 더욱 고색창연하게 느껴졌다. 그 황홀함이 마치 공자 집 벽에서 고서를 얻은 것과 같았으니 아끼고 중히 여김이 어떠하겠는가? 즉시 중간(重刊) 하여 종족들에게 공개하고자 하였으나, 족보 일을 막 그친 뒤라 용력을 댈 수 없었다. 이에 일단 한 본을 등사한 뒤 훗날을 기다려서 간행하려고 했다. 작은 오류가 있어 의심스러운 부분 역시 감히 함부로 문장을 고쳐 다듬지 않고 원본에 그대로 베껴냈다.

원본을 익성에게 돌려주면서 말하기를 "세상에 변고가 많아 선대의 책을 지킬 수 있는 집이 드물다. 다만 이 책은 곧 선인(先人)이 심혈을 쏟은 것이니 없어져서는 안 된다. 이 책을 지켜낼 책임은 마땅히 나와 그대가 함께 힘써야 할 것이다."라고 했다.

《청풍세고》 뒤에 짧게 적다
淸風世稿後小識

《청풍세고(淸風世稿)》 1권은 선조 문정공(文貞公)[215] 부군(府君)이 수집하여 간행하고 보관한 책이다. 당시에는 간행본이 많지 않았는데, 유실된 것 또한 많아서 전하는 것이 드물다. 이 책은 그 등사본이다. 언제 서사(書肆)로 유출되었는지 모르지만 지금 이리저리 굴러다니다가 마치 합포환주(合浦還珠)[216]처럼 이 불초자의 손에 들어왔으니, 어찌 기이하지 않은가? 진보로 간직하다가 다시 속편을 이어 엮어서 후세에 전하고자 했다. 그러나 위독한 병이 날로 심해진 탓에, 그 뜻을 이루지 못할 것 같다. 이에 일단 책 뒤에 몇 마디를 기록함으로써 우리 집안에 책 향기가 끊이지 않았음을 적고, 후손들에게 삼가 지킬 것을 권면한다.

215 문정공(文貞公) : 김육(金堉)을 말한다.

216 합포환주(合浦還珠) : 후한(後漢) 맹상(孟嘗)이 합포 태수를 지냈는데, 합포는 곡식과 바다의 진주가 풍부한 곳이었다. 그런데 전임 군수가 탐욕이 심하여 바다의 진주를 마구 채취하자, 진주가 교지군계(交阯郡界)로 옮겨가 버렸다. 맹상이 전임자의 폐단을 고치고 선정을 베풀자 진주가 다시 합포로 돌아왔다고 한다.

선암사[217] 함경대사 진정[218]에 적다

題仙巖寺涵鏡大師眞幀

두 눈동자 형형하고	雙瞳炯炯
짧은 머리는 희끗희끗	短髮星星
둥근 부들자리에 가부좌하시니	趺坐蒲團
고요하고 밝은 모습	寂寂惺惺
맑은 거울에 대가 있으나[219]	明鏡有臺
단청으로 형용할 수 없네	莫狀丹靑
빈산에 사람 없는데	空山無人
꽃은 피고 달은 밝네	花開月明

(옮긴이 기태완)

217 선암사 : 전남 승주군 조계산에 있는 절이다.

218 진정 : 영정(影幀)을 이른다.

219 맑은……있으나 : 이 말은 육조(六祖) 혜능(慧能)의 시를 염두에 두고 쓴 구절인데, 화상의 주인공이 함경(涵鏡) 대사이기 때문에 중의적 표현으로 쓴 듯하다. 신수(神秀)가 "이 몸은 보리수, 마음은 명경대. 때때로 부지런히 닦아주어 먼지가 끼지 않게 해야 하네.〔身是菩提樹 心如明鏡台 時時勤拂拭 勿使惹塵埃〕"라고 하자 혜능은 "보리는 본래 나무가 없고, 명경 또한 대가 없네. 본래 아무 것도 없는데, 어디에 먼지가 낄까?〔菩提本無樹 明鏡亦非臺 本來無一物 何處惹塵埃〕"라고 했다.

운양속집

제4권

묘지명 墓誌銘
묘갈명 墓碣銘
묘표 墓表

제문 祭文
추도문 追悼文
애사 哀辭

잡문 雜文

묘지명 墓誌銘

생질 이군 정규 묘지명
甥姪李君 鼎珪 墓誌銘

내 생질 다섯 명은 모두 가정과 향리에서 칭찬과 신망(信望)을 받았다. 그 넷째는 정규(鼎珪)이니, 성품이 욕심이 없고 담담하여 남을 해치고 탐하는 마음이 없었다. 벗들과 사귀고 과거시험장에 출입하는 일을 모두 여러 형들에게 양보하고, 혼자 집에서 부모님 봉양하는 것을 즐거움으로 삼았다. 이 때문에 발걸음이 도성 안에 미치지 않았으니, 나조차도 역시 그의 얼굴을 보기 어려웠다. 늙어서 머리가 하얗게 세고 양친이 돌아가시니 신혼(晨昏)[1]을 행할 곳이 없게 되었다. 홀로 생각하기를, 늙은 외삼촌이 계시니 아직도 어머니 모습의 전형(典型)이 남아있다고 여겨서, 마침내 처자를 놓아 두고 집안 일을 제처 둔 채 계속 나를 찾아와 곁에서 부지런히 일을 도우며, 간혹 해를

1 신혼(晨昏) : 혼정신성(昏定晨省)의 준말로, 어버이를 정성껏 봉양하는 것을 말한다. 《예기》 〈곡례 상(曲禮上)〉에 "자식이 된 자는 어버이에 대해서, 겨울에는 따뜻하게 해 드리고 여름에는 시원하게 해 드려야 하며, 저녁에는 잠자리를 보살펴 드리고 아침에는 문안 인사를 올려야 한다.〔冬溫而夏凊 昏定而晨省〕"라는 말이 나온다.

넘겨 돌아가지 않는 때도 있었다.

갑인년(1914)에 내가 문집을 간행한 일이 있었다. 교정하고 편집하는 일을 군이 혼자 맡아 수고하였는데, 피로를 잊은 채 땀을 흘리며 그 일을 잘 끝마쳤다. 나는 항상 잠이 적은 것을 괴로워했는데, 군은 그때마다 곁에서 지키고 있다가 닭이 울면 등불을 가린 뒤에 비로소 이불을 가지고 내 침상 곁에서 잠을 잤다. 간혹 소변이 마려우면 나는 군이 알지 못하게 하려고 몰래 일어나 옷을 입었는데, 군은 그때마다 먼저 깨어서 등불을 들고 인도하였다. 누워 있다가도 잔 기침소리를 들으면, 번번이 일어나 살펴 보고 별일이 없다는 것을 살핀 뒤에야 비로소 잠을 잤다. 창문이 희미하게 밝아오면 매양 나를 위해 팔 다리를 주물러 주면서 정성껏 도와주고 따뜻이 위로하여 다시 편안히 잠들 수 있게 하고, 아침밥을 먹을 때가 되어서야 그만 두었다. 이와 같이 한 것이 두 해가 지났으나 게으름 피우는 모습을 보지 못하였다.

병이 들어 임종할 적에 탄식하며 나에게 말하기를 "불초한 생질이 부모님 섬기는 도리를 다하지 못하여, 외삼촌께 정성을 다해 여생을 마치시게 하려 하였는데, 뜻하지 않게 도리어 외삼촌께 걱정만 끼쳤으니 죄가 이보다 더 클 수 없습니다."라고 하였다. 아아, 지금도 그 말이 귓가에 쟁쟁하다.

군의 동생 흥규(興珪)가 군의 언행을 서술하여 나에게 묘지명을 지어 줄 것을 청하였다. 내가 말하기를 "오늘날 효(孝)를 말하는 자는 모두 집안에서 늘 밥 먹듯이 하는 일일 뿐이요, 그렇지 않으면 반드시 사람들의 귀와 눈을 놀라게 할 기이한 절조와 품행이 있다. 유독 군은 한결같이 지성(至性)으로 미루어 나가 떳떳한 행실 밖으로 벗어나지 않았는데도 저절로 다른 사람들이 미칠 수 없는 점이 있었다. 이는 직접 보고 몸소 겪은 사람이 아니면 그것을 알 수 없다. 군이 외삼촌인 나를 섬긴 한 가지 행실을 보면 그의 평소 부모님 섬긴 정성을 미루어 알 수 있다. 만일 집안에서 있었던 사소한 행실을 나열한다면 다른 사람과 다를 것이 없으니 비록 생략해도 좋을 것이다."라고 하였다. 이에 그의 가계 및 생졸년(生卒年)과 묘지가 있는 곳을 기록하여 후세 자손들이 그가 잠든 곳을 잊지 않게 하노라.

군의 성은 이씨, 자는 현옥(鉉玉)이고 호는 금동(錦東)이며 본적은 한산(韓山)이다. 목은(牧隱) 선생이래로 유명한 대신과 어진 선비가 족보에 끊임없이 이어졌다. 군의 부친 휘(諱) 대식(大植)은 호가 도헌(道軒)으로 문과를 거쳐 장례원(掌禮院) 소경(少卿)을 지냈다. 어머니는 청풍(淸風) 김씨로 대제학(大提學)에 추증된 익태(益泰)의 따님이다. 이상의 세덕(世德)과 사행(事行)은 모두 다 도헌공 묘지(墓誌)에 갖추어져 있다.

군은 철종 갑인년(1854, 철종5) 12월 10일에 공주(公州) 정계리(淨溪里)에서 태어나, 62세인 을묘년(1915) 8월 30일에 경성의 외갓집에서 세상을 떠났다. 9월 5일, 공주 장기면(長岐面) 평기리(坪基里) 뒷산 기슭 축좌(丑坐)의 자리에 반장(反葬)[2]하였다. 아내 대구 서씨(大邱徐氏)는 사인(士人) 상길(相吉)의 따님으로, 을묘년(1855, 철종6) 5월 6일 생이다. 부덕(婦德)이 있었으며 남편의 뜻에 순종하였다. 3남 1녀를 낳았으니, 아들은 순구(舜求), 한구(漢求), 진구(晉求)이며, 딸은 주사(主事) 송복헌(宋復憲)에게 시집갔다. 순구는 2남 2녀를 두었는데, 큰아들은 교찬(敎燦)이고 나머지는 어리다. 한구는 1남을 두었는

2 반장(反葬) : 객지에서 죽은 자를 고향에 옮겨 장사 지내는 것을 말한다.

데, 어리다. 진구는 사범학교 졸업생으로 선생에 충원되었는데 부임하기 전에 병으로 죽으니, 그 처 윤씨(尹氏)가 따라서 죽었다. 아아 열부(烈婦)로다.

군은 용모가 보통 사람보다 뛰어나지 않았으나 성격이 화평하고 솔직하였으며 꿋꿋이 지조를 지켰다. 사람들은 간혹 군을 효성과 우애가 있다고 칭찬하는 자가 있었으나, 군은 어떤 일을 하는 것이 효도와 우애인지 애써 알려하지 않고 다만 마땅히 해야 할 일을 실천하여 마음에 편안함을 구했을 뿐이었다. 시를 잘하고 술을 잘 마셨지만, 술 마시고 시 짓느라 할 일을 폐하지 않았고, 규칙을 철저히 지키는 사람이었다.

군의 형제 다섯 중에 위로 세 형은 먼저 죽고 그 동생 홍규(興珪)와 만년(晩年)을 서로 의지하면서, 형제가 서로 창화하여〔塤唱篪和〕[3] 소완(小宛)의 서로 우애하고 경계하는 뜻[4]을 붙였다. 늘 시권(詩卷)을 가지고와서 나에게 보여주며 평을 부탁하였는데, 천연의 아름다운 꽃이 활짝 핀 것처럼 꾸밈없는 자연스러움이 사랑스러웠고, 비바람 치는 밤 책상을 마주하여 수창하매[5] 그 즐거움이 화락하였다. 나는 노년에

3 형제가 서로 창화하여 : 원문은 훈창호화(塤唱篪和)로 《시경》 〈하인사(何人斯)〉의 "백씨가 질나팔을 불거든 중씨는 젓대를 분다.〔伯氏吹塤 仲氏吹篪〕"라는 구절에서 온 말로, 형제간의 우애를 뜻한다.

4 소완(小宛)의……뜻 : 소완은 《시경》 〈소아(小雅)〉의 편명으로, "저 척령(脊令 할미새)을 보니 곧 날며 곧 울도다. 내 날로 매진하거든 너도 달로 나아가라. 일찍 일어나고 밤늦게 자서 너를 낳아주신 분을 욕되게 하지 말지어다.〔題彼脊令 載飛載鳴 我日斯邁 而月斯征 夙興夜寐 無忝爾所生〕"라고 하여, 각각 노력하여 부모를 욕되게 하지 말자고 경계한 내용이 있고, 여기에 나오는 척령은 상체(常棣) 편에서는 형제간의 우애를 비유하는 말로 사용하였다.

5 비바람……수창하매 : 당나라 시인 위응물(韋應物)의 〈시원진형제(示元眞兄弟)〉

이런 즐거움이 없었으니 항상 시권을 어루만지며 탄식하고 부러워하였다. 일찍이 동당시(東堂試)[6]에 응시하여 발해(發解)[7]하였으나 국자감시〔南省〕[8]에 떨어졌다. 고을 군수가 그를 불러 향교 직원(直員)을 삼았는데 군도 사양하지 않았다. 향교에는 본래 서적이 많았는데, 오고가며 펼쳐 읽어서 1년 만에 모두 읽고서 스스로 사퇴하고 돌아왔다. 그 구차스럽지 않음이 이와 같았다. 명(銘)하여 말한다.

드넓은 그 의취	浩浩其趣
순순한 그 정성	肫肫其誠
남이 알아주기를 바라지 않았고	不求人知
미덥게 행동하며 지조를 지녔네	蹈信佩貞
거두어 구천으로 돌아가	斂歸九原
길이 혼정신성 받들리	長奉晨昏
그 비호 돈독히 하여	尙篤其燾
길이 후손에게 열어주기를	永啓爾昆

시에 "어찌 알았으랴 눈보라치는 이 밤, 다시금 이렇게 침상을 맞대고 누워 잠들 줄을.〔寧知風雪夜 復此對床眠〕"이라는 표현이 있는데, 이후 여기에 근거하여 형제나 붕우와 어울려서 즐겁게 노니는 것을 의미하는 말이 되었다.

6 동당시(東堂試) : 조선 시대의 문과(文科) 또는 대과(大科)의 속칭으로, 여기서는 문과 향시(鄕試)를 뜻한다.

7 발해(發解) : 주현(州縣)의 고시(考試)에 급제한 학생을 그 지방 관청에서 중앙 정부에 공문서를 발송하여 경사(京師)에서 과거에 응시하게 하는 일이다.

8 국자감시 : 조선시대에 생원(生員), 진사(進士)를 선발하던 시험이다.

묘갈명 墓碣銘

부호군 김공 세준 묘갈명

副護軍金公 世俊 墓碣

공의 휘(諱) 세준(世俊)이고 자는 운망(雲望)이며 성은 김씨이다. 그 선조는 신라에서 나왔다. 어떤 왕자가 청풍(淸風)으로 피난하였는데 자손들이 이에 근거하여 본적으로 삼았다. 고려에 이르러 휘 대유(大猷)께서는 벼슬이 시중(侍中)에 올랐고 청풍부원군(靑風府院君)이 되었다. 그 후 대대로 공경과 재상이 나와서 마침내 유명한 성씨가 되었다. 본조에 들어와 휘 정(瀞)께서는 사헌부 감찰을 지냈다. 이 분이 진의 교위(進義校尉) 휘 경문(敬文)을 낳았다. 이 분이 무과(武科)를 거쳐 선전관(宣傳官)을 지낸 휘 기(耆)를 낳았는데, 일본에 사신으로 갔다가 배가 침몰되어 돌아오지 못하였다. 병조 참의에 추증되었다. 이 분이 휘 철견(鐵堅)을 낳았는데 참봉을 제수 받았으나 나아가지 않았다. 이 분이 휘 부(溥)를 낳았는데 관직이 통정대부(通政大夫) 서흥 부사(瑞興府使)를 지냈다. 바로 공의 고조(高祖)가 되신다.

증조(曾祖)이신 휘 덕량(德亮)께서는 병절 교위(秉節校尉)를 지냈고, 조부(祖父)이신 휘 추(錘)께서는 여절 교위(勵節校尉)를 지내셨다. 부친인 휘 기해(起海)께서는 무과를 거쳐 어모장군(禦侮將軍)을 지냈고, 원종이등공신(原從二等功臣)으로 선전관(宣傳官)에 추증되었다. 어머니 아산 이씨(牙山李氏)는 과거에 합격한 백렬(伯烈)의 따님이다. 인조(仁祖) 기축년(1649)에 공을 낳았는데 서열이 셋째이다.

공의 가문은 대대로 무(武)를 업(業)으로 하였는데, 공은 성품이 고상하고 너그러워 활 쏘고 말 타는 것을 좋아하지 않았고, 경서(經書)를 매우 좋아하여 예림(藝林)에 이름을 드날렸다.

큰형, 둘째 형과 함께 소라(小蘿)고개의 선산 아래에 은거하여 책을 읽고 도를 담론하였다. 멀고 가까운 곳의 학생들이 모여들어 배움을 청하니 가숙(家塾)에 다 수용할 수 없었다. 만년에 수직(壽職)[9]으로 자품(資品)을 더하여 가선대부 용양위 부호군(嘉善大夫龍驤衛副護軍)에 올랐다. 영조 계축년(1733, 영조9) 3월 4일에 돌아가시니 향년이 85세였다. 배필인 숙부인(淑夫人) 수원 백씨(水原白氏)는 진사 여효(汝孝)의 따님이다. 부인의 범절을 완비하여 집안사람들이 모두 그의 현숙함을 칭찬하였다. 공보다 10년 먼저 돌아가셨는데, 해주(海州) 월곡(月谷) 분토동(粉土洞)의 병좌(丙坐)를 등진 언덕에 합장하였다.

세 아들을 두었으니 두백(斗伯), 두만(斗滿), 두추(斗樞)인데, 두만과 두추는 후사가 없다. 두백은 아들이 넷인데, 진명(震鳴), 태명(兌鳴), 초명(楚鳴), 긍명(兢鳴)이다. 그 후손과 지파가 번성하여 많아서 다 기록하지 못한다. 묘소에는 옛날에 세운 묘표(墓表)가 있는데 세월

9 수직(壽職) : 조선 시대에 80세 이상의 사람에게 경로(敬老)의 뜻으로 준 직계(職階)로 신분의 양천(良賤)을 따지지 않았다. 원래 품계를 지녔던 사람에게는 1계를 더하였고, 4품 이상의 실직(實職)을 지낸 사람에게는 가자(加資)하였다. 그리고 1백 세인 사람에게는 모두 가자하였다.《經國大典 續大典 吏典 老人職》

이 오래되어 비바람에 마멸되어 읽을 수가 없게 되었다. 후손인 여러 종족들이 비문이 닳아 없어져서 전하지 못할까 걱정하여 함께 의논하여 다시 표석(表石)을 세우기로 하고, 나에게 기(記)를 지어달라고 청하였다. 와서 글을 청한 사람은 공의 6대손인 기로(基魯)이다.

아아, 공은 무관의 집안에 태어나 도를 즐기며 남에게 알려지기를 구하지 않았다. 살아서는 천작(天爵)[10]의 영광을 누렸고, 죽어서도 향리에 사랑하는 마음을 남겼다.[11] 자손들이 매우 많고 대대로 그 업(業)을 지키니, 하늘이 착한 사람에게 보답하는 이치 어긋나지 않도다. 이렇게 기(記)로 적는다.

10 천작(天爵) : 하늘에서 내려 준 작위. 즉 덕이 충만하여 저절로 존귀하게 되는 것을 말하는 것으로, 인작(人爵)에 대비되는 용어이다.

11 사랑하는……남겼다 : 어질게 사랑을 베푼 덕정(德政)이 있어 관리가 떠난 후에도 백성들이 그를 흠모하는 것이다.

이원 군수 우군 응주 묘갈명 병서
利原郡守禹君 膺疇 墓碣銘 幷序

군의 휘는 응주(膺疇), 자는 구숙(九叔)이다. 우씨(禹氏)의 본관은 충청도 단양군(丹陽郡)이다. 먼 조상에 문희공(文僖公) 휘 탁(倬)은 세상에서 역동선생(易東先生)이라고 칭한다. 본조에 들어와 후손 일파가 함경북도에 옮겨 살았다. 고조(高祖) 휘 기찬(起贊)은 사복시정(司僕寺正)에 추증되었고, 증조(曾祖) 휘 덕룡(德龍)은 좌승지(左承旨)에 추증되었다. 조부(祖父) 휘 제민(濟民)은 호조 참판(戶曹參判)에 추증되었고, 부친 휘 진규(進奎)는 효성으로 이름이 났으며, 동지중추부사(同知中樞府事)에 추증되었다.

어머니 정부인(貞夫人) 강릉 유씨(江陵劉氏)는 대명(大命)의 따님이다. 대부인이 바다가 변하여 육지가 되는 꿈을 꾸었는데, 점치는 자가 말하기를 "바다는 위태롭고 육지는 편안한 것이니, 이는 위태로움이 변하여 편안함이 되는 것입니다. 가도(家道)가 융성할 징조입니다."라고 하였다. 이때에 임신하여 헌종(憲宗) 임인년(1842, 헌종8) 모월 모일에 군이 태어났다.

군은 유년 시절부터 효성스럽게 어버이를 섬겼는데 근엄한 모습이 어른과 같았다. 중추공이 일찍이 각기병(脚氣病)을 앓아 수년 동안 차도가 없었다. 군은 약시중을 들면서 정성을 극진히 하였고, 밤마다 하늘에 기도하기를 하루같이 하니, 마침내 병이 다 나았다. 사람들이 모두 효자를 두었다고 칭찬하였다.

상을 당하여서는 너무 슬퍼하여 뼈가 앙상하게 여위었고, 장례와 제례를 모두 예절에 맞게 하였다. 병술년(1886, 고종23)[12] 봄 함경도에 큰 기근이 들어 굶어죽는 사람이 속출하였다. 군은 자신이 굶주리는 것처럼 근심하여 곡식 100여 석을 내어 이들을 진휼하니 온 고을 사람들이 이에 의지하여 안존(安存)하였다. 백성들이 일제히 관청에 호소하여 그 공을 표창해 줄 것을 청하니, 학임(學任)을 제수하였다. 그러나 군은 사양하고 받지 않으면서 "널리 구제하지 못한 것이 부끄러울 뿐입니다. 어찌 감히 헛되이 영광스러운 표창을 받겠습니까?"라고 하였다.

일찍이 영흥(永興) 신정리(新亭里)에 터를 잡고 살면서 스스로 호를 '신정(新亭)'이라 하였다. 마을에 가난한 집이 많았는데, 농사짓기를 원하는 자에게는 밭을 빌려주어 소작하게 하고, 장사하기를 원하는 자에게는 자금을 빌려주어 장사하도록 해 주었다. 친척 중에 공의 도움을 기다려 밥을 짓는 자가 수십 집이 되었는데, 가난하여 혼인하지 못한 자는 번번이 적절하게 재물을 도와주어 혼기를 놓치지 않게 하였고, 글방을 설립하고 스승을 맞아들여 온 고을 자제들을 교육시켰다. 이때부터 마을에는 굶주리는 해가 없고 문학이 점차 흥하니, 모두 "신정은 참으로 장자(長者)이다."라고 하였다.

경진년(1880) 정월 선공감(繕工監) 가감역(假監役)에 제수되고, 임오년(1882)에 통정대부(通政大夫)에 올랐으며, 기축년(1889)에는 김제 군수(金堤郡守)에 제수되었으나 모두 부임하지 않아서 교체되었다. 신축년(1901, 광무5) 6월 이원 군수(利原郡守)에 제수되었다. 이원은

12 병술년 : 시간의 흐름상 이 지점에서 1886년의 일화가 등장하는 것은 어색하다. 아마도 병인년(1866, 고종3)을 잘못 기록한 것으로 보인다.

작은 고을이다. 부임한 지 몇 달 만에 명성과 공적이 칭찬할 만한 것이 많았다. 관찰사 김종한(金宗漢)[13] 공이 표창해 달라는 계(啓)를 올리기를 "작은 고을을 하찮게 여기지 않고 이미 사직(社稷)과 백성에게 재주를 시험하였습니다. 부임한 지 몇 달이 되지 않았는데 이미 향교 유생(儒生)과 고을의 무변(武弁)들을 모두 안정시켰습니다."라고 하였으니, 모두 사실대로 기록한 것이다.

다음 해인 임인년(1902, 광무6)에 중추원 의관에 임명되었지만, 이미 귀향하여 경서와 역사책을 즐기며 생활하여 다시 높은 자리로 영전할 뜻이 없었다. 학교를 설립하여 스스로 교육을 담당하고, 재산을 출연하여 이자를 늘려 운영비를 보충하였다. 돈을 쓴 사람 중에는 가난하여 갚지 못하는 자가 많았는데, 군은 그 문서를 불태우고 자신의 돈으로 대신 상환해 주었다. 돈을 쓴 사람들이 비석을 세워 그의 덕을 칭송하기를, "우리 가난한 백성들을 구휼하고 만 꾸러미의 빚을 탕감해 주었다."라고 하였다.

경술년(1910) 10월 19일 신정리에 있는 집에서 돌아가니 향년이 69세이다. 모월 모일 영흥군(永興郡) 덕흥면(德興面) 청원리(淸源里)

13 김종한(金宗漢) : 1844~1932. 본관은 안동(安東), 자는 조경(祖卿), 호는 유하(游霞)이다. 1875년(고종12) 사마시(司馬試)에 급제, 1876년 충량문과(忠良文科)를 통하여 벼슬길에 들어선 이래 승정원 승지, 이조 참의, 홍문관 부제학, 의정부 당상 등을 역임하였다. 갑오개혁 당시 군국기무처의 개혁위원으로 친일적 개혁에 참여했고, 김홍집 내각에서 예조 판서, 궁내부 대신 등의 요직을 지냈다. 한성은행, 철도회사 설립 등에 관여하였으며, 1909년 12월 국민연설회(國民演說會), 1910년 3월 정우회(政友會) 등 친일 단체를 결성하여 친일활동을 벌였다. 1910년 대한제국의 멸망과 함께 일제로부터 남작 작위를 받았다.

에 장사지내니, 선영이 계신 곳으로 간 것이다. 군은 성품이 인자하고 어질었으며 효성과 우애는 천성으로 타고났다. 집안을 다스릴 때는 부지런하고 검소하였으며, 관직에 있을 때는 청렴하고 공정하였다. 가난한 자를 구휼하매 마을이 안정되었고, 친척과 화목하니 일족이 기뻐하였다. 사람을 대하고 사물을 접할 때에는 말씨에서 덕스러움을 볼 수 있었다.

매양 아침저녁 문안 인사를 올릴 때에 여러 자손들이 좌우에 빙 둘러 앉았는데, 자상하게 바른 방법으로 가르치고 자손들은 모두 그 가르침을 잘 지켰으니, 선한 도리를 닦아 몸소 실천한 군자라 할 수 있을 것이다. 나는 본래 군과 만나보지는 못했지만 일찍이 친구에게서 그 명성을 들은 적이 있다. 하루는 군의 손자 종림(宗林) 보(甫)가 행장을 싸가지고 와서 보여주고 또 묘비명(墓碑銘)을 지어 줄 것을 청하였다. 나는 이미 그의 어짊을 잘 알고 있었기 때문에 마침내 행장에 의거하여 차례대로 서술하고 명(銘)을 짓는다.

들어오면 효도하고 나가서는 충성하여	入孝出忠
배운 바를 실천하였네	行其所學
공적은 학교에 남아있고	功存黌塾
은혜는 종족에 두루 미쳤네	惠徧宗族
후손들이 매우 창성하니	後嗣克昌
선한 사람 보답받는 이치 어긋나지 않았네	善報靡忒
한 조각의 비석에서	一片牲繫
그의 덕행 볼 수 있으리	可以觀德

병조 참의 최군 덕명 묘갈명 병서
兵曹參議崔君 德明 墓碣銘 幷序

대저 선비가 이 세상을 살아가매 거취(去就)에 올바름을 얻는 것을 귀하게 여긴다. 이 때문에 옛 사람들은 좌주(座主)[14]를 가장 중요하게 여겼으니, 좌주가 현명하면 그 천거한 사람을 알 수 있기 때문이다. 환재(瓛齋) 박 선생[15]은 근세의 어진 대부(大夫)이다. 그의 명성과 절조와 문장은 한 시대의 으뜸이었다. 사람들은 그에게 한번 인정받는 소중함[16]을 마치 용문(龍門)[17]에 오른 것처럼 여겼다.

신암(新庵) 최군은 서쪽 변방에서 떨쳐 일어났지만 추천해 주는 사람〔蟠木之容〕[18]이 없었는데, 선생의 특별한 지우(知遇)를 입자 미치지

14 좌주(座主) : 과거의 급제자가 시관(試官)을 일컫는 말이다.

15 환재(瓛齋) 박 선생 : 박규수(朴珪壽, 1807～1877)로, 본관은 반남(潘南), 자는 환경(瓛卿)·정경(鼎卿), 호는 환재(瓛齋)·환재거사(瓛齋居士)이며, 초명은 규학(珪鶴), 초자(初字)는 환경(桓卿), 초호(初號)는 환재(桓齋)이다. 연암 박지원의 손자이다.

16 한번……소중함 : 원문은 일고지중(一顧之重)으로 현자에게 인정받는 소중함을 말한다. 전국시대 백락(伯樂)이 한 번 돌아보아주면 말의 가격이 열 배나 올랐다고 한 고사에서 비롯되었다.《戰國策 燕策》

17 용문(龍門) : 성망(聲望)이 높은 사람을 비유한 것으로, 후한(後漢) 영제(靈帝) 때 조정이 문란하고 기강이 무너졌으나, 유독 이응(李膺)만이 지조를 지켜 고결한 명망이 있었으므로 당시 사람들이 그의 인증을 받는 것을 등용문(登龍門)이라고 한 고사에서 나온 말이다.《後漢書 卷67 黨錮列傳 李膺》

18 추천해 주는 사람 : 원문은 반목지용(蟠木之容)으로 반목은 뿌리와 가지가 구불구불 휘어진 나무를 뜻하는 말로 쓰일 수 없는 사람을 좌우에서 추천하여 쓰이게 됨을 뜻한다. 전한(前漢) 추양(鄒陽)의 〈옥중상서(獄中上書)〉에 "뿌리와 가지가 구불구불

못할까 걱정하는 것처럼 등용되었다. 그가 어질지 않고서야 그렇게 될 수 있었겠는가?

군의 이름은 덕명(德明)이고 자는 명오(明五)이며 호는 신암(新庵)이니, 신라 문창후(文昌侯) 최치원(崔致遠)의 후손이다. 고려 때에는 화숙공(和肅公) 휘(諱) 현우(玄祐)가 시중(侍中)을 지냈다. 본조(本朝)에 들어와서는 휘 한경(漢卿)이 경기도 관찰사를 지냈다. 모두 그의 먼 조상이다. 증조부 휘 팔홍(八興)은 이조 참판에 추증되었고, 조부 휘 응호(應顥)는 이조 판서에 추증되었다. 부친 휘 의신(義臣)은 지중추부사를 지냈는데, 뛰어난 효행으로 이조 판서에 추증되었다. 어머니 김해 김씨는 정부인(貞夫人)으로 추증되었는데, 현보(賢輔)의 따님이다.

군은 순조 계사년(1833, 순조33) 11월 17일에 태어났다. 때어날 때 머리를 북으로 하고 남쪽을 바라보며 울지 않으니 사람들이 모두 기이하게 여겼다. 어려서부터 말과 웃음이 적었고 독서를 좋아하였다. 12살 때 어머님께서 돌아가셨는데 군이 어른처럼 몸이 상할 정도로 몹시 슬퍼하였다. 이조판서공과 계모를 섬기매 지극한 정성으로 봉양하였다. 밖에 나가 새로운 물건을 대접받으면 그 때마다 먹지 않고 꼭 품고 돌아와서 부모님께 올렸다. 조금 자라서는 경서와 사서(史書)를 널리 섭렵하여 문사(文辭)가 바르고 우아하였다. 평생 힘써 공부한 것은 《소학(小學)》과 《자경편(自警編)》이었는데, 일찍이 "사람이 되는 도리가 모두 여기에 있다."고 하면서 묵묵히 알고 몸소 실천하여 문채(文

휘어진 나무도 임금의 총애를 받는 수가 있는데, 그 이유는 좌우에서 모시는 신하가 먼저 그 나무를 아름답게 꾸며 주기 때문이다.〔蟠木根柢 輪囷離奇 而爲萬乘器者 何則 以左右先爲之容也〕"라는 말이 나온다.《史記 卷83 鄒陽列傳》

彩)를 밖으로 드러내지 않았으므로 당시 사람들이 알지 못하였다.

병인년(1866, 고종3) 평안도에서 치른 과거시험 때, 환재 선생이 본도 관찰사로서 시험을 주관하였는데, 군의 문장을 보고 크게 칭찬하고 장원으로 발탁하였다. 뒤에 편지로 변방의 일을 묻자 군이 조목조목 매우 자세히 대답하였고, 또 세상이 돌아가는 형편을 두루 진술하였는데 사리에 맞지 않는 것이 없었다. 환옹(瓛翁)께서 편지를 보고 개탄하기를 "이와 같이 훌륭한 인재가 있는데 초야(草野)에서 늙으니 이는 조정의 책임이다."라고 하시면서, 사람을 만나면 매번 되풀이하여 조목조목 설명하니 이때부터 명성이 온 세상에 알려지게 되었다. 그러나 군은 본래 성품이 담박하고 겸양하여, 환옹이 여러 번 편지를 보내 만나 보려 하였지만 끝내 도성 문 안에 들어가지 않았다. 그는 스스로 학술이 정밀하지 못해 아직 정치에 종사할 수 없다고 여겨, 드디어 서하동(棲霞洞)의 선영아래 집을 짓고, 학생들과 고전(古典)을 토론하고, 시무(時務)를 강구하며 도를 스스로 즐기고 벼슬에 나아갈 뜻이 없었다. 관적(官籍)에 오른 이후 승문원(承文院)에 선발되고 사국(史局)[19]에 천거되었으며, 성균관 전적(典籍)과 양사(兩司)의 사간〔亞長〕, 장악원 정(掌樂院正)에 차례로 제수되었다. 갑신년(1884)에 돈녕도정(敦寧都正), 병조 참의에 승진 임명되었는데. 모두 당시 여망으로 절차에 따라 추천되었으나 한 번도 관직에 나아가서〔出肅〕[20] 공무를 행한 적이 없었다.

만년에 조예가 더욱 깊어져서 역학과 예학에 정통하였고, 천문, 지

19 사국(史局) : 조선 시대 사관(史官)이 근무하는 관청을 말한다.

20 관직에 나아가서 : 벼슬을 받은 자가 출사(出仕)하여 임금에게 숙배(肅拜)하는 것을 출숙(出肅)이라고 한다.

리, 음양(陰陽), 산술(算術)에 널리 미쳐서 그 신비하고 오묘한 이치를 모두 통하였으나, 남에게 말할 때는 어리석어서 알지 못하는 것처럼 하였다. 집에 있을 때는 몸가짐을 단속하여 절약하고 검소하게 하였으며, 오직 선조를 받드는 예절에 마음을 다해서 선영(先塋)이 있는 곳은 모두 제전(祭田)을 마련하고 비석을 세워 영구히 전할 수 있게 하였다. 마을에서의 처신은 좋은 일에 힘을 써서, 다리를 놓아 사람들을 건너게 하고 재물을 내놓아 굶주림을 구제하였으니, 대부분 공익사업을 많이 펼쳤다. 이 때문에 친척들은 그의 효성에 감복하였고, 마을 사람들은 그의 어짐을 칭송하였다.

개국 503년 갑오년(1894, 고종31) 4월 7일에 세상을 떠나니, 향년이 겨우 62세였다. 이 해 7월에 소곶면(所串面) 노동(蘆洞)에 있는 건좌(乾坐)의 언덕에 장사지냈다. 부인 숙부인(淑夫人) 밀양 박씨(密陽朴氏)는 기영(枝榮)의 따님이다. 규방의 법도가 정숙하고 신중하였으며 효성스럽게 시부모님을 받들었으며, 자손들을 의(義)로써 가르쳤다. 은혜로써 노복을 다스려 자식 없이 죽은 자는 그가 죽은 날에 묘제(墓祭)를 지내 주었다. 나중에 나이 들고 또 귀해졌지만 길쌈하는 도구가 손에서 떠난 적이 없다. 순조 경인년(1830, 순조30) 11월 12일에 태어나서 광무(光武) 6년 임인(1902) 4월 12일 돌아가니, 수가 71세이다. 군의 묘 오른쪽에 합장하였다.

3남 2녀를 두었다. 아들 익서(翼瑞)는 진사에 이어 문과에 합격하여 홍문관 교리를 지냈고 정3품에 올랐다. 우서(禹瑞)와 휘서(徽瑞)는 진사에 함께 급제하여〔聯璧〕 관직이 정랑과 좌랑에 이르렀다. 딸은 진사 홍재기(洪在琦)에게 시집갔다. 익서의 아들은 석운(錫運)이고, 우서의 아들은 석문(錫文), 석형(錫衡), 석진(錫珍)이며, 휘서의 아들은 석한

(錫翰)이다.

지난 정축년(1877, 고종14)쯤 내가 환재 선생을 뵈웠는데, 선생께서 편지를 하나 내보이시면서 "그대는 의주에 최모가 있는 것을 알고 있는가? 이것이 그의 편지이니 한번 살펴보게."라고 하셨다. 내가 다 읽고 일어나서 대답하기를, "압록강 이동에는 이처럼 식견 있는 사람이 없으니, 어찌하면 이 사람과 만날 수 있겠습니까." 하자, 선생께서 웃으며 말씀하시기를, "볼 수 있지, 볼 수 있고 말구. 내가 여러 번 편지를 보내 만나자고 했으니, 조만간 반드시 한 번 올라와서 자네와 만나게 될 것이다."라고 하셨는데, 얼마 안 있어 선생께서 세상을 떠나셨다. 내가 이때부터 이삭((離索)[21]의 고통을 견디지 못하여 군에 대한 생각이 더욱 간절하여 친구들에게 군의 이름을 자주 칭찬하였다.

숭양(嵩陽) 백기진(白岐鎭) 노인은 착한 일을 즐기고 기이한 것을 좋아하는 선비이다. 나의 말을 듣고 탄식하며, "어찌 같은 시대에 살면서 이런 사람을 모를 수 있는가?"라고 말하고는 짚신을 신고 지팡이를 끌면서 천리 길을 찾아가려고 하였다. 내가 소개하는 편지 한통을 써주고, 또 몹시 그리워한다는 말을 전해 달라고 하였다. 신사년(1881) 겨울 내가 영선사領選使)가 되어 용만(龍灣)[22]에 도착했을 때, 비로소 군과 잠깐 만났는데 기쁘기가 옛 친구를 만난 것 같았다.

군은 타고난 풍채가 좋고 행동거지가 온화하였다. 사람을 사귈 때는

21 이삭(離索) : 김윤식이 최덕명과 만나지 못함을 애석하게 여기는 심정을 표현한 말이다. 본디 이군삭거(離群索居)의 준말로, 벗을 떠나 혼자서 외롭게 사는 것을 말한다. 자하(子夏)가 "내가 벗을 떠나 쓸쓸히 홀로 산 지가 오래이다.[吾離群而索居 亦已久矣]"라고 한 데서 유래하였다. 《禮記 檀弓上》

22 용만(龍灣) : 의주(義州)에 있던 중국 사신의 접대 관소인 용만관을 이른다.

담담하기가 물과 같아서 득의하여 뽐내며 스스로 기뻐하지 않았으니, 독실하게 실천하는 군자임을 알 수 있었다. 다만 여행길이 너무 바빠서 그가 평소에 온축(蘊蓄)한 것을 다 듣지 못한 것이 유감이었다. 지금은 묘소의 나무가 이미 아름드리가 되었고, 음성과 모습은 영원히 사라졌으니, 용만에서의 한 번 이별이 갑자기 천고의 이별이 될 줄을 어찌 알았으랴?

경술년(1910) 가을, 군의 아들 교리(校理)군이 유장(遺狀)을 가지고 와서 나에게 묘지명을 청하였다. 내가 생각건대, 환옹은 바로 나의 좌주이니, 군과 나는 동문(同門)의 정분이 있는 것이다. 게다가 우리 두 사람은 살아서 서로 잘 알지 못하고 천리 밖에서 정신으로 교유하였으니 어찌 세상에 드문 기이한 만남이 아니겠는가? 이런 까닭에 글을 쓰지 않을 수 없어서 마침내 이상과 같이 짓고, 명(銘)을 달아둔다.

모두들 취했는데 홀로 깨어[23]	獨醒于衆醉之中
천하 형세를 자세히 관찰하여	盱衡天下之勢
시사를 어찌 할 수 없음을 알고	又知時事之不可有爲
품은 보물 팔지 않고 시골구석에 은둔했네	懷寶不市 遯跡荒裔
아, 고상한 풍채와 탁월한 식견이여	嗚呼其高風卓識
지금 세상에선 보기 어렵다네	難以見乎今之世

23 모두들……깨어 : 굴원(屈原)의 〈어부사(漁父辭)〉에 "온 세상이 모두 탁한데 나 홀로 맑고, 사람들 모두 취했는데 나만 정신이 또렷하네.〔擧世皆濁 我獨淸 衆人皆醉 我獨醒〕"라는 말이 있다.

이군 득필 묘갈명 병서
李君 得弼 墓碣銘 并序

공의 휘(諱)는 득필(得弼)이고 자는 몽뢰(夢賚)이다. 이씨는 왕실에서 나왔는데, 환조(桓祖)의 첫째 아들인 완풍군(完豐君), 시호 양평(襄平), 휘 원계(元桂)를 시조로 삼는다. 이로부터 대대로 혁혁한 공훈과 업적이 모두 다 국사(國史)에 실려 있다. 도승지 휘 정옥(晶玉)에 이르러 국산(國山)이란 아들을 두었는데 처음 북녘으로 들어갔는데, 임진왜란을 만나 떠돌다가 길주(吉州)에 정착하였다. 이 분이 공의 9대조가 되신다. 증조부 휘 익찬(益燦)은 무과에 급제하였다. 조부는 휘 태계(泰堦)이고, 부친은 휘 회간(懷簡)이다. 어머니 광산 김씨는 치옥(致鈺)의 따님이다.

공은 순조 경인년(1830, 순조30) 10월 29일에 태어나 고종 을축년(1865, 고종2) 10월 21일에 세상을 떠나니 향년이 36세이다. 처음에 집 뒤 삼봉(三峯)에 장사지냈는데, 병자년(1876) 3월에 성진군(城津郡) 송상리(松上里) 곤좌(坤坐)의 자리로 이장하였다. 공은 태어나 7살 되던 해에 아버지를 여의고 홀어머니만 살아 계셨다. 공은 어려서부터 지극한 성품을 지녀 대체로 어머니의 마음을 기쁘게 할 수 있는 것이면 하지 않는 일이 없고 종일 즐겁게 재롱을 부리며 곁을 떠나지 않았다. 매일 이웃에 있는 서당에 나아가 글을 읽고, 공부가 끝나면 아이들을 따라서 쓸데없이 돌아다니지 않고 총총히 집으로 돌아와서 먼저 어머니의 안부를 살피고 나서야 밥을 먹었다. 매우 공경(恭敬)하고 조심하여 자신을 마음대로 행동하지 않았다. 매번 돌아가신 아버지의 기일이 되면 정성을 다해 제수를 마련하여 추모하는 정성을 폈다. 사람들과 사귈 때는 솔직하고 경계를 두지 않아 겉과 속이 한결 같았다. 비평하는 말을 입 밖에 내지 않고, 이해를 따지는 것을 마음에 두지 않았다. 남을 우선하고 자신을 뒤로 하며 착한 일을 좋아하고 베풀기를 즐겼다. 평소 집이 가난하고 늙으신 어머님이 계서 학업에 전념할 수 없는 것을 한으로 여겼다. 글 읽는 사람을 가장 좋아하여 힘이 미치는 대로 도와 주었다. 친척들 사이에 서로 다투어 송사를 일으켜 화목하지 않은 자가 있으면, 공은 완곡한 말로 넌지시 일깨워주고 적절히 조치하여 양쪽이 서로 깊이 느껴 깨닫게 한 후에야 그만두었다. 이 때문에 원근(遠近)에서 공의 덕을 사모하는 사람들이 일이 있으면 와서 물었는데, 기뻐하며 따르지 않는 사람이 없었다. 이는 그가 몸소 실천한 성실함이 충분히 인심을 감복 시켰기 때문이요, 한때의 말솜씨로 가능한 것이 아니었다.

부인 김해 김씨는 석표(錫杓)의 따님으로 성품과 행실이 정숙하고, 부지런하고 검소함으로 집안을 다스렸다. 공이 돌아가신 후 가업을 유지하고 남겨진 고아들을 성취시킨 것은 실로 부인의 힘이었다. 병술년(1826, 순조26)에 태어나 계묘년(1903, 광무7)에 돌아가시니 향년이 78세이다. 묘는 치소(治所 군청소재지)에서 남쪽으로 50리 떨어진 태봉(台峯)에 있다. 2남 1녀를 길렀는데, 큰 아들 학재(鶴在)는 경학원(經學院)[24] 강사이고, 둘째는 척재(鶺在)이다. 딸은 양천(陽川) 허씨 태(泰)에게 시집갔다. 학재의 아들은 종각(鍾珏), 종옥(鍾鈺)이요, 척

24 경학원(經學院) : 성균관(成均館)이다. 일제가 한국을 강제 병합한 후 성균관을 경학원(經學院)으로 이름을 고쳤다.

재의 아들은 종요(鍾瑤), 종진(鍾珍)이다. 사위 허씨 아들은 모(某)이다. 종각의 아들은 정수(挺洙), 건수(揵洙), 연수(挻洙)이고, 종옥의 아들은 달수(撻洙)이고, 종요의 아들은 길수(拮洙)이다. 강사(講士) 군은 나와 경학원 동학으로 서로 친하게 지냈다. 정사년(1917) 가을 선친(先親)의 묘소에 비석을 세우려고 나에게 글을 지어 기록해 달라고 부탁했다. 내가 그 행장(行狀) 초고를 읽어 보니, 가정에서의 아름다운 품행과 도의를 모두 다 기록할 수 없었다. 그러나 금석문(金石文)은 간략하고 번잡하지 않아야 하는 것이므로, 다만 그 대강만을 거론하여 돌려 주어 이를 새기게 하노니, 현명한 자손들이 사모하여 본받는 자가 있기를 바란다. 명(銘)하여 말한다.

졸졸 흐르는 저 신령한 근원	泌彼靈源
천황[25]에서 나왔네	發自天潢
화락한 군자여	豈弟君子
덕을 감추고 자랑하지 않았네	隱德不揚
부모님 섬길 때는 뜻 거스르지 않았고	事親無違
자식 가르칠 때는 올바른 방법으로 하였네	教子義方
은혜 베풂은 일가친척에 미치었고	施及宗黨
고향 서당에는 공을 남겼네	功存鄉塾
이웃을 사랑하고 공경했으며	隣里愛敬
규문은 엄숙하고 화목하였네	閨門肅穆

25 천황(天潢) : 은하수(銀河水) 또는 제왕의 후예. 여기서는 제왕의 후예라는 뜻으로 쓰였다.

하늘이 그 수명에 인색하심은	天嗇其年
후손에게 복록을 더해 주기 위함인가	以埤後祿
효성스런 자손이 이어받아	孝子維則
그 덕을 본받으리	克象其德
나의 명에 부끄러움이 없으니	我銘無愧
영원토록 없어지지 않으리라	永世不泐

증 장례원 소경 이군 문용 의 묘갈명 병서

贈掌禮院少卿李君 墩鎔 墓碣銘 幷序

군의 휘는 문용(墩鎔), 자는 경로(景魯), 호는 석문(石門)으로 홍친왕(興親王)[26]의 둘째 아들이다. 고종 계미년(1883, 고종20) 9월 4일에 태어났다. 어려서부터 의지와 기개가 남달랐다. 비록 행동과 사업으로 드러내지는 못했지만, 윗사람을 공경하고 아랫사람을 돌보는 마음이 천성에 드러났으니 사람들이 모두 원대한 인물이 되리라 기대하였다. 형님인 석정공(石庭公)[27]이 해외에 십 수 년간 체류하여 집안이 적적하였는데, 군이 홀로 중위(重闈)[28]를 모시고 무릎위에서 재롱을 부리며 즐겁게 웃어서 부친에 대한 그리움[29]을 위로하니, 대

26 홍친왕(興親王) : 이재면(李載冕, 1845~1912)으로, 본관은 전주(全州), 자는 무경(武卿), 호는 우석(又石)이다. 홍선대원군의 장자이며 고종의 친형이다. 1910년 일제에 의해 홍친왕에 봉해졌고, 이 때 이름을 희(熹)로 바꾸었다.

27 석정공(石庭公) : 이준용(李埈鎔, 1870~1917)으로, 본관은 전주(全州), 자는 경극(景極), 호는 석정・송정(松亭)이다. 후에 준(俊)으로 개명했다. 할아버지는 홍선대원군이고, 아버지는 재면(載冕)이며, 고종의 큰조카이다.

28 중위(重闈) : 깊고 그윽한 궁중(宮中), 또는 조부모를 가리키는 말로, 여기서는 홍선대원군을 지칭한다.

29 부친에 대한 그리움 : 원문은 호기(岵屺)로 고향 떠난 아들이 어버이를 그리워하는 것이다. 《시경》〈척호(陟岵)〉에 "초목 우거진 저 산에 올라 고향땅 바라보며 아버님 생각하네……초목도 없는 저 산에 올라 고향땅 바라보며 어머님 생각하네.〔陟彼岵兮 瞻望父兮…… 陟彼屺兮 瞻望母兮〕"라고 하였다. 여기서는 해외에 있는 이준용이 어버이를 그리워하는 것을 말한다.

원왕(大院王 흥선대원군)께서 기특하게 여기고 사랑하였다. 기해년(1899, 광무3)에 이르러 거듭 두 번의 상을 당하였는데, 군이 어른처럼 슬퍼하고 그리워하며 상여 곁을 떠나지 않았다. 석정공이 항상 말하기를, "내가 비록 나라 밖에 멀리 떠나 있지만 집에 현명한 동생이 있어 근심을 잊을 수 있다."라고 하였다. 무술년(1898)에 시강원 시종관(侍講院侍從官)을 제수 받았는데, 신축년(1901) 10월 8일 운현궁 별채에서 세상을 떠나니 나이 겨우 16세였다. 부음이 알려지자 임금께서 놀라고 슬퍼하시어 특별히 장례원 소경(掌禮院少卿)을 추증하였다. 처음에는 고양(高陽)의 정문동(旌門洞)에 장사지냈으나, 무신년(1908, 융희2) 4월 19일 고양 율목(栗木) 간좌(艮坐)의 자리에 이장하니, 대원왕의 옛 무덤 오른쪽 산기슭이다.

흥친왕이 몸소 묘지문을 지어 광(壙 관을 넣는 구덩이)에 넣었는데 슬픔이 간절하여 읽을 수가 없었다. 군의 고조부는 융릉(隆陵)[30]의 둘째 아들인 은신군(恩信君) 충헌공(忠獻公) 휘 진(禛)이신데, 후사가 없었다. 이에 인평 대군(麟坪大君) 충경공(忠敬公) 휘 요(㴭)의 오세손으로 영의정(領議政)에 추증된 휘 병원(秉源)의 둘째 아들을 데려다 후사로 삼았다. 이 분이 남연군(南延君) 충정공(忠正公) 휘 구(球)로 군의 증조부이다. 조부는 흥선헌의대원왕(興宣獻懿大院王) 휘 하응(昰應)이고, 부친은 흥친왕인데, 뒤에 공(公)을 친왕(親王)의 예로 고쳐

30 융릉(隆陵) : 영조의 아들이며 정조의 아버지인 장헌세자(莊獻世子), 즉 사도세자를 지칭한다. 정조는 즉위하자 비명에 죽은 아버지 장헌세자의 묘(廟)를 경모궁, 묘(墓)를 영우원(永祐園)이라 하였으나 뒤에 현륭원(顯隆園)이라 고쳤고, 1899년 장헌세자를 장조(莊祖)라 추존한 후, 능호를 융릉(隆陵)이라 하였다.

봉하였다. 휘는 희(熹)이다. 어머니는 정경부인으로 공(公)의 비(妃)에 추봉(追封)된 풍산 홍씨(豐山洪氏)인데, 통덕랑(通德郎) 병주(秉周)의 따님이다. 계비(繼妣)는 공의 비인 여주 이씨(驪州李氏)인데, 참봉(參奉) 인구(麟九)의 따님이다. 부인 안동 김씨(安東金氏)는 교관 병일(炳日)의 따님이다. 자식이 없어서 육촌형인 참판 달용(達鎔)의 둘째 아들 ○○[31]으로 후사를 삼았다. 명(銘)하여 말한다.

아버지는 아아 내 아들은 효성스럽고 어질었다라고 말씀하셨고

父曰嗟余子孝且賢

형은 아아 내 동생은 우애가 있고 어질었다라고 말하였네

兄曰嗟余弟友且仁

싹은 나왔지만 꽃을 피우지 못하였으니[32] 苗而不秀

믿기 어려운 것은 하늘이로다 難諶者天

여경[33]을 남겨서 留其餘慶

후손에게 주려는 것인가 以遺後昆

31 ○○ : 원문의 이 부분은 비어 있다. 의도적으로 기록하지 않은 것인지 후에 삭제된 것인지는 알 수 없다.

32 싹은……못하였으니 : 《논어》 〈자한(子罕)〉에 "싹이 나고는 꽃 피지 못하는 경우도 있고, 꽃은 피었건만 열매를 맺지 못하는 경우도 있다.〔苗而不秀者 有矣夫 秀而不實者 有矣夫〕"라는 공자의 말이 나오는데, 황간(皇侃)의 소(疏)에서 안회가 대성(大成)하지 못하고서 일찍 죽은 것을 비유한 것이라고 하였다.

33 여경(餘慶) : 남에게 좋은 일을 많이 한 보답으로 뒷날 그의 자손(子孫)이 받는 경사(慶事)를 말한다.

애련재 김공 중익 묘갈명 병서
愛蓮齋金公 重益 墓碣銘 幷序

강릉은 동해안의 유명한 도시이다. 산수가 맑고 아름다우며 풍속이 돈후하고 순박하여 맑은 기운이 한데 모였으니 종종 재주와 덕행, 명성과 인망이 있는 선비가 그 곳에서 나왔다. 이를테면 고 성균관 진사 애련재(愛蓮齋) 김공이 그 중 한사람이다. 공의 휘는 중익(重益)이고 자는 수오(受吾)이다. 김씨는 가계가 강릉에서 나왔는데, 시조는 명주 군왕(溟州郡王) 휘 주원(周元)[34]이다. 그 후에 고위관직이 차례로 이어져 마침내 나라 안에서 유명한 성씨가 되었다. 공의 6대조 휘 광헌(光軒)이 정봉(鼎峰) 아래에 집을 짓고 손수 소나무를 심었는데, 율곡 선생이 〈호송설(護松說)〉[35]을 지어 후손에게 권면하였다. 고조부 휘 경휘(景暉)는 효행으로 정려(旌閭)[36]를 받았다. 일시에 한

34 명주 군왕(溟州郡王) 휘 주원(周元) : 김주원(金周元)은 신라 무열왕 김춘추(金春秋)의 5세손이다. 각간(角干)으로 시중(侍中) 겸 병부령(兵部令)를 지냈다. 원성왕 때 명주 군왕(溟州郡王)에 봉하고 명주(溟州), 익령(翼嶺), 근을어(斤乙於), 삼척, 울진 등을 식읍으로 하사 하였다. 김주원은 명주성을 쌓고 영동 일대를 통치했으며 이에 따라 후손들이 강릉을 본관으로 하였다. 군왕(郡王)은 봉작의 이름으로 친왕(親王) 다음가는 지위이다.

35 호송설(護松說) : 율곡(栗谷) 이이(李珥)가 임경당(臨鏡堂) 김열(金說)의 청으로 선대에 심은 소나무 잘 가꾸라는 뜻으로 써준 글이다. 현재 임경당의 후손이 성산면 금산리에 터전을 잡고 있으며, 그 집 사랑채 옆에 임경당이라는 별당이 있고, 여기에 율곡 선생이 지어준 호송설의 현액이 걸려 있다.

36 정려(旌閭) : 충신·효자·열녀 등에게 그 동네에 정문(旌門)을 세워 표창하는

집안에서 삼대에 걸쳐 4명의 효자가 나와서 모두 포상의 은전을 받았는데 온 고을이 이를 영광으로 여겼다. 조부는 판관(判官) 휘 진호(震鎬)인데, 사월(沙月) 운양촌(雲陽村) 이설당(梨雪堂)[37]의 옛 터에 처음 자리 잡았다. 스스로 운곡(雲谷)이라 자호하고 벼슬을 버리고 은거하여 여생을 마쳤다. 부친 통덕랑 휘 하겸(夏兼)은 효성과 우애로 이름이 알려져 사실이 읍지(邑誌)에 기록되었다. 어머니는 강릉 최씨(江陵崔氏)로 통덕랑(通德郎) 부(阜)의 따님이다. 성격이 부드럽고 온순하며 공손하고 검소하여 부녀자의 덕을 모두 갖추었다. 계비(繼妣) 평해 황씨(平海黃氏)는 응청(應淸)의 따님이다.

공은 숙종(肅宗) 기축년(1709) 11월 18일 생으로 어려서부터 총명하였다. 9세에 어머니를 잃었는데 계비가 매우 지극하게 사랑하여 길렀고, 공도 또한 힘을 다하여 효도하니 사람들이 이간하는 말이 없었다. 영조 경신년(1740)에 진사에 합격하였으나 벼슬길에 나아가지 않고 오직 부모님 봉양하는 것을 즐거움으로 삼았다. 계비의 상을 당했을 때 공의 나이 64세였는데, 노쇠하다 하여 상복을 입는 예절을 게을리 하지 않았다. 지나친 슬픔으로 몸을 상하여 그 때문에 담수병(痰嗽病)[38]을 얻었다. 병신년(1776, 정조1) 2월 8일에 세상을 떠나니 향년이 68세이다. 백운동(白雲洞)의 어머니 묘 오른 쪽 간좌(艮坐)의 자리에 장사지냈다.

것이다.

37 이설당(梨雪堂) : 조선 중종 때 호조 참의를 지낸 김광진이 벼슬을 그만두고 배나무 밭 가운데 지은 정자다. 이설당은 현재 강릉시 사천면 판교리의 운양초등학교 자리에 있었다고 한다.

38 담수병(痰嗽病) : 위 속에 습담(濕痰)이 있어서, 그것이 폐로 올라올 때에는 기침이 나고, 담이 나온 때에는 기침이 그치는 병이다.

공은 겨우 글자를 알면서부터 정신을 집중하여 열심히 학문을 닦아 잠자고 먹는 것을 잊는 지경에 이르니, 통덕랑공이 그의 기력이 약해져 병이 생길까 걱정하여 항상 꾸짖어 금하였다. 그러므로 만년의 고질병은 그 근원이 아마도 여기에서 빌미가 되었을 것이다.

평소에 굳게 분수를 지켜 의(義)가 있는 곳에서는 빼앗을 수 없는 기개를 지녔다. 조상을 받드는 예절을 더욱 독실하게 하여 늙어서도 게을리 하지 않았다. 서제(庶弟) 한 사람이 성품이 거칠어서 여러 번 파산하였는데 공이 종신토록 그를 도와서 춥고 배고프지 않게 하였다. 여동생 하나가 조씨(曺氏)에게 시집을 갔는데 일찍 죽어 자식이 없었다. 공이 기일(忌日)을 당할 때마다 제수(祭需)를 마련해 보냈다. 이러한 마음을 미루어 이웃 친지들에까지 미치게 하여 궁핍한 사람을 돌보고 구휼하였는데, 마치 아파하는 것이 자신의 일인 것 같이 하였다. 자제를 가르칠 때는 과정(課程)이 매우 엄격하였지만 또한 구속하지 않고 때때로 놀도록 내버려 두었다.

평소 조용히 앉아 있을 때에 멀리서 바라보면 엄숙해 보였으나, 가까이 가서 보면 정신과 정서가 품위 있고 고상하였다. 말과 웃음이 적어서 비록 어려서부터 친한 사이라도 감히 말을 함부로 하지 못하였다. 나들이하며 교유하는 것을 좋아하지는 않았지만 맑고 고결하다고 자처(自處)하지도 않았으며, 시속(時俗)의 화려함을 추구하지 않았으나 자신의 생활을 누추하게 하지도 않았다. 입으로는 남의 허물을 말하지 않았고 논할 때는 군정(郡政)의 득실을 언급하지 않았으며, 담담하게 스스로를 지켜서 하루 종일 진흙으로 빚은 인형 같았다. 만년에는 시와 술을 즐기고 연못을 파서 연꽃을 심고 그 위에 정자를 지어 편액을 '경렴(景濂)'이라 하고, 이어서 애련재(愛蓮齋)라고 자호하였다. 매양 꽃피고 달 밝은 좋은 계절을 만나면 반드시 이웃과 친척 자제들을 불러, 혹은 거문고를 타고 퉁소를 불기도 하고, 혹은 시를 짓고 노래를 불러 함께 즐겨서 그 답답하고 우울한 마음을 떨쳐버렸다. 이로 말미암아 온 마을 안이 성을 내고 싸우는 풍속이 없어졌다. 200년이 지난 지금까지 풍류의 여운(餘韻)이 아련하게 아직도 남아있어 마을사람들이 사모하고 있다.

첫 부인 창녕 조씨(昌寧曺氏)는 수한(秀漢)의 따님이고, 둘째 부인 의령 남씨(宜寧南氏)는 통덕랑(通德郞) 굉(硡)의 따님이다. 모두 아름다운 범절이 있어서 집안사람을 화목하게 하였다. 남씨가 2남 4녀를 낳았는데 장남 한성(漢星)은 생원(生員)에 합격하였고, 둘째는 호성(浩星)이다. 딸들은 생원 이형신(李衡臣), 생원 이명식(李明埴), 권필교(權弼敎), 최저필(崔著弼)에게 시집갔다. 내외의 손자와 종손은 다 기록할 수 없다.

공의 6세 손 윤경(潤卿)이 공의 묘지에 비석을 세우려고 하여 행장을 가지고 와서 나에게 글을 지어달라고 하였다. 내가 늙고 병들었다고 사양하였지만 허락을 얻지 못하여 행장에 의거하여 이상과 같이 지었다. 아아, 공은 고가(故家)[39]에서 태어나 바닷가에 살아서 이름이 고을 밖으로 드러나지 않았으나, 효제(孝弟)를 힘써 실천하여 그 가문을 대대로 전하였다. 《서경》에 말하지 않았는가. "효도하며 형제간에 우애하여 정사에 베푼다."[40]라고 하였으니, 이것이 아마도 정치를 하는

39 고가(故家) : 여러 대에 걸쳐 벼슬한 집안이다. 고가대족(故家大族)의 약어이다.
40 효도하며……베푼다 : 주공(周公)이 별세하자, 성왕(成王)은 군진(君陳)에게 주공의 임무를 대신하게 하면서 그를 칭찬하여 "효성스럽다! 효도하며 형제간에 우애하여

핵심일 것이다. 군자는 나에게 있는 것을 다함에 힘쓸 뿐, 어찌 높은 벼슬을 사모하겠는가. 명(銘)하여 말한다.

은거하였으나 부모님 뜻 거스르지 않고	隱不違親
지조 곧았으나 세상과 단절하지 않았네	貞不絶俗
중도를 행한 군자이니	中行君子
이것이 바로 상덕이네	是曰尙德
흰 구름 밝게 피어오르고	英英白雲
소나무 잣나무가 울창하네	鬱鬱松柏
어찌 공경하는 마음 일지 않으랴	曷不起敬
어진 사람의 유택이라네	賢人遺宅

정사에 베푼다.〔孝乎惟孝 友于兄弟 施於有政〕"라고 하였다.《書經 君陳》

충훈부 도사 장공 재원 묘갈명 병서
忠勳府都事張公 載遠 墓碣銘 幷序

공의 성은 장씨(張氏), 휘(諱) 재원(載遠), 자는 두형(斗亨)으로 그 선조는 인동(仁同) 사람이다. 비조(鼻祖 시조)의 휘는 금용(金用)인데, 고려 삼중대광 신호위 상장군(三重大匡神虎衛上將軍)이다. 12세인 휘 안세(安世)는 공민왕(恭愍王)을 섬겨 덕령부원군(德寧府院君)에 봉해졌다. 우리 태조가 선양(禪讓)[41]을 받자 두문동(杜門洞)[42]에 들어가 나오지 않다가 뒤에 인동(仁同)으로 돌아와 세상을 떠났다. 정헌대부(正憲大夫)에 추증되었고 시호는 충정공(忠貞公)이다. 8세를 내려와 휘 현광(顯光)은 도덕과 학행(學行)으로 선조(宣祖)와 인조(仁祖) 양조에서 여러 번 예(禮)로 초빙을 받았으나 모두 나아가지 않았다. 뒤에 영의정에 추증되고 시호는 문강공(文康公)이다. 세상에서는 여헌(旅軒) 선생이라 불렀는데 공에게 10세조이다. 고조부는 절충장군(折衝將軍) 휘 수동(壽東)이고, 증조부는 휘 영추(英樞)이며 부친은 휘 석규(錫奎)이다. 어머니 김해 김씨(金海金氏)는 득복(得福)의 따님이다.

공은 헌종 병오년(1846, 헌종12) 2월 16일에 태어나 고종황제 신묘년(1891, 고종28)에 충훈부 도사로 처음 벼슬하였고, 융희(隆熙)[43] 3

41 선양(禪讓) : 덕망이 있는 인물에게 제위를 물려주는 것이다.

42 두문동(杜門洞) : 경기도 개풍군 광덕면 광덕산 서쪽 기슭에 있는 골짜기이다. 고려의 충신 72인이 조선 왕조 섬기기를 거부하고 이곳에 들어와 세상과 격리되어 살면서 절의를 지켰다고 전해진다.

43 융희(隆熙) : 순종의 연호이다.

년 기유년(1909) 3월 22일에 세상을 떠났으니 향년이 64세이다. 처음에는 사천군(泗川郡) 동림(東林)에 장사지냈는데, 뒤에 고성군(固城郡) 동화산(東禾山)에 이장하였다.

공은 천성이 순후하고 조심성이 많았으며 뜻을 독실하게 가지고 학문을 닦았다. 효성스럽게 부모님을 섬기고 예로써 조상을 받들었고, 겸손과 검약으로 자식을 가르치고 가정을 다스리는 데는 법도가 있었으며 근검절약하여 가업을 전하였다. 이웃을 도와주고 친척과 화목하니 고을 사람들이 이로써 칭찬을 하였다. 부인인 숙인(淑人)[44] 장택고씨(長澤高氏)는 가선대부에 추증된 의륜(義倫)의 따님이며 공과 동갑(同甲)이다. 태어나면서부터 아름다운 덕이 있어서, 온화하고 유순하며 예쁘고 순하여 거동이 여인의 법도에 딱 들어맞았다. 17살에 공에게 시집와서 공보다 8년 뒤인 정사년(1917)에 돌아가니 향년이 72세이다. 같은 자리에 합장하였다.

3남 3녀를 낳았는데, 장남 경상(熲相)은 벼슬이 중추원 의관(中樞院議官)이다. 차자 응상(鷹相)은 사천군 참사(泗川郡參事)이고, 기상(基相)은 주사(主事)이다. 사위는 주사 전중기(全中祺)와 사인(士人) 서상섭(徐相燮), 박학천(朴學天)이다. 경상은 아들 넷을 낳았는데, 지명(志明), 지린(志麟), 지태(志邰)이고 나머지는 어리다. 응상은 아들 셋을 낳았는데, 지창(志昌), 지호(志虎)이고 나머지는 어리다. 기상은 아들 둘을 낳았는데 지원(志源), 지협(志協)이다. 내외의 손자와 증손자는 아주 많아 또한 다 적지 못한다.

무오년(1918) 여름에 공의 둘째 아들 참사(參事 응상)군이 경성(京

44 숙인(淑人) : 조선 때 당하관(堂下官) 정3품・종3품인 문무관의 아내에게 주던 봉작이다.

城)의 봉익동(鳳翼洞)으로 나를 찾아와 처음 장사지냈을 때의 묘갈문(墓碣文)을 가지고 와서 청했다. "이번에 합장할 때 비석을 고쳐 세우려 하는데, 공(公)의 명(銘)을 얻어서 그 내용을 기록하려 합니다."라고 하였다. 또 말하기를 "《효경》에 이르기를 '입신양명(立身揚名)하여 부모를 드러내게 하는 것이 가장 큰 효도이다.'라고 하였습니다. 저희들은 시골에서 자라나 어리석고 무식해서 만에 하나도 부모를 드러나게 할 것이 없습니다. 원컨대 당대의 입언군자(立言君子)의 무게 있는 한 마디 말씀을 얻어서, 영원히 전할 수 있기를 바랍니다."라고 하였다. 내가 그런 사람이 못된다고 굳게 사양하였으나 허락을 얻지 못하여, 마침내 앞에 서술한 것을 인하여 이어서 명(銘)을 붙인다.

찬연히 빛나는 문강공은	憲憲文康
유림의 종주인데	儒林所宗
공이 아름다운 계통을 이어 받으니	公承休緖
오래된 가문의 유풍일세	古家遺風
아름다운 배필 가문에 합당하니	令配宜家
만복을 함께 하였네	萬福攸同
저 화산을 바라보니	瞻彼禾山
엄연히 묘소가 있네	有儼堂封
철따라 올리는 제사	歲時烝嘗
자손들이 와서 모시네	子孫來供
모범이 되고 본보기가 되니	是儀是式
많은 복 끝이 없으리라	繁祉無窮

정부인 김해 김씨 묘갈명 병서
貞夫人金海金氏墓碣銘 幷序

《사기(史記)》 화식전(貨殖傳)에 촉(蜀)의 과부 청(淸)을 다음과 같이 칭찬하기를 "가업을 잘 지키고 재물의 힘으로 스스로를 지켜서 침범을 당하지 않았다. 진나라의 황제가 지조 있는 부인이라 하여 그녀를 손님의 예로 대접하고, 그녀를 위해 '여회청대(女懷淸臺)'를 지었다. 청(淸)은 궁벽한 시골의 과부로 만승천자(萬乘天子)와 대등한 예로 상대하여 그 이름이 천하에 드러났다."[45]라고 하였다. 내가 살펴보니, 옛날부터 동사(彤史)[46]에 수록된 유명한 여인이 매우 많았지만, 부녀자〔巾幗〕[47] 가운데 우뚝하게 자립하여 임금에게 회청처럼 예우를 받은 여인은 보기가 어려울 것이다. 근세에 정부인 김해 김씨 같은 경우는 그에 가깝다고 할 것이다.

부인은 가락국(駕洛國) 수로왕(首露王)의 후예이다. 부친은 휘 규한(奎漢)이니, 수질(壽秩)[48]로 동지중추부사(同知中樞府事)를 지냈다. 헌종 계묘년(1843, 헌종9) 3월 14일생으로 어려서부터 본성이 정일(貞

45 가업을……드러났다 : 《사기》에서 인용한 말이다. 《史記 卷129 貨殖傳 卓氏》

46 동사(彤史) : 사관(史官)으로, 궁중(宮中)의 정령(政令)과 후비(后妃)의 일을 기록하였다.

47 부녀자〔巾幗〕 : 건괵(巾幗)은 부녀자들의 두건과 머리 장식으로, 후에는 부녀자를 대칭하는 말로 사용되었다.

48 수질(壽秩) : 통정대부 이상의 관원으로 임금과 동갑 이상 원로 중신에게 왕이 은전을 내려 품계를 한 등급 올려주는 제도이다.

一)하고 정숙한 덕행이 있었다. 17세에 김공 휘 재권(載權)에게 시집왔다. 재권은 경주인(慶州人)으로 벼슬이 중추원(中樞院)[49] 의관(議官)을 거쳐 가선대부(嘉善大夫) 내장원 경(內藏院卿)[50]에 이르렀다. 윗대 조상에 휘 충한(冲漢)은 호가 수은(樹隱)이니 고려 말에 예의 판서(禮儀判書)로 남원으로 귀양 가서 세상을 떠났는데, 자손들이 여기에 그대로 살았다. 증조 휘 규봉(圭鳳)은 장례원 장례(掌禮院掌禮)에 추증되고, 조부 휘 대(岱)는 비서원 승(秘書院丞)에 추증되고, 부친 휘 창강(昌崗)은 군부(軍部)의 협판(協辦)[51]에 추증되었는데, 모두 내장원경공으로 인해 귀해진 것이다.

내장원 경 공이 일찍이 멀리 서울에 가서 해가 지나도 돌아오지 않으니, 부인이 홀로 있으면서 가난한 생활을 하였다. 쓰러져가고 창문이 떨어진 집에서 헤진 옷 입고 배를 굶주리며 그 고생을 참아내고, 방아찧고 길쌈하는 일을 몸소 행하여 밤낮으로 게을리 하지 않았다. 당시에 거듭 풍년이 들어 나무와 쌀값이 매우 쌌지만, 부인은 오히려 참고 절약하여 하루에 한 끼 식사에 그쳤는데, 한 그릇을 나누어 그 반을 먹고 감히 그릇을 다 비우지 못했다. 하루는 멸치 젓갈을 얻었는데 반찬이 맛이 있어서 자기도 모르는 사이에 반 그릇을 넘게 먹었다. 잠시 후 흠칫 놀라며 후회하고 예전처럼 소금에 절인 채소로 반찬을

49 중추원(中樞院) : 대한제국 때 의정부에 딸린 관아이다. 1894년(고종31)에 중추부(中樞府)를 고쳐서 중추원이라 일컫고, 이듬해에 사무장정(事務章程)을 만들어 내각의 자문기관으로 정했다.

50 내장원 경(內藏院卿) : 조선 말에 임금의 세전물, 장원(莊園) 그 밖의 재산을 관리하던 관아의 우두머리이다. 내장원은 1895년(고종32)에 처음 설치하였고, 그 해에 내장사로 고쳤다가 1899년(광무3) 다시 이 이름으로 고쳤다.

51 협판(協辦) : 대한제국 시기 궁내부(宮內府)와 각 부의 차관, 칙임관이다.

삼았다. 힘써 마음에 새기고 부지런히 노력한 것이 이와 같았다.

어린 손자를 돌보아 기를 때는 올바른 방법으로 가르쳤고, 친척들과 화목하며 우의가 매우 돈독하였다. 자산을 증식하고 큰 재산을 모아서 사전(祀田)[52]과 의장(義庄)[53]을 마련하였는데 넉넉하지 않은 것이 없었다. 가난한 사람들에게 두루 베풀고 공익사업에 기부한 일 같은 것은 이루 다 기록할 수 없다. 고을 사람들이 비를 세워 덕을 칭송했다. 만년(晩年)에는 내장원경공의 품계(品階)를 따라 정부인(貞夫人)에 봉해졌다.

53세에 아들 상을 당하고,[54] 59세에 남편 상을 당하였는데, 앞과 뒤의 상(喪)을 치르고 장사를 지낼 때 예(禮)에 부족함이 없게 하였다. 젊은 과부(寡婦) 강씨(姜氏)도 시어머니를 지성으로 봉양하여 향리에 효부로 소문이 났다. 융희(隆熙) 3년(1909) 겨울에 임금께서 남쪽으로 순행하여 창원(昌原)의 마산포(馬山浦)에 이르렀을 때 부인의 명성을 들으시고, 그 고부(姑婦)를 불러서 특별히 비단 2필을 하사하여 이들을 표창하시니, 영광(榮光)을 입은 몸이라고 원근(遠近)에 소문이 자자하였다. 임자년(1912) 9월 9일에 돌아가니, 이해 11월 1일에 사천군(泗川郡) 유동명(杻洞面) 가산동(駕山洞) 뒤편 산기슭 임좌(壬坐)의 자리에 장사지냈다. 아들 준섭(俊燮)도 효행으로 임금에게까지 알려

52 사전(祀田) : 제사에 필요한 비용을 마련하는 토지로 위토(位土)라고도 한다.

53 의장(義庄) : 가난한 사람이나 어려운 친척을 돕기 위한 농장을 말한다.

54 아들 상을 당하고 : 원문은 정주야곡(丁晝夜哭)으로, 춘추 시대 때 노나라 재상 문백(文伯)의 어머니 경강(敬姜)이 남편이 세상을 떠났을 때는 낮에만 곡을 하고, 나중에 아들 문백이 죽자 밤낮으로 곡을 했는데, 공자(孔子)가 이를 두고 경강이 예(禮)를 안다고 논평했던 고사에서 나온 말이다. 《禮記 檀弓下》

져 특별히 사헌부 감찰에 제수되었지만, 불행하게도 일찍 죽었다. 첫 부인 진양 강씨(晉陽姜氏)는 동지(同知) 제로(濟魯)의 따님으로 자손이 없다. 두 번째 부인 진양 강씨는 도사(都事) 석준(錫準)의 따님으로 4남 1녀를 낳았다. 큰 아들 종기(種驥)는 뒤에 기태(琪部)라 개명하였고 지금 주사(主事)이다. 차남 종무(種武)는 참봉이며, 종린(種麟)은 위원(委員)이고, 종내(種乃)는 참봉이다. 딸은 전주 전병휘(全秉徽)에게 시집갔다. 종기의 아들은 한수(漢秀), 봉수(鳳秀)이고, 종무의 아들은 학수(鶴秀)이다.

주사군(主事君 종기)이 할머니의 유장(遺狀)을 가지고 와서 묘갈명을 청하였다. 아, 부인은 규방의 꽃이로다. 저 회청(懷淸)[55]은 오히려 선조의 사업인 단혈(丹穴)이 있었기 때문에 그 사업을 보존하고 자신을 지킬 수 있었을 뿐이었다.[56] 어찌 부인이 빈손으로 집안을 일으켜서 몸소 큰 재산을 이루고, 또 많은 사람들과 더불어 그 이익을 함께하여 위로는 임금께 표창을 받고 아래로는 여러 사람들의 칭송을 받은 것과 같겠는가? 기억컨대 옛날 임금께서 남쪽으로 순수(巡狩)하실 때, 나도 임금님의 행차를 따라 마산에 이르러 부인 고부(姑婦)가 임금의 부르심을 받아 왔던 것을 보았다. 봉관(鳳冠)과 하피(霞帔)[57]를 갖추고 행재소(行在所)에서 알현(謁見)하는 예를 행하였는데, 용모와 옷차림이

55 회청(懷淸) : 여회청대(女懷淸臺)의 준말이다. 앞에서 나온 촉(蜀)의 과부 청(淸)을 지칭한다.

56 저 회청……뿐이었다 : 촉(蜀)의 과부 청(淸)은 조상이 단사를 캐내는 굴을 발견하여 여러 대에 걸쳐 그 이익을 독점해 왔으므로 원래부터 그 재산이 헤아릴 수 없을 정도로 많았다고 한다.

57 봉관(鳳冠)과 하피(霞帔) : 봉황관과 새우무늬 치마이다. 조정으로부터 봉작을 받아 내명부(內命婦)에 등록된 부녀의 옷차림을 말한다.

단정하고 정숙하며 거동이 반듯하였다. 좌우에서 모시던 여러 신하들이 김 부인을 가리켜 어질다고 칭찬하지 않는 사람이 없었다.

내가 그때에 부인의 훌륭한 행실을 익숙히 들었는데, 지금 행장의 초고를 보니 그 말이 모두 사실이다. 명(銘)하여 말한다.

정숙하고 미덥게 각고의 노력을 하고	貞信刻苦
근검절약하여 저축하고	勤儉節蓄
꿋꿋한 며느리 가문을 지켜내니	健婦持門
곳간이 날로 가득 쌓였네	倉庾日積
쌓았다가 나눠줄 줄 알았으니	積而能散
부유하고도 어질구나	爲富且仁
은혜가 가난한 이웃에 두루 미치니	惠遍窮蔀
명성이 대궐까지 이르렀네	聲達九閽
영광스런 포상이 곤의[58]보다 나으니	榮褒踰袞
마을 사람들 깜짝 놀라 기뻐했고	鄕里動色
자손들은 업적을 본받아	子孫繩武
아름다운 덕 잊지 않으리	不忘懿德
가산의 언덕에	駕山之阡
우뚝 선 비석이여	卓彼貞珉
나의 명(銘)이 틀림이 없으니	我銘不忒
뒷사람들에게 밝게 보이노라	昭示後人

58 곤의(袞衣) : 삼공(三公)을 말한다. 옛날에는 천자가 상공(上公)에게 곤의를 내렸다고 한다.

사헌부 감찰 김군 준섭 묘갈명 병서
司憲府監察金君 俊燮 墓碣銘 幷序

군의 휘는 준섭(俊燮), 자는 성옥(聲玉), 성은 김씨, 본관은 경주(慶州)로 신라 경순왕의 후예이다. 고려조에는 고위 관직이 계속 이어졌다. 휘 충한(冲漢)은 호가 수은(樹隱)인데 예의 판서(禮儀判書)로 남원으로 귀양 갔는데, 자손들이 그곳에 그대로 살았다. 이 분이 담양 부사 휘 승(繩)을 낳았고, 휘 승은 좌찬성 휘 종직(從直)을 낳았다. 10여세를 내려와 통정대부(通政大夫) 비서원 승(秘書院丞)으로 추증된 휘 대(岱)가 있는데, 바로 군의 증조부이다. 조부 휘 창강(昌崗)은 가선대부 군부 협판(軍部協辦)에 추증되었고, 부친 휘 재권(載權)은 가선대부(嘉善大夫) 내장원 경(內藏院卿)을 지냈다. 어머니 정부인(貞夫人) 경주 정씨(慶州鄭氏)는 사인(士人) 춘범(春範)의 따님이고, 생모(生母) 정부인 김해 김씨는 동지중추부사(同知中樞府事) 규한(奎漢)의 따님이다.

군은 고종 경오년(1870, 고종7) 2월 24일에 태어나 을미년(1895) 9월 20일에 세상을 떠났으니 나이가 겨우 26세였다. 병신년(1896) 10월 3일에 사천군(泗川郡) 유동면(杻洞面) 가산동(駕山洞) 뒤편 산기슭 해좌(亥坐)의 자리에 장사지냈는데, 먼저 묘를 쓴 전실 부인 진양 강씨와 쌍분(雙墳)이다. 군은 타고난 성품이 효성스럽고 우애가 있었으며, 부모님의 뜻을 잘 받들어 순종하였고 친척들과 화목하였다. 그 어머니가 일찍이 설사에 걸렸는데 대변의 달고 씀을 맛보아 병세의 덜하고 더함을 징험하니, 마을 사람들이 모두 그 효성을 칭찬하였다. 소문이 임금님의 귀에까지 이르게 되니 특별히 통훈대부(通訓大夫) 사헌부 감찰(司憲府監察)을 제수하였다. 불행하게도 고질(痼疾)이 있었는데 세상을 떠나려 할 때 양친(兩親)의 앞에 무릎을 꿇고 울면서 "불초한 자식이 지금 영원히 슬하(膝下)를 떠나게 되었으니 불효가 이보다 더 큰 것이 없습니다. 무슨 면목으로 돌아가서 지하에 계신 선조를 뵙겠습니까."라고 하였다. 그의 타고난 성품이 어질고 효성스러운 것을 상상할 수 있을 것이다.

부인인 진양(晉陽) 강씨는 중추부사(中樞府事) 제로(濟魯)의 따님으로 자식이 없고, 둘째 부인인 진양 강씨는 중추부 도사(中樞府都事) 석준(錫準)의 따님인데 4남 1녀를 낳았다. 장남 종기는(種驥)-뒤에 기태(琪郃)라 개명하였다.- 주사(主事)이고, 차남 종무(種武)는 참봉이며, 3남 종린(種麟)은 위원(委員)이고, 4남 종내(種乃)는 참봉이다. 딸은 전주(全州) 전병휘(全秉徽)에게 시집갔다.

아아, 내가 사람들의 가문을 살펴보건대, 선조가 부지런히 힘써서 집안을 이룩했으나 그 자손이 부친의 업적을 잘 계승한 경우[59]는 드물었다. 감찰(監察 김준섭)군은 선업(先業)을 잘 지켰을 뿐만 아니라 몸가짐을 단속하고 편안하게 실천하여 효성으로 이름이 드러났으니, 부유하면서도 예를 좋아하고 선조의 사업을 잘 이어서 빛낸 사람이라고 할 수 있다. 애석하도다, 수명이 길지 않음이여. 어찌 다 누리지 못한

59 그 자손이……경우 : 원문은 당구(堂構)로 아버지의 사업을 아들이 이어받음을 말한다. 《서경》 〈대고(大誥)〉에 "아버지가 집을 지으려고 모든 방법을 강구해 놓았는데 아들이 집터를 닦으려고도 하지 않는다면, 나아가 집을 얽어 만들 수가 있겠는가.〔若考作室 旣底法 厥子乃不肯堂 矧肯構〕"라는 말에서 유래한 것이다.

많은 복을 남겨서 후손에게 물려준 것이 아니겠는가. 지금 큰아들 주사군(主事君 기태)이 쓴 행장에 의거하여 이상과 같이 글을 엮고 이어서 명(銘)을 짓는다.

강직한 어진 어머니 衎衎賢母
가업을 이루셨고 式造家業
아들이 가르침을 명심하여 哲嗣服訓
효도하고 우애하며 친족 간에 화목했네 孝友敦睦
하늘이 수명에 인색하다 말하지 마오 莫云嗇壽
그것으로 후손들을 창성(昌盛)하게 하리니 用昌厥後
비석에 뚜렷이 새겨서 牲繫顯刻
길이 전해지도록 하리라 永圖不朽

중추원 의관 안군 영모 묘갈명 병서
中樞院議官安君 永模 墓碣銘 幷序

군의 휘(諱)는 영모(永模), 자는 경문(敬文), 호는 여석(如石)으로 세적(世籍)은 순흥(順興)이다. 고려 때 흥위위(興威衛)를 지낸 휘 자미(子美)가 시조이다. 4세(世)에 이르러 회헌(晦軒)선생 문성공(文成公) 휘 유(裕)는 학교의 법규(法規)를 처음으로 만들어 우리나라 유교의 근원을 열었다. 이로부터 문순공(文順公) 휘 우기(于器), 문숙공(文淑公) 휘 목(牧), 문혜공(文惠公) 휘 원숭(元崇)이 빛나는 자취를 차례로 이어서 자손들이 높은 관직을 역임하니 세상에 겨룰만한 가문이 없었다. 4세 후에 판윤(判尹) 휘 수기(修己)가 문의(文義)에서 영남의 자인(慈仁)으로 거처를 옮겼고, 6세 후에 휘 정욱(精頊)이 처음 경산(慶山)에 터를 잡아 집을 지어 자손들이 그곳에서 계속 살았다. 군에게는 9세조가 된다. 고조는 휘 택빈(宅彬)이고, 증조는 휘 대기(大器)이다. 조부는 휘 무권(武權)으로 오위장(五衛將)을 지냈고, 부친 휘 재수(在守)는 참봉(參奉)을 지냈다. 어머니 공인(恭人)[60] 밀양 박씨(密陽朴氏)는 선전관(宣傳官) 원석(元錫)의 따님이다.

군은 을축년(1865, 고종2) 8월 11일에 상남리(上南里) 집에서 태어났다. 어려서부터 탁월하게 뛰어난 남다른 재주가 있었다. 처음 입학했을 때 선생과 장자들이 모두 원대한 인물이 될 것으로 기대하였으나,

60 공인(恭人) : 조선 시대 정5품과 종5품의 종친(宗親)과 문무관 아내에게 주던 품계이다.

불행하게도 일찍 어머니를 잃어 아버지만 집에 계시니 노인을 잘 봉양할 길이 없어서 마침내 글 읽기를 그만두었다. 몸소 생업에 종사하면서 틈틈이 물고기를 잡고 사냥을 해서 아침 저녁 반찬에 꼭 생선과 고기를 바쳤지만, 오히려 극진히 모시지 못하는 것을 한스러워 하였다.

그 동생 전 주사(前主事) 국모(國模)와는 우애(友愛)가 매우 두터웠다. 자신은 집안이 가난해 학업을 성취할 수 없음을 상심하면서도, 그 동생에게는 스승에게 나아가 학문에 힘쓰도록 권하고 학자금을 넉넉하게 마련해 주며 집안일에 간여하지 못하도록 하면서 "내가 힘써 일할 테니, 너는 학술에 전공(專攻)하여 우리 집에 서향(書香)[61]이 끊어지지 않도록 하여라."라고 하였다. 마침내 근면하고 검소하며 힘써 일하고 남는 것을 축적(蓄積)하여 만년에는 토지와 재산이 자못 여유가 있었으나, 여전히 거친 옷을 입고 변변치 않은 음식을 먹으면서 평소의 모습을 고치지 않았다.

일찍이 조상들의 위대한 업적을 사모하여 개탄하기를 "옛날 고려시대에 이교(異敎)가 횡행할 때 우리 선조 회헌(晦軒) 선생께서 정학(正學)을 힘써 지탱하고, 학교〔學宮〕를 처음 설립하여 토지와 노비를 기부해서 학교 재용을 넉넉하게 하였다. 지금의 태학(太學)은 그것을 물려받은 제도이다. 지금 유교가 쇠퇴하였으니 비록 우리 조상께서 큰 역량(力量)으로 사업을 일으키신 것처럼 할 수는 없으나, 우리 군(郡)의 향교(鄕校)가 이처럼 황폐해져서 이정(二丁)의 제사[62]조차 올

61 서향(書香) : 대대로 글을 익히고 숭상하는 가풍을 말한다.

62 이정(二丁)의 제사 : 음력 2월 첫 정일(丁日)과 8월의 첫 정일에 공자(孔子)에게 지내는 제사이다.

릴 수 없게 되었으니, 선업을 계승할 책임이 우리들에게 달려있지 아니한가, 어찌 힘쓰지 않을 수 있겠는가?"라고 하면서, 드디어 먼저 200금을 출연하여 향교에 기부하고 밑천은 세워두고 이자를 취해서 제사비용을 마련하도록 하였다. 또 50금으로 선비를 기르는 자금에 보태도록 하고, 또 250금을 이청(吏廳)[63]에 기부하여 백성들의 폐단을 구제하도록 하였다. 전후로 불쌍한 사람들을 구제한 미곡(米穀)이 또 수백 석이었으며, 학교 건축비에 보태도록 기부한 것이 5천금이었다. 그가 선조를 사모하고 의(義)를 즐거워하며, 재물을 가볍게 생각하고 베풀기를 좋아한 것이 이와 같다.

임진년(1892, 고종29)에 처음 벼슬길에 나가 의금부 도사에 제수되고 임인년(1902, 광무6)에 3품인 중추원 의관에 올랐지만, 군은 영광이 분수에 넘친다고 하여 항상 삼가고 두려워하며 자제들에게 '분수를 지켜 농사에 힘쓰고, 벼슬을 구하지 말라'라고 경계하였다. 무신년(1908, 융희2) 참봉공이 돌아가시니 슬픔으로 몸을 상한 것이 상제(喪制)에 지나칠 정도였다. 이윽고 장례를 치르고 비석을 세운 뒤 여막을 짓고 격일로 성묘하였는데, 큰 비바람이 아니면 빠뜨린 적이 없었다. 그가 어버이를 사랑하는 지극한 성품은 늙어서도 쇠하지 않았다.

기미년(1919) 1월 2일 병에 걸려 자리를 바로 하고 세상을 떠나니 향년이 55세이다. 처음에는 우곡(牛谷)에 장사지냈는데, 여러 군의 사람들이 모두 와서 친척처럼 슬피 울었다. 같은 해 4월 29일 군(郡)의 서쪽 외곶동(外串洞)의 갑좌를 등진 자리에 이장하였는데, 조상의 묘를 따른 것이었다. 부인 숙부인(淑夫人) 인동(仁同) 장씨는 사과(司

63 이청(吏廳) : 향리(鄕吏)들이 모여 사무를 보는 곳이다.

果) 인조(仁祚)의 따님이다. 역시 검소한 덕이 있었다. 2남 1녀를 낳았는데, 장남이 병길(炳吉)이고 차남이 병규(炳圭)이며, 딸은 정학진(鄭鶴鎭)에게 시집갔다. 병길의 아들은 주홍(周洪), 세홍(世洪)이다.

올해 10월에 병길 보(甫)가 부친의 상복을 입고 있어서 청탁하러 올 수 없어서, 그의 숙부인 주사(主事)군에게 부탁하여 부친의 유사(遺事)를 가지고 경성의 봉익동(鳳翼洞)으로 나를 찾아와 말을 전하도록 하였다. "저의 부친은 시골 구석에서 생장하여 비록 세상에 쓰이지는 못하였으나 집에 계실 때에 효도하고 우애한 법도와 근검절약한 행실과 베풀고 구제한 기풍이 한 고을의 모범이 되기에 충분합니다. 그런데 먼 시골 구석에 매몰되어 후세에 알려지지 못할 것입니다. 불초가 이것을 두려워하여 삼가 비석을 갖추고 입언군자(立言君子)의 선양하는 말씀을 기다려 묘도(墓道)를 빛내려고 감히 어른께 폐를 끼치게 되었습니다."라고 하였다. 그 말이 겸손하고 간절함이 매우 정성스러웠다. 내가 그 유사(遺事)를 보고 옷깃을 여미고 감탄하며 말했다. "효도 중에 제일 큰 것은 뜻을 계승하고 업적을 조술하는 것[64]만한 것이 없다. 군(君 병길)이 천년 후에 태어나서 선조의 뜻을 잇고 사업을 조술하니 효성스럽다고 하지 않을 수 있겠는가? 《시경》에 '효자가 끊이지 않으니 너와 같은 효자를 영원히 내려 주리라.'[65]라고 하였는데, 아마 군을

64 뜻을……것 : 원문은 계지술사(繼志述事)로 계지는 어버이의 뜻을 잘 계승하는 것을 말하며, 술사는 어버이의 일을 잘 따라서 하는 것을 말한다. 공자가 말하기를, "문왕(文王)과 주공(周公)은 세상 사람들이 모두 칭찬하는 효자일 것이다. 효라는 것은 어버이의 뜻을 잘 계승하며, 어버이의 일을 잘 따라 행하는 것일 뿐이다."라고 하였다. 《中庸章句 第19章》

65 효자가……주리라 : 《시경》 〈기취(旣醉)〉에서 나온 말이다.

두고 말한 것이리라."라고 하였다. 명(銘)에 이르기를,

빛나는 문성공은	憲憲文成
백세의 스승으로	百世之師
성인을 숭상하고 학교를 일으켜	崇聖興學
은혜를 두루 널리 베푸셨네	溥博厥施
남은 경사가 후손에게 전해지니	慶流後昆
그 덕을 잘 본받아서	克象其德
몸소 농사지어 어버이 봉양하고	躬耕養親
근검절약하여 저축하였네	勤儉節蓄
부유하면서도 예의를 좋아하여	富而好禮
고을 향교 다시 일으키니	郡校復興
많은 학생들이 학교에 모였고	濟濟黌堂
준수한 선비들 나오게 되었네	髦士攸烝
그 사람은 죽었으나	其人則亡
그 업적은 남아있으니	其績猶存
도는 가정에 근원을 두었고	道原家庭
공적은 사문에 드러났네	功著斯文
울창한 저 무덤	鬱彼佳城
군자의 유택일세	君子幽宅
큰 비석에 또렷이 새기니	穹碑顯刻
영원히 사라지지 않으리	永世不泐

증 호조 참판 박군 무래 묘갈명 병서
贈戶曹參判朴君 武來 墓碣銘 幷序

군의 휘(諱)는 무래(武來)요, 자는 존익(存益)이다. 박씨의 세적(世籍)은 밀양(密陽)이니, 고려를 거쳐 본조(本朝)에 들어오기까지 대대로 높은 관리가 있었다. 휘 충원(忠原)은 밀원군(密原君)으로 시호가 문경(文景)이고 명종(明宗)대의 이름난 신하인데, 이 분이 군의 13세조이시다. 증조 휘 재장(載章)은 가선대부(嘉善大夫)이고, 조부 휘 계진(啓鎭)은 정(正)에 추증되었으며, 부친 휘 준립(準立)은 승정원 좌승지(左承旨)에 추증되었다. 어머니는 숙부인에 추증된 광주 탁씨(光州卓氏)로 문환(文煥)의 따님인데, 순조 계미년(1823, 순조23) 6월 17일에 공을 낳았다.

공은 천륜(天倫)에 독실하여 가문이 화목하였으니, 부모는 "나에게 효성스럽다."라고 말하였고, 형제는 "나에게 우애가 있다."라고 말했다. 아들과 조카를 돌보아 기르매 자식과 차별 없이 똑같이 보살폈고, 그 마음을 미루어 친척과 마을 사람들에게 미치니 각각 그들의 환심(歡心)을 얻었다. 그리고 사사로이 청탁을 일삼지 않았고 자연 속에서 노년을 마쳤으니 그의 은거하여 행한 품행은 후세 사람들에게 모범이 되기에 충분하였다.

고종 무술년(1898, 광무2) 11월 4일에 세상을 떠났는데 향년 76세이다. 고성군(固城郡) 구산(龜山)에 장사지냈다. 후에 호조 참판에 추증되었다. 부인 정부인(貞夫人) 경주 이씨(慶州李氏)는 규정(圭鼎)의 따님이다. 을유년(1825, 순조25)에 태어나서 계사년(1893, 고종30)에 세상을 떠났는데, 사천군(泗川郡) 죽등(竹嶝)에 장사지냈다. 1남 3녀를 낳았는데, 아들 병집(炳執)은 관직이 동중추(同中樞)이고, 딸은 강인억(姜仁億), 김달련(金達連)에게 시집갔다. 병집〔中樞〕의 아들 윤찬(崙纘)은 위원(委員)이고, 윤찬의 아들은 종대(鍾大), 종만(鍾萬)이다.

경신년(1920) 봄 위원(委員 윤찬)군이 부친의 명으로 행장(行狀)을 가지고 경성의 봉익동(鳳翼洞)으로 나를 찾아와 말했다. "저의 할아버지께서는 비록 세상에 이름이 드러나지는 않았지만, 몸을 닦고 행실을 삼가하여 온 고을에서 칭찬을 받았습니다. 공의 소중한 한 말씀을 얻어서 묘도(墓道)를 꾸미려고 하여 삼가 빗돌을 마련해 놓고 기다리고 있습니다."라고 하였다. 그 말이 공손하고 예의가 있어서 늙었다고 사양하지 못하여, 마침내 행장(行狀)에 의거하여 이상과 같이 글을 엮고, 이어서 명(銘)을 지어 말한다.

효성과 우애는 가업을 전했고	孝友傳家
충성과 후덕함은 마을 사람과 함께 했으니	忠厚與鄕
아름다운 덕을 지닌 화락한 군자	令德豈弟
오래도록 잊지 못하리[66]	壽考不忘
울창한 구산엔	龜山鬱鬱
묘소가 있는데[67]	有椒有堂

66 오래도록……못하리 : 《시경》 〈종남(終南)〉의 "하늘의 아름다움 받들어 오래 살며 잊지 말아라.〔承天之休 壽考不忘〕"라고 한 구절에서 나온 것이다.

67 묘소가 있는데 : 《시경》 〈종남(終南)〉의 "종남산에 무엇이 있는가, 기도 있고 당도 있네.〔終南何有 有紀有堂〕"라는 구절을 변형한 표현이다. 기는 산의 모서리를 가리키고, 당은 산의 넓고 편편한 곳을 가리키는 말인데, 여기서는 기(紀)를 향기로운 제수를

옥 같은 그 사람	其人如玉
만년토록 잠든 곳이네	萬年攸藏

지칭하는 초(椒)로 바꾸어 묘소를 상징하였다.

묘표 墓表

농상공부[68] 대신 정군[69] 병하 묘표
農商工部大臣鄭君 秉夏 墓表

고(故) 농상공부 대신 남고(南皐) 정군(鄭君)을 이장(移葬)하매, 그의 막냇동생 정병훈(鄭秉熏) 보(甫)가 행장(行狀)을 가지고 와서 나에게 묘표(墓表) 음기(陰記)를 부탁하였다. 나는 남고와 환난(患難)을 함께한 정분이 있는데, 군의 품은 뜻과 사행을 생전에 드러내지

68 농상공부(農商工部) : 1895년(고종32)에 농무아문과 공무아문을 합한 관아로, 농업·상업·공업·우체·전신·광산 등에 관한 일을 맡아보았는데, 1910년까지 존재하다가 일제가 강제 병합한 후 폐지되었다.

69 정군(鄭君) : 정병하(鄭秉夏, 1849~1896)로, 본관은 온양(溫陽), 자는 자화(子華), 호는 남고(南皐), 시호는 충희(忠僖)이다. 개화사상가인 유홍기(劉鴻基)의 문하에 출입하면서 개화사상에 접했다. 1895년(고종32) 8월 20일 일본공사 미우라 고로(三浦梧樓)가 을미사변을 일으켜 명성황후를 시해하자 명성황후를 폐할 것을 주장하고 폐비 조칙을 썼다. 1895년 11월 단발령이 반포되자 농상공부대신으로 있던 그가 고종의 머리를 깎았다. 1896년 2월 1일 아관파천이 일어나자 김홍집, 유길준 등과 함께 역적으로 규정되어 경무청에 구금되었다가 순검들에 의해 참살되고, 시신은 종로에 전시되어 군중들에 의해 찢겨졌다. 1907년(광무11) 헤이그 밀사사건으로 고종이 퇴위한 뒤 복권되었다.

못하였으니 지금 사라지지 않도록 꾀하는 일[70]에 내가 어찌 감히 힘쓰지 않을 수 있겠는가.

삼가 살펴보건대, 군의 휘는 병하(秉夏), 자는 자화(子華)이고, 남고는 그의 호이다. 본적은 온양(溫陽)으로, 고려의 호부 상서(戶部尙書) 정희공(貞僖公) 휘 보천(普天)이 먼 조상이 된다. 본조(本朝)에 들어와서 사헌부 장령(司憲府掌令)을 지낸 휘 숭하(崇賀)의 16세손이다. 증조는 사복시 정(司僕寺正)에 추증된 휘 이교(履敎)이고, 조부는 이조 참의에 추증된 휘 무선(懋善)이며, 부친은 이조 참판에 추증된 휘 원구(元求)이다. 어머니는 정부인(貞夫人)에 추증된 무안 박씨(務安朴氏)로 시원(蓍源)의 따님이고, 계비(繼妣)는 정부인(貞夫人)에 추증된 전주 이씨(全州李氏)로 인우(仁愚)의 따님이다. 참판공이 남쪽으로 낙향하여 밀양(密陽) 구암리(九庵里)에 잠시 살았는데, 헌종 5년 기해년(1839) 10월 3일에 군(君)이 구암리 집에서 태어나서 임자년(1852, 철종3)에 경성(京城)으로 돌아왔다. 집은 가난해도 교유를 잘하여 문밖에는 장자(長者)[71]의 수레가 많았다.

갑신년(1884, 고종21)에 교섭통상사무아문(交涉通商事務衙門)[72]의

70 사라지지……일 : 원문은 불후지도(不朽之圖)인데, 불후는 삼불후(三不朽)의 약어로 덕업(德業)을 이루고 뛰어난 공을 세우고 훌륭한 말을 남기는 것을 말한다. 《춘추좌씨전(春秋左氏傳)》 양공(襄公) 24년에 "최상은 입덕(立德)이요, 그다음은 입공(立功)이요, 그다음은 입언(立言)이니, 아무리 세월이 흘러도 없어지지 않는 이것을 불후라고 하는 것이다."라고 하였다.

71 장자(長者) : 존귀하고 현달(顯達)한 사람이다.

72 교섭통상사무아문(交涉通商事務衙門) : 통리교섭통상사무아문(統理交涉通商事務衙門)의 약칭이다. 1882년(고종19) 12월 4일에 외교통상 문제 일체를 관할하기 위해

사사(司事)에 제수되고, 이 해에 주사(主事)로 승진하였다. 일찍이 대궐에 입시(入侍)하였을 때, 응대(應對)가 임금님의 뜻에 맞았다. 당시는 사방으로 외적의 침입이 많았다.[73] 군이 임금의 명을 받들어 위문하러 왕복하느라 일이 없는 날이 거의 없었는데, 일의 형편에 따라 임시로 변통하여 일을 대체로 합당하게 처리하였다. 이때부터 임금님의 특별한 은택이 날로 높아졌다. 을유년(1885, 고종22)에 당진 현감(唐津縣監)에 제수되고, 같은 해 부평부사 겸 광무사방판(富平府使兼礦務司幫辦)으로 옮겼다. 정해년(1887)에는 밀양 부사로 옮겨 제수되었고, 무자년(1888)에 통정대부로 승품(陞品)되어 교섭아문(交涉衙門)의 참의(參議)에 임명되었다. 기축년(1889)에 경상도 전운국(轉運局)[74]의 총무관(總務官)을 겸하여 한 도의 세곡(稅穀)을 관장하였는데, 곡량(斛量)을 공평하게 하고 운수(運輸)를 편리하게 하여 이전의 폐단을 모두 개혁하니, 아전(衙前)과 백성들이 모두 그의 덕을 칭송하였고

설치된 관청이다. 일반적으로 외무아문으로 일컬어진다. 1880년 12월에 설치된 통리기무아문이 1882년 6월 임오군란으로 폐지되었다가 그해 7월에 기무처(機務處)라는 이름으로 다시 설치되었다. 같은 해 11월 기무처는 외교통상의 사무를 관장하는 통리아문과 군국기무・편민이국(便民利國) 등의 내정 일체를 관장하는 통리내무아문으로 각각 분리되었다. 그중 통리아문은 같은 해 12월 4일에 통리교섭통상사무아문으로 개칭되었고, 그 예하 기관으로 정각사, 장교사, 부교사, 우정사를 설치했다. 1884년 갑신정변의 실패를 계기로 기능이 축소되었다.

73 사방으로……많았다 : 원문은 사교다누(四郊多壘)로 《예기》 〈곡례 상(曲禮上)〉에 "나라가 환란을 당하여 사방 교외에 보루가 많이 보이는 것은 경대부의 수치이다.〔四郊多壘 此卿大夫之辱也〕"라는 말이 있다.

74 전운국(轉運局) : 1883년(고종20) 설치된 세미(稅米) 운송 업무를 맡아보던 관청이다.

여러 군(郡)이 안정되었다.

갑오년(1894)에 동부승지에 임명되었는데, 전운국 직책을 그대로 겸직하였다. 이 해에 가선대부(嘉善大夫)에 승품되어 칙임관(勅任官)[75] 3등 농상공부 협판(農商工部協辦)으로 승진하였다. 을미년(1895, 고종32) 내장원 경(內藏院卿)을 겸하였고, 이해 칙임관(勅任관) 1등 농상공부 대신(農商工部大臣)으로 승진하였다. 당시는 서정(庶政)을 개혁하던 때로 국가에 일이 많았는데, 안팎으로 시샘하고 저해하여 인심이 안정되지 못한 때였다. 공이 한결같은 마음으로 조정(調停)하여 상하(上下)의 뜻을 소통시키니 내각(內閣)이 이에 의해 존중되었다. 을미년 8월의 변고로 궁중의 여론이 물 끓듯 분분하여 마치 들판에 번지는 불길처럼 가까이 접근할 수가 없었는데, 군이 동궁을 곁에서 모시고 힘을 다해 보호하니, 사람들이 모두 그 충성스럽고 근실함에 감복하였다. 이해 12월 28일 정부가 전복되어 군이 총리대신 김홍집(金弘集) 공과 함께 참화를 당하니, 듣는 자가 모두 경악(驚愕)해하였다. 비록 군이 죽음에 임했으나 또한 자신이 무슨 죄를 졌는지 스스로 알지 못하였다. 아, 원통하구나! 향년이 겨우 57세로 동문 밖 전곶평(箭串坪)[76]에 임시로 매장하였다.

75 칙임관(勅任官) : 1894년 7월 갑오개혁으로 관료의 등급이 1품에서 9품까지 정(正)·종(從)을 합하여 18품급(品級)이던 것을 1품과 2품에 정(正)과 종(從)을 두고 3품에서 9품까지는 없애 11개의 품급으로 축소하였다. 1품에서 9품까지를 칙임관, 주임관(奏任官), 판임관(判任官) 등 크게 삼단계로 구분하였는데, 정1품에서 종2품까지를 칙임관이라 하였다. 1895년 3월 11품급으로 나누던 관료의 등급을 칙임관 1~4등, 주임관 1~6등, 판임관 1~8등으로 모두 18등급으로 개정하였다.

76 전곶평(箭串坪) : 살곶이 들이다. 오늘날 뚝섬 근처의 행당동, 성수동 일대를 지칭

융희 원년인 정미년(1907)에 특별히 억울함을 밝혀 주는 은전(恩典)을 입어서 그 관직과 작위가 회복되었다. 경술년(1910)에 정2품 자헌대부(資憲大夫) 규장각 제학(奎章閣提學)으로 추증하여 충희(忠僖)라는 시호를 내리고-나라를 걱정하여 집안을 잊는 것을 '충(忠)'이라 하고, 소심하게 삼가고 조심하는 것을 희(僖)라 한다.- 관리를 보내어 제사를 지내게 했다. 기유년(1909, 융희3) 윤(閏)2월에 전곶평에서 포천의 명덕리(明德里) 간좌(艮坐)의 자리에 이장하였다. 부인은 정부인(貞夫人)에 추증된 곡부 공씨(曲阜孔氏)로 재덕(在德)의 따님인데 자식이 없다. 둘째 부인은 정부인에 추증된 선산 김씨(善山金氏)로 덕윤(德潤)의 따님이다. 성품이 단정 장엄하고 정숙 순일하며, 가정을 다스림에 법도가 있었다. 1남 1녀를 낳았는데, 아들은 낙현(樂賢)이고, 딸은 인동(仁同) 장헌모(張憲模)에게 시집갔다.

군은 재기(才器)와 도량(度量)이 단정하고 정중하며, 정신과 풍채가 깨끗하고 밝았으며, 성품이 엄숙 정고(貞固)하고 차분하여, 말을 서둘거나 당황해하는 안색을 보인 일이 없었다. 마음가짐이 어질고 너그러워 입으로 남을 비방하지 않았고 남과 다투지 않았으며 운명과 다투지 않았다. 비록 명예롭고 빛나는 자리에 있었지만 담담하게 지키는 바를 잃지 않으니 어진 사람이든 어리석은 사람이든 관계없이 모두 그의 아량(雅量)에 감복하였다. 관직을 담당하면 맡은 일을 다 하였고, 공직에 있으면 사사로움을 잊어 이르는 곳마다 모두 명성과 업적을 남겼다. 아아, 군은 한미한 가문에서 일어나 조그만 도움[77]도 주는 이가

한다.

77 조그만 도움 : 원문은 '비부지원(蚍蜉之援)'으로 왕개미의 도움, 즉 작은 도움을

없었지만, 지위가 삼공〔台司〕에 올라 조정의 정사에 참여하였으니, 다른 사람보다 크게 뛰어난 실력이 없었다면 어찌 이와 같을 수 있었겠는가? 대궐 문을 출입하면서 은총을 간구하지 않았고, 두려워하고 조심하여 겉과 속을 깨끗이 하였으니 이것은 더욱 사람들이 하기 어려운 것이다. 지금 불행하게도 사람이 죽고 나라가 쇠약해짐을 한탄하니 어찌 운명이 아니겠는가? 내가 군과 함께 내각에 있으면서 우환(憂患)을 만나 일을 처리하였는데, 풍파(風波)로 있을 곳을 잃어 저승과 이승으로 길이 막혔다. 지금 강구회(講舊會)[78]에 속했던 사람들은 거의 다 저승에 있으니, 장차 누구와 더불어 옛일을 이야기하겠는가.[79] 눈물을 섞어 붓을 적셔 그 대강을 간략하게 서술하니, 비석에 새겨 후손들에게 공경하고 사모할 줄 알게 할지어다.

비유하는 말이다. 한유(韓愈)의 〈장중승전(張中丞傳) 후서(後序)〉에 나온 말이다.

78 강구회(講舊會) : 김윤식이 갑오년과 을미년의 환란을 함께 겪은 사람들과 만든 모임으로, 《운양집(雲養集)》 권15 〈강구회취지서(講舊會趣旨書)〉에 간략하게 내용이 기록되어 있다.

79 옛일을 이야기하겠는가 : 원문은 '도고(道故)'인데, 친구와 만나 정답게 회포를 푸는 것을 의미한다. 춘추 시대 초(楚)나라의 오거(伍擧)가 진(晉)나라로 망명하러 가다가 정(鄭)나라 교외에서 친구를 만나 나뭇잎을 깔고 앉아서 다시 초나라로 돌아갈 일을 의논했다는 '반형도고(班荊道故)'의 고사에서 유래하였다. 《春秋左氏傳 襄公26年》

증 의정부 참정대신 문간 박공[80] 홍수 묘표
贈議政府參政大臣文簡朴公 洪壽 墓表

전(前) 참정대신(參政大臣) 평재(平齋) 박군이 돌아가신 부친의 묘표를 고쳐 세우려고, 옛 묘표의 글과 그 사유를 기록하여 나에게 와서 보여주며 "제가 참으로 효성이 부족하여 녹봉을 받아 하루도 봉양하지 못했습니다. 오직 묘지에 정성을 쏟아 생전에 봉양하지 못했던 슬픈 심정을 대신하려 합니다. 옛 묘표에 실려 있는 추증 받은 직책은 제가 관직이 종2품일 때 추은(推恩)[81]으로 받은 것입니다. 그 후 여러 번 높은 관직과 시호를 내리는 은전을 받았으니, 임금님의 은총을 빠뜨릴 수 없습니다. 다시 비석을 세워서 그 벼슬과 시호(諡號)를 쓰고, 아울러 그 사실을 뒷면에 기록하여 후손에게 보여주려고 합니다. 공께서 이를 맡아 주시기 바랍니다. 지금 선친(先親)의 벗은 오직 공뿐이고, 또 선친께서 항상 공의 문장을 칭송하시던 말씀이 아직도 귓가에 남아 있습니다. 만일 공의 글을 얻어서 선친의 무덤에 묘표로 삼는다면, 저승에서 위로가 되실 것입니다."라고 하였다. 또 말하기를 "선친께서는 문장은 항상 간략한 것을 좋아하셔서 평소에도

80 박공(朴公) : 박홍수(朴洪壽, 1824~1879)로, 본적은 반남(潘南)이며, 자는 자범(子範), 호는 진암(縝庵), 시호는 문간(文簡)이다. 을사오적의 한명인 박제순(朴濟純)의 부친으로 김윤식과 함께 유신환의 문하에서 공부하였고, 이에 그의 아들 박제순도 김윤식과 특별한 관계를 유지하였다.

81 추은(推恩) : 부조(父祖)나 자손(子孫)의 공로로 인하여 관작(官爵)을 내리던 일을 말한다.

실상에 지나치게 치켜세우는 것을 기뻐하지 않으셨습니다. 세계(世系)와 치적(治積)은 이미 옛 묘표에 기록되어 있으니 또한 생략해도 되고, 다만 스승과 벗, 학문의 연원(淵源) 및 평소에 교유한 자취를 서술하여 없어지지 않게 하면 충분할 것입니다."라고 하였다. 내가 말하기를 "아아, 지금 공의 묘(墓)에 있는 나무가 이미 아름드리가 되었다. 우리 무리 중에 살아 있는 자는 아직도 공의 사적을 말하는 자가 있으나 지금 이후로 후생 소년들은 공의 이름도 알지 못하게 될 것이니 어찌 슬프지 않겠는가? 나라는 1백 년 전부터 조정에 법도가 없어서 군자가 재야에 있고, 선비 중에 도(道)에 뜻을 둔 자는 청탁에 의해 벼슬길에 나아가는 것을 수치로 여겨 진흙 구덩이에서 곤궁하게 지냈다. 오직 2, 3명의 동지와 함께 서로 더불어 도의(道義)를 강마(講磨)하여 사문(斯文 유학)의 한 가닥 맥을 부지(扶持)하였는데 그 마음 또한 괴로웠다. 진암(縝庵) 박공은 이러한 때에 태어났고 비록 성안에 살면서 하찮은 벼슬에 얽매였지만, 또한 재야(在野)의 한 군자였다."라고 하였다.

삼가 살펴보건대, 공은 휘는 홍수(洪壽), 자는 자범(子範)이며, 진암은 그의 호이다. 박씨의 본적은 반남(潘南)으로 야천(冶川) 선생[82] 휘 소(紹)의 후예이다. 공은 태어난 지 겨우 몇 달이었는데도 그 어머

82 야천(冶川) 선생 : 박소(朴紹, 1493~1534)로 자는 언주(彦胄), 호는 야천, 시호는 문강(文康)이다. 어린 나이로 김굉필(金宏弼)의 문하에서 공부하였고, 1519년(중종 14) 식년시 갑과(甲科)에 장원급제하였다. 조광조 등 신진 사류와 함께 왕도정치의 구현을 위하여 노력하였으나 1530년 김안로(金安老) 등의 훈구파를 탄핵하려다가 좌천되었고, 그 뒤에도 여러 번 탄핵하여 그들의 미움을 사서 파직당하여 고향인 합천에 내려가 학문에 전념하였다. 뒤에 영의정에 추증되었다.

니를 사랑하고 공경할 줄 알아서, 젖을 먹을 때마다 반드시 무릎을 꿇고 앉으니 집안사람들이 기이하게 여겼다. 자라서는 부모를 섬김에 뜻을 거스르는 일이 없었고 정성을 다해 극진히 봉양하였다. 어머니의 상사에 삼년상을 마칠 때까지 여묘(廬墓)살이를 하였고, 상을 마친 후에도 지나치게 슬퍼하는 것이 마치 초상을 당했을 때와 같았으니 보는 사람들이 모두 감탄하였다. 성품이 질박 성실하고 말과 웃음이 적었으며 독서를 좋아하고 친구와의 교유(交遊)가 적었다. 과거 시험장의 분경(奔競 엽관운동)하는 풍토를 싫어하여 일찍이 과거 공부를 그만두고, 오직 고문사(古文辭)만 좋아하여 유행을 좇지 않았으며 시문의 필력(筆力)이 매우 노련하고 빼어났다.

이때 봉서(鳳棲) 유(兪) 선생[83]이 노주(老洲) 오 선생[84]의 학통을 이어 직하(稷下)[85]의 지당(池堂)에서 도(道)를 강론하고 있었다. 공이

83 봉서(鳳棲) 유(兪) 선생 : 유신환(兪莘煥, 1801~1859)으로, 본관은 기계(杞溪), 자는 경형(景衡), 호는 봉서이다. 주자학자로서 윤병정(尹秉鼎), 서응순(徐應淳), 김윤식(金允植), 윤치조(尹致祖) 등 많은 제자를 길러냈으며, 학문적으로는 이기신화론(理氣神化論)을 주장하였다.

84 노주(老洲) 오 선생 : 오희상(吳熙常, 1763~1833)으로, 본관은 해주(海州), 자는 사경(士敬), 호는 노주, 시호는 문원(文元)이다. 1800년(정조24) 천거로 세자익위사 세마(世子翊衛司洗馬)가 되고, 장릉 참봉(長陵參奉), 돈녕부 참봉, 한성부 주부, 황해도도사, 사어(司禦) 등을 지낸 뒤, 1818년(순조18) 경연관, 지평 등에 임명되었으나 광주(廣州)의 징악산(徵嶽山)에 은거하였다. 그동안 국왕이 여러 벼슬에 임명하였으나 모두 사퇴하였다. 성리학을 깊이 연구하여 이황(李滉)과 이이(李珥) 양설 중 어느 쪽에도 치우치지 않고 절충적인 태도를 취하였으며, 주리(主理)·주기(主氣)의 양설에 대해서는 주리설을 옹호하였다. 이조 판서에 추증되었으며, 저서로는 《독서수기(讀書隨記)》, 《노주집》 등이 있다.

85 직하(稷下) : 유신환의 집이 있던 곳으로 오늘날의 사직동(社稷洞)을 말한다.

파강(巴江) 윤병정(尹秉鼎)[86] 공과 함께 스승으로 섬겨 가르침을 청하고 학문하는 방법을 여쭈었는데, 선생께서 한 번 보시고 그를 중시하여 입지(立志),[87] 거경(居敬)[88]과 궁리(窮理),[89] 반궁(反躬)[90]의 설을 그림으로 그려서 그에게 주니, 공이 개연히 탄식하며 "도(道)가 여기에 있구나."라고 하였다. 이때부터 밤낮으로 명심하고 들은 것을 힘써 실천하여 입으로는 함부로 말하지 않았고 몸에는 게으른 모습이 없었다. 평소에 풍화(風火)에 의한 빌미가 있어서 몸이 항상 건강하지 못하였으나 여전히 용모를 단정히 하였다. 매일 새벽에 일어나 사당에 배알하고 물러나와 방을 깨끗이 청소하고, 종일토록 단정히 앉아서 성현의 책이 아니면 보지 않았다. 성명(性命), 이기(理氣), 도서(圖書)에 관한 설은 유학자들이 평소에 말하는 것이지만, 공은 홀로 묵묵히 이해하고 말로 논하는 것을 좋아하지 않았으며 오직 몸소 행하고 실천하는 것을 힘썼다. 자제(子弟)들에게 경전을 읽도록 과제를 내면, 만 번을 읽지 않으면 그만두지 못하게 했으니 그 독실함이 이와 같았다.

당시 지당 문회(池堂文會)[91]는 당시의 최성기였다. 공은 명담(明潭)

86 파강(巴江) 윤병정(尹秉鼎) : 1822~1889. 본관은 남원(南原)이며, 자는 사홍(士弘), 호는 파강, 시호는 효문(孝文)이다. 1851년(철종2) 문과 정시에 갑과로 급제하여 내외 요직을 두루 지냈다. 유신환(兪莘煥)의 문인으로 그의 행장을 짓기도 하였으며, 윤정현(尹定鉉)에게도 수학하였다. 저서로는 《파강유고(巴江遺稿)》가 있다.

87 입지(立志) : 뜻을 세우는 공부이다.

88 거경(居敬) : 주자학의 공부법의 하나로 항상 몸과 마음을 삼가서 바르게 가지는 내적 수양법이다.

89 궁리(窮理) : 주자학의 공부법의 하나로 널리 사물의 이치를 궁구(窮究)하여 정확한 앎을 얻는 외적 수양법이다.

90 반궁(反躬) : 잘못을 자신에게서 찾아 고치는 반성 활동을 말한다.

윤병익(尹秉益)[92] 공, 장우(丈藕) 윤치담(尹致聃)[93] 공, 경당(絅堂) 서응순(徐應淳)[94] 공과 함께 훈도(薰陶)됨이 가장 깊고 명성과 행실이 서로 이어졌으니, 세상에서 유문 사현(兪門四賢)이라 칭하였다. 이들 중 선생의 설을 독실하게 믿고 용맹하게 정진한 면에서는 모두 공에게 미치지 못한다고 하였다. 공이 세상을 떠난 후 모(某) 해에 가선대부(嘉善大夫) 이조 참판(吏曹參判)에 추증되고, 이어서 모 해에 거듭 증직하여 숭정대부(崇政大夫) 의정부 참정(議政府參政)에 이르렀는데 모두 평재(平齋) 군이 귀하게 된 때문이었다. 당시의 여론이, 공의 학문은 연원(淵源)이 있고 몸가짐을 삼가고 행실을 닦았으니 법도에 따라 당연히 시호를 내려야 하니, 관례대로 증직(贈職)만 하고 그쳐서는 안 된다고 하여 태상시(太常寺)[95]에 소장을 올려 보고하였다. 이에 태상시에서 논의하여 시호(諡號)를 문간(文簡)으로 정하여 아뢰었는

91 지당 문회(池堂文會) : 문회는 문학(文學)을 애호하는 사람들이 작품을 감상, 평가하거나 그 밖의 행사를 하기 위한 모임을 말한다.

92 명담(明潭) 윤병익(尹秉益) : 1824~? 본관은 남원(南原), 자는 사정(士正), 호는 명담이다. 김윤식과 함께 유신환 밑에서 수학하였다. 1973년에 그의 증손이 수습하여 발간한 시문집 《명담유고(明潭遺稿)》가 남아 있다.

93 장우(丈藕) 윤치담(尹致聃) : 1822~? 본관은 해평(海平), 자는 주로(周老), 호는 장우이다. 김윤식과 함께 유신환 밑에서 수학하였다.

94 경당(絅堂) 서응순(徐應淳) : 1824~1880. 본관은 달성(達城), 자는 여심(汝心), 호는 경당이다. 김윤식과 함께 유신환의 문하에서 수학하였다. 1870년(고종7) 음직으로 선공감 감역(繕工監監役)·군자감 봉사(軍資監奉事)·영춘 현감(永春縣監)을 역임하였다. 간성 군수(杆城郡守)로 부임하였을 때 성긴 베옷을 입고 생활하며 4월에는 백성들과 함께 보리밥을 먹는 등 선정을 베풀었다고 한다. 1880년 임지에서 죽었다.

95 태상시(太常寺) : 나라의 제사(祭祀)와 시호(諡號)의 일을 맡던 관아이다.

데-배움을 부지런히 하고 묻기를 좋아하는 것을 문(文)이라 하고 한결같은 덕으로 게으르지 않은 것을 간(簡)이라 한다.- 임금께서 상주(上奏)한 것에 대하여 '가(可)'라고 결재하셨으니, 특별한 예우(禮遇)였다.

아아, 지난날 직하(稷下)에서 스승을 모시고 공부할 때, 나는 어리석고 고루한 사람으로 공의 뒤를 따라서 보고 느끼는 사이에 얻은 것이 많았다. 지금 글을 쓰는 일을 맡아 부미(附尾)의 영광[96]을 입으니 어찌 감히 늙었다고 사양하겠는가. 또 어찌 감히 실제보다 지나친 말로써 공의 평소 겸손한 덕에 누를 끼치겠는가. 삼가 스승과 제자 사이에서 듣고 본 것을 모아서 다만 그 대강을 서술하여 비석에 기록하고, 이전 묘표(墓表)에 실려 있는 사실에 대하여는 거듭 서술하지 않는다.

을묘년(1915) 10월 하순(下旬)에 동문인 어리석은 동생 청풍(淸風) 김윤식(金允植)이 삼가 적는다.

96 부미(附尾)의 영광 : 겸사(謙辭)로 김윤식 자신이 박홍수의 묘표를 써서 그의 훌륭함이 전해지는 동안 자신의 글도 전해지리라는 뜻이다. 파리가 천리마 꼬리 뒤에 붙어서 멀리 치달릴 수 있는 것처럼, "안회(顔回)가 비록 학문에 독실하였다 하더라도 결국은 천리마와 같은 공자 때문에 후세에 더욱 이름을 전할 수 있게 되었다.〔顔淵雖篤學 附驥尾而行益顯〕"라는 고사에서 유래한 것이다. 《史記 卷61 伯夷列傳》

율암 김군 성모 묘표
栗庵金君 聲謨 墓表

청풍(淸風)은 나의 세향(世鄕)이다. 선조이신 진의 교위(進義校尉) 휘 경문(敬文)께서 단종이 왕위를 내놓으시자 벼슬길에 나아가는 것을 싫어하여 고향을 떠나 해주의 시골 구석으로 거처를 옮기고, 덕을 숨겨 세상에 나오지 않고 그 은덕을 후손에게 끼쳐주었다. 공의 큰아들은 한림공(翰林公) 휘 여(礪)이다. 그 아드님은 휘가 지동(支東)으로 문과를 거쳐 전라 도사(全羅都事)가 되었는데, 비로소 해주에서 함종(咸從)으로 옮겨 살았다. 이때부터 5, 6세 동안 고위 관직이 차례로 이어졌다. 4세를 전해 내려와 문과를 거쳐 승정원 교리(承政院校理)를 지내신 휘 정(鼎)이 있다. 또 2세를 전해 내려와 군자감 정(軍資監正)을 지내신 휘 관준(觀浚)이 있다. 그 후로 씨족이 번성하여 여러 고을에 널리 분포되었는데, 함종(咸從)과 용강(龍崗) 사이에서 상재(桑梓)[97]가 서로 바라볼 수 있게 되자, 스스로 문호를 세워 대대로 전해온 가업을 지켜 지금에 이르게 되었다.

율암 김군은 군자감 정(軍資監正) 공의 9대 손이다. 군의 휘는 성모(聲謨), 자는 현경(顯卿)이며, 율암은 그의 호이다. 증조부는 휘 영조(榮祚)이고, 조부는 휘 유(瑜)이고, 부친은 동몽 교관(童蒙敎官)에 추

97 상재(桑梓) : 조상의 무덤이 있는 고향이나 고향의 집을 이르는 말이다. 《시경》 〈소반(小弁)〉에 "부모가 심은 뽕나무와 가래나무도 공경한다.〔維桑與梓 必恭敬止〕"라고 한 데서 나온 말이다.

증된 휘 치호(致浩)이다. 어머니 숙인(淑人) 신평 송씨(新平宋氏)는 덕조(德祚)의 따님이다.

군은 순조 갑오년(1834, 순조34) 12월 28일에 태어났다. 태어난 지 3년 만에 교관(教官)공이 세상을 떠나셔서 홀어머니를 모시고 봉양하였는데 효성이 지극하였다. 매번 간병할 때면 변을 맛보며 하늘에 빌었으니 타고난 성품에서 우러나온 것이었다. 7세에 학당에 들어가 '자식이 효도하면 두 분 어버이가 기뻐하신다.'라는 구절을 읽고는, 문득 눈물을 줄줄 흘리면서 "하늘이 어찌 나에게만 양친께서 즐거워하시는 것을 보지 못하게 하였는가?"라고 하였다. 15세에 《효경(孝經)》과 《주자가례(朱子家禮)》를 읽었는데, 강습하고 체험하였으며, 동생 송촌(松村)군과 우애를 더욱 돈독히 하였다. 새로 별당을 짓고 그 집의 편액을 '명발(明發)'[98]이라 하였는데, 이는 〈소완(小宛)〉의 형제가 서로 경계한 뜻[99]을 취한 것이다. 매번 기일(忌日)이 되면 몸과 마음을 깨끗이 하여 제사를 지냈는데 마치 신명(神明)을 대하듯 하였다. 10리 떨어진 묘소를 성묘하는데 비바람이 쳐도 피하지 않았으며, 선영(先塋)의 소나무와 가래나무에 날마다 부지런히 물을 주어 길렀다. 일찍이 극심한 가뭄을 만나 메뚜기가 크게 번식하여 잎을 먹어 치웠다. 군이 이를 잡아서 삼키니 비가 갑자기 크게 쏟아져 메뚜기가 없어지니, 사람들은 군의 효성에 감동한 소치라고 말하였다.

98 명발(明發) : 《시경》 〈소완(小宛)〉에 '날이 새도록 잠 못 이루며 부모님 두 분을 생각하노라.〔明發不寐 有懷二人〕'라고 한 데서 나온 말이다.

99 이는……뜻 : 주희는 이 시를 대부가 세상의 난을 만나서 형제가 서로 화를 면할 것을 경계한 시라고 보았다.

군은 풍도(風度)가 단정하고 기개가 범상치 않았다. 소년 시절에 문사(文詞)로 과장(科場)에서 이름을 떨쳤지만, 이윽고 여러 번의 과거에서 합격하지 못하자 벼슬길에 대한 뜻을 끊었다. 만년에는 시와 술을 스스로 즐겼고, 사적으로 가숙(家塾)을 설립하고 어진 스승을 초빙하여 자식들을 가르쳤다. 원근의 선비 자식들이 와서 배우는 자를 모두 재우고 먹여 기르니 문채와 바탕이 함께 찬란한 성취를 이룬 이들이 많았다. 친척들과 화목하고, 이웃을 돌보아서 집안에 여분의 저축이 없었으니 온 고을 사람들이 모두 그의 덕을 칭송하였다.

고종 을축년(1865, 고종2) 10월 28일에 세상을 떠나니 나이가 겨우 32세였다. 용강군(龍崗郡) 청룡(靑龍)고개 해좌(亥坐)의 자리에 장사지냈는데 선영(先塋)을 따라간 것이다. 20년이 지난 을유년(1886)에 조정에서 그의 효행을 아름답게 여겨 통훈대부 사헌부(司憲府) 감찰(監察)에 추증하였다. 부인 숙인(淑人) 전주 이씨(全州李氏)는 석표(錫標)의 따님으로 기축년(1829, 순조29)에 태어나 경오년(1870)에 세상을 떠났다. 규방(閨房)의 법도를 잘 갖추었고 몸가짐이 정숙하고 신중하였다. 아들은 없고 딸만 셋을 두었는데, 동생 성찬(聲讚)의 큰아들 정의(正義)를 취하여 후사로 삼았다. 딸은 참봉인 현풍(玄風) 곽호숭(郭鎬崧)과 연일(延日) 정건우(鄭建禹), 진주(晉州) 하동현(河東賢)에게 시집갔다. 정의가 2남을 낳았는데, 장남은 학원(學元)이고 차남은 학주(學柱)이다. 학원의 계자(系子)는 종구(鍾九)이고, 학주의 아들은 용구(鎔九)이다.

정사년(1917) 여름에 학주가 부친의 명을 받아 행장을 가지고 와서 청하기를 "할아버지의 묘소에 나무가 이미 아름드리가 되었는데, 아직 비석을 새기지 못하고 있습니다. 소중한 한마디 말씀을 얻어서 묘도(墓

道)를 아름답게 꾸미고자 합니다."라고 하였다. 내가 살펴 보기를 마치고 탄식하기를 "친척 중에 이렇게 훌륭한 행실이 있는데도 멀어서 알지 못하고 있었으니 매우 부끄럽구나."라고 하였다. 늙었다고 사양할 수 없어 마침내 그 대강을 간략하게 서술하여 효자의 마음을 위로한다.

송촌 김군 성찬 묘표
松村金君 聲讚 墓表

군의 휘는 성찬(聲讚), 자는 미경(美卿)이며 호는 송촌(松村)이다. 김씨의 가계(家系)는 신라에서 나왔는데, 어떤 왕자가 청풍(淸風)으로 피난하여 자손들이 본적(本籍)으로 삼았다. 고려조에 이르러 시중(侍中) 휘 대유(大猷)가 비로소 족보에 드러나니 이 분이 비조(鼻祖)가 된다. 조선에 들어와서 진의 교위(進義校尉) 휘 경문(敬文)이 해주로 옮겨 사셨는데, 이 분이 한림(翰林) 휘 여(礪)를 낳았다. 한림공의 아들은 문과를 거쳐 전라 도사를 지낸 휘 지동(支東)인데, 함종(咸從)[100]에 옮겨 살았다. 해주 일파가 평안남도의 여러 군에 옮겨 살게 된 것은 이로부터 시작되었다. 증조부는 휘 영조(榮祚)이고 조부는 휘 유(瑜)이다. 부친은 동몽 교관(童蒙敎官)에 추증된 휘 치호(致浩)이시다. 어머니 숙인(淑人) 신평 송씨(新平宋氏)는 덕조(德祚)의 따님이다.

군은 헌종 병신년(1836, 헌종2) 8월 23일에 태어나 태황제(고종) 을사년(1905, 광무9) 4월 22일에 세상을 떠났으니 향년이 70이다. 묘는 용강군(龍崗郡) 국안동(國安洞) 영탑봉(靈塔峯)의 남쪽 산기슭 계좌(癸坐)의 자리에 있다. 부인은 진주 강씨(晉州姜氏)로 성균관 진사

100 함종(咸從) : 현재 평안남도 강서군(江西郡) 함종면(咸從面)으로, 1908년(융희2)에 함종현을 폐지하고 강서현(江西縣), 증산현(甑山縣)과 합쳐서 강서군(江西郡)으로 하였다.

치수(致修)의 따님이다. 계사년(1833, 순조33)에 태어나 병인년(1866, 고종3)에 세상을 떠났다. 묘는 같은 군 장재산(長在山) 남쪽 기슭에 있다. 1남 정의(正義)를 낳았는데, 큰 아버지의 후사로 들여보냈다. 둘째 부인 연안 노씨(延安盧氏)는 형철(亨哲)의 따님으로 2남을 낳았는데 정순(正舜), 정숙(正淑)이다. 정의의 아들은 학원(學元), 학주(學柱)이고, 정순의 아들은 주응(周鷹), 주봉(周鳳), 주홍(周鴻)이며, 정숙의 아들은 주흥(周興)이다. 학원의 계자(系子)는 종구(鍾九)이고, 학주의 아들은 용구(鎔九)이다.

군은 태어난 지 1달이 못되어 고아가 되어 부친의 얼굴을 알지 못하였는데, 항상 이점을 한평생의 아픔으로 여겼다. 조금 자라서는 형인 율암(栗庵)군과 함께 극진한 효성으로 어머니를 봉양하였는데, 상례와 제례의 예법에 정성을 다하여[101] 유감이 없도록 하였으니, 대연(大連)과 소연(小連)[102]의 행실이 있었다. 형이 죽은 뒤로 집안을 다스리고 선조를 받드는 예절을 형님이 살아있을 때와 똑같이 하여 도맡아 다스렸는데 치밀하고 질서 정연하여 법도가 있었다. 온화한 기운으로 사람들을 대하였고, 의로운 방법으로 자식들을 가르쳤다. 병들어 구걸

101 상례와……다하여 : 원문은 신종추원(愼終追遠)으로 상례와 제례에 예법과 정성을 극진히 한다는 뜻이다. 《논어》 〈학이(學而)〉에 "어버이 상을 당했을 때 신중히 행하고 먼 조상들을 정성껏 제사 지내면 백성들의 덕성이 한결 돈후해질 것이다.〔愼終追遠 民德歸厚矣〕"라고 한 증자(曾子)의 말에서 나왔다.

102 대연(小連)과 소연(大連) : 대연과 소연은 동이족 출신으로 《예기》 〈잡기(雜記)〉에 공자가 말하기를 "소연과 대연은 거상을 잘했다. 3일 동안을 게을리하지 않았고, 3개월 동안을 해이하게 하지 않았으며, 1년 동안을 슬퍼하였고, 3년 동안을 초췌하게 지내었다.〔孔子曰 小連大連善居喪 三日不怠 三月不解 期悲哀 三年憂〕"라고 하였다.

하는 자를 보면 집안에 유치(留置)하여 치료한 후에 보냈다. 이웃 마을에 가난으로 혼인이나 상을 치루지 못하는 사람이 있으면, 반드시 힘을 다하여 도움을 주었다. 착한 일을 즐기고 베풀기를 좋아하여 늙어서도 게을리 하지 않았으니 그는 한 고을의 훌륭한 선비라고 이를 만하다. 자손들이 모두 어질고 효성스러워 마땅히 임금의 녹(祿)을 먹는 보답을 받을 것이니, 못 다 누린 경사가 아직 다하지 않았을 것이다. 지금 여러 아들이 묘에 비석을 세운다고 하니, 내가 그의 세계(世系)와 행적을 기록하여, 돌아가서 비의 뒷면에 새겨 후손에게 보이도록 한다.

죽와 김군 효영 묘갈명 병서
竹窩金君 孝英 墓碣銘 並序

군의 휘는 효영(孝英), 자는 순오(舜五)이며, 죽와(竹窩)는 그의 호로 가락왕(駕洛王)의 후예다. 김씨는 황해도 안악군(安岳郡)에 대대로 거주하였는데, 시(詩)와 예(禮)를 그 가업으로 전하였다. 공은 헌종 정유년(1837, 헌종3) 1월에 태어났다. 어린 나이에 집이 가난하고 부모님이 늙으셔서 숙수(菽水)[103]조차 봉양할 수 없었는데, 자라서는 근검(勤儉)하며 농사에 힘써서 마침내 곳간을 채우기에 이르렀다. 그러나 그 때는 부모가 모두 돌아가셔서 끝까지 봉양하지 못한 것을 죽을 때까지 한스럽게 여겼다.

공은 풍채가 영준하고 시원스러웠으며 행동이 단정하고 굳세었다. 내면과 행실이 순후하게 갖추었으며 규방의 법도가 정숙하고 화목하였다. 동생 우영(友英)과 우애가 매우 돈독하여 평생 함께 살았는데, 집안에 사사롭게 구분하는 재산이 없었다. 선조를 받드는 예절에 더욱 삼갔고 자손을 가르칠 때는 법도가 있었다. 빈궁한 사람들을 두루 구휼하고자 곳간을 털어서 구제하였으니 맥주(麥舟)의 기풍[104]이 있었다.

103 숙수(菽水) : 콩죽을 먹고 물을 마시는〔啜菽飮水〕 빈사(貧士)의 생활을 말한다. 공자는 이러한 상황에서도 기쁨을 다하는 것이 효(孝)라고 하였다. 《禮記 檀弓下》

104 맥주(麥舟)의 기풍 : 어려움에 처한 사람들을 즐겨 구제하는 풍모를 말한다. 맥주(麥舟)는 보리를 운반하는 배인데, 송(宋)나라 범요부(范堯夫)가 보리 500곡(斛)을 배에 싣고 오다가, 단양(丹陽)에서 친구인 석만경(石曼卿)이 두 달 동안이나 상(喪)을 치르지 못했다는 말을 듣고는, 그 배에 실은 보리를 모두 석만경에게 내준 뒤에 자신은

이것이 그 평소 집안에서의 행의(行誼)에 대한 대략이다.

계축년(1913) 9월에 세상을 떠나니 향년이 77세이다. 본군(안악군)의 안곡리(安谷里) 서루촌(書樓村) 모좌(某坐)의 언덕에 장사지냈다. 아들 넷이 있는데 장남 용승(庸升)은 진사이고 다음은 모모(某某)등이다. 손자가 16명이며, 증손이 5명으로 후손이 번성한 것으로는 온 고을의 으뜸이었으니, 말하는 사람마다 남에게 은덕을 많이 베푼 집안이라고 칭찬하였다.

내가 평소에 죽와(竹窩)의 명성을 들었는데, 신유년(1921) 가을 진사(進士)군이 행장(行狀)과 폐백(幣帛)을 갖추고 집으로 찾아와 고하였다. "저의 선친이 덕을 숨기고 드러내지 않아서 세상에서 아는 사람이 없습니다. 불초한 제가 차마 그 유적을 사라지게 할 수 없어 삼가 비석을 마련해 어르신의 소중한 한 말씀을 얻어 묘도(墓道)를 빛내고자 합니다. 차라리 질박할지언정 화려하지 않고, 간소할지언정 넘침이 없게 하여 선친의 평소 뜻에 부응하는 것이 저의 바램입니다."라고 하였다. 내가 그 행장을 보니, 전에 들었던 것과 부합되었다. 마침내 그 사실을 모아서 기록하고 명(銘)을 지어 말한다.

문학을 숭상하는 양반 집안이요	文學世胄
효우를 전하는 가정이라	孝友家庭
자손들 번창하니	子孫振振
여경을 물려받으리	襲其餘慶
서루[105]가 고요하니	書樓窈窕

단기(單騎)로 돌아왔다는 고사에서 나온 말이다. 《冷齋夜話 卷10》

군자가 영면한 곳이네	君子攸宅
한조각 비석이여	一片貞珉
후손들 본받으리	後昆是式

105 서루(書樓) : 서루촌(書樓村)으로, 죽와(竹窩) 김효영(金孝英)의 묘가 있는 장소이다.

주사 이군 종하 묘갈명 병서
主事李君 鍾夏 墓碣銘 並序

선비가 지행(志行)과 문학(文學)으로 온 고을에 알려졌지만, 일찍 죽어서 인몰되어 세상에 칭송되지 않아 사우(士友)들이 애석히 여기는 자가 있으니, 서고(西皐) 이군으로 휘는 종하(鍾夏), 자(字)는 경우(敬禹)이다. 군은 광릉인(廣陵人)이다. 윗세대에 휘 집(集)은 고려 때에 판전교시사(判典校寺事)를 지냈고, 호는 둔촌(遁村)이다. 본조(本朝)에 들어와 휘 극감(克堪)은 광성군(廣城君)으로 시호가 문경(文景)이다. 9대를 내려와 휘 문룡(文龍)에 이르러 황해도의 봉산(鳳山)에 은거하였는데, 몸가짐을 조심하고 의(義)를 행하여 남이 알아주기를 구하지 않았다. 이때부터 여러 세대동안 부진(不振)하였다. 증조부 휘 해원(海元)은 효행(孝行)으로 동몽 교관(童蒙敎官)에 추증되었고, 조부 휘 봉환(奉煥)은 무안 현감(務安縣監)을 지냈고, 부친 휘 성건(星健)은 의관(議官)으로 정3품에 올랐다. 어머니 숙부인(淑夫人) 전주 이씨는 광원(光遠)의 따님이다.

군은 고종 임오년(1882, 고종19) 12월 6일에 봉산군 구천(龜川)의 옛집에서 태어났다. 어려서부터 뛰어나게 영리하고 기량(器量)이 엄정하고 듬직하였으며, 가정의 훈계에 젖어서 효성과 우애가 지극히 돈독하였고 독서에 힘써서 학문과 지식이 넓고 깊었다.

임인년(1902, 광무6)에 주사(主事)로 임명되었을 때에는 의관공(議官公 부친)께서 살아계셨는데, 을사년(1905)에 돌아가시자 지나친 슬픔으로 몸을 상하였고 3년 상기를 마치도록 여막(廬幕)을 떠나지 않았다. 조상을 받드는 예절에 정성을 다하고 종족에 화목하였으며, 고을에서는 신의가 있게 하고 궁핍한 자를 구휼할 때는 미치지 못할까 걱정하는 것처럼 하였다. 선친의 뜻을 지극히 따라 학교를 증수(增修)하여 후진들을 가르쳐 길렀으며 총명하고 준수한 자제들을 선발하여 해외에 유학 보냈으니, 군이 공익사업에 뜻을 두었음을 볼 수 있다. 이것이 그가 펼쳐 보인 한 단면이다.

기미년(1919) 11월 16일 정침(正寢)[106]에서 생을 마치니 향년이 겨우 38세이다. 같은 군(봉산군) 동선령(洞仙嶺) 왕자봉(王字峯)의 선영 오른쪽 간좌(艮坐)의 자리에 장사지냈다. 부인 결성 장씨(結城張氏)는 정언(正言) 복현(復炫)의 따님이다. 4남 3녀를 낳았는데, 아들은 윤영(胤永), 수영(脩永), 서영(胥永), 조영(朝永)이고, 딸은 문화인(文化人) 유목탁(柳木鐸)에게 시집갔고, 나머지는 어리다.

아아, 꽃을 피우고 열매를 맺지 못한 것[107]은 성인(聖人)도 탄식하고 애석해 한 것이다. 군의 재능으로 여기에 그쳤으니 어찌 운명이 아니겠는가? 군의 동생 종은(鍾殷)이 산 넘고 물 건너 와서 나에게 묘도(墓道)의 글을 청하였다. 여러 번 사양하였지만 받아들여지지 않아서 드디어 명(銘)을 지어 말한다.

예장과 경남[108]은 橡樟梗枏

106 정침(正寢) : 임종전 평소에 기거하던 사랑채를 청소하고 새로 자리를 마련하여 임종을 맞을 수 있게 마련한 곳을 말한다.

107 꽃을……것 : 요절한 이를 애도하는 말로, 《논어》 〈자한(子罕)〉에서 유래하였다.

최각[109] 감인데	材堪榱桷
아름드리가 되지 못하고	未及拱把
산골짜기에서 잘렸네	摧于陵谷
온유한 서고는	溫溫西皐
시골 구석에서 떨쳐 일어나	奮起鄕曲
어버이 사랑하고 친척에 화목하며	愛親惇族
학교를 중수하여 학문을 일으켰네	修校興學
관직은 덕에 미치지 못하였고	官不稱德
수명 또한 인색하여 짧았으니	年又短嗇
그의 덕행 누가 기억할까	誰其知之
한 조각 비석에 남아있다네	惟一片石

108 예장(櫲樟)과 경남(梗枏) : 모두 크고 훌륭한 재목이 될 만한 나무로 "경(楩) · 남(楠) · 예(櫲) · 장(章)을 베어 다듬어서 혹은 관곽(棺槨)을 만들고 혹은 기둥과 들보를 만든다.〔楩楠櫲章而剖梨之 或爲棺槨 或爲柱梁〕"라는 말에서 나왔다. 《淮南子 齊俗訓》

109 최각(榱桷) : 최각은 서까래라는 뜻보다는 중임을 맡을 사람으로, 동량(棟樑)에 대하여 보다 덜 중요한 인물을 비유한 말이다.

제문 祭文

중화민국 대총통 원공 세개 제문
祭中華民國大總統袁公 世凱 文

병진년(1916) 6월 28일 병신(丙申)일에 고 중화민국(中華民國) 대총통(大總統) 원공(袁公)의 영여(靈轝)가 북경(北京)으로부터 하남(河南)의 항성현(項城縣)[110]으로 봉환되었다. 조선의 김윤식은 늙고 병든 몸으로 먼 곳에 있어서 포복(匍匐)의 의리[111]를 다하지 못하였다. 6일이 지난 임인(壬寅)일에 삼가 보잘 것 없는 제수를 마련하여 영전에 우편으로 보내고, 남쪽을 바라보며 길게 통곡하고 재배하며 이별을 고합니다.

아아　　嗚呼

110 항성현(項城縣) : 원세개(袁世凱)의 고향으로 그는 이 지역 군인 지주가문 출신이다.

111 포복(匍匐)의 의리 : 모든 일을 제쳐 두고 급히 달려가야 하는 의리를 말한다. 《예기》〈단궁 하(檀弓下)〉에 "상사(喪事)가 나면 부복(扶服)해서 도와주어야 한다."라고 하였는데, 부복은 엎어지고 자빠지면서도 급히 가야 한다는 포복의 뜻과 같다. 한편 《예기》〈문상(問喪)〉을 보면 "포복해서라도 가서 곡(哭)을 해야 한다."라고 하였다.

하늘이 장차 큰 임무를 맡기려고	天將大任
이렇게 뛰어나고 슬기로운 사람을 내렸네	降此英賢
기백은 만인의 으뜸이요	氣雄萬夫
뜻은 팔방을 다 감쌌네	志包八埏
용호의 도략(韜畧) 지니어[112]	龍虎韜略
운뢰의 시국 잘 경륜하여[113]	雲雷經綸
명성은 조선에까지 떨쳤고	名震海隅
신망은 조정에서 두터웠네	望重朝端
안으로는 기밀한 정무를 돕고	內贊機密
밖으로는 병한[114]이 되니	外作屛翰
위엄은 삼군에 행해지고	威行三軍
신의는 사린에 밝게 드러났네	信著四鄰
공이 높아지자 비방이 따르니	功高謗隨
험난한 상황에서 바른 지조 지키기 어려운데	履險貞艱

112 용호(龍虎)의 도략(韜畧) 지니어 : 병법(兵法)에 깊은 조예가 있음을 말한 것이다. 주(周)나라 여상(呂尙)이 지은《육도(六韜)》라는 병서(兵書) 속에 용도(龍韜)와 호도(虎韜)의 편명이 들어 있다.

113 운뢰(雲雷)의……경륜하여 : 어렵고 힘든 시기에 태어나 잘 경륜하여 어려움을 극복하였다는 말이다. 운뢰는 바로 둔괘(屯卦)이니,《주역》의 둔괘는 세상이 고난 속에 빠져서 형통하지 못한 것을 상징하는데, 그 상사(象辭)에 "구름과 우레가 서로 만나 이루어진 괘가 둔이다. 군자는 이 상을 보고서 경륜하여 고난을 극복한다.〔雲雷屯 君子以經綸〕"라고 하였다.

114 병한(屛翰) : 울타리와 기둥으로, 나라를 지키는 군사인 번병(藩兵)과 국가를 지탱하는 기둥을 말한다.《시경》〈판(板)〉에 "큰 제후국은 병풍〔屛〕이 되고, 종자(宗子)는 기둥이 된다.〔大邦維屛 大宗維翰〕"라고 하였다.

나아가나 물러가나 온통 걱정뿐이었으니 進退維憂
도탄에 빠진 백성 누가 있어 구하나 誰救焚溺
누워 있던 용 낙하[115]에서 일어나니 臥龍起洛
도성 사람들 이마에 손을 얹고 기다렸는데[116] 都人加額
마침내 중화민국 건설하니 乃建民國
다섯 민족[117]이 함께 받들었네[118] 五族同戴
반역하여 두 마음 품은 자 토벌하고 伐叛討貳
덕과 은혜 크게 베풀어 布德行惠
의회를 창설하였으나 議會草刱
집 짓는 일 길가는 사람에게 도모하였네[119] 道謀築室

115 낙하(洛河) : 원세개의 고향이 낙하의 항성시(項城市)이다.

116 이마에……기다렸는데 : 가액(加額)은 백성들이 이마에 손을 얹고 멀리서 바라보는 것으로, 매우 인망(人望)이 높은 사람을 공경하는 것을 뜻한다. 송(宋)나라 사마광(司馬光)이 낙양(洛陽)에 사는 15년 동안 예궐(詣闕)할 때마다 위사(衛士)들이 모두 손을 이마에 얹고 공경스럽게 바라보면서 "이분이 사마 상공(司馬相公)이시다."라고 한 데서 유래하였다. 《宋史 卷336 司馬光列傳》

117 다섯 민족 : 한족(漢族), 만주족, 몽고족, 티베트 족, 위구르 족 등 중국의 다섯 민족을 가리킨다.

118 누워……받들었네 : 1908년 서태후가 사망하자 내각 총리대신이던 원세개는 어린 황제의 아버지인 순친왕(醇親王) 재풍(載灃)에 의해 모든 관직을 박탈당하고 은퇴하였다. 그러나 신해혁명의 물결이 만주족을 위협하자 청조는 그를 소환하여 도움을 청할 수밖에 없었고, 당시의 상황 하에서 원세개는 보수 세력이나 혁명 세력 모두에게 나라의 분열을 막고 평화롭게 사태를 해결할 수 있는 유일한 인물로 간주되었다. 그 결과 베이징의 청 황실과 남경의 중화민국 정부 양자 모두 그가 중화민국의 초대 대총통으로 취임하는 것에 동의하였다.

119 집……도모하였네 : 조정의 큰 계책이 하나로 결정되지 못한 채 각자 의견이 갈려

외국 모욕 막아내지 못하고	不禦外侮
형제간에는 뒤섞여 싸우니[120]	鬩墻轇轇
황제가 되어 표준을 세워서	皇建其極
백성의 뜻 하나 되게 하려 했네[121]	民志乃壹
동서가 마땅함이 다르니	東西異宜
굳이 고집 부릴[122] 필요 있겠는가	何必膠瑟
힘써 여론을 따랐으나	勉循輿情
오히려 구실만 초래했네[123]	還招口實
멀지 않아서 회복되니	不遠而復
일식과 월식 같이	如日月食

갈팡질팡한다는 말이다. 《시경》 소아(小雅) 소민(小旻)에 "집 짓는 이가 행인과 꾀하는 것과 같으니, 그래서 끝내 이루지 못하리라.〔如彼築室于道謀 是用不潰于成〕"라는 말이 나온다.

120 형제간에는……싸우니 : 《시경》〈당체(棠棣)〉의 "형제가 담 안에서 싸우지만 밖의 수모가 있을 때에는 함께 막아낸다.〔兄弟鬩于墻 外禦其侮〕"라는 말에서 따온 것이다.

121 황제가……했네 : 원세개가 1915~1916년에 제제(帝制)를 부활시켜 황제가 되려고 한 사실을 말한다. 표면상 그의 목표는 중국 내의 모든 세력을 단결시키고 중앙정부의 지도력을 강화한다는 것이었다.

122 고집 부릴 : 원문 교슬(膠瑟)은 교주고슬(膠柱鼓瑟)의 준말이다. 비파나 거문고의 기둥을 아교로 붙여 놓으면 음조를 바꾸지 못하므로, 한 가지 소리밖에 내지 못하듯이 고지식하여 조금도 융통성이 없음을 비유한 말이다.

123 힘써……초래했네 : 원세개가 황제에 오르려다가 반대가 심하자 철회한 것을 의미한다. 원세개가 황위에 오르려한 시도는 그의 반대파는 물론이고 지지세력인 보수파 관료와 군부 내에서까지도 불만을 불러일으키는 결과를 낳아 곧 철회하였지만, 그가 궁지에 몰리는 단서가 되었다.

화합과 법도만을 중시하여 維和維憲
마음속엔 가함도 불가함도 없었네[124] 心無適莫
진실로 나라에 이롭다면 苟利於國
자신의 희생은 돌보지 않았으니 犧牲其身
확연히 공평무사한 마음 廓然大公
하늘에 질정할 수 있으리 可質蒼天
저 천박한 자들은 彼哉淺淺
쥐를 얻은 올빼미 봉황을 경계하듯 했으나[125] 腐鼠嚇鵷
온갖 수모 견뎌내며 含垢忍辱
반측한 무리들 안정시켰네 以安反側
큰 업적 이루게 되니 大業垂成
원근이 모두 복종하였네 遠近咸服
지휘가 정해지면 指揮若定
뭇 흉물들 스스로 복종할 것을 群陰自伏
아아, 하늘이 돕지 않아 嗚呼不吊
태산이 무너졌네 泰山其頹
백세 이후에도 百世之下
영웅이 눈물 흘리리 英雄淚滋
지난 임오년(1882)에 昔歲壬午

124 가함도……없었네 : 적(適)은 가(可), 막(莫)은 불가(不可)이니, 미리 가와 불가를 정하지 않고 오직 의(義)를 따른다는 뜻이다. 《論語 里仁》

125 쥐를……했으나 : 썩은 쥐를 얻은 올빼미가 원추새를 보고는 자기 쥐를 빼앗을까 두려워 크게 울어 위협했다는 이야기(鴟得腐鼠嚇鵷鶵賦)를 말한다. 원추(鵷鶵)는 봉황새이다. 《莊子 秋水》

발해에서 함께 배를 타고	同舟渤海
속마음 털어놓고 담소했는데	談笑披露
좌우로 둘러보매 광채가 흘렀네	顧眄流采
한번 보고서 의기투합하여	一見投機
서로 돕기로 맹세하였는데	誓以共濟
훌륭한 풍모에 대범한 마음	光明灑落
자잘한 예절에 구애받지 않았네	細節不拘
나는 공의 덕에 취하였고	我醉公德
공은 나의 어리석음에 너그러워	公恕我愚
도가 부합되지 않음이 없고	道無不合
말하면 따르지 않음이 없었네	言無不從
말없이 서로 보기만 하여도	默默相視
영서[126]처럼 뜻이 통하여	靈犀亦通
서울에서 오년동안 이웃하여	駱舘五載
밤낮으로 서로 어울렸네	追隨昕夕
하루라도 보지 못하면	一日不見
부르는 글 서로 이어졌으며	簡招相續
환난을 함께 견디고	患難同苦
술 마시고 이야기하며 함께 즐겼네	飮讌同樂
우정은 두터워 책선(責善)이 간절하니	誼重偲切
정은 형제보다 더 하였는데	情逾骨肉

126 영서(靈犀) : 무소뿔의 한가운데에 구멍이 있어 양쪽이 통(通)하는 것에 비유하여 사람이 서로 의기투합(意氣投合)하는 것을 이른다.

내가 남쪽으로 유배되자	自我南竄
서로 헤어져 외로이 지냈네[127]	遂成離索
그리워하면서도 도울 수 없었으니	愛莫之助
근심이 얼굴에 가득하였네	憂形于色
갑오년(1894)과 을미년(1895)에	爰及甲乙
풍운이 크게 일어나	風雲震盪
정계가 거듭 변하고	政界屢變
온 세상이 소란스러웠네[128]	海陸擾攘
공은 떠나 날아 오르는데	公去飛騰
나는 여러 번 그물에 떨어졌네[129]	我落層網
시절이 위태롭고 시기하는 이 많으니	時危多忌
서로 간에 소식이 끊어져	音問兩絶
삼십년 동안 소식 막혀	卅載貽阻
울적한 마음 깊이 맺혔네	沉抱菀結
사는 동안 좋은 벗 되고자 했는데	願生羽翼
그 앞에서 날다가 떨어졌네	飛墮前席
손뼉치고 옛일을 말하며	抵掌道舊
쌓였던 얘기 펼치려 하였건만	一叙襞積

127 헤어져 외로이 지냈네 : 이삭(離索)은 이군삭거(離群索居)의 준말로, 친구들 곁을 떠나 혼자 외로이 지내는 것을 말한다. 《禮記 檀弓上》

128 갑오년과……소란스러웠네 : 갑오개혁이 일어나 개화파의 갑오정권이 들어섰다가 을미년의 명성황후 시해사건과 아관파천 등으로 정권이 여러 번 바뀐 사실을 말한다.

129 나는……떨어졌네 : 김윤식이 명성황후 시해사건과 관련되어 제주도로 유배된 사실을 말한다.

공께서는 조금 더 머물지 않고	公不少留
천제의 뜰로 올라가셨네	陟從帝庭
운향[130]이 아득히 멀어	雲鄕迢遞
늠름한 모습을 잡을 길 없네	莫攀儀形
평생의 지기로는	平生知己
세상에 오직 한 분이었는데	海內唯一
은혜로운 만남 감사히 생각하나	感念恩遇
보답할 길 전혀 없네	涓埃報蔑
서주에서의 통곡은[131]	西州痛哭
서글픈 마음 천고에 같은데	千古同傷
거친 글로 슬픔을 펼치며	蕪辭陳哀
멀리서 심향[132]을 올리네	遙進心香
아아, 애통하도다	嗚呼痛哉
부디 흠향하시옵소서	伏惟尙饗

130 운향(雲鄕) : 백운향(白雲鄕)의 준말이다. 백운향은 신선이 사는 하늘나라로, 《장자(莊子)》〈천지(天地)〉에 "저 흰 구름을 타고 제향에 이른다.〔乘彼白雲 至於帝鄕〕"라고 한 데서 유래한다.

131 서주(西州)에서의 통곡 : 죽은 사람을 그리워하며 슬퍼함을 말한다. 진(晉)나라 양담(羊曇)이 사안(謝安)에게 지우를 받았는데, 사안이 병에 걸려 도성으로 돌아갈 때 서주문(西州門)을 지나간 적이 있었다. 이에 양담은 서주문을 지나다니지 않았는데 한 번은 대취하여 자신도 모르게 서주문에 이르렀다가 통곡을 하고 떠났다고 한다. 《晉書 謝安傳》

132 심향(心香) : 정성스런 마음이다. 원래는 불가(佛家)의 말로서 자기 마음속으로 지성을 다하면 자연히 부처가 감동하는 것이, 마치 부처 앞에서 향을 피워 정성을 표하는 것과 같기 때문에 한 말이다.

대종교 도사교 홍암 나군[133] 철 제문
祭大倧敎都司敎弘巖羅君 喆 文

유세차 병진년(1916) 8월 무술삭(戊戌朔) 20일 정사(丁巳), 대종교 도사교(都司敎) 홍암(弘巖) 나군의 유해(遺骸)를 구월산(九月山)에서 장차 유명(遺命)에 의해 백산(白山) 아래에 매장하려고 하는데 노정(路程)이 경성(京城)에 이르러 본 교당에서 권정례(權停例)[134]를 행하였다. 늙은 친구 청풍 김윤식은 병 때문에 가서 곡할 수 없어, 삼가 맑은 술과 과일을 갖추고 황병욱(黃炳郁)[135] 군에게 부탁하여 제문을 갖고 가서 영전에 영결을 고하게 한다.

133 나군 : 나철(羅喆, 1863~1916)로, 본관은 금성(錦城), 본명은 인영(寅永), 호는 홍암(弘巖)이다. 29세에 문과에 급제하여 승문원 권지부정자(承文院權知副正字)를 거쳐 33세 때 징세서장(徵稅署長)을 지냈다. 1904년(광무8) 이후 구국운동에 뛰어들었다가 실패한 후 민족종교운동을 시작하여, 1909년 1월 15일 단군(檀君)을 국조(國祖)로 숭배하는 단군교(檀君敎)를 중창하여 교주인 도사교(都司敎)에 추대되었다. 1910년 8월 교명을 단군교에서 대종교(大倧敎)로 개칭하였다. 민족종교에 대한 일제의 탄압이 심해지자 1914년에는 교단본부를 백두산 북쪽에 있는 청파호 부근으로 이전하고 만주를 무대로 교세 확장에 주력하여 30만 교인을 확보했다. 그러나 일제의 탄압이 극심해져 교단이 존폐 위기에 봉착하게 되자, 1916년 8월 15일 구월산의 삼성(三聖)단에서 일제에 대한 항의표시로 49세의 나이에 순교조천(殉敎朝天)했다.

134 권정례(權停例) : 정식 절차를 다 밟지 않고 거행하는 의식을 이른다.

135 황병욱(黃炳郁) : 김윤식의 문인으로 1914년에 운양집을 간행하였으며, 탁지부(度支部) 세무관(稅務官)을 지냈다. 기타 인적사항 미상이다.

아아 嗚呼
천도가 아득히 멀어 天道玄遠
음성과 기운이 막히고 끊어지니 聲氣敻絶
얻어 들은 것 적었으나 得聞者寡
천성이 지극하여 통달하였네 至性乃達
위대하신 단군께서 皇皇檀祖
우리나라를 크게 깨우치시어 大啓震維
우리 무리들 기르시니 育我群生
임금이요 스승일세 君之師之
역대로 숭배하고 제사지내어 歷代崇祀
모두들 어버이처럼 존경했는데 莫不尊親
세대가 오래되고 가르침 느슨해져 世遠教弛
우리 명신을 업신여겼네 瀆我明神
이인이 우뚝이 태어났으니 挺生異人
그가 바로 나철 군이네 實惟羅君
정성스러운 마음 간절하고 돈독하여 誠意懇篤
묵묵히 하늘의 뜻에 부합하였네 默契于天
도를 자임하여 以道自任
신령한 부적 손에 쥐었네 神符是握
몸을 다스림은 청렴하고 고생스러웠고 律身淸苦
마음가짐은 깊고도 성실하였네 秉心淵塞
저 백두산 바라보니 瞻彼白山
신령스러운 자취가 드러난 곳 靈跡所發
북으로 유람하여 근원을 탐색하고 北遊探源

가르침을 닦아서 덕을 펼쳤네	修敎布德
중국 사람도 함께 우러러 보며	華裔共仰
신처럼 받들었네	奉若神明
교사는 빽빽하게 늘어서고	校舍林立
뛰어난 인재 구름처럼 일어났네[136]	英髦雲興
우리나라 돌아보니	乃眷槿域
신의 교화 입었던 곳	神化所被
지팡이 짚고 남으로 돌아와	杖策南還
도법을 선양하였네	宣揚道揆
일과 뜻이 맞지 않아	事與心違
도리어 사람들의 의심을 초래하였네	反招人疑
앞으로 넘어지고 뒤로 자빠져서	跋前疐後
곤란이 커지자 명아주 지팡이에 의지하였네	困石據藜
도가 행해지지 않으니	道之不行
몸이 어찌 아깝겠는가	身何足惜
차라리 속세를 버리고	寧棄塵世
돌아가 상제 곁에서 모시리라	歸侍帝側
아사달산[137]은 우뚝하고	巖巖斯達

136 교사(校舍)는……일어났네 : 1914년에는 교단본부를 백두산 북쪽에 있는 청파호 부근으로 이전하고 만주를 무대로 교세확장에 주력하여 30만 교인을 확보했던 일을 말한다.

137 아사달산(阿斯達山) : 황해도에 있는 구월산(九月山)의 다른 이름이다. 단군(檀君)이 왕위에서 물러나 이 산에 들어가 신선이 되었다고 한다. 1916년 나철이 이곳 삼성단에서 순교(殉敎)하였다.

신전은 장엄했네	翼翼神殿
잠깐 가서 문안하려 하였더니	薄言往省
흉한 전보 갑자기 접하였네	忽聞凶電
새와 짐승들 슬피 울고	鳥獸哀號
풀과 나무들 색이 변하였네	草樹色變
우리 교단 더욱 외로워졌으니	倧門益孤
모든 일이 물거품이네	萬事泡幻
지난 정유년(1897, 광무1) 기억해 보면	記昔丁酉
내가 제주도에 귀양 갔는데	我竄瀛島
그대만이 나를 따라와	惟君隨我
근심과 어려움을 서로 도왔네[138]	患難相保
그대가 나보다 먼저 돌아왔는데	君先我歸
상전벽해의 시국을 만났네	時値滄桑
뜨거운 피 가슴속에 끓어오르고	熱血沸腔
늠름한 기상 가을 서리 같았으나	凜如秋霜
바다 메우는 정위[139]이고	塡海精衛

138 지난……도왔네 : 김윤식이 을미사변 당시 명성황후 시해사건을 알고도 묵인했다는 혐의로 친러정권에 의해 제주도에 종신 귀양 갔을 때, 나철이 따라가 같이 지냈던 일을 말한다.

139 바다 메우는 정위 : 작은 새인 정위(精衛)가 바다를 메우려 한다는 뜻으로, 가망(可望) 없을 일에 힘들임을 이르는 말이다. 《산해경(山海經)》 〈공산경(孔山經)〉에 의하면, 옛날 염제(炎帝)의 딸이 동해에서 물놀이를 하다 빠져 죽은 뒤에 정위라는 작은 새로 화하였는데, 자기를 삼켜버린 동해바다를 메우려고 매일 서산(西山)에 있는 나무와 돌을 물어다가 동해에 떨어뜨렸다고 한다.

팔뚝을 걷어붙이는 사마귀[140] 였네[141]	奮臂螳螂
감옥에 깊이 갇혔으나	幽囚狴犴
큰 뜻은 더욱 더 빛났고	壯志彌烈
교단에 들어간 후로	自入教門
뒤집듯 진로를 바꾸었네[142]	翻然改轍
그대가 일찍이 나에게 말하길	君嘗語余
어제가 잘못이었음 오늘에 깨달았다고	昨非今悟
나라는 망해도 도는 남았으니	國亡道存
하늘이 위임한 바라 하였네	天所畀付
온 세상이 한 가족이니	四海一家
누구를 사랑하고 누구를 미워하나	誰愛誰惡
분노를 삭이고 막힌 마음 풀면	蠲忿釋滯
마음속이 밝고 화평해질 거라 하였네	置懷昭融

140 팔뚝을 걷어붙이는 사마귀 : 제 힘을 헤아리지 않고 경솔히 덤빈다는 뜻이다. 《장자(莊子)》〈천지(天地)〉편에 "당랑의 성난 어깨로써 수레를 대항하면 반드시 이기지 못하는 것과 같다.〔猶螳螂之怒臂 以當車轍 則必不勝任矣〕"라고 하였다.

141 뜨거운……사마귀였네 : 나철이 1904년 기울어져가는 국권을 세우기 위하여 일본에 건너가 "동양평화를 위해 한·청·일 3국은 상호 친선동맹을 맺고, 한국에 대해서는 선린의 교의로서 부조(扶助)하자"라는 내용을 일본 정계에 전달하고, 3일간 금식농성을 하였다. 그러다 한일 간의 을사조약 체결 소식을 듣고 귀국하여 조약체결에 협조한 매국노를 저격하려다 실패한 일을 말한다.

142 뒤집듯……바꾸었네 : 나철이 1908년 도쿄의 한 여관에서 두일백(杜一白)이라는 노인을 만나 단군교포명서(檀君教布明書)를 받고, 그해 12월 도쿄의 어느 여관에서 이기호·정훈모 등과 함께 두일백으로부터 영계(靈戒)를 받은 후 1909년 1월 15일 단군교를 선포한 일을 말한다.

험난한 운수를 만나서인가　無乃運屯
나를 용납해 주는 이 없으니　莫之我容
행하고 신뢰받지 못함은　行不見信
죄가 나에게 있다 하였네　罪在予躬
불쌍한 내 동포들　哀我同胞
근본을 잊고 화를 즐겼네　忘本樂禍
옛것 싫어하고 새것 좇기를　厭舊趨新
끓는 물 뜨거운 불속으로 들어가듯 했네　如赴湯火
사교가 된 내가　予爲司教
이들을 구제하지 못한다면　不能拯溺
사교의 임무 게을리 함이니　怠棄所司
그 벌은 죽어야 마땅하다 하였네　厥罰當殛
맹세컨대 실낱같은 목숨 바쳐　誓捐一縷
만백성 위하여 속죄하리니　爲萬民贖
하늘에 계신 신조께서　神祖在上
미약한 뜻 살펴 주시리라 하였네　庶察微志
나는 말하였네 옳지 않다고　余謂不可
죽음에도 의가 있어서　死亦有義
외부로부터 이른 화는　禍至自外
본래 순하게 받아야 하네　固當順受
도랑만 한 작은 절개는[143]　溝瀆之諒

143 도랑만……절개는 : 소인들이 사리의 옳고 그름을 돌아보지 않고 임금을 위하여 죽는 것을 말한다. 《논어》 〈헌문(憲問)〉에서 공자는 "어찌 필부(匹夫)필부(匹婦)들이

어진 사람이 취하지 않았다네　仁者不取
천성을 길러 도를 지키며　養眞守道
조용히 때를 기다리면　靜以俟時
하늘이 밝게 보살펴서　天鑑孔昭
어김없이 보답하리라 하였네　報應無差
그대 마음 돌처럼 굳세어　君心如石
바꿀 수가 없었네　不可轉移
교훈을 남겨 거듭 당부하고　遺戒申申
개인적인 일 말하지 않았네　言不及私
백은 조산(백두산)으로 돌아가나　魄歸祖山
혼은 천궁에서 노닐 것이니　魂遊天宮
우리 백성 복을 주고　綏我民福
저 어리석은 무리들 깨우쳐주소　啓彼羣蒙
병들어 누워 신음하니　病枕呻吟
말이 문장을 이루지 못하네　語不成文
북쪽 바라보며 길게 부르짖으니　北望長號
천년의 이별이로다　一別千春
아아, 애통하도다　嗚呼痛哉
부디 흠향하소서　尙饗

나 인정하는 조그마한 신의(信義)를 위하여 스스로 도랑에서 목매어 죽어서, 남이 알아 주지도 않는 사람이 될 수 있겠는가?〔豈若匹夫匹婦之爲諒也 自經於溝瀆 而莫之知也〕" 라고 하여 관중이 자결하지 않고 환공을 섬긴 것을 칭찬하였다.

금산 군수 유춘담[144] 제관 제문

祭柳錦山春潭 濟寬 文

유세차 정사년(1917) 정월 5일 기사(己巳), 늙은 벗 청풍 김윤식은 병으로 급히 달려갈 수가 없어서, 삼가 변변치 않은 제물을 갖추고 사람을 대신 보내어 돌아가신 종2품 행 금산 군수(行錦山郡守) 춘담(春潭) 유공의 영전에 곡하며 아뢰노라.

아아, 춘담은	嗚呼春潭
천성이 순수하고 독실하였네	天賦純篤
도량이 너그럽고 커서	寬洪其量
덕을 잘 베풀었네	慈善其德
마음에는 탐욕이 없었고	心絶忮求
행동에는 꾸밈이 없었으며	行無邊幅
근심과 즐거움을 사람들과 함께하니	與人憂樂
진실되고 정성스러운 마음이었네	由中悃愊
가난하다하여 업신여기지 않았고	不以貧侮
세력 있다고 경시하지 않았으니	不以勢易
백세 이후까지	百世之下

144 유춘담(柳春潭) : 유제관(柳濟寬)으로, 본관은 문화(文化), 호는 춘담이다. 충북 옥천(沃川)에 거주하였고, 부친은 유창현(柳昌鉉), 어머니는 영산(靈山) 신용학(辛容學)의 딸이다. 기타 인적사항 미상이다.

각박한 풍속을 두텁게 할 수 있으리	可敦薄俗
아아, 춘담은	嗚呼春潭
옛날의 어진 목민관 같아	古之良牧
십 년 동안 남쪽지방에서	十載南州
백성들 감싸고 아전들 복종시켰네	民懷吏服
전에 동학교도의 소요를 만났을 때	曩値東擾
도적들이 우글거렸는데	寇盜充斥
성심으로 위로하고 안심시키니	推誠撫綏
고을 안이 편안하고 조용해졌네	境內帖息
관직을 그만두고 집에 머물 때는	解紱家居
옷과 밥을 걱정하지 않았고	不問絲穀
시 짓고 술 마시는 자리에선	詩場酒所
풍류와 해학이 있었네	風流諧謔
사람들의 즐거움 다하도록	盡人之歡
인색하게 아끼는 것 없었네	無所靳惜
아아, 춘담이여	嗚呼春潭
누구인들 만남이 없었겠는가마는	誰無相識
면교[145]는 쉬워도	面交易謀
심교[146]는 어렵다네	心交難得
요즘 사람들	今世之人
자못 신중하게 사귀는 듯하지만	頗重然諾

145 면교(面交) : 얼굴이나 알고 지내는 정도(程度)의 벗을 말한다.

146 심교(心交) : 서로 마음을 터놓고 지내는 벗을 말한다.

아침저녁 태도를 달리하여	朝暮異態
구름을 뒤집고 비를 엎는 것[147] 같네	雲翻雨覆
날이 추워진 뒤에야 잎이 늦게 시드니	歲寒後凋
소나무와 잣나무를 알아볼 수 있네[148]	乃見松柏
나와 그대는	惟我與君
본래 친척이 아니건만	本非親戚
의기가 투합하여	意氣相投
한번 보자마자 마음 맞았네	一見無斁
성쇠를 겪으면서도	經歷盛衰
마음은 철석같았네	心如銕石
나는 바닷가에 유배되어	我竄湖海
이십 년을 떠돌아다녔네	廿年飄泊
앞날이 두려워 수심에 잠겼을 때	畏途愁慴
사람들 모두 자취를 숨겼는데	人皆鏟跡
그대 홀로 비루하게 여기지 않고	君獨不鄙
소식을 끊지 않았네	信使絡繹
하늘이 초나라 죄수[149] 불쌍히 여겨	天憐楚囚

147 구름을……것 : 두보(杜甫)의 〈빈교행(貧交行)〉에 "손 뒤집으면 구름이요 손 엎으면 비로다. 경박한 작태 분분함을 어찌 셀 거나 있으랴.〔翻手作雲覆手雨 紛紛輕薄何須數〕"라고 한 데서 온 말로, 비와 구름을 번복한다는 것은 곧 세인들의 교제하는 태도의 반복무상함을 비유한 말이다.

148 날이……있네 : 《논어》 〈자한(子罕)〉에 "나는 해가 저물어 날씨가 추워진 다음에야 소나무와 잣나무가 늦게 마른다는 것을 알았다.〔歲寒然後 知松柏之後彫也〕"라고 하였으니, 군자의 굳은 지조는 환난(患難)을 당해야 알 수 있음을 비유한 것이다.

살아서 서울로 돌아오니 生還京國
서로 만남이 꿈만 같고 相對如夢
너무 기쁜 나머지 아무 말도 못했네 喜極還嘿
즐거움을 나누고 괴로움을 함께하니 分甘共苦
정이 골육보다 더 깊어 情殷骨肉
골목길을 지나고 논길을 건너서 穿巷度陌
아침저녁 즐거움 나누었네 樂數晨夕
나는 늙고 쇠약해서 念我衰癃
오래지 않아 관속에 들어갈 것 같았는데 行將就木
그대 여전히 건강하니 君尙健康
뒷일을 부탁할 만하였네 後事可托
어찌 생각하였겠는가 하루아침에 何意一朝
갑자기 선적에 오를 줄을 遽升仙籍
저승과 이승은 길이 다르니 幽明殊途
구름 산이 영원히 막히었네 雲山永隔
편지로 불러도 볼 수 없고 不見簡招

149 초나라 죄수 : 진(晉)나라에 포로로 잡혀가서 거문고로 초나라 음악을 연주하며 고향을 그리워했던 종의(鍾儀)의 고사에서 유래하여, 나라가 위태한 상황에서 더 이상 어찌 할 수 없이 군박한 처지에 빠져 있는 사람을 가리키는 말이 되었다.《春秋左氏傳 成公9年》 또 서진(西晉) 말년에 중원을 잃고 강남으로 피난 온 관원들이 신정(新亭)에 모여 술을 마시다가 고국의 산하를 생각하고서 서로들 통곡을 하며 눈물을 흘리자, 승상인 왕도(王導)가 엄숙하게 안색을 바꾸고는 "중원을 회복할 생각은 하지 않고 어찌하여 초수(楚囚)처럼 서로 마주 보며 눈물만 흘리느냐."라고 꾸짖은 고사가 있다.《世說新語 言語》

문을 두드려도 소리 들을 수 없는데	不聞剝啄
빈 대들보 위에 떨어지는 저 달빛은	空樑落月
그대 얼굴을 비쳐 주는 듯[150]	猶疑顏色
옛일을 생각하니	感念疇昔
말하려 해도 목이 메이니	欲語硬塞
모이고 흩어짐과 슬퍼하고 기뻐함	聚散悲歡
모든 일이 옛날이 되었네	萬事成昔
저승은 어느 곳인가	九原何處
지난 자취 다시 찾으려 하나	復尋前躅
눈 덮인 거리에 병들어 누웠으니	臥病雪巷
나대신 가서 곡하게 하네	替人往哭
영령은 어리석지 않으니	靈如不昧
나의 간절한 마음 알아주리	知我衷曲
아아, 슬프구나	嗚呼痛哉
부디 흠향하소서	尙饗

150 빈……듯 : 친구를 보고 싶어 하는 마음을 표현한 것이다. 두보(杜甫)가 이백(李白)을 그리워하며 "들보 위에 가득히 기우는 저 달빛이여, 그대의 얼굴을 비춰 주는 듯하구나.〔落月滿屋樑 猶疑照顏色〕"라고 노래한 구절에서 유래한 것이다. 《杜少陵詩集 卷7 夢李白》

재종제 규복 제문
祭再從弟 奎復 文

아아, 내경은	嗚呼來卿
우리 가문의 영재로	吾宗之英
화락(和樂)하고 온후하며	豈弟溫厚
단련된 금이나 깨끗한 옥과 같았네	金鍊玉晶
오래된 가문의 물려온 규범	古家遺範
아름다운 명성 잃지 않았네	不失令名
아아, 내경이여	嗚呼來卿
누구인들 동생과 형 없겠는가마는	誰無弟兄
나와 그대는	惟我與君
형식을 잊고 마음으로 허여하였네	許心忘形
지난 날 방촌에 살적에는	昔寓芳村
영락하여 외로이 객지살이 하였는데	羈泊零丁
그대는 동도(경주)의 주인이 되어	君作東都
성심으로 어려움을 구제해 주었네	濟艱以貞
밭두둑 사이에 두고 살면서	越陌相存
눈보라가 창문을 두드리면	風雪叩扃
끊임없이 왕래하면서	往來憧憧
마음 졸이며 걱정해주었네	憂心悖悖
사람의 일 정해진 것 없어	人事無定
부평초처럼 정처 없이 떠돌았네	漂若梗萍

내가 남쪽에서 돌아온 지	我來自南
어느 덧 십년이 지났는데	奄逾十蓂
손을 잡고 옛날을 이야기하니	握手道舊
황홀하여 격세지감 이는구나	恍如隔生
그대 나이 일흔을 바라보고	君年向稀
나 또한 여든이라	我亦耋齡
백발노인 되어 서로 마주보니	皓首相對
슬픔과 기쁨이 교차했네	悲喜交幷
그때의 달은 보이지 않으나	時月不見
꿈속에 항상 맴돌고 있네	夢魂常縈
그대는 섭생을 즐겨서	喜君善攝
마음을 기르고 정신을 수양하여	頤神養精
시력과 청력은 줄지 않았고	視聽無減
발걸음도 굳세고 가벼웠네	步履健輕
신명에게 도움 받아	神明所佑
장수를 징험할 만하였는데	遐壽可徵
어찌 알았으랴 하루아침에	何意一朝
이수[151]가 침범하여 능멸할 줄이야	二竪侵凌

151 이수(二竪) : 병마(病魔)이다. 춘추 시대 진(晉)나라 경공(景公)이 병이 들어 진(秦)나라의 명의를 청하였는데, 그가 오기 전에 경공의 꿈에 아이〔竪子〕 둘이 서로 말하기를, "내일 명의가 오면 우리를 처치할 것이다. 그러니 우리가 고(膏)의 밑과 황(肓)의 위로 들어가면 명의도 어찌 하지 못할 것이다."라고 하였다. 다음 날 명의가 와서 진찰하고는, "병이 고황(膏肓)의 사이에 들어갔으니 치료할 수 없다."라고 하였다는 고사에서 나온 말이다.

갑자기 세상 떠나 倏然返眞
무덤으로 가버렸으니 適彼佳城
동쪽 바라보며 길게 울부짖는데 東望長呼
강위의 구름은 어둡기만 하네 江雲冥冥
날아가는 저 기러기는 오락가락 翩彼飛鴻
무리를 잃고 슬피 우는데 失羣哀鳴
태상노군이 아닐진대 人非太上
어찌 그리운 정 잊을 수 있으랴[152] 詎能忘情
그대의 깨끗한 지조는 惟君素操
빙벽[153]같이 맑았으니 氷蘗其淸
여경은 후손에게 전해지고 慶流後裔
가르침은 집안에 남아있으니 教在家庭
자손들이 선조 업적 계승하여 兒孫繩武
그 전형 지키리라 守其典型
신령은 슬픔이 없을 것이니 神庶無恫
살아서는 순응하고 죽어서는 편안한데[154] 存順沒寧

152 어찌……있으랴 : 친구가 죽은 슬픔을 잊을 수 없음을 말한 것이다. 노자가 부인이 죽자 돌아와 항아리를 두드리며 동네를 돌아다니면서 "죽음은 곧 자연으로 회귀이다. 인간이 죽음을 통해 다시 그 근원인 자연으로 돌아가는 것이 어찌 슬픈 일인가? 기쁜 일이지."라고 하였다는 고사를 인용한 것이다.

153 빙벽(氷蘗) : 얼음과 황벽나무라는 뜻으로, 춥고 괴로운 가운데에서도 굳게 절조를 지키며 청백하게 사는 것을 비유할 때 쓰는 말이다.

154 살아서는……편안한데 : 장재(張載)의 〈서명(西銘)〉에 "살아서는 내 하늘에 순응하고 죽어서는 내 편안하다.〔存吾順事 沒吾寧也〕"라고 한 데서 나온 말이다. 《古文眞

나는 홀로 방향 잃고 허둥대니 我獨倀倀

앞으로 동행할 벗 마땅치 않네 誰與爲朋

병들어 영결하지 못하니 病未能訣

탄식하며 눈물만 흘리며 齎咨涕零

아들을 대신 보내 替送兒輩

글을 엮어 정성을 보내네 陳詞輸誠

천고의 이별이니 一別千古

저승과 이승으로 영원히 멀어졌구나 永隔幽明

영령은 오셔서 흠향할지니 靈其來歆

산초와 쌀만이 향기롭구나 椒糈維馨

寶 後集 卷10》

중광절[155]을 경축하는 글 을묘년(1915) 상원

重光節慶賀辭 乙卯上元

대종교 중흥 기념제이다.

위대하신 신조[156]께서	皇皇神祖
인류의 기원을 수립하셔서	肇立人紀
우리나라를 두루 교화하시니	化遍東土
대대로 제사를 높이 받들었네	歷世崇祀
천운이 순환하여	天運循環
위태로움이 태평한 운세로 돌아오니[157]	回泰傾否
옛 법대로 의식을 거행하며	式擧古典
모든 백성 함께 기뻐하네	萬姓咸喜
때는 바로 상원(음력 정월 보름)이요	時維上元
날씨는 따뜻하고 아름답고	風日和美
그믐달이 다시 둥그러져	晦魄重圓
사방을 빛으로 뒤덮네	四表光被

155 중광절(重光節) : 대종교(大倧教)의 개벽(開闢)을 기념하는 날이다. 음력 정월 보름날로서 1909년 곧 기유(己酉)년 정월 보름날에 새로 발포(發布)하였다.

156 신조(神祖) : 신성한 선조이다. 즉 공덕이 있는 선대(先代)의 조종(祖宗)을 일컫는 말로 여기서는 단군(檀君)을 말한다.

157 위태로움이……돌아오니 : 원문 회태경부(回泰傾否)의 태(泰)괘는 64괘의 하나로 건하곤상(乾下坤上)인데, 음양이 조화를 이루어 만사형통하는 상(象)이며, 비괘는 곤하건상(坤下乾上)으로 음양이 화합하지 못함을 나타낸다.

제덕이 지극히 밝으니	帝德克明
오르내리며 하느님 가까이에 계시네	陟降在邇
엄숙한 천궁에	肅肅天宮
많고 많은 선비들	濟濟多士
축하의 말을 아뢰고	載陳祝賀
맑은 물을 따라 올리네	酌以淸水
대도를 널리 펼치는 일	弘敷大道
지금부터 다시 시작하니	復自今始
팔방에 널리 미치도록	覃及八埏
신령한 복을 영원히 내려 주소서	永綏神祉

태백산 천보본단에 제사드린 도고문

太白山祭天報本壇禱告文

삼가 아룁니다. 우리의 신조(神祖)께서 천궁(天宮)의 즐거움을 버리시고 이 땅에 강림하시어, 비로소 천지를 개벽하고 공업과 교화를 널리 펼치셨습니다. 이에 신조께서 하늘에 성취를 고하고 근본을 잊지 않았음을 보이시니, 백성들의 덕이 후한 데로 돌아가고 큰 복이 사방으로 퍼졌습니다.

세수(世數)[158]가 이미 멀어져서 훌륭한 법도가 황폐해지고, 백성들의 마음이 흩어져서 그 근본을 모두 잃었습니다. 한 기운이 서로 감응하는 이치와 하늘과 사람이 서로 함께하는 도리를 다시는 물을 수 없게 되었습니다. 다행스럽게도 신령께서 백성들 마음을 교도해 주심에 힘입어 대종교가 다시 부흥하였습니다. 저 제단 터를 바라보니 신령스러운 사적이 그대로 남아 있습니다. 나철(羅喆) 등은 비록 어리석고 변변치 못하지만 모두가 신조의 혈통을 이은 후예입니다. 감사하고 사모하는 정성이 타고난 떳떳한 도리에서 나왔으니 어찌 감히 옛 법도를 계승하여 발전시켜 시달(豺獺)[159]의 의리를 다하지 않겠습니까. 이에 중원(中元)[160]일 좋은 날에 목욕재계하고 삼가 자성(粢盛)[161] 등 여러 가지

158 세수(世數) : 조상과 나 사이의 시간적 거리를 말한다.

159 시달(豺獺) : 승냥이와 수달이다. 조상의 은덕에 보답할 줄 안다는 짐승으로, 승냥이는 계추(季秋)에 보은하는 제사를 지내고, 수달은 맹춘(孟春)에 제사를 지내는데, 승냥이는 짐승의 고기로, 수달은 물고기로 제사지낸다고 한다.

제물을 갖추고 한 동이 물과 한 광주리의 폐백으로 작은 정성을 진설하고 하늘을 우러러 고합니다.

삼가 아룁니다. 양양(洋洋)히 천상에 계시다가 세상에 강림(鑑臨)하여 큰 덕과 지혜를 갖추시고 백성들을 고난에서 구제하셔서 멀고 가까움이 없이 모두 다 큰 덕화(德化)를 입었습니다. 향화(香火)피우고 제수 올리는 일 만세토록 끊이지 않을 것입니다. 삼가 재계하고 경건히 기도를 올리며 신령스런 복 내려주시기를 기원합니다. 감히 고하나이다.

일상적으로 쓰는 기도문 常用禱告文

삼가 아룁니다 우리 신조께는	伏惟我神祖
큰 복을 사방으로 펼치셨네	景福肹蠁
저 제단 바라보니	瞻彼壇址
신령스러운 자취 그대로 남아있네	靈蹟猶存
우리 후세사람들	在我後之人
옛 법을 계승하여 발전시키지 않을 수 있으리오	敢不紹述舊典

이하는 위와 같다.

악장 樂章

무성한 신단수[162]	猗猗檀樹

160 중원(中元) : 음력 7월 15일이다.

161 자성(粢盛) : 찰기장과 메기장〔黍稷〕, 즉 제수의 대명사이다.

162 신단수(神檀樹) : 단군 신화에서 환웅(桓雄)이 처음 하늘에서 그 밑에 내려 왔다는 신령(神靈)한 나무이다.

백두산의 남쪽에 있네	白山之陽
천제께서 우리나라에 나오시니	帝出于震
만방이 빛나네	萬方之光
우리 만백성을 기르시니	育我兆民
아아, 잊지 못하리라[163]	於戲弗忘

공덕을 고하여 하늘에 알리려	告功報天
저 단에 오르시네	陟彼壇場
여러 신령들 따라와서	羣靈從之
엄숙히 강신을 도우시네	肅恭祼將
우리 만백성에게 복 주시니	福我兆民
아아, 잊지 못하리라	於戲不忘

길일을 택하여 밝은 제사를 받들고	吉蠲明享
저 술동이의 술을 따르네	酌彼匏樽
어찌 다른 사람이리오[164]	豈伊異人

163 아아, 잊지 못하리라 : 《대학장구》의 전(傳) 3장에 나오는 "아! 전왕(前王)을 잊지 못하리로다.〔於戲前王不忘〕"라는 글을 인용한 것이다. 이 내용은 선정(善政)을 베푼 전왕이 이미 돌아가셨지만 후인(後人)들이 그를 사모하여 잊지 못한다는 뜻이다.

164 어찌 다른 사람이리오 : 형제와 친척들이 모두 모여 잔치하는 것을 비유한 말이다. 《시경》 〈기변(頍弁)〉에 "우뚝한 관이여 그것이 무엇인고. 네 술이 이미 맛 좋고 네 안주가 아름다우니 어찌 다른 사람이리오. 형제이니 다른 사람 아니로다. 겨우살이와 여라가 송백에 뻗어 있도다.〔有頍者弁 實維伊何 爾酒旣旨 爾殽旣嘉 豈伊異人 兄弟匪他 蔦與女蘿 施于松柏〕"라고 한 데서 온 말이다.

모두가 유민일세	莫非遺民
우리를 기르시고 복을 주시니	育我福我
영원히 잊지 못하리라	永世不諼

마니산에서 하늘에 제사 드린 도고문
摩尼山祭天禱告文

삼가 아룁니다. 혈구(穴口)[165]의 바다와 마니산(摩尼山)은 우리 신조(神祖)께서 하늘에 제사지내신 곳입니다. 옛날 여기에서 신령스런 조상께서 사방을 순행하여 교화를 행하시고 하늘에 제사하여 성취를 아뢰셨고, 또한 세 아들[166]이 좌우에 늘어서서 구름 깃발과 무지개 깃발을 펄럭이며 하강했던 곳입니다. 단장(壇場)의 유지(遺址)에 신령스런 자취가 없어지지 않았으니, 우리 후손들이 어찌 감히 옛 법도를 무너뜨려 이 백성들에게 신조의 은택을 입지 못하게 할 수 있겠습니까? 중원(中元)일 좋은 날에 목욕재계하여 몸을 깨끗이 하고, 맑은 물과 깨끗한 제물로 삼가 제사를 드립니다. 엎드려 비옵건대 미미한 정성을 굽어 살피시고 여러 백성들을 불쌍히 여기셔서 쇠퇴하는 도를 만회시키고 미혹된 길을 활짝 열어서 해와 달이 비치고 서리와 이슬이 떨어지는 곳에서 신조를 존숭하지 않는 이가 없도록 하셔서 대동(大同)의 덕화 속으로 모이게 하소서. 지극한 소원을 이기지 못하여 경건히 기도하며 삼가 아룁니다.

악장 樂章

165 혈구(穴口) : 강화도의 옛 이름이다.

166 세 아들 : 단군의 세 아들은 부여와 부우・부소이다. 이들이 지금의 정족산성인 삼랑성(三郎城)을 쌓았다고 전한다.

자른 듯 반듯한 저 참성단은	截彼塹城
삼랑께서 쌓으셨는데	三郎所築
사방을 순행하고 교화 이룸 고하시니	行方告成
해마다 올리는 제사 어김이 없네	歲祀靡忒
신령스런 자취 밝고 밝으니	靈蹟昭昭
천년이 어제 같아	千載如昨
감히 옛 법도 따라	敢追古典
맑은 술을 올리네	侑以淸酌

맑은 술 올리니	侑以淸酌
서직[167] 향기 그윽한데	黍稷馨香
문산[168]은 우뚝하고	文山崔崔
덕포[169]는 넓고 넓네	德浦洋洋
신께서 조용히 강림하셔서	神降祁祁
향기로운 제물 흠향하시니	歆此芬芳
무엇을 주시려는가	何以錫之
넉넉한 풍년일세	豐年穰穰

넉넉한 풍년이 드니	豐年穰穰
백성의 복이로세	下民之福

167 서직(黍稷) : 찰기장과 메기장으로, 제물의 대명사이다.

168 문산(文山) : 경기도 김포시에 있는 문수산(文殊山)을 말한다.

169 덕포(德浦) : 경기 김포시 대곶면에 있는 덕포진(德浦鎭)을 말한다.

마시고 먹게 하며	飮之食之
가르치고 기르셨네	敎之育之
북치고 춤추며	鼓之舞之
스스로 흡족하게 하셨으니	使自得之
아아 잊지 못하리	於戱弗忘
신조의 덕	神祖之德

삼신전[170]에서 개천절 날 하늘에 제사 드린 주유문 10월 3일
三神殿開天節天祭奏由文 十月三日

우뚝 솟은 태백산	巖巖太白
신단수 그늘 무성한데	鬱鬱檀陰
갑자년[171] 10월	甲子孟冬
오늘은 3일일세	其日維三
성인이 처음 나오시니	聖人首出
만물 모두 우러러 보았는데[172]	萬物咸覩
손에는 인부[173] 잡으시고	手握印符
이 세상에 감림하셨네	監臨區宇
원보[174]에게 명하여	乃命元輔
산천을 정하게 하시고	奠厥山川
오사[175]를 분장하고	分掌五事

170 삼신전(三神殿) : 우리나라의 개국시조인 환인(桓因), 환웅(桓雄), 단군왕검(檀君王儉)을 모신 사당이다.

171 갑자년 : 대종교에서 말하는 상원갑자(上元甲子)년으로 기원전 2457년에 해당한다.

172 만물……보았는데 : 《주역》〈건괘(乾卦) 단전(彖傳)〉에 "만물에서 으뜸으로 나오니 만국이 모두 편안하다.〔首出庶物 萬國咸寧〕"라고 한 데서 온 표현이다.

173 인부(印符) : 단군 신화에 나오는 삼부인(三符印)을 지칭한다. 환웅(桓雄)이 세상에 강림할 때 환인(桓因)으로부터 받았다고 전하는 신물, 즉 검, 거울, 방울을 말한다.

174 원보(元輔) : 수상(首相) 혹은 영의정(領議政)을 달리 이르는 말이다.

삼천 무리 거느리셨네[176]	團部三千
덕을 펼치고 교화 행하시니	布德行化
민속이 후하고 순박하여	民俗厖淳
하는 일 없이도 다스려지니	無爲而治
허공에 구름이 지나간 듯 하였네	太虛過雲
대대로 숭배하고 받드니	歷代崇奉
경축일의 기원이라	慶節是紀
해마다 이 달이면	年年是月
인사[177]를 밝게 올리네	明享禋祀
옛 법도 따라	爰追古典
제주를 진설하니	載陳泂酌
높이 계시다고 말하지 말라	无曰高高
정성을 쏟으면 강림하시네	有孚斯格
상서로운 구름 수레를 호위하고	靄雲擁駕
상서로운 폭풍 자리를 쓸어내니	祥飆拂席
향불 연기 자욱하고	霏霏香烟
하늘나라 음악 은은하네	依依天樂
신께서 조용히 강림하셔서	神降祁祁

175 오사(五事) : 다섯가지 일로, 여기서는 단군 신화에 나오는 곡식(穀食), 명(命), 형벌(刑罰), 병(病), 선악(善惡)을 말한다.

176 삼천 무리 거느리셨네 : 단군 신화에 환웅이 이 땅에 내려올 때 거느리고 온 무리의 수가 삼천이다.

177 인사(禋祀) : 제천의식의 일종으로, 먼저 나무를 태워 연기를 하늘로 올리고 다시 희생이나 옥백(玉帛)을 그 위에 얹어 태우는 것이다. 《周禮 春官》

향기로운 제물 흠향하시고　庶歆芬苾

우리나라 어루만지시어　撫玆東土

사방 끝까지 미치네　爰及四極

재해를 모두 없애시고　无有災害

복을 내려 주시니　敷錫厥福

기쁨을 감당할 수 없어　不任歡忭

재계하고 기도드리네　齋誠禱祝

악장 樂章

하늘이 매우 밝으사　昊天孔昭

이 백성을 인애하셔서　仁愛斯民

천제께서 신단수아래 내려와　帝降于檀

현세에 화신[178]하셨네　現世化身

인부는 찬란히 빛나고　印符煌煌

아침 해 곱게 비치는데　朝日光鮮

왕업을 일으킬 터를 잡고 표준 세우셔서[179]　肇基建極

천년토록 면면히 이어지게 하셨네　綿歷千春

178 화신(化身) : 신(神)이 인간으로 형상(形狀)을 바꾸어 세상에 나오는 일 또는 그렇게 나타난 몸이다. 여기서는 환웅(桓雄)이 인간으로 화신한 것을 말한다.

179 표준 세우셔서 : 원문은 '건극(建極)'으로 '극'이 지극하다는 뜻과 표준이라는 개념을 가지고 있으니 가운데에 위치하여 사방의 모범이 된다는 것이다. 《서경》 〈홍범(洪範)〉에서 '황극(皇極)'에 대한 채침의 주(註)에 "극(極)은 표준이니, 가운데 서 있으면 사방에서 취하여 바로잡는 것이다."라고 하였다. 여기서는 단군의 개국을 말한다.

주재자는 한분이시고	主宰維一
일한 분은 셋인데	作用爲三
미묘한 진리는	眞理微妙
만유를 포함했네	萬有包涵
넓고 큰 왕도요	蕩蕩王道
덕음을 힘쓰시니	亹亹德音
신령스런 덕화 온 누리에 퍼짐은	神化無方
고금에 뛰어났네	度越古今

시월 삼일은	孟冬之三
경축일이라	時維慶節
제사모시는 일 더욱 밝고	祀事孔明
좋은 곡식 새롭게 올리네	新薦嘉穀
송축하는 노래 울려 퍼지고	歌頌悠揚
위엄 있는 의식 엄숙하오니	威儀肅穆
신이여 강림하여 흠향하시고	神其降歆
우리 백성들에게 복을 주소서	錫茲民福

삼신전에서 어천절[180] 날 하늘에 제사 드린 주유문 3월 15일
三神殿御天節天祭奏由文 三月十五日

삼가 아룁니다. 이달 이날은 우리 신조(神祖)께서 하늘에 오르신 날입니다. 삼신(三神)[181]을 거두시어 일진(一眞)으로 돌아가시니,[182] 운향(雲鄕)[183]은 아득히 멀고 용염(龍髯)은 잡지를 못했습니다.[184] 마치 먹을 것을 잃은 갓난아이처럼 대소 민인이 모두 슬퍼하였습니다. 역대로 이날에는 교(郊)[185]에서 하늘에 제사를 지내어 은혜를 잊지 않

180 어천절(御天節) : 단군이 세상에 강림한 지 216년 만에 다시 하늘에 오른 날로 기원전 2118년 경자 3월 15일이라고 한다.

181 삼신(三神) : 대종교에서 모시는 환인(桓因), 환웅(桓雄), 환검(桓儉)의 세 신인을 말한다.

182 일진(一眞)으로 돌아가시니 : 일진은 오직 하나인 참된 세계(世界)로 하늘로 돌아가는 것을 말한다.

183 운향(雲鄕) : 백운향(白雲鄕)의 준말이다. 백운향은 신선이 사는 하늘나라로, 《장자(莊子)》〈천지(天地)〉에 "저 흰 구름을 타고 제향에 이른다.〔乘彼白雲 至於帝鄕〕"라고 한 데서 유래하였다.

184 용염(龍髯)은……못했습니다 : 황제(黃帝)의 귀천(歸天) 고사에서 유래한 말이다. 《사기(史記)》〈봉선서(封禪書)〉에, "황제가 수산(首山)의 동(銅)을 캐어 형산(荊山) 아래서 솥을 지었는데, 그 솥이 완성되자 하늘에서 수염을 드리운 용(龍)이 내려와서 황제를 맞으니 황제는 올라탔으나. 그때 황제를 시종한 여러 신하와 후궁(後宮) 70여 명은 타지를 못했다. 용이 마침내 올라가니 나머지 소신(小臣)들이 모두 용의 수염을 잡고 늘어졌으나 용의 수염이 뽑히면서 신하들과 황제의 활과 칼을 떨어뜨렸다. 황제가 하늘로 올라가버리니 백성은 그 궁검(弓劍)과 용의 수염을 안고 울었다."라고 하였다.

185 교(郊) : 천제에게 드리는 제사를 드리는 곳으로 도성 인근에 있다.

았고, 아래로 여항(閭巷)의 필부에 이르기까지 집집마다 신주(神主)를 모시고 송축(頌祝)하며 신명(神明)을 대하여 경건한 마음으로 제사를 모시지 않는 이가 없었습니다. 한번 오랑캐에게 교화가 막히면서부터 마침내 대도(大道)가 끝내 숨어버리고 막중한 전례(典禮)가 무당의 음사(淫祀)[186]가 되어 버려 비할 데 없이 더럽혀지고 몹시 멸시를 받았습니다. 또 요즈음에는 많은 종교가 다투어 일어나서 대종교(大倧教)의 교세가 가장 미미하니, 사람들이 근본을 잊고 새로운 설을 즐겨 듣고 있습니다. 대저 자기 어버이를 사랑하고 공경하지 않으면서 다른 사람을 사랑하고 공경하는 것을 패덕(悖德)이라 이르는데, 온 세상이 꿈을 꾸는 듯 몽롱하여 그 잘못을 알지 못하고 있습니다. 불초하고 미욱한 저는 마음속으로 항상 이런 점을 매우 한스럽게 여겨 더럽혀진 것을 깨끗이 씻어내고 정도(正道)를 부식(扶植)하고자 하나 힘이 없고 성의가 부족하여 퇴락한 풍속을 되돌리기 어렵습니다.

삼가 이날을 맞이하여 더욱 힘쓰고 경모(敬慕)하여 두세 명의 형제들과 함께 옛 전례를 강구(講究)하여 명수(明水)[187]와 청결한 젯밥을 갖추어 목욕재계하고 공손히 기도를 올립니다. 엎드려 비오니, 미미한 정성을 굽어 살피시고 여러 백성들을 불쌍히 여기시어, 신력(神力)을 크게 펼쳐 이 백성들에게 하늘이 내려주신 본성을 회복하게 하여 주시옵소서. 사람들은 예양(禮讓)을 숭상하고 나라에는 쟁탈(爭奪)하는 일

186 음사(淫祀) : 근거 없고 미신적인 제사를 말한다.

187 명수(明水) : 현주(玄酒)라고도 한다. 옛날에 제사지낼 때는 깨끗한 물을 항아리에 담아서 현주로 삼았다.

이 없게 하시고, 홍수와 가뭄의 재해와 요절(夭折)하는 걱정이 없게 하소서. 만백성이 함께 신령한 복을 입고 온 세상이 모두 종풍(倧風)[188]을 우러러보게 하시옵소서. 지극하고 간절한 축원을 이기지 못하여 감히 아뢰옵니다.

상용하는 주유문 常用奏由文

삼가 아뢰옵니다. 역대로 임금과 백성들이 매번 이날 하늘에 제사를 올려 추모(追慕)하는 정을 펼쳤습니다. 이에 그 전례를 따라서 삼가 2, 3명의 형제와 더불어 목욕재계하고 제사를 드리며, 맑은 물과 깨끗한 제물로 정성스러운 마음을 봉헌(奉獻)합니다. 엎드려 비오니 미미한 정성을 굽어 살피시고 여러 백성들을 불쌍히 여기시어 신력(神力)을 크게 펼치셔서 퇴폐한 풍속을 되돌려 주시옵소서. 사람들은 예양(禮讓)을 숭상하고 나라에는 쟁탈(爭奪)하는 일이 없게 하시고, 홍수와 가뭄의 재해와 요절(夭折)하는 걱정이 없게 하소서. 만백성이 함께 신령한 복을 입고 온 세상이 모두 종풍(倧風)을 우러러보게 하시옵소서. 지극하고 간절한 축원(祝願)을 이기지 못하여 감히 아뢰옵니다.

악장 樂章

저 옥우[189]를 바라보니	瞻彼玉宇
실로 천국이라	實維天國

188 종풍(倧風) : 상고(上古) 시대 신인(神人)들의 아름다운 풍속이다.

189 옥우(玉宇) : 천제가 사는 곳으로, 곧 하늘나라 이다. 옥으로 아로새겨 지은 집이란 뜻으로 '아름다운 전각(殿閣)'을 일컫는 말이다.

천제의 수레가 선회하시어	帝駕言旋
즐겁게 소요하네	逍遙快樂
우리 근역[190]은	惟茲槿域
신께서 자취 남기신 곳이니	神所留躅
은택은 만세까지 흐르고	澤流萬世
자손은 천억이 되리	子孫千億

천제께서 진계로 돌아가시니	帝返于眞
냄새도 없고 소리도 없는데	無臭無聲
소리와 냄새는 없어도	雖無聲臭
신령은 환하고 뚜렷하네	昭昭厥靈
만물을 주재하여 다스리시니	宰制萬物
큰 교화 이름붙일 수 없는데	大化莫名
누가 그 가르침 밝히는가	誰闡其教
백봉신형[191]이로다	白峯神兄

190 근역(槿域) : 무궁화(無窮花)가 많은 땅이라는 뜻으로, 우리나라를 달리 이르는 말이다.

191 백봉신형(白峯神兄) : 대종교에서 말하는 단군교(檀君教)의 초대 대종사이다. 대종교에서 전하는 바에 따르면, 백봉신형은 단군성신(檀君聖神)의 묵계를 받고 백두산 보본단 돌집에서 《민족경전》과 《단군실사(檀君實史)》를 얻어서 1904년 13인의 제자들과 함께 단군교 포명서(檀君教布明書)를 공포하였고, 1906년 1월 24일 두암 백전(頭巖白佺)을 보내어 홍암(弘岩) 나철(羅喆)에게 삼일신고해설집과 신사기(神事記)를 전하여 주었다고 한다.

시내 나물 채집하여	爰採澗毛
가마솥에 삶고	湘之釜錡
질그릇 바가지에	陶匏是用
맑은 물 담아 올리네	酌以淸水
신어[192]가 멀지 않아	神御不遠
뜨락을 오르내리시네[193]	陟降庭止
미미한 정성 흠향하시고	庶歆微誠
우리에게 많은 복 내려주소서[194]	綏我繁祉

192 신어(神御) : 제왕의 출행(出行)을 말한다. 여기서는 천제가 강림하여 찾아옴을 말한다.

193 뜨락을 오르내리시네 : 신령이 강림함을 뜻한다. 《시경》 〈민여소자(閔予小子)〉에서 "문왕(文王)의 혼령이 뜨락에 오르내린다.〔念茲皇祖 陟降庭止〕"라고 하였다.

194 우리에게……내려주소서 : '수아미수 개이번지(綏我眉壽 介以繁祉)'의 준말이다. 《시경》 〈옹(雝)〉에 나오는 구절로 "나를 편안히 하여 장수하게 하시고, 여러 가지 복을 내려주소서."라는 뜻이다.

미원서원[195]의 경현단을 중수하고 정우당[196] 선생을 제향한 글

迷源書院重修壇享祭淨友堂先生文

삼가 생각건대 선생께서는	伏惟先生
도가 높은 사표이시라	道尊師表
학문은 성명[197]을 깊이 연구하셔서	學窮性命
성현을 기약하고	聖賢爲期
출처[198]를 바르게 하셨네	出處以正

195 미원서원(迷源書院) : 경기도 가평군 설악면에 있는 서원으로, 1661년에 창건되어 1825년 사액되었으나, 1869년 훼철되어 현재 경현단으로 남아있다. 원내에는 중앙에 조광조, 김식을 모시고 그 왼쪽에 김육, 박세호, 남도진, 남언경, 김평묵을 오른쪽에는 이제식, 김창옹, 이원충, 이항로, 유중교 등 12인을 매년 제향한다. 근처에 유명산이 있다.

196 정우당(淨友堂) : 김식(金湜, 1482~1520)으로, 본관은 청풍(淸風), 자는 노천(老泉), 호는 사서(沙西)・동천(東泉)・정우당, 시호는 문의(文毅)이다. 기묘팔현(己卯八賢)의 한 사람이다. 1519년(중종14) 조광조・김정(金淨) 등 사림파의 건의로 실시된 현량과(賢良科)에 장원으로 급제하여 성균관 사성이 되었고, 홍문관 직제학・홍문관 부제학・대사성 등에 임명되었다. 조광조와 함께 훈구세력 제거와 왕도정치 구현을 위해 정국공신(靖國功臣)의 위훈삭제, 향약 실시, 미신타파 등 개혁정치를 실시했다. 그러나 같은 해 11월 기묘사화로 선산에 유배되었다. 그 뒤 신사무옥에 연좌되어 다시 절도로 이배된다는 말을 듣고 거창으로 피했다가 〈군신천재의(君臣千載義)〉라는 시를 남기고 자살했다. 선조 때 영의정에 추증되었다.

197 성명(性命) : 사람의 천성(天性)과 천명(天命)을 말한다. 성리학에서 진리를 가리킬 때 사용하는 말로, 여기서는 그가 성리학을 깊이 연구했음을 말한다.

198 출처(出處) : 벼슬에 나아감과 나아가지 않는 것을 말한다. 1501년(연산군7)에 진사가 되었으나 벼슬하지 않고 연구에 몰두하다 나중에서야 조광조의 천거에 의해

천과[199]에서 으뜸으로 발탁되어	薦科擢甲
드디어 국자감의 수장이 되시니	遂長國子
사민이 우러러보고	士民加額
임금의 얼굴에는 희색이 만연하셨네	天顏有喜
여러 어진 이들[200]이 덕을 함께하여	羣賢同德
정치와 교화에 협력하고 도와서	協贊治化
삼왕[201]에 거의 가까웠으니	庶幾三王
오패[202]를 칭하는 것 부끄럽게 여겼네	羞稱五伯
풍속이 크게 변하여	風俗丕變
남녀가 길을 달리하였고	男女異路
칠정의 추향 혼미하지 않아	七趨不迷
덕성을 훈도하고 차츰차츰 함영하였네	涵泳陶鑄
바른 것 북돋우고 사악한 것을 억제하며	扶正抑邪
깨끗한 이를 선양하고 혼탁한 자를 물리치니	揚淸激濁
군자의 도가 높아졌으나	君子道長
소인들이 미워했네	小人所嫉

벼슬하게 된 사실을 가리킨다.

199 천과(薦科) : 추천에 의해 등용되는 과거의 일종으로 중종(中宗) 때 조광조(趙光祖)에 의해 설치된 현량과(賢良科)를 말한다. 김식은 이때 장원으로 발탁되었다.

200 여러 어진 이들 : 조광조 등의 사림파를 말한다.

201 삼왕(三王) : 하(夏)나라의 우왕(禹王), 은(殷)나라의 탕왕(湯王), 주(周)나라의 무왕(武王)을 말한다. 이상시대의 상징이다.

202 오패(五伯) : 주나라 춘추 시대 5패(五霸)인 제 환공(齊桓公), 진 문공(晉文公), 진 목공(秦穆公), 송 양공(宋襄公), 초 장왕(楚莊王)을 말한다. 힘이 우선인 시대의 상징이다.

북문의 화[203]는	北門之禍
천고토록 슬퍼할 일로	千古同傷
한 세상을 망라하여	網打一世
선한 무리 모두 화를 당하셨네	善類咸殃
임금과 신하 의리가 막중한데	君臣義重
해는 저물고 하늘은 어둑한데[204]	日暮天昏
의대 속의 유소[205]는	衣帶遺疏
신명에게 질정할 수 있네	可質明神
고요한 저 미원은	窈彼迷源
양현[206]이 점지한 곳	兩賢攸卜
산 높고 물 맑아	山高水淸
정을 기르고 주역을 연구했네[207]	習靜硏易

203 북문(北門)의 화 : 기묘사화(己卯士禍) 때 홍경주 등이 야밤에 궁궐의 북쪽 문인 신무문(神武門)을 통해서 들어가 임금에게 변을 고하였는데, 이 때문에 기묘사화를 북문지화(北門之禍)라고 하였다.

204 임금과……어둑한데 : 김식이 자결 전에 남겼다는 시의 구절들이다. 전문은 다음과 같다. "해는 기울어 하늘은 어둑한데 텅빈 산사위에 구름이 떠가네. 군신간의 천년의 의리는 어느 외로운 무덤에 있는가.〔日暮天含黑 山空寺入雲 君臣千載義 何處有孤墳〕"

205 의대(衣帶) 속의 유소(遺疏) : 조광조가 죽은 후 김식이 피신했던 곳에서 자결하였는데, 상소문을 옷끈 속에 넣어 두었다. 고을 원이 옷끈 속의 상소문을 거두어 정부에 제출하였는데, 이것을 의대유소(衣帶遺疏)라 한다. 《중종실록》 15년 5월 27일 기사에 그 전문이 실려 있다.

206 양현(兩賢) : 김육과 김식을 말한다.

207 정(靜)을……연구했네 : 김육이 이곳에 회정당(晦靜堂)을 짓고 은거한 일을 말한다. 계곡 장유는 〈회정당기〉에서 다음과 같이 말하였다. "청풍 김백후(金伯厚)가 가평(嘉平) 화개산(華蓋山) 남쪽에 터를 잡아 집을 지은 뒤, 《황극내편(皇極內篇)》의 범수

마을 사람들이 추모하여　鄕人追慕

여기 서원을 건립하고　于此建院

삼백 년을 이어서　垂三百年

삼가 제사 올렸네　惟謹享薦

서원이 철폐되어 경현단 설치했으나[208]　院廢以壇

경현단에도 제향하지 못하여　壇亦乏享

바라보며 의지[209]할 곳 없으니　瞻依靡所

후학이 어디를 우러르겠는가　後學安仰

옛 의식 다시 닦아서　復修舊儀

신위를 봉환하고　還奉神位

변과 두 하나까지　一籩一豆

옛 제도를 따랐네　式遵古制

하늘과 땅이 비록 닫혀도　天地雖閉

도는 변하지 않으리　道則不變

영령께서는 강림하셔서　靈庶來歆

많은 선비들의 정성을 흠향하소서　多士之羹

(範數)에 의거하여 점을 친 결과 일지삼(一之三)의 수(守)라는 수(數)를 얻었는데, 그 점사에 '군자는 그렇기 때문에 숨어 살면서 조용히 기다린다.〔君子以晦處靜俟〕'라고 하였으므로, 마침내 그 말을 취하여 자신이 거처하는 집의 이름을 회정이라고 하였다."

208 서원이……설치했으나 : 홍선대원군의 서원철폐령에 의해 이 서원 역시 1869년에 훼철되어 경현단만 남은 사실을 가리킨다.

209 의지: 원문은 '첨의(瞻依)'로 항상 바라보고 의지한다는 뜻이다. 부모나 존장(尊長)에 대한 경의(敬意)를 나타내는 말이다. 여기서는 양현(兩賢)에 대한 사모의 정을 뜻하는 말로 쓰였다. 《시경》〈소반(小弁〉의 "눈에 뜨이나니 아버님이요, 마음에 그리나니 어머님일세.〔靡瞻匪父 靡依匪母〕"라는 말에서 나온 것이다.

미원서원에 경현단을 중수하고 잠곡 선생[210]을 제향한 글

迷源書院重修壇享祭潛谷先生文

삼가 아룁니다	伏以
인조 효종께서 천명을 이으시고	仁孝繼天
천제께서 어진 신하를 내리시니	帝錫良弼
어진 신하가	惟此良弼
국가의 주석[211]이 되셨네	爲國柱石
어릴 적에는 은둔을 좋아했고	早歲嘉遯
만년에는 바삐 활동하셔서[212]	晩許驅馳
임금을 높이고 백성을 돌보며	尊主庇民
나라를 걱정하여 사사로움 잊으셨네	憂國忘私

210 잠곡 선생(潛谷先生) : 김육(金堉, 1580~1658)으로, 본관은 청풍(淸風), 자는 백후(伯厚), 호는 잠곡(潛谷), 시호는 문정이다. 1649년(인조27) 5월 효종의 즉위와 더불어 대사헌이 되고 이어서 9월에 우의정이 되자, 대동법의 확장시행에 적극 노력하였다. 1654년(효종5) 6월에 다시 영의정에 오르자 대동법의 실시를 한층 확대하고자 노력했다. 시·문을 모은 《잠곡유고(潛谷遺稿)》·《잠곡별고(潛谷別稿)》·《잠곡유고보유(潛谷遺稿補遺)》·《잠곡속고(潛谷續稿)》가 전한다. 그 외 《기묘록(己卯錄)》·《잠곡필담(潛谷筆談)》 등이 있다.

211 주석(柱石) : 기둥과 주춧돌이다. 즉, 국가(國家)의 중임을 진 사람의 비유(比喩)한 말이다.

212 어릴……활동하셔서 : 김육은 1611년(광해군3)에 증광 별시에 합격하였지만 조정에서 뜻을 펼치기 어렵다고 느끼고 1613년 물러나 은둔생활을 시작하고, 1623년(광해군15) 인조반정이 있은 직후인 43세가 되어서야 다시 조정에 나갔다.

마음에 옳으니 그르니 고집함이 없고	心無適莫
오직 의를 따라 행동하시니[213]	惟義與比
외로운 충성심 찬란히 빛나고	炳炳弧忠
홀로 우뚝하여 의지하지 않았네	特立不倚
공납의 폐단[214] 백성을 힘들게 하니	貢弊厲民
고통이 내 몸에 있는 듯 여겨	若恫在躬
힘써 뭇 비방을 물리치고	力排衆議
대동법[215] 창설하셨네	刱設大同

213 마음에……행동하시니 :《논어》 이인(里仁)에 "군자는 천하에 있어서 가한 것도 없고 가하지 않은 것도 없다.〔君子之於天下也無適也無莫也〕"라는 말에서 나온 것이다.

214 공납(貢納)의 폐단 : 공납은 왕실과 중앙관청의 용도와 각 지방관청의 수요에 충당하기 위해 농민들로부터 그 지방의 토산물을 수취하는 세금제도의 하나이다. 조선 전기의 공납제는 국가의 재정이 부족할 때 별공(別貢)의 형태로 더 거두어들이는 가정(加定)과 다음해의 공물을 미리 상납케 하는 인납(引納) 등의 폐단이 심했다. 또 생산되지 않은 공물이나 농가에서 만들기 어려운 가공품(加工品) 등을 공납해야 할 경우에는 현물을 사서 바쳐야 했다. 그리고 이를 기회로 중간에서 이득을 취하는 상인 혹은 하급 관리들이 등장하여, 그들은 정부와 납공자(納貢者) 사이에서 대납(代納)을 함으로써 많은 이익을 챙겼다. 그 뿐만 아니라, 자기들의 이익을 위하여 불법적인 수단으로 농민의 상납을 막기까지 하는 방납(防納)의 폐해를 낳았다. 16세기 후반 이래 방납은 농민의 부담은 크게 증가시켜 농민경제를 파탄시키는 최대의 고질(痼疾)이 되고 있었다. 이에 방납의 폐단을 제거하기 위한 다양한 논의가 이루어지고, 마침내 현물 대신 당시에 화폐기능을 하던 미곡으로 거두는 대동법(大同法)이 시행되게 되었다.

215 대동법(大同法) : 조선 중・후기에, 여러 가지 공물(貢物)을 쌀로 통일하여 바치게 한 납세 제도이다. 방납(防納)의 폐해를 시정하기 위하여 이이(李珥), 유성룡(柳成龍) 등이 제기하였으나, 1608년(광해군1) 영의정 이원익(李元翼)의 주장에 따라서 우선 경기도에 시험적으로 시행되었고, 이후 찬반양론의 격심한 충돌이 일어나는 1623년(인조1)에는 강원도에서 실시되었다. 그리고 17세기 중엽에는 김육(金堉)의 주장에 따라

커다란 병폐에서 이윽고 살아나	巨瘼旣蘇
온 나라 모두 평안해지니	邦域寧謐
임금께서 그 공적 가상히 여겨	后嘉乃績
왕실을 보필하게 하셨네	作輔王室
마음과 몸 다 바쳐	鞠躬盡瘁
아는 바를 모두 실천하셨는데	知無不爲
도를 논하고 나라를 경륜함에[216]	論道經邦
일마다 합당하여 상황에 꼭 맞았네	動合機宜
세상 사람 모두 병사를 말할 때	世皆談兵
홀로 안민을 주장하니[217]	獨主安民

충청도·전라도·경상도의 순으로 확대되었고, 1708년(숙종34)에 황해도까지 실시됨으로써 평안도·함경도를 제외한 전국에서 시행되기에 이르렀다. 이와 같이 대동법이 전국적으로 실시되는 데 100년이란 시간이 걸린 것은 새로운 토지세인 대동세를 부담하게 된 양반지주와 중간이득을 취할 수 없게 된 방납인들의 반대가 심했기 때문이었다.

216 도를……경륜함에 : 보통 재상의 직무를 비유할 때 쓰는 표현으로, 《서경》〈주관(周官)〉에 태사(太師)·태부(太傅)·태보(太保) 등 삼공(三公)을 세워 "도를 논하고 나라를 경륜하며 음양을 섭리하게 한다.〔論道經邦 燮理陰陽〕"라는 말이 나온다.

217 세상……주장하니 : 김육은 정묘호란 직후인 1627년(인조5)에 평안도·황해도의 사정을 논하는 〈논양서사의소(論兩西事宜疏)〉를 올려, 전쟁의 참화와 각종 잡역의 부담 때문에 고통을 받고 있는 두 지역 백성을 살리기 위한 종합적인 대책을 제시하였다. 여기서 전쟁 직후인 당시의 과제는 백성을 아이 돌보듯 안정시키는 것이라고 강조하고 구체적으로 전쟁에 지고 도망한 군졸을 용서해 주고, 그들을 성 쌓는 데로 동원하여 기력을 고갈시키지 말 것이며, 살기가 어려워 고향을 떠나는 백성을 억지로 붙잡지 말 것을 주장하였다. 이렇게 해서 원망을 품은 백성을 안정시켜 민심을 얻은 다음 농사짓는 것과 군사 일을 분리하고(兵農分離), 비어 있는 땅에다 둔전(屯田)을 설치하는 등 장차 오랑캐가 다시 공격할 때를 대비한 방책을 제시하였다.

베푸신 혜택 넓고 넓어　厥施普博

은택이 천년토록 이어지리　澤流千春

미원의 골짜기에　迷源之曲

우뚝 솟은 서원　有翼院宇

온 고을의 여러 어진 선비들이　諸賢同郡

덕성[218]처럼 모였네　德星所聚

위대하신 문의공[219]　憲憲文毅

후손에게 모범을 보이셔서　貽謨後昆

훌륭한 조상을 본받아　象其祖賢

훌륭한 후손 배향되었네[220]　配以令孫

세상일 거듭 변화하여　世故屢變

서원이 철폐되어 경현단만 남아[221]　院撤而壇

제사를 오래도록 모시지 못해　奠儀久曠

사림들이 탄식했네　士林咨歎

중수할 것을 건의하고[222]　建議重修

218 덕성(德星) : 목성(木星)으로, 상서(祥瑞)로운 표시(表示)로 나타나는 별이다. 서성(瑞星)이라고도 한다. 현인(賢人)을 비유하여 이르는 말이다.

219 문의공(文毅公) : 김식(金湜, 1482~1520)의 시호이다. 381쪽 주 196 참조.

220 훌륭한……배향되었네 : 본래 미원서원은 김식(金湜)과 조광조(趙光祖)를 추모하기 위해 1661년 건립된 곳인데, 1668년에 김육(金堉)을 추가로 배향하게 되었음을 말한다.

221 세상일……남아 : 홍선대원군의 서원철폐령에 의해 이 서원 역시 1869년에 훼철되어 경현단(敬賢壇)만 남은 사실을 가리킨다.

222 중수할 것을 건의하고 : 1919년에 지방 유림들이 경현단(敬賢壇)을 중수하여 제사를 잇게 된 것을 말한다.

제단을 청소하여	灑掃壇場
좋은날 가려 제사를 거행하니	吉蠲用享
때는 바로 중양절일세	時維重陽
제기에 좋은 제수 가득하고	籩豆有嘉
제례의식 정연하니	威儀秩秩
영령께서 강림하셔서	靈其來格
향기로운 제물 흠향하시옵소서	歆此芬苾

추도문 追悼文

구당 유공[223] 길준 추도문
矩堂兪公 吉濬 追悼文

아아, 구당공(矩堂公)의 신령이 멀리 가시지 않았다면, 오늘 우리네의 선비들이 서로 이끌어서 추도(追悼)하는 것을 공께서는 아실 것입니다. 아첨으로 임금을 섬기는 것은 훌륭한 보필이라 할 수 없고 죽음으로써 사직(社稷)을 지키는 것은 충신이라 할 수 없습니다. 오직 대인군자(大人君子)만이 자신을 바로하여 조정에 서서 한 세상을 문명(文明)의 영역으로 인도하여 위로는 임금을 받들고 아래로는 백성을 보호할 수 있습니다. 이렇게 하면 사직은 자연히 장구하게 보전되고 사람의 도리와 사물의 법칙은 자연스럽게 차례를 따르며 이용후생(利用厚生)의 도가 자연스럽게 흥행되는 것입니다. 이것이 구당공

223 유공(兪公) : 유길준(兪吉濬, 1856~1914)으로, 본관은 기계(杞溪), 자는 성무(聖武), 호는 구당(矩堂)이다. 1894년 갑오개혁 때 외무 참의(外務參議) 등을 역임하며 개혁을 주도하였고, 1895년 김홍집(金弘集) 내각의 내무 협판(內務協辦)을 역임하면서 태양력 사용, 종두법 실시, 우체사 설치, 소학교 설치 등을 추진하였다. 또한 1896년 독립신문 창간을 적극 후원하였고 그해 내부 대신에 올랐으나 아관파천(俄館播遷)으로 내각이 해산되자 겨우 목숨을 건져 일본으로 망명했다.

의 평소 지녔던 뜻이었습니다. 알지 못하는 자들은 말하기를 임금의 권한을 억제하는 것을 임금을 범하는 것이라고 하고, 서정(庶政)을 개혁하는 것을 패덕(悖德)이라 했습니다. 여러 사람의 입은 쇠를 녹일 수 있고 참소(讒訴)가 쌓이면 뼈를 녹이는 것입니다.[224] 마침내 지모가 있고 공을 이룰 만한 재주가 있는 사람을 하루도 조정에 편안히 있을 수 없게 하였으니 어찌 통탄하지 않을 수 있겠습니까?

공의 평생 경력을 살펴보면, 험난하여 곡절이 많고 곤경을 당하여 넘어지고 자빠져서 구사일생하였습니다. 옛날의 이윤(伊尹)·여상(呂尙),[225] 영무자(甯武子)·백리해(百里奚)[226]와 비교하더라도 험난한 것이 만 배나 더하였습니다. 하늘이 장차 이 사람에게 큰 임무를 내려주시려고 그런 것인가 생각했었는데, 우리 백성들이 이리도 박복할 줄을 누가 알았겠습니까? 지난 갑오(1894, 고종31)·을미(1895) 년간

224 여러……것입니다 : 전국 시대 장의(張儀)가 연횡설(連橫說)로써 위왕(魏王)을 설득했던 말 가운데 "신(臣)은 들으니,……뭇사람의 입은 무쇠를 녹일 수 있고, 참소가 쌓이면 뼈를 녹일 수 있다〔衆口鑠金 積毁銷骨〕고 하더이다."라고 했던 데서 온 말이다. 《史記 卷70 張儀列傳》

225 이윤(伊尹)·여상(呂尙) : 이윤은 은나라 탕왕(湯王)의 승상이고, 여상은 주나라 무왕(武王)을 보좌하여 은(殷)나라를 멸망시킨 승상으로, 두 사람 모두 고대의 저명한 재상이다.

226 영무자(甯武子)·백리해(百里奚) : 영무자는 춘추 시대 위(衛)의 대부(大夫)로 이름은 유(兪)이며 무자는 시호(諡號)이다. 문공(文公)과 성공(成公)을 섬겼는데, 성공이 무도하여 나라가 어지러워지자 일신을 돌보지 않고 온 힘을 다해 나라를 바로잡기 위해 노력하였다. 백리해는 춘추전국 시대 우(虞)나라의 대부였는데 진(晉)나라에 의해 조국이 멸망당한 뒤 많은 고생 끝에 진(秦)나라에 들어가 목공(穆公)에게 중용되어 그를 패자로 만드는 데 일조하였다.

에는 공을 이룰 수 있을 듯 하였는데, 어찌하여 잠시 그 지위를 얻고 때를 만나지 못하였습니까? 낭패(狼狽)하여 나라를 떠나 외국으로 달아나서 10년 넘게 갖은 풍상(風霜)을 실컷 겪었습니다.[227] 늘그막에 귀국하였지만 강총(江摠)의 검은 머리는 이미 아니었고,[228] 금고(禁錮)가 풀려 고향으로 돌아왔으나 장검(張儉)[229]의 신세처럼 외로웠습니다. 그러나 강호를 떠돌아 다니면서도 여전히 조정을 걱정하는 마음 간직하였고 교육에 힘써서 인재를 장려(奬勵)하였습니다. 이는 공의 천성이 그러했던 것입니다. 옛날 최고운(崔孤雲 최치원)이 우리나라로 돌아

227 지난……겪었습니다 : 1894년 갑오개혁 때 유길준은 외무 참의와 내무 협판을 역임하면서 개혁을 주도하였다. 1895년 7월 반역음모 사건으로 박영효가 해외로 망명하고 10월 8일 명성황후 시해사건이 일어난 뒤 내부 대신에 임명되었다. 그러나 아관파천이 일어나 김홍집 내각이 무너지고 김홍집 등이 죽자, 유길준은 일본으로 망명하였다.

228 강총(江摠)의……아니었고 : 강총은 양(梁)나라 때의 문인(文人)으로 특히 오칠언시(五七言詩)에 뛰어나서 명성이 높았다. 그는 양 무제(梁武帝) 태청(太淸) 3년에 나이 31세로 후경(侯景)의 난리를 피해 유랑하기 시작하여 그로부터 14년이 지난 진 문제(陳文帝) 천가(天嘉) 4년 나이 45세가 되어서야 조정에 돌아왔는데, 그때까지도 머리가 아직 안 세었었다는 고사에서 온 말이다. 여기서는 유길준이 망명 생활 끝에 이미 노쇠했음을 의미한다.

229 장검(張儉) : 115~198. 산양(山陽) 고평(高平) 출신으로, 자는 원절(元節)이다. 후한 환제(桓帝) 때 사람으로 연희(延熹) 8년(165)에 중상시(中常侍) 후람(侯覽)과 그 모친의 죄악을 탄핵한 일로 후람과 원수가 되었다. 뒤에 후람의 무고로 영제(靈帝)가 장검을 체포하라는 명령을 내리자 마침내 망명길에 올랐는데, 그가 찾아가는 집마다 멸족의 위험을 무릅쓰고 그를 후대하였다가 수많은 친척들이 처형을 당하고 군현(郡縣)이 폐허로 변했다. 헌제(獻帝) 중평(中平) 연간에 당금(黨禁)이 해제되자 집으로 돌아왔으며, 그 뒤 건안(建安) 초에 조정의 부름을 받았으나 조조(曹操)가 전횡하자 정사에 참여하지 않다가 84세의 나이로 집에서 죽었다.《後漢書 卷67 黨錮列傳 張儉》

왔을 때에는 당시의 일이 날로 잘못되는 것을 보고 깊은 산속에 자취를 감추고 다시는 세상일을 마음에 두지 않았습니다. 그런데 공께서는 충군애국(忠君愛國)하는 마음을 보존하여 죽는 날까지 변치 않으셨으니, 민생을 구원하려는 뜻과 겸선(兼善)[230]의 풍모는 옛 사람을 크게 능가하였습니다. 그 지위를 떠났다 하여 차이를 두지 않았으니, 어찌 어질다고 하지 않겠습니까. 지금 공의 체백(體魄 시신)은 비록 황천에 숨겨졌지만, 그 빛나는 단심(丹心)은 위로 하늘 높이 솟아 해와 별과 더불어 빛을 겨룰 만합니다. 천 백년 후에도 필시 공의 유풍(遺風)을 듣고 감동하여 떨쳐 일어나는 자가 있을 것이니, 이는 죽었어도 죽지 않은 것과 같습니다. 다만 우리들은 이제 더욱 외로울 것이고 사회는 적막(寂寞)해질 것이니, 옛 일을 생각하매 황로(黃壚)[231]의 통한을 금할 수 없습니다. 아아, 슬프도다.

230 겸선(兼善) : 《맹자》 〈진심 상(盡心上)〉에 "궁하면 홀로 그 자신을 닦아 선하게 하고, 현달하면 천하 사람을 함께 선하게 한다.〔窮則獨善其身 達則兼善天下〕"라고 한 데서 나온 말이다.

231 황로(黃壚) : 저승이다. 사람이 죽은 뒤에 그 혼이 가서 산다고 하는 세상을 말한다.

애사 哀辭

유석농[232] 근 의 죽음을 슬퍼하는 글

柳石儂 瑾 哀辭

아아, 석농이여	嗚呼石儂
여기에 그쳤는가	而止於斯耶
어찌하여 뜻만 있고 때를 만나지 못하였는가	奈有其志而無其時
천고의 지사가 함께 애통해할 일이니	此爲千古志士之所同傷兮
저 하늘에 유감이 없을 수 없네	不能無憾於彼蒼
그렇지만 부가 천사를 누리더라도	雖然富有千駟之衆
백세토록 아름다운 이름을 남길 수 없고[233]	而不能遺百世之芳

232 유석농(柳石儂) : 유근(柳瑾, 1861～1921)으로, 본관은 전주(全州), 자는 경집(敬集), 호는 석농(石儂)이다. 1895년(고종32) 탁지부 주사로 김홍집 내각에 참여, 1896년 아관파천으로 인해 관직을 사임하고 독립협회에 참여하였다. 1898년 《황성신문》을 창간하여 이후 주필・논설위원・사장을 지냈고, 대한자강회・대한협회・신민회 등의 간부로 활약하였다. 휘문의숙의 숙감・숙장을 지냈으며, 경술국치를 전후해서는 대종교에 입교하여 정교(正教)를 맡아 활동하였다. 1910년대 중앙학교 교장에 재직하였고, 3・1운동 중에는 국민대회를 통하여 한성정부를 선포하는데 동참하였다.

233 부가……없고 : 《논어》 〈계씨(季氏)〉에 "제경공(齊景公)이 말 네필이 끄는 수레 천 대〔千駟〕를 소유하였으나, 죽는 날에 사람들이 덕(德)을 칭송함이 없었다.〔齊景公

용력이 삼군의 장수를 빼앗을 만해도 勇奪三軍之帥
필부의 마음을 굴복시킬 수 없네 而不能屈匹夫之情
그대의 뜻 꺾이지 않고 이름 불멸하니 惟君志不摧而名不滅兮
새벽 하늘 별처럼 빛날 것이네 耿耿如曙天之一星
죄 없이 쓰러진 우리 동포들 슬퍼함이여 哀吾同胞之顚連無辜兮
헝클어진 머리로 달려가 구하며 혼자만 살지 않겠다 맹세했네
披髮往救而誓不獨生
우리 형제들이 서로 원망함을 딱하게 여기고 閔吾兄弟之相怨一方兮
큰 도리 보여주며 무리 짓고 편들지 않았네 指示大道而無黨無偏
슬프다, 큰물이 넘쳐흐름이여 嗟巨浸之橫流兮
나무 조각을 물고 와 메울 수 있는 정도[234]가 아니었네
非啣木之可塡
마음에 맺힌 회포 풀어내지 못함이여 懷菀結而不伸兮
거두어 저세상으로 돌아갔구나 斂而歸乎重泉
밤은 지루한데 아침은 오지 않으니 夜漫漫其不晨兮
누가 등불을 들고 어둠을 깨뜨릴까 疇秉燭而破昏
저 무성한 계수나무 가지 잡고 부르고 부르며 攬叢桂而招招兮
회남의 소산을 슬퍼하네[235] 悲淮南之小山

有馬千駟 死之日 民無德而稱焉]"라고 하였다.

234 나무……정도 : 그 기세와 수준이 대단해서 자신의 작은 힘으로는 어쩔 수 없다는 의미이다. 《산해경(山海經)》〈공산경(孔山經)〉에 의하면, 옛날 염제(炎帝)의 딸이 동해에서 물놀이를 하다 빠져 죽은 뒤에 정위(精衛)라는 작은 새로 화하였는데, 자기를 삼켜버린 동해바다를 메우려고 매일 서산(西山)에 있는 나무와 돌을 물어다가 동해에 떨어뜨렸다고 한다.

끝이로구나	已矣乎
석농을 다시는 볼 수 없으니	石儂不可復見兮
황천 바라보며 눈물만 뿌리네	眄黃壚而涕濟

235 무성한……슬퍼하네 : 〈초은사(招隱士)〉에서 “계수나무 무더기로 자라네, 저 산 깊은 곳에서. 우뚝 솟고 구불구불하네, 저 가지 서로 얽혔구나.〔桂樹叢生兮山之幽 偃蹇連卷兮枝相繚〕”라고 하였고, 또 “계수나무 가지를 잡고 애오라지 머무노니, 범과 표범이 싸우고 큰곰과 작은곰이 포효하도다.〔攀援桂枝兮聊淹留 虎豹鬪兮熊羆咆〕”라고 하였으니, 여기서 유래한 표현들이다. 회남왕(淮南王) 유안(劉安)의 문객(門客)들이 지은 사부는 크게 소산(小山)과 대산(大山)으로 나눌 수 있는데 이는 《시경》에 대아(大雅)와 소아(小雅)가 있는 것과 같다. 그 중 소산의 무리는 굴원(屈原)을 깊이 추모하여 그가 죽어 없어진 것을 마치 현자가 은거하여 나오지 않고 있는 것처럼 간주하고 그를 부르는 작품을 지었는데 그것이 바로 〈초은사(招隱士)〉이다. 여기서 김윤식은 이미 망자가 된 유근(柳瑾)을 굴원(屈原)에, 그를 그리워하여 다시 불러오고자 하는 자신의 모습을 회남(淮南)의 소산(小山)의 무리에 빗대고 있다.

잡문 雜文

학산 김옹의 회혼을 축하한 글

學山金翁回巹祝詞

내가 청산자(聽山子)를 따라 교유한 지 오래되었는데, 그 중의 백미(白眉)는 학산공의 현명함이었다. 계축년(1913) 청산이 정의현(旌義縣)의 부임지에서 편지를 보내어 나에게 알렸다. "올해 형님이 회혼(回婚)의 경사를 맞았습니다. 이는 보통 사람의 집에서는 드문 일이니, 그대가 어찌 기쁨을 돕는 한 마디 말이 없을 수 있겠는가?"라고 하였다. 내가 생각건대, 학산옹은 청렴하고 신중하며 삼가고 검소하여 자신은 벼슬길에 나아가지 않았고, 동생에게 유학(遊學)하도록 권하여 대기만성을 이루도록 하였으니, 진백(陳伯)[236]과 마황(馬況)[237]의 풍모가 있었다. 그 부인 또한 선맹(宣孟)[238]의 덕이 있어 함

236 진백(陳伯) : 양무(陽武)의 호유현 출신으로, 한나라의 개국공신인 진평(陳平)의 형이다. 집안이 가난했지만 더부살이 하는 동생 진평이 글 읽는 것을 좋아하자, 진백은 밭가는 일을 하면서도 동생 진평이 마음껏 공부하도록 배려했다. 이후 진평은 고조 유방(劉邦)의 참모로 큰 공을 세워 좌승상이 되었다.《史記 卷56 陳丞相世家》

237 마황(馬況) : 부풍(扶風) 무릉(茂陵) 사람으로, 자는 군평(君平)이다. 후한 때의 저명한 장군인 마원(馬援)의 형이다. 마원은 변방의 관리로서 광무제(光武帝)를 도와

께 머리기 누렇게 되도록 살아서 다시 회혼(回婚) 잔치를 열게 되었다. 하늘이 착한 사람에게 보답을 베푸는 이치가 틀림이 없으니 복록(福祿)이 아직도 다하지 않았음이로다. 내가 진부한 말을 늘어놓아, 멀리서 삼가 축하의 정성을 펼친다. 시를 지어 말한다.

구름 속 한 쌍의 백학이 雲中雙白鶴
천년 만에 화표 기둥에 돌아와서[239] 華表千年回
색동옷 입고[240] 어버이 봉양[241]을 갖추니 彩服備陔養

서 후한을 세웠고, 티벳을 정벌하고 흉노를 토벌하는 등 많은 무공을 세워 복파장군(伏波將軍)이 되었다. 마원은 12세 때 아버지를 여의고 형들의 보살핌 속에서 성장하였다. 처음 지방 관리가 되어 부임을 앞두고 있을 때 마황이 "너는 재능이 커서 분명 늦게서야 완성될 것이다. 솜씨 좋은 목수는 완성되기 전의 원목을 남에게 보이지 않는다."고 충고했다. 후에 마황이 죽자 정성으로 예를 다해 상을 치렀다고 한다. 《後漢書 卷54 馬援傳》

238 선맹(宣孟) : 포선(鮑宣)의 아내 환소군(桓少君)과 양홍(梁鴻)의 아내 맹광(孟光)을 말한다. 환소군은 후한(後漢) 발해(渤海) 사람으로 부유한 집안에서 자랐으나, 남편 포선의 뜻을 따라 시집올 때 데리고 왔던 종들과 사치한 복식을 다 돌려보낸 다음, 짧은 삼베 치마를 입고 녹거를 끌고 시댁으로 와서는 몸소 동이를 들고 물을 길어 부도(婦道)를 실천했다고 한다. 《小學 善行》 맹광(孟光)은 음식을 잘 차려놓고는 감히 양홍 면전에서 눈을 치켜떠 보기는커녕 밥상을 들기를 눈썹과 가지런히 하였다 한다. 《後漢書 卷130 逸民傳 梁鴻》

239 천년……돌아와서 : 한(漢)나라 요동(遼東) 사람 정영위(丁令威)가 신선이 되어 갔다가 천년 만에 고향에 돌아와 학(鶴)이 되어 화표기둥〔華表柱〕에 앉았다는 고사를 말한다.

240 색동옷 입고 : 춘추 시대 초(楚)나라의 노래자(老萊子)가 효성으로 어버이를 섬겨 70세의 나이에도 항상 색동옷을 입고 어린아이의 놀이를 하여 부모를 기쁘게 하였다고 한다. 《小學 稽古》

241 어버이 봉양 : 원문은 '남해(南陔)'로 어버이를 극진히 모시는 것을 말한다. 〈남

긴 눈썹 저 늙은이 합환주를 따르네　　厖眉酬巹杯

굳센 체질은 서리 속 대나무를 능가하고　　勁質凌霜竹

좋은 날은 일찍 핀 매화를 뒤쫓는데　　佳期趁早梅

동생 편에 축하를 전하니　　季方傳祝賀

무지개 달이 물굽이를 비추네　　虹月照瀛隈

해〉는 《시경》의 편명으로, 내용은 없고 제목만 남아있는데, 효자가 어버이를 봉양하는 내용이었다고 전한다.

이 생질 정규 의 회갑 축사
李甥 鼎珪 回甲祝詞

마씨 집 오형제[242]중	馬氏五常
서열이 넷째요	序居其四
석씨 가문[243]의 근면하고 후덕함이니	石家謹厚
경사롭기 당연하지	慶稱簡易
만년의 지극한 즐거움	晩景至樂
울긋불긋 아가위 꽃 피었네[244]	韡韡常棣
비바람 속 거닐다가	逍遙風雨
침상 마주하고 한 이불 덮었는데[245]	對床共被

242 마씨 집 오형제 : 촉한(蜀漢) 사람 마량(馬良)의 다섯 형제의 자(字)에 모두 상(常)자가 들어갔으므로 오상(五常)이라고 불렀다. 맏이인 마량의 재능이 그 중 제일임을 칭찬하며 "마씨 5형제 중에 백미가 가장 뛰어났다.〔馬氏五常 白眉最良〕"라고 하였다는 고사가 있다.

243 석씨 가문 : 복록이 있는 집안을 말한다. 한(漢)나라 석분(石奮)과 그의 네 아들이 모두 2천 석(石)의 관직에 이르렀으므로 경제(景帝)가 석분에게 내린 호(號)인데, "만석군의 질행(質行)은 제(齊)·노(魯)의 제유(諸儒)들도 모두 미칠 수 없다고 여겼다."라는 기록이 전한다.《史記 卷103 萬石列傳》

244 울긋불긋……피었네 : 형제의 정의(情誼)가 남다르게 두터움을 비유한 것이다. 형제간의 우애를 읊은《시경》〈상체(常棣)〉에 "아가위 꽃송이 활짝 피어 울긋불긋, 지금 어떤 사람들도 형제만 한 이는 없지.〔常棣之華 鄂不韡韡 凡今之人 莫如兄弟〕"라는 말이 나온다.

245 비바람……덮었는데 : 형제간의 우애가 지극함을 비유한 것이다. 당나라 시인 위응물(韋應物)의 〈시원진형제(示元眞兄弟)〉 시에 "어찌 알았으랴 눈보라치는 이 밤,

팔자이방[246]과 같아	八慈二方
어진사람 모인 곳이네	德星攸聚
늙으신 외삼촌 도탑게 염려하여	篤念舅老
여름 내내 모시고	經夏扶侍
종일토록 땀을 흘리며	流汗終日
문자 교수했네[247]	校讎文字
갑년의 섣달에	閼逢之臘
환갑을 만났는데	周甲正値
마루에 모여 술 마시니	開堂稱觴
화기애애하구나	和氣藹藹
거문고와 비파 종과 북 같고[248]	琴瑟鍾鼓

다시금 이렇게 침상을 맞대고 누워 잠들 줄을.〔寧知風雪夜 復此對床眠〕"이라는 표현이 있는데, 이후 여기에 근거하여 형제나 붕우와 어울려서 즐겁게 노니는 것을 의미하는 말이 되었다.

246 팔자이방(八慈二方) : 효성이 뛰어난 형제를 의미한다. 팔자(八慈)는 후한 때 사람 순숙의 여덟 아들을 지칭하는 말로 팔룡(八龍)이라 칭할 만큼 뛰어났는데 자(字)에 모두 자(慈)가 들어가 팔자(八慈)라 하였다.《後漢書 卷92 荀淑傳》 이방(二方)은 후한 때 사람 진식(陳寔)의 큰 아들 진원방(陳元方)과 넷째 아들 진계방(陳季方)을 가리킨다. 이들 형제는 아버지의 상을 당하여 통곡하다가 피를 토하고 기절하기까지 하였다. 예주 자사(豫州刺史)가 그 상황을 위에 아뢰면서 그림을 그려 올리자, 여러 성에 그 그림을 걸어 놓고서 풍속을 가다듬게 하였다.《後漢書 卷92 陳寔傳》

247 문자 교수(校讎)했네 : 교(校)는 한 사람이 독자적으로 교정을 보는 것을 말하고, 수(讎)는 두 사람이 돌려가며 교정을 보는 것을 말한다. 운양이 지은 이정규의 묘비명에 의하면 1914년《운양집(雲養集)》을 출판할 때 생질인 이정규가 교정을 보았다고 한다.

248 거문고와……같고 : 부부의 금슬이 좋음을 비유한 말이다.《시경》〈주남(周南) 관저(關雎)〉에 "들쭉날쭉한 마름 나물을 좌우로 취하여 가리도다. 요조한 숙녀를 거문

구슬처럼 아름다운데[249]	瑤環瑜珥
〈소완〉의 형제는	小宛兄弟
그리워서 잠 못 이루네[250]	有懷不寐
나는 화목한 모습[251]을 읊어	我誦穆如
시를 써서 부치며	手書以寄
건강하게 장수하고	俾壽而康
번창하기 바라네	俾昌而熾

고와 비파로 친애하도다. 들쭉날쭉한 마름 나물을 좌우로 삶아 올리도다. 요조한 숙녀를 종과 북으로 즐겁게 하도다.〔參差荇菜 左右采之 窈窕淑女 琴瑟友之 參差荇菜 左右芼之 窈窕淑女 鍾鼓樂之〕"라고 하였다.

249 구슬처럼 아름다운데 : 이정규의 손자들이 영롱하고 훌륭함을 말한다. 《창려집(昌黎集)》〈전중소감마군묘지(殿中小監馬君墓誌)〉에 "여자 스승이 어린아이를 안고 있었는데, 예쁘고 빼어남이 마치 아름다운 구슬과 같았다."라고 하였다.

250 소완(小宛)의……이루네 : 《시경》〈소완(小宛)〉에 "날이 새도록 잠 못 이루며 부모님 두 분을 생각하노라.〔明發不寐 有懷二人〕"에서 나온 말이다.

251 화목한 모습 : 원문은 '목여(穆如)'로 화평하고 아름다운 모습이다. 《시경》〈증민(烝民)〉에 "길보가 노래를 지으니, 화평함이 만물을 길러 주는 맑은 바람과 같다.〔吉甫作誦 穆如淸風〕"라는 구절이 나온다.

아베 신세키 명훈

阿部進錫名訓

아베 미쓰이에(阿部充家)[252]의 아들로 나이 11세인데, 이름을 신세키(進錫)라 짓고, 나에게 훈사(訓辭)를 지어 경계해 주기를 청하였다.

하늘의 도는 강직하고 정대하니	乾道剛正
나아가는 것을 덕으로 삼으니	以進爲德
덕에 나아가 학업을 닦는 것은	進德修業
군자의 법도이다	君子是則
날마다 나아가고 달마다 매진하여	日征月邁
남이 한 번 하면 나는 백 번해야 한다	人一己百
나아가지 못하면 곧 퇴보이니	不進則退
모든 일에 뒤떨어지게 된다	萬事墮落
정성을 쏟으면	精誠所到
쇠나 돌도 뚫을 수 있다	可透金石
천만인과 대적하여도	千萬人往

252 아베 미쓰이에(阿部充家) : 1861~1936. 호는 무부쓰옹(無佛翁)이다. 일본 국민신문(國民新聞) 부사장을 지냈다. 사이토 마코토(齋藤實) 총독의 정치 참모였으며, 조선총독부 일어판 기관지인 《경성일보(京城日報)》·《매일신보(每日申報)》 사장을 역임했다. 그가 사장에 재임할 시기인 1916년에 두 편의 연작 기행문 〈호남유력(湖南遊歷)〉 및 〈무불개성잡화(無佛開城雜話)〉를 발표하였다. 3·1운동 후에는 사이토 총독의 정책 참모로 활약하면서 장지연, 이광수, 손병희, 윤치호 등 조선의 지식인들을 체제 내로 회유하는 작업에 결정적 역할을 수행하였다.

호연지기가 가득하면	浩氣充塞
귀신도 피하고	鬼神亦避
승냥이와 이리도 두려워 굴복하리라	豺狼畏伏
북해의 붕새는 남쪽으로 가려고	溟鵬圖南
바람을 차고 날개를 치며[253]	搏風鼓翼
천리마가 달리기 시작하면	驥騏展步
단숨에 만 리를 간다	萬里一息
입신하여 어버이 드러내고	立身顯親
충성을 다하여 나라에 보답하며	竭忠報國
이름을 돌아보고 뜻을 생각하여	顧名思義
종신토록 마음에 지니도록 하여라	終身珮服

253 북해의……치며 : 《장자》 〈소요유(逍遙遊)〉에 "붕새가 남쪽 바다로 옮겨갈 때에는 물결을 치는 것이 삼천 리요, 회오리바람을 타고 구만 리를 올라가 여섯 달을 가서야 쉰다.〔鵬之徙於南冥也 水擊三千里 搏扶搖而上者九萬里 去以六月息者也〕"라고 한 데서 온 말로, 전하여 영웅호걸이 웅대한 포부를 펴는 것을 비유한다.

토지권을 나누어 주며 아이들에게 준 편지

書分贈土地券示兒曹

우리 조상들께서는 대대로 어진 덕을 닦아서 깨끗함과 신중함, 검소함과 절약을 자손들에게 남기셨다. 오늘 내가 너희들과 함께 집안을 보존하여 다행히도 비참한 죽음을 면할 수 있는 것은 모두 선조께서 남기신 음덕 덕분이다. 내가 최근 다른 집안의 자제들이 화려하고 아름다운 집에 살면서 부호(富豪)의 자산을 가지고 있다가도, 하루아침에 무너져 거지가 되는 것을 본 것이 이루 헤아릴 수 없다. 이는 태어나서 배불리 먹고 따뜻이 입어서 조상이 고생하고 어려웠던 것을 알지 못하여 게을리 놀고 안일(安逸)하게 즐기며 사치하고 음탕하며 교만하고 방자하여 스스로 패망에 이르러도 어리석어 깨닫지 못하기 때문이니, 나는 너희들을 위해 이런 점을 매우 걱정한다. 지금 이천(利川)과 내포(內浦)[254]에 있는 토지는 지난 날 내가 너희들의 형과 함께 사 둔 것이다. 너희들의 형이 불행하게도 먼저 세상을 떠났으니 뒷일을 맡는 것은 너희들에게 달려있다. 이에 토지 문권(文券)을 나누어 주니, 그 수확이 비록 적더라도 근검(勤儉)해서 힘써 경작하면 의식(衣食)에 대한 걱정을 면할 수 있고, 절약하여 남는 것을

254 내포(內浦) : 내포는 '바닷물이 육지 깊숙히 까지 들어와서 이 수로를 따라 포구가 발달된 지역'을 뜻하는데, 산이 별로 없이 구릉이 많고, 들이 넓게 펼쳐져 있는 지리적 특성이 있다. 이중환(李重煥)의 《택리지(擇里志)》에 따르면 현재 충청남도의 홍성, 태안, 서산, 당진, 보령, 아산의 일부 지역이 여기에 속한다.

축적한다면 다른 사람의 급한 사정을 구제할 수 있을 것이다. 그렇지 못하면 하루 저녁의 도박 밑천에 불과할 것이다. 가산(家產)이 한번 무너지면 다시 모을 수 없으니, 곤궁한 집에서 슬퍼 탄식하며 후회한들 어찌 되돌릴 수 있겠느냐. 오늘날의 허다한 탕아들은 바로 너희들의 좋은 스승이다. 이들을 거울삼아 신중하게 선택하여 교유(交遊)하여라. 서적(書籍)에 마음을 두고 법도를 잘 따라서 분수 밖의 복을 구하지 말고, 모든 일에 반드시 미래를 생각하여 절검(節儉)을 위주로 하라. 나의 교훈을 명심하여 언제나 마음속에 새겨 어버이를 욕되게 하지 말고,[255] 조상들의 유업(遺業)을 무너뜨리지 말거라. 우리 자손 대대로 보존하여 폐하지 말고 이어 가도록 하여라.

255 어버이를……말고 : 《시경》 〈소완(小宛)〉에 "일찍 일어나고 밤늦게 자며 너의 어버이를 욕되게 하지 말아라.〔夙興祖寐 毋忝爾所生〕"라고 한 데서 나온 말이다.

어떤 이가 우리나라 문장의 원류를 논한 것에 답함
答人論靑邱文章源流

어떤 손님이 나를 찾아와 세상에 독서하는 종자(種子)가 끊어질 것이라고 탄식하였다. 인하여 이야기가 문장학(文章學)에 이르자 "우리나라의 문장은 시대에 따라 낮아지거나 높아졌는데, 지금 문단의 원로들이 거의 모두 돌아가셔서 후생(後生)들이 계술할 수가 없다. 그대가 그 원류를 자세히 말해 줄 수 있는가."라고 하였다. 내가 대답하였다. "내가 어렸을 적에는 제법 문예(文藝)에 힘썼지만 주워 들은 정도이고 깊은 조예(造詣)가 있는 것은 아니다. 지금은 늙어서 정신이 매우 혼미해졌으니, 어찌 감히 고금 사람들의 문장에 대한 장단점을 논할 수 있겠는가. 일찍이 여러 선배들의 말씀을 들었는데, 옛 삼국시대 중엽 이후에는 공적으로 사용하는 문자가 모두 문선(文選)[256]을 모방했는데 임강수(任强首),[257] 최문창(崔文昌 최치원) 같은 분이 드러난 분이고, 고려 초에 이르러서도 여전히 그러하였으나 이름난 신하

256 문선(文選) : 남조(南朝) 양(梁)의 소명태자(昭明太子) 소통(蕭統, 501~531)이 편찬했다. 모두 30권으로 선진(先秦) 시대로부터 양대(梁代)에 이르기까지 작가 130인의 작품을 선정하여 수록했으며, 작품의 수는 700편을 넘는다. 문체에 따라 38류로 분류했는데 그중 시(詩)·부(賦)의 종류가 가장 많아서 전체 분량의 절반 가량을 차지한다. 대체로 선진 이래의 중요한 시와 문장을 포괄하고 각종 문학 양식의 발전 양상을 보여주고 있어 후세의 고대 문학사 연구자들에게는 중요한 자료가 되고 있다.

257 임강수(任强首) : ?~692. 중원경 사량인(沙梁人)으로, 신라의 유학자·문장가이다. 무열왕, 문무왕, 신문왕의 3대에 걸쳐 문장으로 이름을 떨쳤으며, 특히 외교문서에 능하여 삼국 통일에 크게 공헌하였다.

의 장주(章奏)나 비문 글은 가끔 양한(兩漢)의 기풍과 맛이 있었으니 후세 사람들이 미칠 수 있는 바가 아니다. 고려 말에 이르러서는 익재(益齋),[258] 가정(稼亭),[259] 목은(牧隱)[260] 등 제공(諸公)들이 앞장서서 고문사(古文辭)[261]를 지어 세상에 크게 떨쳤고, 이어서 양촌(陽村),[262] 춘정(春亭)[263]이 변려(騈儷)[264]의 옛 문체를 한번 변화시켰다.

258 익재(益齋) : 이제현(李齊賢, 1287~1367)으로, 본관은 경주(慶州), 초명은 지공(之公), 자는 중사(仲思), 호는 역옹(櫟翁)·익재이다. 고려 말기의 문신·학자로 벼슬은 문하시중에 이르렀으며 당대의 명문장가로 정주학의 기초를 닦았다. 저서에 《익재집》, 《역옹패설》, 《익재난고》가 있다.

259 가정(稼亭) : 이곡(李穀, 1298~1351)으로, 본관은 한산(韓山), 자는 중보(仲父), 호는 가정이다. 고려 말기의 학자로 충숙왕 복위 2년(1333)에 원나라 제과(制科)에 급제한 후, 원제(元帝)에게 건의하여 고려에서의 처녀 징발을 중지시켰다. 충렬·충선·충숙왕의 실록 편찬에 참여하였으며, 죽부인을 의인화한 가전체 작품 〈죽부인전〉이 《동문선》에 전한다. 저서에 《가정집》이 있다.

260 목은(牧隱) : 이색(李穡, 1328~1396)으로, 본관은 한산(韓山), 자는 영숙(穎叔), 호는 목은이다. 고려 말기의 문신·학자로 중국 원나라에 가서 과거에 급제하였고, 귀국하여 우대언(右代言)과 대사성 등을 지냈다. 삼은(三隱)의 한 사람으로, 문하에 권근과 변계량 등을 배출하여 학문에 큰 발자취를 남겼다. 조선 개국 후 태조가 여러 번 불렀으나 절개를 지키고 나가지 않았다. 저서에 《목은시고(牧隱詩藁)》, 《목은문고(牧隱文藁)》 등이 있다.

261 고문사(古文辭) : 진(秦)나라·한(漢)나라 및 그 이전 시대의 문(文)과 당나라 전성기 이전의 시(詩)를 이르는 말이다.

262 양촌(陽村) : 권근(權近, 1352~1409)으로, 본관은 안동(安東), 초명은 진(晉), 자는 가원(可遠)·사숙(思叔), 호는 양촌이다. 고려 말에서 조선 초의 문신·학자로 성리학과 문장에 뛰어났으며, 왕명으로 하륜 등과 함께 《동국사략》을 편찬하였다. 저서에 《양촌집》, 《오경천견록(五經淺見錄)》이 있다.

263 춘정(春亭) : 변계량(卞季良, 1369~1430)으로, 본관 밀양(密陽), 자는 거경(巨卿), 호는 춘정, 시호는 문숙(文肅)이다. 이색(李穡)·정몽주(鄭夢周)의 문인이다. 《태

그 후에 점필재(佔畢齋),[265] 괴애(乖厓),[266] 사가(四佳),[267] 허백당(虛

조실록》의 편찬, 《고려사》 개수(改修)에 참여하였고, 시문(詩文)에도 능하여 문묘·기자묘 비문과 낙천정기(樂天亭記) 헌릉지문(獻陵誌文) 등을 찬(撰)하였다. 《청구영언》에 시조 2수가 전하며, 문집에 《춘정집》이 있다.

264 변려(騈儷) : 변려체(騈儷體)·변문(騈文)·사륙문(四六文)·사륙변려문(四六騈儷文)이라고도 한다. 문장이 4자와 6자를 기본으로 한 대구(對句)로 이루어져 수사적(修辭的)으로 미감(美感)을 주는 문체로, 변(騈)은 한 쌍의 말이 마차를 끈다는 뜻이고, 여(儷)는 부부라는 뜻이다. 후한(後漢) 중말기(中末期)에 시작되어 위(魏)·진(晉)·남북조(南北朝)를 거쳐 당나라 중기까지 유행한 문체로, 변려문이라는 명칭은 당송(唐宋) 8대가의 한 사람인 유종원(柳宗元)의 《걸교문(乞巧文)》 중 "변사려육금심수구(騈四儷六錦心繡口)"라는 구절에서 유래한다.

265 점필재(佔畢齋) : 김종직(金宗直, 1431~1492)으로, 본관은 선산(善山), 자는 계온(季昷)·효관(孝盥), 호는 점필재, 시호는 문충(文忠)이다. 문장과 경술(經術)에 뛰어나 이른바 영남학파(嶺南學派)의 종조(宗祖)가 되었다. 문집에 《점필재집(佔畢齋集)》, 저서에 《유두유록(流頭遊錄)》, 《청구풍아(靑丘風雅)》, 《당후일기(堂後日記)》 등이 있고, 편서에 《동문수(東文粹)》, 《일선지(一善誌)》, 《이준록(彝尊錄)》 등이 있다.

266 괴애(乖厓) : 김수온(金守溫, 1410~1481)으로, 본관은 영동(永同), 자는 문량(文良), 호는 괴애·식우(拭疣), 시호는 문평(文平)이다. 학문과 문장에 뛰어나 서거정(徐居正)·강희맹(姜希孟) 등과 문명(文名)을 다투었으며, 사서오경(四書五經)의 구결(口訣)을 정하고, 《명황계감(明皇誡鑑)》을 국역(國譯)하는 등 국어 발전에 힘썼다. 세종, 세조 등 불교를 숭상하는 임금을 도와 불경(佛經)의 국역과 간행에도 공이 컸다. 문집에 《식우집(拭疣集)》이 있다.

267 사가(四佳) : 서거정(徐居正, 1420~1488)으로, 본관은 달성(達城), 자는 강중(剛中), 초자는 자원(子元), 호는 사가정(四佳亭) 혹은 정정정(亭亭亭)이며, 시호는 문충(文忠)이다. 1464년 조선 최초로 양관 대제학(兩館大提學)이 되었다. 문장과 글씨에 능하여 《경국대전(經國大典)》, 《동국통감(東國通鑑)》, 《동국여지승람(東國輿地勝覽)》의 편찬에 참여했으며, 또 왕명을 받고 《향약집성방(鄕藥集成方)》을 국역했다. 문집에 《사가집(四佳集)》, 저서에 《동인시화(東人詩話)》, 《동문선(東文選)》, 《역대연표(歷代年表)》, 《태평한화골계전(太平閑話滑稽傳)》, 《필원잡기(筆苑雜記)》가 있으

白堂)[268]이 대가(大家)로 칭해졌다.

신풍군(新豐君) 장유가 《간이재집(簡易齋集)》 서문에서, "허백과 사가는 통달하고 민첩하여 문장을 잘 응용해 썼으니 관각(館閣)[269]의 문호(文豪)이고, 괴애는 박식한 반면 문장의 법도가 부족하였고, 점필재는 정밀하기는 하지만 웅대하지 못했다. 문을 숭상하는 교화는 선조(宣祖)때에 이르러 최고조에 달했는데, 그중에서도 간이(簡易)[270]를 으뜸으로 일컬었다. 그의 글은 차라리 은미할지언정 천루하지 않고, 매끄럽지 않을지언정 평범하지 않았다. 장단점을 절충한다면, 괴애 · 점필재와 더불어 셋이 나란할 수 있을 것이다."라고 하였다.

이 당시 또 상촌(象村),[271] 월사(月沙),[272] 계곡(溪谷) 장유(張維),[273]

며 글씨에는 《화산군권근신도비(花山君權近神道碑)》가 있다.

268 허백당(虛白堂) : 성현(成俔, 1439~1504)으로, 본관은 창녕(昌寧), 자는 경숙(磬叔), 호는 용재(慵齋) · 허백당, 시호는 문대(文戴)이다. 유자광(柳子光) 등과 《악학궤범(樂學軌範)》을 편찬했으며 《쌍화점(雙花店)》 등 고려가사(高麗歌詞)를 바로잡았고 글씨를 잘 썼다. 《허백당집(虛白堂集)》, 《풍아록(風雅錄)》, 《부휴자담론(浮休子談論)》, 《주의패설(奏議稗說)》, 《태평통재(太平通載)》 등 많은 저서가 있다.

269 관각(館閣) : 홍문관(弘文館)과 예문관(藝文館)을 말한다.

270 간이(簡易) : 최립(崔岦, 1539~1612)으로, 본관은 통천(通川), 자는 입지(立之), 호는 간이(簡易) · 동고(東皐)다. 율곡 이이 등과 함께 선조조의 8대 명문장가로 꼽히며, 외교문서의 대가로 그 명성은 중국에까지 알려졌다고 한다.

271 상촌(象村) : 신흠(申欽, 1566~1628)으로, 본관 평산(平山), 자는 경숙(敬叔), 호는 현헌(玄軒) · 상촌 · 현옹(玄翁) · 방옹(放翁), 시호는 문정(文貞)이다. 저서 · 편서로는 《상촌집》, 《야언(野言)》, 《현헌선생화도시(玄軒先生和陶詩)》, 《낙민루기(樂民樓記)》, 《고려태사장절신공충렬비문(高麗太師壯節申公忠烈碑文)》, 《황화집령(皇華集令)》 등이 있다.

272 월사(月沙) : 이정구(李廷龜, 1564~1635)로, 본관 연안(延安), 자는 성징(聖

택당(澤堂)[274]이 있었는데, 세상에서 '상월계택(象月溪澤)'이라 일컬었다. 상촌의 글은 단련하고 깨끗하게 씻어내어 명말, 청초의 문장 기풍이 있었다. 월사의 문장은 아로새기고 채색하는 공을 들이지 않았지만, 문장을 짓는 것이 순조롭고 익숙해서 말하고자 하는 바를 다할 뿐이었다. 논하는 이들이 또 '계곡은 타고난 재주가 넉넉하고 택당은 인공(人工)이 뛰어나다.'라고 하였으니, 각기 그 잘하는 바가 있는 것이다. 농암(農巖)[275]의 문장은 학문적 이론이 순수하고 깊으며, 식암(息庵)[276]

徵), 호는 월사·보만당(保晩堂)·응암(凝菴), 시호는 문충(文忠)이다. 문장에 아주 능했으며, 저서에 《월사집(月沙集)》이 있고, 편저에 《서연강의(書筵講義)》, 《대학강의(大學講義)》 등이 있다.

273 계곡(溪谷) 장유(張維) : 1587~1638. 본관은 덕수(德水), 자는 지국(持國), 호는 계곡, 시호는 문충(文忠)이다. 정묘호란 때 왕을 모시고 강화도로 호종하였고, 최명길(崔鳴吉)과 함께 화의론을 주장하였다. 저서에 《계곡집》, 《계곡만필(谿谷漫筆)》 등이 있다.

274 택당(澤堂) : 이식(李植, 1584~1647)으로, 본관은 덕수(德水), 자는 여고(汝固), 호는 택당·남궁외사(南宮外史)·택구거사(澤癯居士), 시호는 문정(文靖)이다. 이정구·신흠·장유와 더불어 한문 4대가(漢文四大家)로 꼽혔으며, 여한 9대가(麗韓九大家)로도 꼽혔다. 저서로는 《택당집(澤堂集)》, 《초학자훈증집(初學字訓增輯)》 등이 있다.

275 농암(農巖) : 김창협(金昌協 1651~1708)으로 본관은 안동, 자는 중화(仲和), 호는 농암·삼주(三洲), 시호는 문간(文簡)이다. 그는 벼슬보다 문학과 유학(儒學)의 대가로서 이름이 높았고, 당대의 문장가이며 서예에도 뛰어났다. 문집에 《농암집》, 저서에 《농암잡지(農巖雜識)》, 《주자대전차의문목(朱子大全箚疑問目)》, 편서에 《강도충렬록(江都忠烈錄)》, 《문곡연보(文谷年譜)》, 작품으로 글씨에 〈문정공이단상비(文貞公李端相碑)〉, 〈감사이만웅비(監司李萬雄碑)〉, 〈김숭겸표(金崇謙表)〉, 〈김명원신도비(金命元神道碑)〉의 전액(篆額) 등이 있다.

276 식암(息庵) : 김석주(金錫胄, 1634~1684)로, 본관은 청풍(淸風), 자는 사백(斯百), 호는 식암이다. 왕의 외척으로 1680년(숙종6) 남인 허적(許積) 등을 축출하고

의 문장은 기력이 웅혼(雄渾)하여 계곡, 택당과 함께 나란히 일컬어졌다. 약천(藥泉)[277]과 명곡(明谷)[278]은 주의(奏議)를 분명하고 조리있게 써서 당시에 관각(館閣 홍문관과 예문관)의 인재라고 일컬어졌다.

영조 때에는 뇌연(雷淵),[279] 진암(晉庵),[280] 월곡(月谷),[281] 강한(江漢)[282] 등 제공(諸公)들이 번갈아 대제학이 되었는데, 강한을 더욱 대

서인이 집권한 경신환국(庚申換局)을 주도하였으며, 이어 허적의 아들 허견(許堅)이 모역한다고 고변(告變)하여 남인 세력을 완전히 몰아냈다. 그 공으로 보사 공신(保社功臣) 1등으로 청성부원군(淸城府院君)에 봉해졌다. 문집에 《식암집》, 저서에 《해동사부(海東辭賦)》 등이 있다.

277 약천(藥泉) : 남구만(南九萬, 1629~1711)으로, 본관은 의령(宜寧), 자는 운로(雲路), 호는 약천・미재(美齋), 시호는 문충(文忠)이다. 서인(西人)으로서 남인(南人)을 탄핵하다가 남해(南海)로 유배되고, 이듬해 경신대출척(庚申大黜陟)으로 남인이 실각하자 복귀하였다. 문집에 《약천집(藥泉集)》이 있다.

278 명곡(明谷) : 최석정(崔錫鼎, 1646~1715)으로, 본관은 전주(全州), 자는 여시(汝時)・여화(汝和), 호는 존와(存窩)・명곡, 시호는 문정(文貞)이다. 최명길(崔鳴吉)의 손자로, 남구만(南九萬)・박세채(朴世采)의 문인이다. 소론(少論)의 영수로 많은 파란을 겪으면서도 8번이나 영의정을 지냈으며, 당시 배척받던 양명학(陽明學)을 발전시켰다. 글씨와 문장에도 뛰어났으며, 저서에 《경세정운도설(經世正韻圖說)》, 《명곡집(明谷集)》이 있다.

279 뇌연(雷淵) : 남유용(南有容, 1698~1773)으로, 본관은 의령(宜寧)이고, 자는 덕재(德哉), 호는 뇌연・소화(小華)이며, 시호는 문청(文淸)이다. 문장과 시(詩)에 뛰어나고 서예(書藝)에도 일가를 이루었다. 문집에 《뇌연집》, 저서에 《명사정강(明史正綱)》 등이 있다.

280 진암(晉庵) : 이천보(李天輔, 1698~1761)로 본관은 연안(延安), 자는 의숙(宜叔), 호는 진암, 시호는 문간(文簡)이다. 문집에 《진암집》이 있다.

281 월곡(月谷) : 오원(吳瑗, 1700~1740)으로, 본관 해주(海州), 자는 백옥(伯玉), 호는 월곡, 시호는 문목(文穆)이다. 문명(文名)이 높았으며 문집 《월곡집(月谷集)》이 있다.

282 강한(江漢) : 황경원(黃景源, 1709~1787)으로, 본관은 장수(長水), 자는 대경

가로 추대하였다. 그의 문장은 전아(典雅)하고 고고하며, 사필(史筆)에 뛰어나서 옛 작자(作者)와 첫 번째 자리를 다툴 만하였다. 근세의 작가(作家)는 연천(淵泉)[283]과 대산(臺山)[284]을 꼽는다. 연천(淵泉)의 글은 자자 구구(字字句句) 법도가 있어 규칙을 넘어서지 않았으나 넉넉히 포용하여 격동시키면서도 상하게 하지 않으니, 참으로 치세의 문장이었다. 대산(臺山)의 글은 제자백가(諸子百家)의 빼어난 점을 모아 녹여서 일가를 이루었으니, 올려 보고 굽어 보아도 모두 운치가 있고 품격과 신운(神韻)이 얽매임이 없었다. 이후로는 적막하여 이름이 난 사람이 없다.

고려 말 여러 현인(賢人)들이 성리학(性理學)을 으뜸으로 삼음으로부터 글을 지을 때 학문에 근거함이 없는 자는 사람들이 알맹이가 없음을 병통으로 여겨 취하지 않았다. 이런 까닭에 문장을 짓는 선비가 덕성을 함양(涵養)하고 이치를 연구하는 공부가 없으면서, 입을 열면

(大卿), 호는 강한유로(江漢遺老), 시호는 문경(文景)이다. 삼례(三禮)와 고문(古文)에 밝고 서도에도 능하였다. 저서에 《강한집(江漢集)》이 있다.

283 연천(淵泉) : 홍석주(洪奭周, 1774~1842)로, 본관은 풍산(豊山), 자는 성백(成伯), 호는 연천(淵泉), 시호는 문간(文簡)이다. 성리학에 정통한 10대 문장가로 꼽혔으며, 문집에 《연천집(淵泉集)》 외에 《학해(學海)》, 《영가삼이집(永嘉三怡集)》, 《동사세가(東史世家)》, 《학강산필(鶴岡散筆)》, 편서(編書)에 《속사략익전(續史略翼箋)》, 《상예회수(象藝薈粹)》, 《풍산세고(豊山世稿)》, 《대기지의(戴記志疑)》가 있다.

284 대산(臺山) : 김매순(金邁淳, 1776~1840)으로, 본관은 안동(安東), 자는 덕수(德叟), 호는 대산, 시호는 문청(文淸)이다. 덕행(德行)으로 저명하였으며, 문장에 뛰어나 여한십대가(麗韓十大家)의 한 사람으로 꼽혔다. 문집에 《대산집》, 저서에 《전여일록(篆餘日錄)》, 《대산공이점록(臺山公移占錄)》, 《주자대전차문표보(朱子大全箚問標補)》, 《열양세시기(洌陽歲時記)》 등이 있다.

곧 성명(性命)을 말하고, 송(宋)나라 현인들의 편지를 주워 모아서 자신의 문장을 윤색하니 이것이 또한 문장의 한 가지 병폐였다. 이 병폐를 벗어난 자는 오직 연암(燕巖)[285]뿐일 것이다. 연암의 문장은 천마가 하늘을 나는 것처럼 구속을 받지 않았으나 자연스럽게 절도(節度)에 맞았다. 이는 문장 중의 용(龍)이라고 할 수 있으니 후생이 배워서 얻을 수 있는 것이 아니다. 대강은 이와 같고 하나하나 다 말할 수는 없다. 무릇 비평이 소(昭)에서 그치고, 기롱〔譏〕하는 말이 회(鄶)까지 미치지 않은 것을 보면[286] 이 정도만 하여도 세상의 성쇠를 잘 볼 수 있을 것이다."라고 하니 손님이 "예, 예" 하고 물러갔다.

285 연암(燕巖) : 박지원(朴趾源, 1737～1805)으로, 본관은 반남(潘南), 자는 중미(仲美), 호는 연암이다. 30세부터 실학자 홍대용(洪大容)과 사귀고 서양의 신학문에 접하였다. 홍대용·박제가(朴齊家) 등과 함께 청나라의 문물을 배워야 한다는 이른바 북학파(北學派)의 영수로 이용후생의 실학을 강조하였으며, 특히 자유롭고 기발한 문체를 구사하여 여러 편의 한문소설(漢文小說)을 발표, 당시의 양반계층 타락상을 고발하고 근대사회를 예견하는 새로운 인간상을 창조함으로써 많은 파문과 영향을 끼쳤다. 저서에 《연암집(燕巖集)》, 《과농소초(課農小抄)》, 《한민명전의(限民名田義)》 등이 있고, 작품에 〈허생전(許生傳)〉, 〈호질(虎叱)〉, 〈마장전(馬駔傳)〉, 〈예덕선생전(穢德先生傳)〉, 〈민옹전(閔翁傳)〉, 〈양반전(兩班傳)〉 등이 있다.

286 무릇……보면 : 좋은 것은 칭찬하되 좋지 못한 것에 대해서는 굳이 입을 열어 비판하지 않았다는 말이다. 이 글에서 누락된 인물들의 문장에 대해서는 굳이 말하지는 않았지만 별 볼일이 없다는 것을 암시한다. 소(昭)는 《시경》의 소남(召南), 회(鄶)는 《시경》의 회풍(鄶風)을 뜻하는데, 중국 춘추전국 시대 오(吳)의 공자(公子) 계찰(季札)이 노(魯)나라를 방문하였을 때 악공이 주남(周南) 소남(召南) 패풍(邶風) 등을 노래할 때마다 비평을 계속하다가 회풍(鄶風) 이하는 아무 언급을 하지 않았다는 고사에서 나온 말이다. 《春秋左氏傳 襄公29年》

막내 아들 유방의 병폭에 써준 글
書贈季子裕邦屛幅

'효(孝)'와 '제(悌)'는 백가지 행실의 근원이요, 인(仁)을 행하는 근본이니, 사람의 양지양능(良知良能)[287]인 것이다. 만일 이것을 확충시킨다면 성현(聖賢)이 될 것이며, 이것을 확충시키지 못한다면 금수(禽獸)가 될 것이다. 온 세상의 모든 나라가 풍속은 비록 다르지만 이 도리는 같다. 다른 점은 절문(節文)[288]의 차이이니, 그 요점은 다만 어버이를 사랑하고 어른을 공경하는 것에 있을 뿐이다. '충(忠)'이라는 것은 마음속에서 나와서 거짓된 꾸밈이 없는 것을 말하며, '신(信)'이라는 것은 행실이 반드시 한 말을 실천하고 자신을 속이지 않는 것을 말한다. 사람이 하늘과 땅 사이에 설 수 있는 것은 '충'과 '신'이 있기 때문이니, 비록 오랑캐의 나라에서도 행할 수 있다.[289] 그러므로 수신(修身)하는 도리는 효제보다 앞서는 것이 없고, 다른 사람과 함께하는 도리는 충신보다 앞서는 것이 없으니 힘쓰지 않을 수 있겠는가? 공손과 겸손은 덕의 근본이니, 공손하면서 겸손함을 지니

287 양지양능(良知良能) : 사람이 태어날 때부터 가지고 있는 좋은 앎과 능력, 자신의 부모를 사랑하는 마음을 의미한다.

288 절문(節文) : 절은 품절(品節)로 절도에 맞게 하는 것이고, 문은 문식(文飾)을 가하여 문채가 나게 하는 것이다.

289 비록……있다 : 《논어》 〈위령공(衛靈公)〉에 "말이 충성스럽고 믿음직하며 행실이 독실하고 공경스러우면, 어떤 오랑캐 나라라도 가서 행할 수가 있다.〔言忠信 行篤敬 雖蠻貊之邦 行矣〕"라는 공자의 말이 나온다.

고, 검소하면서 지킴이 요약을 얻어야 한다.[290] 만일 이와 반대가 된다면 교만하고 사치하여 넘치는 것이 될 것이다.

《주역》에, "천도(天道)는 가득한 것을 덜어내고 겸손한 것을 더해주며, 지도(地道)는 가득한 것을 변하여 겸손한 데로 보내주고, 귀신은 가득한 것을 해치고 겸손한 것을 복주며, 인도(人道)는 가득한 것을 미워하고 겸손한 것을 좋아한다."[291]라고 하였으니, 이러한 이치는 환하여 속일 수 없는 것이다. 그러므로 겸손하고 공손하며 검소하고 절약하는 것은 바로 가문을 일으키는 상서로운 조짐이며, 교만하고 음탕하며 사치스럽고 방종(放縱)하는 것은 바로 몸을 망치는 화의 빌미가 되는 것이니 경계하지 않을 수 있겠느냐? 《춘추좌씨전(春秋左氏傳)》에 말하기를, "민생은 부지런한 데 있으니 부지런하면 먹을 것이 절핍되지 않는다."[292]라고 하였고, 《서경》에서는, "반드시 참음이 있어야 이에 이룸이 있다."[293]라고 하였으니, 부지런하지 않으면 큰 덕을 이룰 수 없고, 참지 않으면 큰 업적을 이룰 수 없다. 근면이란 스스로 힘써 노력하기를 쉬지 않아서 날로 새로워지고 또 새로워지는 것이니 이는

290 지킴이……한다 : 《맹자》 〈공손추 상(公孫丑上)〉에 "맹시사(孟施舍)의 지킴은 기(氣)이니 또 증자의 지킴이 요약을 얻음만 못하다.〔孟施舍之守氣 又不如曾子之守約也〕"라고 하였다. 주자(朱子)의 주에 의하면, '지킴이 요약을 얻음'이란 자신에 돌이켜 보아 이치를 따르는 것이다. 즉 밖으로 박학(博學)만 추구하는 것이 아니라 근본적인 이치를 알아서 그 요체를 실천함을 뜻한다.

291 천도(天道)는……좋아한다 : 《주역》 〈겸괘(謙卦) 단(彖)〉에 나오는 말이다.

292 민생은……않는다 : 《춘추좌씨전(春秋左氏傳)》 선공(宣公) 12년에 나오는 말이다.

293 반드시……있다 : 《서경》 〈군진(軍陳)〉에 "반드시 참음이 있다면, 곧 능히 이룸이 있으리라.〔必有忍也 若能有濟也〕"라고 하였다.

천도(天道)이고, 인내란 미워하는 것을 감추고 더러운 것을 받아들여서[294] 무거운 짐을 지고도 먼 곳에 도달하는 것이니 지도(地道)이다. 대저 한 때의 괴로움을 참지 못하여 고식적인 안일만 꾀한다면, 마침내 궁려(窮廬)의 탄식[295]을 면하지 못할 것이고, 하루아침의 분노를 참지 못하여 경거망동(輕擧妄動)하면 끝내는 반드시 목숨을 잃는 재앙이 있을 것이다. 그러므로 총명하고 특출한 재능은 부지런히 노력하는 것만 못하고 지혜가 충분하고 꾀가 많은 것은 참고 견디는 것만 못하니, 노력하지 않으며 경계하지 않을 수 있겠는가? 이 3단계 12개 조항은 참으로 자신을 보존하는 지극한 보배이며 세상을 살아 나가는 좋은 부적이다. 진부(陳腐)한 말이라 여겨 소홀히 하지 말고 종신토록 마음속에 간직해서 정성스럽게 지켜 잊지 말아라.

294 미워하는……받아들여서 : 《춘추좌씨전(春秋左氏傳)》 선공(宣公) 15년에 "시내와 못은 더러운 것을 용납하고, 산림과 풀숲은 독물들을 감추어 준다.〔川澤納汙 山藪藏疾〕"라고 하였다.

295 궁려(窮廬)의 탄식 : 허송세월을 하는 데 대한 탄식을 말한다. 궁려는 가난한 사람이 사는 집이다. 제갈량(諸葛亮)의 〈계자서(誡子書)〉에, "나이는 시절과 더불어 치달아 가고 뜻은 날짜와 더불어 떠나가 마침내 쇠락하니 그때 가서 궁려에서 비탄에 잠겨 본들 장차 무슨 수로 되돌릴 수 있겠는가.〔年與時馳 意與歲去 遂成枯落 將復何及也〕"라고 하였다.

삼가 영조 어필 장지[296]를 감정하다

恭識英廟御筆障子

태평시대의 역대 여러 임금 중에 오래 장수하고 인재를 양성한 교화가 영조 때만큼 성대했던 적은 없다. 만년(晩年)에 정사(政事)에 싫증나거나, 만기(萬機 임금이 보살피는 정무)의 여가(餘暇)에 글 짓고 글씨 쓰는 것을 스스로 즐기셔서, 좌우에서 가까이 모시는 신하들이 신한(宸翰 임금의 친필)을 얻은 경우가 많았고 간혹 사찰에 전해지기도 하였다. 이 장지는 예전에 함흥(咸興) 귀주사(歸州寺)에 보관되어 있던 것으로 지금은 사콘 구라타로(左近倉太郎)의 소유가 되었는데, 사콘(左近)군이 전에 나에게 감정(鑑定)해 줄 것을 요청하였다. 삼가 살펴보니 유조(柔兆)[297] 엄무(閹茂)[298]라 하였으니 고갑자(古甲子)로 병술년(1766, 영조42)이다. 영조께서 갑술년(1694, 숙종20)에 태어나셨으니 두 번째 병술년(1766)에 이르러 꼭 73세가 되시니 보령(寶齡)[299]과 서로 맞아 떨어져 다시 의심할 필요가 없었다. 또 가는 붓으로 자유로이 글씨를 썼는데 마음먹은 대로 구사(驅使)하였다. 글자의 획이 굳세고 힘차며, 변태가 거침없이 생긴 것이 운한각(雲漢

296 장지(障子) : 방에 칸을 막아 끼우는 제구이다. 미닫이와 비슷하나 운두가 높고 문지방이 낮게 된 문이다. 장자라고도 한다.

297 유조(柔兆) : 고갑자(古甲子) 십간(十干)의 세 번째인 병(丙)을 뜻한다.

298 엄무(閹茂) : 고갑자(古甲子) 십이지(十二支)의 열한 번째인 술(戌)을 뜻한다.

299 보령(寶齡) : 임금을 나이를 높여서 이르는 말이다.

閣)[300] 소장본과 동일하였다. 아아, 이는 보배로운 어필(御筆)이다. 함부로 감상할 수 없으니, 마땅히 진귀하게 간직하고 조심스럽게 지켜야 할 것이다.

300 운한각(雲漢閣) : 순조(純祖)가 선왕인 정조(正祖)의 지극한 효성과 유덕을 길이 받들기 위하여 수원에 세운 화령전(華寧殿)의 정전(正殿)으로 정조의 초상화를 모셨다. 운한각의 편액은 순조의 친필이다.

일신구락부 발기문
一新俱樂部發起文

옛날에 공자께서 위(衛)나라 정치를 논하시며, "반드시 명분부터 바로잡겠다."[301]라고 하셨다. 명분을 바로 잡는다는 것은 부자(父子)의 일을 말함이니, 만일 아버지로서 그 자식을 자식으로 대할 수 없고, 자식으로서 그 아버지를 아버지로 대할 수 없다면 명분을 바로잡았다고 할 수 있겠는가? 선왕(先王)의 제도는 적자(嫡子)가 있으면 적자로 후계를 세우고, 적자가 없으면 서자(庶子) 중에서 나이를 기준으로 후계를 세웠으니 이른바 적자와 서자의 구분이란 이와 같을 뿐이었다. 그 밖에 혼인하고 벼슬하는 데에는 장애가 없었고 대우에도 차이가 없었으니, 이는 고금(古今)에 통하는 바른 도리이다. 우리나라는 본래 예교(禮敎)를 숭상(崇尙)하고 윤리 강상(倫理綱常)을 더욱 중요시하였지만, 유독 부자에 대한 한 가지 윤리(倫理)에 있어서는 크게 결점이 있었다. 서자(庶子)에 대해서는 본종(本宗)은 묻지 않고 먼저 외가(外家)를 논하니[302], 이는 어머니만 알 뿐 아버지를 알

301 반드시……바로잡겠다 : 자로(子路)가 "위(衛)나라 임금이 선생님을 기다려 정치를 하려고 하십니다. 선생님께서는 무엇을 먼저 하시겠습니까?〔衛君待子而爲政 子將奚先〕"라고 물으니, 공자가 이르기를 "반드시 명분부터 바로잡겠다.〔必也正名乎〕"라고 한 데서 온 말이다. 《論語 子路》

302 본종(本宗)은……논하니 : 조선에서는 비록 여러 차례 변화는 있었지만 양천(良賤)과 적서(嫡庶)에서 기본적으로 종모법(從母法)을 택하여, 아버지의 신분에 관계없이 어머니의 신분을 가장 우선하는 판단 기준으로 삼았다. 이는 종부법(從父法)을 주장

지 못하는 것으로 금수(禽獸)의 도리이다. 어찌 이것이 옳다고 하겠는가? 비록 효성이 증민(曾閔)[303]과 같아도 그 효성을 베풀 곳이 없고, 재주가 관갈(管葛)[304]과 같아도 그 재주를 펼칠 곳이 없어서 원통하고 억울해하며 침체되어 세상에서 버려진 사람이 되니, 윤리 강상을 깨뜨리고 어지럽히는 것이 이보다 심한 것이 없다. 그래서 역대로 임금의 훌륭한 가르침과 명신(名臣)들이 상주(上奏)한 글에는 탄식하고 애석해 하지 않은 적이 없었다. 억울함을 터주는 조치를 취하려고 해도 관습이 이미 고질화 되고 누적된 폐습은 고치기 어려워서 어찌할 수가 없었다. 오늘날 다행하게도 천도(天道)가 밝게 돌아 오고 풍속이 일신되어 전날의 막혔던 풍속이 점점 저절로 열리고 있다. 하지만 자신이 듣고 본 것에 얽매여서 아직도 다 바뀌지 않은 것이 있다. 만일 약간이라도 미진한 것이 있으면 곧 약간의 결함이 되는 것이니 완전한 천리(天理)라고 말할 수 없다. 맹자께서 "인륜이 위에서 밝아지면 교화(敎化)가 아래에서 행해진다."[305]라고 말씀하셨다. 인륜이 비록 위에서 밝더라도 교화가 행해지지 못하는 것은 우리들에게 책임이 없을 수 없다. 해맑은 종소리가 없으면 어찌 어리석은 꿈

하는 이들에 의해 아비는 모르고 어미만 아는 금수와 같은 제도라고 자주 비판받았다.

303 증민(曾閔) : 공자의 제자 중 효행이 뛰어난 증삼(曾參)과 민자건(閔子騫)을 말한다.

304 관갈(管葛) : 관중(管仲)과 제갈량(諸葛亮)이다.

305 인륜이……행해진다 : 《맹자》〈등문공 상(滕文公上)〉에서는 "인륜이 위에서 밝아지면, 인민들은 아래서 친목하게 됩니다.〔人倫明於上 小民親於下〕"라고 하였는데, 《동몽선습(童蒙先習)》에서는 "인륜이 위에서 밝아지면 교화가 아래에서 행해진다.〔人倫明於上 敎化行於下〕"라고 하였다.

을 깨우쳐 깨뜨릴 것이며, 지주(砥柱)[306]가 없으면 어떻게 퇴폐한 풍조를 만회(挽回)시킬 수 있겠는가? 오직 우리 동포는 스스로 서로 경계하여 먼저 깨달은 자로 하여금 뒤에 깨닫는 자를 깨우치게 하여 야만스러운 관습을 일소시키고 함께 문명(文明)의 구역으로 오르는 것이 오늘날의 급무(急務)인 것이다. 이 때문에 뜻있는 여러 사람들이 함께 하나의 단체를 결성하여 중앙에 깨우치고 각성시키는 기관을 설립하였다. 어떤 이는 말로써 선포하고 어떤 이는 글을 지어서 사람들마다 모두 천륜(天倫)의 중요함을 알게 하여 스스로 포기하는 사람이 없게 하고 그에 상당한 인격으로 동등한 대우를 베풀어 천지간에 한 덩어리의 화평한 기운을 양성한다면, 충효(忠孝)와 열절(烈節)의 사람들이 여기서 나올 것이며 돈후(敦厚)하며 순박하고 화목한 풍속이 여기에서 일어나게 될 것이다. 명분과 의리가 한 번 바로서면 만사가 질서 있게 될 것이니 어찌 아름답지 않겠는가? 삼가 바라건대, 여러 군자들이 한마음으로 협력하여 훌륭한 기풍을 세워서 오백년의 비루한 풍속을 크게 변화시켜 대동(大同)의 교화를 곧 볼 수 있게 된다면 천만다행일 것이다.

(옮긴이 백승철)

306 지주(砥柱) : 하남(河南) 삼문협(三門峽) 동북쪽 황하 중심에 있는 산 이름이다. 황하의 물결이 아무리 거세게 흘러도 이 산을 무너뜨리지 못하고 이 지점에 와서 갈라져 두 갈래로 산을 싸고 흐른다. 흔히 난세에 지조를 지키는 선비의 비유로 쓰인다.

지은이 김윤식(金允植)
1835(헌종1)~1922. 자는 순경(洵卿), 호는 운양(雲養), 본관은 청풍(淸風)이다. 유신환(兪莘煥, 1801~1859)과 박지원의 손자인 박규수(朴珪壽, 1807~1876)에게 사사해 노론낙론계의 사상을 이어받았다. 1881년(고종18) 영선사로 파견된 일을 계기로 친청 노선을 고수하였다. 일본과의 굴욕적 조약에도 순순히 응하여 많은 비판을 받기도 하였으나, 1919년 3·1운동의 고조기에 대일본장서(對日本長書)를 일본정부에 제출했던 일로 '만절(晩節)'이라 평가받기도 하였다. 김윤식은 조선의 최대 격변기에 온갖 부침을 겪으며 벼슬아치의 일생을 보내는 한편 문장가로서도 이름이 높았다. 1922년 그가 죽었을 때 '조선의 문호(文豪)'로 지칭되기도 하였다. 저서로는 《운양집(雲養集)》, 《음청사(陰晴史)》, 《속음청사(續陰晴史)》 등이 있다.

기태완
1954년 전남 장성에서 태어났다. 중앙대학교 문예창작학과를 졸업하고 성균관대학교 일반대학원 국어국문학과에서 문학석사와 문학박사 학위를 받았다. 홍익대학교 겸임교수 및 연세대학교 국학연구원 연구교수 등을 지냈다. 저서로는 《황매천 시 연구》 등이 있다.

백승철
1953년 충남 당진에서 태어났다. 연세대학교 사학과를 졸업하고 연세대학교 일반대학원 사학과에서 문학석사, 문학박사학위를 받았다. 연세대학교 강사, 연세대학교 국학연구원 교수를 지냈고, 현재 연세대학교 국학연구원 연구교수로 재직하고 있다. 대표적인 저서로는 《조선후기 상업사 연구-상업론·상업정책》이 있다.

이지양
1964년 안동에서 태어났다. 성균관대학교 국어국문학과를 졸업하고 성균관대학교 일반대학원에서 국문학 전공으로 문학석사, 고전문학 전공으로 문학박사 학위를 받았다. 동국대학교 한국문학연구소 연구교수, 부산대학교 인문학연구소 연구교수로 근무했고, 현재 연세대학교 국학연구원 연구교수로 재직하고 있다.
대표적인 논문으로 〈연암문학을 통해 본 인간관과 진정론〉 외 다수, 번역서로 《조희룡전집》, 《역주 이옥전집》 외 다수, 저서로 《홀로 앉아 금을 타고-옛글 속의 우리음악 이야기-》, 《나 자신으로 살아갈 길을 찾다-조선 여성 예인의 삶과 자취-》가 있다.

권역별거점연구소협동번역사업 연구진

연구책임자 **이광호**(연세대학교 문과대학 철학과 교수)
공동연구원 **김유철**(연세대학교 문과대학 사학과 교수)
허경진(연세대학교 문과대학 국어국문학과 교수)
선임연구원 **구지현**
기태완
백승철
이지양
이주해
정두영
교열 **김익수**
김영봉(권1, 2, 3)
연구보조원 **안동섭**

운양집 8

김윤식 지음 | 기태완 · 백승철 · 이지양 옮김
2014년 4월 30일 초판 1쇄 발행
편집 · 발행 도서출판 혜안 | 등록 1993년 7월 30일 제22-471호
주소 (121-836) 서울시 마포구 서교동 326-26번지 102호
전화 3141-3711 | 팩스 3141-3710 | 이메일 hyeanpub@hanmail.net

값 28,000원
ISBN 978-89-8494-498-5 94810
978-89-8494-490-9 (세트)